KB195685

허클베리 핀의 모험

클래식 라이브러리 015

허클베리 핀의 모험

클래식 라이브러리 015
Adventures of Huckleberry Finn

마크 트웨인 지음
노동욱 옮김

arte

일러두기

1. 이 책은 Mark Twain, *Adventures of Huckleberry Finn*(New York: W. W. Norton & Company, Inc., 1999)을 옮긴 것이다.
2. 주석은 모두 옮긴이의 것이다.
3. 본문 상의 오탈자는 옮긴이가 의도한 것이며, 그 이유는 책 뒤편의 〈해설〉에 상세히 기술하였다.

차례

경고문

이 이야기에서 동기를 찾으려는 자는 기소될 것이다.
이 이야기에서 교훈을 찾으려는 자는 추방될 것이다.
이 이야기에서 플롯을 찾으려는 자는 총살될 것이다.

작가의 명령에 따라
군수부장 G. G.

일러두기

이 책에서 나는 여러 방언을 쓰고 있다. 미주리 주 흑인 방언, 남서부 오지의 아주 지독한 방언, '파이크 카운티'에서 일상적으로 쓰는 방언, 그리고 '파이크 카운티' 방언의 네 가지 변종이 그것이다. 이 방언들 사이의 미묘한 차이는 아무렇게나 내 마음대로 추측하여 쓴 것이 아니다. 이러한 여러 종류의 방언에 친숙한 사람으로부터 믿을 만한 지도와 도움을 받아서 공들여 쓴 것이다.

내가 이걸 밝히는 이유는, 만약 이러한 설명이 없다면 이 책에 나오는 모든 등장인물들이 서로 비슷한 말투를 쓰려다가 그만 실패했다고 생각하는 독자가 많을 것이기 때문이다.

– 작가

1장

네가 《톰 소여의 모험》이라는 책을 읽어 본 적이 없다면 나에 대해 잘 모르겠지만 말이야, 별 상관은 없어. 그 책은 마크 트웨인이라는 사람이 썼는데, 대체로 진실을 말하지. 물론 과장된 면이 있지만 대체로 진실을 말한다는 뜻이야. 그런 건 아무것도 아니거든. 난 폴리 아줌마, 더글러스 과부 아줌마, 메리를 빼놓고 거짓말을 한두 번쯤 안 해 본 사람은 본 적이 없기 때문이야. 폴리 아줌마 있잖아, 그러니까 톰의 이모 폴리 아줌마 말이지, 그 아줌마랑 메리, 그리고 더글러스 과부 아줌마는 다 그 책에 나와. 내가 쫌 전에 말한 그 책 말이야. 과장된 면이 없지 않지만 대체로 진실한 책.

그 책은 대략 이렇게 끝나. 톰이랑 나는 강도들이 동굴 속에 숨겨 둔 돈을 찾아내서 부자가 되지. 우리는 각자 6,000딸라를 몫으로 챙겼는데, 모두 금이었어. 쌓아놓고 보니 정말 볼만했지. 대처 판사가 그걸 맡아서 이자를 받고 다른 사람한테 빌려줬는데 말이야, 우리한테 하루에 각각 1딸라씩, 일 년 내내 굴러 들어오지 뭐야. 어떻게 써야 할지 모를 정도의 큰돈이었지. 더글러스 과부 아줌마는 나를 양자로 삼고는 문명인으로 만들려고 했어. 근데 이 아줌마가 매사에 얼마나 규칙적이고 품위를 떠는지 너무 깝깝해서 그 집에서 밤낮으로 지내는 게 골치가 아프더군. 나는 더는 참을 수가 없어 그 집을 떠났지. 나는 예전에 입던 누더기 옷, 예전에 들어가 살던 큰 통으로 돌아가 다시 자유의 몸이 됐어. 하지만 톰 소여가 나를 찾아내서 말하더군. 자기가 도적단을 만들려고 하는데, 만약 내가 더글러스 과부 아줌마한테 돌아가 얌전하게 지내면 가입시켜 주겠다고 말이야. 그래서 다시 돌아갔지.

더글러스 과부 아줌마는 나를 보자 불쌍한 길 잃은 양이니 뭐니 하며 엉엉 울어 댔어. 하지만 무슨 악의가 있어서 그런 건 아니었지. 아줌마는 나한테 다시 새 옷을 입혔고, 나는 그저 땀을 뻘뻘 흘리는 수밖에 없었어. 온몸에 경련이 일어나는 듯했지. 그러고는 전에 하던 일이 다시 시작됐어. 아줌마는 저녁 식사 때가 되면 종을 울렸고, 그럼 나는 시간에 맞춰 가야 했지. 식탁에 앉았다고 해서 바로 먹을 수 있는 게 아니라, 아줌마가 머리를 숙이고는 일용할 양식이니 뭐니 중얼중얼하는 동안 기다려야 했어. 그렇다고 음식에 뭔 문제가 있었던 건 아니야. 모든 음식이 따로따로 요리돼 있었다는 거 말고는 아무 문제도 없었지. 이것저것 잡다한 음식을 집어넣은 통이라면 얘기가 달라. 음식들이 뒤섞여 있고 국물이 뒤범벅돼 있어서 맛이 한결 낫지.

저녁 식사가 끝나면 아줌마는 책을 꺼내 들고 모세와 갈대 바구니에 대한 얘기를 가르쳐 줬고, 나는 땀을 뻘뻘 흘리며 그에 대한 모든 걸 배우려고 했어. 그러다가 아줌마는 모세가 아주 오래전에 세상을 떠난 사람이라는 말을 하더군. 나는 죽은 사람한테는 쪼금도 관심이 없기에 더는 그 양반한테 마음을 쓰지 않았어.

이내 나는 담배를 피우고 싶어져서 아줌마한테 허락해 달라고 했지만, 아줌마는 들어 주지 않았어. 아줌마는 흡연은 나쁜 버릇이며 깨끗하지 못하니까 더는 담배를 피우지 않도록 노력해야 한다고 하더군. 세상엔 꼭 이런 사람들이 있기 마련이지. 쥐뿔도 모르면서 다른 사람한테 이래라저래라하는 사람들 말이야. 그 아줌마는 자기 친척도 아니고 더군다나 이미 저세상 사람이 된, 아무 소용도 없는 모세에 대해서는 이러쿵저러쿵해대면서, 내가 뭔가 좋은 걸 쫌 해볼라치면 이래라저래라 잔소릴 해 댔어. 그러면서 자기는 코담배를 줄곧 피워대는 거 있지. 자기가 하는 일이니까 모두 옳다는 태도로 말이야.

더글러스 과부 아줌마의 동생인 미스 왓슨은 안경을 쓴 비쩍 마른 노처녀인데, 아줌마랑 같이 살러 와서는 철자 책을 들고 나한테 달려들지 뭐야. 미스 왓슨이 한 시간쯤 나를 빡세게 굴린 다음에야, 과부 아줌마가 내 고삐를 풀어주라고 말했어. 나는 더는 참을 수가 없었지. 그 후 한 시간쯤은 죽을 만큼 따분해서 견딜 수가 없었어. 미스 왓슨은 허구헌 날 "허클베리, 그런 데다 발을 얹으면 안 돼.", "허클베리, 그렇게 늘어져 있지 말고 똑바로 앉아."라고 했지. 그러고는 또 한다는 소리가 "그렇게 하품하거나 기지개를 켜면 안 돼. 왜 얌전하게 굴지 않는 거야?"였어. 뒤이어 미스 왓슨은 지옥에 대해 자세히 얘기해줬는데, 나는 차라리 지금 그곳에 있으면 좋겠다고 했지. 그랬더니 미스 왓슨은 미친 듯이 화를 냈는데, 나한테 나쁜 의도가 있었던 건 아냐. 나는 그저 어디라도 좋으니 가보고 싶었을 뿐이라고. 내가 원했던 건 변화였지 딱히 가고 싶은 곳이 있는 건 아니었어. 미스 왓슨은 나처럼 얘기하는 것은 사악하다고, 자기는 이 세상을 다 준다고 해도 그런 말은 하지 않을 거라고, 자기는 천국에 가기 위해 살 거라고 말했지. 근데 난 미스 왓슨이 가려는 곳에 가 봤자 별로 좋을 게 없을 것 같아서 천국에 가지 않으리라 결심했어. 하지만 그렇게 말하지는 않았지. 그래봤자 귀찮은 일만 생길 뿐 좋을 게 없으니 말이야.

근데 미스 왓슨은 일단 입을 열자 계속 천국에 대한 얘기를 줄줄이 늘어놓더군. 그곳에 간 사람은 하나같이 언제까지고 하루 온종일 하프를 타며 노래를 부르면서 빙빙 돈다는 거야. 나한텐 그리 대수롭지 않은 일 같았어. 하지만 그렇게 내뱉지 않았지. 내가 미스 왓슨한테 톰 소여도 그곳에 갈 수 있을지 묻자 당치도 않는 소리라고 하더군. 나는 톰이랑 함께 있고 싶었기에 기뻤지.

미스 왓슨은 계속 나를 쪼아댔고, 그 바람에 나는 짜증이 났고 외로웠어. 얼마 뒤 과부 아줌마랑 미스 왓슨은 껌둥이들을 불러 모아 놓고 기도를 한 다음에야 잠자리에 들었지. 나는 양초 한 토막을 집어 들고 방으로 올라가 테이블 위에다 올려놨어. 창가 의자에 걸터앉아 신나는 생각을 하려고 했지만 소용없었지. 차라리 죽어 버리면 좋겠단 생각이 들 만큼 외로웠어. 별들은 반짝였고, 나뭇잎들은 숲속에서 처량하게 바스락거렸지. 멀리서 부엉이가 세상을 떠난 누군가를 부르는 듯 부엉부엉하고 우는 소리가 들려왔고, 소쩍새랑 개가 죽어가는 누군가를 부르는 듯 우는 소리도 들려왔어. 바람이 나한테 뭔가를 속삭였지만 그게 뭔지 이해할 수 없었고, 오싹한 기운이 나를 훑고 지나갔지. 그때 나는 먼 숲에서 유령이 내는 소리를 들었어. 그건 마음속에 있는 뭔가를 누구한테 털어놓고 싶어도 어떻게 이해시켜야 할지 몰라 무덤 속에서 평안히 쉴 수 없는 유령이 매일 밤 슬피 우는 그런 소리였지. 나는 무섭고 기가 죽어 누군가 곁에 있으면 좋겠다고 생각했어. 얼마 뒤 내 어깨에 기어오른 거미 한 마리를 손톱으로 탁 튀기자 그만 촛불에 타 버렸지. 손쓸 틈도 없이 그 거미는 완전 지글지글 타버리고 말았어. 이게 끔찍이도 나쁜 징조이며 나한테 액운을 불러올 거라는 걸 굳이 누가 얘기해 주지 않아도 빤히 알 수 있었지. 나는 무서워서 어찌나 벌벌 떨었던지 하마터면 입고 있던 옷이 다 벗겨지는 줄 알았어. 자리에서 일어나 제자리에서 세 바퀴를 돌며 그때마다 가슴에 십자가를 그었지. 그러고는 마녀를 못 오게 하려고 머리칼 한 움큼을 실로 잡아매었어. 그래도 안심이 안 되더군. 왜냐면 그건 사실 길에서 주운 말편자를 문 위에 박아놓지 못하고 잃어버렸을 때 하는 거거든. 거미를 죽였을 때 액운을 피하는 방법 따위가 있다는 말은 아직 누구한테서도 들어본 적이 없어.

온몸에 오한이 들자 나는 다시 의자에 걸터앉아 담배를 한 대 피워 보려고 파이프를 꺼냈지. 집 안이 온통 쥐 죽은 듯 조용한 걸 보니 더글러스 과부 아줌마한테 들킬 염려가 없을 것 같았어. 시간이 얼마나 흘렀을까. 마을 저편에서 괘종시계가 "땡~땡~땡~"하며 열두 시를 알리는 소리가 들려왔어. 모든 게 여전히 고요했어. 아니 여느 때보다 더 고요했지. 곧이어 나는 나무들 사이 어둠 속에서 작은 나뭇가지 하나가 뚝 부러지는 소리를 들었어. 뭔가가 흔들흔들 움직이더군. 나는 가만히 앉아 귀를 기울였어. 그러자 저 아래서 "야옹! 야옹!"하는 소리가 희미하게 들려왔지. 좋았어! 나는 되도록 낮은 목소리로 "야옹! 야옹!"하며 응답하고는 불을 끄고 창을 통해 헛간 지붕으로 재빨리 기어 내려갔지. 그런 다음 땅 위로 미끄러지듯 내려가 나무들 사이로 기어가니, 아니나 다를까 톰 소여가 거기서 나를 기다리고 있더군.

2장

우린 나무들 사이 오솔길을 따라 나뭇가지에 머리가 긁히지 않도록 잔뜩 몸을 수그린 채 더글러스 과부 아줌마 집의 뜰 저편 끝을 향해 까치발로 살금살금 걸어갔어. 근데 부엌 옆을 지날 때, 나는 그만 나무뿌리에 걸려 쿵하고 넘어지고 말았지. 우린 몸을 웅크린 채 가만히 숨죽이고 있었어. 미스 왓슨네 껌둥이 노예인, 덩치 큰 짐 아저씨가 부엌문 가에 앉아 있더군. 우린 아저씨 뒤에서 새어 나오는 불빛 덕분에 그를 꽤 또렷이 볼 수 있었지. 짐 아저씨는 일어나서 목을 길게 빼고는 잠깐 귀를 기울이는 듯했어. 그러더니 *"거 누구요?"*하더군. 쫌 더 귀를 기울이는 듯하더니 아저씨는 발끝으로 살금살금 다가와서는 정확히 톰이랑 나 사이에 서는 게 아니겠어. 엎어지면 코 닿을 거리에 말이야. 몇 분이 지나도록 어느 누구도 소리를 내지 않은 채, 세 사람이 가까운 거리에서 꼼짝 않고 있었지. 발목에 가려운 데가 생겼지만 긁을 수도 없었어. 그러더니 이번엔 귀가 가려웠고 다음엔 정확히 양쪽 어깨 사이 등 한가운데가 가려웠지. 가려워 죽는 게 아닌가 싶을 정도였다니까. 그 후에도 난 그런 일을 몇 번이나 경험했어. 지체 높은 분이랑 함께 있든지, 장례식에 갔을 때라든지, 졸리지도 않는데 자야만 할 때라든지, 그러니까 몸을 긁어서는 안 될 곳에 있으면 어찌 된 일인지 수천 군데가 가려워지는 거야. 얼마 되지 않아 짐 아저씨가 입을 뗐지.

"어이, 거 누구요? 어디 인는 거여? 재길, 확씨리 먼 소리가 나긴 난는대. 그래, 이럼 되갠내. 여기 주저안자서 또 한 번 고놈애 소리가 날 때까지 귀 기울이고 이써야지."

그러면서 짐 아저씨는 톰이랑 나 사이에 털썩 주저앉는 게 아니겠어. 아저씨가 나무에 등을 기대고 두 다리를 쭉 뻗는 바람에, 하마터면 그의 다리 한 쪽이 내 다리에 닿을 뻔했지. 근데 이번엔 코가 가려웠어. 어찌나 가려운지 눈에 눈물이 고일 지경이었지. 그렇다고 차마 긁을 수도 없었어. 그러더니 배가 가려웠어. 다음엔 엉덩이가 가려웠고. 어떻게 가라앉혀야 할지를 알 수가 없었지. 그렇게 곤란한 상황이 6~7분 정도 계속된 거 같은데, 나한텐 그보다 더 오랜 시간처럼 느껴졌어. 이제는 가려운 데가 열한 군데나 됐어. 1분도 더 참을 수 없겠단 생각이 들었지만 이를 악물고 참아보리라 결심했지. 바로 그때 짐 아저씨가 숨을 크게 몰아쉬더니 코를 골기 시작했어. 그 덕분에 난 금세 편안함을 되찾았지.

톰이 입 모양으로 나한테 신호를 보내자, 우린 살금살금 기어서 그곳을 빠져나왔어. 10피트쯤 갔을 때 톰은 짐 아저씰 나무에 묶어 두는 장난을 치자고 속삭였지. 하지만 난 그건 안 된다고 말했어. 짐 아저씨가 깨어나서 소란을 일으킬 테고, 그럼 집안 식구들이 내가 집 안에 없는 걸 알아챌 수도 있으니까. 그러자 톰은 양초가 부족하니 부엌에 몰래 들어가 몇 개 가지고 나오자고 하더군. 나는 톰이 그런 짓을 하지 않았으면 했어. 그래서 짐 아저씨가 깨어나서 이쪽으로 올 수도 있다고 말했지. 하지만 톰이 기어이 한번 해 보고 싶다고 우겨대는 바람에, 우린 결국 부엌에 몰래 들어가 양초 세 개를 챙겼어. 톰은 양초 값으로 테이블 위에 5센트를 놔뒀지. 그런 다음 우린 밖으로 나왔는데, 나는 빨리 도망치고 싶어 죽을 것 같았어. 하지만 톰은 짐 아저씨가 있는 곳까지 살금살금 기어가서 뭔가 장난을 안 치면 직성이 풀리지 않을 것 같다는 거야. 그래서 나는 톰을 기다렸지. 주위가 너무나도 고요하고 쓸쓸해서 꽤 오랜 시간이 지난 것 같았어.

톰이 돌아오자마자 우린 뜰 울타리를 돌아 오솔길로 허겁지겁 달아났어. 머지않아 집 건너편 언덕의 가파른 꼭대기에 이르렀지. 톰이 말하기를, 자기가 짐 아저씨의 머리에서 모자를 조심히 벗겨 바로 위 나뭇가지에 걸었는데, 아저씬 쪼금 꿈틀거렸지만 깨지는 않았대. 나중에 짐 아저씨가 말하기를, 마녀들이 자기한테 마법을 걸어 혼을 쏘옥 빼놓고는 미주리 주 여기저기를 데리고 돌아다니다가 그 나무 아래에 도로 데려다 놨대. 그러고는 누가 그런 짓을 했는지 보여 주려고 모자를 나뭇가지에 걸어 뒀다나. 그러더니 짐 아저씨가 이 얘기를 또 할 때는 마녀들이 자기를 뉴올리언스까지 데려갔었다고 말하지 뭐야. 아저씨가 다음에 이 얘기를 할 때마다 얘기는 점점 더 뻥튀기돼서, 결국에는 자기가 마녀들한테 끌려 다니면서 전 세계를 일주했다는 거야. 그 바람에 녹초가 돼서 죽을 뻔했고, 등 전체에 안장 때문에 생긴 종기가 수두룩했다는 거지. 짐 아저씬 그걸 대단한 자랑거리로 여겼고, 나중엔 다른 껌둥이들을 본체만체 거들떠 보지도 않았어. 짐 아저씨의 얘기를 들으러 몇 킬로나 떨어진 곳에서 껌둥이들이 찾아왔고, 아저씬 그 지역의 어떤 껌둥이보다도 존경을 받게 됐지. 낯선 껌둥이들이 입을 헤벌쭉 벌리고 서서 마치 짐 아저씨가 무슨 경이로운 존재라도 되는 양 위아래를 훑어보더라. 껌둥이들은 어둑어둑해지면 부엌 난로 가에서 늘 마녀 얘기를 했어. 근데 누구든 마녀 얘기를 하며 아는 체를 할라치면 짐 아저씨가 끼어들며 말했어.

"허참, 니가 마녀애 대해 멀 안다고 떠들어?"

그럼 그 사람은 코가 납짝해져서는 뒤로 물러날 수밖에 없었지. 짐 아저씬 톰이 양초 값으로 놔둔 5센트짜리 동전에 실을 꿰어 늘 목에 걸고 다니면서, 이건 악마가 손수 자기한테 건네준 부적이라고 말하곤 했어. 악마가 아저씨한테 말하길, 이것만 있으면 어떤 환자라도 고칠 수 있고, 또 그가 원할 때 주문을 외기만 하면 마녀들을 부를 수 있다고 했대. 하지만 아저씬 그 5센트짜리 동전에 대고 어떤 주문을 외는지 결코 말한 적이 없어. 근데 그 5센트짜리 동전을 한번 보려고 껌둥이들이 사방에서 모여들어 자기들이 갖고 있던 물건을 뭐든 다 아저씨한테 바치더라니까. 하지만 악마가 만진 물건이라고 해서 누구도 그 동전에 손을 대려고 하지는 않았어. 악마를 만나고 마녀와 함께 다닌 일로 잔뜩 거드름을 피우는 짐 아저씨는 노예로서는 거의 쓸모가 없게 됐지.

언덕 꼭대기에 다다른 톰이랑 나는 저 멀리 마을을 내려다봤어. 등불 서너 개가 깜빡거리는 게 보였지. 그건 아마도 환자가 있어서 켜 놓은 등불 같았어. 머리 위에선 별들이 어느 때보다 아름답게 반짝이고 있었고, 마을 옆 저편 아래로는 폭이 1마일 가량이나 되는 전율할 만큼 고요하고 웅장한 그 강이 있었지. 우린 언덕을 내려와 조 하퍼와 벤 로저스, 그 밖에 두서너 명의 애들이 예전에 무두질 공장이었던 곳에 숨어 있는 걸 찾아냈어. 우린 작은 보트에 매인 밧줄을 풀고 2마일 가량 노를 저어 강 하류 언덕 중턱의 우뚝 솟은 바위에 이르러 뭍에 올랐지.

덤불 속으로 들어서자 톰은 우리 모두에게 비밀을 지키겠다는 서약을 하게 하고는, 덤불에서 가장 우거진 곳 한복판에 있는 동굴을 보여주더군. 우린 양초에 불을 붙여 들고 엉금엉금 기어서 동굴 속으로 들어갔어. 약 200야드 정도 기어 들어가자, 탁 트인 공간이 나오더군. 톰은 통로를 이리저리 더듬어간 끝에, 개구멍이 있으리라고는 아무도 상상 못한 암벽 밑으로 기어 들어갔어. 우리도 톰을 따라 좁은 구멍으로 기어 들어가서 마치 방같이 생긴 곳으로 나왔지. 그곳은 축축하고 땀내 나는 추운 곳이었어. 우린 일단 그곳에 멈춰 섰어. 톰이 입을 열었지.

"자, 이제 우린 강도단을 시작할 거야. 이름하야 '톰 소여 갱단'이야. 입단하고 싶은 자는 선서를 하고 자기 이름을 피로 써야 해."

모두들 기꺼이 그렇게 할 생각이었어. 톰은 미리 써 놓은 선서문 한 장을 꺼내 읽었지. 그 선서문의 내용은 이랬어. 단원은 누구라도 이 갱단에서 탈퇴해서는 안 되고, 또 어떠한 비밀도 누설해선 안 된다. 만약 누군가가 단원의 일원에게 위해를 가했을 경우, 그자와 그자의 가족까지 죽이라는 명령을 받은 단원은 그 명령을 완수해야만 하며, 그자들을 죽여서 갱단의 표지인 십자가를 그자들의 가슴에 새겨 넣기까지는 먹어서도 안 되고 잠을 자서도 안 된다. 이 갱단의 단원이 아닌 자는 누구도 이 표지를 사용할 수 없고, 만약 사용하는 날엔 피소될 것이며, 또 사용하는 날엔 죽임을 당할 것이다. 만약 단원 중에서 누구라도 비밀을 누설하는 자가 있을 때에는 그자의 목을 칠 것이고, 시체는 완전히 태워 그 재를 사방에 뿌리고, 이름은 명부에서 피로 지워 버리고, 단원들은 다시는 그 이름을 부를 수 없으며, 그 이름은 저주받아 영원히 망각될 것이다.

모두들 정말 끝내주는 선서라고 하면서 톰한테 그의 머릿속에서 나온 거냐고 물었어. 톰은 그중 몇 개는 자기가 생각해 낸 거지만, 나머지는 해적에 대한 책과 강도에 대한 책에서 뽑아낸 거라면서, 격조 높은 갱단엔 모두 다 그런 선서가 있다고 대답했지. 그때 누군가 비밀을 누설한 단원의 가족도 죽여 버리는 게 좋겠다고 하자, 톰은 거참 좋은 생각이라고 하면서 연필을 꺼내 선서문에 써넣더군. 그러자 이번엔 벤 로저스가 말했어.

"여기 헉 핀은 가족이 없잖아. 헉은 어떻게 할 작정이야?"

"갠 아버지가 있잖아." 톰 소여가 대답했어.

"그렇지. 있긴 하지만 요즘엔 통 안 보이잖아. 이전에는 무두질 공장에서 술이 떡이 돼서 돼지들이랑 곧잘 자곤 했는데, 일 년 넘게 이 근처엔 통 얼씬도 하지 않던데."

모두가 이 일에 대해 의논을 하고는 나를 갱단에서 빼 버리려고 했어. 갱단의 일원 중, 가족이 됐든 누가 됐든 죽일 사람이 없다면 다른 단원들한테 공평하지 않다는 거였지. 어떻게 해야 좋을지 뾰족한 수가 떠오르지 않아 모두 쩔쩔매고 있었어. 난 하마터면 울음이 터져 나올 뻔했지. 하지만 바로 그때 내게 한 가지 생각이 떠올랐어. 나는 미스 왓슨을 내놓기로 했지. 그래, 미스 왓슨을 죽이면 되는 거였어. 그러자 모두가 입을 모아 대답했어.

"그래, 그 사람이면 돼. 되고말고. 그럼 문제없어. 혁도 입단할 수 있어."

그러고는 모두가 바늘로 손가락을 따서 피를 내 서명했고, 나도 그렇게 했어.

그때 벤 로저스가 물었지. "근데 우리 강도단이 하는 일이 뭐야?"

"오로지 강도짓과 살인뿐이지." 톰이 대답했어.

"근데 뭘 터는 거야? 집이야 가축이야, 그것도 아니면……"

"이런 돌대가리 같으니! 가축이니 뭐니 그런 걸 터는 건 강도가 아니야. 그런 건 빈집털이들이나 하는 짓이라고." 톰이 말했어.

"우린 빈집털이가 아냐. 걔네들한텐 격식이라는 게 없잖아. 우린 노상강도라고. 복면을 쓰고 마차를 길에 세워 타고 있던 사람들을 죽이고 시계와 돈을 빼앗는 거지."

"언제나 사람들을 죽여야만 해?"

"그렇고 말고. 그게 상책이야. 다르게 생각하는 권위자도 있긴 하지만 대체로 죽이는 게 최고의 방법이라고 나와 있어. 물론 동굴까지 끌고 가서 몸값을 받을 때까지 가둬 두는 사람들도 있긴 하지."

"몸값? 그게 뭔데?"

"나도 몰라. 하지만 그게 바로 강도들이 하는 짓이야. 책에서 읽은 적이 있어. 그니까 당연히 우리도 해야 한다고."

"뭔지도 모르고 어떻게 해?"

"아이, 씨! 무조건 해야 한다니까 그러네. 책에 나와 있다고 말했잖아? 넌 책에 나와 있는 거랑 다른 짓을 해서 모든 걸 엉망진창으로 만들고 싶어?"

"알았어, 톰 소여. 그렇게 말하니 뭐 어쩔 수 없지만 말이야, 어떻게 몸값을 받아야 할지도 모르는데 도대체 어떻게 놈들한테서 몸값을 받는다는 거야? 내가 알고 싶은 건 바로 그거야. 그래서 말인데, 몸값을 받는다는 게 뭐라고 생각하냐고?"

"잘은 모르지만 말이야, 몸값을 받을 때까지 놈들을 가둬 둔다는 뜻인 거 같아. 그니까 아마 죽을 때까지 놈들을 가둬 둔다는 뜻이겠지."

"이제야 쫌 알아먹겠네. 대답이 됐어. 진작에 말해 주지 그랬어. 그러니까 저승사자한테 몸값을 받아 낼 때까지 가둬 둔단 말이지? 그래도 손이 많이 가긴 하겠네. 인질들이 뭐든 먹어 치울 테고 늘 도망치려고 할 텐데?"

"뭘 쫌 알고 말하라고, 벤 로저스. 보초가 지키고 있는데 어떻게 도망을 가? 조금이라도 움직일라치면 단번에 쏴 죽일 준비를 하고 있는데 말이야."

"보초라! 그거 좋네. 근데 놈들을 감시하려고 보초를 서는 사람은 밤새도록 깨 있으면서 한숨도 못 자겠군. 내 생각엔 바보짓 같은데. 그보다는 차라리 누군가가 곤봉을 갖고 있다가 놈들이 도착하는 즉시 죽여 버리는 게 어떨까?"

"책에는 그렇게 쓰여 있지 않아. 그렇게 하면 안 되는 이유는 바로 그거야. 이봐, 벤 로저스, 넌 일을 규칙대로 하려는 거야, 말려는 거야? 핵심은 이거라고. 넌 그런 책을 쓴 사람들이 무슨 일을 하는 게 옳은지 알고 있었다고 생각하지 않아? 그런 사람들한테 감히 네가 뭔가를 가르칠 수 있다고 생각하는 거야? 천만의 말씀이지. 안 돼. 우린 규칙대로 몸값을 받을 때까지 놈들을 가둬 놔야 한다고."

"좋아, 정 그렇다면 뭐…… 하지만 말했듯이 어쨌든 바보짓 같아. 그건 그렇고, 여자들도 죽이는 건가?"

"벤 로저스, 내가 만약 너처럼 무식쟁이라면 차라리 난 아가리 닥치고 아무 말도 안 할 거다. 여자들도 죽이냐니? 아니지. 그런 얘기가 책에 나와 있는 건 본 적이 없다고. 여자들은 동굴로 데리고 와서 늘 아주 정중히 대해야 해. 그렇게 하면 머지않아 그 여자들은 너랑 사랑에 빠지게 될 거고. 그럼 그들은 집에 가고 싶은 마음이 싹 사라지고 마는 거지."

"뭐 그렇다면 나도 따를게. 근데 어쩐지 썩 믿음이 가진 않아. 몸값을 받아낼 때까지 가둬 둔 놈들과 여자들 때문에 동굴이 득시글득시글해서, 당장에 우리 갱단이 있을 자리도 없을 거 아냐. 하지만 뭐, 니 맘대로 해. 난 더는 할 말 없어."

그때 애들이 잠들어 있던 꼬맹이 토미 반스를 깨우자 갠 겁을 집어먹고는, 엄마 보러 집에 갈 거야, 강도가 되는 건 싫어, 하며 울어 댔어. 그러자 모두들 토미를 울보라고 놀려댔는데, 갠 미친 듯이 화를 내면서 곧장 집으로 달려가 갱단의 비밀을 전부 일러바치겠다고 하지 뭐야. 그러자 톰은 입을 닫는 대가로 토미한테 5센트짜리 동전을 건넸어. 그러고는 이제 모두 다 집으로 돌아가자, 그리고 다음 주에 만나 빼앗고 죽이는 짓을 시작하자고 말했지.

벤 로저스는 일요일 말고는 좀처럼 빠져나올 수가 없으니까, 당장 다음 주 일요일부터 일을 시작하고 싶다고 했어. 하지만 주일에 그런 짓을 하는 건 사악한 짓이라고 모두가 입을 모았기에 그 문제는 일단락됐지. 우린 되도록 빨리 모여 날을 잡자는 데 동의했어.

그러고는 톰 소여를 갱단의 두목으로, 조 하퍼를 부두목으로 정하고는 집으로 향했지. 나는 동이 트기 직전에 헛간 지붕으로 올라가 창문을 통해 방으로 기어 들어갔어. 새 옷은 온통 기름투성이에 진흙투성이가 돼 있었고, 나는 완전 파김치가 돼 있었지.

3장

아침이 되자 나는 더러워진 옷 때문에 미스 왓슨한테 단단히 꾸지람을 들었어. 근데 더글러스 과부 아줌만 나를 나무라지도 않고 기름기랑 진흙을 깨끗이 닦아 주며 자못 슬픈 표정을 하고 있었기에, 나는 잠깐이나마 되도록 얌전하게 굴어야겠다고 생각했지. 얼마 후 미스 왓슨이 나를 골방으로 데려가서 기도를 했는데 그렇다고 아무것도 달라진 건 없었어. 미스 왓슨은 나한테 매일 기도를 드리라고, 기도하면 모든 게 이뤄질 거라고 했지. 하지만 그게 그렇지 않았어. 내가 시험 삼아 한번 해 봤거든. 언젠가 나한테 낚싯줄은 있지만 낚싯바늘이 없던 때가 있었어. 낚싯바늘이 없으면 뭔 소용이 있겠어. 그래서 낚싯바늘을 내려주세요, 하고 시험 삼아 서너 번 기도해 봤지만 웬걸, 전혀 소용이 없었지. 그러던 어느 날 미스 왓슨한테 나 대신 기도를 해 달라고 부탁했더니, 날더러 바보라고 핀잔을 주는 게 아니겠어. 왜 바보라고 했는지 그 까닭을 얘기해 주지 않아서, 아무리 생각해도 그 이유를 알 수가 없었지.

어느 날, 나는 숲속 깊숙한 곳에 앉아 이 문제에 대해 오랫동안 곰곰이 생각해 봤어.

"기도를 통해 얻고자 하는 걸 뭐든 얻을 수 있다면, 왜 교회 집사인 윈 아저씨는 돼지고기 사느라 쓴 돈을 되찾지 못하는 걸까? 왜 과부 아줌마는 도둑맞은 은제 코담배갑을 되찾지 못하는 걸까? 왜 미스 왓슨은 살이 붙지 않는 걸까?" 나는 혼잣말로 중얼거렸어.

그러고는 잠시 후 덧붙였지. "그래, 기도란 건 아무 소용없어."

더글러스 과부 아줌마한테 가서 그 얘길 했더니 아줌마가 그러더군. 기도를 드려 얻을 수 있는 건 "영혼의 선물"이라고 말이야. 그 얘긴 나한테 너무 어려운 말이었는데 말이야, 아줌마가 그게 뭔 뜻인지 얘기해줬어. 그건 다른 사람들을 도와줘야 하고, 다른 사람들을 위해 할 수 있는 일이라면 뭐든 해야 하며, 늘 다른 사람들을 보살펴 주되, 절대로 자기 자신에 대해선 생각하면 안 된다는 거였지. 내 생각에 미스 왓슨도 그 다른 사람들 중 한 명인 게 분명했어. 숲속 깊숙한 곳까지 들어와 한참을 궁리해 봤지만, 결국 다른 사람들만 덕을 보게 되고 나한텐 이득 될 게 없으니 더는 그 문제에 대해선 생각할 것 없이 그냥 신경끄기로 했지. 때때로 더글러스 과부 아줌마는 나를 방 한구석으로 데려가서 입에 침이 고일 정도로 '신의 섭리'에 대해 얘기했어. 하지만 다음 날이 되면 미스 왓슨이 산통을 다 깨놓고 말았지. 그래서 나는 '신의 섭리'가 둘 있는데, 더글러스 과부 아줌마가 말하는 '신의 섭리'로는 불쌍한 녀석들도 구제될 가망이 있지만, 미스 왓슨이 말하는 '신의 섭리'에 걸리면 구제될 가망이라곤 없다는 걸 깨달았어. 곰곰이 생각해 본 끝에, 만약 더글러스 과부 아줌마네 신이 나를 원한다면 그쪽에 붙어도 좋겠단 생각이 들었지. 이렇게 무식하고 천하고 고약한 나를 거둬들여서 그 신은 도대체 뭔 덕을 보려는 걸까, 하고 통 갈피를 잡을 수 없었지만 말이야.

아빠는 일 년 넘게 얼씬도 하지 않았는데 나한텐 오히려 마음 편한 일이었어. 아빠를 더는 보고 싶지 않았으니까. 아빠는 술에 취하지 않고 맨정신일 때는 늘 나를 두들겨 패대며 못살게 굴었어. 그래서 아빠가 있을 땐 대개 숲속으로 피신하곤 했지. 근데 말이야, 마을 사람들이 말하길 그 무렵 마을 위쪽으로 12마일쯤 떨어진 강에서 아빠의 익사체가 발견되었다는 거야. 사람들은 그게 아빠라고 판단한 거지. 그 익사한 남자가 꼭 아빠만 한 크기인 데다가, 누더기를 걸치고 있었고, 머리칼이 보기 드물게 길더라는 거야. 그 점에 있어선 틀림없이 아빠가 맞았어. 하지만 마을 사람들이 얼굴을 전혀 분간할 수 없었던 건 말이야, 오랫동안 물에 잠겨 있어서 얼굴이 전혀 얼굴 같지 않았기 때문이야. 마을 사람들이 말하길, 아빠는 누운 자세로 둥둥 떠내려 왔대. 마을 사람들은 시체를 건져 강둑에 묻어 버렸대. 하지만 나는 뭔가 짚이는 게 있어서 오랫동안 마음이 편치 않았어. 익사한 사람의 시체는 누운 자세로 뜨지 않고 엎드린 자세로 뜬다는 사실을 잘 알고 있었거든. 나는 그 시체가 아빠가 아니라 남자 옷을 입은 여자라고 생각했어. 그래서 또다시 덜컥 겁이 나기 시작했지. 그 노친네가 머지않아 다시 나타날 거란 생각이 들었기 때문이야. 안 나타나면 좋을 텐데 말이야.

갱단 놀이를 시작한 지 한 달쯤 됐을 무렵, 나는 그 짓을 그만뒀어. 다른 애들도 마찬가지였지. 실제로 누구 물건을 훔친 적도 없고 누굴 죽인 적도 없었어. 그저 시늉만 했을 뿐이지. 우린 숲에서 뛰어나와 돼지를 모는 사내, 그리고 장터로 채소를 운반해 가는 짐마차 위에 앉은 여자들을 습격하긴 했지만, 그들한테서 어떤 것도 훔치지는 않았어. 톰 소여는 돼지를 "금괴"라고 불렀고 순무나 그 밖의 채소를 "보석"이라고 불렀지. 우린 동굴로 돌아와서 자기가 무슨 짓을 했고, 몇 사람을 죽였으며, 몇 사람한테 흉터를 냈는지를 지껄여 댔어. 나한텐 그런 게 그저 부질없어 보였지. 한번은 톰이 한 애한테 횃불을 들고 동네를 뛰게 했는데, 톰은 이걸 "신호"라고 불렀지. 갱단 단원들한테 집합하라는 신호였어. 톰은 밀정한테서 비밀 정보를 입수했다고 하더군. 그 정보는 내일 엄청나게 많은 스페인 상인들과 아라비아 부자들이 코끼리 200마리랑 낙타 600마리, 그리고 1,000마리가 넘는 짐 나르는 노새에 다이아몬드를 가득 싣고 '케이브 할로우'에서 야영을 하는데, 호위병은 불과 400명밖에 안 된다는 거였어. 톰이 말하길, 그래서 우리가, 뭐라더라, 매복인가를 해서 사람들을 죽이고 물건을 빼앗자고 했지. 칼과 총을 손질해서 만반의 준비를 해야 한다고 하더군. 순무를 실은 마차를 공격할 때조차 칼과 총을 정성껏 손질해야 한다고 했어. 사실 말이 좋아 칼과 총이지 그건 그저 가느다란 나무 막대기와 빗자루에 지나지 않았지. 그러니 죽어라 손질해 봤자 조금도 나아질 턱이 없었어. 나는 우리가 그렇게 많은 수의 스페인 사람들과 아라비아 사람들을 해칠 수 있으리라 생각도 안 했지만, 낙타랑 코끼리는 보고 싶었기에 다음날 토요일에 매복병으로 합류했지. 우린 신호를 받고 숲에서 뛰쳐나와 언덕 아래로 내달렸어. 하지만 스페인 사람들도, 아라비아 사람들도, 낙타도, 코끼리도 없지 뭐야. 눈에 띄는 거라곤 고작 소풍 나온 주일학교 학생들뿐이었고, 그마저도 어린 꼬맹이들뿐이었지. 우린 녀석들을 박살내고 계곡 밖으로 쫓아 버렸어. 전리품이라곤 도넛과 잼 몇 개뿐이었지만 말이야. 그래도 벤 로저스는 헝겊 인형 하나를 건졌고, 조 하퍼는 찬송가 책 한 권이랑 종교 소책자 한 권을 건졌지. 바로 그때 주일 학교 쌤이 돌진해 오는 바람에, 우린 가지고 있던 물건들을 모조리 내던지고 도망쳤어.

나는 톰 소여한테 다이아몬드라곤 코빼기도 못 봤다고 말했어. 근데 톰은 다이아몬드가 한 무더기나 있었고, 아라비아 사람들도 코끼리들도 그 밖의 것들도 모두 다 있었다고 우겨대는 거 아니겠어. 그럼 우리가 그것들을 못 본 이유가 뭐냐고 물었지. 톰은 나한테 넘 무식한 게 탈이라고 하면서, 《돈키호테》라는 책만 읽어 봤더라면 그런 것쯤은 묻지 않고도 알고 있었을 거라고 하더군. 톰이 말하길, 모든 게 다 마법의 조화라는 거야. 그러니까 병사도 몇백 명 있었고 코끼리며 보물이며 그 밖의 것들도 다 있었지만, 우리가 상대하는 적 중엔 마법사라는 놈이 있어서 그놈이 악의를 품고 모든 걸 다 주일 학교 애들로 바꿔 놨다는 거야. 내가 "좋아, 그럼 그 마법사를 공격하면 되겠네."라고 했더니, 톰 소여는 날더러 돌대가리라고 핀잔을 주더군.

"야, 마법사는 말이야, 램프의 정령을 많이 불러낼 수 있어. 그래서 너 같은 건 말이지, 눈 깜짝할 사이에 잘게 부스러트릴 수 있단 말이야. 놈들은 키는 나무처럼 크고 몸뚱아린 교회만큼 크걸랑."

"그럼 우리도 그 램프의 정령을 불러내서 우릴 돕게 하면 되잖아? 그럼 적들을 쳐부술 수 있을 거 아냐?" 내가 대꾸했지.

"무슨 수로 램프의 정령을 불러내?"

"그건 나도 모르지. 그럼 마법사들은 램프의 정령을 어떻게 불러내는데?"

"마법사들이 오래된 양철 램프나 쇠가락지를 문지르면 우르릉 쾅쾅 천둥 번개와 함께 연기가 자욱이 솟아오르면서 램프의 정령이 순식간에 나타나는 거지. 그러고는 시키는 일은 뭐든지 척척 해내거든. 탑 같은 걸 뿌리서부터 송두리째 뽑아서 그걸로 주일 학교 교장의 대가리나, 아님 그 누구의 대가리라도 냅다 후려치는 건 누워서 떡 먹기다, 이 말씀이야."

"그럼 램프의 정령을 불러낼 수 있는 건 누군데?"

"누구긴 누구야. 램프나 쇠가락지를 문지른 사람이지. 램프의 정령은 램프나 쇠가락지를 문지른 사람의 부하니까, 주인이 시키는 건 뭐든 척척 하게 돼 있어. 다이아몬드로 길이가 40마일이 넘는 궁전을 짓고, 그 안에다 껌이니 뭐니 자기가 좋아하는 걸 잔뜩 채우고, 아내로 삼을 중국 황제의 딸을 데려오라는 명령을 내리면, 램프의 정령은 꼭 그 명령대로 해야만 해. 그것도 당장 내일 아침 해 뜨기 전까지 해야 된다고. 그뿐이 아냐. 램프의 정령은 그 궁전을 이 나라 어디든지 주인이 원하는 곳으로 옮겨 놔야 한다고. 알겠어?"

"근데 말이야, 궁전이 자기 것도 아닌데 그렇게 쓸데없이 옮겨 놓다니, 램프의 정령이란 진짜 바보 멍청이구나. 그리고 만약 내가 램프의 정령이라면, 오래된 양철 램프를 문질렀다고 해서 하던 일을 내팽개치고 그 사람 있는 데로 뛰어가기는커녕 그냥 어디론가 사라져 버릴 거야."

"무슨 소릴 하는 거야, 헉 핀. 누군가 램프를 문지르면 넌 좋든 싫든 무조건 가야 하는 거라고."

"뭐? 키도 나무만 하고, 몸집도 교회만 한 내가 말이야? 그래 좋아, 까짓것 가지 뭐. 하지만 나는 그놈을 이 동네서 제일 높은 나무 꼭대기에 올려놓고 말 거야."

"어휴, 너한텐 말해 봤자 소용이 없구나, 헉 핀. 어째 넌 아는 게 아무것도 없는 것 같아. 완전 얼간이라니까."

나는 2~3일 동안 그 일에 대해 곰곰이 생각해 보고는, 진짜인지 알아보기로 했어. 오래된 양철 램프랑 쇠가락지를 구해서 숲속으로 들어가 땀을 뻘뻘 흘리며 문지르고 또 문질러 봤지. 그렇게 궁전을 지어서 팔아 버릴 작정이었어. 하지만 다 소용없었지. 램프의 정령은 얼씬도 하지 않았거든. 그래서 나는 그 모든 게 톰 소여가 지어낸 거짓말 중의 하나라고 확신했어. 톰은 아라비아 사람들이니 코끼리들이니 하는 얘기를 믿는 모양이었지만 말이야, 내 생각은 달랐어. 톰의 얘기에서는 주일 학교 냄새가 물씬 풍겼거든.

4장

서너 달이 지나고 어느덧 완연한 겨울이 되었지. 나는 거의 매일 학교에 갔기에 철자를 읽고 쓰는 건 어느 정도 할 수 있게 됐고, 구구단도 '육칠은 삼십오'하며 욀 수 있게 됐지만 말이야, 그 이상은 죽어도 외워질 거 같지 않았어. 어쨌든 산수에는 관심 없었지.

처음에는 학교가 딱 질색이었는데, 다니다 보니 참을 만해지더군. 학교가 미친 듯이 지겨울 때면 땡땡이를 쳤는데, 다음날 매질을 당하면 오히려 기분이 좋아지고 활기가 돋았어. 그래서 학교에 가면 갈수록 마음이 점점 더 편해졌지. 더글러스 과부 아줌마의 방식에도 얼마간 적응이 돼서 크게 거슬리지 않았어. 하지만 집 안에서 지내며 침대 위에서 잔다는 건 나한텐 몹시도 힘든 일이었지. 추위가 닥치기 전엔 가끔씩 몰래 집을 빠져나가 숲속에서 자기도 했는데 말이야, 그건 나한텐 휴식과도 같았어. 어쨌든 예전 생활방식이 제일 마음에 들었지만, 새로운 생활방식도 조금씩 마음에 들게 됐지. 더글러스 과부 아줌마는 내가 느리기는 하지만 착실하게, 아주 만족스럽게 잘하고 있다고 했어. 이젠 내가 부끄럽지 않다고도 했지.

어느 날 아침, 식사를 하던 중에 그만 소금 병을 엎지르고 말았어. 재빨리 손을 뻗어 소금을 집어서 왼쪽 어깨 너머로 던져 액운을 피하려 했는데, 미스 왓슨이 나보다 먼저 손을 뻗어 막는 게 아니겠어. 그러고는 "손 치워, 허클베리, 넌 왜 늘 난장판을 만들려고 하니?"라며 혼을 내더군. 더글러스 과부 아줌마가 나를 위로해 줬지만, 그걸로 액운을 피할 수 없다는 걸 잘 알고 있었어. 아침 식사를 마치고 집을 나서는데, 어디서 어떤 액운이 닥쳐올지 걱정이 돼서 몸이 떨려 왔지. 어떤 액운은 막아 낼 방법이 있긴 하지만, 그건 그런 종류의 액운이 아니었거든. 그래서 하릴없이 아무것도 하지 않고, 그저 기가 죽어 마음 졸이며 어슬렁거릴 뿐이었어.

나는 앞뜰로 가서 계단문을 밟고 높은 판자 울타리를 넘었지. 땅 위엔 갓 내린 눈이 1인치쯤 쌓여 있었는데, 거기엔 누군가의 발자국이 나 있었어. 채석장 쪽에서부터 나 있던 발자국은 계단문 주위에 잠시 멈추는가 싶더니만, 마당 울타리를 따라 저쪽으로 이어져 있었지. 발자국의 주인이 그렇게 머뭇거리면서도 안으로는 안 들어온 게 참 이상했어. 이유를 알 수 없었지. 호기심이 일었어. 발자국이 나 있는 길을 따라 뒤를 밟아보려 했지만, 우선 몸을 굽혀 발자국부터 조사해 봤지. 처음에는 아무것도 알아볼 수 없었지만, 점차 뭔가가 보이기 시작했어. 왼쪽 구두 뒤꿈치에 악마를 피하기 위한, 큰 못으로 만든 십자가가 붙어 있더군.

나는 부리나케 일어나 쏜살같이 언덕을 뛰어 내려갔어. 가끔 뒤를 돌아봤지만 아무도 보이지 않았지. 전속력으로 대처 판사 아저씨네 집으로 달려갔어. 판사 아저씨가 말했지.

"웬일이냐, 얘야. 숨넘어가겠구나. 이자를 받으러 온 게냐?"

"아뇨, 아저씨. 근데 제 몫의 이자가 있나요?" 내가 물었어.

"있고 말고. 반년 치가 어젯밤에 막 들어왔단다. 150달러가 넘지. 네겐 큰돈이란다. 네가 가지고 가면 분명 몽땅 써버릴 테니, 내가 그 돈을 대신 투자하게 해 다오. 네 6,000달러와 함께 말이다."

"아녜요, 판사 아저씨. 전 그 돈 쓰고 싶지 않아요. 전혀 원치 않아요. 그 6,000딸라도요. 그냥 아저씨 가지세요. 아저씨한테 드리고 싶어요. 6,000딸라고 뭐고 모조리 다요."

아저씨는 깜짝 놀란 눈치였어. 까닭을 모르겠다는 표정이었지. 아저씨가 묻더군.

"아니, 얘야, 그게 무슨 말이냐?"

"부탁인데요, 이 일에 대해선 아무것도 묻지 말아 주세요. 받아주실 거죠, 네?" 내가 대답했어.

"뭐가 뭔지 어리둥절하기만 하구나. 무슨 일이 있었던 거니?" 아저씨가 물었지.

"제발 받아주세요. 그리고 아무것도 묻지 말아 주세요. 그럼 저도 거짓말 할 필요가 없으니까요." 내가 대답했어.

아저씨가 잠깐 생각을 하더니 말을 이었지.

"아, 이제 알 것 같구나. 넌 전 재산을 내게 '팔고' 싶은 게로구나. 주는 게 아니고 말이야. 그거 잘 생각했다."

그리고 아저씨는 종이에 뭔가를 쓰고 찬찬히 읽어 보더니 말했어.

"자, 이걸 보렴. '그 대가로'라고 쓰여 있지? 그건 내가 너한테서 이걸 사고, 그 대가로 너한테 돈을 지불했단 뜻이야. 자, 여기 1달러가 있다. 여기에 서명하렴."

그래서 나는 서명을 하고 그곳을 떠났어.

미스 왓슨네 껌둥이 노예 짐 아저씨는 황소의 네 번째 위에서 꺼낸, 사람 주먹만 한 털 뭉치를 갖고 있었는데, 아저씬 그걸로 곧잘 마법을 부리곤 했어. 아저씨는 그 공 안에 영혼이 들어 있어서 뭐든지 다 알고 있다고 했지. 그래서 나는 그날 밤 아저씨한테로 가서는, 눈 위에서 발자국을 발견했는데 아빠가 다시 여기 나타난 것 같다고 말했어. 나는 아빠가 뭘 할 작정인지, 그리고 여기에 계속 있을 작정인지 알고 싶었지. 아저씨는 털 뭉치를 꺼내 거기다 대고 뭐라고 중얼거리더니, 그걸 높이 쳐들어 마루 위에다 패대기치는 게 아니겠어. 공은 꽤나 묵직하게 떨어져서 1인치 정도 굴러가다가 멈췄지. 아저씬 똑같은 짓을 또 하고 또 해봤지만, 공은 아까랑 마찬가지였어. 아저씨는 마루에 무릎을 꿇고 공에 귀를 갖다 대고는 열심히 뭔가를 듣는 눈치였지. 하지만 헛수고였어. 아저씨는 공이 아무 말도 하지 않으려 한다고 그러더군. 이 공도 돈을 안 주면 때론 영 말을 하려 들지 않는다면서 말이야. 나는 번드르르한 25센트짜리 가짜 은화를 하나 가지고 있긴 한데, 은이 닳아 빠져서 놋쇠 부분이 보이기에 쓸모가 없을 거라고 했어. 놋쇠 부분이 안 보인다 해도 너무 번드르르해 기름 묻은 것 마냥 미끄러워서 매번 가짜인 게 탄로 나고 마니까 어디서도 쓸 수 없을 거라고 했지. (판사 아저씨한테서 받은 1달라에 대해서는 굳이 얘기를 꺼내지 않는 게 좋겠다고 생각했어.) 나는 그 돈이 가짜 돈이긴 하지만 털 뭉치는 아마 진짜랑 차이를 모를 테니 그걸 받을지도 모른다고 했지. 아저씨는 그 돈의 냄새를 맡아 보고,

깨물어 보고, 문질러 보더니, 털 뭉치가 그걸 진짜라고 생각하도록 자기가 어떻게든 손을 써 보겠다고 하더군. 생감자를 일부 도려내서 25센트짜리 은화를 그 사이에 밤새 끼워 두면, 다음 날 아침엔 놋쇠 부분이 안 보이게 되고 번드르르한 촉감도 없어져서, 털 뭉치는 말할 것도 없고 마을 사람들 누구라도 한 치의 의심 없이 그 돈을 받을 거라고 했어. 나도 감자가 그런 작용을 한다는 걸 진작부터 알고 있었지만 까맣게 잊고 있었지.

짐 아저씨는 털 뭉치 밑에 25센트짜리 은화를 놓고 마루에 무릎을 꿇고는 또다시 귀를 기울였어. 이번엔 털 뭉치가 아주 말을 잘 듣는다고 하더군. 원한다면 내 운세를 전부 가르쳐 줄 것 같다고 했어. 그래서 나는 빨리 그렇게 해 달라고 외쳤지. 그랬더니 아저씬 털 뭉치가 말한 내용을 나한테 전해 줬어.

"니 아부진 말여, 멀 워째야 헐지 아직 모르고 이써. 어떨 땐 어대로 떠나 버릴까 허다가도, 또 어떨 땐 그냥 여기 이쓸까 허고 이찌. 잴 조은 방법은 말여, 가만히 니 아부지 허는 대로 그냥 내버려 두는 거여. 니 아부지 주위를 천사 둘이서 삥삥 돌고 인내. 하나는 허여캐 빤짝빤짝 빛나고 이꼬, 따른 하나는 씨컴씨커매. 허연 놈은 니 아부질 얼마 동안은 올바른 길로 인도허지만 말여, 씨커먼 놈이 글쎄 난대업씨 휙허고 나타나서는 삐뚤어지개 만들지. 니 아부지가 결국 언 놈의 손 안애 들어가고 말지 아직은 아무도 몰러. 허지만 니는 괜찬을 꺼여. 살면서 고생도 깨나 허개찌만 재미도 깨나 볼꺼여. 다칠 때도 이쓸태고 아플 때도 이깨지만 다 나을 꺼여. 니 팔짜앤 여자 두 명이 니 주월 날아다니고 이써. 하나는 허여코 따른 하나는 씨컴씨커매. 하나는 부자고 따른 하나는 가난뱅이여. 니는 말여, 첨

앤 가난뱅이 여자애랑 결혼허고 나중앤 부자 여자애랑 결혼허개 될 꺼여. 되도록 물을 멀리 해야 쓰고 위험헌 짓은 허지 말아야 써. 니는 교수형을 당할 팔짜라고 사주애 딱 나와 이써."

근데 그날 밤 양초에 불을 붙여 들고 이층 내 방으로 올라와 보니 아빠가, 틀림없는 아빠가 거기 앉아 있는 게 아니겠어!

5장

문을 닫고 뒤를 돌아보니 거기 아빠가 있었어. 나는 늘 아빠만 보면 겁이 났지. 지독하게 두들겨 패 댔으니 말이야. 그때도 마찬가지로 겁이 날 거라고 생각했지만, 이내 그렇지 않다는 걸 깨달았어. 아빠가 생각지도 못하게 거기 있었기에, 말하자면 숨이 턱 막히는 충격이라고나 할까, 그런 걸 느끼긴 했지. 하지만 금세 아빠가 그렇게 염려할 만큼 두렵지는 않다는 걸 깨달았어.

아빠는 나이가 오십이 다 됐고, 실제로도 그렇게 보였어. 머리칼은 길고 엉켜 있으며 기름기에 쩔어 있는 데다가 아래로 흘러내리기까지 해서, 두 눈이 마치 덩굴 뒤에서 번쩍이는 것처럼 보였지. 머리칼은 흰 머리 없이 온통 새까맣고, 엉켜 있는 긴 구레나룻도 마찬가지였어. 머리칼과 구레나룻 사이로 드러난 얼굴은 핏기라곤 전혀 없이 하얬지. 그건 다른 사람들한테서 흔히 볼 수 있는 그런 흰색이 아니라, 보는 이를 메스껍고 소름 끼치게 하는 그런 흰색이었어. 말하자면 청개구리의 흰색, 생선 배때기의 흰색이었지. 몸에 걸치고 있는 옷이라곤 그저 넝마가 전부였어. 한쪽 발목을 다른 쪽 무릎 위에 다 올려 다리를 꼬고 앉아 있었는데, 한쪽 신발에는 구멍이 나 있더군. 그 사이로 발가락 두 개가 삐죽이 삐져나와 있었는데, 이따금씩 발가락을 꼼지락대고 있었어. 마룻바닥에 놓여 있는 모자는 윗부분이 뚜껑 모양으로 움푹 가라앉은, 챙이 진 낡은 검은색 모자였지.

나는 선 채로 아빠를 쳐다봤고, 아빠는 의자를 약간 뒤로 젖히고 앉은 채 나를 쳐다봤어. 나는 책상 위에 양초를 놨지. 창문이 열려 있는 걸 보니, 아빠는 헛간을 타고 올라와 들어온 모양이었어. 아빠는 나를 위아래로 훑어보더니 이내 입을 열었지.

"빳빳허개 풀 맥인 옷을 입고 잇내. 것도 아주 빳빳허개 말여. 니가 머나 된다고 생각허나 보지. 그런 거여?"

"그럴 수도 있고 아닐 수도 있죠." 내가 대답했어.

"어따 대고 말대꾸여!" 아빠가 말했어. *"나 업는 동안애 목애다 깨나 힘주고 다녓나 보내. 니 놈을 아주 끝짱내 버리기 전애 콧때부터 꺽어 주마. 듣자 허니 교육도 받앗따던대. 재법 일꼬 쓸 수 잇따지? 그래서 니가 이재 이 애비보다 더 잘낫따고 생각허는 개냐? 응? 이 애빈 일찌도 쓰지도 못허니까? 아주 정신이 확 들개 해 주마. 누가 니 놈헌태 그런 꼴사나운 허새를 부리라고 가르치더냐? 응? 누가 그런 거여?"*

"과부 아줌마가요. 아줌마가 그랬어요."

"머, 과부땍이? 그럼 그 여편내한태 자기랑 상관업는 일에 껴들어도 조타고 한 건 누구여?"

"그런 사람 없어요."

"조아. 그럼 그 여편내한태 주재넘개 간섭하믄 워떡캐 되는지

내 가르처 줘야갯내. 그리고 이눔아, 당장애 학교부터 때려 처라, 알앗찌? 지 애비 압패서 건방을 떨고 애비보다 잘난 척 하는 자식을 길러 내는 놈들은 가만 두믄 안 돼. 다신 학교에 얼씬도 허지 마, 알앗냐? 니 애미도 죽을 때까지 일꼬 쓸 줄을 몰랏따. 우리 집안서 일꼬 쓸 줄 안 사람은 하나도 업썻딴 말이다. 나두 마찬가지구. 헌대 니 놈은 보니까 지금 허파애 바람이 잔뜩 들엇써. 내가 그 꼴을 가만히 보고 잇쓸 껏 갇트냐? 어디, 니 놈 익는 거나 함 들어 보자.”

나는 책을 집어 들고 워싱턴 장군과 독립전쟁에 대한 부분을 읽기 시작했어. 한 30초쯤 읽었을까, 아빠는 책을 확 낚아채서 내던져 버렸지.

“그래. 글을 쫌 일글 줄 아내? 니 놈이 글을 일글 줄 안다고 햇쓸 때 설마설마 햇찌. 이눔아, 건방 떠는 짓꺼린 관둬라. 난 그런 꼴 못 본다. 이 헛똑똑이 놈아, 내 널 숨어서 기다리마. 만약 학교 근처서 붙잡히는 날앤 흠씬 두들겨 패주지. 이런 식으로 가다간 종교까지 갖갯내. 난 그런 꼴 못 본다.”

아빠는 파란색과 노란색으로 암소 몇 마리와 남자아이 한 명을 그린 쪼그마한 그림 한 장을 집어 들고 물었어.

“이건 또 머여?”

“제가 공부 잘해서 학교에서 받은 거예요.”

아빠는 그림을 갈기갈기 찢어 버리더니 이렇게 말했어.

“내 이보다 더 조은 걸 주마. 소가죽 채찍이다, 이눔아.”

아빠는 앉아서 잠깐 중얼대고 투덜대더니 이렇게 말했지.

“니 놈은 근사한 향길 풍기는 멋쨍이라 이거냐? 침대애다, 이불애다, 거울애다, 마루애는 융단까지. 니 애비는 무두질 공장에서 돼

지들이랑 잠을 자고 잇는대 말여. 난 그런 자식 꼴은 못 본단 말이다. 니 놈을 아주 끝짱내 버리기 전애 반드시 그 콧때를 꺽어 주고 말 꺼여. 니 놈 시건방 떠는 건 진짜 끝치 업꾸나. 듣자허니 부자가 됏따던대? 이눔아, 건 어찌된 일이냐?"

"그건 헛소문이에요."

"이눔 바라, 어디서 주둥일 함부로 놀려. 참을 만큼 참앗따. 그러니 건방진 소리 허들 말어! 마을애 온지 이틀 동안 온통 니 놈이 부자 됏딴 말뿐이더라. 강 아래 동내서도 그 소문을 들엇찌. 내가 그래서 여기 왓는걸. 낼까지 그 돈 대령해 놔라. 내가 써야갯따."

"돈 없다니까요."

"거짓말 허지 마! 대처 판사가 그 돈을 보관하고 잇따던대. 당장 가저 와. 내가 써야갯따."

"돈 없다고 했잖아요. 판사 아저씨한테 물어 보세요. 똑같이 얘기할 거예요."

"조아, 내 물어 보마. 그 돈 꼭 토해 내게 만들 꺼다. 안 된다면 그 이유라도 따저 물을 꺼여. 지금 니 주머니애 얼마 잇는지 말해. 내가 써야갯따."

"1딸라밖에 없어요. 근데 저는 그 돈으로……"

"걸로 니 놈이 멀 하고 십퍼 하든 내 알 빠 아니다. 내 노라면 내 놔."

아빠는 돈을 받아서 진짜 돈인지 깨물어 보고는, 마을로 가서 위스키를 마시겠다고 하더군. 하루 웬종일 술 한 방울 못 마셨다나. 그러고는 헛간 지붕으로 빠져나갔다가 금세 다시 머리를 안으로 쑥 들이밀더니, 나한테 시건방진 놈이라느니, 지 애비보다 잘난 줄 아는 놈이라느니 하며 악담을 퍼부어 댔어. 이젠 갔겠지, 하고 생각했을 때 또다시 돌아와 머리를 쑥 들이밀고는, 학교에 대해 경고한 걸 명심해라, 학교를 그만두지 않으면 숨어서 기다리다가 붙잡아 흠씬 두들겨 패 주겠다고 했지.

다음 날 아빠는 술에 취해 판사 아저씨한테 가서 아저씨를 위협해 돈을 짜내려고 했지만 실패했어. 그러자 이번엔 소송을 걸어 돈을 받아 내겠다고 큰소리를 치는 게 아니겠어.

판사 아저씨랑 더글러스 과부 아줌마도 아빠를 나한테서 떼어 놓고 자기들 중 한 사람이 내 보호자가 될 수 있도록 법에 호소하기로 했지. 하지만 갓 부임한 신임 판사 아저씨는 그 노친네에 대해 잘 몰랐기에, 법원은 되도록이면 이 사건에 개입해서도 안 되고 가족을 떼어 놔서도 안 된다고 하지 뭐야. 아버지한테서 아들을 떼어 놔서는 안 된다는 거였지. 그러니 판사 아저씨랑 아줌마는 그 일에서 손을 뗄 수밖에 없었어.

그 노친네는 좋아서 어쩔 줄 몰라 했지. 돈을 안 가져오면 소가죽 채찍으로 시커멓게 멍이 들 때까지 때리겠다고 협박하더군. 나는 하는 수 없이 대처 판사 아저씨한테 3딸라를 빌렸고, 아빠는 그 돈을 가져다가 취하도록 술을 퍼마시고는 욕설을 퍼붓고 고래고래 고함을 치며 돌아다녔어. 아빠는 양은 냄비를 쳐 대며 온 동네를 돌아다니면서 한밤중이 될 때까지 그 짓거릴 계속했어. 결국 아빠는 유치장에 갇혔는데 말이야, 다음 날 재판장에 불려가 다시 일주일간 유치장 신세를 지게 됐지. 하지만 아빠는 그래도 흡족하다고 하면서, 자기는 아들놈을 마음대로 쥐고 흔들 수 있는 사람이니 그놈을 혼쭐을 내 주겠다고 큰소리쳤어.

아빠가 유치장에서 나오자 신임 판사 아저씨는 아빠를 새 사람 만들어 보겠다고 했어. 그래서 아빠를 자기 집으로 데려가 깨끗한 새 옷을 입히고, 가족과 함께 아침, 점심, 저녁, 세 끼를 꼬박꼬박 함께했지. 말하자면, 온정을 가지고 아빠를 대한 거야. 저녁 식사가 끝나면 판사 아저씨는 아빠한테 금주니 뭐니 이런저런 것들을 권했는데, 마침내 아빠는 눈물을 흘리며 난 참 바보처럼 살았다, 바보처럼 허송세월만 했다, 하지만 이제부턴 새 사람이 돼서 누구한테도 부끄럽지 않은 사람이 되겠다며 판사 아저씨한테 자기를 불쌍히 여겨 도와 달라고 했어. 그 말을 들은 판사 아저씨는 이제 아빠를 가슴에 품을 수 있다고 말하며 눈물을 흘렸고, 사모님도 눈물을 흘렸지. 아빠가 여태껏 늘 다른 사람들의 오해만 받고 살아왔다고 하자, 판사 아저씨는 아빠를 믿는다고 하더군. 그 노친네가 타락한 사람한테 필요한 건 동정이라고 하자, 판사 아저씨는 정말 그렇다면서 맞장구를 쳤고, 두 사람은 함께 울었지. 잠자리에 들 때가 되자, 아빠는 자리에서 일어나 한 손을 내밀고는 이렇게 말하는 거였어.

"여기 보새여, 여러분. 이 손을 잡고 악수해 주새여. 이 손으로 말할 꺼 갇트면 돼지 손이나 다름업썼찌만, 이잰 그러치 안습니다. 새로운 삶을 시작하려는 사람의 손이죠. 예전 생활로 되돌아갈 꺼 갇트면 차라리 죽고 말 껍니다. 이 말을 기억해 주새요. 재가 헌 말을 잊지 말아 달란 말입니다. 이재 이 손은 깨끗헌 손입니다. 악수해 주새여. 두려워 마시구여."

모두들 한 사람 한 사람 차례차례 아빠랑 악수를 나누고는 눈물을 흘렸어. 판사 사모님은 아빠 손에다 키스까지 했지. 그러고 나서 그 노친네는 서약서에 서명을, 말하자면 뭔가 표시를 했어. 판사 아저씨는 이거야말로 기록에 남을 만한 가장 성스러운 시간이니 뭐니 하고 말했지.

판사 부부는 그 노친네를 멋진 손님용 방으로 안내했는데, 밤중 몇 시쯤인가, 몹시도 목이 마른 아빠는 현관 지붕으로 기어나가 기둥을 타고 내려가서는 새 옷을 아주 독한 위스키로 바꿔 왔지 뭐야. 그러고는 다시 이층 방으로 기어 올라가 예전의 재미를 또 만끽한 게 아니겠어. 아빠는 먼동이 트기 전 만취 상태로 또다시 방에서 기어 나가다가 그만 현관에서 굴러 떨어져 왼팔이 두 군데나 뿌러졌지. 해가 뜬 뒤 누군가 아빠를 발견했을 때는 얼어 죽기 일보 직전 상태였어. 사람들이 손님용 방에 들어가 봤더니, 한참을 찾아 봐야 발 디딜 틈을 겨우 찾아 낼 수 있을 정도로 난장판이었지.

판사 아저씬 마음이 아팠어. 아저씨는 그 노친네를 교화시키는 방법은 아마 엽총밖에 없을 거라고 하더군. 다른 방법은 생각나지 않는다고 했어.

6장

아빠는 금세 회복해 여기저기 또 얼쩡거리기 시작했어. 법정으로 쫓아가서 대처 판사 아저씨한테 돈을 짜내려 했고, 나한테 와서는 학교를 관두라고 야단이었지. 아빠는 두어 번쯤 나를 붙잡아 매질을 해댔지만 나는 계속 학교에 다녔는데, 대개는 아빠의 눈을 피해 다니거나 도망을 다니거나 했어. 전에는 별로 학교에 가고 싶지 않았는데, 이젠 아빠를 골탕 먹이기 위해서라도 학교에 가고 싶어졌지 뭐야. 그 소송 건은 시작될 낌새가 안 보이는 지루한 일이었어. 나는 가끔 판사 아저씨한테서 2~3딸라씩 빌려다가 아빠한테 갖다 주고, 쇠가죽 채찍으로 얻어맞는 걸 면했지. 아빠는 손에 돈을 쥐게 될 때마다 꽐라가 됐고, 그럴 때마다 동네방네 큰 소란을 일으켰으며, 큰 소란을 일으킬 때마다 유치장 신세를 졌어. 그런 일이야말로 아빠 적성에 딱 맞는 일이었지.

아빠가 틈만 나면 더글러스 과부 아줌마 댁 주위를 어슬렁거렸기에, 마침내 아줌마는 아빠더러 근처에 얼씬거리는 걸 관두지 않으면 가만있지 않겠다고 경고했어. 아빠는 그 말을 듣고 당연히 미치고 팔짝 뛰었지. 아빠는 누가 헉 핀의 진짜 보호자인지 보여주겠다고 하더군. 그러던 어느 봄날, 아빠는 나를 감시하다가 붙잡더니 나룻배에 태우고는 3마일쯤 상류로 데리고 갔어. 그러고는 숲이 우거진 일리노이 강변을 향해 강을 건넜지. 그곳에는 낡은 통나무집 한 채 말고는 집이라곤 찾아볼 수 없었어. 숲이 어찌나 우거져 있는지, 그 통나무집이 어디에 있는지 모르는 사람은 찾아낼 수 없을 정도였지.

아빠가 쭉 나를 감시하고 있었기에, 도망칠 기회는 전혀 없었어. 우린 그 낡은 통나무집에서 살았는데, 밤이 되면 아빠는 늘 문에다 자물쇠를 채우고는 그 열쇠를 머리 밑에다 집어넣고 잤지. 아빠는 어디서 훔쳐 온 것으로 보이는 총 한 자루를 갖고 있었는데, 우리는 낚시질과 사냥으로 먹고 살았어. 가끔 아빠는 나를 방에다 가둬 놓고 3마일쯤 하류에 있는 나루터 가게로 갔어. 잡은 물고기들과 짐승들을 위스키로 바꿔 갖고 와서는 꽐라가 되어 얼근한 기분으로 나를 두들겨 패곤 했지. 얼마 뒤 내가 어디 있는지를 알아 낸 더글러스 과부 아줌마가 사람을 보내 나를 데려가려고 했지만, 아빠는 그 사람을 총으로 위협해 쫓아 버렸어. 머지않아 나는 내가 있는 곳에 적응해서, 소가죽 채찍으로 얻어맞는 걸 빼고는 그곳을 좋아하게 됐지.

온종일 빈둥대면서 담배를 피우고 낚시질이나 하면서, 책도 안 읽고 공부도 안 하는 건 편안하고 즐거운 일이었어. 두 달쯤 지났을까. 내 옷은 온통 누더기가 되고 먼지투성이가 됐어. 씻어야 하고, 음식은 접시에 담아서 먹어야 하며, 머리칼은 빗으로 빗어 올려야 하고, 취침과 기상은 규칙적으로 해야 하며, 책을 읽느라 늘 골머리를 썩어야 하고, 미스 왓슨한테 늘 괴롭힘을 당해야 했던 더글러스 과부 아줌마 집을 어째서 그렇게 좋아했는지 통 모를 일이었지. 나는 그곳으로 더는 돌아가고 싶지 않았어. 과부 아줌마가 싫어했기에 욕질하는 걸 관뒀었는데, 이젠 아빠가 뭐라고 안 하니까 다시 욕질하는 버릇이 생겼지. 그 숲에서 나는 대체로 썩 좋은 시간을 보냈어.

하지만 히커리 막대기로 매질을 해대는 아빠의 솜씨가 점점 늘어가면서, 나는 도저히 참아 낼 수가 없었어. 온몸이 맞아서 부은 자국투성이였지. 게다가 아빠는 나를 방에다 가둬 놓고 자주 집을 비웠어. 한번은 나를 가둬 놓은 채로 사흘이나 집에 안 들어온 때도 있었지. 그땐 지독히도 외로웠어. 아빠가 물에 빠져 죽었을 거라고 생각해서, 이제 이 통나무집에서 빠져나가기는 글렀구나, 하고 생각했지. 두려웠어. 난 어떻게든 그곳에서 빠져나가야겠다고 마음먹었지. 여러 번 그 통나무집에서 빠져나가려고 했지만, 빠져나갈 길을 찾지 못했어. 개가 드나들만한 크기의 창문도 없었지. 굴뚝은 너무 비좁아서 올라갈 수가 없었어. 문은 두껍고 단단한 떡갈나무 판자로 돼 있었고 말이야. 아빠는 조심성이 아주 많아서 집을 비울 때는 칼이든 뭐든 남겨 두고 나가는 법이 없었어. 나는 집 안 구석구석을 한 백번쯤은 뒤졌을 거야. 줄곧 그 짓을 했지. 시간 때우는 데는 할 짓이 그 짓 밖에 없기도 했고. 그러다가 마침내 뭔가를 발견했어. 그건 자루가 없는, 낡아서 녹이 슨 나무 톱이었는데, 지붕 서까래와 널빤지 사이에 놓여 있었지. 그 톱에다 기름칠을 한 뒤 작업을 시작했어. 테이블 뒤 구석에 있는 통나무에 낡은 말안장용 담요가 못으로 박혀 있었는데, 그건 벽 틈새로 바람이 새어 들어와 촛불을 꺼뜨리지 않게끔 해 놓은 거였지. 테이블 밑으로 기어 들어가 담요를 들어 올리고는, 겨우 내 몸 하나 빠져나갈 정도의 크기로 맨 밑바닥의 커다란 통나무 한 군데를 톱으로 썰어 내기 시작했어. 시간이 꽤 오래 걸리는 작업이었지. 작업이 거의 끝나갈 무렵, 숲속에서 아빠의 총소리가 들렸어. 그래서 작업한 흔적을 지우고 담요로 톱을 덮어 감췄는데 말이야, 이내 아빠가 들어오더군.

아빠는 기분이 썩 좋아 보이지 않았어. 사실 아빠의 타고난 천성이 그랬지. 아빠가 말하길, 마을에 내려갔었는데 모든 일이 마음대로 풀리지 않았대. 아빠 변호사가 그러는데, 재판이 시작되기만 하면 소송에 이겨 돈을 받아 낼 수 있다는 거야. 근데 그 재판을 오랫동안 연기하는 방법이 있는데, 그걸 대처 판사가 잘 알고 있대. 마을 사람들은 나를 아빠한테서 떼어내 더글러스 과부 아줌마를 후견인으로 삼아 맡기려는 재판을 계획하고 있다는 거야. 그리고 마을 사람들은 그 재판에서 자기들이 이길 거라고 생각한대. 그 말에 난 몸서리를 쳤어. 왜냐면 나는 더는 아줌마 집으로 돌아가서 속박받고, 그 사람들이 하는 말로 "교화"되고 싶진 않았거든. 아빠는 욕을 퍼붓기 시작했어. 머릿속에 떠오르는 모든 것, 모든 사람한테 죄다 욕설을 퍼부어 대고는, 혹시 빠진 놈이 하나라도 있을까 봐 그들 모두를 곱씹으며 또 욕설을 퍼부어 대는 거 있지. 그러고는 모두에게 싸잡아 욕을 퍼부어 대는 것으로 마무리를 하더군. 그중에는 아빠가 이름조차 모르는 사람들까지 꽤 있었는데 그 사람들 차례가 오면 "*그 새끼 이름이 머더라?*"하며 계속해서 욕지거릴 퍼부어 대는 거였어.

아빠는 더글러스 과부 아줌마가 나를 빼앗아 갈 수 있을지 어디 한번 두고 보자고 했어. 나를 감시하고 있다가 만약 마을 사람들이 그런 허튼수작을 하려고 찾아오면, 6~7마일 떨어진 곳에 나를 가둬 둘 장소를 알고 있다고 했지. 그곳에선 놈들이 아무리 나를 찾아도 결국 못 찾고 나가떨어질 거라고 했어. 그 말에 나는 몹시 불안해졌지만, 그것도 잠시뿐이었지. 아빠가 나를 가두지 못하게 도망칠 작정이었으니 말이야.

아빠는 나한테 나룻배에 가서 자기가 사 온 물건들을 가져오라고 했어. 가서 보니, 50파운드짜리 옥수수 가루 한 부대, 베이컨, 탄약, 40갤런들이 위스키 병, 충전재[1]로 쓸 헌책 한 권이랑 신문지 두 장, 그리고 아마펄프가 있더군. 물건을 나르고는 다시 나룻배로 돌아가서 뱃머리에 걸터앉아 쉬었어. 이런저런 궁리 끝에, 도망칠 때는 총이랑 낚싯줄을 가지고 숲으로 도망쳐야겠다고 생각했지. 한곳에 오래 머무르지 않고 밤을 틈타 이리저리 떠돌아다니면서 사냥을 하고 낚시를 하며, 아빠도 더글러스 과부 아줌마도 다시는 나를 찾아 낼 수 없는 아주 먼 곳으로 가 버려야겠다고 생각한 거야. 아빠가 만취하면, 그래, 아빤 틀림없이 또 꽐라가 되겠지, 그날 밤 톱으로 구멍을 뚫고 도망쳐야겠다고 생각했어. 골똘히 그런 생각을 하느라 시간 가는 줄 몰랐지. 아빠는 나한테 잠이 든 거냐, 아님 물에 빠져 뒤진 거냐, 하고 큰 소리를 질러 댔어.

물건들을 모두 통나무집까지 나르는 동안 날이 어둑어둑해졌어. 내가 저녁 식사 준비를 하던 중에, 아빠는 마치 준비운동이라도

1 구식 소총을 장전할 때, 총알의 앞뒤를 덧대서 총신 속의 빈틈을 막아주는 물건.

하듯 술을 한 모금 두 모금 마시기 시작하더니 그만 발동이 걸려 이내 술을 벌컥벌컥 마시고는 또다시 주정을 부려댔지. 팔라가 된 채 마을로 가서 밤새도록 시궁창에 처박혀 있는 모습은 진짜 볼만 했어. 아빠 몸은 마치 아담처럼 온통 흙투성이였어.[2] 술기운이 돌기 시작할 때면 아빤 늘 정부를 욕했지. 그땐 이렇게 욕을 해 댔어.

"이것도 정부라구! 흥, 그 꼴 좀 보라지. 애비한태서 아들을 뺏어가는 법이라니. 갖은 고생이랑 걱정은 할대로 다 햇꼬, 온갖 돈은 쓸대로 다 써서 길러 낸 남의 집 자식을 말여. 그래, 겨우 아들놈 길러 내 그놈이 이재 막 밥뻴이 좀 해서 애비 호강시켜 줄라고 하는대, 법이 나타나 댐버드내. 이딴 개 먼 놈의 정부여! 어디 그뿐이여? 법이란 놈이 그 늘근 대처 판사랑 한통속이 돼서는, 내가 내 재산도 손애 너치 못허개 하니. 이개 법이라는 놈이 허는 짓꺼리여. 법이라는 놈이 헌다는 짓꺼리가 6,000딸라나 되는 인간을 붇잡아다 이 따위 날근 쥐덫 간튼 오두막애다 처박아 노코 돼지새끼한태도 어울릴 뻡허지 안은 옷을 입고 돌아다니개 헌단 말여. 이러고도 정부라구! 이따위 정부서는 인간이 권리를 가질 수 업따구. 가끔 난 이 망헐 놈의 나라서 영영 떠나고 십딴 생각이 강허개 든단 말여. 암, 그러쿠 말구. 난 사람들헌태 그러캐 말햇써. 그 늘근 대처 판사놈 낯짝애 대고도 그러캐 말햇찌. 내 말을 들은 놈이 한둘이 아니구, 걔들은 내가 먼 말을 하는지 다 알아먹엇써. 단돈 2샌트만 집어 줘도 이까짓 빌어먹을 나라를 떠나 다신 근처애 얼씬도 하지 안을 꺼구만. 내말이 그

2 성경 창세기 2장 7절 "여호와 하나님이 흙으로 사람을 지으시고"를 패러디한 것이다.

말이여. 자, 내 모자 꼴을 좀 보라구. 이런 것도 모자라고 헐 수 잇땀 말이지. 뚜껑이 쑥 올라가 잇꼬, 다른 부분은 턱 아래까지 축 늘어저 잇써서 전혀 모자 꼴 갇찌 안쿠, 마치 내 머리가 이어 맞춘 난로 연통에서 불쑥 삐저나와 잇는 꼴이잔어. 이걸 쫌 보란 말여. 이개 내가 쓰는 모자라니까. 내 권리만 얻음, 이 동내서 젤로 잘 나가는 부자가 될 사람인대 말여.

암, 그러쿠 말구. 죽여주는 정부지. 진짜 죽여줘. 자, 보라구. 오하이오 주서 넘어 온, 자유인 신분의 껌둥이 놈이 하나 잇는대 말여, 백인만큼 허연 뮬래토여. 개다가 이눔이 내 지금껏 살면서 본 적이 업는 새허연 샤쓰를 입고 잇는대다, 삐까번쩍헌 모잘 쓰고 잇는 개 아니갯써. 동내서 이놈만큼 멋뜰어진 옷을 입고 잇는 놈이 업딴 말여, 금시개애 금줄애, 대가리애다 은박을 헌 지팡이애, 미주리 주서도 젤로 끝내주는 백빨의 명사여. 이걸 워떡해 생각해? 개다가 이놈이 대학 교수여서 이 나라 저 나라 말을 지껄여 대며 모르는 개 업따는 거야. 그뿐이개? 지 고향인 오하이오 주애 잇쓸 땐 말여, 투표까지 헐 수 잇썻딴 거여. 이 말애 정신이 멍해지더구만. 이 나라가 대채 워떡해 될라고 이러는 걸까. 마침 선거날이라서 투표장애 갈 수 업쓸 만큼 취해 잇찌만 안음 나두 투표하러 갈 판이엇는대 말여, 이 나라에 껌둥이한태 투표시켜 주는 지역이 잇딴 소릴 듣곤 관뒀찌. 다신 투표 안 할꺼여. 내 말이 그 말이라니까. 사람들 모두 내가 헌 말을 들엇따구. 이 따위 나라가 망하든 말든 알 깨 머여. 내 눈애 흑이 들어가기 전까진 절때루 다신 투표 안 해. 그 껌둥이 놈의 뻔뻔스런 작태를 쫌 보라구. 내가 그놈을 떠밀기라도 허지 안음 길 양보도 안 할껄. 왜 그 껌둥이 놈을 경매에 내노코 팔아 버리지 안는 거여,

허고 사람들한태 물엇찌. 그 이유를 알고 십펏꺼든. 그랫떠니 그놈들이 머래는지 알어? 이 미주리 주애 여섯 달 동안 살지 안음 팔 수 업때나. 그놈은 아직 여기서 그만큼 오래 살지 안앗딴 거지. 이 일 하나만 바도 알 수 잇써. 이 미주리 주에 여섯 달 동안 살지 안앗딴 이유로 그 껌둥일 팔 수 업따니. 이것도 정부라구. 그러면서 스스로를 정부라고 떠들어 대고, 정부인 척하고, 정부라고 생각하다니 말여. 이리저리 싸돌아다니면서 도둑찔이나 일쌈는, 그 허연 샤쓰 입은 지긋지긋헌 껌둥이 놈 하나 붇잡는대 꼬박 여섯 달 동안이나 꼼짝 안코 기다려야 한다구. 개다가……"

아빤 계속해서 불평을 늘어놓다가 그 늙고 삐쩍 마른 다리를 어디로 향하고 있는지조차 분간 못했지. 그러다 그만 소금 절인 돼지고기 통에 부딪쳐 거꾸로 나자빠지는 바람에 양쪽 정강이가 다 까지고 말았어. 다음에 이어진 욕설은 진짜 최고로 과격한 거였는데, 대부분이 껌둥이랑 정부를 향한 거였고, 자기가 여기저기 부딪친 통에다가도 욕지거릴 해 댔지. 아빤 양쪽 정강이를 번갈아가며 붙잡고 깽깽이걸음으로 통나무집 구석구석을 뛰어 돌아다니다가, 갑자기 왼쪽 발을 뻗치더니 통을 있는 힘껏 걷어찼어. 하지만 그건 좋은 생각이 아니었지. 왜냐면 신발 앞 축에 발가락 두 개가 삐져나와 있었걸랑. 그래서 아빠는 온몸의 솜털이 쭈뼛 서리만큼 무서운 비명을 지르고는 땅에 나자빠져 발가락을 움켜쥐고 뒹굴면서 아까보다 더 지독한 욕지거리를 퍼부었어. 아빠가 나중에 이런 말을 하더라고. 쏘우베리 헤이건 영감이 한창때 욕설을 하던 걸 들은 적이 있는데 말이야, 자기 욕설에 비하면 그까짓 건 아무것도 아니라더군. 하지만 내 생각에 그건 아무래도 허세 같았어.

저녁 식사가 끝나자 아빠는 술병을 꺼내오더니, 그 안에 취할 수 있는 분량 2회분과 필름 끊기게 취할 수 있는 분량 1회분이 들어 있다고 했어. 아빠의 말버릇은 늘 그랬지. 나는 약 한 시간 안에 아빠가 술에 취해 꽐라가 될 거라 생각했지. 그렇게 되면 열쇠를 훔쳐 내거나 톱으로 구멍을 뚫어 빠져나가야지, 하고 생각했어. 아빤 술을 마시고 또 마셔 대다가 머지않아 담요 위에서 뒹굴었지만, 나한테 행운이 찾아오진 않았지. 아빤 뭐가 불안한지 푹 잠들지 못했거든. 오랫동안 끙끙 앓는 소리를 내기도 하고, 신음소릴 내기도 하고, 몸부림을 치기도 했어. 이윽고 나는 도저히 눈을 뜨고 있지 못할 정도로 졸음이 몰려와서 나도 모르게 그만 촛불을 켜둔 채 곤히 잠들어 버렸지.

얼마나 잤을까. 갑자기 끔찍한 비명소리가 들려와 잠에서 깼어. 아빠가 미친 듯이 방 안을 이리저리 뛰어다니면서 뱀이 있다고 소리쳤어. 뱀들이 두 다리 위로 기어오르고 있다며 펄펄 뛰면서 비명을 질러 대더군. 그중 한 마리가 자기 뺨을 깨물었다고 야단이었지만, 내 눈엔 뱀 같은 건 보이지 않았어. 아빠는 *"이것 좀 때 줘! 때달라구! 이눔이 내 모가지를 깨물고 잇써!"*라고 외치며 오두막을 이리저리 뛰어다녔지. 나는 그렇게 미쳐 날뛰는 사람은 본 적이 없었어. 이내 파김치가 된 아빠는 숨을 헐떡거리며 그만 마루 위에 쓰러졌지. 아빠는 아주 빠른 속도로 떼굴떼굴 구르면서 여기저기 마구 걷어차기도 하고, 악마가 붙어 있다고 비명을 지르기도 하고, 두 손을 뻗어 허우적거리면서 허공을 때리기도 하고 움켜잡기도 했어. 그러다가 이내 녹초가 돼서는 끙끙거리면서 잠시 가만히 누워 있더군. 시간이 지나자 잠잠해지더니 마침내 끽 소리도 내지 않았어. 저 멀리 숲속에서 들려오는 부엉이 우는 소리, 늑대 우는 소리 말고는 무서우리만치 고요했지. 아빠는 한쪽 구석에 누워 있었어. 얼마 뒤 몸을 반쯤 일으키더니 머리를 한쪽으로 기울인 채로 귀를 기울이더군. 그러고는 나지막한 목소리로 중얼거렸어.

"저벅저벅…… 저벅저벅…… 저벅저벅…… 쩌건 저승사자들 소리여. 저벅저벅…… 저벅저벅……저벅저벅…… 날 붇잡으러 왓따구. 안 갈 꺼여. 아, 여기 왓꾸나! 나한태 손대지 마. 손대지 말라니까! 손 때! 차가운 손이구나. 노으란 말여. 아, 불쌍한 날 쫌 재발 내버려두라구!"

그러고 나서 아빠는 저승사자들한테 자길 좀 내버려 두라고 애원하며 몸에 담요를 둘둘 말고는 엉금엉금 기어서 낡은 송판 테이블 밑으로 기어 들어가더니 계속 애원하다가 울기 시작했어. 담요 사이로 새어 나오는 아빠의 울음소리가 들렸지.

머지않아 담요에서 기어 나와 벌떡 일어선 아빠는 마치 미친 사람처럼 사나워 보였는데, 나를 보자 이번엔 나한테 달려드는 거 있지. 나를 저승사자라고 부르며 잭나이프를 들고는 오두막 이곳저곳으로 나를 쫓아다니면서, 나를 잡아 죽여야만 더는 자기를 찾아오지 않을 게 아니냐고 소리를 질러 댔어. 나는 그저 헉일 뿐이라고 애원하며 소리쳤지만, 아빠는 귀에 거슬리는 웃음소리를 내고 고함을 치며 욕지거리를 퍼부어 대면서 계속 나를 쫓아다녔지. 나는 몸을 홱 돌려 아빠 팔 아래로 빠져나가려다 그만 아빠한테 어깻죽지를 붙들리고 말았어. 나는 이제 죽었구나, 하고 생각했지만 말이야, 번개처럼 재빨리 웃옷을 벗고 빠져나와 가까스로 목숨을 건졌지. 이내 아빠는 완전히 녹초가 돼서 털썩 주저앉아 문에다 등을 기대고 말하길, 잠깐 쉬었다가 날 죽이겠다고 했어. 칼을 엉덩이 밑에 깔고 앉은 아빠는 한잠 자고 힘을 보충해서 누가 이기나 판가름해 보자더군.

이내 아빠는 잠이 들었어. 나는 곧장 낡은 등나무 의자를 가져다가 아무 소리도 나지 않게 가능한 한 가만히 그 위에 올라가서 총을 꺼냈지. 총알이 장전돼 있는지를 확인하려고 쇠막대로 총구를 찔러 봤어. 그러고는 총구를 아빠 쪽으로 향한 채로 순무가 든 통 위에다 걸쳐 놓고, 그 뒤에 자리 잡고는 아빠가 꼼짝거리는지 지켜보며 기다렸지. 시간이 얼마나 찬찬히, 그리고 조용히 흘러가던지.

7장

"어서 일어나! 멀 꾸물거려?"

나는 눈을 뜨고 여기가 어딘가, 하고 주위를 둘러봤어. 벌써 해가 뜬 뒤였지. 단잠에 빠졌던 거였어. 아빠는 못마땅한 얼굴을 하고 내 앞에 서 있었지. 어디 아픈 사람 같은 얼굴을 하고 말이야.

"이 총 갖고 머 하고 잇는 거여?" 아빠가 묻더군.

내 생각에 아빠는 어제 자기가 뭔 짓을 했는지 전혀 모르는 눈치였어. 그래서 난 이렇게 대답했지.

"누가 들어오려고 하길래 그놈을 겨냥하며 기다렸어요."

"왜 날 안 깨웟써?"

"글쎄, 깨우려고 했는데 생각처럼 안 됐어요. 아빤 꿈쩍도 않던데요."

"알앗따. 거기 서서 웬종일 씰때업는 짓꺼리 말고, 나가서 아침애 먹을 물고기나 낙씻줄애 걸렷나 보고 와. 나두 곧 따라갈 태니까."

아빠가 잠긴 문을 열어줘서, 나는 강둑으로 나갔어.

큰 나뭇가지 몇 개랑 나무껍질 부스러기가 떠내려 오는 걸 보고, 미시시피 강물이 불어나기 시작했단 걸 알았지. 지금 마을에 있었다면 재미 좀 봤을 텐데, 하고 생각했어. 6월에 강물이 불어날 때면 나한테 늘 행운이 찾아오곤 했지. 강물이 불어나기 시작하면 장작다발이며 통나무 뗏목이 떠내려 왔으니 말이야. 때론 십여 개가 한꺼번에 떠내려올 때도 있었어. 그걸 갖다 목재소랑 제재소에 팔기만 하면 됐거든.

한눈으로는 아빠를 경계하면서, 다른 한눈으로는 불어난 강물에 떠내려올지 모를 물건을 염두에 두면서 강둑을 따라 올라갔어. 근데 갑자기 카누가 떠내려오는 게 아니겠어. 길이 13~14피트가량의 멋진 카누였는데 말이야, 마치 물오리인 양 도도하게 물 위를 흘러가더군. 나는 옷이니 뭐니 다 입은 채로 개구리처럼 강둑에서 곧장 강으로 다이빙해서 카누를 향해 헤엄치기 시작했어. 누군가 카누 바닥에 누워 있을 거라 생각했는데, 사람들을 놀래키려고 종종 그런 짓거리를 하는 작자가 있었기 때문이지. 친구가 나룻배를 저어 카누 근처에 다다르면 벌떡 일어나서 놀래키고 비웃는 그런 식이지 뭐. 하지만 그땐 사정이 달랐어. 그건 틀림없이 표류된 카누였지. 나는 그 카누에 올라타 강가로 노를 저어 댔어. 그건 10딸라 정도의 가치가 있어 보였는데, 아빠가 보면 좋아라 하겠군, 하는 생각이 들었지. 하지만 강가에 다다르니 아빠가 보이지 않았어. 온통 덩굴이랑 버드나무 가지로 뒤덮인, 또랑처럼 생긴 작은 개울로 카누를 저어가는 동안 내 머릿속에 언뜻 한 생각이 떠올랐지. 이놈을 잘 감춰 뒀다가 도망칠 때가 됐을 때 숲속으로 도망치지 말고 강을 따라 한 50마일쯤 내려가 한 장소에 언제까지나 죽치고 야영을 하고 앉아 있으면 떠돌이 생활을 하며 갖은 고생을 할 일이 없겠다고 말이야.

그곳은 통나무집과 꽤 가까워서, 줄곧 아빠 발자국 소리가 들리는 것만 같았어. 카누를 감추고 나서 버드나무 숲 주위를 쭉 둘러봤는데 말이야, 아빠가 오솔길 저 밑에서 총으로 새 한 마릴 겨누고 있더군. 그렇담 아빤 그때까지 아무것도 못 본 셈이지.

아빠가 가까이 왔을 때, 나는 열심히 낚싯줄을 끌어당기는 시늉을 하고 있었어. 아빠는 나더러 뭘 그렇게 꾸물대고 있냐고 꾸짖었고, 나는 강에 빠지는 바람에 그만 오래 걸렸다고 대답했지. 내가 물에 젖어 있는 걸 보면 아빠가 틀림없이 이유를 물어보리라는 걸 알고 있었거든. 우리는 낚싯줄에서 메기 다섯 마리를 떼어 집으로 돌아왔어.

둘 다 지칠 대로 지쳐 있었기에, 아침을 먹은 뒤 한잠 자기로 했어. 그때 아빠랑 더글러스 과부 아줌마한테 붙잡히지 않도록 하늘에 운을 맡기고 멀리 도망치는 것보다, 오히려 그들이 내 뒤를 쫓지 않게끔 꾸며 둘 수만 있다면 그편이 더 확실할 거라는 생각이 들었지. 알다시피 세상일은 모르는 거거든. 잠시 나는 어떻게 해야 좋을지 전혀 갈피를 잡을 수 없었어. 근데 아빠가 이내 깨어나 물 한 통을 들이키며 말했지.

"또다시 누가 이 근방애 서성대기라도 허면 날 깨워라, 알앗냐? 그놈이 이러타 헐 이유도 업씨 온 건 아닐 태니 말여. 내 그놈을 쏴 죽이고 말 꺼여. 또다시 오면 날 꼭 깨우는 거여, 알앗써?"

그리고 아빠는 다시 자리에 누워 잠이 들었어. 근데 아빠가 한 말을 듣고 좋은 생각이 머리에 떡하니 떠올랐지. 나는 혼잣말로 이렇게 중얼거렸어. 이제 그 누구도 내 뒤를 쫓을 엄두도 내지 못할 방법이 있다고 말야.

열두 시쯤 아빠랑 나는 밖으로 나가 강둑을 따라 걸어 올라갔어. 강물이 꽤 빠른 속도로 불어나, 꽤 많은 나무가 물살에 떠내려 오고 있었지. 얼마 뒤 통나무 아홉 개를 한데 묶은 뗏목의 일부가 떠내려 왔어. 우린 나룻배를 타고 나가 그걸 강가로 끌어올렸지. 그러고 나서 점심을 먹었어. 만약 아빠가 아니라 다른 사람이었다면 온종일 뭐라도 더 건져내 보려고 기다리며 서 있었을 거야. 하지만 그건 아빠 스타일이 아니거든. 한 번에 통나무 아홉 개면 충분했고, 아빠는 그것들을 곧장 마을로 갖고 가서 팔아치워야만 직성이 풀렸지. 세 시 반쯤 아빠는 나를 방 안에 가둬 놓고는 나룻배로 통나무를 끌면서 마을을 향해 떠났어. 나는 아빠가 오늘 밤엔 안 돌아올 거라 생각했지. 그래서 아빠가 꽤 멀리 갔을 거라는 생각이 들 때까지 기다렸다가, 다시 톱을 꺼내 통나무를 썰기 시작했어. 아빠가 강 건너편에 다다르기 전에, 나는 구멍에서 빠져나올 수 있었지. 아빠랑 뗏목은 저 멀리 강 위의 점 하나로 보이더군.

옥수수 가루 부대를 들고 카누를 감춰 둔 곳으로 갔어. 덩굴과 나뭇가지를 헤치고 카누에 옥수수 가루 부대를 실었어. 다음에는 베이컨, 그 다음에는 위스키 병 순서로 똑같은 일을 반복했지. 통나무집에 있던 커피랑 설탕, 탄약도 모두 카누에 갖다 실었어. 충전재, 양동이, 바가지, 국자, 양철 컵, 낡은 톱, 담요 두 장, 냄비, 커피 주전자도 실었지. 낚싯줄, 성냥, 그 밖에 조금이라도 가치가 있어 보이는 물건은 죄다 실었어. 통나무집을 완전 탈탈 털었지. 도끼도 탐이 나긴 했는데 장작더미에 딱 한 자루밖에 없더군. 그건 그냥 남겨 두고 나왔는데, 거기엔 다 이유가 있었어. 총을 마저 갖다 싣자 일은 다 끝났지.

구멍을 기어 나오기도 하고, 여러 물건을 질질 끌어내기도 해서 땅바닥이 꽤 파였더군. 그래서 바깥에서 안쪽 방향으로 모래랑 톱밥을 뿌려 가며 최대한 손을 봤어. 땅바닥이 다시 편평해졌지. 그러고 나서 통나무 조각을 도로 제자리에 갖다 끼우고, 그걸 고정시키려고 그 밑에다 돌 두 개는 고이고 돌 하나는 기대 놨지. 왜냐면 통나무 조각이 휘어서 땅에 안 닿았기 때문이야. 4~5피트 정도 떨어져서 봤을 때 톱질 흔적을 눈치 채지 못한다면 절대로 들킬 염려가 없었어. 게다가 거기는 통나무집 뒤쪽이라서 그런 데까지 들여다볼 사람은 없을 것 같았지.

카누 있는 데까지 온통 풀이 우거져 있어서, 나는 발자국 하나 남기지 않을 수 있었어. 나는 주위를 한 바퀴 빙 둘러봤지. 강둑에 서서 저 멀리 강을 바라다봤어. 모든 게 문제없어 보였지. 총을 들고 숲속으로 들어가 새 사냥을 했는데, 글쎄, 야생 돼지 한 마리를 발견했지 뭐야. 대초원의 농장에서 멀리 도망쳐 온 돼지는 강 저지대에서는 이내 들짐승이 돼 버리고 말지. 나는 그놈을 쏴 죽여 집으로 끌고 왔어.

도끼를 집어 들어 문을 때려 부쉈어. 문을 난도질해 산산조각을 냈지. 돼지를 안으로 들여 놓고는 테이블 근처로 끌고 가 도끼로 그놈의 멱을 땄어. 땅바닥에 눕혀 놓자 피를 질질 흘리더군. 내가 굳이 땅바닥이라고 말하는 이유는 그게 진짜 땅바닥이었기 때문이야. 마룻바닥이 아니라 발에 밟혀 굳게 다져진 진짜 땅 말이야. 그런 다음 헌 부대를 꺼내다가 그 안에 큰 돌을 잔뜩 집어넣었어. 그러고는 힘껏 끌었지. 돼지가 눕혀 있던 곳에서부터 시작해 문까지, 그리고 숲을 지나 강까지 끌고 가 강물에 던져 버렸더니 가라앉아 자취를 감췄어. 뭔가가 땅 위로 끌려 왔다는 건 누구라도 쉽게 알아차릴 수 있었지. 톰 소여가 거기 있었다면 얼마나 좋았을까! 톰은 그 일에 흥미를 보였을 테고, 기가 막히게 일을 잘 꾸몄을 거야. 그런 일에 톰 소여만큼 열심히 할 사람이 없거든.

마지막으로 머리칼을 한 움큼 뽑고 도끼에 흥건히 피를 묻힌 뒤, 도끼 뒤쪽 날에다가 머리칼을 붙여 방 한쪽 구석에 휙 내던져 뒀어. 돼지를 쳐들어 (피가 떨어지지 않도록) 윗도리로 싸서 가슴팍에다 대고는 집 아래쪽으로 내려가 강 속에 던져 버렸지. 이때 언뜻 생각 하나가 떠올랐어. 카누 있는 곳으로 가서 옥수수 가루 부대랑 낡은 톱을 다시 통나무집으로 가져왔지. 부대를 늘 놔두는 곳에다 갖다 놓고는 톱으로 그 밑바닥에 구멍을 뚫었어. 그곳에 칼이나 포크 따위는 없었거든. 아빠는 어떤 요리든 다 잭나이프로 하기 때문이야. 집 동쪽 편 풀밭을 가로지르고 버드나무 숲을 지나 약 100야드 가량 떨어진 얕은 호수까지 부대를 들어서 옮겼어. 그 호수는 폭이 5마일 정도였고 온통 골풀이 우거져 있었는데, 제철엔 오리들이 모여들만한 곳이었지. 반대편엔 그 호수로부터 또랑인지 개울인지가 이어져 몇 마일이나 흘러내려 갔는데, 어딘진 모르지만 확실히 미시시피 강 방향은 아니었어. 옥수수 가루가 부대에서 흘러 나와 호수까지 쭉 가느다란 흔적을 만들었지. 나는 아빠의 숫돌도 거기에다 떨어뜨려, 그 일이 우연히 일어난 것처럼 보이게 했어. 그러고는 옥수수 가루가 더이상 새지 않도록 부대의 찢긴 곳을 끈으로 잡아 묶어 톰과 함께 카누가 있는 곳으로 다시 갖고 갔지.

날이 막 어둑어둑해지려고 했어. 강 저 아래, 강둑에 늘어져 있는 버드나무 밑에 카누를 놔두고는 달이 차오르길 기다렸지. 버드나무에다 카누를 단단히 붙들어 맨 뒤 대강 식사를 하고, 카누에 누운 채로 파이프 담배를 피우며 계획을 짜냈어. 마음속으로 생각했지. 사람들은 돌을 잔뜩 담은 부대 자국을 따라 강기슭까지 가서 내 시체를 찾는다고 강바닥을 이 잡듯 뒤지겠지. 그러고는 모두들 옥수수 가루 자국을 따라 호수까지 가서는, 나를 죽이고 물건을 훔쳐 간 강도 놈을 찾는다고 호수에서 흘러나오는 개울을 따라 훑어 갈 거야. 내 시체 때문이 아니라면 절대로 강을 뒤질 리는 없겠지. 그러고는 금세 시체 찾는 일에 싫증이 나서 더는 나한테 마음 쓰지 않을 거야. 좋아, 나는 어디든 가고 싶은 곳에 갈 수 있어. 잭슨 섬이 딱 좋겠다. 그 섬이라면 꽤 잘 알고 있고, 거기엔 아무도 오지 않을 거야. 게다가 밤에는 카누를 타고 마을로 가서 살금살금 숨어 다니며 필요한 물건을 갖고 올 수도 있고 말이야. 잭슨 섬이 진짜 딱이네.

꽤나 피곤했기에 나도 모르게 잠이 들었어. 눈을 떠 보니 어딘지 도통 알 수가 없었지. 겁이 좀 나길래 자리에서 일어나 주위를 둘러봤어. 기억을 더듬어 봤지. 강폭은 몇 마일이나 되는 것처럼 보였어. 달빛이 어찌나 밝은지 강기슭에서 몇백 야드 떨어진 곳에서 시꺼멓게 고요히 떠내려가는 통나무 수를 헤아릴 수 있을 정도였다니까. 모든 게 죽은 듯 고요했어. 밤늦은 시간인 듯 보였고, 늦은 밤 냄새가 나더군. 뭔 말인지 알지? 달리 어떻게 표현해야 할지 모르겠네.

하품을 크게 하고 기지개를 켠 뒤 막 밧줄을 풀고 떠나려는데, 강 저편에서 뭔 소리가 들려왔지. 가만히 귀를 기울여 봤어. 금세 그 소리를 알아차릴 수 있었지. 고요한 밤에 노걸이에서 노가 규칙적으로 삐걱거리며 움직일 때 나는 둔탁한 소리였어. 버드나무 가지 사이로 가만히 내다봤더니 강 저편에 나룻배 한 척이 있었지. 몇 사람이 타고 있는지는 분간할 수 없었어. 나룻배가 점점 가까이 다가와 바로 내 옆까지 왔을 때, 거기엔 단 한 사람만이 타고 있단 걸 알게 됐지. 오늘 밤 돌아올 거라고 생각하진 않았지만, 어쩌면 그게 아빠일지도 모르겠다고 생각했어. 아빠는 조류에 휩쓸려 내 턱밑까지 떠내려온 건데, 이내 흐름이 약한 수역에서 힘차게 강기슭까지 노를 저어 총을 뻗치면 닿을 만큼 가까운 곳을 지나가게 된 거였지. 그건 틀림없는 아빠였어. 노 젓는 폼으로 봐선 술에 취해 있지도 않았지.

꾸물거릴 시간이 없었어. 곧장 강둑의 그늘진 곳에서 부드럽게, 하지만 빠르게 배의 방향을 돌렸지. 일단 2마일 반쯤 빠져나온 다음 4분의 1마일 가량 강 한복판 쪽으로 노를 저어 나아갔어. 왜냐면 나루터 옆을 지나게 되면 사람들이 나를 보고 불러 세울지도 모르기 때문이었지. 떠내려가는 통나무 사이를 빠져나와 카누 바닥에 드러누운 채 흘러가는 배에 몸을 맡겼어. 구름 한 점 없는 저 높은 하늘을 들여다보며, 드러누운 채로 푹 쉬면서 파이프 담배를 피웠지. 달빛 아래 등을 깔고 누워 있으니 하늘이 아주 그윽해 보이더군. 그런 경험은 처음이었어. 게다가 그런 밤에 물 위에 떠 있으니 얼마나 먼 소리까지 들리던지. 나루터에서 사람들이 떠드는 소리가 들려오더군. 뭐라고 떠드는지 한마디도 빼놓지 않고 들을 수 있었어. 한 사람이 점점 낮은 길어지고 밤이 짧아지고 있다고 말하는 게 들렸지. 그러자 다른 사람이 그 말을 받아 오늘 밤은 짧은 밤이 아니라고 대꾸하자, 두 사람은 껄껄 웃어 댔어. 한 사람이 똑같은 말을 되풀이

하고 두 사람은 또 웃어 대고, 그런 식이었지. 두 사람은 또 다른 친구를 깨워서 말을 붙이며 웃어 댔는데, 그 친구는 따라서 웃지 않고 거침없이 욕설을 퍼부어 대며 자길 귀찮게 하지 말라고 하더군. 맨 처음 사람은 이 얘길 자기 마누라한테 하면 참 근사한 얘기라고 생각할 거라면서, 그래도 이런 건 자기가 한창 젊었을 때 했던 얘기에 비하면 아무것도 아니라고 말했어. 한 사람이 말하기를, 이제 거의 세 시가 다 돼 가는데 빨리 새벽 동이 트면 좋겠다고 하더군. 그 후 떠들어 대는 소리는 점점 멀어졌고, 뭐라고 떠드는지 한마디도 분간이 안 됐지. 이따금씩 그저 중얼대는 소리랑 웃음소리만 들려올 뿐, 그마저도 멀리서 들려오는 소리 같았어.

나는 어느덧 연락선 아래까지 멀리 흘러 와 있었어. 일어나 보니 2마일 반쯤 하류에 잭슨섬이 있더군. 나무가 울창하게 우거져 있는, 강 한복판에 떡하니 버티고 서 있는 잭슨 섬은 커다랗고 시커멓고 육중해서 마치 불을 켜지 않은 증기선 같았어. 섬 머리 쪽에 모래톱의 흔적은 전혀 안 보이더군. 물속에 완전히 잠겨 버린 거였지.

섬까지 이르는 데는 오래 걸리지 않았어. 조류가 무척이나 강했기에 빠른 속도로 섬 머리를 지나쳐 흐름이 없는 수역으로 들어가 일리노이 쪽 강변에 다다랐지. 나는 예전부터 알고 있던, 강둑의 움푹 들어간 곳을 향해 카누를 저어 갔어. 그곳에 들어가려면 버드나무 가지를 헤쳐야만 했지. 카누를 강둑에 단단히 매어 놓고 보니, 그 누구도 밖에서 카누를 발견할 수 있을 것 같지 않았어.

나는 섬 머리까지 걸어가 통나무 위에 걸터앉고는, 큰 강이랑 떠내려가는 시커먼 나무, 그리고 3마일쯤 떨어져 있는 저 건너편 마을을 바라다봤어. 마을에는 등불이 서넛 깜박거리고 있었지. 괴물처럼 커다란 뗏목이 1마일쯤 상류 지점에서 떠내려 오고 있었는데, 그 한가운데에는 등불이 빛나고 있더군. 뗏목이 느릿느릿 떠내려 오는 걸 지켜보다가 그 뗏목이 거의 내가 서 있는 곳까지 다다랐을 때 한 사람이 외치는 게 들려왔어.

"어이, 선미 쪽 노를 저어! 뱃머리를 우현으로 돌리라구!"

그 소리는 마치 그 사람이 바로 내 옆에 있는 것처럼 똑똑히 들렸지.

하늘이 약간 흐려지더군. 그래서 숲속으로 들어가, 아침 먹기 전까지 눈 좀 붙이려고 드러누웠어.

8장

눈을 떴을 땐, 해가 높이 솟아 있었어. 벌써 여덟 시는 넘었겠구나 생각했지. 이것저것 생각하면서 그늘진 서늘한 풀밭 위에 누워 있자니, 피곤이 풀리고 꽤 편안하고 만족스러운 기분이 들더군. 나무들 사이로 해가 비췄지만, 온통 큰 나무들로 우거져 있어서 꽤 어둑어둑했어. 햇빛이 나뭇잎 사이를 뚫고 떨어지는 곳에는 반점 같은 자국이 보였는데, 그 자국이 여기저기 조금씩 자리를 바꿔 가는 것으로 보아 위쪽에서 바람이 불고 있단 걸 알 수 있었지. 다람쥐 두 마리가 큰 가지에 앉아 나한테 꽤 친근하게 재잘댔어.

아주 나른하고 편안해서, 일어나 아침 식사를 준비할 생각이 안 들더군. 그래서 다시 잠이 들고 말았는데, 그때 강 상류에서 "쿵!" 하는 둔탁한 소리가 들려왔어. 몸을 일으켜 팔꿈치를 땅에 괴고 귀를 기울이자, 이내 그 소리가 또 한 번 들려왔지. 벌떡 일어나 나뭇잎 틈새로 가서 내다보니, 저 위쪽 강 나루터 근처에서 연기가 마구 솟아오르는 게 보였어. 그리고 사람을 가득 태운 나룻배가 떠내려

오고 있었지. 그제야 나는 뭔 일인지 알 것 같았어. "쾅!" 하얀 연기가 나룻배 한쪽에서 솟아오르는 게 보였지. 그들은 내 시체를 물 위에 떠오르게 하려고 대포를 쏘고 있었던 거야.

무척 배가 고팠지만 말이야, 연기가 눈에 띌까 봐 불을 피울 수도 없었지. 그래서 하릴없이 거기 앉아 대포 연기를 지켜보며 "쾅" 하는 소리에 귀를 기울였어. 그쪽 강은 폭이 1마일쯤 됐는데, 여름 아침이 늘 아름다웠지. 그래서 뭐든 먹을 것만 좀 있으면 그들이 내 시체를 찾는 걸 지켜보면서 마음껏 좋은 시간을 보낼 수 있었어. 그때 나는 사람들이 빵 덩이 안에다 수은을 넣어 물 위에 흘려보낸다는 걸 생각해 냈지. 그렇게 하면 빵이 곧장 익사체 있는 데로 가서 멈춰 서기 때문이라나. 그래서 지켜보고 있다가 빵 덩이가 나를 찾아 흘러오는지 한번 확인해 보겠다 마음먹었지. 어떤 행운이 얻어걸릴지 시험해 보려고 섬에서 일리노이 쪽으로 자리를 옮겼는데, 결과는 실망스럽지 않았어. 큰 빵 덩이 두 개가 흘러 와 긴 막대로 거의 건질 뻔했는데, 발이 미끄러지는 바람에 그만 빵은 멀리 떠내려가고 말았지. 물론 나는 물살이 닿는 가장 가까운 강변에 서 있었어. 그 정도는 나도 충분히 알고 있었으니까. 이내 또 다른 빵 덩이가 떠내려 왔는데, 이번엔 건져 내는 데 성공했지. 빵 덩이가 든 병의 마개를 뽑고 쪼금 묻어 있는 수은 가루를 털어 낸 뒤 빵을 베어 물었어. 그건 신분이 높은 사람들이 먹는 '제과점 빵'이었지. 흔히들 먹는 맛대가리 없는 옥수수 빵이 아니었단 말이지.

나는 나뭇잎 사이의 좋은 장소를 찾아내 통나무 위에 걸터앉아서 꽤 만족스러운 기분으로 빵을 우적우적 씹어 대며 나룻배를 바라보고 있었어. 그때 불현듯 어떤 생각 하나가 머릿속에 떠올랐지.

더글러스 과부 아줌마나 목사님, 아니면 어떤 누군가가 이 빵이 나를 찾아내도록 기도를 드린 게 아닐까, 그래서 이 빵이 여기 이렇게 떠내려 와 나를 찾아낸 게 아닐까, 하는 생각 말이야. 그렇다면 틀림없이 그 기도엔 뭔가 있는 셈이지. 그러니까 더글러스 과부 아줌마나 목사님 같은 사람이 기도를 드리면 그 기도에는 뭔가 있단 말이야. 내가 하면 아무 소용도 없었던 걸로 보아, 적당한 사람이 아니면 기도를 해도 소용이 없다고 생각했어.

나는 담배 파이프에 불을 붙이고는 기분 좋게 천천히 빨아 대면서 계속 강을 지켜봤어. 나룻배는 물살을 따라 떠내려올 거고, 거기에 누가 타고 있는지 볼 수 있을 거라 생각했지. 빵 덩이가 떠내려왔던 곳으로 나룻배도 떠내려올 테니 말이야. 나룻배가 내 쪽으로 꽤 가까이 떠내려왔을 때, 입에서 파이프를 떼고 빵 덩이를 건져 올렸던 곳으로 가서 쪼그마한 공터에 있는 통나무 뒤에 드러누웠어. 통나무가 갈라진 틈을 통해 상황을 살펴볼 수 있는 곳이었지.

얼마 뒤 나룻배는 널빤지를 걸치면 강변에 올라올 수 있을 만큼 가까운 곳까지 떠내려왔어. 근데 말이야, 거의 모든 사람들이 배에 타고 있지 뭐야. 아빠, 대처 판사 아저씨, 베키 대처, 조 하퍼, 톰 소여, 톰 소여의 나이 든 이모 폴리 아줌마, 시드랑 메리, 그 밖에도 많았어. 모두가 살인사건 얘기를 하고 있었는데, 그때 선장이 끼어들며 말했지.

“자, 주목하세요. 물살은 여기로 가장 가깝게 밀려드니까 아마도 그 애는 강변까지 밀려 와 덤불에 엉켜 있을지 몰라요. 어쨌거나 그렇게라도 되었다면 좋겠네요.”

물론 나는 그걸 바라진 않았지. 그들은 모두 한데 모여 내 낯짝 바로 앞에서 난간 너머로 몸을 불쑥 내밀고는 조용히 온 힘을 다해 열심히 살피고 있었어. 나는 그들을 똑똑히 볼 수 있었지만, 그들은 나를 볼 수 없었지. 그때 선장이 큰 소리를 질렀어.

"비켜서세요!"

그러고는 대포가 바로 내 앞에서 어찌나 큰 소리를 내며 터지던지, 그 소리 때문에 귀가 먹을 지경이었고 연기 때문에 눈앞이 안 보일 정도였지. 진짜 딱 죽겠네, 싶더라니까. 만약 진짜 포탄을 장전해서 쐈다면 말이야, 진짜 송장 치울 뻔했지. 하지만 다행히도 나는 다치지 않았어. 배는 계속 떠내려갔고 섬 옆을 돌아 시야에서 사라졌지. 배가 점점 멀어져 가면서도 이따금씩 "쾅"하는 소리가 들렸는데, 한 시간쯤 지나자 더는 들리지 않았어. 그 섬은 길이가 3마일쯤 됐지. 그들이 섬 끝까지 가서는 그만 단념한 게 아닌가 생각했어. 하지만 그들은 아직 단념하지 않았더군. 섬 끄트머리를 돌자 이번엔 증기를 내뿜으며 미주리 쪽 수로를 달리면서 이따금씩 "쾅"하고 대포를 쏴 댔어. 나는 섬을 가로질러 가서 그들을 지켜봤지. 섬 머리와 나란한 지점에 이르자, 그들은 대포 쏘는 걸 관두고 미주리 강변을 지나 마을로 돌아가더군.

이젠 문제없겠다, 하고 생각했어. 더는 나를 찾는 사람은 없겠지, 하고 말이야. 카누에서 짐을 꺼내 우거진 숲속에다 멋진 캠프를 차렸어. 담요들로 텐트를 만들어 비에 젖지 않도록 그 밑에다 물건들을 집어넣었지. 메기 한 마리를 낚아 톱으로 배를 갈라서, 해 질 무렵 모닥불을 피워 저녁밥으로 먹었어. 그러고 나서 아침밥으로 먹을 물고기를 낚으려고 낚싯줄을 물에 드리워 놨지.

날이 어둑어둑해지고 모닥불 옆에 앉아 담배를 피우니 꽤 만족스러웠어. 하지만 이내 외로워졌어. 강둑으로 가 앉아서 시원하게 흐르는 물소리에 귀 기울이기도 하고, 별과 떠내려오는 통나무, 뗏목의 수를 헤아리기도 하다가 그만 잠을 청했지. 외로울 때 시간 때우는 방법으론 그만한 게 없지. 언제까지고 외로운 채로 있을 순 없잖아. 그러다 잠이 들면 이내 외로움을 잊어버릴 수 있었지.

그런 식으로 사흘 낮 사흘 밤이 지나갔어. 아무런 변화도 없는 그저 똑같은 나날들이었지. 다음 날 섬 아래쪽으로 내려가 구석구석 탐험의 길을 나섰어. 나는 그 섬의 주인이었기에, 말하자면 그 섬 전체가 내 꺼니까, 그 섬의 모든 것에 대해 속속들이 알고 싶었거든. 하지만 사실 진짜 목적은 시간 때우기였지. 한참 잘 익은 딸기가 널려 있었고, 초록빛 여름 포도와 라즈베리도 있었어. 초록빛 블랙베리는 이제 막 열매 맺기 시작한 참이었지. 머지않아 그 모든 게 유용하게 쓰일 때가 올 거라고 생각했어.

깊은 숲속을 한가로이 거닐었어. 섬 끝에서부터 그리 멀게 느껴지지 않는 곳이었지. 총을 들고는 있었지만 방어를 위한 것으로 아무것도 쏘지 않았어. 텐트 근처에서 사냥감을 쏠 생각은 하고 있었지만 말이야. 그때 하마터면 큰 뱀을 밟을 뻔했는데, 그 뱀은 풀과 꽃 사이를 미끄러지듯 빠져나갔어. 놈을 쏴 죽일 작정으로 뒤를 쫓았지. 있는 힘을 다해 뒤를 쫓다가, 모락모락 연기가 나는 모닥불의 잿더미를 밟게 됐어.

깜짝 놀라 심장이 나대기 시작했어. 더 볼 것도 없이 총의 안전핀을 푼 다음, 최대한 빠른 걸음걸이로 까치발을 한 채 살금살금 뒤로 물러섰지. 우거진 나뭇잎 사이에서 잠깐씩 걸음을 멈추고 귀를 기울였지만, 숨이 넘 가빠서 다른 소리는 아무것도 안 들렸어. 슬그머니 몇 걸음 도망치다가 다시 귀 기울이기를 몇 번이나 되풀이했지. 나무 그루터기를 사람으로 잘못 보기도 했고, 나뭇가지를 밟아 부러지기라도 하면 마치 누군가 내 숨통을 반으로 쪼개 버리는 듯 느껴졌지. 나한테는 그 반쪽, 그것도 작은 쪽 숨통만 남아있는 듯 느껴졌어.

텐트에 돌아왔을 땐 맥이 빠져 마치 모이주머니에 모이가 없는 격이었지. 하지만 어물쩍거릴 시간이 없다고 생각했어. 그래서 아무에게도 눈에 띄지 않도록 짐을 전부 다시 카누에다 싣고, 모닥불을 끄고 주변에 재를 뿌려 작년에 꾸린 낡은 캠프처럼 보이도록 꾸며놓고는, 나무 위로 기어 올라갔지.

나무 위에 두 시간쯤 있었을까. 그동안 아무것도 보지도 듣지도 못했어. 그저 머릿속에서만 오만가지 것들을 보고 듣고 한 것 같았지. 언제까지고 나무 위에만 있을 수가 없어서, 결국 나무에서 내려왔어. 하지만 우거진 숲속에만 머물면서 줄곧 망보는 걸 게을리 하지 않았지. 먹을 거라곤 산딸기랑 먹다 남은 아침밥뿐이었어.

이내 밤이 찾아왔고 꽤 배가 고팠지. 그래서 날이 완전히 어두워진 뒤 달이 뜨기 전에 미끄러지듯 강변을 출발해 일리노이 강둑을 향해 4분의 1마일쯤 노를 저어 갔어. 숲속으로 들어가 저녁 식사 준비를 하고, 오늘 밤은 내내 여기 있어야겠다 마음먹었을 때, "저벅저벅", "저벅저벅"하는 소리가 들려오는 게 아니겠어. 그건 마치 말발굽 소리 같았지. 그러고 나서 사람 목소리가 들리더군. 최대한 빨리 모든 걸 카누 안에다 밀어 넣고는, 가만히 숲속으로 기어 들어가 뭐가 보이나 살펴봤어. 그리 멀리 가기도 전에 어떤 남자 목소리가 들리더군.

"마땅한 장소를 찾으면 여기에 텐트를 치는 게 좋겠어. 말들이 거의 녹초가 됐잖아. 어디 좀 둘러보자."

나는 더는 기다리지 않고 조용히 노를 젓기 시작했어. 늘 매어 놓던 곳에 카누를 매어 놓고, 카누에서 잠을 자야겠다고 생각했지.

나는 깊이 잠들지 못했어. 이 생각 저 생각으로 잠을 이룰 수 없었지. 그리고 잠에서 깰 때마다 누군가 내 목덜미를 누르고 있는 게 아닌가, 하는 생각이 들었어. 그런 상태로 잠이 든다고 해도 별로 좋을 건 없을 거 같았지. 마침내 난 생각했어. 이런 꼴로는 살 수 없다, 대체 이 섬에 나랑 같이 있는 놈이 누군지 찾아내야겠다, 무슨 일이 있어도 꼭 찾아내야겠다고 말이야. 그렇게 마음먹었더니 금세 기분이 한결 나아지더군.

노를 집어 들고 강변을 찬찬히 미끄러지듯 출발해 그늘 쪽으로 향했어. 달이 환하게 빛나고 있어서, 그늘 밖은 마치 대낮처럼 훤했지. 한 시간 동안이나 찾아다녔지만, 모든 게 바위처럼 고요히 깊은 잠에 빠져 있었어. 그때쯤엔 거의 섬의 끝자락에 이르러 있었지. 살랑살랑 시원한 산들바람 한줄기가 불어오기 시작했는데, 날이 다 샜다고 해도 좋을 만한 날씨였어. 노를 저어 카누를 돌린 뒤 뱃머리를 강변에 댔지. 그러고는 총을 들고 숲 가장자리에 슬그머니 몸을 숨겼어. 거기 있는 통나무에 걸터앉아 나뭇잎 사이로 밖을 내다봤지. 달이 당직을 마쳤는지, 어둠이 강을 뒤덮기 시작했어. 하지만 잠시 후 나무 끝에 파릿한 줄무늬가 보였고, 나는 날이 밝아오고 있다는 걸 알게 됐지. 총을 집어 들고 쫌 전에 우연히 밟은 그 모닥불이 있던 곳으로 살금살금 걸어갔어. 1~2분마다 걸음을 멈추고는 귀를 기울였지. 하지만 운이 따르지 않았어. 그 장소를 못 찾을 거 같았지. 하지만 얼마 뒤에 저 멀리 나무 사이로 분명히 불빛이 보였어. 조심조심 천천히 그리로 다가갔지. 이내 자세히 볼 수 있을 만큼 가까이 가보니, 어떤 사람이 땅 위에 누워 있는 게 아니겠어. 순간 소름이 돋더군. 그 사람은 머리에다 담요를 뒤집어쓰고 있었는데, 머리는 모닥불 가까이에 있었어. 나는 그로부터 약 6피트쯤 떨어진 덤불 뒤에 앉아서, 잠시도 두 눈을 떼지 않고 감시했지. 그때 어스레하게 동이 트고 있었어. 얼마 뒤에 그 사람이 하품을 하고 기지개를 켜더니 담요를 쳐들더군. 근데 그 사람은 미스 왓슨 네 노예 짐 아저씨였어! 아저씰 보자, 나는 참말로 기뻤지.

그래서 "어! 짐 아저씨!"하고 소리를 지르며 뛰어갔어. 아저씨는 놀라서 벌떡 일어나 나를 쳐다보더군. 그러고는 무릎을 꿇고 두 손을 모은 채로 사정하는 거였어.

"날 해치지 말어, 응! 난 귀신헌태 해 끼친 일이 업써. 늘 귀신을 조아라해따구. 그내들을 위해 헐 수 인는 일은 다 해꾸 말여. 그러니 다시 강물로 돌아가. 니가 이쓸 곳은 강이라구. 늘 니 칭구여떤 이 늘근 짐헌태 부디 해꼬지 허지 말개나."

짐 아저씨한테 내가 죽지 않았다는 사실을 이해시키는 데는 그리 오래 걸리지 않았어. 나는 아저씨를 만나 참말로 기뻤지. 더는 외롭지도 않았어. 내가 있는 곳을 아저씨가 사람들한테 일러바치리라는 걱정은 하지 않는다고 말했지. 나는 계속 떠들어 댔지만, 아저씨는 그저 자리에 앉아 나를 쳐다볼 뿐이었어. 입도 뻥긋 안 하더군.

"날이 밝았네. 아침밥 먹어요. 모닥불 좀 피워보세요." 내가 말했어.

"딸기 나부랭이로 요리를 하는대 모닥뿔을 피우는 개 먼 소용

이람. 너 총 갖고 이찌, 그치? 그럼 우린 딸기보다 훨 더 나은 걸 잡을 수 이쓸 꺼여.”

“딸기 나부랭이라구요? 그럼 그동안 그런 걸 먹고 살았단 말이에요?” 내가 물었어.

“것 말고 먹을 깨 이써야지.” 아저씨가 대답했어.

“아니, 아저씨. 이 섬에 온 지 얼마나 됐는데요?”

“니가 죽은 날 밤애 여기 와써.”

“네? 여기 그렇게 오래 있었어요?”

“웅, 그러타니까.”

“근데 그런 허접 쓰레기 같은 거 말곤 먹을 게 없었단 거예요?”

“업써따니까…… 것 말곤 암껏도 업써써.”

“그럼 엄청 배고프겠네요?”

“말 한 마리라도 먹을 수 이깨써. 진짜루 말여. 넌 이 섬애 온 지 월마나 됀는대?”

“내가 죽임을 당한 그날 밤부터죠 뭐.”

“말두 안 돼! 그럼 넌 그동안 멀 먹고 살아써? 허기야 넌 총이 이쓰니까. 그래, 총이 이써찌. 잘 됀내. 자, 그럼 멀 쫌 잡아오라구. 내가 불을 지펴 놀 태니 말여.”

우린 카누 있는 곳으로 갔어. 짐 아저씨가 나무들 사이의 풀이 난 공터에다 불을 지피는 동안, 나는 옥수수 가루랑 베이컨이랑 커피랑 커피 주전자랑 프라이팬이랑 설탕이랑 양철 컵을 꺼내 갖고 왔지. 그걸 본 껌둥이 아저씨는 깜짝 놀라 뒷걸음을 치더군. 이게 다 무슨 마녀 짓이냐면서 말이야. 나는 큼직하고 싱싱한 메기 한 마리를 잡았고, 아저씨는 그놈을 칼로 깨끗이 다듬어 구웠어. 아침 식사가 준비되자 우린 풀밭 위에 나른하게 앉아서, 김이 모락모락 나는 뜨끈뜨끈한 메기를 먹었지. 거의 굶어 죽기 직전이었던 아저씨는 무서운 기세로 먹어 치웠어. 잠시 후 꽤 배가 부른 우리는 드러누워 빈둥거렸지. 얼마 뒤 아저씨가 입을 열었어.

"근대 말여, 헉, 그 통나무집서 죽은 개 니가 아님 대채 뉘여?"

내가 꾸며낸 모든 일을 다 얘기해 줬더니, 짐 아저씨는 거참 똑똑하다고 하더군. 톰 소여라고 해도 내가 짜낸 것보다 더 근사한 계획을 짜낼 수 없을 거라나.

"짐 아저씨, 여긴 어떻게 오게 된 거에요? 어떻게 여기 도착하게 됐나요?" 이번엔 내가 물었지.

그 말에 짐 아저씬 꽤 불안한 듯 보였어. 잠시 아무 말도 않더니 마침내 입을 열었지.

"차라리 얘기 안는 개 나을 꺼여."

"왜요, 아저씨?"

"머, 이유가 한둘이어야지. 너헌태 얘길해도 날 까발리진 안캐찌, 그치, 헉?"

"내가 만약 까발린다면 욕먹어도 싸죠!"

"조아, 그럼 널 믿어보마, 헉. 난 말여…… 난 도망처써."

"아저씨!"

"기억허지? 넌 까발리지 안캐따고 해써……. 까발리지 안캐따고 말헌 거 기억허냔 말여, 헉."

"그렇죠. 까발리지 않겠다고 했고 말고요. 난 그 말을 지킬 거예요. 진짜루 지킬 거라고요. 신고 안 했다고 사람들이 날 보잘것없는 노예 폐지론자라고 부르며 깔보겠지만 말이죠, 난 상관 안 해요.

난 까발리지도 않을 거고, 거기 돌아가지도 않을 거니까요. 그니까 죄다 털어놔도 돼요."

"음, 이짜나, 그 늙근 여자 말여…… 미스 왓슨…… 그 여자가 늘상 쪼아 대고 멋까치 굴긴 해찌만 말여, 날 올리언스애 팔아치우지 안캐따고 입빠릇처럼 애기해껄랑. 근대 요즘 집애 껌둥이 상인이 뻰질나개 드나드는 걸 알아채고는 불안해지기 시작한 거여. 그러다가 어느 날 꽤 늦은 밤 시간애 문 뒤로 살금살금 가봔는대 말여, 문이 꽉 다처 이찌 안터구만. 근대 미스 왓슨이 더글러스 과부땍헌태 한다는 말이, 날 뉴올리언스애 팔아치우개딴 거여. 팔긴 실치만 날 팔면 800딸라를 받을 수 인는대, 이건 엄청난 돈이라 어쩔 수 업딴 거여찌. 과부땍은 미스 왓슨헌태 날 팔지 안캐딴 다짐을 받을라고 퍽이나 애를 썬는대 말여, 난 뒷말은 안 들어써. 전속력으로 뛰어 바끄로 빠저나와찌."

"언덕을 뛰내려와 마을 위쪽 어딘가 강가에서 짝은 뽀트를 훔처내야개따 맘먹어써. 아직 잠 안 자고 서성대는 사람들이 이써서 강가에 인는 다 허물어저 가는 나무통 장인 내 가개애 숨어 사람들이 다 가버리길 기다려찌. 밤새 그 안애 이써써. 내내 안 자고 서성대는 사람이 이써껄랑. 아침 여섯시쯤 되니까 뽀트가 지나다니기 시작해꼬, 여덜신가 아홉신가 되니까 지나가는 어느 뽀트나 다들 니 아빠가 마을로 와서 니가 뒤저따고 떠벌린 얘길 하더라구. 뽀트는 그 통나무집을 보러 가는 신사 숙녀들로 북쩍북쩍해써. 이따금씩 사람들이 강을 건너기 전애 강가애다 뽀트를 대노코 쉬언는대 말여, 그 사람들이 허는 얘길 듣고 니가 뒤진 얘길 자새히 알개 돼꾸먼. 난 말여, 헉, 니가 뒤저따 해서 무척이나 슬펀는대 말여, 이재 더는 안 슬

프군먼.”

“난 하루 웬종일 대패빱을 덥고 누워 이써써. 배는 고파찌만 두렵진 아나찌. 미스 왓슨이랑 과부댁은 아침빱을 먹기가 무섭게 천막 집회애 가서는 하루 웬종일 돌아오지 아나꺼든. 그리고 그내들은 내가 동이 틀 무렵 가축들을 바깨 내노을라고 자리를 뜨는 걸 알고 이쓰니까, 내가 업써도 별 상관허지 안을 꺼구 말여. 그내들은 저녁 때 되서 어둑어둑해질 무렵애야 내가 집애 업딴 걸 알아차릴 꺼여쓰니 말여. 다른 노예들도 주인이 집을 비우면 대번애 휴일 만난 것 마냥 나자빠지니까, 녀석들도 내가 집애 업딴 걸 알 길이 업써찌.”

“어둑어둑해지자 강가 길로 몰래 빠져 나와 한 2마일쯤 가쓸까. 그러니 집도 하나 업는 곳이 나오더라구. 이재 워떠캐 헐까 허고 마음을 정해찌. 만약 걸어서 도망을 칠라고 하믄 개들이 날 뒤쪼출깨 아녀. 만약 뽀트를 훔처 타고 강을 건널라고 하믄 놈들이 뽀트가 업써진 걸 알고는 쩌어 쪽 반대편 어디서 내가 내릴지, 어디서부터 날 쪼차야 헐지 알아낼 태구 말여. 그래서 택헌 개 땐목이여. 땐목은 흔적을 남기지 안으니까.”

“얼마 뒤 섬머리 쩌어 쪽서 이쪽으로 향하고 인는 등뿔 하나가 보이더구만. 그래서 강물로 뛰들어가 내 아패 보이는 통나무 하날 부짭고는 강을 절반쯤 해엄처 가써. 떠내려가는 나무들 사이로 들어가 머릴 납짝이 수그리고는 땐목이 떠내려 올 때까지 강 흐름을 거슬러 해엄처찌. 그리고는 땐목 고물로 해엄처 가 꽉 부짭아써. 그때 구름이 몰려오면서 꽤 어둑어둑해지더구만. 그래서 슬쩍 땐목 위로 기올라가 널빤지 위애 업드려찌. 뱃싸람들은 죄다 랜턴이 인는 쩌어 쪽 한가운대 모여들 이떠구만. 강물이 늘어나 흐름이 여간 빠

른 개 아니어써. 그래서 내 생각애 새벽 내 시앤 25마일 하류까진 다 다라 이깨따 십떠구만. 동 트기 직쩐애 강물로 슬쩍 들어가 강가로 해엄처 가 일리노이 쪽 숩쏙으로 들어가야개따고 생각해써."

"근대 운이 지지리도 업써찌. 땐목이 거진 섬머리까지 흘러내려가쓸 때 뱃싸람 하나가 랜턴을 들고 고물 쪽으로 걸어오는 개 아니개써. 더 이씀 안 되개따 시퍼서 땐목서 슬쩍 내려 이 섬을 향해 해엄처 온 거여. 암 대나 맘애 드는 곳애 오를 수 이깨따 생각해찌만 웬걸, 쉽지 안터구만. 강뚝이 아주 까까내린 듯헌 절벽이더란 말여. 섬 끄트머리까지 와서야 겨우 조은 곳 하나가 눈애 띠더구만. 그래서 난 숩쏙으로 기 들어가써. 저러캐 뱃싸람이 랜턴을 들고 이리저리 돌아다닌다믄 두 번 다시 땐목은 타지 말아야개따 맘먹어찌. 난 모자 안애다 담배 파이프랑 쌈지랑 성냥을 너어둬떠랜는대, 아 글쎄, 고놈들이 하나도 젖지 안은 걸 보고 월매나 기뻔는지 몰러."

"그럼 아저씬 여태 고기도 빵도 못 먹은 거예요? 진흙거북이라도 잡아먹지 그랬어요?"

"그놈을 먼 수로 잡어? 몰래 다가가서 잡을 꺼여, 바위로 때려 잡을 꺼여? 것도 밤쭝애 말여. 낮애 강뚝애 가는 건 꿈도 꾸지 안아껄랑."

"듣고 보니 그러네. 아저씬 당연히 늘 숲속에 숨어 있어야 했겠죠. 대포 쏘는 소린 들었어요?"

"들어꾸 말구. 사람들이 널 찾고 이딴 걸 아라찌. 그 사람들이 여길 지나가는 걸 바써. 덤불 사이로 지켜바찌."

그때 어린 새 몇 마리가 날아 와서는 1~2야드를 뺑 돌더니 내려앉았어. 짐 아저씬 그걸 보고 비가 올 징조라고 했지. 아저씬 병아리들이 저렇게 나는 건 비가 올 징조인데, 어린 새들이 저렇게 나는 것도 같은 징조라고 했어. 내가 그놈들 중 몇 마릴 잡겠다고 했더니 아저씨가 뜯어말렸지. 그런 짓을 했다간 죽는다고 말야. 짐 아저씨 아빠가 한때 큰 병에 걸려 앓아누웠는데 말이야, 식구 중 누군가가 새를 잡았대. 짐 아저씨 할머니가 그걸 보고 말했다는군. 짐 아저씨 아빠가 곧 죽을 거라고 말이야. 과연 그 말대로 짐 아저씨 아빤 세상을 떠났대.

그리고 또 짐 아저씨는 저녁거리의 가짓수를 세어보는 것도 안 된다고 했어. 그게 액운을 불러온다나. 해가 진 뒤에 식탁보를 털어도 마찬가지래. 또 벌통을 가진 사람이 죽으면 다음 날 아침 동이 트기 전에 그 얘길 벌들한테 해 줘야 하는데, 안 그럼 벌들은 모두 일도 안 하고 비실비실하다가 죽어 버린다는 거야. 벌들은 바보천치를 쏘지 않는다고 아저씨가 말했지만, 나는 그 말을 믿지 않아. 왜냐면 내가 몇 번이고 직접 시험해 봤는데, 벌들이 통 나를 쏘려고 하지 않았기 때문이지.

나는 예전에 그런 얘기들 몇 개는 들어 봤지만 말이야, 모두를 아는 건 아냐. 근데 짐 아저씨는 온갖 징조들을 훤히 꿰고 있었지. 아저씬 징조들을 거의 다 알고 있다고 했어. 내가 보기에 징조라는 건 다 액운에 대한 거 같은데 무슨 행운을 암시하는 징조는 없냐고 아저씨한테 물어봤지.

짐 아저씨가 대답하길, "*거이 업찌. 것도 사람한텐 소용이 업써. 행운이 언재 올지를 멋 땜애 알고 시픈 거여? 왜? 행운을 쪼차 버리기라도 허개?*"

그러고는 계속 말을 이어 갔어. "*털 만은 팔이랑 털 만은 가슴*

은 부자가 될 징조여. 그런 징조는 쫌 소용이 이찌. 먼 압날을 알 수 이쓰니까. 니가 첨앤 오랫동안 가난뱅이로 살아야 허는대, 나중애 부자가 된다 처보자 이거여. 헌대 그 징조를 모르면 그만 낙담헌 나머지 자살허고 말지도 모를 일 아녀."

"아저씬 팔이랑 가슴에 털 좀 있어요?"

"걸 질문이라고 해? 여기 인는 거 안 보여?"

"그럼 아저씬 부자예요?"

"아녀, 한때 부자연는대 말여…… 허지만 다시 부자가 될 꺼여. 한때 나헌탠 14딸라나 이썬는대, 투기애 손을 대서 그만 몽땅 날리고 말아찌."

"뭐에 손을 댔다고요, 아저씨?"

"주식에 손을 대써."

"어떤 주식이요?"

"가축 주식이지, 머. 소 말여. 뻔허잔어. 암소 한 마리에 10딸라를 쏟아부어써. 이재 다신 주식애 돈 쏟아분는 짓은 안헐꺼구먼. 글쌔, 이 암소란 놈이 내 손애 들어오기가 무섭께 그만 뻗어 버려딴 말여."

"그니까 10딸라만 손해 본 거네?"

"아녀. 10딸라를 고스런히 손해 본 건 아녀. 대략 9딸라쯤 날려먹은 샘이지. 소가죽이랑 비개는 1딸라 10쎈트애 팔아치워껄랑."

"그럼 5딸라 10센트 남았겠네. 그걸로는 뭐 또 투기 안 했어요?"

"해꾸 말구. 왜 브래디쉬 영감님내 외다리 껌둥이 이짜너. 글쌔, 그놈이 은행을 새워써. 그리고는 누구라도 1딸라를 집어너음 연

말에 4딸라를 타먹개 된다는 거여. 그래서 껌둥이들이 죄다 돈을 집어너으려고 핸는대, 어디 큰돈 가진 놈이 이써야 말이지. 글쌔, 큰돈 가진 놈은 나 하나뿐이더라구. 그래서 4딸라 이상 낼꺼믄 차라리 내 손으로 은행을 하나 차리개따고 버텨찌. 물론 그 껌둥이 놈은 나까지 은행 사업에 뛰드는 걸 원치 아나써. 은행이 둘이나 이쓸 필요가 업는 사업이라믄서 말여. 그러면서 그놈은 내가 5딸라를 내믄 연말에 가서 35딸라를 돌려주개따는 개 아니개써."

"그래서 난 그 말대로 해찌. 35딸라를 받개 되믄 곧짱 또 투자해서 걸로 한목 단단히 잡을 생각이어껄랑. 밥이라는 껌둥이가 이써. 이눔이 글쌔 땟목을 건전는대 말여, 그놈 주인은 걸 몰라써. 난 밥헌태 걸 외상으로 사서 연말이 되믄 35딸라를 주마고 큰소릴 처찌. 헌대 그날 밤 어떤 놈이 그 땐목을 훔처가 버려찌 머여. 그리고 담날앤 그 외다리 껌둥이 놈이 허는 말이, 은행이 파산해따고 허지 안캐써. 누구 하나 돈 건진 사람이 업써찌."

"아저씨, 그럼 나머지 10센트는 어떻게 했어요?"

"응, 난 그 10쎈트도 써버릴라고 해찌. 헌대 글쌔, 꿈을 꿔따니까. 꿈애서 그러는대, 그 10쎈트를 발람이라는 껌둥이헌태 주라는 개 아니개써. 사람들이 "발람의 나귀"[3]라고 부르는 그 바보 놈 말여. 헌대 사람들이 허는 말이, 그놈은 운을 타고나때나. 난 지지리도 운

3 성경에 나오는 "발람의 나귀"(Balum's ass)를 차용하고 있다. 짐의 꿈에 나온 발람이 성경에 나오는 나귀 탄 발람과 이름이 같아서 "발람의 나귀"라고 부르고 있는데, 또한 꿈에 나온 발람이 바보 캐릭터이기 때문에 "ass"라고 부르고 있다. "ass"는 '나귀'와 '멍청이'라는 중의적 의미를 지니고 있다.

이 업는대 말여. 꿈에서 그러는대, 발람헌태 그 10센트를 투자허면 그놈이 내 돈을 뿔려 줄 꺼라는 거여. 그래서 그 발람이란 놈이 내 돈을 받아들고 교회애 간는대 말여, 교회서 누구라도 가난한 자헌태 선심 쓰는 자는 하나님깨 돈을 꿔 주는 샘이니, 틀림업씨 그 돈의 100배를 되돌려바깨 된다고 목사님헌태 들어딴 거여. 그래서 발람 이눔이 10센트를 들고 가서 가난헌 사람헌태 주고는 워쩐 일이 일어나나 허고 기다려때나.”

“그래서 뭔 일이 일어났어요, 아저씨?”

“먼 일이 일어나긴. 나두 그 돈을 돌려받을 방법이 업꼬, 발람두 마찬가지지. 난 이재 담보를 잡지 안코는 절때루 돈을 꿔주지 안을 꺼구먼. 헌대 목사님 말이, 필시 돈이 100배가 되서 돌아온단 거여. 난 그 10센트만이라도 그대로 돌아오믄 그거야말로 공평한 처사라구, 운이 참 조아따고 기뻐할 탠대 말여.”

“하지만 어쨌든 잘 됐네요, 아저씨. 언제가 됐든 아저씨가 다시 부자가 된다고 하니 말이에요.”

“허긴 그래. 생각해 보믄 지금도 난 부자여. 최소한 내 몸뚱아리만큼은 내 소유니까. 내 몸뚱아린 족히 800딸라 가치는 이껄랑. 그 돈이 지금 당장 나한태 이씀 더 바랄 깨 업깨따 시프면서도 말여.”

9장

나는 탐험을 하다가 찾아낸 섬 한복판에 있는 장소를 둘러보고 싶었어. 우린 출발했지. 그 섬은 길이가 3마일, 폭이 4분의 1마일밖에 되지 않아서 이내 그곳에 도착했어.

그곳은 높이 40피트 가량의 꽤 길고 가파른 언덕 혹은 산등성이를 이루고 있었어. 옆면이 아주 가파른 데다가 덤불이 울창하게 우거져 있어서, 꼭대기까지 오르는 데 꽤나 애를 먹었지. 우린 터벅터벅 걷고 기어오른 끝에, 얼마 후 일리노이 쪽으로 향한 꼭대기 근처 바위에 꽤 큼지막한 동굴이 있는 걸 발견했어. 그 동굴은 방 두세 개를 합친 정도의 크기로, 짐 아저씨가 그 안에서 몸을 꼿꼿이 펴고 설 수 있을 정도였지. 동굴 안은 서늘하더군. 짐 아저씨는 당장 살림살이를 그곳으로 옮기자고 했지만 말이야, 나는 밤낮으로 그곳을 오르락내리락하는 건 싫다고 했어.

짐 아저씨는 카누를 그럴싸한 장소에 숨겨 두고 살림살이를 전부 그 동굴 속에다 갖다 놓으면, 누군가 섬으로 와도 우린 동굴로 뛰어 들어가 숨을 수 있을 거고, 개를 데리고 오지 않는 이상 우릴 절대로 찾아낼 수 없을 거라고 하더군. 게다가 그 어린 새들이 비가 올 거라고 예견했는데, 살림살이가 다 젖기를 바라냐고도 했어.

그래서 우린 다시 돌아가 카누를 타고 동굴과 나란한 지점까지 노를 저어 와서는, 살림살이 전부를 그 동굴로 날랐지. 그러고는 근처의 우거진 버드나무 숲속에서 카누를 감출 장소를 물색했어. 낚싯줄에 걸린 물고기 몇 마리를 떼어내고 다시 낚싯대를 강가에 드리워 놓고는 저녁 식사 준비도 했지.

동굴 입구는 큰 통을 굴려 넣을 수 있을 만큼 큼지막했고, 입구 한쪽 바닥은 좀 편평하게 튀어나와 있어서 불을 지피기에 안성맞춤이었어. 우린 거기 불을 지펴 저녁 식사 준비를 했지.

우린 동굴 안에다 카펫처럼 담요 몇 장을 깔고는 그 위에서 저녁밥을 먹었어. 그 밖에 다른 물건들은 동굴 뒤쪽에다 쓰기 편하게 늘어놓았지. 머지않아 어둑어둑해지고 천둥 번개가 치더군. 결국 그 새들이 옳았던 거야. 이윽고 비가 아주 세차게 내리기 시작했어. 바람조차 여태 본 적이 없을 정도로 세차게 불어대더군. 영락없는 한여름의 폭풍우였지. 몹시 어두워져 밖은 모든 게 짙은 남빛으로 아름다웠고, 빗줄기는 거세게 내리쳐 저만큼 떨어진 나무들이 거미줄처럼 어렴풋하게 보였어. 한바탕 바람이 거세게 불어와 나무를 쓰러뜨리고, 나뭇잎은 뒤집혀 색이 연한 뒷면이 다 드러날 정도였지. 모든 걸 찢어발길 듯한 돌풍이 잇따라 불어와, 나뭇가지들은 미친 듯이 두 팔을 휘둘러 댔어. 다음 순간, 검푸른 기운이 절정에 달했을 때 '번쩍!'하며 불빛이 보였지. 번갯불의 밝은 후광이 비치자 지금까지 보였던 풍경보다 수백 야드는 더 멀리 내다보였는데, 저 멀리 폭풍우 속에서 우듬지가 거꾸러지는 게 얼핏 보이더군. 금세 사방이 다시 마치 죄악처럼 어두컴컴해지고, 천둥이 굉음을 내며 크게 친 뒤 마치 하늘이 땅으로 "우르르, 투당투당"하고 굴러 떨어지는 거 같은 소리가 들렸어. 빈 통을 아래층으로 굴려 떨어뜨리는 소리 같았는데, 그것도 계단이 길어서 빈 통이 몇 번이나 튀어 오를 때 나는 소리 같다고나 할까.

"짐 아저씨, 이거 멋진데요." 내가 말했어. "난 여기 말곤 아무데도 있고 싶지 않아요. 거기 생선 한 조각이랑 뜨끈한 옥수수 빵 좀 집어 줘요."

"근대 말여, 이 짐이 업써떠라면 넌 여기 이찌 못해쓸 꺼여. 넌 저녁도 못 먹고 쩌어기 저 아래 숩쏙에 이써쓸 꺼구먼. 개다가 물애 빠진 생쥐꼴이 돼쓸 꺼구 말여. 안 그래? 뺑아린 비가 언재 올 껀지 알고 이꼬, 건 새도 마찬가지라구."

강물은 열흘 동안인지 열이틀 동안인지 불고 또 불어나 마침내 강둑을 넘고 말았어. 이 섬의 저지대와 일리노이 쪽 강바닥 수심은 3~4피트에 이르렀지. 일리노이 쪽 강폭은 수 마일이 족히 더 됐지만, 미주리 쪽 강폭은 예전과 다름없이 1마일 반이었지. 그건 미주리 쪽 강변이 높은 절벽 같았기 때문이야.

우린 낮에는 카누를 타고 노를 저어 섬을 이곳저곳 돌아다녔어. 바깥은 해가 이글이글 내리 쬐도, 깊은 숲속은 그늘이 드리워져 무척 시원했지. 우린 나무들 사이를 들락날락했어. 이따금씩 덩굴이 몹시 두텁게 감겨 있어서 뒤로 물러나 다른 길로 가야 할 때도 있었지. 다 쓰러진 고목마다 토끼들, 뱀들, 그리고 그 밖에 짐승들이 모여들었어. 섬이 하루나 이틀 침수돼 있을 때는, 그놈들이 배가 잔뜩 고픈 터라 얌전해졌지. 그래서 그럴 마음만 있으면 노를 저어 놈들한테 바짝 다가가 만져 볼 수도 있었지만, 뱀이랑 거북만큼은 어림도 없었어. 그놈들은 물속으로 스르르 미끄러지듯 들어가 버리고 말았기 때문이야. 우리 동굴이 있는 산등성이엔 이런 짐승들이 가득했어. 마음만 먹으면 얼마든지 데려다 키울 수 있었지.

어느 날 밤 우린 판자 뗏목의 일부를 건져냈어. 꽤나 쓸 만한 소나무 널빤지였지. 넓이 12피트에 길이 15~16피트 정도로, 윗부분이 수면 밖으로 6~7인치 가량 떠올라 있는 단단하고 편평한 마루용 목재였어. 낮에도 이따금씩 톱질한 통나무가 떠내려 오는 걸 봤지만 그대로 내버려 뒀지. 낮에는 모습을 드러내지 않기로 작정했으니 말이야.

어느 날 새벽 동트기 직전에 우린 섬 머리에 있었어. 근데 서쪽에서 목조 가옥이 한 채 두둥실 떠내려 오더군. 그건 이층집이었는데 한쪽으로 꽤 기울어져 있었지. 우린 카누를 타고 노를 저어 나가 이층 창으로 해서 안으로 들어갔어. 하지만 아직 날이 넘 어두워 잘 보이지 않아서, 카누를 매어 놓고 그 안에 앉아 날이 밝기를 기다렸지.

섬 끝에 다다르기 전에 날이 밝아오기 시작했어. 우린 창으로 안을 들여다봤지. 침대, 테이블, 낡은 의자 두 개, 마루 위에 어질러져 있는 잡다한 물건들, 그리고 벽에 걸려 있는 옷들이 눈에 띄더군. 그리고 저쪽 구석에는 사람처럼 보이는 뭔가가 마루에 드러누워 있었어. 그걸 보고 짐 아저씨가 소리쳤지.

"여보쇼!"

하지만 그건 꿈쩍도 안하더군. 그래서 이번엔 내가 소리쳤어.

그러자 짐 아저씨가 말했지.

"저놈은 자고 인는 개 아녀. 죽은 거여. 가만 이써보라구. 내 가서 보고 올태니 말여."

짐 아저씨가 가서 허리를 굽히고 살펴보더니 말하더군.

"이건 죽은 사람이여. 확씰해. 개다가 빨가버꾸이써. 등앤 총을 마자꾸 말여. 죽은 지는 2~3일쯤 된 거 가터. 들어와 바, 헉. 허지만 얼굴을 들여다보진 말어. 아주 무시무시하거든."

나는 그 사람을 아예 쳐다보지도 않았어. 짐 아저씨가 그 사람 위에다 낡은 누더기를 던져 덮었지만 그럴 필요가 없었지. 어차피 나는 그 사람을 쳐다보려고 하지도 않았으니 말이야. 마루 위에는 여기저기 흩어져 있는 기름투성이의 낡은 트럼프 짝들, 낡은 위스키 병들, 그리고 까만 천으로 만든 마스크 두 개가 널브러져 있었어. 그리고 벽 여기저기에는 목탄으로 쓴 쌍스러운 욕설이랑 그림이 가득했지. 낡고 더러운 무명옷 두 벌, 밀짚모자, 그리고 여자 속옷이 벽에 걸려 있었고, 남자 옷도 걸려 있었어. 우린 그것들을 죄다 카누에다 실었지. 나중에 쓰임이 있을지도 모르니 말이야. 마루 위에 낡고 얼룩덜룩한 소년용 밀짚모자가 있었는데, 나는 그것도 챙겼어. 그리고 우유가 담겼던 흔적이 있는 병도 있었는데, 거기엔 아기용 젖꼭지 병마개가 달려 있더군. 우린 그 병도 가지고 갈까 했지만 깨져 있었기에 관뒀어. 지저분하고 낡은 궤짝이랑 경첩이 깨진 낡은 트렁크도 있었지. 뚜껑이 열려 있었는데 그 안에는 값나가 보이는 물건이라곤 아무것도 안 남아 있더군. 물건들이 어질러져 있는 모양새로 봐서는, 사람들이 서둘러 집을 떠나야 했기에 물건들을 대부분 갖고 갈 수 없었을 거란 생각이 들었어. 우린 낡은 양철 램프, 손잡이 없는 푸주

칼, 어느 가게에서나 25센트면 살 수 있을법한 잭나이프 신상품, 수지 양초 여러 개, 양철 촛대, 바가지, 양철 컵, 침대에서 벗겨진 지저분하고 낡은 누비이불, 바늘이랑 핀이랑 밀랍이랑 단추랑 실이랑 그 밖에 잡다한 물건들이 들어 있는 여성용 가방, 도끼, 못들, 터무니없이 큰 낚싯바늘이 몇 개 달려 있는 내 새끼손가락만 한 굵기의 낚싯줄, 둘둘 말려있는 사슴 가죽, 가죽으로 된 개 목걸이, 말편자, 상표가 안 붙어 있는 물약병 몇 개를 손에 넣었지. 그러고는 막 그곳을 떠나려던 참에, 나는 꽤 쓸 만한 말빗을 발견했고, 짐 아저씨는 지저분하고 낡은 바이올린 활이랑 목재 의족 한 짝을 발견했어. 끈이 떨어져 있긴 했지만 그것만 빼면 꽤 쓸 만한 의족이었지. 하지만 그건 나한테는 넘 길고, 짐 아저씨한테는 넘 짧았어. 여기저기 찾아보긴 했지만, 나머지 한 짝은 찾을 수 없었지.

어쨌든 이것저것 다 합쳐보면 우린 꽤 큰 벌이를 한 셈이었어. 그 목조 가옥에서 막 나오려고 했을 때, 우린 섬에서 4분의 1마일쯤 하류에 떠내려 와 있었고, 날은 꽤 훤하게 밝아 있었지. 나는 짐 아저씨더러 카누 바닥에 누우라고 하고는, 그 위에다 누비이불을 덮어 씌웠지. 아저씨가 꼿꼿이 앉아 있으면 꽤 멀리서도 단번에 그가 껌둥이라는 걸 알아볼 수 있을 테니 말이야. 나는 일리노이 쪽 강변으로 노를 저어 반마일쯤 내려갔어. 그러고는 강둑 아래 고여 있는 물에다 천천히 카누를 댔지. 아무 사고도 없고 누구한테도 들키지 않은 안전 귀가였어.

10장

아침밥을 다 먹은 뒤, 나는 그 죽은 사람 얘기를 꺼내서 그 사람이 어떻게 죽었는지 알아내고 싶었지만, 짐 아저씨는 그렇지 않은 모양이었어. 아저씨가 말하길, 그런 얘기를 하면 액운이 따라붙을 수도 있고, 무엇보다 그 사람의 귀신이 나타날 수도 있다는 거였지. 매장돼서 편히 쉬고 있는 사람에 비해, 매장되지 않은 사람은 귀신이 돼서 그 근처를 돌아다닐 가능성이 더 크다는 거였어. 그 말은 꽤 그럴싸하게 들렸기에, 나는 아무 말도 하지 않았지. 하지만 그 일에 대해 생각하는 걸 멈출 순 없었어. 누가 그 사람을 쏴 죽였는지, 뭘 위해 그런 짓을 했는지 알아내고 싶은 마음이 굴뚝같았지.

우린 갖고 온 옷들을 뒤져서 헌 담요로 만든 외투 안감에 꿰매 붙여진 은화 8딸라를 발견했어. 짐 아저씨는 그 집 사람들이 그 외투를 훔쳤을 거라고 했어. 왜냐면 돈이 거기 있는 걸 알았다면 그냥 그대로 둘 리가 없지 않았겠냐는 거였지. 나는 그뿐만 아니라 그 집 사람들이 그 사람을 죽였으리라 생각한다고 했지만, 아저씨는 그 일에 대해서는 왈가왈부하고 싶어 하지 않았어. 그래서 내가 말했지.

"자, 아저씬 그걸 액운이라고 생각하죠. 근데 그저께 내가 산등성이에서 발견한 뱀 껍질을 가져왔을 땐 뭐라고 했죠? 손으로 뱀 껍질을 만지는 건 세상에서 제일로 재수 없는 일이라고 했잖아요. 자, 이게 아저씨가 말하는 액운이에요? 이 물건들 전부를 긁어모은 데다가 덤으로 8달러까지 벌었는 데도요? 이런 게 액운이라면 말이죠, 아저씨, 날마다 액운이 있음 좋겠네요."

"그런 생각일랑 허지도 마, 헉. 허지 말라구. 그러캐 건방 떠는 거 아녀. 이재 곧 액운이 들이닥칠 태니 두고 보라구. 내 말을 명심해. 곧 들이닥친다구."

근데 진짜 짐 아저씨 말대로 액운이 닥쳐오고야 말았어. 우리가 그 얘길 나눈 건 화요일이었거든. 금요일 날 저녁밥을 다 먹은 뒤 우린 산등성이 꼭대기 풀밭에 널브러져 있었어. 그때 마침 담배가 다 떨어졌지. 내가 담배를 가지러 동굴에 들어갔는데 말이야, 그곳에 방울뱀 한 마리가 있는 게 아니겠어. 나는 그놈을 죽여서 아저씨의 담요 한끝에다 마치 그놈이 살아있는 것처럼 똬리를 틀어 말아 뒀지. 아저씨가 거기서 그놈을 발견하면 재미난 일이 벌어질 거라고 생각했기 때문이야. 밤이 될 무렵, 나는 뱀 생각을 까맣게 잊어버리고 말았지. 내가 불을 켜는 동안, 짐 아저씨가 털썩하고 담요 위에 드러누웠어. 근데 마침 거기에 와 있던 죽은 뱀의 짝꿍이 아저씨를 콱 물어 버리고 만 거야.

짐 아저씨는 비명을 지르며 뛰어올랐어. 불을 켜자 처음 보게 됐던 광경은 말이야, 그 뱀이 똬리를 뜬 채로 또 달려들어 공격할 채비를 하는 거였지. 나는 당장에 그놈을 막대기로 때려눕혔어. 짐 아저씨는 아빠의 위스키 병을 움켜쥐더니 들입다 퍼마시기 시작했지.

짐 아저씨는 맨발이었는데, 뱀이 발뒤꿈치를 물었어. 그 모든 건 다 내 잘못이었지. 어디에든 죽은 뱀을 놔두면 십중팔구 그 짝꿍이 찾아와서 주위에 똬리를 튼다는 걸 멍청하게도 깜빡 잊어버리고 만 거야. 짐 아저씨는 나더러 뱀 대가리를 싹둑 잘라서 멀리 내던지고 뱀 몸뚱이에서 껍질을 벗겨 내 한 토막을 구워 달라고 했어. 시키는 대로 했더니 아저씨는 그걸 먹으면서, 이렇게 하면 회복하는 데 도움이 된다고 하더군. 아저씨는 뱀 꼬리 끝의 방울을 잘라 내서 자기 손목에 감아 달라고도 했어. 이것도 도움이 된다는 거였지. 나는 조용히 밖으로 빠져 나와 뱀 두 마리를 저 멀리 덤불 속으로 던져 버렸어. 짐 아저씨한테 그 모든 게 내 잘못이란 걸 알리고 싶지 않았기 때문이야.

짐 아저씨는 계속해서 위스키를 마셔 댔고, 이따금씩 제정신을 잃고는 갑자기 뛰어 오르기도 하고 고함을 지르기도 했어. 그러고는 정신을 차릴 때마다 또 위스키를 마셔댔지. 뱀에 물린 발이 꽤 크게 부풀어 올랐고, 다리도 마찬가지였어. 하지만 이내 술기운이 퍼지면 괜찮아질 거라고 생각했지. 그래도 나는 아빠의 위스키를 마시기보단 차라리 뱀에 물리는 게 낫겠다 싶더군.

짐 아저씨는 나흘 밤낮을 꼬박 잠만 잤어. 그 후 붓기가 완전히 빠지고, 아저씨는 다시 돌아다닐 수 있게 됐지. 이제 어떤 일이 벌어지는지 똑똑히 알게 됐으니, 나는 두 번 다시 뱀 껍질을 손으로 만지지 않겠다 다짐했어. 내가 다음부턴 자기를 믿어 의심치 않을 거라 생각한다고 짐 아저씨가 말하더군. 그리고 뱀 껍질을 손으로 만지는 건 재수 옴 붙는 일이니까, 아직 액운이 끝나지 않았을 수도 있다고 했어. 짐 아저씨는, 나 같으면 뱀 껍질을 손으로 만지작거리기보단 차라리 초하룻날 왼쪽 어깨 너머로 달을 천 번쯤 내다보겠다고 하더군. 나는 초하룻날 왼쪽 어깨 너머로 달을 내다보는 짓은 인간이 할 수 있는 일 가운데 제일로 싱겁고 멍청한 짓 중 하나라고 늘 생각해왔지만, 어찌된 일인지 점점 아저씨랑 같은 생각을 하게 됐어. 행크 벙커 할아버지는 한때 그 짓을 하고는 그걸 자랑삼아 떠벌렸지. 그러고 나서 채 2년도 못 돼서 할아버지는 만취해 높은 탑에서 떨어져, 말 그대로 종잇장처럼 쫙 뻗어 버렸어. 사람들은 할아버지를 헛간 문으로 만든 관에다 밀어 넣고는 그대로 매장해 버렸다고 하더군. 사람들 말이 그렇다는 거지 내가 직접 본 건 아니고, 아빠한테서 들은 얘기야. 어쨌든 그건 바보같이 초하룻날 달을 그딴 식으로 내다보는 바람에 벌어진 일이었지.

시간은 하루하루 흘러갔고, 강물은 강둑 사이를 흘러갔어. 우리가 맨 먼저 한 일은 껍질을 벗긴 토끼를 큰 낚싯줄에다 미끼로 매달아 놓은 건데, 글쎄, 길이 6피트 2인치에 무게 200파운드가 넘는, 사람 크기만 한 메기를 낚았지 뭐야. 물론 우린 그놈을 감당할 수 없었는데, 잘못하다간 오히려 그놈이 우릴 일리노이로 내동댕이쳐 버릴 것 같았어. 우린 그저 그곳에 앉아서 그놈이 제멋대로 이리 펄떡저리 펄떡하고 날뛰다가 꼴딱하고 죽는 꼴을 지켜볼 뿐이었지. 나중에 그놈의 창자 안에선 놋쇠 단추랑 둥근 공이랑 여러 잡동사니들이 발견됐어. 도끼로 공을 갈라 봤더니 그 안에서 실패가 나오더군. 짐 아저씨가 말하길, 실패가 메기 놈의 창자 안에 오랫동안 있다 보니 실패 위에 자꾸만 뭔가 덧입혀져서 마침내는 그렇게 공 모양이 된 거래. 내 생각에 그놈은 여태 미시시피 강에서 잡힌 놈 중에 제일로 큰 놈 같았어. 짐 아저씨도 그보다 더 큰 놈은 여태 본 적이 없다는 거야. 마을로 가져가면 꽤 비싸게 팔 수 있었을 텐데 말이야. 마을 시장에서는 그런 물고기를 파운드 단위로 파는데, 누구나 얼마만큼씩은 물고기를 사 가거든. 메기 놈의 살점은 눈처럼 하얀 게 튀겨 먹으면 맛이 끝내주지.

다음 날 아침, 나는 점점 지루하고 따분해지니 뭔가 신나는 일을 해보고 싶다고 했어. 가만히 강을 건너가 무슨 일이 있는지 보고 싶다고 했지. 짐 아저씨는 내 생각에 동의했지만 어둑어둑해진 뒤에 가야만 하고 꼭 조심해야 한다고 했어. 그러고 나서 아저씨는 한참을 궁리한 끝에, 나더러 헌옷 같은 걸 걸치고 여자애처럼 치장하고 가는 게 어떻겠냐고 하더군. 거참 좋은 아이디어였지. 그래서 우리는 옥양목 까운의 크기를 줄인 다음, 나는 그걸 입고 바짓단을 무릎까지 걷어 올렸어. 그리고 아저씨가 내 옷 등 쪽을 낚싯바늘로 찝어 매줬는데 꽤 잘 맞더군. 나는 밀짚모자를 쓴 뒤 턱 아래로 모자 끈을 맸어. 다른 사람이 혹시 내 얼굴을 들여다본다 해도, 마치 난로 연통 이음매를 내려다보는 것 같았을 거야. 아저씨는 훤한 대낮이라 해도 아무도 나를 못 알아볼 거라고 하더군. 나는 여자 옷을 입고 걷는 요령을 익히려고 하루 온종일 걷는 연습을 해서, 이내 그걸 입고도 꽤 그럴듯하게 걸어 다닐 수 있게 됐어. 근데 아저씬 내 걸음걸이가 여자애 같지 않다는 거야. 아저씬 나더러 바지 주머니에 손을 넣을 때마다 옷자락을 추켜올리는 짓을 관둬야 한다고 했어. 난 아저씨 말에 주의를 기울여 썩 그럴싸하게 걷게 됐지.

어둑어둑해지자마자 나는 카누를 타고 일리노이 쪽 강변으로 향했어. 나루터 조금 아래에 있는 마을에 가려고 강을 건넜는데 말이야, 조류에 휩쓸려 그만 마을 끝자락에 도착하고 말았지. 카누를 매어 놓은 뒤 강둑을 따라 걷기 시작했어. 오랫동안 사람이 살지 않던 작은 판잣집에 불이 켜져 있었기에, 거기 누가 있는지 궁금해진 나는 살금살금 가까이 다가가 창문을 통해 안을 엿보았지. 거기엔 마흔 살 가량 돼 보이는 여자가 소나무 테이블 위에 있는 촛불 곁에서 뜨개질을 하고 있었어. 얼굴을 모르는 낯선 여자였지. 그 마을에서 내가 모르는 얼굴은 하나도 없었거든. 어쨌든 그건 행운이었어. 나는 마음이 약해져 가고 있었으니 말이야. 괜히 왔다 싶은 마음도 들었고, 사람들이 내 목소리를 듣고 나를 알아보면 어쩌나 점점 두려워지던 참이었지. 근데 만약 그 여자가 이런 작은 마을에 이틀 정도만 있었다고 해도, 내가 알고 싶은 걸 나한테 죄다 얘기해 줄 수 있지 않겠어. 그래서 나는 노크를 했지. 여자애 행세를 하고 있단 걸 잊지 않으리라 다짐하면서 말이야.

11장

"들어오세요."

그 여자 목소리가 들리자, 나는 안으로 들어갔어.

"여기 의자에 앉으렴." 그 여자가 말했어.

나는 의자에 걸터앉았어.

그 여자는 반짝이는 쪼그마한 두 눈으로 날 유심히 훑어보더군.

"이름이 뭐야?" 그 여자가 물었어.

"새러 윌리엄스예요."

"어디 사는데? 이 근방에 사니?"

"아뇨, 아줌마. 7마일 하류에 있는 후커빌에 살아요. 여기까지 쭉 걸어오느라 완전 녹초가 됐어요."

"배고프겠구나. 먹을 것 좀 찾아보마."

"아뇨, 아줌마. 배는 안 고파요. 넘 배가 고파서 2마일 아래 있는 한 농장에 들렀거든요. 그래서 지금은 배고프지 않아요. 그러느라 이렇게 늦은 시간이 됐죠. 울 엄마가 몸져누워 있는데 돈도 다 떨어지고 아무것도 없어서, 애브너 무어 삼촌한테 알리러 가는 길이에요. 엄마가 그러는데 삼촌은 이 동네 저 위쪽에 산대요. 저는 여태 여긴 와 본 적이 없거든요. 애브너 삼촌을 아세요?"

"아니, 하긴 아직 아무도 아는 사람이 없어. 여기 온 지 2주일도 채 안 되니까. 마을 저 위쪽까진 꽤 멀어. 여기서 자고 가는 게 좋겠다. 모자를 좀 벗지 그러니."

"괜찮아요." 내가 말했어. "그럼 쫌만 쉬었다 갈게요. 저는 어둠은 안 무서워하거든요."

그 여자는 나를 혼자 보내고 싶지 않다며, 자기 남편이 한 시간 반 정도 있으면 돌아올 테니까 남편한테 나를 바래다주게 하겠다고 했어. 그러고 나서 자기 남편 얘기며, 강 상류에 사는 친척 얘기며, 강 하류에 사는 친척 얘기며, 그 전엔 아주 잘 살았단 얘기며, 잘 살다가 괜스레 영문도 모르고 이 마을로 오게 됐는데 그건 실수였단 얘기 등을 떠벌여 대더군. 동네가 어떻게 돌아가고 있는지 알아내려고 이 집에 온 건데, 슬슬 실수가 아니었나 하고 염려가 됐어. 하지만 이내 그 여자는 우리 아빠랑 살인사건에 대한 얘기를 꺼냈기에, 나는 기꺼이 그 여자가 계속 떠벌이도록 내버려 뒀지. 나랑 톰 소여가 6,000딸라를 발견한 얘기며(하지만 그 여자는 10,000달러로 알고 있었어), 아빠에 대한 오만가지 얘기며, 아빠가 얼마나 팔자가 기구하고 나는 또 얼마나 팔자가 사나운지를 떠벌인 뒤에, 마침내 내가 어디서 살해당했는지를 얘기하더군. 그래서 내가 물었어.

"누가 그런 짓을 했죠? 우린 저 아래 후커빌에서 그 사건에 대해 꽤 많이 들었지만 누가 헉 핀을 죽였는지는 몰라요."

"여기서도 누가 헉을 죽였는지 알고 싶어 하는 사람이 꽤 많을 거야. 헉의 애비가 죽였다고 생각하는 사람도 있어."

"설마요! 그게 정말이에요?"

"처음엔 모두들 그렇게 생각했지. 헉의 애비는 하마터면 린치를 당할 뻔했는데, 정작 자기는 그걸 모를 거야. 하지만 밤이 되기 전에 사람들은 생각을 고쳐먹고, 도망 노예인 껌둥이 짐이 저지른 짓이라고 결론을 내렸지."

"짐이 왜요……?"

나는 말을 하다가 멈췄어. 잠자코 있는 편이 더 낫겠다는 생각이 들었지. 그 여자는 계속 나불나불 떠들어 댔는데 말이야, 내가 한마디 끼어든 것도 전혀 눈치 못 챌 정도였어.

"그 껌둥인 말이야, 헉 핀이 살해된 바로 그날 밤에 도망쳤어. 그래서 그놈한테 현상금이 걸려 있지. 300달러야. 그리고 헉의 애비한테도 현상금이 걸려 있지. 200달러야. 얘야, 그자는 살인사건이 있었던 다음 날 아침 마을에 와서는 그 사건에 대해 떠벌이더니 나룻배를 타고 사람들과 함께 시체를 찾으러 갔어. 그러고는 그 후 곧 종적을 감춰 버렸지. 사람들은 밤이 되기 전에 그자한테 린치를 가하려고 했는데, 그만 종적을 감춰 버렸단 말이야. 근데 다음 날 그 껌둥이도 자취를 감춘 거 있지. 살인사건이 일어난 날 밤 열시 이후론 아무도 그놈을 본 사람이 없단 거야. 그래서 사람들은 그놈한테 혐의를 뒤집어씌운 게지. 다음 날 모두가 온통 이 얘기를 하고 있는데, 헉의 애비가 나타나 "흑흑" 소리를 내 울면서 대처 판사한테 일리노이를 샅샅이 뒤져 껌둥이 사냥을 할 터이니 돈을 내놓으라고 하대. 판사가 그자한테 돈을 얼마 주니까, 그날 저녁 그자는 만취해서 자정이 넘도록 아주 험상궂게 생긴 낯선 사람 두 명이랑 여기저기 싸돌아다니더니, 그 사람들이랑 같이 어디론가 자취를 감춰 버렸어. 그 이후로 그자는 안 돌아오고 있고, 사람들도 이 소동이 좀 가라앉을 때까진 그자가 안 돌아올 거라 생각하고 있지. 왜 그런고 하니, 이제 사람들은 그자가 자기 아들을 죽이고 마을 사람들한테는 강도가 한 짓처럼 보이려고 여러모로 꾸며 놓고는, 소송 때문에 오랜 시간 귀찮아질 일 없이 헉의 돈을 꿀꺽하려는 수작이라고 생각한 게지. 소문을 듣자니 그자는 능히 그런 짓을 하고도 남는다고 하더구나. 아주 음흉한 놈이야. 일 년 동안만 안 돌아오면 그자는 아무 문제없을 거야. 그자에 대해선 아무 증거도 들이댈 수 없게 될 거고, 그때가 되면 모든 게 조용히 가라앉아 있을 테니까 말이야. 그자는 아주 수월하게 헉의 돈을 꿀꺽할 수 있겠지."

"그러겠네요. 저도 그렇게 생각해요, 아줌마. 걸리적거리는 거라곤 아무것도 없을 테니까요. 근데 그 껌둥이가 그 짓을 했다고 생각하는 사람은 이제 한 명도 없겠죠?"

"천만에, 한 명도 없다니. 그놈이 그 짓을 했다고 생각하는 사람도 아주 많아. 하지만 이제 그 껌둥이 붙잡는 건 시간문제고, 그 껌둥이한테 겁을 주면 죄다 불지도 몰라."

"그럼 사람들이 아직도 그 껌둥일 쫓고 있겠네요?"

"넌 참 순진도 하구나. 300달러라는 돈이 매일같이 사람들 주우라고 길바닥에 굴러다니고 있겠니? 마을 사람들 중에 그 껌둥이가 여기서 멀지 않은 곳에 있다고 생각하는 사람이 몇 있어. 나도 그렇게 생각해. 하지만 난 그 얘길 주변에 하고 다니진 않아. 며칠 전 옆집인 통나무 판잣집에 사는 노부부랑 얘기를 하게 됐는데, 이 부부가 우연히 말을 꺼내기를 저쪽에 잭슨 섬이라고 불리는 섬이 하나 있는데 그 섬에 가 본 사람이 거의 없다는 거야. 누군가 그 섬에 살고 있지 않냐고 물으니까, 그 노부부는 아무도 안 산다고 하더구나. 나는 더는 아무 말도 안 했지만 곰곰이 생각을 해 봤지. 하룬가 이틀 전에 저쪽 섬 머리 근방에서 연기가 피어오르는 걸 분명히 봤거든. 그래서 난 그 껌둥이 놈이 거기 숨어 있을지도 모른다고 생각했지. 어쨌거나 그곳을 뒤져 볼 가치는 충분히 있다고 생각했어. 그 이후로 연기가 안 보이길래, 만약 그게 정말 그 껌둥이 놈이 피운 거라면 그놈이 도망쳤을 수도 있겠다 싶어. 하지만 우리 남편은 다른 사람을 데리고 그리로 조사하러 가기로 했지. 남편은 저 강 상류까지 올라갔다가 오늘 돌아왔어. 두 시간 전에 남편이 돌아오자마자 남편한테 그 얘길 했지."

나는 가만히 못 앉아 있을 정도로 불안해졌어. 손에 잡히는 뭔가를 해야만 할 것 같았지. 그래서 테이블에서 바늘 하나를 집어 들어 그것에 실을 꿰기 시작했어. 손이 떨려 실을 잘 꿸 수가 없었지. 그 여자가 얘기를 그치자 나는 고개를 들었어. 근데 그 여자가 엷은 미소를 띤 채 수상쩍은 눈초리로 나를 쳐다보고 있는 게 아니겠어. 나는 바늘이랑 실을 내려놓고는 꽤 관심 있는 척을 해보였지. 물론 실제로 관심이 있기도 했고 말이야. 나는 입을 열었어.

"300딸라면 엄청 큰돈이네요. 울 엄마가 그 돈을 따낼 수 있음 좋겠어요. 그럼 아저씬 오늘 밤 그 섬에 가시나요?"

"물론이지. 남편은 내가 아까 말한 그 사람이랑 같이 배를 한 척 구하고 총을 한 자루 더 빌릴 수 있을지 알아보러 윗마을에 갔단다. 두 사람은 자정이 지나서 그 섬을 향해 떠날 거야."

"날이 밝을 때까지 기다리면 더 잘 보이지 않을까요?"

"그야 그렇지. 하지만 그럼 그 껌둥이 놈도 이쪽을 더 잘 볼 수 있지 않겠니? 자정이 지나면 그놈은 자고 있을 가능성이 크니까, 컴컴하면 컴컴할수록 숲속을 이곳저곳 살금살금 다니면서 그놈의 모닥불을 발견해 내기 쉬울 거야. 물론 그놈이 모닥불을 피웠다면 말이다."

"그건 생각지도 못했네요."

그 여자가 계속해서 수상쩍은 눈초리로 날 쳐다보고 있었기에, 나는 맘이 편치 않았어. 얼마 안 돼서, 그 여자가 다시 입을 열었지.

"얘야, 너 이름이 뭐랬지?"

"메, 메리 윌리엄스요."

암만 생각해도 전에 '메리'라고 하지 않은 것 같아서 차마 고개를 들 수 없었어. '새러'라고 말한 것 같은데……. 어쩐지 궁지에 몰린 느낌이 들었지. 느낌만이 아니라 실제로도 그렇게 보이는 게 아닐까 하는 생각에 두려웠어. 난 그 여자가 무슨 얘기라도 해 주길 바랐지. 그 여자가 잠자코 앉아 있는 시간이 길어지면 길어질수록, 나는 더 불안하기만 했어. 근데 그때 그 여자가 다시 입을 열었지.

"얘야, 너 처음에 여기 들어왔을 땐 '새러'라고 한 것 같은데?"

"예, 맞아요, 아줌마. 그랬어요. 새러 메리 윌리엄스에요. '새러'가 맨 앞에 오죠. 저를 '새러'라고 부르는 사람도 있고, '메리'라고 부르는 사람도 있어요."

"오, 그러기도 하는가 보구나?"

"그럼요, 아줌마."

마음이 쫌 편해졌지만 어쨌든 그 집에서 나가고 싶었어. 여전히 고개를 들 수가 없었지. 그 여잔 세상살이가 참으로 어려운 시절이라는 둥, 허리띠를 졸라매지 않으면 안 된다는 둥, 쥐새끼들이 마치 이 집 주인인 것처럼 제멋대로 활개를 치고 돌아다닌다는 둥 떠벌여 댔고, 그러자 내 마음은 다시 편해졌어. 쥐새끼들 얘긴 진짜였지. 방구석에 나 있는 쥐구멍으로 쉴 새 없이 쥐새끼 한 마리가 코를 날름거리는 꼴이 보였으니 말이야. 그 여잔 혼자 있을 때면 뭐든 쥐새끼들한테 던질 물건을 옆에다 늘 놔둬야만 했고, 그렇지 않으면 쥐새끼들이 자길 가만 안 놔둔다고 했어. 그 여자는 비틀어서 매듭을 지은 납 몽둥이를 나한테 보여주며, 보통은 그걸 던져서 쥐새끼를 멋지게 맞히는데 하룬가 이틀 전에 그만 한쪽 팔을 삐는 바람에, 이젠 예전처럼 멋지게 맞힐 수 있을지 모르겠다고 하더군. 그 여잔 기회를 노리다가 쥐새끼를 향해 납 몽둥이를 홱하고 던졌는데 말이야, 그만 과녁을 크게 벗어나고 말았지. 팔에 통증을 느꼈는지 "악!" 하고 소리를 쳤어. 그러더니 그 여자는 나한테 한번 해보라고 하더군. 나는 그 집 남편이 돌아오기 전에 그 집에서 도망쳐야겠다고 생각했어. 하지만 물론 그런 내색은 하지 않았지. 나는 그 납 몽둥이를 주워 쥐구멍에서 코를 내민 쥐새끼를 겨눠 던졌어. 만약 그놈이 코를 내민 그 자리에 그대로 있었더라면, 그놈은 찍하고 뻗었을 거야. 그 여잔 나더러 일류 쥐잡기 선수라고 추켜세우고는, 요다음 놈은 때려 맞힐 수 있을 거라고 하더군. 그러고는 일어나서 납덩이랑 실한 타래를 들고 오더니 나더러 자기를 좀 도와 달라는 거야. 그 여잔 나더러 두 손을 내밀게 하고 내 두 손에다 실타래를 걸어 놓고는, 자기랑 자기 남편 얘기를 끊임없이 떠벌여 댔어. 그러더니 도중에 갑자기 하던 말을 중단하고는 불쑥 이렇게 말했지.

"쥐새끼들한테서 눈을 떼지 마. 납덩일 손이 닿을 수 있게 네 무릎 위에다 놓아두는 게 좋을 게다."

그 여잔 그 말을 하기가 무섭게 내 무릎에다 납덩이를 떨어뜨렸기에, 나는 두 다리를 오므려 그걸 받아냈고, 그 여잔 말을 이어 나갔어. 하지만 그것도 잠시뿐이었지. 그 여잔 실타래를 집어 들더니 내 얼굴을 빤히 쳐다보면서 꽤나 즐거운 듯이 이렇게 말하는 거였어.

"자, 그래서 네 진짜 이름이 뭐야?"

"뭐, 뭐라구요, 아줌마?"

"네 진짜 이름 말야. 빌이야, 톰이야, 밥이야? 뭐냔 말야?"

나는 사시나무 떨 듯 몸을 떨었던 같아. 뭘 어떻게 해야 할지 통 생각이 안 나더군.

"아줌마, 저 같이 불쌍한 여자애를 제발 그만 놀리세요. 제가 여기 있는 게 방해가 된다면, 저는……"

"안 돼. 못 나가. 거기 가만히 앉아 있어. 난 너한테 해를 끼치지도 않을 거고, 남들한테 너에 대해 얘기할 생각도 없어. 그러니 날 믿고 네 비밀을 털어놓으렴. 비밀은 지켜줄 거고, 게다가 난 널 도울 수도 있단다. 우리 남편도 네가 바란다면 널 도와줄 거야. 암만 봐도 넌 도망쳐 나온 견습생이야. 맞지? 그런 건 아무것도 아니지. 넌 아무 잘못도 없어. 넌 학대를 견디다 못해 도망쳐야겠다 마음먹은 거겠지. 얘야, 참 딱하기도 하구나. 남들한테 절대 얘기하지 않을게. 자, 이제 다 털어놓으렴. 그래야 착한 애지."

나는 더는 연극을 해 봐야 소용이 없을 거 같으니 모든 걸 까꿋이 털어놓겠다, 그러니 아까 한 약속을 꼭 지켜 달라고 했어. 나는 그 여자한테 구구절절 얘기를 늘어놨지. 부모님이 돌아가시고 법에 따라 강에서 30마일 떨어진 시골의 어느 심술궂은 늙은 농부네 집에 일꾼으로 들어간 얘기며, 학대가 넘 심해 더는 참을 수 없어서 그자가 이틀간 집을 비운 사이 기회를 틈타 그 집 딸래미의 헌 옷을 훔쳐 입고 도망친 얘기며, 30마일이나 되는 거리를 낮엔 숨어서 잠을 자고 밤엔 걸어서 사흘 밤낮이나 걸려 여기까지 온 얘기며, 그 집에서 가지고 나온 빵이랑 고기가 든 가방 덕택에 여기까지 올 수 있었는데 음식이 꽤 많이 들어 있었단 얘기들을 늘어놨어. 그리고 애브너 무어 삼촌이 나를 돌봐 줄 거라 믿고 있기에, 이곳 고센 마을까지 왔다고 덧붙였지.

"고센이라니, 얘야? 여긴 고센이 아냐. 여긴 세인트피터스버그라고. 고센은 강 상류로 10마일은 더 가야 돼. 누가 너한테 여기가 고센이라고 가르쳐 줬니?"

"오늘 아침 동 틀 무렵에 언제나처럼 아침잠을 자러 숲속으로 들어가는데, 그때 만난 어떤 사람이 그러던데요. 갈림길이 나오거든 오른쪽으로 꺾어서 5마일만 더 가면 고센이 나올 거라구요."

"그 사람 취했나 보구나. 완전 정반대로 가르쳐 준 거야."

"그러고 보니 그 사람 취한 것 같긴 했어요. 하지만 이젠 아무래도 상관없어요. 이제 그만 가 봐야겠어요. 날이 밝기 전에 고센에 도착하려면요."

"잠깐 기다려라. 간단히 요기할 것 좀 싸줄 테니 말이야. 필요할지도 모르잖아."

그 여잔 음식을 싸주면서 난데없이 물었어.

"대답해 보거라. 누워 있는 암소가 일어설 때 어느 쪽에서부터 일어나지? 생각하지 말고 지금 당장 대답해 봐. 어느 쪽에서부터 일어나?"

"뒤쪽에서부터요, 아줌마."

"그럼 말은?"

"앞쪽이죠, 아줌마."

"이끼가 자라는 건 나무 어느 쪽이냐?"

"북쪽이요."

"언덕 비탈에서 암소 열다섯 마리가 풀을 뜯고 있다면, 그중 몇 마리가 같은 방향으로 풀을 뜯지?"

"열다섯 마리 다요, 아줌마."

"그래, 넌 진짜 시골에서 자란 게 맞구나. 네 놈이 또 날 속여먹을 생각인가 해서 물어봤어. 그나저나 네 진짜 이름은 뭐야?"

"조지 피터스에요, 아줌마."

"응, 그래, 조지. 잘 외우고 있거라. 나가기 전에 잊어버리고 알렉산더라고 말하고는, 나한테 말꼬리 잡히면 조지 알렉산더라고 말하지 말란 말야. 그리고 그 낡아빠진 옥양목 드레스를 입고 여자들 주변엔 얼씬도 하지 마라. 남자들은 속일 수 있을지 모르겠다만, 너의 그 여자애 흉낸 정말이지 못 봐주겠다. 얘야, 바늘에 실을 꿰려고 할 땐 말이다, 실을 가만히 두고 바늘을 실에다 갖다 대는 게 아냐. 바늘을 가만히 두고 실을 바늘구멍에다 갖다 꿰는 거지. 그게 바로 여자들 대부분이 늘 하는 방식이지. 하지만 남자들은 늘 반대로 해. 그리고 쥐새끼가 됐든 뭐가 됐든 간에 맞추려고 뭘 집어던질 땐 말이다, 여자들은 발끝으로 서서 팔은 최대한 어색하게 머리 위로 들어 올려 일부러 쥐새끼가 있는 자리에서 6~7피트 떨어진 엉뚱한 데다 던지는 법이야. 어깨에서부터 팔을 뻣뻣하게 내뻗어서 마치 어깨에 회전축이 있는 것처럼 던지는 게 여자들 방식이거든. 팔을 한 쪽으로 쭉 뻗어서 손목이랑 팔꿈치를 이용해 던지는 건 남자들 방식이고 말이야. 그리고 말이다, 여자들은 무릎으로 뭘 받으려고 할 때 양 무릎을 벌리는 법이지. 네가 납덩일 받았을 때처럼 양 무릎을 오므리지 않는단다. 난 네가 실에다 바늘을 갖다 꿰려고 할 때 사내자식이란 걸 대번에 눈치 챘지. 그걸 확인하려고 일부러 다른 것도 시켜 본 거고 말이야. 자, 이제 삼촌 댁으로 어서 튀어가거라. 새러 메리 윌리엄스 조지 알렉산더 피터스 녀석아. 그리고 무슨 문제가 생기면 주디스 롭터스 아줌마를 찾거라. 그게 내 이름이야. 널 곤경에서 구해내는 데 최선을 다 할 테니까 말이야. 강둑길을 쭉 따라가거라. 그리고 다음번에 길을 떠날 땐 말이다, 신발이랑 양말을 꼭 챙기도록 해. 강둑길은 바위투성이 길이라 고센에 도착할 때쯤엔 네 발꼴이 말이 아닐 게다."

나는 50야드쯤 강둑을 따라 올라간 뒤, 쏜살같이 뛰어서 그 집 한참 아래쪽에 카누를 매어 둔 곳으로 돌아갔어. 카누에 뛰어들어 서둘러 출발했지. 우선 섬 머리가 보일만큼 멀리까지 강줄기를 따라 올라간 뒤, 강을 가로지르기 시작했어. 걸리적거리는 게 싫어서 밀짚모자를 벗어 던져 버렸지. 강 한가운데쯤 왔을 때, 마을의 시계 종소리가 들려왔어. 그래서 노 젓는 걸 멈추고 귀를 기울였지. 시계 종소리는 강물 위로 희미하게 들려왔지만, 열한 시라고 분명하게 알려주더군. 섬 머리에 도착한 나는 숨이 차 죽을 지경이었지만, 숨 돌릴 틈도 없이 야영지가 있던 숲속으로 곧장 달려가 높은 지대의 건조한 땅에 모닥불을 활활 지폈어.

그러고 나서 다시 카누에 올라타 1마일 반 하류에 있는 우리 거처를 향해 있는 힘껏 노를 저었지. 땅에 올라서자 숲을 헤치고 산등성이를 올라 동굴 속으로 들어갔어. 거기엔 짐 아저씨가 땅 위에 널브러져 곤히 잠을 자고 있었지. 나는 아저씰 깨우며 소리쳤어.

"아저씨, 빨리 일어나요! 일 분도 어물쩍거릴 시간이 없어요. 우린 쫓기고 있다구요!"

짐 아저씬 아무것도 묻지 않았고 아무 말도 하지 않았어. 하지만 그 뒤 30분 간 행동하는 모양새로 봐서는 아저씨가 얼마나 겁을 집어먹었는지 알 수 있었지. 그때까지 우린 살림살이 전부를 뗏목에다 실어 놨고, 뗏목은 지금껏 감춰 뒀던 버드나무 우거진 작은 만에다 출발 준비를 해 뒀어. 우린 먼저 동굴의 모닥불부터 끈 다음, 촛불 하나 밖으로 새어 나가지 않도록 했지.

나는 카누를 저어 강변에서 약간 떨어진 곳으로 끌고 나와 사방을 둘러봤는데, 만약 근처에 보트가 있었다 해도 안 보였을 거야. 그날따라 별이며 그림자가 그리 썩 잘 보이진 않았기 때문이지. 우린 뗏목을 타고 나와 섬 그늘 속으로 미끄러지듯 노를 저어, 죽은 듯이 고요한 섬 끝자락을 지나갔어. 우린 둘 다 한마디도 하지 않았지.

12장

마침내 우리가 섬 하류에 다다랐을 때는 틀림없이 한 시쯤이었을 거야. 뗏목은 아주 천천히 흘러가는 것만 같았지. 만약 보트가 따라오면 우린 카누로 바꿔 타고 일리노이 쪽으로 달아날 생각이었어. 배가 따라오지 않은 건 천만다행이었는데, 왜냐면 우린 카누에다 총이랑 낚싯줄, 먹을 것 등을 싣는 걸 까맣게 잊어 버렸기 때문이지. 우린 너무도 진땀을 뺀 나머지 그렇게 여러 가지 일을 생각할 겨를이 없었던 거야. 그렇다고 뭐든 죄다 뗏목에다 실어 놓는 것도 좋은 생각은 아니었지.

만약 그 사람들이 섬에 간다면 말야, 내가 피워 놓은 모닥불을 발견하고는 짐 아저씨가 나타나길 기다리며 밤새 감시를 할 거라고 생각했어. 어쨌든 그 사람들은 우리한테서 멀리 떨어진 곳에 있고, 내가 피워 놓은 모닥불에 그들이 안 속아 넘어간다 해도 그게 내 잘못은 아니지. 나는 내가 할 수 있는 제일 비열한 속임수로 그 사람들 뒤통수를 때린 셈이야.

햇살이 모습을 드러내기 시작할 무렵, 우리는 일리노이 쪽 강둑의 크게 굽이진 곳에 있는 사주에다 뗏목을 매어 놓고, 도끼로 미루나무 가지를 쳐내서 그걸로 뗏목을 덮어 놓았어. 그래서 뗏목은 마치 움푹 들어간 강둑의 일부처럼 보였지. 사주라는 건 말이야, 미루나무가 마치 써레 이빨처럼 우거진 모래톱을 말해.

미주리 쪽 강변엔 산들이, 일리노이 쪽 강변엔 울창한 숲이 있었고, 그곳 뱃길은 미주리 쪽 강변 하류로 흐르고 있었기에, 우연히 누구랑 마주칠 걱정은 없었어. 우린 온종일 엎드려 뗏목들이며 증기선들이 미주리 쪽 강변을 돌아 내려가고, 상류로 향하는 증기선들이 강 한복판에서 그 거대한 강과 힘겨루기 하는 걸 지켜봤지. 짐 아저씨한테 그 여자가 떠벌였던 얘길 전부 털어놨더니, 아저씬 그 여자가 참 똑똑하다고 하더군. 만약 그 여자가 직접 우릴 쫓기로 작정했다면, 그 여잔 가만히 앉아 모닥불이나 지켜보고 있을 여자가 아니라는 거였어. 아니, 천만의 말씀. 그 여잔 개까지 따라 붙일 여자라는 거야. 그래서 나는 왜 그 여잔 자기 남편더러 개를 데리고 가라 하지 않았을까, 하고 물었지. 짐 아저씨가 하는 말이, 그 사람들이 떠날 채비를 할 때 그 여잔 그걸 생각했던 게 틀림없고, 그래서 그 사람들이 개를 구하러 윗마을에 가느라 시간이 지체된 것 같다는 거야. 그렇지 않았다면 우린 그 마을 아래쪽으로 16~17마일이나 떨어진 이 사주에 이르지 못했을 거라는 거지. 정말이지, 우린 그 옛날 마을로 다시 붙잡혀 끌려갔을 거라는 거야. 그래서 나는 그 사람들이 우릴 붙잡지 못한 이상, 붙잡지 못한 이유가 뭐든 그건 상관할 바 아니라고 했어.

어둑어둑해지기 시작했을 때, 우린 미루나무 덤불 밖으로 머리를 내밀고는 강 상류랑 하류, 그리고 강 너머를 내다봤어. 눈에 들어오는 건 아무것도 없었지. 짐 아저씨는 뗏목 위쪽의 판자 몇 장을 뜯어서 아늑한 인디언식 천막을 만들었어. 그래서 찌는 듯이 더운 날에나 비가 오는 날엔 그 아래 들어가 있기도 하고, 물건들이 젖지 않게 넣어 두기도 했지. 짐 아저씨는 그 천막에다 마루를 만들었는데, 그걸 뗏목 높이보다 1피트 이상 높게 만들어서, 증기선이 지나가며 일으키는 큰 물결이 담요며 그 밖에 살림살이에 닿지 않아 멀쩡히 젖지 않게 됐어. 우린 그 천막을 고정시키려고 천막 한복판에다 높이 5~6인치 가량의 진흙을 쌓고, 주위에다 틀을 둘렀어. 날씨가 축축하거나 추울 때 뗏목 위에서 불을 지피기 위해서였지. 불을 지펴도 천막 덕택에 눈에 띌 염려는 없었어. 우린 여분의 노도 만들었지. 노가 암초나 그 밖에 다른 뭔가에 걸려 부러질 위험에 대비하기 위한 거였어. 우린 낡은 랜턴을 걸어 둘, 두 갈래로 갈라진 짧은 막대기도 준비했지. 증기선이 내려오는 게 보일 때마다 증기선에 깔리는 걸 방지하기 위해서 늘 랜턴을 밝혀 둬야 했기 때문이야. 하지만 상류로 향하는 증기선의 경우에는, 우리가 "건널목"이라 부르는 곳에 있지만 않으면 굳이 랜턴을 밝힐 필요는 없었어. 강물이 아직도 상당히 불어 있는 데다가 아주 낮은 강둑은 여전히 물속에 약간 잠겨 있어, 상류로 향하는 증기선은 꼭 수로를 통과할 필요가 없었고 흐름이 완만한 수역을 찾아 갔기 때문이지.

이틀째 되던 날 밤, 우린 시속 4마일이 넘는 물살을 타고 7~8시간 정도 강을 따라 내려갔어. 물고기를 낚았고, 얘기도 나눴으며, 졸음을 쫓으려고 이따금씩 헤엄도 쳤지. 뗏목에 등을 깔고 누워 별을 올려다보면서 거대하고 고요한 강을 따라 흘러갈 때에는, 뭐랄까, 일종의 장엄함마저 감돌았어. 큰 목소리로 떠벌리고 싶지도 않았고, 그저 낮은 소리로 킥킥대며 웃는 정도였지. 날씨는 대체로 아주 좋았고, 우리에겐 그 어떤 일도 일어나지 않았어. 그날 밤도, 그다음 날 밤도, 그다음 날 밤도 말야. 밤마다 우린 여러 마을을 지나쳤는데, 그중 몇몇 마을은 저 멀리 시꺼먼 산비탈에서 반짝이는 점 같았고 집이라곤 한 채도 보이지 않았지. 닷새째 되던 날 밤 우린 세인트루이스를 지나쳤는데, 그곳은 마치 온 세상에 불을 밝혀 놓은 것 같았어. 세인트피터스버그 사람들은 세인트루이스 인구가 2~3만 명에 달한다고 말하곤 했는데, 그 고요한 새벽 두 시에 놀랄 만큼 넓게 퍼져 있는 그 숱한 불빛들을 보니 비로소 그 얘길 믿을 수 있었지. 그 강 위에선 소리라곤 들리지 않았고, 모든 게 잠들어 있었어.

밤마다 열 시경이 되면, 나는 어느 조그만 마을에 몰래 들어가 곡물이랑 베이컨이랑 그 밖에 먹을거리를 10~15센트 어치 정도 샀지. 그리고 이따금씩 닭장에서 골골대는 닭을 잡아서 훔쳐올 때도 있었어. 아빠는 늘 입버릇처럼 기회만 있으면 꼭 닭을 훔치라고 했지. 나한테 꼭 필요하지 않더라도 일단 갖고 있으면 그걸 필요로 하는 사람은 늘 있기 마련이니, 그걸로 남한테 선행을 베풀면 결코 잊히지 않고 보답을 받게 마련이라나. 나는 아빠가 닭 싫다고 하는 걸 한 번도 본 적이 없는데, 어쨌든 아빤 늘 그런 소릴 해 댔어.

날이 밝기 전 이른 아침, 나는 옥수수 밭에 몰래 기어 들어가 수박이니, 머스크멜론이니, 호박이니, 햇옥수수 등을 슬쩍 빌려 왔지. 아빤 언젠가 갚을 생각이 있다면 뭐든 빌려 와도 문제 될 게 없다고 늘 말했지만, 더글러스 과부 아줌마는 그건 그저 도둑질을 합리화하는 것에 지나지 않으니 점잖은 사람이라면 그런 짓을 하면 안 된다고 했어. 짐 아저씨는 과부 아줌마 말도 일리가 있고 또 아빠 말도 일리가 있으니까 목록을 만들어 그중 두셋을 골라 다신 슬쩍 빌려오지 않는 게 제일 좋은 방법이라고 하더군. 그 밖에 다른 것들은 슬쩍 빌려 와도 문제 될 게 없다고 했어. 우린 어느 날 밤 강을 따라 내려가면서 밤새도록 그 문제에 대해 얘기를 나눴지. 목록에서 수박을 뺄지, 캔텔로프멜론을 뺄지, 머스크멜론을 뺄지, 아니면 뭘 뺄지 결정하기로 했어. 날이 밝아올 무렵, 우린 만족스러운 결론을 냈지. 야생 능금이랑 감을 빼기로 결론지었어. 그전엔 어쩐지 마음이 꺼림칙했는데 말이야, 마음이 한결 편안해졌지. 나는 그렇게 결론이 나서 기뻤어. 왜냐면 야생 능금은 언제나 맛이 없었고, 감은 익으려면 아직 두세 달은 더 있어야 했기 때문이지.

우린 이따금씩 아침에 너무 일찍 일어났거나 저녁에 일찍 잠자리에 들지 않은 물새를 총으로 쏴 맞혔어. 우린 대체로 꽤 호사스러운 생활을 했지.

닷새째 되던 날 밤, 자정 무렵이었어. 우린 세인트루이스 하류에서 큰 폭풍우를 만났지. 천둥번개가 치고, 비가 마구 퍼부었어. 우린 천막 안으로 들어가 뗏목에 몸을 맡겼지. 번갯불이 번쩍하고 비치자 눈앞에는 거대하고 곧은 강이 보였고, 양쪽으론 높은 바위 절벽이 보이더군. 얼마 후, 나는 "여봐요, 짐 아저씨! 저기 좀 봐요!"하고 소리쳤어. 바위에 부딪쳐 난파한 증기선이 보였지. 우린 그 배를 향해 떠내려가고 있었어. 번갯불 때문에 그 배가 뚜렷이 보였지. 그 배는 한쪽으로 기울어져 있었고, 상갑판 일부는 물 위로 삐죽 나와 있었어. 번개가 번쩍하고 칠 때마다 굴뚝을 잡아 맨 가는 줄 하나하나랑 거대한 종 옆에 놓인 의자랑 그 등받이에 걸려 있는 중절모까지도 뚜렷이 보이더군.

깊은 밤에 폭풍우가 몰아쳐서 모든 게 아주 신비롭게 보였어. 강 한복판에 놓여 있는 난파선을 보니 나는 외롭고 슬픈 감정을 느꼈어. 그리고 소년이라면 누구나 한 번쯤 가질 법한 그런 호기심이 일었어. 그 배 위로 올라가 살금살금 다니면서 거기 뭐가 있나 살펴보고 싶었던 거지. 그래서 짐 아저씨한테 말했어.

"짐 아저씨, 저 배에 올라가자."

아저씬 처음엔 극구 반대했지.

"난 말여, 난파선 가튼 대서 노닥꺼리며 돌아다니는 건 질색이여. 우린 남부럴 껏 업씨 잘 살고 이짜너. 성경 말마따나 족헌 건 족헌대로 두는 개 낫다구. 그리구 어쩜 그 난파선애 야경꾼이 이쓸찌도 모르잔어."

"야경꾼은 뭔 야경꾼." 내가 말했어. "저기 망 볼 게 뭐가 있다 그래요? 끽해야 선실이랑 조타실밖에 없는데요. 그리고 언제 부서져서 강 하류로 떠내려갈지도 모르는 선실이랑 조타실에 누가 목숨을 건다 그래요? 그것도 이 밤중에요."

짐 아저씬 그 말에 아무 대꾸도 할 수 없었고, 또 하려 하지도 않았어.

"그리고 말예요," 나는 말을 이어갔지. "선장실에서 값나가는 물건을 슬쩍 빌려올 수 있을지도 모르잖아요. 씨가야 당연히 있을 거고, 한 개비에 5센트짜리로 말이죠. 증기선 선장은 대개 다 부자잖아요. 월급이 60딸라쯤 될 걸요. 그래서 선장들은 갖고 싶은 물건이 생기면 그게 얼마가 됐든 신경을 안 쓴대요. 그러니 빨리 주머니에 양초 챙겨 넣어요. 아저씨, 나는 저 난파선을 샅샅이 뒤져 봐야

직성이 풀릴 것 같아요. 톰 소여라면 이걸 그냥 지나칠 것 같아요? 천만의 말씀, 절대 그냥은 못 지나치죠. 톰은 이런 걸 모험이라고 부를 거예요. 그렇고 말고요. 톰 소여라면 이 난파선에 오르고 말 거예요. 비록 그게 인생의 마지막이 된다고 할지라도 말이죠. 걔가 자기 방식대로 하지 않을 것 같아요? 걔가 허세를 부리지 않을 것 같냐고요? 아마 천국을 발견한 크리스토퍼 콜럼버스처럼 굴 걸요. 톰 소여가 여기 있음 좋을 텐데 말이죠."

짐 아저씨는 잠깐 툴툴대더니만, 결국엔 두 손 두 발 다 들고 말았지. 아저씨가 말하길, 우린 필요한 얘기 말고는 더는 하면 안 되고, 한다고 해도 아주 낮은 목소리로 해야 한다고 했어. 때마침 번갯불이 다시 번쩍하며 그 난파선을 비췄고, 우린 우현 기중기에 달려들어 거기에 뗏목을 단단히 붙들어 맸지.

상갑판은 수면 위로 높이 솟아 있었어. 우린 어둠 속에서 선실을 향해 경사진 왼쪽 뱃전을 발소리를 죽이며 걸어갔지. 사방이 어두컴컴해서 화물용 밧줄을 피하려고 발로 찬찬히 길을 더듬고 두 손을 뻗쳐 더듬어 가며 천천히 앞으로 나아갔어. 얼마 안 돼 선창 앞쪽에 이르렀고 우린 그곳을 기어올랐지. 다음 한 걸음을 내딛자 우린 선장실 앞에 서게 됐는데 문이 열려 있더군. 근데 놀랍게도 저 아래 선실에서 등불이 보이지 뭐야! 바로 그때 선실 안쪽에서 낮은 목소리가 들려오는 듯했어.

짐 아저씨는 아주 찝찝한 기분이 든다며 돌아가자고 속삭였어. 나는 아저씨한테 그러자고 하면서 뗏목 있는 데로 돌아가려고 하는데, 바로 그때 누군가 흐느끼며 말하는 소리가 들렸지.

"아, 제발 죽이진 말아줘, 친구들. 내 절때루 발설하지 않겠다

맹세하겠네!"

그러자 꽤 큰 목소리가 들려왔어.

"거짓말 마, 짐 터너. 넌 예전에도 이딴 식이었어. 니 놈은 약탈품 중 늘 니 몫 이상을 원했고 그걸 꼭 손안에 넣고 말았지. 그렇지 않음 딴 놈들한테 누설하겠다고 협박을 해대면서 말야. 하지만 이번엔 말야, 한번에 넘 많은 걸 요구했다구. 니 놈처럼 배신 때리는 비열한 개자식은 이 나라에 또 없을걸."

그 동안 짐 아저씨는 벌써 뗏목 있는 곳까지 가 있었어. 나는 호기심을 주체할 수 없었지. 톰 소여라면 여기서 꽁무니를 빼지 않을 거고, 나도 도망치지 않고 여기서 뭔 일이 일어나는지 알아내고야 말겠다 마음먹었어. 그래서 나는 좁은 통로에 손과 무릎을 짚고 엎드린 채 고물을 살살 기어갔지. 그러다 어느 지점에 다다랐는데 말이야, 그곳엔 선실 복도와 나 사이에 객실 하나밖에 없었어.

그러자 손발이 묶인 채 바닥에 널브러진 한 사람과, 그 옆에서 있는 두 사람이 보이더군. 그중 한 사람은 손에 흐릿한 랜턴을 들고 있었고, 다른 한 사람은 권총을 들고 있었지. 그 사람은 바닥에 쓰러진 사람의 머리에 권총을 겨눈 채로 말했어.

"이 자식을 참말로 쏴 죽이고 싶어! 이런 놈은 쏴 죽여야 한다구, 이 비열하고 구린 새끼!"

바닥에 쓰러진 사람은 잔뜩 쫄아서 애원하더군.

"아, 빌, 제발 죽이지 마. 절대 누설하지 않을께."

그 사람이 그렇게 애원할 때마다 랜턴을 든 사람이 웃으며 말했어.

"누설 못 하겠지! 이거야말로 니 놈이 한 말 중에 제일로 참말

이다. 안 그래?"

그리고 이런 말도 했지.

"이 놈 애원하는 꼴 좀 보라구! 하지만 우리가 이 놈을 제압해서 묶어 놓지 않았다면, 이 놈이 우리 둘 다 죽였을걸. 뭣 땜에? 아무 이유도 없이 말야. 우리가 우리 권리를 주장했단 이유로 우릴 죽였을 꺼라구. 그뿐이야. 하지만 니 놈은 이제 더는 아무도 위협할 수 없다구, 짐 터너. 빌, 그 권총 좀 치워 봐."

빌이 대답했어.

"그럴 생각 없어, 제이크 패커드. 난 이 놈을 죽여 버릴 꺼라구. 이 놈은 딱 똑같은 방법으로 햇필드 노인을 죽였잖아. 이 놈은 죽어도 싸다구 생각하지 않아?"

"하지만 말야, 난 이놈을 죽이고 싶지 않아. 그럴만한 이유가 있다구."

"그리 말해 주다니 자넨 복 받을 거야, 제이크 패커드! 살아있는 한 자네 은혜는 절때루 잊지 않겠네." 바닥에 쓰러진 사내가 엉엉 울면서 말하더군.

패커드는 그 말을 들은 체도 하지 않고 못에다 랜턴을 걸더니만, 어둠 속에 숨어 있는 내 쪽을 향해 걸어오면서 빌한테도 따라오라고 손짓을 했어. 나는 온 힘을 다해 빠른 속도로 2야드쯤 뒤로 물러났지만, 배가 비스듬하게 기울어져 있어서 마음처럼 되지 않더군. 그 사람들 발에 밟혀서 들키는 일을 피하려고, 얼른 위쪽 객실로 기어 들어갔어. 패커드는 어둠 속을 발로 더듬어 가며 다가오더니, 내가 있는 객실로 들어와서 소리쳤어.

"여기야, 이리 들어와."

패커드가 들어왔고, 그 뒤를 빌이 따라 들어왔어. 그 사람들이 들어오기 전에 나는 위쪽 침대에 올라가 있었는데, 옴짝달싹할 수 없게 되자 여기 들어온 걸 후회했지. 그 사람들은 거기 서서 침대 모서리에다 손을 얹고는 얘기를 했어. 나는 그 사람들을 볼 수는 없었지만, 그 사람들이 마시는 위스키 냄새로 어디에 있는지, 얼마나 가까이 있는지 가늠할 수 있었지. 나는 위스키를 마시지 않은 게 천만다행이라고 생각했지만, 어쨌든 그건 별로 중요하지 않았어. 왜냐면 나는 숨을 참고 있었기 때문에, 그 사람들이 냄새로 나를 찾아낼 순 없었으니 말이야. 나는 엄청 겁이 났어. 게다가 그런 무시무시한 얘길 듣고 있자니 숨조차 쉴 수 없었지. 그들은 낮은 목소리로 진지하게 얘기를 주고받았어. 빌은 터너를 죽이고 싶어 했지. 빌이 말했어.

"저 놈은 누설하겠다고 했고, 그 말대로 할 놈이야. 우리가 저 놈을 혼쭐을 내 준 이상, 이제 와서 우리 두 사람 몫을 저 놈한테 떼 주겠다고 해 봤자 아무 소용없을 꺼야. 틀림없이 저 놈이 우리한테 불리한 증언을 할 게 뻔하다구. 그러니 내 말 잘 들어. 저 놈을 깨끗이 없애 버리고 성가신 문제의 싹을 뽑아 버려야 한다구."

"나두 같은 생각이야." 패커드가 나지막한 목소리로 동의했지.

"이런 옘병할. 난 자네가 그리 생각하지 않는 줄 알았지. 자, 그럼 이걸로 됐구만. 가서 해치우자구."

"잠깐 기다려 봐. 아직 내 말 안 끝났어. 내 말 좀 들어보라구. 쏴 죽이는 것도 좋지만 말야, 꼭 해야 한다면 좀 더 조용히 처리하는 방법이 있어. 내가 하고 싶은 말은 이거야. 쏴 죽이는 거랑 똑같이 멋지게 목적을 달성할 수 있는 데다가 위험도 따르지 않는 방법이 있는데, 굳이 교수형 당할 짓을 하는 건 분별 있는 일이 아니라구.

안 그래?”

“그야 그렇지. 그럼 대체 어떻게 처리하잔 거야?”

“자, 내 생각은 이래. 객실을 살펴보고 거기서 우리가 빠뜨린 물건은 뭐든 긁어모아 갖고 강변으로 가서 숨겨 놓는단 말야. 그리고 기다리는 거지. 두 시간도 채 못 돼서 이 난파선은 산산조각이 나 강 하류로 쓸려갈 게 뻔하다구. 그치? 그럼 저 놈은 물에 빠져 죽을 꺼야. 자업자득이지 뭐. 누굴 원망하겠나. 내 생각엔 말야, 저 놈을 죽여 버리기보단 이게 훨씬 더 좋은 방법 같다구. 난 말야, 되도록이면 사람을 죽이는 건 반대야. 분별없는 짓 인데다 양심 없는 짓이잖나. 안 그래?”

“응, 자네 말이 맞네.”

“근데 말야, 배가 산산조각 나서 물에 안 쓸려가면 어떡하지?”

“자, 두 시간쯤 기다리면서 뭔 일이 일어나는지 보면 되잖아. 안 그래?”

“좋아. 그럼 가자구.”

그 사람들은 방을 나갔어. 나는 식은땀으로 온통 범벅이 된 채 그곳을 떠나 앞으로 엉금엉금 기어갔지. 칠흑같이 어두웠어. 나는 목쉰 소리로 속삭였지.

“짐 아저씨!”

그러자 내 팔꿈치 바로 옆에서 아저씨가 신음하듯 대답했어.

“서둘러요, 아저씨. 꾸물대고 칭얼대고 있을 때가 아니라고요. 저쪽에 살인자 갱 놈들이 있어요. 놈들의 보트를 찾아내서 놈들이 이 난파선에서 도망치지 못하게 강으로 흘려보내야 한다구요. 그중 한 놈은 꽁꽁 묶여 있어요. 하지만 우리가 놈들의 보트를 찾아내면 그놈들 전부를 꽁꽁 묶어 둘 수 있다구요. 보안관이 놈들을 잡으러 올 때까지 말예요. 어서 서둘러요! 난 좌현을 찾아볼 테니, 아저씬 우현을 찾아보세요. 뗏목 있는 데서부터 찾아봐요. 그리고……"

"아이구야, 하느님 맙소사! 땐목이…… 땐목이 업써저써. 밧줄이 풀어저서 떠내려 간나 바! 우릴 여기 남겨 노코 말여!"

13장

나는 숨이 막혀 기절할 것만 같았어. 저런 갱 놈들이랑 같이 난파선에 갇히다니! 하지만 감상에 빠져 있을 때가 아니었지. 그렇게 된 이상 그 보트를 찾아내서 우리가 써야 했어. 그래서 우린 부들부들 떨면서 우현을 따라 걸어갔는데, 얼마나 조심조심 걸었는지 고물까지 가 닿는 데 일주일이나 걸린 것만 같았다고. 보트는 그림자도 안 보이더군. 짐 아저씨는 더는 못 걷겠다고 했어. 너무나 두려운 나머지 그만 힘이 쫙 빠져 버려서 걸을 힘도 남아 있지 않다는 거였지. 하지만 나는 아저씨한테 힘을 내야 한다고 했어. 만약 그 난파선에 남게 되면 우린 그야말로 절단이 날 거라고 했지. 그래서 우린 다시 엉금엉금 기어갔어. 선미에 있는 선실까지 가서, 천장의 채광창 덧문에 매달려가면서 앞으로 나아갔지. 채광창 끝이 물에 잠겨 있었기 때문이야. 복도 문 가까이에 다다르자 과연 거기에 소형 보트가 있지 뭐야! 희미하게나마 그 보트가 시야에 들어왔어. 참말로 다행이었지. 내가 그 보트에 몸을 실으려는 순간, 문이 열리며 그 사람들 중 한 명이 내가 있는 곳으로부터 불과 2피트 떨어진 거리에서 불쑥 머리를 내밀지 뭐야. 나는 이제 죽었구나, 하는 생각이 들었어.

하지만 그 사람은 다시 머리를 집어넣고는 소리쳤지.

"그 빌어먹을 랜턴을 안 보이게 쫌 집어넣으라구, 빌!"

그 사람은 가방 같은 걸 보트에 내던지고는 자기도 보트 안으로 들어가 앉더군. 그 사람은 패커드였어. 다음엔 빌이 나와서 보트에 올라탔지. 패커드가 낮은 목소리로 속삭이더군.

"준비 완료. 배를 밀어!"

나는 기진맥진해서 더는 덧문에 매달려 있기 힘들었어. 그때 빌이 말했지.

"잠깐, 저 놈 몸을 뒤져 봤어?"

"아니, 자넨?"

"안 뒤져 봤는데. 그럼 저 놈은 아직 자기 몫의 현금을 갖고 있겠네."

"음, 그럼 따라와. 물건만 가져가고 돈을 놔두고 가면 암 소용없으니까."

"근데 말야, 우리가 뭘 하려는지 저 놈이 의심하지 않을까?"

"아마 의심 안할 꺼야. 어쨌든 우린 돈을 손에 넣어야 해. 자, 따라오라구."

그렇게 그들은 자리를 떴어. 기울어진 쪽에 문이 달려 있었기에, 문이 쾅하고 닫혔지. 나는 순식간에 보트에 올라탔고, 짐 아저씨는 내 뒤를 따라 거의 구르다시피 올라탔어. 나는 칼을 꺼내 밧줄을 잘랐고, 우린 보트를 탄 채 마침내 떠내려갔어.

우린 속삭이지도 말하지도 않았을뿐더러 노는 손에 대지 않은 채 잠자코 숨죽였어. 우리가 탄 보트는 죽은 듯이 고요하게 빠른 속도로 미끄러지듯 떠내려 가 외륜덮개 끝을 지나고 고물 옆을 지나쳤지. 그러고는 불과 1~2초 만에 난파선으로부터 하류 100야드 거리까지 떠내려왔어. 어둠이 그 난파선 전체를 감싸고 있었고 배의 마지막 자취마저 삼켜 버렸기에, 우린 이제 안전하단 걸 알게 됐지.

하류 쪽으로 3~400야드쯤 떠내려 왔을 때, 선실 문 쪽에서 랜턴이 잠시 쪼그마한 불꽃처럼 반짝하는 게 보이더군. 우린 그 악한들이 자기들 보트가 없어진 걸 알고는 이제 자기들도 짐 터너와 똑같은 운명에 빠졌음을 깨달았으리라 생각했지.

얼마 후 짐 아저씨는 노를 집어 들었고, 우린 뗏목을 찾아봤어. 이제야 나는 그 악한들이 걱정되기 시작했지. 지금까진 걱정할 여력이 없었어. 비록 살인자라고 해도 그런 곤경에 처하면 얼마나 두려울까, 하는 생각이 들더군. 나라고 언젠가 살인자가 되지 말란 법도 없고, 만약 내가 그런 곤경에 처한다면 어떤 기분일까 하고 마음속으로 생각해 봤지. 나는 짐 아저씨한테 말했어.

"앞에 불빛이 보이면 그곳에서 100야드쯤 떨어진 상류나 하류 어딘가 적당한 곳에 아저씨랑 보트를 감출 거예요. 그 다음에 나는 뭔 얘기라도 꾸며내서, 누군가 그 곤경에 빠진 갱 놈들을 찾아내 구해 내도록 해서, 때가 되면 그놈들이 교수형에 처해지도록 해야겠어요."

하지만 그 생각은 실패로 돌아가고 말았어. 또다시 폭풍우가 일었는데 아까 것보다 훨씬 더 심했거든. 비가 억수같이 쏟아졌고, 불빛이라곤 전혀 보이지 않았어. 마을 사람들은 모두들 잠을 자는 모양이었지. 우린 불빛을 찾으랴, 또 우리 뗏목을 찾으랴, 맹렬한 기세로 강을 따라 내려갔어. 한참 만에 비는 그쳤지만 구름은 걷히지 않았고, 번개는 잦아들 듯 낮고 구슬픈 소리를 냈지. 이내 번갯불이 번쩍한 덕택에 저만치 앞에서 떠내려가고 있는 거뭇거뭇한 물체가 보였어. 우린 얼른 가서 그걸 붙잡았지.

그건 우리 뗏목이었어. 다시 뗏목에 오르게 되어 우린 얼마나 기뻤는지 몰라. 그때 저 아래 오른쪽 강변에 불빛이 하나 보이더군. 그래서 나는 그곳으로 가보겠다고 했지. 소형 보트엔 그 갱 놈들이 난파선에서 훔쳐 온 갖가지 약탈품들이 절반쯤 들어차 있었어. 우린 그것들을 뗏목으로 차곡차곡 옮겨 싣고는, 짐 아저씨한테 하류를 따라 2마일쯤 갔다고 생각되면 램프에 불을 붙이고 내가 돌아올 때까지 끄지 말고 그대로 두라고 당부했지. 그리고 나는 노를 집어 들었어. 불빛을 향해 노를 저어 가다 보니, 언덕 중턱에 불빛 서너 개가 나타났지. 마을이었어. 나는 불빛이 보이는 강변 가까이 노를 저어 가서는, 노에서 손을 뗀 채 강의 흐름에 배를 맡겼지. 지나면서 보니, 그 불빛은 배 두 척을 옆으로 나란히 매어 놓은 나룻배의 이물 깃대에 걸린 랜턴이더군. 인기척 하나 없이 모든 게 죽은 듯 고요했어. 나는 고물 아래쪽으로 흘러가서 뗏목을 잡아 맨 뒤 나룻배에 올라탔지. 야경꾼이 어디쯤에서 자고 있을까 궁금해 하면서 주위를 쭉 돌아봤는데, 이내 이물 쪽에 커다란 밧줄을 감아 둔 말뚝 위에 앉은 채 무릎 사이에다 고개를 처박고 자는 야경꾼을 발견했어. 나는 그 사람의 어깨를 두세 번 가볍게 두드리고는 울기 시작했지.

그 사람은 깜짝 놀라서 몸을 일으켰어. 하지만 나 혼자 있는 걸 보더니 늘어지게 하품을 하고 기지개를 켠 뒤 말을 건네더군.

"얘야, 뭔 일이냐? 울지 마라, 얘야. 뭔 문제라도 생겼어?"

나는 대답했어.

"아빠랑 엄마랑 누나랑 그리고……"

그러고는 울음을 터뜨렸지. 그랬더니 그 사람이 말했어.

"제길, 넘 그러지 마라. 사람이라믄 누구나 다 곤경에 처하게 돼 있기 마련이여. 니 일도 잘 해결될 꺼구먼. 근데 너네 식구들헌테 뭔 일이 있는 게냐?"

"제 식구들이…… 제 식구들이 말이죠…… 근데 아저씨가 이 보트의 야경꾼 맞아요?"

"그렇단다." 그 사람은 꽤 만족스러운 듯이 말했지.

"나로 말할 것 같으면, 선장이자, 선주이자, 기관사이자, 수로 안내인이자, 야경꾼이자, 갑판원이지. 이따금씩 화물이 되기도 하고 승객이 되기도 허지. 난 말여, 짐 혼백 영감처럼 부자는 아니라서, 그 영감처럼 아무한테나 오지게 인심을 쓰거나 잘 해줄 순 없어. 그 영감이 허는 식으로 돈을 퍼줄 수도 없구 말여. 허지만 난 그 영감헌테 골백번도 더 얘기했지. 당신이랑 내 위치를 바꿀 생각은 전혀 없다구 말여. 말허자면 뱃사람 생활이야말로 바로 내 삶이지. 그 영감의 전 재산에 몇 배를 얹혀 준대두 말여, 암 일도 일어나지 않는, 마을서 2마일이나 떨어진 그런 곳에서 산다믄 그건 엿 같을 꺼란 말여. 난 말여……"

그때 내가 끼어들며 말했어.

"지금 끔찍한 곤경에 빠져 있어요."

"누구 말이냐?"

"누구긴요. 아빠랑 엄마랑 누나랑 미스 후커 말예요. 아저씨가 이 나룻배를 몰고 거기까지 가 주신다면……"

"어디루 말이냐? 그 사람들이 어딨는데?"

"난파선에요."

"뭔 난파선?"

"아니, 난파선은 한 척밖에 없잖아요."

"뭐? 설마 월터 스콧 호는 아니겠지?"

"바로 그 배에요."

"맙소사! 아니, 그 양반들 대체 거기서 뭐 하고 있는 게야?"

"무슨 특별한 이유가 있어서 간 건 아니에요."

"그야 그렇겠지. 어쨌든 이거 큰일이구나. 그 양반들 어서 빨리 빠져 나오지 않음 영영 못 빠져나올 게다. 헌데 대체 왜 그런 곤경에 빠진 게냐?"

"그럴 만한 일이 있었어요. 미스 후커가 저 위쪽 마을에 찾아왔는데요……."

"그래, 부스 선착장 말이지? 근데?"

"미스 후커가 부스 선착장에 와 있었는데요, 해질 무렵에 친구 누구더라, 이름은 까먹었는데, 친구 집에서 자고 가려고 껌둥이 하녀를 데리고 말을 태울 수 있는 나룻배를 타고는 강을 건너기 시작한 거예요. 근데 그만 키잡이 노를 놓쳐 버려서, 배가 빙빙 돌다가 고물을 앞으로 한 채 2마일쯤 떠내려간 끝에 난파선에 부딪쳐 그 위로 올라타게 된 꼴이 되고 만 거죠. 사공이며 껌둥이 하녀며 말이며 모두 실종됐고, 미스 후커 혼자 뭔가를 붙잡고 그 난파선에 오른 거예요. 해가 진 뒤 한 시간쯤 지나서 우린 장사배를 타고 내려오는 길이었는데요, 너무나 어두워서 난파선 바로 앞에 다다를 때까지 그 배가 있는지도 몰랐지 뭐예요. 그래서 우리 배도 난파선에 부딪쳐 그 위로 올라타게 된 꼴이 되고 말았죠. 우리 모두 구조되었지만 빌 휩풀은…… 아, 참말로 좋은 녀석이었는데! 차라리 제가 죽고 그 녀석이 살았어야 했어요."

"저런! 듣던 중 제일로 슬픈 얘기네. 그래서 어떻게들 했어?"

"우린 마구 소리를 질러댔지만, 강폭이 워낙 넓어서 누구한테 들려야 말이죠. 그래서 아빠가 누구 한 사람이 뭍에 올라가서 어떻게든 도움을 청해야 한다고 했어요. 헤엄을 칠 줄 아는 사람이 저 하나뿐이라서 죽자 사자 여기까지 헤엄을 쳐 온 거예요. 미스 후커가 하는 말이, 만약 도와 줄 사람을 금방 찾지 못하면 이리로 와서 자기 삼촌을 찾아라, 그러면 그분이 어떻게든 도와 줄 거라는 거예요. 저는 1마일쯤 하류에서 뭍에 올라서는, 그때부터 쭉 사람들한테 어떻게든 좀 도움을 청해 보려고 이리저리 돌아다녔죠. 하지만 하나같이 하는 말이, "뭐라고, 이런 밤에, 이런 물살에? 그런 말도 안 되는 소린 하지도 마라. 증기선에 가서 알아 봐."라고 하더군요. 그니까 아저씨가 좀 가 주셔서……."

"까짓 꺼, 내가 가마! 제길, 사실 잘 모르겠다. 어쨌든 갈께. 그나저나 대체 그 비용은 누가 댄다니? 니 생각엔 니 아부지가……."

"아, 그건 걱정 마세요. 그 부분에 대해선 미스 후커가 특별히 강조해서 말했는데요, 미스 후커의 삼촌인 혼백 아저씨가……."

"뭐! 혼백 영감이 미스 후커의 삼촌이란 말이냐? 얘야, 너 쩌어기 저 불빛 보이지. 거기로 튀가서 서쪽으로 돌아 4분의 1마일만 더 가믄 선술집이 하나 있을 꺼여. 거기 있는 사람들헌테 짐 혼백 영감님 댁에 데려다 달라고 하거라. 그리고 그 영감님이 비용을 댄다는 말도 허고 말야. 가는 길에 농땡이 치믄 안 돼. 그 영감이 어서 이 소

식을 알아야 헌다. 그리고 이 말도 전하거라. 영감님이 마을에 다다르기 전에 조카를 안전하게 구해내겠다고 말야. 내가 그러더라고 전해. 자, 어서 서둘러. 난 이 길로 모퉁일 돌아가서 기관사를 깨워 갖고 올 테니깐."

나는 불빛 있는 곳을 향해 달려갔어. 하지만 그 아저씨가 모퉁이를 돌자마자, 나는 다시 돌아와 소형 보트에 올라타서 바닥에 고인 물을 퍼냈지. 그러고 나서 600야드쯤 노를 저어 가, 물살이 빠르지 않은 수역의 강변에 배를 대고는 목재선들 사이에 숨었어. 나룻배가 떠나는 걸 볼 때까진 마음을 놓을 수 없었지. 하지만 여러모로 생각해 봤을 때, 그 갱 놈들을 위해 그 모든 수고를 마다하지 않았단 사실에 썩 기분이 좋아졌어. 이렇게 하는 사람이 많진 않을 테니 말이야. 더글러스 과부 아줌마가 이 사실을 알면 좋을 텐데. 내가 이런 악당들까지 구해준 걸 알면 나를 자랑스럽게 생각하겠지. 더글러스 과부 아줌마같이 착한 사람들이 제일로 관심을 두는 건 바로 악당들이랑 사기꾼들이니 말이야.

근데 얼마 뒤 그 난파선이 희미하고 어스레한 어둠 속에서 미끄러지듯 떠내려 오는 게 아니겠어! 오싹하는 오한 같은 게 내 온몸을 훑고 지나갔지. 나는 그 배를 향해 노를 저어 갔어. 배가 수면 아래로 꽤 깊이 잠긴 채 떠내려 오고 있어서 말이야, 안에 사람이 있다면 누구라도 살아 있을 가능성이 많지 않겠단 생각이 들었지. 나는 배 주위를 빙빙 돌면서 나지막이 소리를 쳐 봤지만 아무런 대답도 없었고, 모든 게 죽은 듯 고요하기만 했어. 그 갱들 일로 마음이 쫌 무겁긴 했지만, 그리 심하진 않았지. 그들이 사람의 죽음 앞에서도 멀쩡할 수 있었기에, 나도 멀쩡히 견딜 수 있으리라 생각했기 때문이야.

그때 마침 나룻배가 왔어. 그래서 나는 하류로 굽이진 긴 물살을 타고 강 한복판으로 나와서, 이제 충분히 시야에서 멀어졌단 생각이 들자 노를 놓고는 뒤를 돌아다 봤지. 그 나룻배가 미스 후커의 시체를 찾느라 난파선 주위를 수색하는 게 보였어. 선장은 혼백 영감이 조카인 미스 후커의 시체라도 찾길 원한다는 걸 알고 있었지. 하지만 얼마 지나지 않아 그 나룻배는 수색을 단념하고 강변 쪽으로 향했고, 나는 다시 노를 저어 맹렬한 기세로 강 하류 쪽으로 내려갔어.

짐 아저씨가 켜 놓은 불빛이 보이기까지 지독히도 오랜 시간이 지난 것만 같았어. 불빛이 모습을 드러냈을 때 그건 1,000마일이나 떨어져 있는 거 같았지. 그곳에 도착했을 때 동쪽 하늘은 조금씩 회색빛으로 물들어가고 있었어. 우린 어떤 섬을 향해 노를 저어 가서, 거기에 뗏목을 감추고 소형 보트에는 물을 넣어 가라앉혔어. 그러고는 잠자리에 들기 무섭게 마치 죽은 사람처럼 곤히 잠에 빠져들었지.

14장

얼마 뒤 잠자리에서 일어난 우리는 갱 놈들이 난파선에서 훔쳐낸 물건들을 하나하나 살펴봤어. 장화며 담요들이며 옷가지들, 그리고 그 밖에 여러 물건들이랑 많은 책들, 작은 망원경이랑 씨가 세 상자가 나오더군. 짐 아저씨도 나도 그렇게 부자가 돼 보긴 난생처음이었어. 그중 씨가는 최상품이었지. 우린 오후 내내 숲속에서 빈둥거리며 얘기도 하고, 나는 책을 읽기도 하면서 즐겁게 보냈어. 나는 난파선 안에서 겪은 일이랑 나룻배에서 겪은 일을 짐 아저씨한테 전부 다 들려주면서 이런 일이야말로 모험이라고 했더니, 아저씬 더는 모험은 원치 않는다고 하더군. 아저씨가 하는 말이, 내가 선실로 들어간 뒤 자기는 뗏목을 타려고 엉금엉금 기어서 되돌아갔는데, 뗏목이 온데간데없어서 딱 죽을 맛이었단 거야. 이젠 끝장났구나, 빼도 박도 못하는 상황이구나, 하고 생각했대. 누가 구해 주지 않으면 강물에 빠져 죽고 말 거고, 누가 구해 준다면 구해 준 사람이 누가 됐든 간에 상금을 타내려고 자길 미스 왓슨네로 잡아갈 게 아니냐, 그럼 그 여잔 틀림없이 자길 남부로 팔아 버릴 게 뻔하지 않느냐는 거였지. 아저씨 말이 옳았어. 아저씨가 하는 말은 대체로 옳았지. 아저씬 껌둥이치고는 머리가 비상했으니 말이야.

나는 짐 아저씨한테 왕이며 공작이며 백작 등에 대해, 그리고 그들이 뻰지르르하게 옷을 차려입는 거 하며, 유행을 따져 옷을 걸치는 거 하며, 서로를 '누구누구 씨'라고 안 부르고 '폐하'니 '각하'니 하고 부른다는 걸 읽어 줬어. 그랬더니 아저씬 눈알이 튀어나올 듯이 놀라며 재밌어 하더군. 아저씨가 말했어.

"난 그런 사람들이 그러캐나 만을 쭐 몰라써. 늘근 솔로몬 왕 얘기 빼곤 그런 사람 얘긴 들어본 적이 업껄랑. 트럼프 짝애 나오는 왕 얘기도 빼구 말여. 그나저나 말여, 왕이 되믄 돈을 월매나 받을라나?"

"받긴 뭘 받아요?" 내가 말했어. "왕이야 뭐, 원한다면 한 달에 1,000딸라라도 받겠죠. 왕은 얼마든지 원하는 만큼 가질 수 있어요. 뭐든 다 자기 꺼니까요."

"멋찌군 그래. 헉, 그럼 왕들은 먼 일을 하는대?"

"왕들은 아무 일도 안 해요! 하긴 뭘 하겠어요. 왕들은 그냥 앉아 있기만 한다구요."

"아니, 그개 참말여?"

"당연하죠. 왕들은 그냥 앉아 있기만 한다니까요. 물론 전쟁이 났을 땐 빼고요. 그땐 왕들도 전쟁에 나가요. 하지만 그렇지 않을 땐 그저 '세월아~ 네월아~'하면서 매 사냥이나 하는 거죠. 매 사냥이나 하면서 침이나 탁탁 뱉고…… 잠깐만요, 쉿! 방금 뭔 소리 나지 않았어요?"

우린 얼른 뛰어나가 주위를 살펴봤지만, 강 하류 저 멀리서 곶을 돌아 이쪽으로 오는 증기선의 타륜 소리 말고는 아무 소리도 들리지 않았어. 우린 원래 자리로 돌아왔지.

"그리고요," 나는 말을 이어갔어. "왕은 심심할 때면 국회에서 야단법석을 떨고, 누가 됐든 자기 말대로 안 하면 그놈의 모가질 뎅강 짤라 버려요. 그리고 왕은 보통 후궁 주위를 알짱거리죠."

"어디를 알짱거린다구?"

"후궁 말예요."

"후궁이 먼대?"

"왕들이 자기 마누라들을 두는 곳이에요. 아저씬 후궁도 몰라요? 솔로몬 왕도 후궁을 뒀는데, 마누라가 백만 명도 더 됐다죠, 아마."

"아, 그래써찌. 깜빡 잊고 이썬내. 그니까 후궁이란 기숙사 가튼 거구먼. 보나마나 애기들 방은 소란스러울꺼구 말여. 거기다 마누라들끼리 말다툼도 꽤 만이 할 탠대 말여, 그럼 소란스럽기가 이루 말할 수 업깨꾸먼. 그런대도 사람들은 솔로몬 왕이 새상애서 잴로 똑똑헌 왕이라고 떠들어 대싸는대, 난 암만해도 걸 믿을 수 업따니까. 왜냐구? 똑똑헌 양반이라믄 어찌 그런 난리장쏙애서 살려고 하개써? 절때루 안 그러지. 참말로 똑똑헌 양반이라믄 차라리 보일러 공장을 새울 껄. 그럼 쉬고 시플 때 공장 문도 맘대로 닫을 수 이짜너."

"하지만 어쨌든 솔로몬 왕은 제일로 똑똑한 사람이었어요. 왜냐면 더글러스 과부 아줌마가 그렇게 애기했거든요."

"난 과부땍이 머라 말해껀 신경 안 써. 솔로몬 왕은 절때루 똑

똑헌 사람이 아녀. 그런 괴상한 짓거릴 허는 사람을 난 여태 본 적이 업꾸먼. 넌 그 사람이 애기를 둘로 싹뚝 짤라 버릴라고 헌 애길 알고 이써?"

"알고 말고요. 과부 아줌마한테서 들었죠."

"거바, 새상애 그런 터무니업는 소리가 또 어디써? 가만 생각해 보란 말여. 쩌어기 저 나무 그루터기 이짠어. 저개 그 여자 중 하나라고 치잔 말여. 여기 너를 다른 여자라고 치구, 날 솔로몬이라고 처 바. 그리구 여기 1딸라짜리 지패를 애기라고 치자구. 니들 둘이서 쩌 애기를 자기 애기라고 하믄서 다툰단 말여. 그럼 난 워떡해야지? 난 말여, 이웃을 돌아다니믄서 그 1딸라짜리가 니들 둘 중 누구 껀가 알아내서 그 임자헌태 건내줄 꺼구먼. 그개 공평무사허지 안어? 개념이 붇터 인는 사람이라믄 다 그리 할 꺼여. 근대 솔로몬 왕은 그리 안 해따는 거 아녀. 그 1딸라 짜릴 둘로 짤라 갖고 절반은 너헌태 주고 나머지 절반은 다른 여자헌태 줄라고 한 거잔어. 그개 바로 솔로몬 왕이 애기헌태 할라고 해떤 짓 아녀? 내 너헌태 한번 물어보자. 그 절반짜리 지패가 다 먼 소용이여? 걸로는 암껏도 살 수 업짠어. 그럼 그 절반짜리 애기는 먼 소용이여. 그런 애긴 백만 명이 이써도 소용업찌."

"하지만 짐 아저씨, 아저씨 말은 요점을 벗어났어요. 젠장, 벗어나도 한참 벗어났다고요."

"누가? 나 말여? 요쩜 가튼 소린 허지도 말어. 나두 그 정도 분별은 이쓰니까. 그 솔로몬 왕이 허는 짓은 개념이 붇터 인는 사람이 헐 짓이 아녀. 재판은 절반짜리 애기애 관한 거이 아니구 온전한 애기애 관한 거여찌. 근대 그 양반은 온전한 애기애 관한 재판을 절반

짜리 애기로 해결헐 수 이따고 생각헌거여. 그런 사람은 비 한 방울 피하지 못헐 위인이지. 헉, 아프로 나헌테 솔로몬 왕 애긴 허지도 말어. 그 양반애 대해선 빤히 알고 이쓰니까.”

“그니까 아저씬 요점을 벗어났단 거예요.”

“요쩜은 먼 망할 놈의 요쩜이여. 내가 아니까 안다고 하는 거 아녀. 이 바, 진짜 요쩜은 말여, 더 머언 곳애, 더 기픈 곳애 이따구. 건 솔로몬 왕이 자라난 방식이랑 관련이 이찌. 그저 자식이 한둘뿐인 사람을 생각해 보란 말여. 그런 사람이 자식을 함부러 허갠난 말여? 당연히 못허지. 헐 수 업꾸 말구. 그런 사람은 애 중헌 걸 알걸랑. 근대 집안애 자식이 오백만 명쯤 뛰돌아다니는 사람을 생각해 바. 건 애기가 달러. 그런 사람은 애가 먼 고양이나 되는 것 마냥 두 동강이로 싹둑 짤라 버린단 말여. 얼마든지 더 이쓰니까 말이지. 애새끼 하나 둘쯤은 솔로몬 왕헌태는 중헌 개 아니라구.”

정말이지, 그런 껌둥인 처음 봤어. 짐 아저씨는 한번 머릿속에서 뭔 생각을 하면 다시는 그 생각에서 헤어 나올 줄 몰랐지. 지금껏 봐 온 껌둥이들 중에 솔로몬 왕한테 그렇게 덤벼 대는 껌둥인 없었다고. 그래서 난 다른 왕들 얘기를 꺼내서 솔로몬 왕 얘기는 그만 넘어가려고 했어. 오래 전에 프랑스에서 모가지가 뎅강 잘린 루이 16세 얘기랑, 그 아들인 돌고래[4] 얘기를 꺼냈지. 그 돌고래는 왕이 될 신분이었는데 사람들이 그를 붙잡아 깜빵에 처넣었고, 어떤 사람 말로는 그가 깜빵에서 죽었다고 말이야.

4 ‘프랑스 황태자’를 뜻하는 ‘dauphin’을 헉이 ‘돌고래’를 뜻하는 ‘dolphin’으로 잘못 알고 있다. 루이 16세의 아들 루이 샤를(Louis Charles)을 말한다.

"가엽쓴 애구먼."

"하지만 깜빵에서 탈옥해서 미국으로 도망 왔다는 사람도 있어요."

"거참 잘 됀내. 허지만 말여, 무척이나 심심허갠는대. 여긴 왕이란 개 업짠어. 안 그래, 헉?"

"없죠."

"그럼 밥뻘이 헐 대도 업쓸 꺼 아녀. 그 앤 워떡해 헐 샘이지?"

"뭐, 나도 모르죠. 어떤 사람은 경찰이 되기도 하고, 또 어떤 사람은 사람들한테 프랑스 말을 가르치기도 해요."

"머라구, 헉? 프랑스 사람들은 우리랑 똑가튼 말을 허는 개 아녀?"

"다르고 말고요, 아저씨. 아저씬 프랑스 사람들이 하는 얘길 이해 못할 걸요. 단 한 단어도 말이에요."

"이런, 빌어먹개끈 진짜! 건 워째서 그래?"

"나두 몰라요. 그치만 좌우간 그래요. 난 책에서 프랑스 사람들이 쏼라 쏼라 지껄이는 말을 좀 배운 적이 있거든요. 만약 누가 아저씨한테 와서 '폴리 부 프렌지'[5]라고 말한다고 생각해 봐요. 뭔 생각이 들 것 같아요?"

"생각은 먼 생각. 부짭아서 그냥 그놈의 대가릴 깨뜨려 버려야지. 물론 그놈이 백인이 아니라믄 말여. 껌둥이 놈더러 날 그딴 식으로 부르갠 안 허지."

5 원문은 "Polly-voo-franzy"인데, 헉이 "Parlez-vous français?"(프랑스어를 할 줄 아니?)를 잘못 발음한 것이다.

"젠장, 그건 아저씨한테 욕을 한 게 아니에요. 그냥 프랑스 말을 할 줄 아냐고 물은 것뿐이라고요."

"그럼 왜 그놈은 그러캐 말 허지 안냐 말여?"

"안하긴요. 그게 프랑스 사람들이 하는 말이니까요."

"그런가, 그거 빌어먹개 우끼는 말투구먼. 난 더는 그런 소린 듣고 십찌 안쿠먼. 그런 말앤 아무런 뜻이 업짠어."

"여봐요, 짐 아저씨. 고양이가 우리처럼 얘기해요?"

"아니지. 고양인 그리 안 허지."

"그럼 암소는요?"

"암소도 안 그러지."

"그럼 고양인 암소처럼 얘길 해요? 암소는 고양이처럼 얘길 하나요?"

"아니지, 안 그러지."

"그럼 고양이랑 암소가 서로 다른 말을 하는 건 당연한 거 아닌가요? 안 그래요?"

"그야 물론 그러치."

"그럼 고양이랑 암소가 우리 사람들과 다른 말을 하는 것도 당연한 거 아니에요?"

"그야 두말 허면 잔소리지."

"그럼 프랑스 사람이 우리랑 다른 말을 하는 게 어째서 당연하지 않아요? 대답 좀 해 보세요."

"헉, 고양이가 사람인가?"

"아니죠."

"그럼 말여, 고양인 사람처럼 말할 리가 업짠어. 암소가 사람인

가? 아님 고양인가?"

"아뇨, 둘 다 아니죠."

"그럼 말여, 고양인 사람이나 암소처럼 말할 리가 업잔어. 프랑스 사람은 사람인가?"

"그렇죠."

"내 말이 그 말이여. 빌어먹을, 그럼 워째서 프랑스 사람은 사람처럼 애기허지 안는가 말여? 대답 쫌 해 바!"

더는 애길 해 봤자 소용이 없겠다 싶었어. 껌둥이한테 토론을 가르치는 건 불가능하지. 그래서 난 관뒀어.

15장

우린 사흘 밤쯤 지나면 일리노이 주 남단의 케이로에 도착하리라고 생각했어. 그곳은 오하이오 강이 흘러 들어가는 어귀에 있는 곳으로, 바로 우리가 찾던 목적지였지. 뗏목을 팔아 증기선에 올라타서 자유주인 오하이오 주로 들어가면 곤경에서 벗어나게 되는 거지.

근데 이튿날 밤, 안개가 내려앉기 시작했어. 우린 안개 속을 항해하지 않으려고 뗏목을 매어 놓기 위해 모래톱으로 향했지. 하지만 내가 뗏목을 매어 놓을 밧줄을 갖고 카누를 타고 노를 저어 가 봤더니만, 쪼그마한 묘목 밖에는 매어 놓을 곳이 없지 뭐야. 나는 강가 절벽 끄트머리에 자라 있는 묘목 하나에다 밧줄을 감았는데, 조류가 너무 빠른 나머지 뗏목이 맹렬한 기세로 돌진해 가서 그 묘목을 뿌리째 뽑아 멀리 떠내려가고 말았어. 안개는 자꾸만 짙어져 가고, 난 그 때문에 기분이 나빠지고 겁이 나서 몸을 옴짝달싹할 수도 없을 지경이 되고 말았지. 조금 뒤 뗏목은 시야에서 사라졌고, 20야드

앞도 채 보이지 않았어. 나는 카누로 뛰어 들어가 고물 쪽으로 달려가서는 노를 집어 들고 강하게 뒤로 저었지. 하지만 카누는 꼼짝도 안하더군. 넘 서두르는 바람에 매어 놓은 카누를 풀지 않았던 거지. 일어나 밧줄을 풀려고 했지만 너무나 조급한 나머지 손이 떨려 아무것도 할 수가 없었어.

나는 출발하자마자 곧장 뗏목을 뒤따랐어. 맹렬한 기세로 모래톱을 따라 내려갔지. 모래톱까지는 그럭저럭 괜찮았지만, 60야드가 채 안 되는 모래톱의 아랫부분을 지나는 순간 나는 두터운 흰 안개 속에 잠기고 말아 어느 방향으로 가고 있는지 당최 알 길이 없었어.

노를 저어 봐야 소용이 없겠단 생각이 들더군. 노를 젓다간 오히려 강둑이나 모래톱 같은 데를 들이받을 것 같아서, 그저 가만히 흘러가는 편이 낫겠다 싶었어. 하지만 그런 때 그저 넋 놓고 있자니 똥줄이 타서 견딜 수가 없었지. 나는 고함을 지르고는 귀를 기울였어. 그러자 저 멀리 하류 어딘가에서 희미하게 고함 소리가 되돌아왔기에, 한결 기운을 차릴 수가 있었지. 나는 다시 한 번 소리가 들리지 않을까, 하고 귀를 기울이면서 맹렬한 기세로 그 소리를 좇았어. 다음에 그 소리가 들려왔을 때 난 그쪽으로 가고 있는 게 아니라 그 소리가 난 오른쪽으로 가고 있다는 걸 알게 됐지. 그리고 그 다음번엔 그 소리가 난 왼쪽으로 가고 있었어. 어느 쪽으로도 그 소리에 가 닿지 못했지. 그 소리는 늘 곧장 앞쪽에서 들려왔는데, 난 이리저리 빙빙 돌기만 하고 있었으니 말이야.

나는 그 바보 아저씨가 양철 냄비를 두드려야겠다는 생각을 하고 계속해서 그것을 두드려주기를 바랐지만, 짐 아저씬 결코 그렇게 하지 않았어. 그래서 그 고함과 고함 사이에는 정적이 흘렀고, 그 정적이 날 미치게 했지. 근데 열심히 노를 젓고 있는데 말이야, 글쎄, 바로 등 뒤에서 그 소리가 들려오는 게 아니겠어. 난 그 소리에 적잖이 당황했지. 그 소린 다른 누군가의 고함이거나, 그렇지 않으면 내가 은연중에 방향을 바꿨다는 걸 뜻했으니 말이야.

나는 노를 내려 놨어. 또다시 그 고함이 들려왔지. 그 소리도 등 뒤에서 들려왔지만 아까와는 다른 곳이었어. 그 소리는 점점 가까이 다가오면서 끊임없이 위치는 바뀌고 있었고, 난 그 소리에 계속해서 응답했지. 그러던 중 그 소리가 또다시 내 앞쪽에서 들려왔기에, 난 카누의 뱃머리가 조류에 휩쓸려 하류 쪽으로 돌아갔단 걸 알게 됐어. 만약 그 소리가 다른 뗏목 사공이 외치는 소리가 아니라 짐 아저씨가 내는 소리라면 좋을 텐데 말이야. 안개 속에서 목소리를 분간해 내기란 불가능했지. 안개 속에선 자연스러워 보이는 것도, 자연스럽게 들리는 것도 없으니 말이야.

크게 부르는 소리가 계속 들리는 동안, 나는 순식간에 큰 나무들이 마치 유령처럼 서 있는 강가 절벽을 향해 무서운 기세로 떠내려가고 있었어. 조류는 날 왼쪽으로 내동댕이치고는 휙하고 지나가 버렸는데, 마치 으르렁대는 듯한 수많은 암초들 사이를 잡아채듯이 재빠르게 지나가더군.

순식간에 또다시 두터운 뿌연 안개가 드리우며 고요해졌어. 나는 조용히 앉은 채로 심장이 고동치는 소리에 귀 기울였는데, 숨죽이고 듣는 동안 심장이 백 번쯤은 고동친 거 같았지.

나는 그만 단념하기로 했어. 사태를 파악한 거지. 저 강가 절벽은 섬이고, 짐 아저씨는 저 섬 너머로 떠내려가 버린 게 틀림없었어.

모래톱은 십여 분 만에 통과할 수 있는 그런 게 아니었지. 그건 커다란 숲이 있는 버젓한 섬이었어. 길이가 5~6마일, 폭은 반마일 이상은 더 됐을걸.

조용히 귀를 기울인지 15분쯤 지났을까. 그 사이에도 난 시속 4~5마일의 속도로 떠내려가고 있었지. 넌 상상도 못할 거야. 아니, 넌 물 위에 죽은 듯 조용히 누워 있다고 느꼈을걸. 만약 암초 옆을 빠르게 지나면서 얼핏 그걸 봤다면, 넌 네가 얼마나 빠르게 떠내려가고 있는지 생각지도 못하고 숨을 죽이고는 '아이구야! 저 암초는 진짜 무섭게 흘러가는 구나.'하고 생각했을 거야. 밤에 안개 속에서 그런 꼴로 혼자 있는 게 음울하지도 외롭지도 않을 거라고 생각한다면 어디 한번 직접 해 봐. 그게 어떤 기분인지 알게 될 거야.

그로부터 약 30분 동안 이따금씩 고함을 질러 봤어. 마침내 저 멀리서 응답이 들려와서 그 소리를 쫓아가 봤지만 헛수고였지. 나는 곧 모래톱 한가운데로 빠져들어 간다는 생각이 들었어. 양쪽으로 모래톱이 희미하게 모습을 드러냈고, 이따금씩 모래톱 사이로 좁은 수로가 보였기 때문이야. 그리고 뭔가 내 눈에는 잘 안 보이는 것도 있었지만, 강둑에 걸려 있는 오래된 썩은 덤불이랑 쓰레기에 부딪치는 물소리 탓에 그곳이 모래톱이라는 걸 알 수 있었지. 근데 머지않아 모래톱 사이에서 그 고함이 들려오지 않았어. 나는 어쨌든 잠시 쫓아가 보려고 했지만 관뒀지. 그건 도깨비불을 쫓는 것보다 더 힘든 일이기 때문이야. 그렇게 소리가 이리저리 피해 다니고, 또 그렇게 빨리, 자주 장소를 바꿔 옮겨 다닐 수 있다니.

나는 강가의 섬에 부딪치지 않도록 네댓 번 힘껏 노를 저어 강둑에서 멀찍이 떨어지려고 애를 썼지. 그래서 난 뗏목이 이따금씩 강둑에 부딪쳤겠거니, 그것도 아니면 훨씬 앞쪽에 다다라서 소리가 닿지 않는 곳에 있겠거니, 하고 생각했어. 뗏목은 나보다 좀 더 빠르게 떠내려가고 있었을 거야.

얼마 후 난 또다시 탁 트인 강으로 나왔지만, 어디서도 크게 부르는 소리는 되돌아오지 않았어. 아마도 짐 아저씨는 암초에 걸려 그만 결단이 난 게 아닐까, 하는 생각이 들었지. 난 몹시 지쳐서 카누에 드러누워 더는 그 일로 마음 쓰지 말자고 다짐했어. 물론 잠자리에 들고 싶진 않았지만 너무나 졸려서 견딜 수가 없었지. 그래서 잠깐 토막잠이라도 청해볼까 생각했어.

하지만 토막잠 정도가 아니었던 모양이야. 깨어보니 별이 환하게 반짝였고, 안개는 온데간데없었지. 나는 뱃머리를 앞으로 한 채 커다란 만곡부를 떠내려가고 있었어. 처음엔 내가 어디에 있는 줄도 몰랐고 꿈을 꾸고 있는 게 아닌가, 하는 생각도 들었지만, 여러 일들이 머릿속에 되살아나기 시작하면서 지난주에 있었던 일부터 희미하게 되살아나는 듯했어.

그 강은 터무니없이 거대한 강으로, 강둑 양편으로는 키가 크고 육중한 나무들이 우거져 있었어. 별빛에 비쳐 보니 군건한 담벼락 같았지. 근데 저 멀리 하류 쪽 물 위에 까만 점 하나가 보이더군. 난 그 뒤를 쫓았지. 하지만 그곳에 다다르고 보니, 그건 한데 묶인 제재용 통나무 한 쌍에 지나지 않더군. 그러고 나서 또 다른 까만 점 하나가 보였고 그걸 좇았더니 또 다른 점이 보였어. 이번엔 내 판단이 옳았어. 그건 뗏목이었지.

뗏목에 다다르니 짐 아저씨는 무릎 사이에다 머리를 처박은 채로 거기에 앉아, 오른손을 키잡이 노에다 걸친 채로 잠이 들어 있더군. 또 다른 노는 산산조각이 나 있었고, 뗏목은 나뭇잎, 나뭇가지, 그리고 흙이 온통 뒤섞여 어질러져 있었어. 힘든 시간을 겪은 흔적이 뗏목에 고스란히 드러나 있었지.

나는 카누를 뗏목에다 매어 놓고 뗏목 위에 있는 짐 아저씨의 코앞에 바짝 널브러졌어. 그러고는 하품을 하고 아저씨를 향해 주먹을 들이대며 말했지.

"안녕, 짐 아저씨, 내가 잠이 들었었나? 왜 안 깨웠어요?"

"옴마야, 새상애. 헉 맞는가? 너 죽은 거 아니어써? 물뀌신 된 개 아니언냐 말여? 다시 돌아온 거여? 넘 조아서 미끼지가 안내 그려. 미끼지가 안어. 어디 좀 보자, 아가. 쫌 만저 보자구. 아니구나. 진짜 안 죽어꾸나! 건강히 살아 다시 돌아완내 그려. 애전 그 헉이 맞내. 하느님 감사합니다!"

"대체 어떻게 된 거예요, 짐 아저씨? 술이라도 한잔 한 거예요?"

"한잔 핸냐구? 내가? 나헌태 그럴 짬이라도 어디 이써깨써?"

"그럼 왜 그런 말도 안 되는 소릴 해요?"

"내가 워째서 말도 안 되는 소릴 한다는 거여?"

"어째서냐고요? 마치 내가 어디 가 버리기라도 한 것처럼 돌아왔다느니 뭐니 하고 있잖아요."

"헉, 헉 핀, 내 눈을 바. 내 눈을 똑바로 보라구. 너 진짜 아무대두 간 적 업써?"

"가다뇨? 대체 무슨 소릴 하는 거에요? 난 아무 데도 간 적이 없어요. 내가 가긴 어딜 가요?"

"자, 보라구, 참말로 이상허내. 난 나인가? 난 누군가 말여? 난

여기 있는 건가, 안 그럼 난 머냔 말여? 난 그개 알고 시퍼 죽개따구.”

“자, 아저씬 여기 있잖아요. 그렇게 뻔한 걸 가지구. 아저씬 머리가 뒤죽박죽이 된 늙은 바보 같아요.”

“내가 말여? 내가? 자, 그럼 이 말애 대답 쫌 해 보라구. 넌 모래톱애다 땐목을 매 노을라고 밧줄을 갖고 카누를 타고 간 개 아니어써?”

“무슨 말이에요? 아녜요. 대체 모래톱이 뭔데요? 난 모래톱이라곤 본 적도 없는데 뭘.”

“모래톱을 본 적이 엽따구? 이바, 밧줄이 풀어저 땐목이 무섭개 강을 떠내려가서, 너는 카누를 탄 채로 안개 속애 남겨지지 안아써?”

“무슨 안개 말이에요?”

“무슨 안갠 무슨 안개여. 밤새도록 여기 껴이떤 그 안개지. 그래서 니가 고함을 치믄 나두 따라 고함을 치지 안아써? 우리 고함소리가 섬들 사이애 온통 뒤죽박쭉이 돼는 바람애, 한 사람은 그만 길을 일어꼬 다른 한 사람은 당쵀 지가 어디 인는지도 분간을 못해서 길을 일은 거나 마찬가지여짠어? 그래서 난 그 빌어먹을 섬들애 몃뻔이나 부디치며 애를 먹다가 물애 빠저 뒤질 뻔해따구! 자, 내 말이 틀려? 틀리냐구? 어디 대답 쫌 해 바.”

“그게 다 뭐에요, 짐 아저씨. 난 안개니 섬이니 그런 건 본 적도 없고, 애 먹은 일도 없고, 아무 일도 겪지 않았다고요. 난 밤새 여기 앉아서 아저씨랑 얘길 나눴고, 10분쯤 전에 아저씬 잠이 들었죠. 나도 아마 잠이 들었던 모양이에요. 그 사이에 아저씨가 술에 취했을 리는 없으니, 꿈을 꾼 게 분명하네요.”

"말두 안 돼. 아니 무슨 수로 내가 10분 만애 그리 만은 꿈을 꾼단 말여?"

"아이 씨, 분명히 꿈을 꾼 게 맞다니까요. 그런 일이 안 일어났으니까 그렇죠."

"근대 말여, 헉, 나헌텐 그 모든 일들이 또렷헌대……."

"아무리 또렷해도 상관없어요. 아무 일도 일어나지 않았다니까요. 난 알아요. 여기 쭉 죽치고 앉아 있었는걸요."

짐 아저씨는 한 5분쯤 아무 말 없이 가만히 앉아서 뭔가를 골똘히 생각하더니 입을 열었어.

"그럼 내가 꿈을 꿨는지도 모르갠내, 헉. 재기럴, 내 평생 그런 지독헌 꿈은 처음이내. 그러캐 사람을 녹초로 만들어 버리는 꿈도 난생첨이고 말여."

"음, 그럼요. 맞아요. 때론 꿈도 사람을 녹초로 만들어 버리는 수가 있거든요. 어쨌든 꿈이 굉장했나 보네요. 꿈 얘기 좀 자세히 해 봐요, 아저씨."

그래서 짐 아저씨는 지금까지 있었던 일을 낱낱이 얘기하기 시작했는데, 그건 아저씨가 상당히 각색한 거였어. 얘기를 끝마치고 아저씨는 그 꿈이 경고이니 해몽을 해봐야 한다고 하더군. 먼젓번 모래톱은 우리한테 호의를 베풀려는 사람을 상징하지만, 조류는 우리를 그 사람으로부터 떼어 놓으려는 사람을 상징한댔어. 고함은 이따금씩 우리한테 들려오는 경고로서, 만약 우리가 그 의미를 이해하려고 열심히 노력하지 않으면 우리를 액운에서 건져 주는 대신 오히려 액운 속으로 몰아넣고 만다나. 그리고 그 수많은 모래톱은 다투기 좋아하는 놈들이랑 온갖 잡다한 천박한 놈들이랑 얽히게 될 말썽을 상징한댔어. 하지만 만약 우리가 남의 일에 상관하지 않고, 말대답하지 않고, 그놈들의 부아를 돋우지만 않으면, 우린 그 안개 속을 헤쳐 나가 거대하고 청명한 강이 있는 자유주로 빠져나와서 더는 곤경에 빠질 일이 없다고 했지.

내가 막 뗏목에 다다랐을 땐 하늘에 구름이 덮여 꽤 어둑어둑했지만, 이제는 또다시 날이 말끔히 개려던 참이었어.

"음, 그런가…… 거기까진 충분히 그럴싸한 해몽인데요, 아저씨."하고 나는 물었어. "근데 저것들은 뭘 상징하는 거죠?"

난 뗏목 위에 있는 나뭇잎이랑 쓰레기, 그리고 부서진 노를 가리켰어. 이제는 또렷이 보였지.

짐 아저씨는 그 쓰레기들을 쳐다보고, 나를 쳐다보더니, 또다시 그 쓰레기들을 쳐다봤어. 아저씨는 꿈 얘기에 완전히 꽂혀서 그걸 떨쳐 내고 곧바로 다시 현실로 돌아올 수 없는 듯 보였지. 하지만 머릿속이 정리가 됐는지 아저씨는 웃음기 없는 얼굴로 날 뚫어져라 쳐다보며 말했어.

"저개 멀 상징허냐구? 내 갈쳐주지. 노 저으랴 목청껏 널 부르랴 그만 녹초가 돼서 잠을 청할라고 누워 이짜니, 널 잃어버린 내 가슴이 찢어질 거 가떠구먼. 그래서 나야 워떡해 되든, 뗀목이야 워떡해 되든, 더이상 신경도 안 써찌. 그리고는 잠에서 깨 보니 니가 글쎄, 건강헌 모습으로 다시 돌아와 이찌 안캐써. 눈물이 다 나오더구먼. 난 말여, 무르플 꿀코 니 발애 입을 맞추고 시플 만큼 고마워찌. 근대 넌 말여, 생각한다는 개 고작 워떡허면 거짓뿌렁을 해서 이 늘근 짐을 골려줄까, 그뿐이어찌. 쩌기 저 쓰래기 한 뭉텅이 보이지. 친구 머리애따 진창을 발라 챙피를 주는 인간은 쓰래기나 마찬가

지여."

그리고 짐 아저씨는 천천히 일어나 천막 쪽으로 걸어가서는 더는 아무 말도 하지 않고 그 안으로 들어가 버렸어. 하지만 그걸로 충분했지. 나 자신이 진짜 비열한 놈이란 생각이 들어서, 아저씨가 그 말을 취소해 주기만 한다면 나야말로 아저씨 발에다 입이라도 맞춰야겠다 생각했거든. 껌둥이한테 가서 사과할 마음의 준비를 하기까지 15분이 걸렸어. 하지만 난 해치웠지. 그리고 나중에 가서도 그 일에 대해선 결코 후회한 적 없어. 난 더는 짐 아저씨한테 비열한 장난질이라곤 하지 않았지. 그리고 만약 아저씨가 그렇게 마음 상하리라는 걸 알았더라면, 그런 장난도 안 쳤을 거야.

16장

우리는 거의 하루 종일 잠을 자고는, 밤이 되자 마치 행렬처럼 천천히 떠내려가는 우악스럽게 긴 뗏목 뒤를 따라 약간의 간격을 두고 출발했어. 그 뗏목의 각 귀퉁이에 네 개의 긴 노가 달려 있는 걸로 봐서는, 거기에 서른 명은 족히 타고 있으리라 생각됐지. 뗏목 위에는 커다란 인디언식 천막 다섯 개가 널찍널찍 떨어져 있었고, 한복판에는 모닥불이 자리하고 있었으며, 각 귀퉁이에는 높다란 깃대가 서 있었어. 위풍당당한 뗏목이었지. 저런 뗏목의 사공이 된다면 정말 근사할 거라는 생각이 들었어.

우린 커다란 만곡부로 떠내려갔어. 구름이 많고 무더운 밤이었지. 강폭은 아주 넓었는데, 양쪽에는 빽빽이 우거진 숲이 마치 담벼락처럼 죽 늘어서 있어서, 그 사이로 좀처럼 불빛이나 빈틈 하나 보이지 않았어. 우린 케이로에 대한 얘기를 나눴는데, 그곳에 다다랐을 때 우리가 과연 그곳을 알아볼 수 있을까, 하고 궁금해했지. 아마 못 알아볼 가능성이 클 거라고 내가 말했어. 케이로에 집이라곤 십여 채밖에 없는데, 만약 사람들이 거기 불이라도 켜놓지 않는 날엔 우리가 마을을 그대로 지나치더라도 어떻게 알겠어? 짐 아저씨는 만약 두 개의 거대한 강이 그곳에서 한데 모인다면, 케이로가 모습을 드러낼 거라고 했어. 하지만 어쩌면 우린 섬 끄트머리를 지나고 있는 거고, 다시 아까 그 강으로 들어가고 있는 건지도 모른다고 내가 말했지. 이 말에 아저씨는 불안해했고, 그건 나도 마찬가지였어. 결국 문제는 '어떻게 할까'였지. 나는 맨 처음 불빛이 보이면 강가로 노를 저어 가서, 사람들한테 아빠가 장삿배를 타고 뒤따라오고 있는데 초짜라서 케이로까지 가려면 얼마나 남았는지 알고 싶어 한다고 말하자고 했어. 아저씨도 좋은 생각이라고 했고, 우린 담배 한 대씩을 피우면서 기다렸지.

이제 우리에겐 케이로를 못 보고 지나치지 않도록 정신 바짝 차리고 지켜보는 거 말곤 아무 할 일이 없었어. 짐 아저씨는 그곳을 꼭 찾고야 말겠다고 했어. 왜냐면 그곳을 발견하는 순간 자기는 자유의 몸이 될 거지만, 만약 지나쳐 버리면 또다시 '노예주(州)'로 돌아가서 다시는 자유의 몸이 될 수 없기 때문이라는 거였지. 아저씨는 몇 번이나 벌떡 일어나 소리쳤어.

"저기다!"

하지만 아니었지. 그건 도깨비불이거나 반딧불이였어. 짐 아저씨는 하릴없이 도로 앉아서 전처럼 사방을 주시했어. 아저씨가 말하길, 자유에 가까워진다고 생각하니 온몸이 떨리고 신열이 난다는 거였어. 아저씨 말을 들으니 나도 온몸이 떨리고 신열이 나더군. 왜냐면 아저씨가 거의 자유의 몸이 된 거나 마찬가지라는 생각이 내 머릿속을 훑고 지나갔기 때문이지. 이건 누구 책임일까? 누구긴 누구야, 내 책임이지. 아무래도 그 생각을 내 양심에서 털어 버릴 수 없었어. 그 때문에 마음이 괴로워서, 안정을 찾을 수 없어 안절부절못했지. 여태 내가 뭔 짓을 하고 있었는지 전혀 개념이 없었던 거야. 하지만 이젠 아니야. 그 생각은 머릿속에서 떠나질 않고 점점 더 날 괴롭게 했어. 이건 내 책임이 아냐, 내가 짐 아저씨를 그의 정당한 소유주한테서 빼돌린 건 아니잖아, 하고 나 자신을 설득해 보려 했지만 소용없었지. 그때마다 양심이란 놈이 고개를 쳐들고는 말하는 거였어.

"하지만 넌 짐 아저씨가 자유를 찾아 도망친 걸 알고 있었잖아. 그러니까 넌 노를 저어 강가로 가서 누군가에게 일러바칠 수 있었다고."

그건 그랬어. 난 아무래도 피할 길이 없었지. 괴로운 건 바로 그거였어. 양심은 나한테 이렇게 말했지.

"불쌍한 미스 왓슨이 네게 뭘 어쨌기에, 그 사람의 껌둥이가 바로 눈앞에서 도망치는 걸 보고도 말 한마디 하지 않을 수 있단 말이냐? 그 불쌍한 늙은 여자가 네게 뭘 어쨌기에, 그 사람에게 그렇게 지독하게 군단 말이냐? 그 사람은 네게 책 읽는 법을 가르쳐 주려 했고, 예의범절을 가르쳐 주려 했고, 여러모로 힘닿는 데까지 네게 잘해 주려고 했잖아. 그렇잖아."

내 꼴이 너무나도 비열하고 비참하게 느껴져 그저 죽고만 싶었어. 나는 자책하며 안절부절못하면서 뗏목 위를 이리저리 왔다 갔다 했고, 짐 아저씨 또한 안절부절못하며 이리저리 왔다 갔다 하면서 내 옆을 지나다녔지. 우리 둘 다 가만히 있을 수 없었던 거야. 아저씨가 춤을 추며 "저기 케이로다!"하고 소리칠 때마다 그 말은 마치 총알처럼 날 뚫고 지나갔는데, 그게 진짜 케이로라면 난 비참한 기분을 못 이기고 죽어 버릴 것만 같았어.

내가 혼잣말을 하는 동안 짐 아저씨는 내내 큰 소리로 떠들어 댔어. 아저씨가 말하길, '자유주(州)'에 다다르면 제일 먼저 하려는 건 돈을 모으는 거고, 땡전 한 푼 쓰지 않고 돈을 충분히 모아서 미스 왓슨네서 그리 멀지 않은 농장의 노예로 있는 자기 마누라를 사겠단 거야. 그러고는 둘이서 열심히 일을 해서 두 아들을 살 건데, 만약 주인이 안 판다고 하면 노예 폐지론자한테 부탁해서 애들을 훔쳐 올 작정이라는 거야.

그런 얘길 들으니 나는 몸이 얼어붙는 것만 같았어. 짐 아저씬 여태까지 살면서 그런 얘긴 감히 입 밖에 꺼낸 적이 없을 거야. 곧 있으면 자유의 몸이 된다고 생각한 순간 그의 마음속에서 일어난 변화를 보라고. 진짜 옛날 속담 그대로지 뭐야. "껌둥이한테 하나를 주면 열을 달라고 한다."는 속담 말이야. 생각해 보니, 그건 다 내 생각이 짧아서 시작된 일이야. 내가 도망치는 걸 도운 거나 마찬가지인 여기 이 껌둥이는 뻔뻔스럽게도 자기 아들을 훔쳐내겠다고 대놓고 말하고 있는 게 아니겠어. 내가 전혀 알지도 못하고, 나한테 아무 해도 끼친 적이 없는 사람의 소유인 애들을 말이야.

나는 짐 아저씨가 그런 말을 하는 걸 듣고는 안 됐다는 생각이 들었어. 그런 말은 아저씨의 가치를 떨어뜨리는 거나 다름없으니까. 내 양심은 아까보다 한층 더 혹독하게 날 휘저어 댔고, 마침내 나는 내 양심한테 말했어.

"날 좀 내버려둬……. 아직 늦지 않았으니…… 불빛이 보이는 대로 곧장 강가로 노를 저어 가서 일러바칠 거니까."

그러고 나니 금세 마음이 놓이고, 행복해지며, 깃털처럼 가벼워지더군. 모든 근심이 말끔히 사라졌지. 나는 불빛이 보이지 않을까, 하고 날카롭게 주시하며 콧노래를 불러 댔어. 머지않아 불빛이 하나 보이더군. 짐 아저씨는 큰 소리로 외쳤어.

"이재 안심이여, 헉. 안심이라구! 방방 뛰며 춤이라도 추새! 마침내 그 조은 케이로애 다다라짠어!"

내가 말했어.

"내가 카누를 타고 가서 보고 올 게요, 아저씨. 혹시 아닐지도 모르니까요."

짐 아저씨는 뛸 듯이 일어나 카누를 준비해 놓고는, 내가 앉을 바닥에다 자기 헌 외투를 깔고 나서 나한테 노를 건넸어. 내가 노를 젓기 시작하자 아저씨가 말하더군.

"이재 곧 기뻐서 큰 소릴 지를 꺼구먼. 그리곤 말할 꺼여. 이개 다 헉 덕뿐이라구 말여. 난 자유인이다, 이 말이여. 헉이 업써따면 난 자유의 몸이 될 수 업써찌. 헉 덕뿐이여. 널 평생 잊지 안을 꺼구먼, 헉. 넌 잴로 조은 내 칭구여. 이 늘근 짐의 단 하나뿐인 칭구지."

나는 짐 아저씨를 일러바치려고 진땀나게 노를 저어 대기 시작했지만, 그 말을 듣는 순간 그럴 마음이 싹 가시고 말았어. 그래서 난 천천히 노를 저어 갔는데, 그렇게 하는 게 잘하는 짓인지 아닌지 확신이 들지 않더군. 50야드쯤 나아갔을 때 아저씨가 말했어.

"여기 헉이 가는구나. 나의 오랜 진짜 칭구 말여. 이 늘근 짐과의 약속을 꼭 지키는 하나뿐이 업는 백인 신사지."

이 말에 난 토가 쏠렸어. 하지만 난 무조건 일러바쳐야 한다, 그만 둘 수는 없다, 하고 다짐했지. 마침 그때 총을 든 두 남자가 소형 보트를 타고 다가와 멈춰 섰기에, 나도 카누를 세웠어. 그중 한 사람이 물었지.

"저기 있는 게 뭐야?"

"뗏목이죠." 내가 대답했어.

"그 뗏목 니 꺼냐?"

"맞아요, 아저씨."

"누구 타고 있는 사람 있어?"

"한 명 타고 있어요, 아저씨."

"그래? 오늘 밤 껌둥이 다섯이 도망을 쳤는데 말야, 저기 저 상류 만곡부 위쪽에서 말이다. 니 뗏목에 타고 있는 건 흰둥이냐 껌둥이냐?"

나는 얼른 대답을 못했어. 대답을 하려 했지만 말이 나오질 않았지. 아주 잠깐 용기를 내서 말해 버릴까 하는 생각도 들었지만 말이야, 난 사내답지 못했어. 토끼만 한 용기조차 없었던 거지. 난 마음이 약해지고 있음을 깨달았어. 용기 내는 걸 포기하고 불쑥 이렇게 말했지.

"흰둥이에요."

"직접 가서 눈으로 확인하는 게 좋겠어."

"제발 그렇게 좀 해 주세요." 내가 말했어. "저기 있는 건 우리 아빤데요, 저기 저 불빛이 보이는 강가까지 제가 저 뗏목을 끌고 가는 걸 아저씨들이 도와주시겠죠? 아빤 아파요. 그리고 엄마도 메리앤도요."

"에잇, 이거 귀찮게 됐구만! 이봐, 우린 지금 급하다구. 하지만 그냥 가버릴 수도 없는 노릇이네. 자, 힘껏 노를 저어라. 함께 가자

꾸나.”

나는 있는 힘껏 노를 저어 대기 시작했고, 그 사람들도 노를 집어 들었어. 노를 한두 번 젓고는, 난 이렇게 말했지.

“아빤 아저씨들한테 아주 고마워할 거예요. 진짜로요. 뗏목을 강가까지 좀 끌어 달라고 부탁하면 하나같이 다 도망쳐 버렸거든요. 나 혼자선 될 일도 아니고 말이에요.”

“거 지옥에 떨어질 놈들이구먼. 헌데 이상하네. 얘야, 니 아빠한테 대체 뭔 일이 있는 게냐?”

“그게…… 저어…… 뭐, 별건 아니에요.”

그 말에 그 사람들이 노 젓는 걸 멈추더군. 뗏목까지는 아주 가까이 와 있었지. 그중 한 사람이 말했어.

“얘야, 그건 거짓말이지? 니 아빠한테 대체 뭔 일이 있는 거냐니까? 자, 어서 솔직히 대답해 봐. 그렇게 하는 게 너한테 더 좋을 께다.”

“말할게요, 아저씨. 솔직하게 말할게요……. 그렇다고 우릴 버리지 말아 주세요. 제발요. 그게…… 저어…… 아저씨들, 쫌만 더 노를 저어 가서 제가 밧줄을 던질 수 있게만 해 주시면요, 뗏목 근처까지는 오실 필요 없어요. 제발 부탁이에요.”

“배 돌려, 존, 어서 돌리라구!” 그중 한 사람이 외쳤어.

그 사람들은 보트를 후진시켰지.

“가까이 오지 마라, 얘야. 바람을 막고 서란 말이다. 옘병할, 바람이 우리 쪽으로 전염병을 날려 보냈는지도 몰라. 니 놈 아빠 천연두에 걸렸지? 니 놈은 그걸 빤히 알면서도 왜 솔직하게 말하지 않았어? 전염병을 동네방네 다 퍼뜨릴 셈이냐?”

“실은요,”하고 난 엉엉 울면서 말했어. “여태 모두들 그 말만 하면 하나같이 우릴 남겨 둔 채 떠나가 버렸거든요."

"불쌍한 녀석. 하지만 어쩌겠니. 니 사정이 참 딱하긴 하지만 말이다. 우린…… 옘병할, 우리도 천연두는 질색이란 말이다. 알지? 얘야, 어떡하면 좋을지 가르쳐 주마. 혼자서 육지에 오르려고 해선 안 돼. 그랬다간 모두가 다 작살나는 거지. 20마일쯤 강을 따라 내려가면 말이다, 강 왼쪽에 있는 마을에 다다르게 될 꺼야. 그때쯤이면 해가 중천에 떠 있을 께다. 거기서 도움을 청할 땐 말이다, 식구들이 죄다 오한과 고열로 고생하고 있다고 하렴. 또 지금처럼 바보짓을 해서 사람들이 뭔 일 났나 보다 하고 생각하게 해선 안 돼. 자, 우린 너한테 친절을 베풀었으니까 우리들한테서 20마일 떨어지는 거다. 착하지, 얘야. 저기 저 불빛이 보이는 곳엔 배를 대 봤자 소용없어. 거긴 그저 목공장일 뿐이야. 얘야, 불쌍한 니 아빠 말이다, 진짜 재수 옴 붙었다고 밖엔 할 말이 없다. 여기 이 판자 위에다 20딸라짜리 금화 하나를 놓고 갈 테니까, 판자가 니 옆까지 떠내려 왔을 때 집으렴. 널 버리고 간다는 게 참말로 안 된 일이긴 하지만…… 천연두라니 안 될 말이다. 안 그러냐?"

그때 *"기다려, 파커."*하고는 다른 사람이 말하더군. *"내 몫으로 20딸라짜리 하나를 판자 위에다 더 놓을 테니 잘 가거라, 얘야. 파커 아저씨가 말한 대로 하는 거다. 그럼 만사 오케이일 꺼야."*

"그렇구 말구, 얘야. 그럼 안녕이다, 안녕. 만약 도망친 껌둥일 발견하면 도움을 청해서 붙잡꺼라. 그럼 그걸로 돈푼 꽤나 벌 수 있을 테니 말야."

"안녕히 가세요." 내가 대답했어. "할 수 있음 꼭 도망친 껌둥일 놓치지 않을게요."

그 사람들은 떠났고, 난 무겁고 비참한 마음으로 뗏목에 올랐어. 내가 나쁜 짓을 했단 걸 너무나도 잘 알고 있었기 때문이지. 옳은 일을 하라고 배워도 나한텐 소용없는 일이란 걸 깨달았어. 어릴 적부터 옳은 일을 해오지 않은 몸이라 어쩔 도리가 없더군. 궁지에 몰렸을 때 옳은 일을 하도록 등 떠밀어줄 거라곤 아무것도 없으니 결국 무너지고 마는 거지. 그러고는 잠깐 생각에 잠긴 뒤 혼자 중얼거렸어. 가만 있자, 내가 옳은 일 한답시고 짐 아저씨를 다른 사람 손에 넘겨줬다면, 내 마음이 지금보다 더 편할까? 아니지. 마음이 무거울 거야. 지금이랑 같은 기분이겠지. 어차피 마음 무거운 건 똑같은데, 옳은 일을 하는 건 골치가 아프고 나쁜 짓을 하는 건 골치가 안 아프다면, 옳은 일을 하라고 배우는 게 다 뭔 소용이람? 나는 그만 여기서 딱 막히고 말았어. 그 문제의 답을 구할 수가 없었지. 그래서 난 그 일에 마음 쓰는 일은 관두고, 그때그때 제일로 편리한 방법을 택하기로 마음먹었어.

난 천막 속으로 들어갔어. 짐 아저씬 거기 없더군. 사방을 둘러봐도 아저씬 아무 데도 없었어.

난 "짐 아저씨!"하고 불러 봤어.

"나 여기써, 헉. 이재 놈들은 간는가? 목소리 쫌 낮추고."

짐 아저씬 고물에 달린 노 아래 강물에 잠긴 채로 있었는데, 글쎄, 코만 물 밖으로 빠끔히 내놓고 있지 뭐야. 사람들이 떠났다고 하자, 아저씨는 뗏목으로 기어 올라와 이렇게 말했어.

"난 말여, 얘기 소릴 죄다 드꼬 이써꾸먼. 그래서 강 속으로 살짜기 들어가서 만약 놈들이 땐목 위로 올라오기라도 헐라치면 강가로 해엄처 도망갈라고 해찌. 그리고는 놈들이 가버린 뒤애 땐목으로

다시 해엄처 돌아올 작쩡이어써. 헌대 말여, 넌 진짜루 머찌개 놈들을 속여넘기던대, 헉. 건 말여, 쵝오로 머찐 수작이어써! 참말로 니가 이 늘근 짐을 살려꾸먼. 이 늘근 짐은 니 은해를 평생 이찌 안을 꺼여."

그러고 나서 우린 돈에 관해 얘기를 나눴어. 한 사람당 20딸라씩이니까 꽤나 괜찮은 액수였지. 짐 아저씨가 말하길, 우린 이제 이 돈으로 증기선의 갑판석 표를 살 수 있을 뿐만 아니라, 자유주에서도 우리가 가고 싶은 데까지 얼마든지 갈 수 있다는 거였어. 20마일쯤이야 뗏목을 타고 가기에 멀지 않은 거리지만, 우리가 이미 거기에 다다라 있으면 얼마나 좋을까, 하고 아저씨가 말했지.

동이 틀 무렵 우린 뗏목을 잡아맸는데, 짐 아저씬 아예 뗏목을 영영 숨겨버리자며 야단이었어. 아저씨는 온종일 보따리를 싸면서 언제라도 뗏목 여행을 관둘 수 있게 만반의 준비를 하더군.

그날 밤 열 시경, 우린 강 하류의 왼편 만곡부에 있는 마을의 불빛이 보이는 곳에 다다랐어.

난 그 마을에 대해 알아보려고 카누를 타고 갔어. 머지않아 강에서 소형 보트를 탄 채 낚싯줄을 드리우고 있는 한 남자를 발견했지. 그 옆에 바짝 배를 붙이고 물어봤어.

"아저씨, 저 마을이 케이로예요?"

"케이로냐고? 뭔 말 같지 않은 소리냐. 니 놈은 지독한 바보 놈이 틀림없구나."

"그럼 저긴 무슨 마을이에요, 아저씨?"

"알고 싶으면 가서 알아보지 그러냐. 잠깐이라도 내 옆에서 알짱대며 성가시게만 해 봐라. 단단히 혼쭐을 내줄 테니까."

나는 노를 저어 뗏목으로 돌아왔어. 짐 아저씨는 크게 낙담했지. 하지만 난 신경 쓸 것 없다고, 그 다음 마을이 케이로일 거라고 위로해 줬어.

동 트기 전 우린 또 다른 마을을 지나게 됐어. 난 또다시 가보려 했지만 말이야, 그 마을은 지대가 높아서 관뒀지. 케이로 주변엔 높은 지대라곤 하나도 없다고 짐 아저씨한테서 들었거든. 그걸 깜빡 잊고 있었지. 우린 왼편 강둑이랑 꽤 가까운 모래톱에서 그날 하루를 보냈어. 근데 뭔가 좀 미심쩍단 생각이 들기 시작했지. 그건 아저씨도 마찬가지였어. 내가 말했지.

"암만해도 그날 밤 안개 속에서 케이로를 지나친 거 같아요."

짐 아저씨가 말했어.

"그 얘기라믄 그만 허지, 헉. 이 불쌍한 껌둥이헌태 운빨이 터질리 업짠어. 난 그 방울뱀 껍질의 효력이 아직 끈나지 안아따고 바."

"내가 그 뱀 껍질을 안 봤어야 했어요, 아저씨. 그런 건 쳐다보지도 않았어야 했는데……."

"니 탓은 아녀. 모르고 그랜는대 멀. 자책허지 말어."

동이 트자 강가에는 맑은 오하이오 강물이 흐르고 있었고, 건너편에는 언제나 변함없는 미시시피 강의 탁류가 흐르고 있는 게 보였어! 케이로 가는 건 완전 쫑나고 만 거지.

우린 이런저런 얘길 나눴어. 강가에 오른다 해도 별 소용이 없을 테고, 물론 뗏목으로 강을 거슬러 오를 수도 없는 노릇이었지. 어둑어둑해지길 기다렸다가 카누로 돌아가 기회를 기다리는 것 말곤 딱히 방법이 없었어. 그래서 우린 원기를 회복해 일할 수 있도록 미루나무 숲에서 하루 종일 잠을 잤지. 그러고는 어둑어둑해질 때쯤 뗏목 있는 곳으로 돌아와 보니, 글쎄, 카누가 온데간데없이 사라져 버린 게 아니겠어!

우린 한참 동안 말이 없었어. 말문이 막혔던 거지. 그 또한 그 방울뱀 껍질의 마력 때문이라는 걸 우리 둘 다 잘 알고 있었어. 그러니 그 일에 대해 더 얘기해 봤자 뭔 소용이 있겠어? 그리고 방울뱀 껍질에 대해 이러쿵저러쿵하는 건 그것에 대해 불평하는 것밖엔 안 되고, 그럼 분명 더 많은 액운을 불러오는 격이 될 거야. 가만히 있는 게 상책임을 깨달을 때까지 액운은 계속될 거라고. 쫌 있다가 우린 어떻게 하면 좋을지 얘기를 나눴는데, 되돌아가는 데 쓸 카누를 살 기회가 생길 때까지 뗏목을 타고 강을 따라 내려갈 수밖에 없겠단 결론에 이르렀지. 아빠가 늘 하던 식으로 주변에 사람이 없는 틈을 타서 카누를 슬쩍 '빌리는' 짓은 하지 않기로 했어. 왜냐면 그런 짓을 했다간 사람들한테 추격을 당하게 될지도 모르니 말이야.

그래서 우린 어둑어둑해진 뒤에 뗏목을 타고 출발했어.

여태 뱀 껍질의 온갖 마력을 보고도 그것에 손 데는 게 어리석은 짓이란 걸 아직도 믿지 않는 사람이 있다면 말이야, 이 책을 계속 읽어 가면서 뱀 껍질이 우리한테 한 짓을 더 목격하게 되면 믿을 수밖에 없을 거야.

카누를 살 수 있는 곳은 대체로 강변에 쭉 늘어서 있는 뗏목이야. 하지만 강변에 늘어서 있는 뗏목이라곤 하나도 보이지 않았기에, 우린 세 시간 넘게 하릴없이 떠내려갔지. 근데 밤이 희뿌옇게 흐려지기 시작했어. 그건 안개 다음으로 귀찮은 일이었지. 강의 형체도 알아볼 수 없고, 거리도 분간할 수 없거든. 근데 밤이 깊어 사방이 고요해졌을 때, 증기선 한 척이 강을 따라 올라오는 거였어. 우리는 증기선에서 우리 쪽을 볼 거라 생각하고 랜턴을 켰어. 상류로 올라가는 증기선들은 대개 우리 근처로 오지 않고, 모래톱을 따라 암초 아래 흐름이 약한 수역을 찾아갔지. 하지만 그런 밤엔 배들이 수로를 따라 강 전체를 거슬러 맹렬한 기세로 돌진해 올라갔어.

증기선이 힘차게 올라오는 소리는 들렸지만, 가까이 올 때까지 그 모습은 잘 보이지 않았어. 증기선은 곧장 우리를 향해 올라왔지. 증기선들은 종종 뗏목에 부딪치지 않고 얼마나 가까이 다가갈 수 있는지 시험해 보려고 그렇게 하기도 했어. 때론 타륜이 노를 휩쓸어 가 버리는 일도 있었는데, 그럴 때면 증기선의 수로 안내인이 머리를 배 밖으로 쑥 내밀고 낄낄거리곤 했지. 자기가 꽤 똑똑하다고 생각하는 것 같았어. 어쨌든 증기선이 다가오고 있었어. 우린 뗏목 옆을 비껴갈 모양인가보다, 하고 얘기를 나눴는데 말이야, 그 증기선은 조금도 비껴갈 기색이 아니었지. 그건 큰 증기선이었고, 게다가 아주 빠른 속도로 다가오고 있었어. 마치 주위에 반딧불이를 몇 줄씩 둘러맨 새카만 먹구름처럼 보였지. 그러다 그 증기선은 갑자기 크고 무시무시한 선체를 불쑥 드러내는 게 아니겠어. 입을 크게 벌린 화로 문들이 쭉 긴 대열을 이루고 있었는데 말이야, 그건 새빨갛게 달궈진 이빨처럼 빛을 발하고 있었어. 그리고 우악스러운 뱃머리와 쇠사슬이 우리 머리 바로 위에 걸려 있었지. 우릴 향해 고함치는 소리, 엔진을 끄라는 찌릉찌릉 벨 소리, 쌍욕을 퍼부어 대는 소리, 그리고 기적 소리가 들렸어. 짐 아저씨는 뗏목 밖으로 뛰어내렸고 나는 반대편으로 뛰어내렸는데, 그 순간 증기선은 뗏목을 쫙하고 둘로 갈라놓고 말았지.

나는 물속 깊이 잠수해 들어갔어. 밑바닥까지 내려갈 작정이었지. 왜냐면 30피트 길이의 타륜이 나한테 덮쳐 올 거라 생각했기 때문에 멀찌감치 떨어지려고 한 거야. 나는 늘 1분 정도 잠수를 할 수 있었는데 그때만큼은 1분 30초 정도 잠수를 했던 것 같아. 심장이 터질 지경이었기에, 나는 서둘러 물 밖으로 솟구쳐 올라왔지. 물 밖으로 겨드랑이까지 내놓은 채 코로 물을 뿜어 대며 헉헉하고 숨을 내쉬었어. 조류는 말할 것도 없이 무척 빨랐지. 증기선은 엔진을 끄고 난 지 10초 만에 다시 엔진을 가동했어. 뗏목 사공 따윈 안중에도 없는 거 같았지. 그 증기선은 강물을 마구 휘저으며 강을 따라 올라가고 있었어. 엔진 소리만 들릴 뿐 희뿌연 날씨 때문에 그 모습은 보이지 않았지.

나는 십여 차례 짐 아저씨를 소리쳐 불렀지만 대답이 없었어. 가라앉지 않고 물 위에 떠 있으려고 손발을 허우적대다가 손에 닿은 널빤지를 붙잡고, 그걸 앞으로 밀어 대면서 강변을 향해 헤엄쳐 갔지. 조류가 강변 왼편으로 흘러간다는 걸 알 수 있었어. 그건 내가 '도하 지점' 근처에 있단 걸 의미했지. 그래서 방향을 바꿔 도하 지점 쪽으로 헤엄쳐 갔지.

그건 비스듬히 기울어 있는, 2마일이나 되는 도하 지점들 중 하나였어. 건너는 데 꽤 시간이 걸렸지. 나는 무사히 강변에 다다라 강둑으로 기어올랐어. 겨우 눈앞이 보일 정도였지만, 울퉁불퉁한 길을 4분의 1마일 이상 아주 천천히 걸어갔지. 그러던 중 갑자기 커다란 두 칸짜리 구식 통나무집을 마주하게 됐어. 나는 그곳을 빨리 지나쳐 달아나려 했지만, 개들이 여러 마리 뛰어나와 으르렁거리며 짖어 댔기에 그저 말뚝처럼 가만히 서 있는 게 상책이겠단 생각이 들었어.

17장

한 30초쯤 지났을까. 누군가가 창밖으로 고개도 내밀지 않고 소리를 질러 댔어.

"이놈들아, 그만들 짖어 대라! 게 누구냐?"

내가 대답했어.

"저예요."

"저라니, 저가 누군데?"

"조지 잭슨이에요, 아저씨."

"뭔 일이냐?"

"아무 일도 아녜요, 아저씨. 그냥 지나가려던 것뿐인데 개들이 못 가게 막고 있어요."

"아니, 이 밤중에 뭣 땜에 이 근처를 얼쩡거리고 있는 게냐?"

"얼쩡거리는 게 아녜요, 아저씨. 증기선에서 떨어졌지 뭐예요."

"아, 그렇구나. 거기 누가 불 좀 켜라. 이름이 뭐랬지?"

"조지 잭슨이에요, 아저씨. 아직 어린 애예요."

“이봐, 그게 진짜라면 무서워할 거 없다. 아무도 널 해치지 않아. 하지만 꼼짝도 하지 말거라. 거기 똑바로 서 있으라구. 누가 밥이나 탐을 깨워서 총을 좀 가져오너라. 조지 잭슨, 지금 거기 너 말고 다른 사람도 있냐?”

“아뇨, 아저씨. 아무도 없어요.”

집 안에서 사람들이 이리저리 움직이는 소리가 들리고 불빛이 보였어. 그 아저씨가 소리를 지르더군.

“그 불 저리 치워. 벳시, 이 늙은 멍텅구리야. 넌 눈치도 없냐? 그걸 현관문 뒤쪽 마루에다 놓으란 말야. 밥, 준비가 되거들랑 탐이랑 같이 니들 자리를 지켜라.”

“준비 완료입니다.”

“자, 조지 잭슨, 넌 셰퍼드슨 집안을 알고 있냐?”

“아뇨, 아저씨. 들어본 적도 없는걸요.”

“응, 그럴지도 모르지. 아닐지도 모르고 말이다. 자, 준비는 다 됐다. 앞으로 나오거라, 조지 잭슨. 명심해라. 서두르지 말고 아주 천천히 나와. 만약 동행이 있다면 그놈은 뒤에다 남겨 두고 와. 그놈이 나오면 쏴 죽여 버릴 꺼다. 자, 나오너라. 천천히 말이다. 문은 니가 열어. 니 몸 하나 비집고 들어올 정도만 여는 거다. 알아들었지?”

난 서두르지 않았어. 서두르려고 해도 그럴 수 없었지. 한 번에 한 걸음씩 천천히 발걸음을 떼면서 발소리조차 내지 않았어. 단지 내 심장 박동 소리만이 들리는 것 같았지. 개들도 마치 사람처럼 조용히 입을 다문 채, 내 뒤를 약간 떨어져 졸졸 따라왔어. 통나무 세 개로 만들어진 현관 계단에 이르렀을 때, 자물쇠가 열리고 빗장이 풀리는 소리가 들렸지. 나는 문에다 손을 대고 조금씩 문을 밀었는데 말이야, 그때 누군가 말했어.

"어이, 그만! 대가리를 안으로 집어넣어 봐."

난 시키는 대로 하면서도 놈들이 내 머릴 짤라 버리는 게 아닌가 싶었지.

마루 위에는 촛불이 놓여 있었어. 약 15초쯤 거기 있는 모든 사람들이 날 쳐다봤고, 나도 그들을 쳐다봤지. 덩치 큰 남자 세 명이 나한테 총부리를 겨누고 있어서, 정말이지 움찔하고 놀랄 수밖에 없었어. 그중 제일 나이 많은 사람은 백발에 예순 살쯤 돼 보였고, 나머지 둘은 서른 살 남짓 돼 보였는데, 그 사람들 모두 멋들어지고 잘생겼더군. 그리고 더할 나위 없이 상냥해 보이는 백발의 노부인, 그 뒤로는 잘 보이진 않았지만 젊은 여자 둘이 있었어. 노신사가 말했지.

"얘야, 괜찮을 것 같구나. 들어오너라."

내가 안으로 들어서자마자, 이내 노신사는 문에 자물쇠를 채우고 빗장을 지르고는 젊은 남자들한테 총을 갖고 따라 들어오라고 했어. 그러자 그들은 모두 마루에 새 융단이 깔려 있는 널따란 응접실로 들어가서는, 앞쪽 창문에서 거리가 꽤 떨어진 한구석에 모여 섰지. 그쪽엔 창이라곤 없었어. 그들은 촛불을 치켜들고는 내 얼굴을 찬찬히 들여다보더니 말했지.

"아, 이 앤 셰퍼드슨네 사람은 아니군. 아냐. 셰퍼드슨을 닮은 구석이 전혀 없는걸."

그러고 나서 노신사가 말하길, 무기를 가졌는지 몸수색을 할 테니 기분 나쁘게 생각하지 않길 바란다, 무슨 악의가 있어서 하는 게 아니라 그저 확인차 하는 거라고 했어. 그러더니 그는 내 주머니

속까지 뒤지진 않고 그저 겉을 한번 슬쩍 만져 보더니 문제없다고 하더군. 노신사는 나한테 마음 푹 놓으라고 하면서, 자초지종을 모두 털어놓으라고 했어. 하지만 노부인이 끼어들었지.

"아니, 사울, 흠뻑 젖은 저 불쌍한 것을 좀 봐요. 배가 고플 것 같지 않아요?"

"당신 말이 맞네 그려, 레이첼. 그만 깜박 잊고 있었군."

"벳시(껌둥이 여자였다), 가능한 빨리 가서 이 아이에게 먹을 걸 좀 차려 줘. 가여운 것. 그리고 너희들 중 하나는 가서 벅을 깨워 말 좀 전해라. 옳지, 저기 벅이 오는구나. 벅, 너 말이다, 이 꼬마 손님을 데리고 가서 젖은 옷을 벗게 하고 네 옷을 좀 입히려무나."

벅은 내 또래로 보였어. 열셋이나 열네 살 정도로 보였는데, 나보단 덩치가 더 컸지. 옷이라곤 딸랑 셔츠 한 장을 걸쳤을 뿐이고, 아주 너저분한 머리를 하고 있더군. 그 앤 하품을 하면서 한 손으로는 눈을 비비고, 다른 한 손으로는 총을 질질 끌고 들어오면서 물었어.

"셰퍼드슨 놈들이 온 거 아냐?"

거기 있는 사람들은 아니라고, 그건 잘못된 경보였다고 대답했어.

"아이 씨," 벅이 말했어. *"몇 놈 나타나기만 했다면, 내가 한 놈쯤은 죽여 버렸을 텐데."*

그 말에 모두들 웃음을 터뜨렸지. 밥이 말했어.

"이봐, 벅, 하마터면 놈들이 우리 머리가죽을 죄다 벗겨 갈 뻔했어. 니가 이렇게 늦게 나타났으니까."

"아무도 날 불러 주는 사람이 없었잖아? 그건 옳지 않아. 난

늘 뒷전이라구. 솜씨를 보여 줄 기회가 없잖아."

"염려 마라, 벅. 우리 아가," 노신사가 말했지. "적절한 때에 기회는 얼마든지 있을 게다. 그러니 초조해 하지 말거라. 자, 이제 가서 엄마가 시킨 거 하렴."

이층에 있는 벅의 방에 올라갔더니, 천이 거친 셔츠랑 짧은 재킷이랑 바지를 벅이 내줘서 그것들을 입었어. 내가 옷을 입는 동안 벅은 나한테 이름이 뭐냐고 묻고는 내 대답을 기다리지도 않고 그저께 숲속에서 잡은 어치와 새끼 토끼 얘기를 하기 시작했지. 그러고 나서 나한테 물었어. 촛불이 꺼졌을 때 모세가 어디 있었는지 아냐고 말이야. 나는 모른다고 했지. 이전에 그런 얘긴 전혀 들어본 적이 없었거든.

"*자, 어디 한번 맞춰 봐.*" 벅이 말했어.

"그런 얘길 한번도 들어본 적이 없는데 맞추긴 뭘 어떻게 맞춰?" 내가 말했어.

"*하지만 추측은 해볼 수 있잖아, 안 그래? 아주 쉬워.*"

"어떤 양초인데?" 내가 물었어.

"*어떤 양초인지는 상관없어.*" 벅이 말했어.

"모세가 어디 있었는지 알 게 뭐야." 내가 말했어. "그래, 모세는 어디 있었는데?"

"*당연히 '어둠' 속이지! 모세는 바로 거기 있었다구.*"

"그 사람이 어디 있었는지 그렇게 잘 알면서 왜 나한테 물은 거냐?"

"*젠장, 이건 수수께끼라는 거야, 걸 몰라? 어쨌든 넌 언제까지 여기 있을 작정이냐? 넌 여기 계속 있어야 해. 우린 끝내주는 시간을*

보내게 될 꺼니까. 이제 곧 학교 섭도 끝나걸랑. 너 개 있어? 난 한 마리 있어. 이놈은 말야, 나무 토막을 강에다 던지면 막 가서 물어 와. 넌 주일에 빗질을 한다는 둥, 뭐 그런 바보짓을 좋아하냐? 난 딱 질색이야. 하지만 울 엄마가 시키지. 망할, 이 헌 반바지 말야, 입는 게 좋기야 하겠지만, 입기 싫어 죽겠어. 입으면 덥거든. 자, 준비 됐냐? 좋아. 가자, 칭구야."

차가운 옥수수 빵이랑 차가운 콘비프랑 버터랑 버터밀크. 사람들이 날 위해 아래층에 차려놓은 것들인데, 여태 그보다 더 맛난 건 먹어 본 기억이 없어. 벅도, 벅의 엄마도, 모두들 옥수수 속대로 만든 파이프로 담배를 피우고 있었지. 어디로 가 버린 껌둥이 하녀랑 젊은 두 여자를 빼곤 말이야. 모두 담배를 피우며 얘기를 나눴고, 난 먹으면서 얘기를 나눴어. 젊은 여자들은 머리칼을 등 아래로 늘어뜨린 채, 누비이불을 몸에 두르고 있었지. 모두 나한테 이것저것 꼬치꼬치 캐묻길래, 이렇게 대답했어. 나는 식구들과 함께 아칸소 남쪽에 있는 쪼그마한 농장에서 살고 있었다. 누나 메리 앤이 가출해 결혼을 한 이후로 소식이 없어서, 빌이 누나 부부를 잡으러 갔는데 빌도 소식이 끊기고 말았다. 그러고는 톰이랑 모트가 세상을 떠났고, 나랑 아빠 이렇게 둘만 남게 됐다. 아빠는 고생을 많이 한 나머지 삐쩍 꼴았고, 결국 아빠마저 세상을 떠나고 말았다. 농장은 우리 것이 아니었기에, 나는 남은 물건들을 챙겨 삼등칸을 타고 강을 따라 올라오게 된 것인데, 그만 강에 빠지고 말아 여기 이렇게 오게 된 거다. 이렇게 대답했지. 그러자 그 사람들은 내가 있고 싶을 때까지 얼마든지 그 집에 있어도 좋다고 했어. 그러는 동안 새벽이 다 돼서 모두 잠자리에 들었고, 나는 벅이랑 잠자리에 들었지. 아침이 되어 눈을 떴는데, 이런 젠장……. 글쎄, 내 이름을 까먹고 말았지 뭐야. 그래서 한 시간쯤 드러누운 채로 내 이름을 생각해 내려 하고 있는데, 그때 벅이 눈을 떴길래 이렇게 물었어.

"벅, 너 철자법 아니?"

"*그럼, 알구 말구.*" 벅이 대답했어.

"하지만 내 이름은 못 쓸걸." 내가 말했어.

"*어디, 쓸지 못 쓸지 내기 할래?*" 벅이 말했어.

"좋아," 내가 말했어. "어디 해 봐."

"*ㅈ-ㅗ-ㅈ-ㅣ-ㅈ-ㅐ-ㄱ-ㅅ-ㅡ-ㄴ. 자, 어때?*" 벅이 말했어.

"그래," 내가 말했어. "잘하네. 못할 줄 알았는데. 내 이름은 철자법을 모르고는 그저 아무렇게나 쓸 수 있는 그런 이름이 아니니까."

난 몰래 그걸 적어 뒀어. 왜냐면 다음에 누가 나한테 이름 철자를 대 보라고 할지도 모를 일이고, 그땐 내가 그 이름에 익숙한 듯이 능숙하게 줄줄 말하고 싶었기 때문이지.

참으로 훌륭한 집안이었고 집 또한 아주 근사했어. 여태 시골에서 그만큼 훌륭하고 품위 있는 집을 본 적이 없었지. 현관문에는 쇠 걸쇠도, 사슴가죽 끈이 달린 나무 걸쇠도 없었고, 도시에 있는 집들처럼 놋쇠 손잡이가 있어서 그걸 돌리게 돼 있었어. 하지만 객실에는 침대는커녕 침대 그림자도 안 보였지. 도시에 있는 집의 경우에는 침대가 있는 객실이 널리고 널렸는데 말이야. 커다란 벽난로의 바닥에는 벽돌이 깔려 있었고, 그 벽돌은 물을 부어 다른 벽돌로 문질러 놓아 늘 깨끗하고 새빨갛게 유지되고 있었어. 때로는 도시에서 하는 것처럼, 스페니쉬-브라운이라고 불리는 빨간색 물감으로 덧

칠을 할 때도 있었지. 커다란 놋쇠 장작받침쇠는 제재용 통나무까지 넣을 수 있을 정도였어. 벽난로 앞장식 한가운데에는 시계가 놓여 있었는데, 그 시계의 정면 유리 아래쪽에는 어느 도시의 그림이 그려져 있었고, 그 한가운데 둥근 곳에는 태양이 그려져 있었으며, 그 뒤로는 시계추가 흔들리는 게 보였지. 그 시계가 똑딱거리는 소리는 아름다웠어. 가끔 행상인이 와서 시계를 문질러 닦아 윤을 내고 태엽을 조절해 놓으면, 그 시계는 태엽이 모두 풀릴 때까지 백 오십 번이나 종을 쳐 댔지. 그 사람들은 아무리 값을 많이 쳐준다고 해도 그 시계를 팔려고 하지 않았어.

시계 양쪽으로는 이국적인 커다란 앵무새가 놓여 있었어. 백악 같은 걸로 만들어진 건데, 화려한 색이 칠해져 있었지. 한 앵무새 옆에는 도자기로 만들어진 고양이가 놓여 있었고, 다른 앵무새 옆에는 도자기로 만들어진 개가 놓여 있었어. 그것들을 꾹 누르면 찍찍 하고 소리를 냈는데, 입을 여는 것도 아니고, 표정을 바꾸는 것도 아니고, 재밌어 하는 기색을 보이지도 않았지. 그 찍찍하는 소리는 안쪽에서부터 흘러나왔거든. 그 뒤로는 야생 칠면조 날개로 만든 커다란 부채가 한 쌍 펼쳐져 있었어. 방 한가운데에 있는 테이블 위에는 멋진 도자기로 만들어진 바구니 같은 게 놓여 있었는데, 거기에는 사과랑 오렌지랑 복숭아랑 포도가 수북이 담겨 있었지. 그것들은 진짜 과일보다 훨씬 더 빨갛고 노랗고 예뻤지만 가짜였어. 색이 벗겨진 부분으로 석고 같은 게 드러나 보였기 때문에 알 수 있었지.

그 테이블에는 예쁜 기름천으로 만들어진 식탁보가 덮여 있었는데, 거기엔 빨간색과 파란색 날개를 편 독수리가 그려져 있었고, 가장자리에도 빙 둘러 그림이 그려져 있었어. 그건 저 멀리 필라델피아에서 건너왔다고 하더군. 테이블 양쪽 끝으로는 책 몇 권이 아주 단정하게 포개져 놓여 있었어. 삽화가 잔뜩 들어가 있는 커다란 가정용 성경이 있었지. 《천로역정》도 있었어. 그건 집 나간 남자에 대한 얘기였는데, 왜 집을 나갔는지는 쓰여 있지 않았지. 나는 그 책을 꽤 자주 읽었어. 얘기는 흥미로웠지만 읽기 어렵더군. 《우정의 선물》도 있었는데, 그 책에는 아름다운 문구와 시가 잔뜩 들어 있었지만 난 시는 읽지 않았어. 《헨리 클레이 연설집》도 있었지. 《건 박사의 가정의학 백과사전》도 있었는데, 그 책에는 누가 아프거나 죽거나 했을 때 어떻게 해야 하는지가 잔뜩 쓰여 있었어. 찬송가 모음집도 한 권 있었고, 그 밖에 다른 책들도 많았지. 푹신푹신하고 멋진 등의자가 몇 개 놓여 있었는데, 한가운데가 낡은 바구니처럼 움푹 들어가 갈라진 그런 의자는 아니었어.

벽에는 그림들이 걸려 있었어. 주로 워싱턴과 라파예트 그림, 전쟁 그림, 하일랜드 메리 그림 같은 것들이었고, 〈독립선언서에 서명하다〉라는 제목의 그림도 있었지. 크레용화도 몇 점 있었는데, 그건 세상을 떠난 그 집 딸이 불과 열다섯 살 때 그린 자화상이었어. 그건 내가 여태 봐 온 그 어떤 그림과도 달랐지. 보통 그림보다는 대체로 색이 더 어두웠어. 그중 하나는 날씬한 검은 드레스를 입은 여자 그림이었지. 그녀는 겨드랑이 아래를 허리띠로 졸라맨 채였고, 소매 한 가운데는 양배추 모양으로 부풀어 올라 있었으며, 검은 베일이 달린 커다랗고 검은 삽 모양의 보닛을 쓰고, 검은 띠가 감긴 하얗고 가냘픈 발목에, 끌처럼 아주 작은 검은 슬리퍼를 신은 모습이었어. 그녀는 수양버들 아래서 수심에 잠긴 채로 오른쪽 팔꿈치를 묘석 위에다 괴고 있었고, 옆구리에 축 늘어져 있는 왼쪽 손에 흰 손수

건과 지갑을 들고 있는 모습이었지. 그리고 그 그림 밑에는 "슬프도다. 그대를 다신 볼 수 없으리."라고 쓰여 있었어. 또 다른 그림에는 머리카락을 위로 말끔히 빗어 올려서 의자 등받이처럼 생긴 빗을 꽂아 매듭을 튼 젊은 귀부인이 그려져 있었는데, 그녀는 손수건에다 얼굴을 대고 울고 있었고, 한쪽 손에는 죽은 새가 발을 위로 치켜든 채 나자빠져 있는 모습이었지. 그리고 그 그림 밑에는 "슬프도다. 그대의 달콤한 노랫소리를 다시는 들을 수 없으리."라고 쓰여 있었어. 창가에서 달을 올려다보고 있는 젊은 귀부인의 그림도 있었지. 눈물이 두 뺨을 타고 흘러내리고 있었고, 한 손에는 가장자리에 까만 밀랍 자국이 보이는 밀봉을 뜯은 편지 한 장을 들고 있었으며, 쇠줄이 달린 목걸이를 입에 물고 있는 모습이었어. 그리고 그 그림 밑에는 "슬프도다. 그대는 가버렸는가. 그렇다. 그대는 가버렸도다."라고 쓰여 있었지.

그 그림들은 하나같이 근사한 그림이라는 생각이 들었지만, 어쩐지 마음에 들진 않았어. 왜냐면 기분이 좀 착잡할 때 그런 그림들을 보면 마음이 어수선해지기 때문이지. 그 소녀는 그런 그림을 얼마든지 더 그려 낼 작정이었기에, 모두가 그녀의 죽음을 슬퍼했어. 그녀가 그린 그림만 보더라도 그들이 얼마나 소중한 사람을 잃었는지를 짐작할 수 있을 거야. 하지만 그녀의 기질을 생각하면 차라리 묘지 안에 있는 편이 더 낫지 않을까, 하는 생각이 들었어. 그녀가 아프기 시작한 건, 사람들이 이거야말로 그녀의 최대 걸작이라고 부른 그림을 그리고 있을 때였대. 그녀는 그림을 끝마칠 때까지 삶을 허락해 달라고 밤낮으로 기도했지만 말이야, 끝내 그 기회는 주어지지 않았다는군. 그건 희고 긴 까운을 입은 젊은 여자가 당장이라도 뛰어내리려는 듯이 다리 난간에 서 있는 그림으로, 그녀의 머리카락은 온통 등 위로 흘러내린 채였고, 눈물이 흐르는 얼굴로 달을 올려다보고 있는 모습이었지. 두 팔은 가슴 위로 포개진 채였고, 다른 두 팔은 앞으로 쭉 뻗어 있었으며, 또 다른 두 팔은 달을 향해 뻗어 있었어. 어느 팔이 제일 근사하게 보이는지 살펴본 뒤에, 다른 팔들은 모두 지울 작정이었대. 하지만 쫌 전에 얘기한 것처럼, 결심을 하기도 전에 그녀는 세상을 뜨고 만 거야. 이제 집안 식구들은 그 그림을 소녀의 방 침대 머리맡에 두고, 해마다 그녀의 생일이 돌아오면 그림에 헌화를 한대. 그 외에는 늘 쪼그마한 커튼으로 가려져 있었어. 그림 속 젊은 여자는 친절하고 상냥한 얼굴을 하고 있었는데, 팔이 너무 많아서 마치 거미 다리 같아 보이더군.

그 소녀는 생전에 스크랩북을 만들었는데, '장로교 신문'에서 사망 기사, 사고 기사, 질병으로 고통받고 있는 환자들의 기사들을 오려내서 붙여 놨대. 그리고 기사 뒤에는 자작시를 써두곤 했대. 그건 아주 훌륭한 시였어. 스티븐 다울링 보츠라는 이름의, 우물에 빠져 익사한 소년에 대한 시였지.

고인이 된 스티븐 다울링 보츠에게 부치는 송시

어린 스티븐은 아파서
세상을 떠났던가?
그래서 상심이 컸던
조문객들이 울부짖었던가?

아니야. 그건 나이 어린 스티븐 다울링 보츠의
운명이 아니야.
그를 둘러싼 슬픈 마음은 두터웠어도,
질병의 습격은 아니었지.

백일해가 그의 몸을 괴롭힌 것도 아니었고,
음울한 홍역의 흔적도 아니었네.
이들이 스티븐 다울링 보츠의
고귀한 이름을 더럽힌 건 아니었지.

그를 욕보인 사랑 그놈도
그의 곱슬머리를 비통함으로 내려치지 않았고,
그 어린 스티븐 다울링 보츠를
쓰러뜨린 건 위장병도 아니었지.

오, 아니야. 눈물 그렁그렁한 눈으로 들을지어다.
내가 얘기하는 그의 운명을.
그의 영혼은 우물에 빠져
이 차디찬 세상을 떠났네.

우물에서 건져 내어 물을 토하게 했지만
슬프도다. 때는 이미 늦었나니.
그의 영혼은 드높은 곳으로 올라갔다네.
선하고 훌륭한 사람들이 사는 그곳으로 말이야.

열네 살도 채 안 된 에멀라인 그레인저포드가 이런 시를 쓰다니, 그녀의 잠재력이 어디까지인지 누가 예측이나 할 수 있겠어. 벅이 말하길, 그녀는 시를 마치 아무것도 아닌 것 마냥 줄줄 써내려갔다는 거야. 잠시 멈춰서 생각해 보고 자시고 할 필요가 없단 거였어. 단숨에 한 줄을 쓰고 나서, 그것에 운이 맞는 시구가 머리에 떠오르지 않으면 지워 버리고는, 단숨에 다른 한 줄을 써내려가곤 했대. 에멀라인은 시의 소재에 대해선 특별히 까다롭지 않아서, 그저 슬프기만 하면 뭐든지 시로 쓸 수 있었대. 남자건 여자건 애건 할 것 없이 누군가 죽기만 하면 그녀는 시체가 식기도 전에 '헌사'를 지어서는 그 집에 갔다는 거야. 에멀라인은 그걸 '헌사'라고 불렀대. 오죽하면 마을 사람들 입에서는 첫째가 의사요, 둘째가 에멀라인, 셋째가 장의사라는 말이 나올 정도였다는군. 장의사가 에멀라인보다 먼저 간 일이 전혀 없다가, 딱 한 번 그런 일이 있었대. 그때는 휘슬러라는 사람이 죽었을 때인데, 그 이름에 꼭 맞는 운이 머리에 떠오르지 않아 진척이 없어서 그랬다는 거야. 그 뒤로 그녀는 예전 같지 않았대. 결코 불평하는 법은 없었지만, 자꾸만 여위어가더니 그 뒤로 얼마 살지 못했다는군. 불쌍한 에멀라인. 그녀의 그림을 보다 보면 기분이 언짢아지거나 약간 뚱해질 때가 있었어. 그럴 때면 나는 곧잘 에멀라인의 방으로 올라가, 그녀의 낡은 스크랩북을 꺼내 읽곤 했지. 나는 죽은 에멀라인을 비롯해 그 집안 식구 모두가 마음에 들었고, 그래서 우리들 사이에 그 어떤 것도 끼어들지 않았으면 했어. 불쌍한 에멀라인은 살았을 적에 죽은 이들을 위해 시를 지어 주었건만, 그녀가 세상을 떠나고 난 지금 아무도 그녀를 위해 시를 지어 주지 않는다는 건 옳지 않다는 생각이 들었지. 나는 손수 한두 구절 지어 보려고 애썼지만, 어쩐지 잘 해낼 수 있을 것 같지 않았어. 집안 식구들은 에멀라인의 방을 깨끗하고 단정하게 유지한 채, 모든 걸 그녀가 생전에 좋아했던 모습으로 해놓고는 아무도 그 방에서 잠을 자지 않았지. 껌둥이 하인이 몇이나 있는데도 노부인은 손수 그 방을 정리하고, 대개는 거기서 바느질을 하거나 성경을 읽기도 했어.

아까 얘기한 객실에는 말이야, 창에 아름다운 커튼이 걸려 있었어. 흰 바탕 커튼에 벽이 온통 덩굴로 덮인 성과 물을 마시러 오는 소 떼가 그려져 있었지. 조그마한 낡은 피아노도 있었는데 말이야, 거기에선 꼭 양철 소리가 날 것만 같았어. 젊은 귀부인들이 〈최후의 고리는 끊어지고 말았네〉를 노래하거나, 피아노로 〈프라하 전투〉를 연주하는 걸 듣는 것만큼 아름다운 건 없을 거야. 방들의 벽에는 모두 회반죽이 발라져 있었고, 마루에는 대부분 카펫이 깔려 있었으며, 집 외벽은 전체가 하얗게 칠해져 있었어.

그 집은 두 채가 나란히 붙은 모양이었는데, 크고 넓은 공동 공간에는 지붕이 있고 마루가 깔려 있어서, 때론 한낮에 그곳에 식탁을 차렸어. 시원하고 안락한 장소였지. 그보다 더 좋은 장소가 있을까 싶었어. 음식도 진짜 맛있었고 양도 넉넉했지.

18장

그랜저포드 대령은 신사였어. 어느 모로 보나 신사였는데 말이야, 그건 집안 식구들 모두 마찬가지였지. 대령은 흔히 말하듯 좋은 집안 출신이었는데, 더글라스 과부 아줌마의 말에 따르면 그건 말의 경우와 마찬가지로 사람한테도 아주 중요한 거래. 그리고 더글러스 과부 아줌마야말로 우리 마을에서 제일가는 귀족 가문 출신이란 건 누구 하나 부정하지 않았지. 신분으로 따지면 메기만도 못한 게 우리 아빠였는데 말이야, 그런 아빠마저도 늘 그렇게 말하곤 했어. 그랜저포드 대령은 키가 아주 크고 체격도 호리호리했는데, 얼굴색은 핏기라곤 조금도 찾아볼 수 없을 만큼 어둡고 창백했지. 그는 매일 아침 그 홀쭉한 얼굴에 말끔하게 면도질을 해 댔어. 입술은 더할 나위 없이 얇고, 높은 콧대에 콧구멍은 아주 작았지. 숯덩이 같은 눈썹에 까만 눈은 아주 깊이 쑥 들어가 있어서, 마치 동굴 안에서 누군가를 쳐다보는 것 같았어. 이마는 높고, 새카만 머리칼[6]은 어깨까지 곧게 흘러내려 있었지. 손은 가늘고 길었으며, 평생 매일

같이 깨끗한 셔츠를 입었는데, 머리부터 발끝까지 격식을 갖춰 입은 리넨 정장은 눈이 부실 정도로 새하얬어. 그리고 일요일이면 놋쇠 단추가 달린 푸른색 연미복을 입었지. 대령은 은제 손잡이가 달린 마호가니 지팡이를 짚고 다녔는데, 경박한 데라곤 찾아볼 수 없었고, 큰 소리조차 내는 법이 없었어. 더할 나위 없는 친절함이 피부로 느껴질 정도였고, 그게 사람들한테 신뢰감을 줬지. 이따금씩 짓는 미소는 보기에도 좋았어. 하지만 대령이 국기 게양대처럼 몸을 꼿꼿이 하고는 눈에서 번갯불을 번뜩이기 시작하면 말이야, 누구든 뭐가 문제인지는 나중에 따지기로 하고 일단 나무 위로 꽁무니를 빼고 싶을 정도였지. 대령은 남들한테 행동거지를 주의하라고 말할 필요가 없었는데, 그건 늘 그가 있는 데서는 누구나 예의범절을 깍듯하게 지켰기 때문이야. 모두가 대령 옆에 있는 걸 좋아했어. 그는 햇살 같은 존재였지. 대령만 있으면 날씨가 환해지는 거 같았으니 말이야. 근데 그의 얼굴에 먹구름이 끼기 시작하면 한 30초 동안은 무서우리만치 어두워졌지만, 그걸로 충분했어. 그로부터 한 일주일 동안은 모든 일이 문제없이 잘 돌아갔으니 말이야.

아침에 대령과 노부인이 이층에서 내려오면 집안 식구들은 모두 자리에서 일어나 두 사람한테 아침 인사를 건넸고, 둘 다 자리에 앉을 때까지 그대로 서 있었어. 그런 다음 밥과 탐은 디캔터가 있는 탁자로 가서 독한 술을 타서는 그걸 대령한테 건네줬지. 대령은 유리잔을 손에 든 채로 탐과 밥의 술이 준비될 때까지 기다렸어. 밥과

6 바로 앞장인 18장에서 작가 트웨인은 그렌저포드 대령을 "백발에 예순 살쯤"으로 묘사하고 있는데, 여기서는 "새카만 머리칼"로 묘사하고 있다. 이 부분은 트웨인의 실수라고 볼 수 있다.

탐이 고개를 숙이며 "*아버님, 어머님께 저희 의무를 다하겠습니다.*" 하면, 대령 부부는 살짝 머리를 숙이고는 "*고맙다.*"하고 대답했지. 그러고는 셋이서 술잔을 비웠어. 밥과 탐은 술잔 안에 설탕을 넣고 물을 한 스푼 넣고는, 위스키인지 애플 브랜디인지를 약간 따라서 벅과 나한테 건넸지. 우리도 노부부의 건강을 위해 한잔 했어.

밥이 만형이었고, 탐이 둘째였어. 큰 키에 딱 벌어진 어깨, 구릿빛 피부에 검고 긴 머리칼과 까만 눈을 가진 미남들이었지. 그들도 대령처럼 머리부터 발끝까지 격식을 갖춘 하얀 리넨 정장을 입고 있었고, 차양이 넓은 파나마모자를 쓰고 있었어. 스물다섯 살인 미스 샬롯은 키가 크고 우아하며 자부심이 강해 보였지. 그녀는 보통 때는 더할 나위 없이 착했지만 말이야, 화가 나면 자기 아빠처럼 상대방을 꼼짝도 못하게 할 만큼 무서운 표정을 지었어. 그럼에도 샬롯은 미인이었지.

샬롯의 동생인 미스 소피아도 미인이었지만, 샬롯과는 다른 분위기의 미인이었어. 소피아는 비둘기처럼 온화하고 부드러운 성품을 지녔으며, 이제 갓 스무 살이 됐지.

집안 식구 모두 각자에게 시중들 전용 껌둥이를 하나씩 부리고 있었는데, 벅도 예외는 아니었어. 내 시중을 드는 껌둥이는 엄청 편했지. 나는 누구한테든 뭘 시키는 데 익숙하지 않았기 때문이야. 그에 비해 벅의 껌둥이는 늘 바쁘게 뛰어다녀야 했어.

당시에는 그들이 그 집 식구들의 전부였지만, 전에는 더 있었대. 총에 맞아 죽은 아들 셋이랑, 고인이 된 에멀라인이지.

대령은 많은 농장이랑 백 명이 넘는 껌둥이를 소유하고 있었어. 이따금씩 10~15마일쯤 떨어진 곳에서 한 무리의 사람들이 말을 타고 와서는 5~6일씩 묵으며 근처 강가에서 흥겹게 떠들어 댔지. 그들은 낮에는 숲속에서 춤을 추며 야유회를 벌였고, 밤에는 집에서 연회를 열었어. 그들은 대부분 일가친척이었지. 남자들은 총을 갖고 왔어. 그들은 말하자면 멋진 상류층 사람들이었지.

그 근처에는 또 다른 귀족 가문이 있었는데, 대여섯 가구 정도였고 이름은 셰퍼드슨 가문이었어. 그들도 그랜저포드 가문 못지않게 좋은 가문인데, 고상하고 부유하며 우아한 사람들이었어. 셰퍼드슨 가문은 그 집에서 2마일쯤 상류에 있는 증기선 선착장을 그랜저포드 가문이랑 같이 이용하고 있었기에, 이따금씩 그 집 식구들과 함께 그곳에 갈 때면 멋진 말을 탄 셰퍼드슨 가문 사람들을 보곤 했지.

어느 날 나는 벅이랑 사냥을 하러 숲속 깊숙이 들어갔다가 말 한 마리가 달려오는 소리를 들었어. 그때 우린 한참 길을 건너던 참이었는데, 벅이 소리쳤지.

"빨랑 숲속으로 숨어!"

우린 숲속으로 뛰어 들어가 나뭇잎 사이로 저편을 내다봤어. 이내 한 멋진 청년이 길을 따라 전속력으로 말을 타고 오더군. 유유히 말 잔등 위에 올라앉아 있는 모습이 마치 군인 같았어. 총이 말 안장가리개에 걸려 있더군. 가만 보니 전에 본 적이 있는 청년이었는데, 그건 젊은 하니 셰퍼드슨이었어. 그때 벅의 총이 내 귓전에서 발사됐고, 하니의 모자가 머리에서 떨어졌지. 하니는 총을 움켜쥐더니 우리가 숨어 있는 곳을 향해 한달음에 쫓아오지 뭐야. 우리는 곧장 숲속으로 도망쳤어. 나무가 울창한 숲이 아니었기에 나는 총알을 피하려고 뒤를 돌아다봤는데 말이야, 글쎄, 하니가 총으로 벅을 두 번씩이나 겨누는 게 보이더군. 하니는 결국 오던 길을 되돌아갔어. 보진 못했지만 아마 모자를 집어 들고 간 거 같았어. 우린 집에 다다를 때까지 멈추지 않고 뛰었지. 대령의 눈이 순간 번뜩이더군. 아마 기뻐서 그랬을 거야. 그러고는 다시 표정이 진정되더니 부드럽게 말하더군.

"덤불 뒤에 숨어서 총을 쏘는 건 옳지 않아. 왜 길로 나서지 않았니, 얘야?"

"셰퍼드슨 놈들이 그렇게 안 하니까요, 아부지. 그놈들은 늘 기회만 엿보는걸요."

벅이 얘기를 하는 동안 샬롯은 여왕처럼 고개를 쳐들고는 콧구멍을 벌름거리며 눈을 반짝거리고 있었어. 젊은 두 아들은 못마땅한 표정을 짓고 있었지만 아무런 말도 하지 않았지. 소피아는 안색이 창백해졌다가, 하니가 다치지 않았다는 소식에 안색을 되찾았어.

조금 뒤, 나는 나무 아래의 옥수수 저장고 옆으로 벅을 데리고 가서 그 애한테 물었어.

"너 그 사람을 죽일 작정이었어, 벅?"

"그럼, 그렇구 말구."

"그 사람이 너한테 뭔 짓을 했길래 그래?"

"그놈 말야? 그놈이 나한테 한 짓은 암껏도 없어."

"근데 뭣 땜에 죽이려고 했어?"

"암껏도 아냐. 그저 원한이 있어서지."

"원한이 뭔 뜻인데?"

"뭐? 넌 대체 어디서 온 애냐? 원한이 뭔 뜻인지도 몰라?"

"들은 적이 없으니까 그렇지. 그게 뭔지 알려줘."

"그래," 벅이 말했어. *"원한이란 건 말이지, 어떤 사람이 다른 사람이랑 다투다가 그 사람을 죽여 버렸다 치자. 그럼 그 죽은 사람의 형이 보복을 하겠지. 그럼 양쪽 형제들이 서로 덤벼들 게 아니겠어. 그럼 이번엔 사촌들이 껴들겠지. 이렇게 해서 모두 죽어 나가면 원한은 사라지는 거야. 하지만 꽤 오랜 세월이 걸리지."*

"그럼 이 원한도 오래된 거야, 벅?"

"응, 그런 거 같아! 30년 전쯤 시작됐다는데, 뭔 문제가 있었나 봐. 그러다가 소송이 붙었고 말야. 소송에서 진 쪽이 이긴 쪽을 총으로 싹 죽여 버렸대. 당연한 거지 뭐. 누구라도 그렇게 했겠지."

"그 문제가 뭐였는데, 벅? 땅 문제였어?"

"아마 그럴 거야……. 난 잘 몰라."

"그럼 먼저 쏜 쪽은 누구네야? 그랜저포드네야, 아님 셰퍼드슨네야?"

"젠장, 그걸 내가 어떻게 알아? 오래전 일이란 말야."

"누구 아는 사람은 없어?"

"그야 있지. 아부진 아실 꺼야. 그리고 나이 드신 분들 몇 분 정도. 하지만 그분들도 이젠 첨에 뭣 땜에 시작됐는지는 모르셔."

"죽은 사람이 많았어, 벅?"

"응, 장례식이 진짜 많았지. 하지만 늘 사람이 죽었던 건 아냐. 아부지도 몸에 산탄이 몇 알 박혀 있지. 하지만 신경도 안 쓰셔. 원체 몸이 가벼운 분이라서. 밥은 칼로 몇 군데 찔렸었고, 탐도 한두 번은 다쳤었지."

"올해도 죽은 사람이 있어?"

"응, 우리 쪽 한 명하고, 그 쪽 한 명. 석 달 전쯤에 열네 살 되

는 내 사촌 버드가 강 건너 숲속에서, 글쎄, 총도 없이 말을 탔지 뭐야. 그건 완전 바보짓이었어. 한적한 곳에 다다랐을 때 뒤에서 쫓아오는 말발굽 소리가 들리길래 돌아보니, 발디 셰퍼드슨 노인이 백발을 휘날리면서 손에 총을 들고 쫓아오더래. 그럼 얼른 말에서 뛰어내려 덤불 속으로 기어 들어가야 하는데, 버드 녀석은 노인을 따돌릴 수 있다고 생각하고는 그냥 말을 몰았다는 거야. 둘은 그렇게 5마일 가량을 달렸대. 그 노인네가 거의 다 따라붙었을 때, 버드는 이제 틀렸다 생각하고는 말의 방향을 돌려세웠다는군. 이왕 총에 맞을꺼면 정면으로 맞겠다 이거였지. 결국 그 노인네는 말을 몰고 와서 버드를 쏴 죽였어. 하지만 그 노인네도 자기 목숨을 오래 누리지 못했지. 왜냐면 채 일주일도 안 돼서 우리 가문 사람들이 그 노인네를 쏴 죽여 버렸으니 말야."

"듣고 보니 그 노인네는 되게 겁쟁이였을 같은데, 벅"

"겁쟁이 아냐. 절때루 아니지. 셰퍼드슨 가문에 겁쟁이는 없어. 한 사람도 없지. 그건 그랜저포드 가문도 마찬가지구. 이봐, 그 노인네는 말야, 어느 날 그랜저포드 가문 사람들 세 사람을 상대로 싸운 적이 있는데, 30분 동안이나 버텨 낸 끝에 결국 승자가 된 사람이야. 그들은 모두 말을 타고 있었는데 말야, 그 노인네는 말에서 뛰어내려 쪼그만 장작더미 뒤에 몸을 숨기고는 말을 앞에 세워 놓고 총알받이로 쓴 거야. 근데 그랜저포드 가문 사람들은 말에 올라탄 채 그 노인네 주위를 신나게 뛰어다니며 총을 쏴 댔지. 그 노인네도 그들을 상대로 응수했고 말야. 그 노인네랑 말은 피를 흘리며 절뚝거리면서 집에 돌아간 반면, 그랜저포드 가문 사람들은 집에 실려 오는 신세가 되고 말았지. 한 사람은 죽었고, 또 한 사람은 다음 날 죽었

어. 셰퍼드슨 가문 주변을 서성대며 겁쟁일 찾으려고 하는 건 소용없다구. 그놈들은 애초에 그런 종자는 안 키우거든."

다음 일요일에 집안 식구 모두 말을 타고 3마일쯤 떨어진 교회에 갔어. 벅을 비롯해 남자들은 모두 총을 챙겨 가서는 무릎 사이에 끼워 놓거나 가까운 벽에다 기대 놨지. 셰퍼드슨네 사람들도 마찬가지였어. 설교는 꽤 지루했지. 온통 형재애니 뭐니 하는 지루하고 흔한 내용뿐이었으니 말이야. 하지만 모두들 훌륭한 설교였다고 하면서 집에 돌아오는 길에도 그 얘기뿐이었어. 그들은 신앙이니 선행이니 자비로운 은총이니 예정이니 뭐니 하면서 떠들어 댔는데, 나는 당최 뭔 말인지 알 길이 없었지. 하여간 여태껏 그렇게 힘든 일요일은 처음이었던 같아.

저녁 식사 후 약 한 시간쯤 집안 식구들은 모두 여기저기서 꾸벅꾸벅 졸았는데, 어떤 사람은 의자에서, 또 어떤 사람은 자기 방에서 졸았어. 꽤 지루한 시간이었지. 벅은 개와 함께 햇살이 내리쬐는 풀밭에서 사지를 쭉 뻗고 곤히 잠이 들었어. 나도 한숨 자 볼까, 하고 방으로 올라갔지. 근데 옆방의 상냥한 소피아가 자기 방 문 앞에 서 있더군. 그녀는 날 자기 방으로 데리고 들어가더니 문을 가만히 닫고는 자길 좋아하냐고 물었어. 내가 그렇다고 대답하자 소피아는 자기 부탁을 좀 들어줄 수 있는지, 그리고 남들에겐 비밀로 해 줄 수 있는지 묻더군. 난 그러겠다고 했지. 그러자 소피아는 성경책을 챙기는 걸 잊어버렸다고, 교회 의자 위 다른 두 권의 책 사이에 놔두고 왔으니 조용히 가서 그걸 좀 가져다 달라고 하더군. 그러고는 아무한테도 말하면 안 된다고 거듭 당부했어. 나는 그러겠다고 하고는 몰래 집을 빠져나가 길을 나섰지. 교회는 문도 잠겨 있지 않았는데,

돼지 한두 마리 빼고는 아무도 없었어. 돼지들은 여름에 교회 나무 바닥을 좋아했는데, 시원하기 때문이지. 생각해 보면 대체로 사람들은 꼭 가야 할 때만 교회에 가지만 돼지는 그렇지 않아. 나는 뭔가 이상하다는 생각이 들었어. 젊은 여자가 성경책 때문에 저렇게까지 조바심을 내는 게 자연스러워 보이지 않았기 때문이지. 그래서 나는 성경책을 흔들어 봤어. 그러자 연필로 '두 시 반'이라고 쓴 조그만 쪽지 한 장이 떨어지는 거였어. 나는 성경책을 샅샅이 찾아봤지만, 그 밖에 다른 건 찾을 수 없었지. 그 쪽지가 뭔지 당최 알 수 없었기에, 그걸 도로 성경책 안에다 집어넣었어. 집으로 돌아와 이층에 올라가자, 소피아가 자기 방문 앞에서 날 기다리고 있더군. 그녀는 날 방 안으로 밀어 넣더니 문을 닫고는 성경책을 뒤져 그 쪽지를 찾아냈어. 그걸 읽자마자 소피아의 얼굴엔 화색이 돌았고, 이렇다 저렇다 생각할 겨를도 없이 날 꼬옥 껴안고는, 날더러 이 세상에서 제일로 착한 애라며 이 얘길 아무한테도 하면 안 된다고 거듭 당부했지. 그녀의 얼굴엔 잠시 홍조가 떠올랐고 눈은 반짝반짝 빛났는데 말이야, 그 모습이 참으로 예뻤어. 난 숨이 막힐 지경이었지만 호흡을 고른 뒤 소피아한테 그 쪽지에 뭐가 적혀 있는지 물어봤지. 그러자 그녀가 나한테 그 쪽지를 읽었는지 되물었고, 난 읽지 않았다고 대답했어. 소피아는 다시 나더러 글을 읽을 줄 아냐고 물었고, 나는 "아뇨. 인쇄체만 읽을 수 있어요."라고 대답했지. 그녀는 그 쪽지가 읽던 곳을 책에 표시해 두는 책갈피라고 하면서, 나더러 이제 그만 나가 놀라고 하더군.

나는 그 일에 대해 곰곰이 생각하면서 강 하류 쪽으로 걸어갔어. 근데 조금 뒤 내 시중을 드는 껌둥이가 날 졸졸 따라오는 걸 알아챘지. 집이 보이지 않는 곳에 이르자 그는 잠깐 뒤를 돌아다보고 주위를 살피더니 나한테 냅다 뛰어와 말하더군.

"조지 도련님, 저기 늪찌대로 가심 재가 물뱀이 득씰대는 걸 보여 드릴깨요."

나는 참 요상한 일이라고 생각했어. 그는 어저께도 그런 말을 했거든. 물뱀을 사냥하러 갈 만큼 좋아하는 사람은 없다는 거 정도는 알 텐데 말이야. 대체 무슨 꿍꿍이로 이러는 걸까?

"좋아, 그럼 앞장서 봐."

반마일쯤 따라갔더니 늪지가 나왔고, 발목 깊이의 늪지를 헤치며 다시 반마일쯤 걸어갔어. 그러자 나무랑 덤불이랑 덩굴이 우거진 쪼그마한 마른 평지가 나오더군.

"조지 도련님, 저 안으로 몇빨짝만 더 들어가 보새요. 거기 이써요. 난 전애도 바쓰니깐 이재 더 안 바도 돼요."

그러더니 그는 늪지대를 철벅철벅 걸어가서는 이내 나무들 사이로 사라져 버렸어. 안으로 더 들어갔더니 온통 덩굴로 덮여 있는 침실만 한 넓이의 조그마한 공터가 나오더군. 근데 거기 남자 한 명이 잠든 채 누워 있는 게 아니겠어. 맙소사, 그건 다름 아닌 나의 늙은 짐 아저씨였어!

난 짐 아저씰 깨웠어. 날 다시 보게 되면 아저씨가 까무러치게 놀랄 거라고 생각했는데 별로 안 놀라더군. 아저씬 넘 기쁜 나머지 울먹울먹했지만 놀란 거 같진 않았어. 짐 아저씨가 말하길, 그날 밤 아저씨는 내 뒤를 쫓아 헤엄을 치고 있었는데, 내가 소리를 지를 때마다 그 소리를 듣긴 했지만 붙잡혀 다시 노예가 될까 봐 대답을 못했다는 거야. 아저씨가 말했어.

"난 다처서 빨리 해엄칠 수 업써써. 그래서 깨나 뒤처지고 말아찌. 니가 강가애 올라서쓸 때 난 널 소리처 부를라고 하다가 족히 따라잡을 수 이쓸 줄 알고 관둬써. 허지만 쩌 집을 딱 보고선 걸음을 늦추기 시작해찌. 넘 멀리 떨어저 이써서 사람들이 너헌태 먼 소릴 허는지 통 안 들리더구먼. 난 개를 무서워해. 허지만 다시 주위가 조용해지길래 니가 그 집으로 들어간 걸 알아찌. 그래서 난 숩쏙으로 들어가 날이 박기를 기다린 거여. 아침 일찍 받일 나가는 껌둥이 몃치 지나다가가 날 여기다 대려다 줘찌. 여긴 물 땜애 개들이 못 따라와. 그 칭구들이 밤마다 먹을 껄 날라다 주고 니 소식을 전해 줘써."

"그럼 아까 그 잭을 시켜서 날 쫌 더 일찍 부르지 그랬어요, 아저씨?"

"먼 조은 수가 떠오르기 전애야 널 불러서 머허거써, 헉. 허지만 우린 이재 괜찬을 꺼여. 난 짬이 날 때마다 말여, 솥치랑 프라이팬이랑 먹을 것들을 사다 놔껄랑. 밤앤 땐목도 수리해 노코 말여……."

"뭔 뗏목이요?"

"우리 땐목 말여."

"그럼 우리 뗏목이 산산조각난 게 아니었어요?"

"그럼, 아니구 말구. 귀퉁이 한 쪽이 부서지긴 해찌만 말여, 큰 피해는 업써꾸먼. 근대 우리 물건은 거이 다 쓸려 가고 말아찌. 그때 우리가 그러캐 깁피 따이빙해서 머얼리까지 잠수해가지 안아땀 말여, 그리구 날이 그러캐 어둡지 안아땀 말여, 그리구 그러캐 겁쓸 내면서 바보짓만 허지 안아땀 말여, 틀림업씨 땐목을 찾아쓸 꺼구먼. 허지만 오히려 그때 못 찾아떤 개 차라리 다행이지 머여. 이잰 땐목

을 싹 고처 갖고 쌔 것이나 다름업꼬, 쓸려 가 버린 물건 대신 쌔 물건을 챙겨 놔쓰니까.”

“대체 어떻게 뗏목을 도로 손에 넣은 거예요. 직접 찾았어요?”

“숩쏙에 숨어 인는 내가 먼 수로 땐목을 찾어? 건 아니지. 아, 글쌔, 껌둥이 몇 놈이 강물이 휘는 곳애서 암초애 걸려 인는 땐목을 발견허고는 버드나무 숩쏙 개울애다 감촤 둔 거 이찌. 그러곤 그 땐목이 서로 자기 꺼라고 주둥이를 나불거리고 인는 거라. 걸 내가 들은 개지. 그래서 내가 그 녀석들 입씨름을 관두개 허고 딱 이래써. 땐목은 니들 꺼이 아니고 우리 꺼다, 니들 백인 신사 물건애 손 대따간 어찌 되는지 아냐, 어디 채찍질 좀 당해 볼태냐? 그러면서 놈들헌태 각자 10쌘트씩 쥐어 줘떠니만, 모두들 조아라 허면서 땐목이 쫌 더 떠내려와서 부자 되믄 조캐따고들 하더군. 그 껌둥이들은 나헌태 진짜 잘해 줘. 먼 일이든 부탁만 허면 두 번 말헐 필요도 업꾸먼, 헉. 그 잭이라는 애는 참말로 조은 껌둥이여. 개다가 아주 영리허기까지 하구 말여.”

“진짜 그렇더라고요. 아저씨가 여기 있단 얘긴 절대로 안 하고, 나더러 오라고, 그럼 물뱀을 얼마든지 보여주겠다고 했어요. 만약 뭔 일이 생겨도 절대로 휘말리지 않게요. 자기는 우리가 같이 있는 걸 본 적이 없다고 둘러댈 수 있잖아요. 그게 사실이기도 하고요.”

그다음 날 있었던 일은 그닥 얘기하고 싶지 않아. 아주 짧게 얘기할게. 새벽녘에 잠에서 깬 나는 돌아누워 다시 자 보려고 했는데 말이야, 그때 사방이 텅 빈 듯 고요하단 걸 깨달았어. 예사롭지 않았지. 그러고 보니 벅이 벌써 일어나 나가고 없더군. 그래서 난 이상하다 생각하고는 자리에서 일어나 아래층으로 내려갔는데 말이야,

거기에도 아무도 없고 사방이 쥐 죽은 듯 고요했어. 바깥도 마찬가지라서 대체 뭔 일인지 궁금했지. 저 아래 장작더미 옆에서 나는 잭이랑 마주쳤어. 그래서 그 애한테 물었지.

"대체 뭔 일이야?"

잭이 대답했어.

"조지 도련님은 아직 모르새요?"

"응, 뭔데?" 내가 말했어.

"아니, 글쎄, 소피아 아가씨가 집을 나가때요! 참말이라니까요. 밤쭝애 도망처때요. 몇 씨애 도망천는진 암도 모르지만요. 그 하니셰퍼드슨 도련님이랑 결혼할라고 도망친 거래요. 추측이긴 허지만요. 집안 식구들은 30분 전애야 겨우 알아채찌 머애요. 쫌 더 전일지도 모르구요. 어쨌든 머무꺼릴 시간이 업써쬬. 다들 총을 챙겨서 말애 올라타는대, 그러캐 서두르는 건 본 적이 업따니깐요! 여자들은 친척들헌태 알리러 가꼬요, 사울 나리랑 도련님들은 총을 집어 들고 말을 타고는 강뚝 길로 올라가써요. 그 절믄이가 소피아 아가씨랑 강을 건너기 전애 부짭아 쏴 죽여 버릴라고 말이애요. 이거 큰일 치를 거 가튼대요."

"벅이 날 깨우지도 않고 가 버렸네."

"아, 그러쵸! 조지 도련님까지 그 일애 휘말리게 하고 십찌 안아깨쬬. 벅 도련님은 총애다 장전을 하고는 셰퍼드슨 놈을 꼭 부짭아 올 꺼라고 큰소릴 처써요. 셰퍼드슨 놈들이 우루루 때로 몰려올 태니 운 조음 한 놈쯤은 부짭아 올 꺼구만요."

나는 강둑길을 전속력으로 달려갔어. 얼마 뒤 저 멀리서 총소리가 들려왔지. 증기선 선착장의 통나무 저장고랑 장작더미가 눈에 들어오자, 나는 나무랑 덤불 아래로 기어들어 가 적당한 장소를 찾았어. 그러고는 총알이 닿지 않을 만한 높이의 미루나무 가지로 기어올라 가 상황을 살폈지. 그 나무 앞, 좀 떨어진 곳에 4피트 높이의 목재 더미가 쌓여 있었는데 말이야, 나는 처음에 그 뒤에 숨어 볼까, 하고 생각했어. 하지만 그렇게 안 한 게 천만다행이었지.

통나무 저장소 앞 공터에서 네댓 명의 남자들이 말 위에 올라탄 채 쌍욕을 해대고 고래고래 소리를 치면서 이리 뛰고 저리 뛰고 하고 있었어. 그리고 증기선 선착장과 나란히 있는 목재 더미 뒤에 숨은 소년 둘을 공격하고 있었지. 하지만 그 남자들은 목재 더미 가까이 다가갈 수는 없었어. 그들이 강 쪽 목재 더미로 나아갈 때면, 매번 어김없이 총알이 날아왔거든. 두 소년은 목재 더미 뒤에서 서로 등을 맞대고 쪼그려 앉아 있었기에, 양쪽을 다 주시할 수 있었지.

얼마 뒤 네댓 명의 남자들은 이리저리 뛰어다니며 소리 쳐대는 걸 멈추더니만, 저장고 쪽으로 말머리를 돌렸어. 그러자 두 소년 중 한 명이 일어나서는 목재 더미 위로 신중하게 총을 겨누더니 말이야, 그 남자들 중 한 명을 총으로 쏴 말 아래로 떨어뜨렸지. 남자들은 모두 말에서 뛰어내려 총 맞은 남자를 잡고 저장고 쪽으로 끌고 가더군. 그 순간 두 소년은 달아나기 시작했어. 내가 숨어 있는 나무 쪽으로 소년들이 반쯤인가 왔을 때였나. 그제야 그 남자들은 그걸 알아차리고는 말에 올라타 소년들을 뒤쫓았어. 소년들의 출발이 너무도 빨랐기에, 추격은 아무 소용이 없었지. 소년들은 내가 숨어 있는 나무 앞 목재 더미에 이르자 재빨리 그 뒤로 숨었어. 그래서 그들은 다시 유리한 고지를 점하게 됐지. 두 소년 중 한 명은 벅이었고,

다른 한 명은 열아홉 살 정도 돼 보이는 호리호리한 친구였어.

그 남자들은 한동안 고래고래 고함을 치다가, 결국 말을 타고 자리를 떴어. 그 남자들이 시야에서 사라지자, 나는 벅한테 큰 소리로 알려줬지. 처음에 벅은 나무에서 들려오는 내 목소리에 어리둥절해하며 아주 놀라는 눈치였어. 벅은 나한테 눈 크게 뜨고 지켜보다가 놈들이 또 나타나면 알려 달라고 하더군. 놈들이 뭔가 못된 짓을 하러 머지않아 다시 돌아올 거라고 했지. 나는 나무에서 내려가고 싶었지만 그럴 수 없었어. 벅은 막 울기 시작하더니, 사촌 조(함께 있던 소년)와 함께 꼭 오늘의 복수를 해 줄 거라고 울부짖었지. 벅이 말하길, 아부지랑 형 둘이 살해당했고, 상대도 두서넛 죽었다는 거야. 셰퍼드슨 놈들이 매복하고 있다가 아부지랑 형들을 살해했대. 벅이 그러는데, 셰퍼드슨 놈들은 벅찬 상대니까 아부지랑 형들은 친척들이 오길 기다렸어야 했다는 거야. 나는 하니와 소피아는 어떻게 됐냐고 물었어. 두 사람은 무사히 강을 건넜다는 벅의 대답을 듣고 난 기뻤지. 벅은 하니를 쐈던 그날, 놈을 쏴 죽이지 못한 게 천추의 한이라고 울부짖었어. 나는 그렇게 원통해 하는 꼴은 생전 처음 봤지.

그때 갑자기 "빵! 빵! 빵!"하고 총소리가 서너 번 울리는 게 아니겠어. 아까 그 남자들이 말을 타지 않고 숲속을 빙 돌아 뒤에서 덮쳐 왔어. 소년들은 둘 다 총상을 입은 채 강 속으로 뛰어들었지. 그 애들이 물살을 타고 하류 쪽으로 헤엄쳐 내려가는 걸 본 그 남자들은 둑을 따라 쫓아가면서 "저놈 죽여라! 저놈 죽여라!"하고 외치며 총을 쏴 대는 거였어. 그걸 보고 질려 버린 나는 하마터면 나무에서 떨어질 뻔했지. 일어났던 일을 전부 다 말할 생각은 없어. 그렇게 했다간 또다시 토가 쏠릴 것 같거든. 그런 광경을 보게 될 줄 알았더라면, 그날 밤 강둑에 올라가지 않았을 거야……. 그날의 광경은 평생 잊히지 않을 것만 같았어. 몇 번이고 꿈에서도 되살아났지.

나는 내려오는 게 무서워서 어둑어둑해질 때까지 그냥 나무 위에 있었어. 이따금씩 숲 저편에서 총소리가 들려왔고, 총을 든 한 무리의 남자들이 말을 타고 통나무 저장소 옆을 쏜살같이 지나가는 걸 두 번이나 봤지. 싸움이 여전히 계속되는 듯했어. 나는 마음이 무거워져 다시는 셰퍼드슨네 집 근처에 얼씬도 하지 않겠다고 다짐했지. 나한테도 얼마간 책임이 있다는 생각이 들었기 때문이야. 그 쪽지는 다름 아닌 소피아가 두 시 반에 하니를 만나 함께 달아나자는 내용이었어. 나는 그 쪽지랑 소피아의 수상쩍은 태도에 대해 대령한테 말했어야 했어. 그랬다면 대령은 아마도 소피아를 방에다 가두고 자물쇠를 채워 버렸을 테고, 그런 사달이 나진 않았겠지.

나는 나무에서 내려와 강둑을 따라 하류 쪽으로 살금살금 걸어가다가, 강가에 시체 두 구가 놓여 있는 걸 봤어. 시체를 강기슭으로 끌어올려 뭔가로 얼굴을 덮어 주고는, 되도록 빨리 자리를 떴지. 벅의 얼굴을 덮을 때는 잠시 울음이 터져 나왔어. 나한테 진짜 잘해 준 친구였거든.

완전히 어둑어둑해졌어. 나는 셰퍼드슨네 집 근처에는 얼씬도 하지 않고, 곧장 숲을 빠져 나와 늪지로 갔지. 짐 아저씨가 그곳에 없었기에, 나는 서둘러 개울 쪽으로 달려가 버드나무 숲을 헤치고 들어갔어. 어서 빨리 뗏목에 올라타 그 빌어먹을 곳을 뜨고 싶단 생각밖에 없었지. 근데 뗏목이 사라졌지 뭐야! 맙소사, 난 겁이 덜컥 났어. 얼마간 숨도 제대로 쉴 수 없었지. 나는 크게 소릴 질러 봤어. 그러자 25피트도 되지 않은 거리에서 소리가 들려오더군.

"새상애! 헉, 너냐? 소리 지름 안 돼."

그건 짐 아저씨의 목소리였어. 여태 그렇게나 반가운 소린 처음이었지. 나는 강둑을 따라 달려가서는 뗏목에 뛰어올랐어. 아저씨는 어찌나 반가웠던지 나를 와락 끌어안더군. 아저씨가 말했어.

"하느님, 고맙습니다. 난 니가 또 죽어꾸나 허고 생각해써. 잭이 여기 와서는, 니가 아직도 집애 안 돌아오는 걸 보니 틀림업씨 총애 맞은 거 가따고 허더구만. 난 말여, 땐목을 개울 어귀애다 대노코는, 잭이 다시 와서 니가 확씰히 죽어따고 허면 곧짱 떠날라고 준빌하고 이떤 참이어써. 하느님 맙쏘사. 난 말여, 헉, 니가 돌아와서 월매나 기쁜지 몰개써."

내가 말했어.

"좋아, 모든 게 잘 됐네요. 그 사람들이 이젠 날 찾지 않겠죠. 내가 총에 맞아 강물에 떠내려갔다고 생각할 테니까요. 그 사람들이 그렇게 생각하고도 남을 만한 증거가 저 위에 남아 있기도 하고요. 그니까 아저씨, 머뭇거리며 시간 낭비할 필요 없어요. 되도록 빨리 저 큰 강으로 노를 저어 가자고요."

뗏목이 그로부터 2마일 하류로 내려와 미시시피 강 한복판으로 나오고 나서야, 나는 비로소 마음이 쫌 놓이는 거 같았어. 거기서 우린 랜턴을 걸어 두고는, 다시 한 번 자유롭고 안전한 몸이 됐단 생각을 했지. 나는 어제부터 아무것도 못 먹은 상태라서, 짐 아저씨는 나한테 옥수수 빵이랑 탈지유, 돼지고기, 양배추, 야채 등을 꺼내 줬어. 적당히 요리를 해 놓고 보니 세상에 그처럼 맛난 것도 없었지. 나는 저녁을 먹으며 아저씨랑 얘기를 나누면서 즐거운 한때를 보냈어. 나는 그 '원한'인지 뭔지에서 빠져나오게 돼서 무지 기뻤고, 아저씨는 늪지에서 빠져나오게 돼서 무지 기뻐했지. 결국 우린 뗏목만한 집도 없다고 입을 모았어. 다른 곳이라면 아주 깝깝하고 숨이 막힐 것만 같은데, 뗏목 위에서만큼은 그렇지 않았지. 뗏목 위에선 모든 게 아주 자유롭고, 편안하며, 안락했거든.

19장

2~3일쯤 지났을까. 시간이 마치 헤엄치듯 흘러간 거 같았어. 그만큼 아주 조용히, 평온하게 흘러갔지. 우리가 어떻게 시간을 보냈는지 말해 줄게. 저 아래에는 엄청나게 큰 강이 있었는데 말이야, 때론 강폭이 1마일 반이나 됐지. 우린 밤에는 강을 따라 이동했고, 낮에는 숨어서 쉬었어. 밤이 지날 무렵, 우린 항해를 관두고 보통은 모래톱 아래 물이 고여 있는 곳에다 뗏목을 잡아맸지. 미루나무와 버드나무의 묘목을 짤라서 그걸로 뗏목을 감춰 뒀어. 그러고는 강에 낚싯줄을 드리워 놓고 미끄러지듯 강으로 뛰어들어 헤엄을 쳤지. 어찌나 상쾌하고 시원하던지. 그런 다음 물이 무릎까지 차오르는 모래 바닥에 앉아 먼동이 트는 걸 바라봤어. 마치 온 세상이 잠들어 있는 듯 사방에 정적만이 가득했지. 어디선가 이따금씩 황소개구리 울음소리만 들려왔어. 저 멀리 물 위를 바라보고 있으면 말이야, 맨 먼저 희미한 선 같은 게 눈에 들어왔지. 그건 건너편의 숲이었어. 그 외엔 아무것도 분간이 안 갔지. 그러다가 하늘에 옅은 빛이 드리워졌

고 점점 짙어지더니 주변으로 퍼져 나갔어. 마침내 저 멀리 강이 서서히 모습을 드러냈지. 어둠이 사라지면서 강은 이제 회색빛으로 변하고, 저 멀리 거뭇거뭇한 작은 점들이 떠다니는 게 보였어. 장삿배들이었지. 그리고 기다랗고 검은 줄로 보이는 건 뗏목들이었어. 이따금씩 큰 노가 삐걱대는 소리와 여러 사람의 뒤섞인 목소리가 들려왔지. 사방은 아주 고요했고, 소리는 저 멀리서 들려왔어. 이내 물 위로 한 가닥 줄무늬가 나타났는데, 빠른 조류 아래 암초들이 도사리고 있음을, 그리고 물살이 그 암초들에 부딪혀 그 줄무늬를 만들어내고 있음을 알 수 있었지. 안개가 강물 위로 피어오르고, 동쪽 하늘이 밝아 와 강물을 붉게 물들이자, 강 건너편 저 멀리 강둑 숲 가장자리에 통나무 오두막집 한 채가 눈에 들어왔어. 아마도 목재를 쌓아 두는 곳이었을 거야. 근데 쌓아 둔 꼴이 말이야, 사기꾼 놈이 장삿속으로 쌓았는지 엉성하게 쌓여 있어서, 개 한 마리도 빠져나갈 수 있을 법한 틈이 여기저기 있더군. 그때 저 편에서 싱그러운 산들바람이 숲향기와 꽃향기를 몰고 와, 시원하고 상쾌하고 향긋한 내음이 났어. 하지만 때론 안 그럴 때도 있었지. 사람들이 내다 버린 죽은 생선 비스무리한 것들이 널브러져 있어서, 악취가 코를 찌를 때도 있었어. 그럭저럭 지내다 보면 날이 완전히 밝아와, 세상 만물은 아침 햇살 속에서 미소 짓고, 새들도 지저귀기 시작하는 거였어.

그때쯤 되면 웬만한 연기는 눈에 안 띄기에, 우린 낚싯줄에서 건져 올린 물고기로 따뜻한 아침 식사를 해 먹었어. 그런 뒤에 적막한 강을 바라보고 있자면, 몸이 나른해져 이내 잠이 들었지. 얼마 뒤에 잠에서 깨어나 뭣 때문에 깼나, 하고 살펴봤더니, 그건 강물을 따라 올라가며 털털대면서 증기를 토하는 증기선 때문이었어. 증기선은 강 건너편 너무도 멀리 떨어진 곳에 있었기에, 외륜이 뒤에 달렸는지 옆에 달렸는지 정도만 겨우 분간할 수 있을 정도였고, 그 밖에 다른 것은 전혀 분간이 안 되더군. 그 뒤로 한 시간 정도는 아무 소리도 들리지 않았고, 아무것도 보이지 않았어. 완전한 적막함뿐이었지. 그러다 저 멀리서 뗏목 한 척이 미끄러지듯 흘러가는 게 보였는데, 언제나 그렇듯이 그 위에는 풋내기 한 명이 장작을 패고 있었어. 도끼가 번쩍하고 내려가는 게 보였는데 소리는 전혀 안 들리다가, 다음번에 도끼가 다시 한 번 그 사내의 머리께쯤 올라갔을 때가 되어서야 "쩍"하는 소리가 들렸지. 강 위로 소리가 전해지는데 그렇게나 시간이 오래 걸리는 거였어. 그렇게 우린 고요함에 귀 기울이며 빈둥거리면서 하루를 보내곤 했지. 안개가 짙게 내려앉은 날이면 지나가는 뗏목이랑 배들은 증기선에 깔리는 걸 피하려고 양은 냄비를 두들겨 댔어. 나룻배나 뗏목이 우리 바로 옆을 지나갔기에, 사람들의 잡담 소리, 욕하는 소리, 웃음소리가 들려왔지. 하지만 소리는 똑똑히 들리는데, 사람 모습은 흔적조차 보이지 않아서 소름이 끼쳤어. 마치 유령이 공중에 떠다니는 것 같았거든. 짐 아저씨는 그걸 유령이라고 생각했어. 하지만 나는 반대했지.

"아녜요. '*이 빌어먹을 놈의 안개*'라고 말하는 유령이 세상에 어딨어요?"

밤이 되자마자 우린 뗏목을 저어 강으로 나아갔어. 강 한복판에 다다랐을 무렵, 우린 노를 젓지 않고 강물이 흘러가는 대로 뗏목을 내맡겼지. 파이프에 불을 붙여 물고는 강물에 발을 담근 채 온갖 얘기를 주고받았어. 모기가 극성을 피우지 않을 때면 밤낮 가릴 것 없이 늘 발가벗고 지냈지. 벅네 집안 식구들이 나한테 지어 준 새 옷은 너무나 좋은 옷이라서 입기 불편했고, 게다가 난 원래 옷을 그닥 안 좋아하거든.

때론 넓은 강 위에 오랫동안 우리 둘만 있을 때도 있었어. 강 건너 저편의 강둑과 섬들에서 불빛 같은 게 보였는데 그건 오두막집 창문의 촛불이었고, 이따금씩 물 위에 하나 둘 반짝이는 건 뗏목이나 나룻배에서 새어 나오는 불빛이었지. 거기선 바이올린 소리나 노랫소리가 들려올 때도 있었어. 뗏목에서 생활하는 건 진짜 기가 막혔지. 위로는 온통 점점이 별이 박힌 하늘이 있었는데, 우린 드러누워 하늘을 바라보면서 누군가 별들을 만들어 낸 건지, 아니면 그냥 생겨난 건지 얘기를 나누곤 했어. 짐 아저씨는 누군가 만들어 낸 거라고 했고, 나는 그냥 생겨난 거라고 했지. 나는 별을 그렇게나 많이 만들어 내려면 시간이 오래 걸릴 거라 생각했으니 말이야. 그러자 아저씨는 달이 별들을 낳았다고 하더군. 그건 그런대로 일리가 있는 말이라 생각했기에, 나는 그 말에 반대하지 않았어. 왜냐면 개구리가 그만큼 많은 알을 낳는 걸 본 적이 있었기에, 달도 물론 그럴 수 있을 거라고 생각했지. 우리는 별똥별이 길게 꼬리를 끌면서 떨어지는 걸 바라보곤 했어. 아저씨는 그게 별이 썩어서 하늘 둥지에서 버림받은 거라고 하더군.

밤중에 한두 번쯤 증기선이 어둠 속을 미끄러지듯 항해하는 모습을 봤어. 굴뚝에서 이따금씩 엄청난 불꽃을 내뱉었는데 말이야, 그건 마치 비처럼 강으로 떨어지며 장관을 이뤘지. 얼마 뒤 증기선은 모퉁이를 돌았는데, 불꽃은 삽시간에 꺼지고 소음도 뚝 그치고 강은 다시 고요 속에 잠겼어. 그러는 사이 증기선이 일으킨 파도는 배가 사라진 지 한참 만에 우리 뗏목에까지 다다라서, 그 바람에 뗏목이 약간 출렁였지. 그 후로 얼마나 긴 시간이 지났을까. 개구리 소리 말고는 아무런 소리도 들리지 않았어.

자정이 지나면 강변에 사는 사람들은 잠자리에 들었고, 그 후 두서너 시간 동안 강변은 어둠 속에 잠겼어. 오두막집 창문에도 더는 불빛이 보이지 않았지. 그 불빛이 우리한테 시계 노릇을 했어. 다시 나타난 첫 불빛은 아침이 왔음을 뜻하고, 그럼 우리는 곧장 뗏목을 감추고 매어 둘 장소를 찾았지. 어느 날 아침 먼동이 틀 무렵, 나는 카누 한 척을 발견하고는 200야드 정도 되는 여울을 건너 강변에 이르렀어. 그러고는 산딸기를 딸 수 있을지 보려고 삼나무 숲 사이 개울까지 1마일쯤 더 노를 저어 올라갔지. 소들이 지나가는 길과 개울이 만나는 지점에 다다랐을 때였어. 남자 두 명이 그 길을 따라 다급하게 이쪽으로 달려왔지. 누가 쫓아올 때면 언제나 그게 나 아니면 짐 아저씨를 쫓아오는 거라고 생각했던 터라, 난 이제 가망이 없구나 싶었어. 나는 서둘러 내빼려고 했지. 근데 이미 꽤 가까이 접근해 온 그들이 큰 소리로 "사람 살려!"하고 외치면서 나한테 애원하더니, 자기들은 아무 짓도 안 했는데 쫓기고 있다, 사내들과 개들이 쫓아오고 있다고 하지 뭐야. 그들이 그대로 카누에 뛰어들 기세였기에, 내가 말했어.

"그럼 안 돼요. 아직 개 소리도 말발굽 소리도 안 들리는데요, 뭘. 덤불을 헤치고 개울을 따라 좀 올라갈 만한 시간이 있어요. 그 다음에 물속으로 들어가 물을 헤치고 여기까지 걸어와서 카누에 올라타세요. 그럼 체취가 없어져서 개를 따돌릴 수 있어요."

그들은 내가 시키는 대로 했고, 그들이 카누에 올라타자마자 나는 모래톱을 향해 급히 노를 저었어. 그 후 5분인가 10분쯤 지나자 멀리서 개 짖는 소리와 사람들이 고함치는 소리가 들려왔지. 그들이 개울 쪽으로 오는 소리는 들렸지만, 모습은 보이지 않았어. 그 사람들은 한동안 걸음을 멈추고 두리번거리며 서성대는 것 같았는데, 우리가 계속 멀어져 가면서 그들의 소리마저 전혀 들리지 않게 됐지. 숲에서 1마일쯤 멀어져 마침내 강으로 나오자 사방이 고요했어. 우린 모래톱으로 노를 저어가 미루나무 숲에 안전하게 몸을 숨겼지.

그들 일행 중 한 사람은 일흔이 넘어 보였고, 대머리에다 하얗게 센 구레나룻을 기르고 있었어. 그는 챙이 처진 낡아빠진 모자에, 기름때가 찌든 푸른색 모직 셔츠, 그리고 바짓단을 장화 속에 꾸겨 넣은 다 해진 청바지 차림이었는데, 그 바지는 집에서 짠 것으로 보이는 멜빵바지로 멜빵이 한쪽만 달려 있더군. 팔에는 겉만 뻔드르르한 놋쇠 단추가 달린, 연미복처럼 생긴 낡은 청색 코트를 걸치고 있었어. 그리고 두 사람 다 크고 초라해 보이는 여행 가방을 들고 있었지.

일행 중 다른 사람은 서른 살쯤 돼 보였는데, 역시 초라한 행색이었어. 아침 식사를 마친 뒤 우린 모두 휴식을 취하면서 얘기를 나눴는데 말이야, 먼저 알게 된 건 그 두 사람이 서로 모르는 사이라는 거였지.

"자넨 어떤 일에 엮였소?" 대머리 노인이 젊은 남자한테 물었어.

"아, 전 치석을 벗겨 내는 약을 팔고 있어요. 근데 그 약이 치석을 벗겨 내긴 하는데, 보통은 이빨의 법랑질까지 함께 벗겨 버린단 말예요. 그날은 그만 평상시보다 더 오래 머물러 있다가 막 튀려던

찰나였는데, 마을 이쪽 산길에서 영감님이랑 딱 마주친 거죠. 헌데 영감님이 다짜고짜 사람들한테 쫓기고 있다면서 도망치게 좀 도와 달라고 나한테 애걸복걸했던 거죠. 그래서 나두 곤란한 입장이니 함께 튀자고 한 것뿐이에요. 그게 다예요. 영감님 사연은 뭐요?"

"글쎄, 내 사연은 말여, 그 마을서 일주일 남짓 쪼그맣게 금주 부흥운동을 이끌어서리, 애 어른 할 것 없이 여자들헌테 인기를 좀 끌었지. 술고래들을 꼼짝 못허게 만들었거든. 농담이 아니라, 밤마다 5~6딸라씩 벌어들였단 말여. 두당 10센트였구, 애들이랑 껌둥이들은 꽁짜였어. 그렇게 사업 번창하고 있었는데 말여, 어찌 된 일인지 내가 사람들 눈을 피해서리 주전자 채 술을 거나하게 들이킨단 소문이 간밤에 퍼진거라. 오늘 아침 껌둥이 하나가 와서 날 깨우더니 말여, 마을 사람들이 말을 타고 개들을 끌고 날 잡으러 몰래 몰려오는 중이라고 알려 주대. 사람들이 곧 도착할 꺼라서 도망칠라믄 30분 정도밖에 시간이 없다고 하더구만. 사람들이 날 붙잡음 나헌테 타르칠을 허고 닭털을 붙여서는 장대에 묶어 끌고 다니겠다고 하더라니까. 아침밥을 먹고 자시고 할 때가 아니었지. 배고프고 말고가 어딨어."

"영감님," 젊은 남자가 말했어. "우리 동업해 볼라우? 어찌 생각해요?"

"나쁠 거 없지. 헌데 자넨 주로 무슨 일을 허나?"

"떠돌이 인쇄공이에요. 특허 약도 좀 취급하고 있구, 배우 노릇도 하고 있구요. 비극이요. 틈틈이 최면술이랑 골상학에도 손을 대고 있구요. 기분 전환도 할 겸, 노래로 배우는 지리학 수업도 하구요. 이따금씩 강연도 해요. 참말로 많은 일을 하고 있죠. 손에 잡히는 건 닥치는 대로 다 해요. 영감님은 뭔 일을 하세요?"

"난 한참 잘나갈 땐 말여, 의사 노릇을 꽤 잘 해먹었네. 안수 치료가 내 주특기였지. 암이니 중풍이니 그런 것들을 고쳤어. 그리구 점도 곧잘 봐 줬지. 물론 그 전에 누가 손님에 대해 이런저런 사실을 쫌 알아다 주기는 해야 허지만 말여. 설교도 내 주업인데, 야외 설교랑 전도 사업도 허지."

잠시 아무도 입을 여는 사람이 없다가, 얼마 뒤 젊은 남자가 한숨을 쉬며 말했어.

"에휴!"

"'에휴'라니 왜 그래?" 대머리 노인이 물었어.

"내가 고작 이따위로 살면서 그렇고 그런 놈들이랑 엮여서 격떨어졌던 걸 생각하니……." 그러면서 젊은 남자는 다 해진 천으로 눈가를 훔쳤어.

"이런 빌어먹을 놈아, 그 사람들은 너헌테 과분헌 사람들이다." 대머리 노인이 꽤 거만하게 맞받아쳤어.

"그렇죠. 나한테 과분하죠. 난 그래도 싼 놈이요. 날 그리도 높은 데서 이리도 천한 데로 끌어내린 사람이 누구게요? 다름 아닌 나 자신이요. 여러분, 난 댁들을 비난하는 게 아니요. 결코 아니요. 난 누구도 비난하지 않아요. 다 내 탓이요. 차디찬 세상이 지 맘대로 설쳐 보라고 해요. 그래도 하나만은 분명해요. 어딘가 내가 드러누울 무덤 한 뙈기는 있단 사실 말이요. 이 세상이야 여전히 그대로 돌아갈 꺼구, 이놈의 세상은 나한테서 모든 걸 앗아갈 꺼요. 사랑하는 사람들, 소유했던 것들, 이것저것 할 거 없이 모든 걸 다 말이요. 하지만 나한테서 한 뙈기 무덤만은 앗아갈 수 없단 말이외다. 언젠가는

말이요, 무덤 속에 누워 모든 걸 다 잊고, 내 미어터진 가슴은 안식을 얻을 거요." 그러면서 젊은 남자는 계속해서 눈물을 훔쳐내는 거였어.

"*니 미어터진 가슴이 워쩌고 워째?*" 대머리 노인이 말했어. "*뭐 땜에 니 그 상처 입은 불쌍한 가슴을 우리헌테 갖다 대는데? 우리가 뭘 어쨌다구?*"

"*그렇구 말구요. 댁들 잘못이 아니요. 여러분, 난 댁들을 비난하는 게 아니요. 내 격을 떨어뜨린 건 바로 나 자신이란 말이요. 그래요. 다 내 탓이요. 그러니 괴로운거요. 당연한 거 아니겠소. 넋두리 늘어놓는 것도 이젠 그만할 거요.*"

"*자꾸 격이 떨어졌다고 하는데, 대체 그 전엔 워쨌길래 그리 말하는가?*"

"*아, 댁들은 내 말을 믿지 않을 꺼요. 세상사람 누구 하나 믿지 않습디다. 그냥 내버려둬요. 별일 아니니까. 내 출생의 비밀일 뿐이요…….*"

"*출생의 비밀이라? 당신 설마…….*"

"*여러분,*" 젊은 남자가 엄숙한 말투로 말했어. "*여러분께는 내 터놓고 말하리다. 믿을 수 있는 분들이란 생각이 드니까요. 사실 나는 공작이올시다!*"

그 말을 들은 짐 아저씨의 두 눈이 휘둥그레졌어. 내 눈도 마찬가지였을 거야. 그러자 대머리 노인이 말했어.

"*뭔 말 같지도 않은 소릴 해!*"

"*정말입니다. 브리지워터 공작의 장남인 제 증조부께서는 더 없이 맑은 자유의 공기를 들이마시고자 지난 세기 말엽에 이 나라*

로 건너오셨죠. 그리고 이 나라에서 결혼도 하셨고, 아들을 하나 남겨 놓은 채 세상을 하직하셨습니다. 바로 그즈음에 증조부의 부친께서도 세상을 하직하셨죠. 돌아가신 공작의 차남이 작위며 재산을 물려받았고, 적통인 어린 공작은 소외되고 말았죠. 저는 그 어린 공작의 직계 자손입니다. 저는 브리지워터 공작의 적통인 셈이죠. 그런 제가 높은 신분에서 추락해 이처럼 쓸쓸히 여기 서 있습니다. 사람들에게 쫓기기나 하고, 차디찬 세상의 멸시를 받으며, 다 해진 옷을 입고서, 완전히 지쳐 상심에 빠진 채로 말이죠. 그리고 뗏목 위에서 흉악범들과 함께 지내야 할 만큼 격이 떨어져 버렸다 이겁니다!"

그 말에 짐 아저씨는 그를 아주 딱하게 여겼고, 나도 마찬가지였어. 우린 그를 위로해 주려고 했지만 말이야, 그는 그래 봤자 별로 소용없댔어. 그다지 위로가 되지 않는다고 하더군. 그러고는 우리가 자기를 인정해 줄 마음만 있다면, 그게 다른 무엇보다도 기쁜 일이라고 했어. 그래서 우린 방법을 알려주면 그렇게 하겠다고 했지. 그러자 그는 자기한테 말을 할 때 머리를 조아려야 한다고 하더군. '각하'니 '경'이니 하고 부르면서 말이야. 아니면 그냥 '브리지워터'라고 불러도 상관없다고 했어. 그건 어쨌든 이름이 아니라 작위니까 괜찮다는 거였어. 그리고 우리 중 누구라도 저녁 식사 땐 자기 시중을 들어야 하고, 자기가 하라는 일은 아무리 사소한 일이라도 하라는 거였지.

듣고 보니 딱히 어려운 일도 아니라서, 우린 그렇게 해 줬어. 짐 아저씨는 저녁 식사 내내 옆에 서서 시중을 들었지. '*각카, 이것 좀 잡쏴 보새요. 저것 좀 잡쏴 보새요.*'하면서 말이야. 공작한텐 무척이나 기분 좋은 일처럼 보였어.

하지만 이번엔 노인 쪽에서 점점 말수가 적어졌어. 별로 할 말이 많지 않은 듯 했지. 우리가 공작의 온갖 시중을 드는 것이 그다지 기분이 편치 않은 모양으로, 뭔가 마음속에 꿍쳐 두고 있는 눈치였어. 노인은 오후가 돼서야 입을 열었지.

"이보게, 빌지워터," 노인이 말문을 열었어. "난 자네가 딱허다고 생각허지만 말여, 그런 어려움을 겪은 게 자네 하나만은 아녀."

"뭐라구요?"

"자네 하나만은 아니라구. 억울허게 높은 신분에서 추락한 게 자네 하나만은 아니란 말여."

"아!"

"출생의 비밀을 지닌 사람은 자네 말고도 또 있단 말일세."

그러더니 노인이 울기 시작하는 게 아니겠어.

"잠깐만요! 그게 대체 뭔 소리요?"

"빌지워터, 내 자넬 믿어도 되겠나?" 노인은 흐느끼며 물었어.

"내 죽을 때까지 비밀을 지키리다!" 공작은 노인의 손을 힘주어 잡으며 말했어. "영감의 출생의 비밀을 말해 보세요!"

"빌지워터, 난 이미 죽은 걸로 알려진 프랑스의 황태자요!"

그 말에 짐 아저씨랑 나는 서로를 빤히 쳐다봤어. 그러자 공작이 말했지.

"영감님이 뭐라구요?"

"그렇소이다. 친구여, 이건 명백한 사실이요. 자넨 지금 이 순간 뤼 16세와 매리 앙투네트의 아들인, 행방불명됐다고 알려진 그 불쌍헌 프랑스 황태자 뤼 17세를 보고 있는 거요."[7]

"영감님이? 그 나이에 말이요? 말도 안 돼! 차라리 죽은 샤를

마뉴 대제라면 모를까. 영감님은 아무리 젊게 봐도 6~700살은 돼 보이는데 말이요."

"고생을 많이 헌 탓이오, 빌지워터. 고생을 많이 헌 탓에 이리 됐소. 고생을 많이 헌 탓에 머리칼이 이리 백빨이 돼 버렸고, 때 이른 대머리가 되고 만 거라오. 그렇소이다, 여러분. 여러분은 지금 나라에서 내쫓겨 청바지에 초라한 꼴로 이리저리 떠돌아다니며, 짓밟히고 고통받는 적통 프랑스 국왕을 이렇게 눈앞에서 보고 있는 거라오."

노인이 어찌나 울어 대던지, 짐 아저씨랑 나는 어찌할 바를 몰랐어. 우린 노인이 참말로 딱하기도 하고, 한편으론 그런 노인이 우리와 함께 있게 된 게 기쁘기도 하고 자랑스럽기도 했지. 그래서 공작한테 한 것과 마찬가지로, 그 노인도 위로해 주려고 했어. 하지만 노인은 그래 봤자 아무 소용없다면서, 그저 얼른 죽어서 이 모든 고생이 다 끝나는 것밖에는 바랄 게 없다고 하더군. 그러면서도 노인은 말하길, 사람들이 자기한테 신분에 걸맞는 대접을 해 주고, 말을 할 땐 한 쪽 무릎을 꿇은 채로 늘 '폐하'라고 부르며, 식사 때마다 시중을 들고, 자기 앞에선 자기가 앉으라고 할 때까지 서 있다면, 그래도 마음이 다소 누그러지고 더 나아질 거라고 했어. 그래서 짐 아저씨랑 나는 그를 '폐하'라고 불렀고, 이런저런 일을 시중들며 그가 앉아도 좋다고 할 때까지 서 있었지. 그는 단박에 마음이 풀렸는지 생

7 원문에는 루이 16세(Louis XVI), 마리 앙투와네트(Marie Antoinette), 루이 17세(Louis XVII)가 각각 'Looy the Sixteen', 'Marry Antonette', 'Looy the Seventeen'으로 잘못 표기되어 있다. 이를 통해 트웨인은 등장인물인 왕의 무식함을 해학적으로 표현하고 있다.

기도 되찾고 편안해 보였어. 반면 공작은 뚱한 표정이었는데, 일이 돌아가는 상황이 영 마음에 들지 않는 모양이었지. 하지만 왕은 공작한테 아주 친근하게 대했어. 그러고는 자기 아버지가 공작의 증조할아버지와 빌지워터 공작 가문 사람들 모두를 총애했으며, 궁전에도 여러 번 초대했다고 하더군. 하지만 공작이 한참을 토라져 있었기에, 마침내 왕은 이렇게 말했어.

"모르긴 해도 말여, 우리가 좋건 싫건 간에 징글징글허게 오랫동안 이 뗏목 위에서 함께 지내야 헐 텐데, 그렇게 뿌루퉁해 있는 거이 다 뭔 소용인가? 그래 봤자 서로 맘만 불편허지. 따지고 보믄, 내가 공작으로 태어나지 않은 게 내 잘못이 아니듯, 자네가 왕으로 태어나지 않은 것도 자네 탓이 아녀. 그러니 마음 쓰지 말드라고. '만사를 운명에 맡기고 거기서 최선의 걸 찾자'가 내 좌우명이라네. 우리가 여기서 만나게 된 것도 그리 나쁘지만은 않단 말여. 먹을 것 많겠다, 생활 편허겠다. 자, 공작 양반, 악수나 허자구. 그리구 우리 서로 친허게 지냅시다."

공작이 왕의 손을 맞잡는 걸 보고, 짐 아저씨랑 나는 아주 기뻤어. 그것으로 온갖 불편한 마음이 다 사라졌고, 우린 마음이 한결 가벼워졌지. 뗏목 위에서 어떤 불화라도 일어난다면 그건 비참한 일이 될 거야. 뗏목 위에서 그 무엇보다도 필요한 건 모두가 만족감을 느끼는 것, 그리고 서로에게 올바르고도 친절한 마음을 갖는 거니까.

그자들이 왕도 공작도 아니고, 그저 천한 거짓말쟁이에 사기꾼이라는 확신이 서기까지는 그리 오랜 시간이 걸리지 않았어. 하지만 그에 대해 한마디도 하지 않고 내색도 하지 않았으며 마음속에 묻어 뒀지. 그게 최선이거든. 말다툼할 필요도 없지. 그럼 문제 생길 일도 없으니 말이야. 우리 뗏목의 평화 유지를 위해서라면, 그 사람들을 왕이니 공작이니 하고 부르는 데 반대하지 않아. 그리고 짐 아저씨한테 말해 봤자 아무 소용없을 거 같아서 말하지 않았어. 내가 아빠한테서 뭐 하나 배운 게 없대도 이거 하난 제대로 배웠지. 아빠 같은 인간들이랑 함께 지내는 데 가장 좋은 방법은 놈들 마음대로 하게 내버려두는 거라는 걸 말이야.

20장

왕과 공작은 우리한테 꽤 여러 가지 것들을 물었어. 왜 뗏목을 그렇게 덮어서 숨겨 두는지, 왜 낮엔 움직이지 않고 쉬는지, 짐은 도망 노예인지 등등을 시시콜콜 캐물었어. 나는 그들한테 반문했어.

"뭔 말이에요? 도망 노예면 뭣 땜에 남부로 가겠어요?"

그들도 내 말에 수긍하더군. 나는 그 상황을 어떻게든 해명해야만 할 거 같아서 이렇게 말했어.

"우리 집 식구들은 미주리 주 파이크 카운티에서 살았어요. 전 거기서 태어났고요. 근데 나랑 아빠랑 동생 아이크 빼곤 다 세상을 떠났죠. 아빤 집을 정리해서 벤 삼촌네로 내려가 살았어요. 삼촌은 뉴올리언스에서 44마일쯤 하류에 쪼그마한 농장을 갖고 있거든요. 아빤 찢어지게 가난한 데다가 빚까지 있었는데, 빚을 다 갚고 나니까 남은 거라곤 고작 16딸라랑 우리 집 껌둥이 짐 아저씨뿐이었어요. 그걸로는 갑판실에 타든 어디에 타든지 간에, 1,400마일이나 되는 길을 항해할 여비가 안 됐죠. 근데 강물이 불어난 어느 날, 아빠가 한 줄기 행운을 붙잡은 거예요. 바로 이 뗏목을 건진 거죠. 그래서 이걸 타고 뉴올리언스까지 내려가야겠다 생각한 거예요. 근데 아빠의 행운은 그리 오래 가지 못했죠. 어느 날 밤 증기선이 뗏목의 앞대가리를 들이받는 바람에, 우린 모두 배에서 떨어져 외륜 밑으로 빨려들어 갔어요. 짐 아저씨랑 저는 무사히 물 밖으로 올라왔는데, 아빤 취해 있었고 아이크는 네 살밖에 안 돼서 결국 빠져나오지 못했죠. 그 후 하루 이틀 동안은 진짜 고생했어요. 왜냐면 사람들이 늘 나룻배로 와서는 짐 아저씨가 도망 노예인 게 틀림없다고 하면서 나한테서 뺏어 가려고 했거든요. 그래서 우린 더는 낮엔 움직이지 않기로 한 거예요. 밤엔 아무도 귀찮게 굴지 않으니까요."

그러자 공작이 말했어.

"*원한다면 말이다, 낮에 움직일 수 있는 방법을 생각해 낼 테니 나한테 맡겨. 궁리해 보고 해결책을 마련할게. 오늘은 여기까지 하자. 당연한 말이지만, 대낮에 쩌어기 저 마을 옆을 지나가고 싶진 않으니까 말이다. 그건 신상에 안 좋지.*"

밤이 가까워지자 하늘이 어둑어둑해지고 비가 내릴 것 같았어. 번개 불빛이 하늘 아래로 쫙 쏟아져 내리더니, 나뭇잎이 바들바들 떨기 시작했지. 꽤 험한 날씨가 되리라는 건 불 보듯 뻔했어. 그래서 왕과 공작은 잠자리를 살피러 천막 안으로 들어갔지. 짚으로 만든 내 침대는 옥수수 껍질로 만든 짐 아저씨 것보다는 더 나아 보였어. 옥수수 껍질 침대에는 옥수숫대가 여기저기 섞여 있어서 몸을 찔러 대 상처가 나기도 했거든. 돌아눕기라도 할라치면 마른 옥수숫대 때문에 마치 낙엽 더미 위에서 뒹구는 거 같은 소리가 나서, 바스락거리는 소리에 잠이 깨곤 했고 말야. 그래서 공작은 내 침대를 차지하려고 했는데 말이야, 왕이 그걸 가만히 보고만 있지 않았지. 왕이 말했어.

"신분을 따져 봤을 때 이 몸이 옥수수 껍질 침대서 잠을 잔다는 게 가당키나 헌 일인가? 경이 옥수수 껍질 침대를 쓰시게나."

짐 아저씨랑 나는 두 사람 사이에 다시 문제가 생기지나 않을까 두려워서 잠시 마음을 졸였어. 그래서 공작이 이렇게 말을 꺼냈을 때 꽤나 기뻤지.

"압제 아래 짓밟혀 늘 진창 속에 처박혀 있는 게 내 운명이라오. 한때는 고상했던 내 영혼을 불운이란 놈이 갈가리 찢어 놓았다오. 복종하겠소. 굴복하겠단 말요. 그것이 내 운명이라면 말요. 어차피 혼자인 몸, 고통을 감내하겠소."

우린 날이 어둑어둑해지자마자 출발했어. 왕은 강 한가운데로 완전히 나가서 멀리 마을 저편에 이를 때까진 불빛을 보여선 안 된다고 했지. 얼마 뒤 쪼그마한 불빛들이 모여 있는 게 보이기 시작했어. 마을이었지. 반마일쯤을 무사히 통과했어. 4분의 3마일쯤을 통과한 뒤에, 우린 신호 랜턴에 불을 밝혔지. 열 시쯤 되자 비가 내리고 바람이 불더니 천둥 번개가 무섭게 치기 시작했어. 그러자 왕은 짐 아저씨랑 나한테 날씨가 좋아질 때까지 망을 보라고 하고는, 자기는 공작이랑 천막 안으로 기어들어가 잠자리에 들었지. 나는 자정까지 비번이었지만, 침대가 있었다 해도 잠자리에 들진 않았을 거야. 그런 폭풍우는 결코 날이면 날마다 볼 수 있는 게 아니니까. 아, 바람이 어찌나 괴성을 질러 대던지! 번갯불이 1~2초마다 번쩍거릴 때면 반경 반마일의 하얀 파도가 모습을 드러냈고, 섬들은 빗줄기에 흐릿해 보였으며, 나무들은 바람에 몸부림쳤어. "우르릉! 꽝! 꽝!

꽈광-우릉-웅-꽝-꽝-꽝-꽝"하는 천둥소리가 나더니, 이내 천둥이 우르릉거리며 저 멀리 물러났지. 그러더니 이번엔 번갯불이 번쩍하더니 우레와 같은 천둥소리가 또다시 들려왔어. 나는 몇 번씩이나 하마터면 파도에 휩쓸려 뗏목에서 떨어질 뻔했지만 말이야, 어차피 옷도 안 걸치고 있었기에 그닥 염려되진 않았지. 암초에 걸릴 염려도 없었어. 왜냐면 번갯불이 끊임없이 번쩍거리며 주위를 비췄기에, 뗏목 머리를 이리저리 돌리면서 암초를 피할 만한 시간이 충분했기 때문이야.

난 한밤중에 망을 보기로 돼 있었는데, 그 시간 즈음에 졸음이 몰려왔어. 그래서 짐 아저씨가 날 위해 전반부에 대신 망을 봐 주겠다고 했지. 아저씨는 늘 그렇게 나한테 아주 친절히 대해 줬어. 내가 천막으로 기어들어 갔을 때 왕과 공작은 두 다리를 쫙 뻗고 누워 있어서 누울 자리가 없더군. 그래서 난 밖에 누웠지. 날씨가 따듯했기에 비 같은 건 신경도 안 썼고, 파도는 그리 높지 않았어. 그러다가 두 시경에 파도가 또다시 높게 일자, 짐 아저씬 나를 깨우려다가 피해를 줄 정도는 아니라고 생각하고 마음을 고쳐먹었대. 하지만 그건 실수였어. 머지않아 갑자기 굉장한 파도가 밀려와서, 난 그만 뗏목 밖으로 쓸려가고 말았지. 짐 아저씨는 죽는다고 웃어 댔어. 정말이지, 그렇게 헤프게 웃어 대는 껌둥이는 또 없을 거야.

이번엔 내가 망을 보는데, 짐 아저씨가 드러눕더니 이내 코를 골아 댔어. 얼마 후 폭풍우가 완전히 잦아들었고, 오두막집에 불이 들어오는 게 보였지. 나는 아저씨를 깨워서는 낮 동안 뗏목을 숨길 만한 곳으로 뗏목을 몰아넣었어.

아침 식사 후에 왕은 낡아빠진 카드 한 벌을 꺼내더니, 공작이랑 판돈 5센트씩을 걸고 한동안 세븐업 게임을 했어. 그러더니 싫증이 났는지 두 사람은 자기들 말로 "수금 계획"이란 걸 시행하기로 했지. 공작은 자기 여행 가방을 뒤져서 쪼그마한 전단지 여러 장을 꺼내서는 큰 소리로 읽어 댔어. 그중 한 장에는 "파리에서 오신 저명한 아르망 드 몽딸방 박사"가 아무개 날 아무개 장소에서 입장료 10센트를 받고 "골상학 강연"을 하며, "장 당 25센트에 골상도를 제공합니다."라고 적혀 있었지. 공작은 그게 바로 자기라고 하더군. 또 다른 전단지에는 공작이 "세계적으로 유명한 셰익스피어 비극의 배우, 런던 드루리 레인 극단의 개릭 2세[8]"라고 적혀 있었어. 다른 전단지에서도 공작은 여러 이름들로 등장했는데, 점치는 막대기로 수맥을 찾았다는 둥, 금을 찾았다는 둥, 마녀의 주술을 풀었다는 둥, 대단한 일들을 해 왔다고 적혀 있었지. 얼마 뒤 공작이 말했어.

"그래도 역시 내 사랑은 연극의 뮤즈입죠. 폐하께서는 무대에서 보신 적이 있는지요?"

"없는데." 왕이 대답했어.

"그러시다면 제가 사흘 안에 무대에 서게 해드립죠, 몰락한 폐하." 공작이 말했어. *"첨 도착하는 마을에서 홀을 하나 빌려 갖고서리, 《리처드 3세》의 검투 장면이랑 《로미오와 줄리엣》의 발코니 장면을 무대에 올릴 겁니다. 그래 어떻습니까?"*

"돈 되는 일이라믄 뭐든 안 가리지. 전력을 다하리다, 빌지워터. 헌데 말요, 난 연기에 대해선 암껏도 모르오. 본 적도 별로 없구 말요. 내 부친께서 궁에서 연극을 뵈주실 땐, 난 넘 어려서 뭐가 뭔

8 데이비드 개릭(David Garrick, 1717~79). 영국의 유명한 배우.

지도 몰랐으니까. 그러니 자네가 나한테 가르쳐 줄 수 있겠나?"

"그야 어렵지 않습죠!"

"좋아. 난 뭐든 새로운 일이 하고 싶어 근질근질하던 참이었네. 어디 그럼 당장에 한번 시작해 봅세다."

그래서 공작은 로미오는 누구고 줄리엣은 누군지 왕한테 낱낱이 설명하고는, 자기는 늘 로미오 역을 맡아 왔으니 왕한테 줄리엣 역을 맡으라고 했어.

"허지만 말요, 공작. 줄리엣이 그리 젊은 처자라믄, 내 이 벗어진 머리랑 하얀 구레나룻이 요상해 보이지 않겠소?"

"뭘요, 별 걱정을 다 하십니다. 시골 촌놈들은 눈치조차 못 챌 겁니다. 거기다 의상을 걸치면 아주 딴 사람이 되죠. 줄리엣은 잠자리에 들기 전에 발코니에 나와 달빛을 즐겨요. 잠옷에다 주름진 모자를 쓰구요. 여기 역할에 맞는 의상들이 있습죠."

공작은 리처드 3세랑 그 상대역에 어울리는 중세 갑옷이라면서, 커튼용 옥양목으로 만든 의상을 두서너 벌 꺼냈어. 그러고는 면으로 된 하얀색 긴 잠옷이랑, 그에 어울리는 주름진 모자도 꺼냈지. 왕은 만족한 듯 보였어. 공작은 어떻게 해야 하는지 시범을 보인답시고, 대본을 꺼내고는 주위를 의기양양하게 뛰어다니며 아주 멋지고 과장된 방식으로 대본을 읽으면서 연기를 펼쳐 보였지. 그러고는 왕한테 그 책을 건네주면서 맡은 역할의 대사를 외우라고 했어.

강의 만곡부에서 하류로 3마일쯤 내려가니, 쪼그맣고 변변찮은 마을 하나가 나왔어. 저녁 식사를 마친 뒤 공작은 낮에 움직여도 짐한테 위험한 일이 일어날 염려가 없는 방법을 생각해 냈다면서, 마을에 가서 해결을 보고 오겠다고 하더군. 왕도 무슨 좋은 수가 없는지 보고 오겠다고 했어. 마침 커피가 떨어졌기에, 짐 아저씬 나한테 카누를 타고 그들과 같이 가서 커피를 쫌 얻어 오라고 했지.

마을에 도착하고 보니 눈에 띄는 사람이라곤 아무도 없었고, 마치 일요일처럼 거리는 텅텅 비어 죽은 듯 고요했어. 우린 뒷마당에서 햇볕을 쬐고 있는 병든 껌둥이 하나를 만났는데, 그가 말하길 넘 어리거나 늙은 사람, 중환자를 빼고는 모두 2마일쯤 떨어진 숲속의 야외 집회에 갔다고 하더군. 왕은 그 방향을 알아내고는, 그 집회에 가서 한탕 해먹을 테니 나더러 같이 가도 좋다고 했어.

공작은 자기가 찾고 있는 건 인쇄소라고 했는데, 우린 목공소 너머에 있는 쪼그마한 인쇄소 하나를 찾아냈어. 목수도 인쇄공도 모두 야외 집회에 나가 있었지만, 문은 잠겨 있지 않았지. 인쇄소는 물건이 난잡하게 어질러져 있는 더러운 곳으로 여기저기 잉크 자국이 묻어 있었고, 벽에는 온통 말이랑 도망 노예의 그림이 그려진 전단지가 붙어 있었지. 공작은 코트를 벗더니만, 자기는 이걸로 충분하다고 했어. 그래서 나는 왕이랑 야외 집회 장소를 향해 길을 나섰지.

왕과 나는 30분쯤 걸려서 땀을 뻘뻘 흘리며 그곳에 다다랐어. 지독히 더운 날이었지. 그곳에는 20마일 인근에서 몰려든 천여 명의 사람들이 모여 있었어. 숲은 짐마차랑 마차 끄는 말들로 북적북적했는데, 말들은 짐마차에 달린 여물통에서 여물을 먹으며, 파리를 쫓느라 발을 구르고 있었지. 장대로 기둥을 세우고 나뭇가지로 지붕을 엮은 헛간이 몇 채 있었는데, 거기선 레몬에이드랑 생강 빵을 팔고 있었고, 수박이랑 풋옥수수 등이 한 무더기 쌓여 있었어.

설교도 비슷하게 생긴 헛간에서 진행되고 있었는데, 그 헛간은 쫌 더 크고 사람들이 많이 모여 있었어. 벤치는 통나무의 바깥쪽

평판으로 만들어져 있었는데, 둥근 쪽에다 구멍을 뚫어 막대를 끼워서 다리로 쓰고 있었지. 등받이는 없었어. 헛간 한쪽 구석엔 목사님들이 서는 높은 단이 있었지. 여자들은 보닛 모자를 쓰고 있었고, 면이랑 모로 짠 드레스를 입은 여자, 체크무늬 면 옷을 입은 여자도 몇몇 눈에 띄었어. 젊은 여자 몇은 옥양목 옷을 입고 있었지. 젊은 남자들 중에는 맨발로 다니는 이들도 눈에 띄었고, 거친 삼으로 만든 셔츠 한 장만 걸친 애들도 있었어. 나이 든 여자 몇몇은 뜨개질을 하고 있었고, 젊은이들 중에는 몰래 연애질을 하는 이들도 눈에 띄더군.

우리가 제일 먼저 들어선 헛간에선 한 목사님이 찬송가를 선창하고 있었어. 목사님이 두 줄을 부르면 모두가 이를 따라 불렀지. 많은 사람들이 소리 높여 노래했기에, 꽤 장엄하게 들렸어. 목사님이 두 줄을 더 선창했고 사람들이 따라 불렀지. 계속 이런 식으로 진행됐어. 분위기가 점점 달아오르자 사람들은 점점 더 크게 노래를 불러 댔고, 끝에 가서는 신음하는 사람, 큰 소리를 외쳐 대는 사람도 생겨났지. 그러자 목사님은 설교를 시작했고, 진지한 어조로 설교를 이어 갔어. 먼저 몸을 좌우로 흔들면서 단 한쪽으로 걸어가더니, 다음에는 반대쪽으로 걸어갔지. 그러고는 팔과 몸을 계속 움직여 대며 몸을 단 앞으로 내밀면서 온 힘을 짜내 목청을 높였어. 그러다가 이따금씩 성경책을 들어 활짝 펼치고는 이쪽저쪽으로 흔들면서 소리쳤지.

"이것이 놋쇠로 만든 광야의 뱀이니라! 이것을 보면 살지어다!"

그러면 사람들이 "하나님께 영광 돌리세! 아멘!"하고 소리쳤어. 그렇게 목사님은 설교를 계속해 나갔고, 사람들은 신음하고 울부짖으며 "아멘"을 외쳤어.

"오, 참회하는 자리로 나오라! 나오라, 죄로 더럽혀진 자여! (아멘!) 나오라, 병든 자, 다친 자여! (아멘!) 나오라, 다리를 저는 자, 눈먼 자여! (아멘!) 나오라, 가난한 자, 궁핍한 자, 수치심에 찌들어 있는 자여! (아멘!) 나오라, 지친 자, 때 묻은 자, 고통받는 모든 자들이여! 상처받은 영혼을 부여안고 나오라! 회개하는 마음으로 나오라! 죄로 누더기가 된 채, 때 묻은 채로 나오라! 죄를 씻는 물은 값없이 주어졌나니. 천국의 문이 열려 있느니라. 오, 들어와 안식을 얻어라! (아멘! 하나님께 영광 있으라, 할렐루야!)"

그런 식이었어. 사람들의 고함 소리와 울음소리 때문에 목사님이 뭔 소리를 하는지 도통 알아들을 수가 없을 지경이었지. 사람들이 여기저기서 무리 지어 일어나 눈물을 줄줄 흘리면서 온 힘을 다해 군중 속을 헤집고 참회하는 자리로 나아갔어. 맨 앞줄에 있는 참회하는 자리로 나간 사람들은 모두 마치 미친 사람들처럼 노래를 부르고 고함을 질러 대며 짚단 위에 몸을 던지는 거 있지.

그때 나는 왕이 뭔 짓을 하려는지 알게 됐어. 군중들 사이로 왕의 목소리가 들렸지. 그는 단상으로 뛰어 올라갔고, 목사님은 왕한테 간증을 청했어. 왕은 군중들한테 자기는 해적이었다고 말하더군. 인도양에서 30년 동안이나 해적 노릇을 했다고 말이야. 그러다가 지난 봄에 있었던 해전에서 부하들을 대부분 잃게 됐고, 이제는 고향에 돌아와 다시 선원들을 모집하던 중이었다고 했어. 근데 어젯밤 강도질을 당해 땡전 한 푼 없이 증기선에서 내릴 수밖에 없었는데, 그 일이 오히려 평생에 가장 큰 축복이라서 기뻤다고 하더군. 왜냐면 자기는 이제 다른 사람이 됐고, 난생처음 행복함을 느낀다나. 자기는 비록 가난하지만, 이제 곧 항해를 시작해 인도양으로 돌아가 해적들을 진리의 길로 이끄는 데 여생을 바치겠다고 했어. 인도양의 해적들을 죄다 알고 있기에, 그 누구보다 자기가 이 일을 제일 잘 해낼 수 있단 거였지. 땡전 한 푼 없이 인도양까지 가려면 오랜 시간이 걸리겠지만, 어떻게든 가겠단 거야. 그러고는 해적 한 명을 회개시킬 때마다 그 사람한테 이렇게 얘기한댔어.

"나한테 감사할 일이 아니네. 내 덕택이라고 생각해선 안 돼. 이건 다 그 포크빌 야외 집회에 참석했던 은혜로운 분들 덕택이라구. 그분들은 형제이자 인류의 은인이지. 또 그 은혜로운 목사님 덕택이기도 하지. 그분은 우리 해적의 진실한 친구일세!"

왕은 울음을 터뜨렸고, 모두가 따라 울었어. 그때 누군가 외쳤지.

"저 사람을 위해 모금을 합시다! 모금을 하자구요!"

그래서 대여섯 명이 벌떡 일어나 모금하는 일을 맡겠다고 하자, 또 누군가 외쳤어.

"저 사람더러 직접 모자를 돌리게 합시다!"

그러자 모두들 좋다고 했고, 목사님도 찬성했지.

그래서 왕은 모자를 들고 사람들 사이를 돌아다녔어. 그는 눈물을 훔치며 사람들을 축복하고 칭찬하면서, 그렇게 먼 곳에 있는 불쌍한 해적들한테 이렇게 친절을 베푼 것에 대해 고마움을 표했지. 아주 예쁜 여자들이 눈물을 흘리면서 차례차례 왕한테 다가가서는, 그를 기억하고 싶다며 키스를 허락해 주겠냐고 물었어. 왕은 족족 수락했지. 그는 그중 몇몇을 껴안아 가며 대여섯 번씩 키스를 해

대기도 했어. 왕은 그 여자들한테서 한 일주일쯤 집에서 묵었다 가라고 초대를 받기도 했지. 모두들 그를 자기 집에 초대해 함께 지내고 싶어 했고, 그렇게 되면 참 영광일 거라고 했어. 하지만 왕은 오늘이 야외 집회의 마지막 날이라서 그럴 수 없다면서, 게다가 당장 인도양으로 돌아가 해적들한테 전도를 해야 한다고 하더군.

뗏목으로 돌아와 모금액을 계산해 봤더니 87딸라 75센트나 되지 뭐야. 거기다가 왕은 숲 사이를 빠져나와 집에 돌아오는 길에 짐마차 아래서 발견한 3갤런들이 위스키 통도 챙겼지. 그는 오늘 벌이가 그동안의 선교 사업 중 그 어떤 날보다도 많다고 했어. 야외 집회에서 작업을 치는 데는 해적들에 비하면 이교도들이 누워서 떡먹기라고 왕이 그러더군. 공작은 왕이 돌아올 때까지는 자기가 사업을 썩 잘했다고 생각했는데 말이야, 왕이 돌아오니까 자기 수완이 그리 대단치 않게 여겨졌나 봐.

공작은 인쇄소에서 농부들을 위해 작은 전단지 두 개를 인쇄해 주고는 4딸라를 벌었어. 그건 말 광고였지. 그리고 10딸라짜리 신문 광고도 주문받았는데, 선불로 하면 4딸라에 실어 주겠다고 했더니 그들이 기꺼이 그 말대로 했다는 거야. 그 신문 대금은 1년에 2딸라인데 말이야, 선불 조건으로 한 부당 50센트에 예약을 세 건이나 받았더군. 사람들은 언제나처럼 장작 다발이랑 양파로 대금을 지불하겠다고 했지만, 공작은 이제 막 가게를 인수했으니 최저가로 후려쳐서 현금으로 받겠다고 했대. 그는 손수 지은 시 한 편을 내걸었다는군. 달콤하고도 애달픈 삼행시였는데 제목은 "그래, 냉혹한 세상이여, 이 미어지는 가슴을 으스러뜨려주소서"였대. 공작은 그 시를 언제라도 신문에 낼 수 있게 준비해 놓고, 그 대가로 한 푼도 청구하지 않았다고 했어. 어쨌든 공작은 그렇게 9딸라 50센트를 벌었는데, 벌이가 꽤 좋은 날이었다고 했지.

그러고 나서 공작은 인쇄만 해 놓고 요금 청구는 아직 안 한 또 다른 전단지를 보여주더군. 그건 우릴 위해 인쇄한 거라 그렇다고 했어. 거기엔 짝대기에 달린 봇짐을 어깨에 짊어진 도망친 껌둥이 그림이 그려져 있었는데 말이야, 그 밑엔 "포상금 200달러"라고 쓰여 있었지. 내용은 모두 짐 아저씨에 대한 것이었는데, 아저씨의 인상착의가 자세히 묘사돼 있었어. 거기엔 짐 아저씨가 작년 겨울 뉴올리언스 하류 쪽으로 40마일 떨어진 세인트 자크 농장에서 도망을 쳐 북쪽으로 갔으며, 누구든 그를 붙잡아 돌려준 사람은 포상금과 비용을 받게 될 거라고 적혀 있었지.

공작이 말했어.

"자, 오늘밤만 지나면 우린 대낮에도 뗏목을 몰 수 있단 말야. 누가 오는 게 보이면 얼른 짐의 손발을 밧줄로 묶어서는 천막에다 처넣고 이 전단지를 보여 주면서 말하는 거지. 우리가 강 상류서 이 놈을 붙잡았지만 증기선을 탈 돈이 없어 친구한테서 이 자그마한 뗏목을 외상으로 얻어 포상금을 타 먹으러 내려가는 중이라고 말야. 수갑이랑 쇠사슬을 채우면 짐한테 더 잘 어울리겠지만 말야, 그럼 우리가 돈이 없단 얘기랑 영 안 맞을 거 아냐. 너무 과하단 얘기지. 그래서 밧줄이 딱이야. 연극에서 말하는 삼일치법칙을 지켜야 한다구."

우린 모두 공작이 참 똑똑하다고, 이젠 대낮에 뗏목을 몰아도 문제없겠다고 했어. 그리고 그 작은 마을의 인쇄소에서 공작이 저지른 일 때문에 난리가 날 거고, 그 난리를 피하려면 오늘 밤 몇 마일

더 도망가야 할 거라고 생각했지. 그러고 나면 우린 원하면 아무 때나 뗏목을 몰 수 있게 될 거야.

우린 조용히 누워 있다가 열 시가 돼서야 뗏목을 띄웠어. 미끄러지듯 노를 저어 갔고, 마을에서 꽤 떨어진 곳에 이르러 마을이 완전히 보이지 않게 되자 그제야 랜턴을 켰지. 새벽 네 시경 불침번 교대를 위해 날 깨우면서 짐 아저씨가 말했어.

"헉, 가는 길애 말여, 우리가 저런 왕들을 더 만나개 될까?"

"아뇨, 그렇진 않을 거예요." 내가 대답했어.

"그래, 그럼 됀내. 솔직히 왕이란 건 한둘이믄 족허지. 걸루 충분해. 저 왕은 대단헌 주정뱅이고, 저 공작도 쪼금도 나을 것이 업쓰니 말여."

난 짐 아저씨가 왕한테 프랑스 말을 해 보라고 부탁하는 걸 봤어. 프랑스말이 대체 어떤지 들어보고 싶다고 말이야. 하지만 왕은 자기가 이 나라에 온 지 넘 오래 되기도 했고 고생도 많이 하는 바람에 죄다 까먹었다고 하더군.

21장

해가 떴지만 우린 이제 뗏목을 정박하지 않고 계속해서 강을 따라 흘러갔어. 얼마 뒤 왕과 공작이 아주 초췌한 모습으로 천막에서 나왔지만, 강물에 뛰어들어 헤엄을 치더니 꽤 활기를 찾는 듯했지. 아침 식사를 마친 뒤 왕은 뗏목 한구석에 걸터앉아서는, 장화를 벗고 바짓가랑이를 걷어 올리더니 두 다리를 물속에 담그고 첨벙대더군. 아주 편안해 보였어. 왕은 파이프에다 불을 붙이더니 《로미오와 줄리엣》의 대사를 외우기 시작하더군. 제법 외우게 되자 공작이랑 같이 연습을 시작했지. 공작은 대사 하나하나를 어떻게 해야 하는지 몇 번이고 반복해서 왕한테 가르쳐야만 했어. 공작은 왕한테 한숨을 쉬라는 둥, 가슴에 손을 얹으라는 둥 가르쳐 대더니, 한참 시간이 지난 뒤에 왕의 연기가 제법 나아졌다고 하더군. 공작의 훈수는 계속됐어.

"그냥 '로미오!'하고 그렇게 황소가 우는 것 마냥 울부짖어선 안 된단 말요. 부드럽지만 상심한듯 시들시들한 목소리로 외치라구

요. '로-오-오-미오!'하고 말요. 알겠소? 줄리엣은 사랑스런 어린 소녀니까 그렇게 수탕나귀 같이 울지 않는다구요."

그리고 두 사람은 공작이 떡갈나무 가지로 만든 긴 칼 한 쌍을 꺼내들고 칼싸움 연습을 시작했어. 공작은 자기를 리처드 3세라고 불렀지. 두 사람이 서로 칼을 겨누면서 뗏목 위를 이리저리 뛰어다니는 모습은 볼만했어. 하지만 이내 왕이 발을 헛디뎌 그만 강물에 빠지자, 그들은 잠시 쉬면서 이제까지 미시시피 강을 따라 오르내리면서 자기들이 겪었던 온갖 모험 얘기를 했지.

점심 식사를 마친 뒤 공작이 말했어.

"자, 카페[9] 왕이시여, 우리 이걸 최고의 쑈로 한번 만들어 봅시다. 그러려면 여기에다 뭔가를 좀 덧붙여야 하겠는데 말요. 앙코르에 화답할 게 있어야겠소."

"앵콜이 먼가, 빌지워터?"

공작은 왕한테 그걸 설명하고는 말을 이어갔지.

"나는 앙코르로 하일랜드 플링이나 혼파이프를 출 꺼요. 왕께서는, 가만있자…… 오, 생각났소! 햄릿의 독백을 하면 되겠네."

"햄릿의 뭘 해?"

"햄릿의 독백 말이오. 세익스피어 극 중 제일로 유명한 거요. 아, 숭고해라, 숭고하구 말구! 표가 늘 불티나게 팔리지. 내 대본에는 그게 없소. 가진 거라곤 이 책 한 권이 다야. 하지만 기억을 더듬어 보면 몇 구절 건질 수 있을 꺼요. 어디 잠깐 왔다리갔다리 하면서 기억의 금고 속에서 그걸 불러낼 수 있을지 한번 보겠소."

9 프랑스를 지배한 왕조로서, 루이 16세의 성(姓)이다.

공작은 잔뜩 인상을 쓰고는 곰곰이 생각에 잠긴 얼굴로 서성댔어. 눈썹을 치켜뜨기도 하고, 이마에다 손을 갖다 대기도 하고, 비틀거리며 뒷걸음치면서 신음소리 비슷한 걸 내기도 했지. 그러고는 한숨짓다가 눈물을 흘리기도 했어. 멋진 연기였지. 이윽고 공작은 기억을 해냈는지, 우리한테 주목하라고 하더군. 그러더니 한쪽 발을 앞으로 쭉 내밀고 두 팔을 높이 쳐들고는, 머리를 뒤로 젖힌 채 하늘을 쳐다보며 아주 우아한 포즈를 취했어. 그러고 나서 열변을 토하다 이를 악물었다 하더니, 대사를 외우는 내내 소리를 질러 댔지. 공작은 두 팔을 벌리고 가슴을 앞으로 내밀고는 내가 지금껏 봐 온 그 어떤 연기보다도 멋진 연기를 해내는 거였어. 이게 그 대사인데, 공작이 왕한테 그 대사를 가르치는 동안 나는 손쉽게 그걸 익힐 수 있었지.

사느냐, 죽느냐,
기나긴 삶을 불행하게 만드는 것도
바로 이 한 자루 단검이다.
버넘 숲이 던시내인까지 다가올 때까지
그 누가 이 무거운 짐을 견뎌 낼 것인가.
죽음 뒤에 무엇이 올까 하는 두려움이
대자연의 두 번째 과정인
죄 없는 잠을 죽이고 말았다.
그리고 우리가 알지 못하는 그 어딘가로 향하게 하기보다는
가혹한 운명의 화살을 쏘게 했도다.
바로 이것이 우리를 망설이게 한다.

문을 두드려 던컨 왕을 깨우시오! 그렇게 되면 얼마나 좋겠는가.

시간이 우리를 채찍질하고 모욕하는 것을 그 누가 견딜 수 있단 말인가,

폭군의 비행과 오만한 자의 무례를,

법의 지리한 집행을,

한밤중에 교회 무덤이

관례대로 엄숙한 검은 상복을 입고서

입을 벌리고 기다리는 가운데,

어찌 시간의 날카로운 이빨이 가져올 죽음을 견딜 수 있단 말인가.

어떤 나그네도 돌아올 수 없는 미지의 나라가

이 세상에 더러운 기운을 내뿜고 있다.

결연했던 본래의 취지는

마치 속담에 나오는 가련한 고양이처럼

두려움 속에서 시들고,

지붕 위까지 내리깔린 온갖 구름도

이 때문에 길을 잃고

무엇을 할 것인지 헤매고 만다.

진정 절실하게 바라는 것은 죽음이다.

그러나 마음을 풀어라, 아리따운 오필리아여,

그대의 무거운 대리석 입술을 닫고

수녀원으로 갈지어다, 어서 갈지어다![10]

10 공작은 햄릿의 독백을 암송하고자 했지만, 햄릿의 독백과 《맥베스》(*Macbeth*), 《리처드 Ⅲ세》(*Richard Ⅲ*)의 대사가 혼란스럽게 섞여 있다.

왕은 대사가 마음에 들었던지 이내 그 대사를 외우더니 단숨에 해내는 거 있지. 마치 그 배역을 위해 태어난 사람 같았다니까. 대사를 거의 소화해 내자 흥분해서는 미친 듯이 날뛰며 대사를 토해내는 꼴이란…… 진짜 볼만했지.

기회가 생기자 공작은 연극 전단지를 인쇄했어. 그 후 우린 2~3일 동안 뗏목을 타고 떠내려갔는데, 뗏목은 그야말로 대단히 활기 넘치는 곳이 됐지. 공작의 표현을 빌리자면, 뗏목에서 칼싸움과 리허설이 끊이지 않았기 때문이야. 어느 날 아침 아칸소 주까지 내려갔을 무렵, 커다란 만곡부에 위치한 쪼그마한 마을 하나가 눈에 들어왔어. 그로부터 약 4분의 3마일 정도 상류 지점, 삼나무로 가려져 마치 동굴처럼 보이는 개울 어귀에다 뗏목을 댔지. 그러고는 짐 아저씨를 뺀 나머지 세 사람은 그 마을에서 쇼를 할 수 있을지 살펴보러 카누를 타고 내려갔어.

우리는 참 운이 좋게도 때맞춰 그 마을에 간 셈이었어. 마침 그날 오후 그곳에선 서커스가 있을 예정이었거든. 마을 사람들이 벌써부터 온갖 종류의 낡아빠진 마차랑 말을 타고 모여들기 시작했어. 서커스단은 밤이 되기 전에 그 마을을 떠날 예정이라서, 우리가 공연을 하기에는 더없이 좋은 기회였지. 공작은 큰 저택을 한 채 빌렸고, 우리는 여기저기 전단지를 붙이며 돌아다녔어. 전단지 내용은 대략 이랬지.

셰익스피어 극 재공연!!!

멋진 볼거리!

오늘 밤, 딱 하루만 공연!

세계적인 비극 배우,

런던 드루리 레인 극장의 데이비드 개릭 2세

그리고

런던 피카딜리, 푸딩 레인, 화이트 채플 소재의 왕립 헤이마켓 극장

및 왕립 컨티넨털 극장의 에드먼드 킨

셰익스피어 연극의 백미라 할 수 있는

《로미오와 줄리엣》의 발코니 장면 공연

로미오 ··· 개릭

줄리엣 ··· 킨

극단원 총출연!

새로운 의상, 새로운 배경, 그리고 새로운 장비!

또한

《리처드 3세》 중에서 스릴 있고 피비린내 나는 칼싸움 명장면 공연!!!

리처드 3세 ······································· 개릭

리치먼드 ··· 킨

또한

(특별 요청에 의해)

저 유명한 킨이 파리에서 300일 연속 공연했던

햄릿의 불멸의 독백!!

유럽 순회공연 일정으로 인해 오늘 밤 단 하루만 공연!

입장료 25센트, 소인 및 하인 10센트

우리는 마을 주변을 어슬렁거리며 돌아다녔어. 가게랑 집은 대부분 낡고 바짝 마른 판자 건물이었고, 페인트라곤 한 번도 바른 적

이 없어 보였지. 건물들은 강물이 범람했을 때 물이 와 닿지 않도록 땅에서 3~4피트 가량 높게 버팀목 위에 세워져 있었어. 건물 주위로는 쪼그마한 정원이 있었는데 재배하는 건 거의 없었고, 흰독말풀이랑 해바라기, 잿더미, 쭈그러지고 낡아빠진 장화랑 신발, 병 조각, 넝마, 내다 버린 양철 그릇 등이 널려 있었지. 울타리는 온갖 종류의 판자때기로 만들어져 있었는데, 못질도 제각각이었어. 울타리는 이리저리 제멋대로 기울어져 있었는데, 문짝에는 가죽으로 만든 돌쩌귀가 딸랑 하나 달려 있었어. 어떤 울타리는 언제 발랐는지 모를 하얀색 페인트칠이 된 것도 있었는데, 공작은 그게 아마 콜럼버스 시절에 바른 걸지도 모른다고 하더군. 정원에는 대개 돼지들이 들어와 돌아다니다가 사람들한테 내쫓기고 있었어.

가게들은 모두 한 길을 따라 늘어서 있었어. 가게 앞에는 집에서 직접 짠 하얀 차양이 드리워져 있었는데, 마을 사람들이 그 차양 기둥에다 말들을 매어 놨더군. 차양 아래에는 빈 포목 상자가 있었는데, 놈팽이들이 온종일 거기 들러붙어 앉아서는 큰 주머니칼로 상자를 조금씩 깎기도 하고, 담배를 씹기도 하고, 하품을 하기도 하고, 기지개를 켜기도 했어. 하나같이 상스러운 자들이었지. 그자들은 대개 우산만 한 크기의 누런 밀짚모자를 쓰고 있었는데, 저고리나 조끼도 안 입고 있었어. 서로를 빌이니 벅이니 행크니 조니 앤디니 하고 부르며 말끝을 길게 빼면서 굼뜬 말투로 얘기하고 있었는데, 쌍스러운 욕을 아예 달고 살더군. 차양 기둥 하나당 놈팽이 한 명씩 기대앉아 대개 두 손을 반바지 주머니에 찔러 넣은 채, 담배를 한 대 꿔 피거나 가려운 데를 긁는다거나 할 때 말고는 절대로 손을 빼는 법이 없더군.

그자들 사이에서 늘 오고 가는 말이 있었지.

"어이, 행크, 담배 한 대만 줘 바."

"안 돼. 나두 한 대밖께 업써. 빌헌태 달라 해."

그럼 빌이란 자는 한 대 줄 수도 있고, 아니면 자기도 없다고 거짓말을 할 수도 있지. 그런 놈팽이들 중에는 돈이라곤 한 푼도 없고, 담배 한 대조차 없는 자들도 있었어. 그런 자들은 늘 담배를 꿔서 피우지. 친구한테 이렇게 말을 건네면서 말이야.

"어이, 잭, 담배 한 대만 꿔 줘. 지금 막 벤 탐슨헌태 마지막 남은 한 대를 줘 버렷써."

그건 십중팔구 거짓부렁이야. 그 말에 속을 사람은 낯선 이방인밖에 없어. 하지만 잭은 이방인이 아니기에 이렇게 말하지.

"머, 니 놈이 그놈헌태 한 대 줫따구? 차라리 니 놈 누이의 고양이의 할매가 한 대 줫따고 허지 그러냐. 어이, 레이프 버크너, 이재껏 나헌태서 꿔 간 담배나 토해 내. 그럼 내 한 뭉텅이든 두 뭉텅이든 꿔 주지. 이자 갇튼 건 바라지도 안는다구."

"내가 좀 갑찌 안앗떤가?"

"그럼, 갑낀 갑팟찌. 한 여섯 대쯤 갑팟나. 니 놈은 나헌태서 가개서 파는 담배를 꿔 가서는 기껏 싸구려 담배로 갑팟찌."

가게에서 파는 담배는 납작하고 까만 꽁다리가 붙어 있지만 말이야, 그자들은 대개 담배 이파리 비튼 걸 피웠어. 그자들은 담배 한 대를 꿔서는 나이프로 짜르지 않고 대개 솔기를 이빨 사이에 넣고는 질겅질겅 씹어 대다가 손으로 잡아당겨 둘로 쪼갰지. 담배 반쪽을 돌려받은 원래 주인은 이를 마뜩잖은 표정으로 바라보다가 비꼬는 투로 이렇게 말하곤 했어.

"어이, 그 씹는 쪽을 이리 내! 니 놈이 꽁다리를 가져가란 말여."

큰 길이건 좁은 길이건 간에 모두 다 진흙투성이였어. 온통 진창이었지. 타르만큼이나 시꺼먼 진흙이 깊이 1피트 정도 되는 곳도 있었는데, 대개 2~3인치 정도는 기본이었어. 어디를 가나 돼지들이 꿀꿀대며 어슬렁거렸지. 진흙투성이의 암돼지랑 새끼 돼지들이 큰 길을 따라 어슬렁거리며 걷는 게 보였어. 근데 암돼지가 길 한복판에 퍼질러 앉는 바람에, 사람들이 이를 피해서 지나가야만 했지. 암돼지는 새끼 돼지들한테 젖을 물리고 있는 동안 몸을 쭉 뻗고 눈을 지그시 감은 채 귀를 설레설레 흔들면서 마치 월급이라도 탄 것 마냥 행복감에 젖어 있더군. 근데 얼마 후에 놈팽이 한 명이 "쉭! 저놈을 물어라, 티지!"하고 큰 소리를 질렀고, 이내 그 암돼지는 개한테 양쪽 귀를 물려 질질 끌려가면서 "꽥액"하고 돼지 멱따는 소리를 질러 댔어. 뒤를 이어 3~40마리나 되는 개들이 몰려들었지. 놈팽이들은 모두 벌떡 일어나 그 광경이 눈에서 사라질 때까지 낄낄대면서 바라봤는데, 그 난리를 즐기는 눈치였어. 그자들은 다시 제자리로 돌아가 앉아서, 개싸움이라도 날 때까지 그대로 자리를 지켰지. 똥개한테 테레빈 기름을 끼얹고 불을 싸지르거나, 똥개 꼬리에다 양철 프라이팬을 매달아서 죽어라 뛰어다니는 광경을 구경하는 걸 빼고는, 개싸움만큼 그자들을 흥분시키고 즐겁게 하는 건 없었거든.

강가에 있는 집 몇 채는 강둑에 들러붙은 채로 둑 너머로 고개를 내밀고 구부정하게 기울어 있어서, 당장이라도 강으로 굴러 떨어질 것만 같았어. 거기 살던 사람들은 벌써 다른 데로 이사를 하고 없었지. 몇몇 집은 아래 한구석이 허물어져서, 마치 둑 위에 걸려 있는 듯 보이기도 했어. 거기엔 아직 사람들이 살고 있었지만, 잘못하면 집 한 채 넓이의 땅이 한번에 무너져 내릴 수 있기에 위태위태해 보였지. 한여름에는 4분의 1마일 깊이의 땅이 무너져 내리기 시작해 무너지고 또 무너져 내려서 강으로 완전히 사라지는 경우도 있었거든. 그런 마을은 늘상 강물이 침식해 들어오기에, 뒤로 물러나고 물러나고 또 물러나게 돼지.

그날 정오 무렵에는 짐마차랑 말들이 몰려들어 거리를 가득 채웠어. 시골에서 온 가족들은 저녁거리를 싸 와서 짐마차 안에서 먹더군. 위스키 마시는 사람들이 허다했고, 쌈질도 세 건이나 봤지. 이때 누군가 큰 소리로 외쳤어.

"쩌어기 보그스 영감이 온다! 다달이 한 번씩 와서 코가 삐뚤어지개 처마셔 대는 양반이 이번애도 어김엽씨 시골서 올라오셧꾸만. 모두들, 쩌기 보라구!"

놈팽이들은 모두들 즐거워 보였는데 말이야, 그자들은 보그스 영감 놀려먹는 재미로 사는구나, 하는 생각이 들었지. 그중 한 사람이 말했어.

"쩌 영감, 이번앤 누굴 해치울 작쩡인지 궁금허내 그려. 이날 이때까지 20년 간 해치워버리갯따고 작쩡헌 놈들을 몽땅 깨끗이 쓸어버렷땀, 쩌 영감도 지금쯤 이름 깨나 날렷쓸 탠대 말여."

그러자 다른 사람이 말했어.

"보그스 영감이 날 해치우갯따고 허면 참 조캣는대 말여. 그럼 난 천년 동안은 안 죽을 거 아녀."

말을 타고 달려오던 보그스 영감은 마치 인디언처럼 "와"하고 함성을 질러 대며 노래를 불렀어.

"거기, 길 터라. 이 몸이 행차허신다. 여차허면 관 갑쓸 치르개 될 껄새."

술에 취해 말안장 위에서 휘청휘청하던 보그스 영감은 오십이 넘어 보였고, 아주 벌건 혈색을 지녔더군. 모두들 영감을 향해 소리를 지르며 비웃고 건방을 떨어 대자, 영감은 때가 되면 맞짱 떠서 죄다 때려눕히고 말겠지만, 오늘은 늙은 셔번 대령을 죽이러 마을에 온 것이니 꾸물거릴 시간이 없다고 대꾸했어. 자기 좌우명이 "고기 먼저 먹고, 수프는 나중에"라나.

보그스 영감은 나를 보더니 말을 타고 다가와 말했어.

"얌마, 니 놈은 어디서 굴러먹다 온 놈이냐? 뒤질 각오는 됏써?"

그러고는 말을 타고 가 버리더군. 나는 겁이 났지만 어떤 사람이 나한테 말했어.

"신경 쓰지 말거라. 쩌 영감은 술 취하면 늘상 저 모양 저 꼴이여. 저래봬도 아칸소애서 쵝오로 순해 빠진 바보 영감이라구. 취해 잇뜬 안 취해 잇뜬 남헌태 해 끼친 적은 업걸랑."

보그스 영감은 마을에서 제일 큰 가게 앞까지 말을 몰고 가서는, 고개를 숙여 차양 커튼 아래로 안을 들여다보더니 냅다 소리를 질러 대기 시작했어.

"이리 나오너라, 셔번! 어서 나와서 니 놈이 등쳐먹은 사람들을 보라구. 니 놈은 나헌태 쫒끼고 잇는 똥개애 불과허다. 니 놈은 내 손애 잡히개 돼 잇써!"

보그스 영감은 할 수 있는 온갖 욕지거리를 셔번한테 계속 퍼부어 댔고, 그걸 듣고 웃어 대는 사람들로 거리가 북적거렸어. 얼마 뒤 쉰다섯쯤 돼 보이는 오만하게 생긴 사람 한 명이 가게에서 나왔는데, 그는 마을에서 제일로 옷을 잘 입는 사람 같았어. 놈팽이 무리는 그 사람이 지나갈 수 있게 양옆으로 길을 터 줬지. 그는 아주 차분한 목소리로 천천히 보그스 영감한테 이렇게 말하는 거였어.

"이제 이런 짓거리에 진절머리가 나는군. 하지만 한 시까지는 참아 주지. 딱 한 시까지야. 알았어? 그 이상은 안 돼. 한 시 이후에 나한테 한번이라도 입을 잘못 놀려 댔다간 지구 끝까지라도 쫓아가서 자넬 찾아내겠네."

그러고는 휙 돌아서 가게 안으로 들어가 버렸어. 놈팽이들은 정신이 번쩍 드는지 꼼짝도 하지 않고 더는 웃지도 않더군. 보그스 영감은 고래고래 소리를 질러 대며 셔번한테 욕지거리를 해 대면서 길 저 아래쪽으로 말을 타고 사라지는가 싶더니만, 이내 다시 돌아와서는 가게 앞에 멈춰서 목청을 높였어. 몇 사람이 보그스 영감 주위에 몰려들어 입을 닥치게 하려고 했지만 말이야, 그 영감은 말을 듣지 않았지. 사람들은 보그스 영감한테 한 시가 되기까지 15분 정도 밖에 안 남았다고 일러주고는, 어서 집으로 돌아가라고, 당장 돌아가라고 타일렀어. 하지만 아무 소용없었지. 보그스 영감은 죽어라 욕지거리를 해 댈 뿐이었어. 그러고는 모자를 진창에다 내팽개치고는 그 위로 말을 몰아 말발굽으로 모자를 짓밟더니만, 이내 백발을 휘날리며 미친 듯이 길 아래쪽으로 내달렸지. 사람들은 보그스 영감을 어르고 달래서 말에서 끌어내 취기가 가실 때까지 가둬 놓을 기회만 엿보고 있었지만 헛수고였어. 보그스 영감은 또다시 길을 따라 올라와서는 셔번한테 욕을 퍼부어 대는 게 아니겠어. 이윽고 누군가 말했지.

"딸을 불러옵시다! 빨리빨리. 영감의 딸을 불러오란 말여! 딸래미 말이라면 간혹 들을 때가 있거든. 영감을 타이를 수 있는 건 딸뿐이라구."

그래서 누군가가 딸을 찾으러 뛰어갔어. 나는 거리를 따라 걷다가 멈춰 섰지. 5분에서 10분쯤 지났을까. 보그스 영감이 또다시 나타났는데 이번엔 말을 타고 있지 않았어. 모자도 안 쓰고 갈지자로 걸으면서 이쪽으로 길을 건너오더군. 친구인 듯 보이는 두 사람이 양쪽에서 영감 팔을 붙잡고는 재촉하고 있었어. 보그스 영감은 말이 없었고 불안해 보였지. 하지만 조금도 뒤로 물러서지 않고 오히려 서둘렀어. 그때 누군가 버럭 소리를 질렀지.

"보그스!"

누구인지 봤더니 셔번 대령이었어. 그는 오른손에 권총을 치켜든 채 길 한가운데 조용히 서 있었지. 총부리는 보그스 영감 쪽이 아니라 하늘 쪽을 향하고 있었어. 그때 어린 소녀가 남자 두 명과 함께 이쪽으로 뛰어오는 모습이 보였지. 보그스 영감과 양쪽에 있는 두 남자는 누군가 부르는 소리에 뒤를 돌아다봤어. 권총을 보자 두 남자는 펄 듯이 옆으로 비켜섰지. 권총의 총부리가 천천히 수평으로 내려왔고, 양쪽 공이치기는 다 당겨져 있지 뭐야. 보그스 영감은 두 팔을 번쩍 쳐들고는 소리쳤어.

"오! 주여! 쏘지 마시개나!"

"빵!"하고 첫 번째 총성이 울리자, 보그스 영감은 허공을 향해 주먹을 움켜쥐며 비틀거리면서 뒷걸음질 쳤어. "빵!"하고 두 번째 총성이 울리자, 영감은 팔이 축 늘어진 채 육중하게 뒤로 나자빠졌지. 어린 소녀는 비명을 지르며 쓰러진 아빠를 향해 와락 달려들면서 울부짖었어.

"아, 저 사람이 아빨 죽였어요! 저 사람이 아빨 죽였어요!"

놈팽이들은 그 광경을 보려고 두 사람 주위로 몰려들어 목을 길게 빼고는 엎치락뒤치락 야단이었고, 가까이 있던 사람들은 그들을 밀쳐 내면서 "*물러 서! 물러들 서라구! 숨 좀 쉬게 합시다. 숨 좀!*" 하며 악을 써 댔어.

셔번 대령은 권총을 땅바닥에다 내던지고는 휙 돌아서 저만치로 사라져 버렸어.

사람들은 보그스 영감을 쪼그마한 약방으로 데리고 갔어. 놈팽이들은 아까처럼 복작대며 따라갔고, 그 뒤로 온 마을 사람들이 따라갔지. 나는 달려가 구경하기 좋은 창가 쪽에 자리를 하나 잡았는데 말이야, 보그스 영감이랑 가까웠고 안이 잘 들여다보이는 자리였어. 사람들은 영감을 마루 위에다 눕히고는 머리 밑에다 큰 성경책 한 권을 베개 삼아 받치더니 또 다른 한 권을 그의 가슴 위에다 펼쳐 놓더군. 하지만 사람들이 그 전에 영감의 셔츠를 찢어 벗겼기에, 나는 총알 한 발이 어디를 관통했는지 볼 수 있었어. 영감은 열댓 번씩이나 숨을 헐떡거렸는데 말이야, 숨을 들이쉬고 내쉴 때마다 성경책이 오르락내리락했지. 그러더니 영감은 누운 채로 조용히 있더군. 죽은 거였지. 사람들은 울고불고 하는 딸을 영감한테서 떼어 내서 어디론가 데리고 갔어. 이제 겨우 열여섯 살인 그녀는 예쁘고 상냥하게 생겼는데, 그땐 창백하고 겁을 잔뜩 집어먹은 얼굴이었지.

근데 얼마 뒤 마을 사람들이 몰려와 창가에 자리를 잡고 안을 들여다보려고 밀치락달치락 야단들이었어. 먼저 자리를 잡은 사람들은 자리를 내주려 하지 않았고, 뒤에 온 사람들은 이렇게 쏘아붙이는 거였어.

"여 바, 당신내들은 이미 충분히 봣짠어? 궁둥이 깔고 안자서는 딴 사람들 볼 기회도 안 주는 건 불공평하단 말여. 딴 사람들도 당신내들이랑 마찬가지로 볼 권리가 있다, 이 말씀이여."

말다툼이 상당했기에, 나는 말썽이 일어나기 전에 그곳을 슬쩍 빠져나왔어. 길은 사람들로 북적였는데, 모두가 흥분 상태였지. 총 쏘는 걸 목격한 사람들은 무슨 일이 일어났었는지 얘기하고 있었고, 그 주위로는 얘길 들으려고 목을 길게 뽑고 서 있는 사람들로 북적북적했어. 긴 머리에 굴뚝 모양의 크고 흰 모피 모자를 머리 뒤쪽에 걸쳐 쓰고 굽은 손잡이가 달린 지팡이를 든 키가 크고 멀쑥한 남자가, 보그스가 서 있던 자리와 셔번이 서 있던 자리에다 표시를 했지. 사람들은 그 남자의 뒤를 졸졸 따라다니며 그의 행동을 하나도 빠뜨리지 않고 지켜보면서 알겠다는 듯 머리를 끄덕여 댔고, 허리를 굽혀 두 손을 허벅지에 걸친 채로 그 남자가 지팡이로 땅에다 표시하는 걸 지켜보더군. 그는 셔번이 서 있던 자리에 꼿꼿하게 서서 얼굴을 찌푸리고 모자챙을 깊게 눌러쓰더니 "보그스!"하고 소리쳤어. 그러고는 지팡이를 서서히 수평으로 내리면서 "빵!"하고 소리쳤지. 그리고 휘청거리며 뒷걸음질 치면서 또 "빵!"하고 소리를 치더니 벌렁 뒤로 나자빠졌어. 보그스 영감이 쓰러지는 걸 봤던 사람들은 그 남자가 그걸 완벽하게 재연해 냈다고 하면서, 실제로 벌어진 상황이랑 완전 똑같다고 야단들이었지. 그러면서 열댓 명쯤 되는 사람들이 술병을 꺼내서는 그 남자한테 술을 대접했어.

그러던 중 누군가 셔번한테 린치를 가해야 한다고 소리쳤어. 잠시 후 모두들 그러자고 한목소리를 냈지. 그들은 미친 듯이 소리

를 질러대며 닥치는 대로 빨랫줄을 잡아채 갖고는 서번을 목매달아
야 한다면서 몰려가더군.

22장

사람들은 마치 인디언처럼 함성을 질러 대며 길길이 날뛰면서 셔번의 집을 향해 벌떼처럼 몰려갔어. 누구든지 길을 비키지 않았다간 짓밟혀 곤죽이 되고 말 판이었지. 그건 참으로 끔찍한 광경이었어. 아이들은 소리를 지르며 옆으로 비켜나서 군중들을 앞질러 뛰어갔지. 길가의 창문마다 여자들이 고개를 내밀어 구경했고, 나무마다 껌둥이 소년들이 올라가 있었으며, 울타리마다 그 너머로 껌둥이들이 구경하고 있었어. 군중이 가까이 다가가자 그들은 뿔뿔이 흩어져 허둥지둥 멀찌감치 달아나 버렸지. 여자들이랑 소녀들은 대부분 죽을 듯이 겁을 집어먹고는 큰 소리로 울어 댔어. 사람들이 셔번의 집 울타리 앞에 빽빽이 몰려들어 어찌나 큰 소리로 떠들어 대는지, 자기가 말하는 소리도 안 들릴 정도였지. 그곳은 20피트 정도의 쪼그마한 정원이었어. 그중 누군가가 "*울타리를 헐어 버려! 헐어 버리자구!*"라고 외쳤지. 이어서 부수고 뜯어내고 박살내고 넘어뜨리는 시끌시끌한 소리가 들리더니 울타리가 넘어갔어. 맨 앞줄 사람들부터 파도처럼 안으로 밀려들어 가기 시작했지.

마침 그때 셔번이 이층에 나 있는 쪼그만 현관으로 모습을 드러냈어. 손에는 연발 장총을 들고 한마디 말도 없이 침착하고 신중한 태도로 서 있었지. 시끄러운 소리가 잦아들더니, 군중은 뒷걸음질 치기 시작했어.

셔번은 단 한마디도 하지 않고 그저 거기 선 채로 아래를 내려다보고 있었어. 그 고요함이란 끔찍하리만치 오싹하고 불편하기 짝이 없었지. 셔번은 군중들을 찬찬히 쭉 훑어봤는데 말이야, 사람들은 그와 시선이 마주칠 때마다 그에 맞서서 셔번을 똑바로 쳐다보려 했지만 그럴 수 없었어. 그들은 눈을 내리 깔고는 흘끔흘끔 그를 쳐다볼 뿐이었지. 이내 셔번은 웃음을 터뜨렸는데, 그건 유쾌한 웃음이 아니라 마치 모래가 든 빵을 씹었을 때 나오는 그런 웃음이었어.

그런 다음 셔번은 천천히 비아냥거리는 말투로 이렇게 말했어.

"너희들이 누굴 린치하겠다고! 재밌군 그래! 너희들한테 사내를 린치할 배짱이라도 있다고 생각하나 봐? 너희들이 여기 흘러들어 온 의지할 곳 없는 버림받은 불쌍한 여자들한테 타르를 바르고 깃털을 꽂는 짓을 했다고 해서, 사내한테도 손을 댈 만한 배짱이 있다고 생각하나? 너희들 같은 놈 일만 명이 몰려와도 그 사내는 꿈쩍도 안할 거다. 그것도 대낮에 정면으로 승부한다면 말이다."

"내가 너희들을 모를 줄 알고? 아주 속속들이 알고 있지. 나는 남부에서 나서 자랐고, 북부에서 산 적도 있어. 그래서 난 웬만한 인간들은 잘 알지. 웬만한 인간들은 다 겁쟁이야. 북부에서는 자기를 짓밟으려고 하는 자에게 자기를 짓밟게 하고는, 글쎄, 집으로 돌아가서 그걸 참아 낼 겸허한 마음을 주시옵소서, 하고 기도를 드린

단 말이야. 남부에선 대낮에 혼자서 사람들로 가득 한 역마차를 멈춰 세워 강도질을 일삼는단 말이지. 신문에선 너희들을 용감하다고 치켜세우며 호들갑을 떨어 대니, 너희들은 정말 자기가 다른 누구보다도 용감하다고 생각하지. 하지만 말이야, 너희들은 실상 딱 다른 사람들만큼 용감할 뿐이지 더 용감한 건 아니야. 왜 배심원들이 살인자를 교수형에 처하지 못하는 줄 알아? 그건 말이야, 그 살인자의 친구 놈들이 어둠을 틈타 뒤에서 자기를 쏴 죽이지나 않을까 두렵기 때문이지. 그자들은 그런 짓을 하고도 남을 놈들이니까."

"그래서 배심원들은 늘 무죄를 선고하지. 그러면 진짜 사나이가 밤에 복면을 쓴 겁쟁이 백 명을 거느리고 가서 그 악당에게 린치를 가하는 거지. 너희들의 실수는 그 사내를 데려오지 않았다는 거야. 그게 첫 번째 실수고, 두 번째 실수는 어둠을 틈타 온 것도 아니고 복면도 쓰지 않았다는 거지. 너희들이 데려온 건 기껏해야 저기 저 벅 하크니스라는 반푼이야. 그리고 만약 벅이 앞장서지 않았다면, 너희들은 고작 소리나 질러 대고 말았겠지."

"너희들은 오고 싶지 않았을 거야. 평범한 인간들이란 귀찮은 일과 위험한 일을 좋아하지 않는 법이거든. 하지만 저기 저 벅 하크니스 같은 반푼이가 '저놈을 린치하자! 린치하자!'고 외치면 너희들은 뒤로 물러서는 것도 두려운 게야. 겁쟁이라는 너희들의 실체가 드러날까 봐 두려워서, 덩달아 고함을 지르며 그 반푼이 놈의 꽁무니 뒤에 숨어서는 뭐 큰일이라도 저지를 것 마냥 큰소릴 탕탕 치면서 여기까지 몰려온 거 아니야? 세상에서 제일 불쌍한 게 바로 군중이지. 군대 역시 마찬가지야. 군중은 말이야, 타고난 용기로 싸우는 게 아니야. 그 패거리한테서, 아니면 그 상관한테서 빌려 온 용기로 싸우는 거지. 하지만 선두에 진짜 사나이가 나서지 않은 군중이야말로 더욱 불쌍하지. 자, 너희들이 할 일이라곤 꼬리 내리고 집구석으로 기어들어 가는 것뿐이야. 진짜 린치를 가하려거든 남부 식으로 어둠을 틈타 해야 할 거야. 그리고 꼭 복면을 챙겨 갖고 오고, 진짜 사나이를 앞장세우란 말이다. 자, 저 반푼이 데리고 어서 꺼져."

셔번은 그렇게 말하면서 총을 왼팔 위로 겨누고는 공이를 뒤로 젖히는 게 아니겠어.

군중들은 허둥지둥 뒤로 물러서기가 무섭게 사방으로 뿔뿔이 흩어져 버렸고, 벅 하크니스도 꼴사나운 모습으로 그 뒤를 따라 내빼더군. 나는 그럴 생각만 있었다면 남아 있을 수도 있었지만, 그닥 그러고 싶지 않았어.

나는 서커스 장으로 가서는 뒤편에서 얼쩡거리며 경비가 지나가는 걸 기다렸다가 텐트 밑으로 기어들어 갔어. 20딸라 어치 금화랑 얼마간의 돈이 있었지만 말이야, 거기다 써 버리고 싶진 않았지. 집에서 멀리 떨어져 낯선 사람들이랑 지내다 보면, 언제 돈이 필요하게 될지 모르니 말이야. 조심해서 나쁠 건 없지. 다른 방법이 없을 땐 서커스 구경에다 돈을 쓰는 데 반대하지 않지만 말이야, 돈을 낭비할 필요는 없다구.

그 서커스는 진짜 근사했지. 단원 모두가 남녀 짝을 지어 나란히 말을 타고 입장하는 광경은 여태 본 것 중 최고로 멋졌어. 남자들은 속옷 차림에 신발도 안 신고 말안장 안쪽에 등자도 달지 않은 채 손을 허벅지 위에다 올려놓은 자세로 경쾌하게 입장했지. 스무 명쯤 되었을걸. 여자들은 하나같이 어여쁜 얼굴에 진짜 여왕들이 모인 듯 아름다웠으며, 옷에는 다이아몬드가 흩뿌려져 있어서 수백만 딸라쯤 되는 듯 보였어. 그렇게 끝내주게 멋진 광경은 처음이었지. 그들은 말 위에서 한 사람씩 일어서더니, 파도가 넘실거리듯 우아한 자세로 아주 부드럽게 원을 만들어 돌았어. 남자들은 키가 아주 컸는데 가벼운 동작에 곧은 자세로 높다란 텐트의 지붕 밑을 스치듯 재빨리 지나갔고, 여자들의 장미 꽃잎 같은 옷은 허리 부분이 비단처럼 부드럽게 나풀거렸는데 그건 더없이 아름다운 양산처럼 보였지. 이윽고 그들은 모두 춤을 추며 점점 더 빠르게 돌았는데, 한쪽 다리를 공중으로 쳐들더니 이내 다른 쪽 다리도 쳐들었어. 말들은 몸을 더 앞으로 숙이며 달렸지. 단장은 원 한가운데 서 있는 장대 주위를 빙빙 돌며 "훠이! 훠이!"하고 외치면서 채찍을 휘둘렀어. 단장 뒤로는 농을 치는 어릿광대가 보였지. 그러는 동안에 그들은 모두 말고삐를 손에서 놓았는데, 여자들은 모두 허리에다 주먹을 짚고 있었고, 남자들은 모두 팔짱을 끼고 있더군. 그러자 말들이 몸을 구부리더니 허리를 둥글게 말면서 인사를 하는 게 아니겠어! 모두가 차례차례 원 안으로 뛰어 내려가면서 멋들어지게 고개 숙여 인사를 하더니 퇴장하더군. 사람들은 박수를 치며 난리를 피웠지.

서커스 내내 그들은 환상적인 연기를 보여 줬어. 특히 어릿광대들은 진짜 죽여줬지. 그들은 단장이 뭐라 한마디 대꾸도 못할 정도로 속사포처럼 말을 뱉어 내면서 익살을 떨어 댔어. 어떻게 그렇게 많은 말을 빨리 생각해 낼 수 있는지 나로서는 도저히 알 수가 없었지. 나 같으면 일 년이 걸려도 그렇게 못할 것 같았어. 그러던 중에 주정뱅이 한 사람이 말을 타고 싶다면서 갑자기 뛰어드는 게 아니겠어. 그 누구보다도 말을 잘 탈 수 있다나. 서커스 단원들이 언성을 높이면서 주정뱅이를 끌어내려고 했지만 그는 귓등으로도 듣지 않았고, 그 바람에 서커스는 중단되고 말았지. 구경꾼들이 주정뱅이를 향해 야유를 보내고 조롱을 하자, 그는 화가 나서 미친 듯이 날뛰기 시작했어. 그러자 흥분한 구경꾼들이 무대 위로 뛰어들어 그쪽으로 몰려갔지.

"저놈을 때려눕히자! 내던져 버리자구!"

여자들 한두 명은 비명을 지르기 시작했어. 그러자 단장이 짧게 연설을 했는데 말이야, 더이상의 소란은 없기를 바란다, 그리고 이 주정뱅이가 더는 문제를 일으키지 않겠다고 약속한다면, 또 본인이 말을 탈 수 있다고 생각한다면, 말을 탈 기회를 주겠다는 내용이었지. 관객들은 모두 크게 웃으며 좋다고 했고, 주정뱅이는 말에 올라탔어. 그가 말에 올라타자마자, 말은 신이 나서 이리저리 펄펄 뛰어다녔지. 서커스 단원 둘이서 말고삐에 매달려 막아 보려 했지만, 그 주정뱅이는 말목을 붙잡고 버텼고, 말이 뛰어오를 때마다 그의 발꿈치가 하늘로 솟구쳤어. 구경꾼들은 모두 일어나서 눈물이 날 정도로 큰 소리로 웃어 댔지. 서커스 단원들 모두가 애쓴 보람도 없이 마침내 말이 풀려나 미친 듯이 달렸고, 원을 만들어 빙빙 돌았어. 주정뱅이는 말 위에 납작 엎드려 말목에 꼬옥 매달려 있었지. 한번은 한쪽 발이 거의 땅에 닿을 정도로 흘러내렸고, 다음 번엔 또 다른 쪽 발이 거의 땅에 닿을 정도로 흘러내렸어. 구경꾼들은 미칠 지경이었지. 하지만 나한텐 재밌어 보이지 않았어. 주정뱅이의 위태로운 모습에 온몸이 떨렸지. 하지만 이내 주정뱅이는 가까스로 말 등에 걸터앉아 고삐를 움켜쥐고는 이리저리 비틀대더니, 고삐를 놓고는 말 등 위에서 벌떡 일어서는 게 아니겠어. 말은 마치 집에 불이 붙은 것처럼 날뛰었지. 주정뱅이는 마치 평생 술 한번 취해 본 적 없다는 듯 말 등 위에 선 채로 편안하게 유유히 말을 몰더군. 그러더니 입고 있던 옷을 벗어서 내던지기 시작했지. 마구 내던지는 통에 서커스 장은 온통 옷가지로 넘쳐나는 듯 했는데, 모두 합쳐 열일곱 벌이나 벗어던지더군. 그러더니 호리호리하고 잘생긴 외모에 여태 본 적이 없는 화려하고 멋진 의상을 걸친 남자로 탈바꿈하는 게 아니겠어. 그는 채찍을 휘둘러 말을 몰아대더니, 마침내 말에서 뛰어내려 관객들한테 머리 숙여 인사를 하고는 탈의실로 춤추듯 뛰어갔어. 관객들은 모두 즐거움 반 놀라움 반으로 환호성을 질러 댔지.

그제야 단장은 자기가 속았다는 사실을 깨달았는데, 내 생각에 그는 여태 봐 온 단장들 중에 제일 가엾은 사람처럼 보였어. 왜냐면 주정뱅이는 그의 단원들 중 한 사람이었기 때문이지! 그 단원은 그 장난질을 자기 혼자 생각해 내고는 아무한테도 알리지 않았던 거야. 나도 그렇게 속고 보니 무척이나 당혹스러웠고, 1,000딸라를 준다고 해도 그놈의 단장 자리는 해먹고 싶지 않더라니까. 그 서커스보다 더 근사한 게 있는지 모르겠지만 말이야, 나는 여태 그런 걸 본 적이 없어. 어쨌든 그건 나한테 무척이나 근사한 서커스였고, 어디에서든 다시 마주치게 되면 그때마다 다시 보고 싶을 거 같았지.

그건 그렇고 그날 밤 우리도 연극 무대를 열었는데 말이야, 관객이라곤 고작 열두 명밖에 안 와서 겨우 본전치기를 했어. 더구나 관객들이 껄껄 웃기만 해서 공작은 화가 나 미칠 지경이었지. 졸고 있던 소년 한 명을 빼놓고는 연극이 끝나기도 전에 모두 자리를 떴어. 그래서 공작은 이런 아칸소 촌놈들이 셰익스피어를 이해할 리 없다며, 이놈들이 원하는 건 저급한 희극이거나, 어쩌면 그보다 더 격이 떨어지는 걸지도 모른다고 화를 냈지. 그는 이놈들 취향을 대략 알겠다면서, 다음날 커다란 포장지 몇 장이랑 검은 페인트를 구해다가 광고 전단을 만들어 온 동네에 붙였어. 광고 전단은 이랬지.

대저택 공연!

딱 사흘 밤만!

세계적인 비극 배우 데이비드 개릭 2세,

그리고 런던 & 컨티넨털 극장의 에드먼드 킨!

스릴 넘치는 비극

《왕의 기린》

일명《왕실의 걸작》

입장료 50센트

그러고는 맨 밑에다가 아주 큰 글씨로 이렇게 한 줄 써 넣었더군.

'숙녀들, 애들은 가라!'

공작이 말했어.

"바로 이거야. 이래도 관객이 안 몰리면 아칸소는 포기해야지!"

23장

왕과 공작은 종일 무대랑, 커튼, 조명용 초를 급히 준비하느라 아주 바빴어. 그날 밤 극장은 눈 깜짝할 사이에 관객들로 가득 찼지. 관객이 더는 들어설 자리가 없게 되자, 공작은 입구에서 표 받는 일을 관두고 뒷길로 돌아 무대 위로 올라가서는 커튼 앞에 서서 짤막한 연설을 했어. 그는 그 비극을 추켜세우며, 이거야말로 최고로 스릴 있는 작품이라며 찬사를 보냈지. 공작은 계속해서 그 비극에 대한 자랑을 떠벌리면서, 주인공을 맡은 에드먼드 킨에 대한 칭찬도 늘어놓았어. 마침내 관객들의 기대가 최고조에 달했을 때 공작은 커튼을 올렸지. 그 순간 온몸에 찬란한 무지개색의 선과 줄무늬를 칠한 왕이 벌거벗은 채 네 발로 기어 나오는 게 아니겠어. 그의 다른 부분은 신경 쓸 겨를도 없이, 그저 그 모습이 아주 거칠고 우스꽝스러울 뿐이었지. 관객들은 죽는다고 웃어 댔어. 왕이 이리저리 기어다니는 짓을 관두고 무대 뒤로 들어가자, 관객들은 그가 다시 무대 위로 나올 때까지 박장대소를 하며 환호성을 질러 댔어. 관객들의 환호성에 왕은 결국 또 한 번 무대 위로 올라와 그 짓을 되풀이하더군. 그 천치 같은 노인네가 기어다니는 꼴을 보면 아마 지나가던 개도 웃었을 거야.

공작은 이내 커튼을 내리더니 관객들한테 머리를 조아리면서, 런던 계약이 코앞이라 이 위대한 비극은 앞으로 딱 이틀 밤만 더 공연될 거라고 했어. 그러고는 또 한 번 머리를 조아리면서, 만약 이 비극이 즐겁고 교훈적이었다면 친구들한테 입소문을 내서 보러 오게 해주면 정말 고맙겠다고 덧붙였지.

그러자 한 스무 명쯤 되는 사람들이 고함을 질렀어.

"뭐여, 벌써 끝난 거여? 이게 다냐구?"

공작이 그렇다고 대답하자 극장은 난리가 났지. 모두 *"낚였다!"*고 외치며 미친 듯이 자리를 박차고 일어나더니, 무대 위로 뛰어올라 배우들에게 돌진할 기세였어.

하지만 그때 큰 덩치에 품위 있어 보이는 남자가 의자 위로 뛰어올라서는 이렇게 외쳤어.

"잠깐만요, 여러분! 한마디만 합시다."

그 말에 사람들은 자리에 멈춰 섰어.

"우리는 사기 당했습니다. 그것도 아주 된통 당했죠. 하지만 우리가 온 동네 웃음거리가 돼서는 안 되잖아요. 죽을 때까지 이 사건이 사람들 입에 오르내리게 해서는 안 돼요. 안 되고말고요. 우리가 할 일은 여기를 조용히 빠져나가 이 연극에 대해 입소문을 퍼뜨려서 다른 사람들도 표를 사게 만드는 거예요! 그럼 우리 모두 한 배를 타게 되는 거니까요. 그게 현명한 방법 아닐까요?"

그러자 모두 *"옳소! 판사님 말씀이 맞아요!"*하고 외쳤어. 판사는 이렇게 화답했지.

"좋아요. 그럼 우리가 사기 당했다는 사실을 한마디도 입 밖에 내지 맙시다. 자, 어서들 집으로 돌아가서 사람들에게 이 비극을 보러 오라고 입소문을 냅시다."

다음 날, 마을엔 온통 그 공연이 굉장하다는 얘기로 떠들썩했어. 그날 밤도 극장은 초만원이었고, 우린 관객들에게 어제와 똑같은 방식으로 표를 팔아먹었지. 공연이 끝난 뒤, 나는 왕과 공작과 함께 뗏목으로 돌아와 저녁을 먹었어. 그리고 얼마 후 자정이 되자, 왕과 공작은 나와 짐한테 뗏목을 끌어내 강 한가운데로 몰아서 마을로부터 약 2마일쯤 하류 지점에다 뗏목을 댄 뒤 숨겨두라고 일렀지.

사흘째 되는 날 밤도 극장은 초만원이었는데, 이번엔 처음 오는 관객들이 아니라 첫째 날 밤과 둘째 날 밤에 왔던 사람들이었어. 공작과 함께 입구에 서 있던 나는 입장하는 사람들 주머니가 죄다 불룩 튀어나와 있거나 코트 안에다 뭔가를 숨기고 있단 걸 알아챘지. 그건 절대로 향수 같은 건 아니었어. 왜냐면 썩은 달걀이랑 양배추 냄새가 코를 찔렀기 때문이야. 죽은 고양이 냄새를 맡아 봤다면, 장담컨대 죽은 고양이 예순 네 마리 정도를 극장 안에 들여온 기분이었어. 나는 잠깐 극장 안으로 들어가 봤는데, 오만가지 냄새들 때문에 도저히 참을 수 없는 지경이었지. 더는 관객이 들어설 자리가 없게 되자, 공작은 어떤 사람한테 25센트를 쥐어주며 입구에서 잠시 표 받는 일을 해 달라고 부탁하고는 무대 뒷문으로 돌아나가더군. 나도 그 뒤를 따라갔지. 모퉁이를 돌아 어둠 속으로 들어가자마자 공작이 말했어.

"자, 주택가에서 멀리 떨어질 때까지 빠른 걸음으로 걸어라. 그

다음엔 귀신이 쫓아온다 생각하고 뗏목 있는 데로 전속력으로 내달리는 거다!"

나는 공작이 시키는 대로 냅다 뛰었고, 공작도 마찬가지였어. 우린 동시에 뗏목에 다다랐고, 그 즉시 흐르는 강물을 타고 어둠 속을 조용히 아무도 말을 하지 않은 채 강 한복판을 향해 미끄러지듯 떠내려갔지. 나는 불쌍한 왕이 지금쯤 관객들한테 험한 꼴을 당하고 있을 거라 생각했는데, 천만의 말씀. 이내 왕은 천막 아래서 기어 나오며 이렇게 말하는 게 아니겠어.

"어이, 공작. 이번 판에 재미 좀 봤나?"

그는 애당초 마을엔 가지도 않았던 거였어.

우린 마을 하류로 약 10마일쯤 내려갈 때까지 등불을 전혀 켜지 않았지. 그런 다음 비로소 등불을 켜고 저녁을 먹었어. 왕과 공작은 마을 사람들을 등쳐먹은 일을 두고 배꼽이 빠지도록 웃어 댔지. 공작이 말했어.

"풋내기, 머저리들 같으니! 첫날 관객들이 잠자코 나머지 마을 사람들을 끌어들일 줄 알았어. 그리고 셋째 날 밤에는 이번엔 자기들 차례라고 잔뜩 벼르고 있을 것도 난 알고 있었지. 암, 자기네들 차례가 맞구 말구. 준비를 얼마나 했을까 궁금하네. 놈들이 기회를 잡으려고 얼마나 공을 들였을지 궁금하단 말야. 원한다면 놈들은 그걸 야유회로 만들 수도 있었을 거야. 먹을 걸 잔뜩 싸 왔으니 말야."

지난 사흘 밤 동안 두 악당은 465딸라를 벌어들였어. 나는 여태껏 수레로 끌어야 할 정도로 그렇게 많은 돈은 본 적이 없었지.

얼마 뒤 왕과 공작이 잠들어 코를 골기 시작하자 짐 아저씨가 물었어.

"헉, 넌 쩌 왕 놈이 허는 짓이 놀랍지 안어?"

"아뇨, 뭐가 놀라워요?"

"진짜루 안 놀라워?"

"놀랄 게 뭐 있어요. 그들은 혈통을 타고났잖아요. 그네들은 다 마찬가지라고요."

"헉, 헌대 쩌 왕 놈 일당은 진짜 악당 놈들이여. 진짜루 말여. 아주 뺏속까지 악당들이라니께."

"그러니까요. 내 말이 그 말이에요. 내가 아는 한, 왕이란 작자들은 거의 다 악당들인걸요, 뭐."

"그래?"

"왕들에 대한 얘길 한번 읽어 봐요. 그럼 알게 될 테니까요. 헨리 8세를 한번 보란 말예요. 헨리 8세에 비하면 저놈들은 주일 학교 선생 정도밖에 안 된다고요. 그리고 찰스 2세, 루이 14세, 루이 15세, 제임스 2세, 에드워드 2세, 리처드 3세를 보세요. 그 외에도 그런 왕들이 40명이 넘는다고요. 게다가 옛날 옛적 천하를 호령하던 색슨족 7왕국의 왕들은 또 어떻고요. 정말이지, 아저씬 한창 때의 헨리 8세 영감을 봤어야 해요. 진짜 화려했죠. 그 사람은 날마다 새로운 아내랑 결혼을 하고는, 다음 날 아침 아내의 모가질 뎅강 잘라 버렸다고요. 마치 달걀을 주문하듯 아무렇지도 않게 그 짓을 해치웠다니까요. 그 사람이 "넬 그윈을 데려오너라!"하고 말해요. 그럼 신하들이 데리고 와요. 다음 날 아침엔 "저년 모가질 쳐라!"한단 말이죠. 그럼 신하들은 목을 쳐요. 이번엔 그 사람이 "제인 쇼를 데려오너라!"하고 말해요. 그럼 신하들이 데리고 와요. 다음 날 아침엔 또 "저넌 모가질 쳐라!"한단 말이죠. 그럼 신하들은 또 목을 쳐요. 이번엔 그 사람이 "페어 로자먼을 데려 오너라!"하고 말해요. 그럼 신하들이 데리고 와요. 다음 날 아침엔 또 "저넌 모가질 쳐라!" 한단 말이죠. 게다가 그 사람은 매일 밤 아내더러 얘기를 하나씩 하게 했어요. 그렇게 해서 1,001일 동안 모은 얘기를 갖다가 책으로 만들어서《최후 심판 날의 책》이라는 이름을 붙였어요. 책 내용을 잘 설명해주는 멋진 이름이죠. 아저씬 왕에 대해 잘 모르지만 난 잘 알고 있어요. 저기 저 늙은 왕과 공작은 내가 역사책에서 본 중에서 제일로 깨끗한 사람들이라고요. 근데 말이죠, 그 헨리라는 작자는 이 나라에 무슨 문제를 일으키려는 꿍꿍이가 있었어요. 그래서 그가 어떻게 했게요? 무슨 예고라도 했을까요? 천만에요. 그 사람은 갑자기 보스톤 항에 있던 차들을 몽땅 물속으로 던져 버렸어요. 그러고는 단숨에 독립선언서를 쓰더니 "다 덤벼!"하고 소리쳤죠. 이게 바로 그 작자의 스타일이에요. 그 사람은 절대로 다른 사람한테 기회를 안 주죠. 그 사람은 자기 아버지 웰링턴 공작한테 의혹을 품고 있었어요. 그래서 어떻게 한 줄 알아요? 궁에서 보자고 했을까요? 천만에요. 마치 고양이를 죽이듯이 포도주 통에 빠뜨려 죽여 버렸어요. 누군가 그 사람 옆에다 돈을 흘리면 어떻게 한 줄 알아요? 자기 마음대로 다 써 버렸어요. 가령 그 사람이 무슨 계약을 한다고 해서 아저씨가 그 사람한테 돈을 지불하고 거기 앉아서 감시하지 않으면 그 사람이 어떻게 할 거 같아요? 늘 엉뚱한 짓을 하죠. 그 사람이 입을 열었다 하면 어떻게 되었게요? 금세 그 주둥이를 봉해 버리지 않으면, 온통 거짓말을 늘어놓을 뿐이었죠. 헨리는 그런 벌레 같은 놈이에요. 그니까 저 사람들 대신에 헨리가 이 뗏목에 타고 있었담 말이죠,

훨씬 더 지독하게 마을 사람들을 등쳐먹었을 거라고요. 그렇다고 저 자들이 양처럼 선하다는 말은 아녜요. 냉정하게 보면 안 그렇죠. 하지만 어쨌든 저자들은 그 늙은 숫양에 비하면 아무것도 아니라 이거죠. 결국 내가 하고 싶은 말은요, 왕은 어쨌든 왕이라는 거예요. 그건 감안해야죠. 왕이란 대체로 아주 승질이 드러운 것들이에요. 워낙에 자라기를 그렇게 자랐으니까요."[II]

"허지만 말여, 헉. 쩌 양반들도 만만치 안캐 고약허지 안어?"

"뭐, 왕들은 다 그래요. 원래 그런 걸 어떡하나요. 역사책에도 방법이 안 나오더라고요."

"그래도 공작은 말여, 쫌 나은 거 가뗜대."

"맞아요, 공작은 쫌 달라요. 하지만 그리 다를 것도 없죠, 뭐. 저 공작은 공작치곤 꽤 독한 놈이에요. 눈 나쁜 사람이 보면 술 취한 공작이나 왕이나 영 구분이 안 될걸요."

"어쨌든 말여, 헉. 난 저런 놈들은 딱 질색이구먼. 아주 참을 수가 업써."

"나도 그래요. 하지만 우리가 짊어진 짐이잖아요. 저 사람들 신분을 잊지 말고 잘해 줘야죠, 뭐. 정말이지, 때론 왕이 없는 나라 얘기 쫌 들어봤으면 할 때가 있다고요."

저놈들이 진짜 왕도, 진짜 공작도 아니라는 얘길 짐 아저씨한테 한들 뭔 소용이 있을까? 아무 소용없을 뿐더러, 아까 얘기한 것처럼 저놈들이나 진짜 왕들이나 큰 차이가 있는 것도 아냐.

II 헉이 영국의 왕이었던 헨리 8세 이야기, 아랍어로 쓰인 설화집 『아라비안 나이트』(Arabian Nights), 미국의 보스턴 차사건 등을 뒤죽박죽 섞어서 이야기하고 있다.

나는 잠이 들어 버렸고, 짐 아저씨는 종종 그랬듯 내 불침번 시간이 돼도 날 깨우지 않았어. 동이 틀 무렵 깨어 보니, 아저씨는 무릎 사이에다 머리를 푹 처박고는 거기 그대로 앉은 채 혼자 흐느껴 울고 있었지. 나는 내색하지 않고 못 본 척했어. 아저씨가 왜 그런지 알고 있었거든. 아저씨는 멀리 떨어져 있는 아내랑 자식 생각을 할 때면 기분이 울적했고, 향수병마저 앓았어. 아저씨는 살면서 여태 집을 떠나 본 적이 없었기 때문이야. 백인들이 자기 가족을 그리워하듯이, 짐 아저씨도 자기 가족을 그리워하고 있었던 거야. 사람들은 그걸 자연스러운 일로 생각하지 않지만, 난 그게 자연스러운 일이라고 생각해. 밤이 돼서 내가 잠들었다고 생각되면, 아저씨는 종종 혼자 흐느껴 울면서 말했어.

"울 가엽쓴 엘리자베스야! 울 가엽쓴 조니야! 아빤 넘넘 가슴이 아푸다. 니들을 더는, 더는 볼 수 업딴 생각애 말이다."

짐 아저씬 진짜 좋은 껌둥이였어.

이번엔 내가 짐 아저씨한테 아내와 자식들에 대해 물었더니, 이윽고 아저씨가 입을 열었어.

"지금 내가 이러캐 가슴이 아픈 건 말여, 쫌 전애 쩌어쪽 강뚝에서 철썩허고 먼가 후려치는 소리가 들련는대, 그 땜에 내가 울 엘리자베스헌태 아주 못됏깨 굴어떤 때가 생각나서 그래. 그 애가 아직 채 네 살도 안 돼쓸 때여써. 성홍열에 된통 걸려서리 끙끙 알타가 겨우 살아나찌. 어느 날 그 애가 내 여패 멀뚱히 서 이낄래 내가 말해써.

'문 좀 닫아라.'

근대 그 애가 말여, 문을 닫을라고 생각도 안 허고 그냥 서서

날 보고 배시시 웃고만 이짠어. 난 부아가 나서 그만 버럭 소리를 질러찌.

'내 말 안 들리냐? 문 닫으라구!'

근대 그 앤 또 그냥 그대로 서서 배시시 웃고만 인는 거여. 난 그만 뚜껑이 확 열려서 소리처찌.

'오라, 어디 내 머랜는지 알려 주마!'

그러면서 그 애 귀싸대기를 한대 갈기니까 그냥 나자빠지더군. 그리구 난 다른 방애 가서 한 십 분쯤 이따가 돌아와 바떠니만, 문은 아직 열린 채로 이꾸, 그 앤 문 아패 서서는 눈을 내리깔고 눈물을 짜며 흐느껴 울고 인는 개 아니개써. 난 속이 뒤집어저서 그 애헌태 달려들라고 핸는대 말여, 바로 그때 바람이 불어와서는 열려 이떤 문이 바로 그 애 뒤애서 쾅허고 닫처찌. 근대 말여, 그 애가 글쌔, 움찔허지도 안는 거여. 숨이 턱허고 막히대. 기분이 어찌나…… 어찌나 머하던지……. 그때 그 기분은 워떡캐 말로 다 헐 수가 업써. 난 벌벌 떨면서 바끄로 나가 기다시피하면서 문을 가아만~가아만~ 열고는, 그 애 뒤애서 사알짝 머리를 들이밀고 갑자기 귀청이 떨어저라 큰 소리로 '야!'하고 악을 질러 바써. 근대 글쌔, 그 앤 또 움찔허지도 안는 거라. 아, 헉, 그 순간 눈물이 왈칵 터저나와써. 난 그 앨 꽉 껴안고는 울부짖어찌. '아이구야, 불쌍헌 내 새끼! 전지전능허신 하느님요, 부디 이 늘끄 불쌍한 짐을 용서해 주새요. 저는 사는 내내 저 자신을 용서 못헐 꺼구만요. 아, 헉, 그 앤 완전 귀머거리애 벙어리가 돼 버려떤 개야. 귀머거리애 벙어리 말여. 근대 그런 애헌태 그러캐 야단을 처따니!"

24장

다음 날 밤이 될 무렵, 우리는 강 중류에 있는 모래톱의 작은 버드나무 아래에다 뗏목을 댔어. 강 양쪽으로는 마을이 있었는데 말이야, 왕과 공작은 마을 사람들을 등쳐먹을 계획을 세우기 시작했지. 짐 아저씬 공작한테 이번 일을 몇 시간 안에 좀 끝내 달라고 부탁했어. 온종일 밧줄에 묶인 채 천막 속에서 뒹굴어야 한다는 건 아주 따분하고 지루한 일이기 때문이지. 알다시피, 짐 아저씰 혼자 남겨둔 채 뗏목을 비워야 할 때면 아저씰 묶어 놔야만 했어. 왜냐면 짐 아저씨가 묶이지 않은 채 혼자 있는 걸 누가 우연히 보기라도 하면, 도망 노예로 여길 것이기 때문이지. 공작은 온종일 밧줄에 묶인 채로 지내는 건 참 힘들 거라고 하면서, 다른 방안을 찾아보겠다고 하더군. 머리가 남달리 비상한 공작은 곧 그 방안을 생각해 냈지. 공작은 짐 아저씨한테 리어왕 의상을 입혔는데, 커튼용 옥양목 까운을 입히고 백마 털 가발이랑 구레나룻 수염을 붙였어. 그리고 공작은 연극 분장용 페인트를 갖다가 아저씨 얼굴이랑 손이랑 귀랑 목 전체에다 온통 칠을 해대지 뭐야. 칙칙한 푸른색으로 칠을 하는 바람에 아저씬 익사한지 한 아흐레쯤 된 시체 같아 보였지. 아저씨가 그렇게 끔찍한 모습으로 무섭게 보인 적은 없었어. 그리고 공작은 판자때기에다가 다음과 같은 문구를 썼지.

아라비아인 환자—정신이 붙어 있을 땐 해치지 않아요.

공작은 그 판자때기를 나무막대기에다 못으로 박고는, 그걸 천막 앞에다 4~5피트 높이로 세워 뒀어. 짐 아저씬 매일 몇 시간 동안 묶여 어디서 무슨 소리만 나도 벌벌 떠는 것보단, 차라리 그 모습으로 있는 게 낫겠다고 만족스러워 했지. 공작은 아저씨한테 마음 놓고 편히 있으라고 했어. 그리고 만약 누구라도 가까이 다가오면 천막에서 튀어나와 잠깐 미친놈처럼 굴면서 사나운 짐승처럼 한두 번 짖어 대라고 하더군. 그럼 그 사람이 아저씰 내버려두고 떠날 거라고 했어. 그럴싸하게 들리긴 했지만 말이야, 보통 사람이라면 아마 아저씨가 짖어 댈 때까지 기다리고 말 것도 없이 내빼기 바쁘겠지. 아저씬 시체처럼 보일 뿐만 아니라, 그 이상 끔찍한 모습으로 보였으니 말이야.

그 악당들은 일생일대의 사기극을 펼쳐보고 싶었던 거야. 큰 돈이 걸려 있었기 때문이지. 하지만 그때쯤 그 소식이 강 하류 마을까지 전해졌을지 모르기에, 안전하지 않다고 생각했어. 대박을 칠 만한 적당한 계획이 잘 떠오르지 않았는지, 공작은 잠시 쉬면서 아칸소에서 선보일 게 뭐가 있을지 한두 시간 머리를 좀 짜내 보자고 했지. 반면 왕은 계획이고 뭐고 세울 것 없이 그저 옆 마을로 건너가서 신의 섭리가 자기들을 이로운 방향으로 이끄는 대로 믿고 맡기자고 했는데, 나는 '그건 악마의 인도겠지.'라고 생각했어. 우리한테는 지난번 정박했던 마을에서 사 놓은 옷이 있었지. 왕은 자기 옷을 입고는 나한테도 옷을 입어 보라고 하더군. 나는 물론 시키는 대로 했어. 왕의 옷은 완전 검은색이었는데, 그걸 입으니 진짜 멋지고 격조 있어 보이더군. 옷이 그렇게 사람을 변하게 할 줄은 꿈에도 몰랐어. 글쎄, 여태까지는 천하에 비천한 노인으로 보였는데 말이야, 흰색 실크 모자를 벗으며 미소를 지으면서 인사를 하는 걸 보니 위엄 있고 선량하고 경건해 보여서, 이제 막 노아의 방주에서 걸어 내려온 게 아닌가, 아니 어쩌면 나이 든 늙은 레위기[12] 그 분이 아닌가 하고 생각될 정도였지. 짐 아저씬 카누를 깨끗이 청소했고, 나는 노를 준비했어. 마을에서 3마일쯤 상류 쪽, 갑 아래쪽에서 멀리 떨어진 강변에 커다란 증기선 한 척이 서 있었지. 그 배는 화물을 실으려고 두 시간 째 그곳에 서 있었어. 왕이 말했지.

"*옷을 이리 채려입었으니까 말여, 세인트루이스나 신시내티나 아님 다른 대도시서 강을 타고 내려온 척 하믄 좋겠네 그려. 헉, 쩌어기 저 증기선으로 가 보자. 쩌걸 타고 마을로 들어가보자꾸나.*"

증기선을 타러 가는 일이라면 더 들을 필요도 없이 나는 곧장 왕의 명령을 따랐어. 나는 마을로부터 반마일 상류의 강변에다 뗏목을 댄 뒤, 깎아지른 듯한 강둑을 따라 물살이 잔잔히 흐르는 곳까지 서둘러 노를 저어 갔지. 얼마 뒤 우린 순박해 보이는 잘 생긴 시

12 잘 알려진 바와 같이 레위기는 성경의 일부인데, 성경에 대해 잘 모르는 헉이 이를 성경에 나오는 인물로 착각하고 있다.

골 청년을 만나게 됐어. 그 청년은 통나무에 걸터앉아 얼굴의 땀을 닦고 있었지. 정말이지, 무지하게 더운 날이었어. 그 옆에는 큼직한 여행 가방 두 개가 놓여 있더군.

"강변에다 배를 대라." 왕이 말했어. 나는 시키는 대로 했지. *"어이 젊은이, 어디 가시나?"*

"증기선 타러요. 뉴올리언스에 가는 길이에요."

"그럼 타시게." 왕이 말했어. *"잠깐만 기다리쇼. 내 하인이 그 가방 드는 걸 도와 줄 꺼요. 아돌퍼스, 가서 저 신사 분을 좀 도와드려."* 아돌퍼스는 아마도 내 이름일 테지.

나는 시키는 대로 했고, 우리 셋은 출발했어. 그 청년은 이런 날씨에 가방을 들고 다니는 건 힘든 일이라며 아주 고마워하더군. 그는 왕한테 어디로 가는 길이냐고 물었고, 왕은 강을 따라 내려와 오늘 아침 옆 마을에 도착했는데, 지금은 저 위 농장에 사는 옛 친구를 만나러 몇 마일 올라가는 중이라고 대답했어. 그러자 그 청년이 말했지.

"처음 뵀을 때, 저는 속으로 이렇게 생각했어요. '분명 하비 윌크스일 거야. 도착하실 때가 거의 다 됐잖아.' 그러다가 '아냐. 윌크스 씨일 리가 없어. 윌크스 씨라면 노를 저어 강을 건너진 않을 거야.'라고 생각했죠. 윌크스 씨는 아니죠?"

"아니오, 내 이름은 블로젯이오. 엘렉산더 블로젯. 엘렉산더 블로젯 목사라고나 할까. 주님의 가련한 종 가운데 한 명이지. 그건 그렇구, 윌크스 씨가 제 시간에 도착을 못하셨다니 참 안됐구려. 그 땜에 그 분이 뭔 손해라도 보심 안 될 텐데 말요."

"아니오, 그분이 재산상 손해를 보진 않을 거예요. 문제없이

다 받게 될 테니까요. 하지만 그분의 동생인 피터의 임종을 놓치는 게 안타까울 뿐이죠. 하기야 윌크스 씨가 거기 관심이나 있는지 누가 알겠습니까? 하지만 동생인 피터는 죽기 전에 형님을 한번 볼 수만 있다면 이 세상 어떤 거라도 내놨을 겁니다. 요 3주 동안 온통 그 얘기뿐이었거든요. 어릴 때 이후로 형님을 한 번도 못 봤다고 하대요. 게다가 피터의 동생 윌리엄은 귀머거리에다 벙어리라고 하는데, 피터는 윌리엄을 한 번도 본 적이 없대요. 윌리엄은 끽해야 서른이나 서른다섯도 채 안 됐을 겁니다. 여기로 건너온 건 피터랑 조지 둘뿐이었대요. 조지는 이미 결혼을 한 형제인데, 부부가 모두 작년에 죽었대요. 그러니 이제 하비랑 윌리엄, 이렇게 형제 둘만 살아남은 거죠. 근데 아까 말씀드렸지만, 제 시간에 도착을 못하니 안타까울 뿐이죠."

"임종 소식은 알렸소?"

"아, 그럼요. 한두 달 전에 피터가 처음 병상에 눕게 됐을 때 알렸죠. 그때 피터가 이번엔 영 자리를 털고 일어날 수 있을 거 같지 않다고 했으니까요. 이미 나이가 꽤 많으셨어요. 게다가 조지의 딸들은 그 빨강머리 소녀, 메리 제인 말고는 아직 너무들 어려서 말동무가 없었죠. 그래서 그런지 피터는 조지 부부가 세상을 떠난 뒤로 아주 쓸쓸해 하셨고, 삶의 의욕도 없어 보였어요. 그래서 하비 형님만큼은 꼭 만나고 싶어 했는데……. 물론 윌리엄도 만나고 싶어 했고요. 왜냐면 피터는 유언장 쓰는 걸 못 견디는 분이었걸랑요. 어쨌든 피터는 하비 형님한테 편지를 한 장 남겼는데, 그 편지엔 자기가 돈을 감춰 둔 장소랑, 자기 유산이 잘 분배 돼서 조지의 딸들이 다 잘 살았으면 한다는 내용이 적혀 있었어요. 조지는 유산을 한 푼도 남기지 않았거든요. 그 편지도 주위 사람들이 펜을 잡게 해서 겨우 쓰게 한 거예요."

"왜 하비는 오지 않는 거요? 어디 살길래?"

"아, 영국에 살고 있어요. 셰필드요. 거기서 목회를 하신다는데, 이 나라엔 한 번도 오신 적이 없어요. 올 틈이 있어야죠 뭐. 게다가 어쩌면 편지조차 못 받으셨을 지도 몰라요."

"거 차암 안됐구먼. 살아생전에 형제들 한번 못 만나보고 가다니, 거 차암 딱헌 양반이네. 자넨 뉴올리언스에 가는 길이라고 했소?"

"예, 뉴올리언스에 갔다가 다음 주 수요일엔 배를 타고 삼촌이 계신 리우데자네이루에 가요."

"꽤나 긴 여행이 되겠소만, 어쨌든 멋지겠네 그려. 나두 그런 여행 좀 한번 해 봤음 좋겠소. 근데 메리 제인이 첫째요? 다른 딸들은 몇 살이구?"

"메리 제인이 열아홉, 수전이 열다섯, 조애나가 열넷쯤 됐을 겁니다. 이 조애나라는 애가 봉사활동에 진짜 열심인데 언청이에요."

"참으로 가엾은 애들이오! 이리도 차디찬 세상에 홀로 남겨지다니."

"그래도 최악은 면했죠. 피터한테 친구들이 여럿 있어서, 그분들이 딸들을 지켜 줄 거니까요. 침례교 목사이신 홉슨 씨, 롯 하비 집사님, 벤 럭커, 애브너 쉐클포드, 변호사이신 레비 벨, 로빈슨 박사님, 그리고 그분들 사모님들이 계시죠. 그리고 바틀리 과부댁도 계시고요. 많아요. 모두들 피터와 가깝게 지내시던 분들이죠. 피터가 영국에 편지를 쓸 때 편지에 그분들에 대한 얘기를 종종 하셨어요. 하비도 여기 오시면 그분들을 찾으실 거예요."

왕은 그 청년이 모든 걸 다 말할 때까지 집요하게 캐묻더군. 그 마을에 사는 모든 사람들과 모든 것들에 대해 낱낱이 캐물었어. 윌크스 가문과 피터의 직업에 대해서도 물었는데, 피터 씨는 무두장이였지. 그리고 조지의 직업도 물었는데, 그는 목수였고 말이야. 하비의 직업도 물었는데, 그는 비국교도 목사였지. 그 밖에도 여러 가지 것들을 캐물었어. 왕이 물었지.

"그나저나 자넨 왜 그 증기선 있는 데까지 걸어 올라가시던 거요?"

"왜냐면 그 배는 뉴올리언스 행 대형선이라서 혹시 안 서면 어쩌나 싶어서요. 배가 무거울 땐 손을 흔들어도 안 서거든요. 신시내티에서 오는 배는 몰라도, 그 배는 세인트루이스에서 오는 배거든요."

"근데 피터 윌크스 씬 돈푼 깨나 있었나 보네?"

"그럼요. 꽤나 부자였죠. 집도 있고 땅도 있고, 게다가 현금으로 3~4천 달러를 어디다 감춰 둔 모양이에요."

"임종한 게 언제라고 했소?"

"그건 말씀 안 드렸는데요. 어젯밤에 돌아가셨어요."

"그럼 장례식은 내일이겠구먼?"

"예, 정오쯤이에요."

"그거 참말로 안됐소. 허지만 우리 모두 언젠가는 이 세상을 떠나는 거 아니겠소. 그러니 마음의 준비를 해야지. 그럼 되는 거요."

"선생님 말씀이 맞습니다. 그게 최선이죠. 저희 엄마도 늘 그렇게 말씀하셨어요."

증기선에 이르고 보니 화물 싣는 작업도 거의 끝나가는 터라 배는 이내 출발했어. 왕이 증기선에 올라타자는 말을 일체 안 했기에, 나는 결국 탈 기회를 놓치고 말았지. 증기선이 떠나자 왕은 나한테 1마일쯤 상류의 외딴 곳까지 노를 젓게 하고는 뭍에 오르며 말했어.

"자, 지금 곧짱 서둘러 가서 공작을 데려 와. 그리구 새 여행 가방도 하나 갖고 오구 말여. 공작이 강 건너편에 가 있더라도 거기까지 가서 데려와야 돼. 그리구 무조건 옷을 채려입고 오라고 일러라. 자, 그럼 빨랑 움직여."

나는 왕의 꿍꿍이를 알고 있었지만, 물론 아무 말도 하지 않았어. 공작을 데려와서 카누를 감췄지. 왕과 공작은 통나무에 걸터앉았고, 왕은 공작한테 그 청년이 한 얘길 한마디도 빠짐없이 그대로 옮겼어. 얘기를 하던 도중에 왕은 영국사람 말투를 흉내 내서 말하려고 노력했는데 말이야, 초보치곤 꽤 그럴싸하게 해내더군. 난 흉내조차 낼 수 없어서 애초에 관뒀지. 얼마 뒤 왕이 이렇게 말했어.

"자네 말여, 귀머거리랑 벙어리 흉낼 낼 수 있겠나, 빌지워터?"

공작은 그건 자기한테 맡겨 두라고, 귀머거리랑 벙어리 역이라면 이미 연극 무대에서 한 적이 있다고 했어. 그리고 그들은 증기선이 오길 기다렸지.

오후가 한참이나 지났을 무렵, 쪼그마한 기선 두 척이 다가왔지만 그 기선들은 상류 쪽에서 온 건 아니었어. 하지만 마침내 커다란 기선이 다가오자, 그들은 마구 손을 흔들어 댔지. 기선에서 보트를 보내 줘서, 우린 그걸 탔어. 그 배는 신시내티에서 오는 배였는데 말야, 우리가 기껏해야 4~5마일 타고 가려고 배를 세웠단 걸 알고 선원들은 미친 듯이 화를 내고 쌍욕을 해대면서 목적지에 도착해도 내려주지 않겠다고 야단이었지. 하지만 왕은 침착하게 말했어.

"뽀트에 태워 주고 내려 주는 데 한 사람당 1마일에 1딸라씩 내면 태워 줄 수 있겠소?"

그 말을 듣자 선원들은 한껏 누그러져서 좋다고들 했어. 마을에 다다르자 선원들은 우릴 보트에 태워 강변에 내려다 줬지. 보트가 다가오는 걸 보고는 스무 명 남짓한 사람들이 모여들었어. 그러자 왕이 물었지.

"여러분 중 누구라도 피터 윌크스가 어디 살고 있는지 쫌 알려 줄 수 있겠소?"

그러자 마을 사람들은 서로 눈길을 주고받더니만, *"거봐, 내가 뭐랬어!"*라고 말하며 고개를 끄덕여 댔어. 그러더니 그중 한 남자가 부드럽고 상냥한 말투로 말했지.

"선생님, 안됐지만 우리가 해 드릴 수 있는 건 윌크스 씨가 어제저녁까지 사셨던 곳을 알려드리는 것뿐이에요."

그 말을 듣자마자 그 비열한 늙은 왕 놈은 순식간에 무너져 내려 그 남자한테 쓰러지는 게 아니겠어. 왕은 그 남자 어깨에다 턱을 고이고 울부짖었지.

"아이고, 아이고, 불쌍한 내 동생아. 이렇게 가 버리다니. 한번 만나 보지도 못하고 말이다. 아, 이건 너무해. 정말 너무해!"

그리고 왕은 엉엉 흐느껴 울며 공작 쪽을 바라보면서 두 손으로 갖가지 바보 같은 싸인을 보내는 거였어. 그러자 공작은 여행 가방을 툭 떨어뜨리더니 울부짖기 시작했지. 정말이지, 그놈들 같은 지독한 사기꾼은 난생처음이었어. 마을 사람들이 주위에 몰려들어 함께 슬퍼하면서 여러 친절한 말로 위로를 해 줬고, 여행 가방을 언덕 위까지 올려다 줬지. 그리고 자기들한테 기대어 실컷 울게 해 주면서, 왕한테 동생의 임종 순간에 대해 자세히 말해 줬어. 그러자 그 왕 놈은 그걸 또 죄다 공작한테 손짓으로 일러 줬고, 두 사람은 마치 열두 제자를 잃기라도 한 것처럼 세상을 떠난 그 무두장이의 신세를 슬퍼했지. 전에도 그런 꼴을 본 적이 있다면 말이야, 난 차라리 껌둥이가 되는 게 나았을 거야. 정말이지, 인간이라는 사실이 부끄러워질 정도였지.

25장

그 소식은 순식간에 온 동네로 퍼져나가 여기저기서 사람들이 뛰어왔는데 말이야, 그중에는 심지어 코트를 입으면서 뛰어오는 사람도 있었어. 우린 삽시간에 군중들한테 둘러싸이고 말았는데, 군중들의 발소리는 마치 군대가 행진하는 소리 같았지. 창문과 앞마당에는 구경나온 사람들로 그득했어. 울타리 너머로 누군가 매번 이렇게 묻는 소리가 들렸지.

"저 양반들이야?"

그러자 군중 속에서 빠른 걸음으로 걷던 한 사람이 대답했어.

"아, 글쎄, 맞다니까."

그 집에 이르고 보니 집 앞 거리에도 사람들이 잔뜩 모여 있었는데, 문간에는 세 명의 소녀가 서 있었어. 메리 제인은 빨강머리였는데, 그런 건 문제도 아니었지. 그녀는 깜짝 놀랄 만큼 아름다웠거든. 얼굴이며 두 눈에서는 빛이 나더군. 메리 제인은 삼촌들이 왔다는 사실에 아주 반가워했지. 왕이 두 팔을 벌리자 메리 제인은 그

품속으로 뛰어들어 폭 안겼고, 언청이 입술을 한 막내딸은 공작한테 뛰어들어 안겼어. 그놈들이 또 해낸 셈이지. 그들이 마침내 상봉하여 기뻐하는 모습을 보고는, 거의 모든 사람들이, 특히 여자들이 기쁨의 눈물을 흘렸어.

얼마 뒤 나는 왕이 은밀하게 공작을 팔꿈치로 꾹 찌르는 걸 봤어. 주위를 둘러보던 왕은 한쪽 구석에 의자 두 개 위에 놓여 있는 관을 쳐다봤지. 그러더니 왕과 공작은 서로의 어깨에다 손을 얹고 다른 한 손은 자기 눈에다 갖다 대고는 엄숙하게 천천히 그쪽으로 다가갔어. 사람들은 모두 뒤로 물러서며 길을 터 줬고, "쉿"하는 소리와 함께 얘기 소리며 떠드는 소리가 뚝 그쳤지. 남자들은 모두 모자를 벗고는 고개를 떨궜어. 바늘 떨어지는 소리조차 들릴 정도로 사방이 고요했지. 그들은 관 있는 데까지 걸어가서는 몸을 굽혀 관 속을 들여다보며 울음을 터뜨렸어. 어찌나 울음소리가 크던지 뉴올리언스까지 들릴 정도라 해도 과언이 아니었지. 그러고는 두 팔을 서로의 목에다 감고 턱을 서로의 어깨에다 괴인 채로 몇 분이고 울어 댔는데, 나는 남자 둘이 그렇게나 슬프게 눈물을 흘리는 모습은 본 적이 없었어. 근데 말이야, 거기 모인 사람들이 다 그렇게 울어 대는 거야. 방 안이 다 축축해질 정도였는데, 여태 그런 광경은 본 적이 없었지. 왕과 공작은 각각 관 양쪽으로 다가가서 무릎을 꿇더니 관에다 이마를 얹고 기도를 했어. 그러자 그게 군중들한테 대단한 효과가 있어서 사람들은 모두 무너져 내려 큰 소리로 흐느껴 울었고, 딸들도 마찬가지였지. 동네 여자들은 말없이 그 딸들한테 조용히 다가가서 이마에다 엄숙하게 입을 맞춘 다음, 그녀들 머리에다 손을 얹고는 눈물을 흘리며 하늘을 올려다봤어. 그러고는 울음을 터뜨리며 흐느껴 울고는, 이내 눈물을 닦고 다음 여자한테 차례를 넘겨줬지. 그렇게나 역겨운 장면은 난생처음이었어.

얼마 뒤 왕이 일어나서 앞으로 쪼금 걸어 나오더니 작심한 듯 침을 튀겨 가며 연설을 해 댔는데, 그건 눈물과 헛소리로 가득한 연설이었어. 고인을 잃은 것, 4,000마일이나 달려와서 고인의 임종조차 못 지킨 것이 자기와 자기 동생에게는 참으로 쓰라린 시련이지만, 그 쓰라린 시련도 여러분이 보여 준 동정심과 고결한 눈물을 마주하니 큰 위안이 되었고 정화가 되었다는 둥 연설을 해 댔지. 그러고는 말이라는 것이 워낙에 약하고 차가운 것이기에 그 고마움을 도저히 말로 다 할 수 없다며, 마음을 다해 감사함을 표한다고 했어. 그 온갖 썩어빠진 개수작을 보고 있자니 진짜 또 역겨워지더군. 왕은 엉엉 우는 소리를 내며 경건하게 "아멘"을 외쳐 댔고, 가슴이 터져라 목 놓아 울었지.

왕이 말을 끝마치자마자 군중들 속에서 누군가 찬송가를 부르기 시작했고 모두 목청껏 따라 불렀는데 말이야, 덕분에 마음이 훈훈해지고 마치 예배를 마치고 교회를 나설 때와 같은 기분이 들더군. 음악이란 진짜 좋은 거야. 저 따위 위선적인 사탕발림을 듣고도 그만큼 기분 전환이 되는 진솔하고 멋진 건 들어본 적이 없거든.

그러던 중에 왕이 또다시 주둥이를 털기 시작했지. 유족의 절친 몇 분이 오늘 저녁 여기서 자기들과 식사를 함께하고 고인의 유해를 모시는 걸 도와준다면, 자기들과 조카들이 얼마나 기쁠지 모르겠다고 하더군. 그러고는 저기 누워 있는 가엾은 동생이 말을 할 수만 있다면 동생이 누구를 부를지 잘 안다고 말했어. 왜냐면 그 이름들은 동생이 보낸 편지 속에 종종 언급되었기에 대단히 소중한 이름들이기 때문이라는 거였어. 그러면서 왕은 그 이름들을 그대로 불러 보겠다고 했지. 그는 홉슨 목사님, 롯 하비 집사님, 벤 럭커, 애브너 쉐클포드, 레비 벨, 로빈슨 박사님, 그리고 그 사람들의 부인들과 바틀리 과부댁을 차례로 불러 댔어.

홉슨 목사님이랑 로빈슨 박사님은 함께 마을 언저리로 사냥을 나가고 없더군. 무슨 말이냐면, 의사인 로빈슨 박사님은 환자를 저세상으로 떠나보내러 갔고, 홉슨 목사님은 환자한테 저세상 가는 길을 인도하러 갔단 뜻이야. 변호사인 벨은 멀리 루이빌로 출장을 갔대. 하지만 나머지 사람들은 가까이 있었기에, 모두 왕한테로 와서 악수를 하고는 고마움을 표하며 얘길 나눴지. 그러고 나서 그들은 공작과도 악수를 했는데, 그들은 한마디 말도 없이 얼간이들처럼 그저 미소를 지으며 고개만 까딱거렸고, 그동안 공작은 온갖 손짓을 하면서 마치 옹알이하는 아기처럼 계속 "구-구-구-구-구"하는 소리만 낼 뿐이었어.

왕은 큰 소리로 지껄여 대면서, 동네 사람들 소식은 물론 동네 개들 소식까지 일일이 그 이름을 들먹여 가며 캐묻더군. 그리고 그 동네에서 일어난 여러 자질구레한 일들과, 조지네 가족이랑 피터네 가족한테 생긴 일들도 지껄여 댔어. 왕은 그게 모두 피터한테서 받은 편지에 쓰여 있는 것처럼 얘기했지만 말이야, 그건 새빨간 거짓말이었지. 그건 한마디도 빠짐없이 죄다, 우리가 증기선까지 카누를 태워 데려다 준 그 멍청한 청년한테서 들은 거였어.

얼마 뒤 메리 제인은 삼촌이 남기고 간 편지를 갖고 왔고, 왕은 울먹이며 그 편지를 큰 소리로 읽었어. 편지에는 지금 사는 집과 금화 3,000달러를 세 조카딸들한테 물려주고, 한창 잘되는 무두 공장과 그 밖에 집 몇 채, 그리고 약 7,000달러 가치의 토지와 금화 3,000달러를 하비와 윌리엄에게 물려준다고 쓰여 있었지. 그리고 그 6,000달러를 지하실 어디에 숨겨 놨는지도 쓰여 있었고 말이야. 그래서 그 두 사기꾼은 지하실로 그 6,000달러를 갖고 가서 모든 일을 공평하고 공명정대하게 처리하자고 하면서, 나한테 양초를 가져 오라고 했어. 우린 지하실로 내려가 문을 꼭 닫고 돈 가방을 찾아내서는, 안에 든 걸 마룻바닥에 쏟아 놓았지. 그건 모두 금화였는데 말이야, 진짜 끝내주는 광경이었어. 왕의 두 눈이 반짝이는 꼴이란! 왕은 공작의 어깨를 툭 치면서 이렇게 말했어.

"여봐, 이거 끝내주지 않어! 그치! 어때, 빌지워터? 이게 그 '왕실의 걸작'이니 뭐니 보다 훨 낫지 않은가?"

공작도 그 말이 맞다고 맞장구를 치더군. 그들은 금화를 긁어모아서 손가락 사이로 금화를 마루 위에 짤랑짤랑 떨어뜨렸어. 왕이 말을 이었지.

"이러쿵저러쿵 헐 필요 없고, 돈 많은 고인의 형제이자, 타국서 살아남은 1순위 상속자, 그게 자네랑 내 역할이란 말여, 빌지워터. 이게 다 하나님의 섭리를 믿어서 생긴 일이구먼. 결국 이게 최선이란 말여. 이것저것 다 해 봤지만서도, 이보다 더 나은 길은 없네 그려."

보통 사람 같았으면 그 금화 더미를 보고는 만족해하면서 세어 보는 짓 따윈 안 했을 테지. 하지만 그들은 달랐어. 그들은 그걸 꼭 세어 봐야만 직성이 풀렸지. 그래서 그들은 금화를 세어 봤고 결국 415딸라가 빈다는 걸 알게 됐어. 왕이 말했지.

"이런 옘병헐, 415딸라는 어떻게 된 걸까?"

그들은 한참을 조바심을 내며 그 주위를 샅샅이 뒤져 보더군.

이웃고 공작이 말했어.

"그 양반이 꽤 많이 앓았던 터라 실수로 잘못 세었는지도 몰라요. 아마 그럴 거요. 제일 좋은 방법은 그냥 내버려 두고 가만히 입을 꾹 다무는 거요. 그쯤은 없어도 되니까."

"칫, 그래. 그쯤 없어도 되지 뭐. 그딴 건 신경 안 써. 허지만 내가 중하게 생각허는 건 말여, 계산이여, 계산. 우린 아주 공평하게, 드러내 놓고 공명정대하게 계산해야 헌다구. 이 돈을 위층으로 갖고 가서 여러 사람들 앞에서 세는 거여. 그래야 의심을 안 받걸랑. 근데 뒤진 그놈이 6,000딸라가 있다고 했으니까, 괜시리 우리가 의심을 안 받을라면……."

"가만 있자……" 공작이 말했어. *"우리들 돈으로 부족한 걸 채워 넣는 게 어떻수?"*

그러면서 공작은 자기 주머니에서 금화를 꺼내기 시작했어.

"공작, 거참 기가 막힌 생각이여. 자넨 머리가 참말로 비상허구만." 왕이 말했어. *"그 '왕실의 걸작'인지 뭔지가 또 우릴 돕네 그려."*

그러고는 왕도 금화를 꺼내서 쌓기 시작했어.

그들은 거의 빈털터리가 됐지만, 어쨌든 정확히 6,000딸라를 맞췄지.

*"여봐,"*하고 공작이 말을 이었어. *"또 한 가지 아이디어가 생각났소. 위층으로 올라가서 이 돈을 세어 보고, 이걸 그 딸래미들한테 주잔 말이오."*

"공작, 거참 좋은 생각이요. 참말로 업어주고 싶네 그려! 그건 말여, 인간이 생각해 낼 수 있는 최고 멋진 아이디어여. 자넨 참말로 내가 여태 본 사람들 중에 제일 비상헌 머리를 갖고 있구먼. 아, 이

거야말로 우리가 의심을 피헐 수 있는 결정적 한방이여. 틀림없구먼. 의심할라믄 한번 해 보라지. 이거 한방이면 모든 게 해결될 꺼여.”

우리가 위층으로 올라가자 모두들 테이블 주위로 모여들었어. 왕은 금화를 세더니 300딸라 씩 나눠서, 보기 좋게 스무 뭉치로 쌓아올렸지. 모두가 입맛을 다시면서 탐욕스러운 눈초리로 그 광경을 바라봤어. 얼마 뒤 왕과 공작은 금화를 도로 가방 속에다 쓸어 담았고, 왕은 또 한바탕 연설을 하려고 가슴을 쫙 폈지. 왕이 연설을 시작했어.

“여러분, 저기 누워 있는 내 가엾은 동생은 슬픔의 골짜기에 남겨진 자들에게 관대했습니다. 그는 자기가 사랑하고 보호하던 이 가엾은 어린 양들, 애비 애미를 잃은 이 어린 양들에게 아낌없이 주고 떠났습니다. 그렇습니다. 그를 잘 아는 우리는, 만약 그가 사랑하는 윌리엄과 저의 마음에 상처를 줄까 염려하지만 않았더라면, 이 조카들에게 좀 더 아낌없이 베풀었으리란 걸 잘 압니다. 안 그랬겠습니까? 이에 대해선 내 마음속에 일말의 의심도 없습니다. 그렇다면 말입니다, 이런 때 고인의 뜻을 막아서는 형제가 진짜 형제라 할 수 있겠습니까? 그리고 이런 때 동생이 그렇게나 사랑하던 이 가엾고 어여쁜 어린 양들에게서 재산을 강탈하는, 그렇죠, 말 그대로 강탈이죠, 그런 삼촌이 어디 있겠습니까? 제가 아는 한 윌리엄도, 적어도 저는 윌리엄을 잘 안다고 생각합니다만, 마찬가지일 겁니다. 제가 윌리엄에게 한번 물어보겠습니다.”

왕은 돌아서서 공작한테 계속 손짓으로 신호를 보냈어. 공작은 한동안 바보처럼 멍하니 왕을 쳐다보다가, 갑자기 그 뜻을 알아챈 듯 기뻐하며 “구-구”하는 소리를 내면서 왕한테로 달려들어 열댓 번이나 껴안고는 놔 줬지. 그러자 왕은 말을 이어갔어.

"제가 생각하던 바 그대로입니다. 이걸로 윌리엄이 어떻게 생각하는지 충분히 아셨을 겁니다. 자, 메리 제인, 수전, 조애나, 이 돈을 모두 받거라. 이건 저기 누워 계신, 차디찬 시신이 되었지만 기뻐하고 계실 피터 삼촌의 선물이다."

그러자 메리 제인은 왕한테로 달려가 안겼고 수전과 언청이는 공작한테로 달려가 안겨서는, 여태 본 적이 없는 그런 포옹과 키스를 해대는 거였어. 모두 눈물이 그렁그렁한 채 몰려와서는, 그 사기꾼들의 손을 힘껏 부여잡고 이렇게 말했지.

"참말로 훌륭한 분들이야! 멋진 분들이야. 어쩜 저럴 수 있을까!"

그러고는 이내 모두가 고인에 대한 얘기를 시작했고, 참 훌륭한 분이었다는 둥, 그분이 세상을 떠나서 상실감이 정말 크다는 둥 수다를 떨었지. 근데 얼마 뒤 묵직한 턱을 가진 덩치 큰 남자가 사람들을 헤치며 안으로 들어와서는, 그 광경을 말 한마디 없이 지켜보더군. 그 남자한테 말을 건네는 사람은 없었어. 모두 왕의 얘기를 듣느라 바빴기 때문이지. 왕은 한참 이렇게 떠들어 대고 있었어.

"이분들은 고인의 절친이었으니 오늘 저녁 이 자리에 초대받은 겁니다. 하지만 내일은요, 마을 사람 모두가 오시면 좋겠습니다. 한 분도 빠짐없이요. 왜냐면 고인은 마을 사람 모두를 존경했고 좋아했으니까요. 그러니까 고인의 장례잔치는 마을 사람 모두를 위해 열려야 마땅하다고 생각합니다."

왕은 자기 말에 스스로 도취 돼서는 계속해서 헛소리를 지껄여 댔는데 말이야, 그때마다 장례식을 '장례잔치'라고 하는 거 있지.

공작은 참다못해 쪼그만 종이 쪼가리에다가 "'장례식'이야, 이 멍청아!"라고 써 갖고는, 그걸 접어 '구-구'거리면서 사람들 머리 너머로 왕한테 전달했어. 왕은 그걸 읽어보더니만 주머니 속에다 쑤셔 넣더니 이렇게 말했지.

"가엾은 윌리엄, 불구의 몸으로 저런 고통을 겪으면서도 마음은 늘 올곧은 사람이죠. 저한테 방금 하는 말이, 한분도 빠짐없이 장례식에 초대해 달라고, 한분도 빠짐없이 환영해 달라고 간곡히 부탁했습니다. 하지만 공연한 걱정 같군요……. 저도 같은 생각이니까요."

그러고 나서 왕은 다시 아주 침착하게 얘기를 계속해 나갔는데, 쫌 전에 그랬던 것처럼 이따금씩 그 '장례잔치'란 단어를 또 쓰는 게 아니겠어. 그 단어를 세 번이나 쓰고는 왕은 이렇게 설명했지.

"제가 '장례잔치'라고 표현했습니다만, 물론 이게 이런 상황에서 흔히 쓰이는 표현은 아니죠. 사실 이렇게 안 쓰이죠. '장례식'이 일반적인 표현이겠죠. 하지만 저는 '장례잔치'가 옳은 표현이라고 생각해요. 요즘 영국에선 '장례식'이란 말은 잘 안 쓰거든요. 죽은 말이 된 셈이죠. 요즘 영국에선 '장례잔치'라고들 합니다. 그게 더 좋은 표현이니까요. 왜냐하면 그 표현이 더 정확한 뜻을 담고 있거든요. '장례잔치orgies'라는 말은 그리스어 '오르고orgo', 그러니까 '외부', '공개', '해외'라는 말과 히브리어 '지이숨jeesum', 즉 '심는다', '덮는다', 궁극적으로는 '매장한다'라는 말의 합성어에요. 그러니까 '장례잔치'란 '공개 장례식'이란 뜻이죠."

정말이지, 그건 내가 여태 본 중에서 최악이었어. 그때 그 묵직한 턱을 가진 남자가 웃음을 터뜨렸지. 모두 깜짝 놀라서는 '선생님께서 왜 그러시지?'하는 표정으로 의아해 했고, 애브너 쉐클포드는 그 의사한테 이렇게 말했어.

"왜 그러나, 로빈슨. 아직 소식 못 들었나? 이 분은 하비 윌크스라네."

그러자 왕은 활짝 미소를 지어 보이며 악수를 청하면서 말했어.

"선생이 바로 우리 가엾은 동생의 절친인 그 의사 선생이시군요? 저는……"

"그 손 치워!" 의사가 소리쳤어. "네 놈은 영국 사람처럼 지껄이고 있다고 생각하겠지? 여태 들어본 중에 그런 어설픈 흉내는 처음이다. 네 놈이 피터 윌크스의 형이라고? 네 놈은 그저 사기꾼일 뿐이야!"

그러자 모두가 야단법석 떠는 꼴이란! 마을 사람들은 의사 주위로 몰려들어 그를 진정시키려고 애를 쓰며 그간 있었던 일을 얘기했어. 그들은 하비가 얼마나 갖은 방법으로 자기가 하비라는 사실을 증명했는지 의사한테 설명했지. 하비가 동네 사람들 이름을 일일이 알고 있고 개 이름까지도 알고 있더라며, 그러니 하비랑 이 가엾은 소녀들의 마음을 상하게 하지 말아 달라고 거듭 간청을 하더군. 하지만 소용없었지. 그 의사는 영국 사람이라고 자처하는 사람 중에 영국 말을 저놈처럼 어설프게 흉내 내는 사람은 사기꾼이고 거짓말쟁이라면서 길길이 날뛰었어. 가엾은 소녀들은 왕한테 매달려서는 울고불고 야단이었는데, 그러자 이번엔 의사가 갑자기 그 소녀들 쪽으로 홱 돌아서며 말했지.

"난 너희들 애비의 친구이자, 너희들의 친구이기도 하단다. 내가 친구로서, 너희들을 해악으로부터 지키고 싶은 진실한 친구로서 경고하는데 말이다, 이 악당 놈들을 멀리 하렴. 엉터리 그리스어니 히브리어니 하면서 떠들어 대는 저 무식한 떠돌이 놈들을 멀리 하란 말이다. 저놈은 속이 빤히 들여다보이는 사기꾼 놈이다. 저놈은 어디서 온갖 이름과 얘기를 주워듣고는 여기까지 찾아왔는데, 그걸 너희들은 증거라고 떡하니 믿고 있고, 게다가 좀 더 분별력이 있어야 할 이 어리석은 친구들은 너희들이 속아 넘어가는 걸 되레 돕고 있구나. 메리 제인 윌크스, 넌 내가 너의 친구이며, 더구나 사심 없는 친구란 걸 알고 있겠지. 자, 내 말 잘 듣고 이 한심한 악당 놈을 쫓아내 거라. 꼭 그래야 한다. 알겠지?"

메리 제인은 몸을 꼿꼿이 펴면서 대답했는데, 아, 그 모습이란…… 진짜 아름다웠지.

"이게 내 대답이에요." 메리 제인은 금화가 든 가방을 들더니 그걸 왕의 손에 꼬옥 쥐어 주면서 이렇게 말했어.

"이 6,000달러를 받으시고 저와 제 동생들을 위해 원하시는 곳에 투자해 주세요. 영수증은 필요 없어요."

그러더니 메리 제인은 왕을 껴안았고, 수전과 언청이도 왕을 껴안았어. 모두들 폭풍우가 몰아치듯 박수를 치며 발로 땅을 쿵쿵거리며 굴렀지. 그러자 왕은 머리를 치켜든 채 의기양양하게 미소 짓고 있더군.

의사가 말했어.

"좋아, 그럼 난 이 일에서 손을 뗄 거야. 하지만 여기 있는 모든 사람들에게 내 경고하는데, 당신네들은 훗날 오늘의 이 일을 생각할 때마다 가슴 쓰라릴 때가 꼭 오고야 말 거야."

그리고 의사는 자리를 떴어.

"알겠수다, 의사 선생." 왕이 비웃는 듯한 말투로 대답했어. *"가슴 쓰라린 사람이 생기면은 내 당신에게 보내리다."* 그 말을 듣고는 마을 사람들이 참 대답 한번 기가 막히다며 웃어 댔지.

26장

사람들이 모두 떠나자, 왕은 메리 제인한테 손님용 방이 몇 개나 되는지 물었어. 그녀는 손님용 방이 하나 있는데 그건 윌리엄 삼촌이 쓰시면 되고, 그보다 좀 더 큰 자기 방은 하비 삼촌한테 양보한다고 했지. 자기는 동생들 방에 가서 조그만 침대에서 자면 된다는 거였어. 그리고 다락방에도 조그만 침상이 있는 비좁은 방이 하나 있다고 했지. 왕은 그 다락방을 자기 하인 방으로 하자고 했는데 말이야, 그건 날 두고 하는 말이었어.

메리 제인은 우릴 이층으로 데리고 가서 각자의 방으로 안내해 줬어. 방은 작지만 그런대로 괜찮은 편이었지. 메리 제인은 하비 삼촌께 혹시 방해가 될까 봐서 자기 옷가지들과 잡동사니들을 방에서 빼내겠다고 했지만, 왕은 괜찮으니 그냥 놔두라고 했어. 옷가지들은 벽에 쭉 걸려 있었는데, 마룻바닥까지 내려오는 옥양목 커튼이 그 앞을 덮고 있었어. 한쪽 구석에는 낡은 모피 가방이 놓여 있었고, 다른 쪽 구석에는 기타 상자가 놓여 있었어. 그리고 여자애들이 보통 방 안을 꾸미는 데 쓰는 갖가지 쪼그만 장신구며 뺀지르르한 물건들이 여기저기 늘어져 있었지. 왕은 이런 것들이 있는 편이 더 가정적이고 아늑해 보인다면서 그냥 놔두라고 하더군. 공작의 방은 아주 비좁았지만 그럭저럭 괜찮은 편이었고, 내 방도 마찬가지였어.

그날 밤 성대한 만찬이 있었는데 말이야, 마을 사람 모두가 참석했어. 나는 왕과 공작이 앉아 있는 의자 뒤에 서서 시중을 들었고, 껌둥이들은 나머지 사람들의 시중을 들었지. 식탁 머리에 앉은 메리 제인은 수전을 그 옆에 앉히고는, 이 비스킷은 맛이 형편없다는 둥, 잼은 맛이 왜 이 모양이냐는 둥, 프라이드치킨은 왜 이렇게 질기냐는 둥, 여자들이 칭찬을 끌어내려고 늘상 해대는 허접쓰레기 같은 얘기들을 늘어놨어. 손님들은 모든 음식들이 최상급이라는 사실을 알고 있었기에, *"이 비스킷은 어떻게 이렇게 잘 구웠수?"*, *"이 맛난 피클은 대체 어디서 났수?"*하면서 사람들이 식탁을 앞에 두고 늘상 해대는 아첨을 늘어놨지.

만찬이 끝나자 언청이랑 나는 부엌에서 먹다 남은 음식으로 저녁 식사를 했고, 다른 자매들은 껌둥이들이 뒷정리하는 걸 거들었어. 언청이가 이따금씩 영국에 대해 묻는 바람에 살얼음판 위를 걷는 것 같았지.

"너 왕을 본 적 있니?"

"누구? 윌리엄 4세 말이야? 그럼, 당연하지. 우리 교회에 나오거든."

나는 윌리엄 4세가 수년 전에 세상을 떴다는 걸 알고 있었지만 모르는 척 시치미를 뗐어. 그가 우리 교회에 나온다는 말에 그녀가 다시 물었지.

"뭐라고? 매주 온단 말이야?"

"그럼, 매주 와. 왕 자리는 우리 자리 바로 건너편이야. 설교단 반대편이지."

"난 왕이 런던에 산다고 생각했는데?"

"맞아, 왕은 런던에 살지. 왕이 어디 살겠어?"

"근데 넌 셰필드에 살지 않니?"

순간 말문이 막히고 말았어. 난 위기를 모면할 시간을 벌려고 목에 닭 뼈가 걸린 시늉을 했지. 그러고 나서 이렇게 대답했어.

"내 말은, 왕이 셰필드에 올 땐 늘 우리 교회에 온다는 말이야. 여름에만 오는데 해수욕을 하러 오지."

"아니, 그게 무슨 말이야. 셰필드엔 바다도 없는데."

"누가 바다가 있다고 했어?"

"어머나, 네가 그랬잖아."

"안 그랬는데?"

"그랬어!"

"안 그랬어."

"그랬다니까!"

"그렇게 말한 적은 없어."

"그럼 뭐랬는데?"

"왕이 해수욕을 하러 온다고 했지. 난 그렇게 말했을 뿐이야."

"그럼 바다도 없는데 어떻게 해수욕을 하니?"

"이봐, 넌 콩그레스 광천수라고 모르니?"

"알지."

"그 광천수를 얻으려면 꼭 콩그레스에 가야 하나?"

"그건 아니지."

"윌리엄 4세도 해수욕을 하러 꼭 바다에 갈 필요는 없단 말이지."

"그럼 어떻게 하는데?"

"여기 사람들이 콩그레스 광천수를 얻는 방법이랑 똑같아. 통에다 물을 길러 오지. 셰필드의 궁엔 솥이 있어서 왕은 거기에 바닷물을 덥히게 해. 그만한 양의 물을 바닷가에선 도저히 덥힐 수 없으니까. 설비가 없거든."

"아, 이제야 알겠어. 처음부터 그렇게 말했으면 시간 낭비 안 했지."

그 말을 듣자 나는 그제야 수풀 속을 헤쳐 나온 듯한 기분이었어. 마음이 편안해지고 유쾌해지더군. 근데 그녀가 다시 물었어.

"너도 교회에 다녀?"

"그럼, 매주 가지."

"보통 어디 앉아?"

"당연히 우리 식구들 자리에 앉지."

"누구 자리라고?"

"우리 자리 말이야. 너네 하비 삼촌이 앉는 곳."

"하비 삼촌 자리? 삼촌한테 자리가 왜 필요한데?"

"그야 앉으려고 필요하지. 그럼 뭣 땜에 필요하겠어?"

"아니, 난 삼촌이 당연히 설교단에 계실 거라고 생각했지."

이런 썩을……. 난 그가 목사라는 걸 까맣게 잊고 있었던 거야. 또다시 말문이 막히고 말았지. 그래서 난 또다시 목에 닭 뼈가 걸린 시늉을 하며 머리를 쥐어짜내 대답했어.

"젠장, 교회에 목사가 한 명밖에 없는 줄 알아?"

"아니, 그럼 목사가 더 있어서 뭣하게?"

"뭐라고! 왕 앞에서 설교를 하는데 말이야? 너 같은 애는 처음이다, 진짜. 적어도 열일곱 명은 있어야 돼."

"열일곱 명이나! 아이고야! 나라면 은혜를 못 입더라도 그렇게 긴 설교는 못 듣겠다. 일주일은 걸리겠는걸."

"에휴, 목사님들이 다 같은 날 설교하는 게 아니지. 그중 한 분만 하는 거지."

"그럼 다른 목사님들은 뭘 하는데?"

"달리 할 게 없지. 서성거리거나 헌금 접시를 돌리지 뭐. 다른 거 없어."

"그럼 그분들은 뭣 때문에 있는 거야?"

"뭣 땜에 있냐고? 격식을 갖추려고 있는 거지. 넌 아는 게 아무것도 없어?"

"그래, 난 그런 어리석은 짓은 알고 싶지도 않구나. 영국선 하인 대접이 좀 어때? 우리가 껌둥일 다루는 것보단 좀 나은가?"

"말도 마! 거기서 하인은 사람 취급도 못 받아. 개만도 못한 취급을 받지."

"우리처럼 휴가를 주진 않니? 크리스마스, 신년, 독립기념일에 말이야?"

"아이고, 내 말 좀 들어 봐. 이것만 봐도 네가 영국엔 가 본 적도 없는 애란 걸 딱 알겠다. 이봐, 언청…… 아니, 조애나, 일 년 내내 휴가라곤 전혀 없어. 서커스건, 극장이건, 껌둥이 쇼건 아무 데도 못 간단 말야."

"교회에도 못 가?"

"교회에도 못 가."

"그렇지만 넌 늘 교회에 나가잖아?"

나는 또 걸려들고 말았어. 내가 저 늙은 왕의 하인이란 걸 깜빡하고 만 거지. 나는 곧 시종은 보통 하인들과는 달라서 법에 따라 좋든 싫든 교회에 가서 가족과 함께 앉아 있어야만 한다는 식의 설명을 늘어놨어. 하지만 설명이 탐탁지 않았는지 조애나는 그닥 만족스러워 보이진 않았지. 그녀가 말했어.

"야, 너 지금까지 나한테 순 거짓말만 늘어놓은 거 아냐?"

"거짓말 안 했어." 내가 대답했지.

"전혀 안 했어?"

"전혀 안 했어. 거짓말이라곤 한마디도 안 했다고." 나는 딱 잡아뗐지.

"그럼 이 책에다 손을 얹고 말해 봐."

그건 사전에 불과했기에, 나는 그 책에다 손을 얹고 맹세했어. 그러자 조애나는 그제야 좀 만족스러운 듯 이렇게 말하더군.

"이제야 좀 믿음이 가는군. 내가 널 더 믿을 수 있게 되면 좋겠어."

"조, 뭘 못 믿겠다는 거야?" 그때 메리 제인이 수전을 데리고 부엌으로 들어오면서 물었어. "얘한테 그렇게 말하면 안 돼. 얘는 가족들과 멀리 떨어져 여기까지 온 이방인이잖니. 네가 그런 대접을 받으면 기분이 좋겠니?"

"언닌 늘 이런 식이지. 누굴 혼내기도 전에 늘 끼어든단 말야. 내가 얘한테 뭘 어쨌다고 그래. 얘가 거짓말을 하는 거 같기에, 못

믿겠다고 했을 뿐이야. 그뿐이라고. 그 정도야 별거 아니잖아, 안 그래?"

"별거든 별거 아니든 그게 중요한 게 아냐. 얘는 우리 집에 온 손님이니까 그런 말을 하는 건 옳지 않아. 네가 얘 입장이라면 수치스럽단 생각이 안 들겠어? 그러니까 다른 사람 수치스럽게 하는 그런 말은 하면 안 돼."

"하지만 언니, 얘가 그러는데……."

"얘가 뭐라고 하든 그건 상관없어. 그게 중요한 게 아니라고. 중요한 건 네가 얘한테 친절하게 대해 줘야 한다는 거야. 그리고 고향에서 멀리 떨어져 가족들과 헤어져 있단 사실을 생각나게 하는 말을 얘한테 해선 안 된다고."

나는 속으로 이런 생각이 들었어. '이런 소녀의 돈을 저 늙은 도마뱀 같은 놈이 훔쳐내는 걸 그냥 잠자코 지켜봐야만 하다니……'

그때 놀랍게도 이번엔 수전이 끼어들어 언청이를 나무랐지!

'이런 소녀의 돈을 훔쳐내는 걸 그냥 잠자코 지켜봐야만 하다니.'라는 생각이 또 들더군.

얼마 뒤 메리 제인이 이번엔 그녀 특유의 부드럽고 사랑스러운 말투로 언청이를 타일렀어. 메리 제인의 말이 끝나자 뭐라 할 말이 없어진 가엾은 언청이는 울음을 터뜨리고 말았지.

"좋아. 얘한테 미안하다고 사과하렴." 언니들이 말했어.

언청이는 나한테 사과했어. 사과하는 모습이 참 예뻤지. 미안하단 말을 어찌나 예쁘게 하던지 듣기 참 좋더군. 나는 다시 한 번 그 애한테서 사과를 받을 수 있다면 수천 번이라도 거짓말을 하고 싶은 심정이었지.

'이런 소녀의 돈을 저 늙은 도마뱀 같은 놈이 훔쳐내는 걸 그냥 잠자코 지켜봐야만 하다니.'라는 생각이 또 들더군. 조애나가 나한테 사과를 하자 이번엔 세 사람이 다 같이, 마치 내가 친구들 사이에 있는 것처럼 편안함을 느낄 수 있게 하려고 애를 쓰는 거였어. 나는 스스로가 넘 천하고 비열하게 느껴졌지. 그래서 결심했어. 이 소녀들을 위해 그 돈을 지키든지, 아니면 그 악당들의 판을 깨든지 하겠다고 말이야.

그래서 난 잠시 후 잠자리에 들겠다며 부엌을 빠져나왔어. 나는 혼자가 되자 그 일에 대해 곰곰이 생각해 봤지. 몰래 그 의사를 찾아가서 저 사기꾼 놈들을 일러바칠까? 아냐, 그건 아니지. 의사가 그 말을 누구한테서 들었는지 다른 사람한테 얘기할 수도 있는 거고, 그럼 왕과 공작이 날 가만 안 두겠지. 그렇담 몰래 메리 제인한테로 가서 얘기할까? 아냐, 그것도 안 돼. 그녀가 사실을 알게 되면 표정에 다 드러나서, 그놈들이 알아챌 게 뻔하니 말이야. 그럼 그놈들이 돈을 갖고 냅다 튀겠지. 그리고 만약 메리 제인이 나한테 도움을 청하면, 분명 나도 이 일에 휘말릴 거고……. 아냐, 다 안 될 일이고, 방법이라곤 하나밖에 없어. 어떻게든 그 돈을 훔쳐내는 거야. 내가 그랬단 걸 그놈들이 전혀 의심하지 못하게끔 감쪽같이 훔쳐내는 거지. 그놈들은 여기서 한몫 잡은 셈이니까, 이 가족이랑 이 마을에서 돈 되는 걸 모조리 벗겨 먹을 때까진 여길 떠나지 않을 거야. 나한텐 충분한 시간이 있는 거지. 그래, 돈을 훔쳐내서 숨겨 뒀다가, 강 하류로 내려갈 때쯤 메리 제인한테 편지를 써서 돈을 숨겨 둔 장소를 알려주는 거야. 되도록 오늘 밤 돈을 훔쳐내는 게 좋겠어. 왜냐면 그 의사가 말로는 손을 뗀다고 했지만 진짜 손을 뗄 리는 없고, 자칫

하면 왕과 공작이 지레 겁을 집어먹고 내뺄 수도 있거든.

그래서 나는 왕과 공작의 방으로 가서 돈을 찾아봐야지 하고 생각했어. 위층 복도는 어두컴컴했지만 말이야, 공작의 방을 찾아내서는 손으로 더듬더듬해대며 뒤지기 시작했지. 하지만 왕이 그 돈을 다른 사람한테 맡겨 둘 리 없다는 생각이 들어서, 이번에는 왕의 방으로 가서 뒤지기 시작했어. 하지만 촛불 없인 아무것도 할 수 없었고, 당연한 말이지만 그렇다고 촛불을 켤 수도 없었지. 그래서 나는 다른 방법을 써야겠다고 생각했어. 숨어 있다가 왕과 공작의 대화를 엿듣는 거지. 마침 그때 그들의 발소리가 들려서, 나는 침대 밑으로 숨어들어 가려고 손을 뻗쳤어. 근데 내가 생각했던 곳에 침대는 없었고, 대신 메리 제인의 옷가지를 덮어 두는 커튼이 손에 닿았지. 나는 그 뒤로 얼른 뛰어 들어가 옷들 사이로 바짝 몸을 숨기고는 찍소리도 내지 않고 숨죽이고 서 있었어.

왕과 공작은 방 안으로 들어와 문을 닫았어. 그러고는 공작이 제일 먼저 한 일은 무릎을 꿇고 몸을 숙여 침대 밑을 살펴보는 거였지. 아까 숨어들어 가려고 침대 밑을 찾았을 때 못 찾았던 게 얼마나 다행인지 몰라. 누구 몰래 뭔가 일을 할 때 침대 밑으로 숨는 건 자연스런 일이잖아. 왕과 공작은 자리를 잡고 앉았고, 왕이 먼저 말을 꺼냈어.

"대체 뭔데 그려? 거두절미허고 본론만 말해. 저놈들이 우리 없는 새 우리에 대해 쑥덕쑥덕 얘기헐 기회를 주는 것보담, 얼른 아래층으로 내려가서 곡이라도 허면서 애통해 허는 게 나으니까 말여."

"자, 내 말 좀 들어 봐요. 불안해 죽겠소. 맘이 편치 않다구요. 암만해도 그 의사가 맘에 걸린단 말이지. 그래서 당신 계획을 좀 듣

고 싶어요. 나한테도 괜찮은 계획이 하나 있긴 하거든요.”

“그게 뭔가, 공작?”

“새벽 세 시가 되기 전에 여길 빠져나가서리 우리가 챙겨 둔 걸 갖고 강 하류로 냅다 내빼는 게 낫겠어요. 이렇게 손쉽게 돈을 챙겼잖수. 훔쳐야겠다고 생각하던 판에, 말하자면 호박이 넝쿨째 절로 굴러 들어온 셈인데…… 그러니 다 집어치고 어서 여길 뜨자 이 말이요.”

나는 그 말을 듣고 절망스러웠어. 한두 시간 전이라면 안 그랬겠지만, 그땐 퍽이나 실망스럽고 절망적이었다고.

왕은 펄쩍 뛰며 말했어.

“뭐라구? 나머지 재산을 처리도 안 허구? 거저 퍼 담을 수 있는 8~9,000딸라 어치 재산을 내팽개치고 내빼는 그런 바보가 어딨어? 것도 죄다 잘 팔릴 물건들인데 말여.”

공작은 이 금화 가방이면 충분하다, 더는 깊이 끼어들고 싶지 않다, 고아들 재산을 싸그리 빼앗아 버리고 싶진 않다며 궁시렁거렸어.

“이 사람 이거 말하는 거 좀 보게.” 왕이 말했어. *“우리가 그 계집애들한테서 빼앗는 건 이 돈 쪼끔 뿐이여. 진짜로 손해 보는 놈은 우리헌테서 그 재산을 사는 놈이지. 왜냐면 소유자가 우리가 아니라는 게 밝혀지믄, 그것도 우리가 도망친 뒤에나 밝혀지겠지만 말여, 매매는 무효가 될 꺼구, 그럼 그건 죄다 원래 주인헌테로 되돌아가게 돼 있다, 이 말씀이여. 이 집 고아들은 집을 돌려받게 될 꺼라구. 걸로 충분허지. 그리고 아직 젊고 사지 멀쩡하니까 지들 먹고 사는 거야 알아서들 허겠지. 별 고생 안는다니까. 생각해 보란 말여. 저*

애들만큼 유복하게 살지 못 허는 사람들이 수천수만 명은 된다, 이 말여. 정말이지, 저 애들은 불평할 거 하나 없는 애들이라구."

왕이 공작을 끈질기게 설득하는 바람에, 공작은 마침내 두 손 두 발 다 들고 말았어. 공작이 말하길, 좋다, 그래도 그 의사 놈이 알짱대는데 여기서 이렇게 뭉개고 있는 건 무지 어리석은 짓이라고 했지. 하지만 왕이 대꾸했어.

"빌어먹을 그 의사 놈! 그깟 놈 신경 쓸 게 뭐 있어? 동네 바보 놈들이 죄다 우리 편을 들고 있잖어? 어느 동네든 바보 놈들이 그득그득허기 마련이걸랑."

그들은 아래층으로 내려갈 채비를 했어. 그때 공작이 말했지.

"우리가 돈 숨겨둔 곳 말요, 그게 암만해도 시원찮은 거 같아요."

그 말을 듣고 나는 기운이 났어. 뭔가 도움이 될 만한 힌트를 전혀 얻지 못할 거라 생각하던 참이었기 때문이지.

"왜?"

"왜냐면 메리 제인이 이제부터 상복을 입게 될 테니 말요, 이 방 청소를 맡은 껌둥이한테 이 옷가지들을 상자에 담아 치우라고 할 꺼란 말이죠. 그러다가 그 껌둥이가 우연히 돈이라도 보게 되면, 그걸 슬쩍하지 않겠냐, 이 말이요."

"자네 머리가 다시 돌아가기 시작했구먼, 공작."

그러더니 왕은 내가 숨어 있는 데서 2~3피트 정도 떨어진 곳의 커튼 밑을 더듬어 대는 게 아니겠어. 나는 바들바들 떨면서 벽에 딱 달라붙어 서서 숨죽이고 있었지. 그러면서 만약 놈들한테 들키게 되는 날엔 그들이 나한테 뭐라고 할 것이며, 난 어떻게 하면 좋을

까를 생각해 내려고 애썼어. 하지만 내가 생각해 내기도 전에 왕은 돈 가방을 끄집어냈는데, 내가 주위에 있을 거라고는 꿈에도 생각 못하는 거 같았지. 그들은 깃털 이불 밑에 깔린 지푸라기 요의 터진 틈새로 돈 가방을 1~2피트 정도 깊이 쑤셔 넣고는, 이제 안심이라고 하더군. 껌둥이들은 보통 깃털 이불만 정리하고 지푸라기 요를 뒤집는 건 일 년에 두 번 정도밖에 하지 않으니까, 이렇게 해 두면 도둑맞을 염려는 전혀 없다는 거였지.

하지만 내가 한 수 위였어. 놈들이 아래층으로 절반도 내려가기 전에 내가 거기서 돈 가방을 꺼낸 거지. 나는 내 다락방 쪽으로 손을 더듬어 올라가서는, 좋은 기회를 잡을 때까지 돈 가방을 일단 거기다 숨겨 두기로 했어. 돈 가방을 숨겨두기엔 집 바깥이 더 낫겠다 싶긴 했지. 왜냐면 그들이 돈 가방이 없어진 걸 알게 되면 집안을 샅샅이 뒤질 게 뻔하기 때문이야. 나는 옷을 입은 채로 침대 속으로 기어 들어갔어. 하지만 어서 이 일을 결판내고 싶어 조바심이 나서인지 잠이 오지 않더군. 근데 왕과 공작이 위층으로 올라오는 소리가 들려서, 나는 침상에서 빠져나와 턱을 사다리 끝에다 괴고는 무슨 일이 벌어지나 지켜보며 기다렸어. 하지만 아무 일도 일어나지 않았지.

나는 밤늦게까지 깨어 있는 사람들의 소리가 잠잠해질 때까지 기다렸다가, 아침 일찍 사람들 깨는 소리가 들리기 전에 사다리를 타고 아래층으로 내려왔어.

27장

왕과 공작이 머무는 방의 문 앞으로 기어가서 귀를 기울였더니, 그들이 코 고는 소리가 들리더군. 그래서 난 까치발로 걸어서 아래층까지 무사히 내려왔어. 사방이 고요했지. 식당 문틈으로 안을 엿봤더니 시신을 지키던 남자들도 모두 의자에 앉아 곤히 잠들어 있었어. 문은 시신이 있는 거실 쪽으로 열려 있었는데, 양쪽 방엔 촛불이 켜져 있었지. 지나다 보니 거실 문이 열려 있었는데, 거기엔 피터의 시신 말고는 아무도 없었어. 계속 앞으로 걸어갔더니, 현관문은 잠겨 있었고 열쇠는 보이지 않더군. 마침 그때 뒤쪽에서 누군가 아래층으로 내려오는 소리가 들리는 게 아니겠어. 나는 급히 거실로 뛰어 들어가 재빨리 주위를 둘러봤는데 말이야, 돈 가방을 숨길 데라곤 관 속밖에 없었지. 관 뚜껑은 1피트쯤 열려 있었는데, 그 사이로 수의를 걸친 채 젖은 천으로 얼굴을 덮은 시신의 얼굴이 보였어. 나는 관 뚜껑 아래 시신의 포개진 두 손 바로 아래에다 돈 가방을 쑤셔 넣었지. 그 손이 어찌나 차갑던지 그만 소름이 돋았어. 나는 방을 빠져나와 문 뒤에 몸을 숨겼지.

아래층으로 내려온 사람은 메리 제인이었어. 그녀는 조용히 관 있는 데로 가서 무릎을 꿇고는 안을 들여다보더군. 메리 제인이 손수건을 꺼내더니 울기 시작하는 게 보였어. 비록 그녀의 등만 보이고 우는 소리가 들리진 않았지만 말이야. 그곳을 살며시 빠져나온 나는 식당을 지날 때 시신을 지키던 남자들이 나를 보고 있지는 않은지 확인하려고 문틈으로 안을 들여다봤어. 만사 오케이였지. 그들은 여전히 미동도 않고 잠들어 있더군.

그렇게까지 고생을 하고 위험을 감수했는데도 일이 그런 식으로 흘러가니, 잠자리에 드는 마음이 아주 우울했어. 하지만 돈 가방이 지금 있는 곳에 그대로 있어도 괜찮겠단 생각이 들었지. 나중에 1~200마일쯤 강을 내려간 뒤에 메리 제인한테 그 사실을 편지로 알려 주면 그만이기 때문이야. 그럼 그녀가 고인의 무덤을 파서 돈 가방을 되찾을 수 있겠지. 하지만 한편으론 일이 그렇게 흘러갈 거 같지 않았어. 왜냐면 사람들이 관 뚜껑에 나사못을 박을 때 돈 가방이 발견될 가능성이 크기 때문이야. 그렇게 되면 돈 가방은 또다시 왕의 손안에 들어갈 것이며, 왕한테서 다시 그 돈을 찾아올 기회란 거의 없다고 봐야지. 물론 아래층으로 내려가 관 속에서 돈 가방을 꺼내오고 싶은 마음은 굴뚝같았지만, 그렇게 하지는 못했어. 벌써 시시각각 날이 밝아오고 있었기에, 머지않아 시신 지키던 남자들이 깰지도 모르고, 그럼 그 사람들한테 붙잡힐 수 있으니 말이야. 게다가 누가 나더러 돈을 가져오라고 시킨 것도 아닌데 6,000딸라를 손에 든 채로 붙잡히겠지. 나는 그런 일에 엮이고 싶지 않았어.

아침이 돼서 아래층으로 내려갔을 때, 거실 문은 닫혀 있었고 시신을 지키던 남자들은 모두 가 버리고 없었지. 집안 식구들이랑 바틀리 과부댁, 그리고 왕과 공작밖에 없더군. 나는 뭔 일이 일어났나 싶어서 그들의 얼굴을 살펴봤지만, 아무런 낌새도 보이지 않았어.

한낮이 되자 장의사가 인부들을 데려왔어. 그들은 관을 방 한가운데로 옮겨 의자 두 개로 받쳐 놓고는, 집 안에 있는 모든 의자를 끌어다가 줄 맞춰서 쭉 늘어놓더군. 그러고는 이웃에서도 의자를 더 빌려왔기에, 복도며 거실이며 식당이며 모두 의자로 꽉 차고 말았어. 관 뚜껑은 아까와 다름없이 열려 있었지만 말이야, 주위에 보는 눈이 있어서 나는 감히 관 뚜껑 안을 들여다볼 수 없었지.

얼마 후 사람들이 방 안으로 모여들기 시작했고, 관 바로 앞 첫째 줄엔 그 사기꾼 놈들이랑 소녀들이 자리를 잡고 앉았어. 약 30분 동안 사람들은 한 줄로 서서 천천히 빙빙 돌며 고인의 얼굴을 잠깐씩 들여다봤지. 모두 조용하고 엄숙한 가운데, 몇몇은 눈물을 흘리기도 했어. 그 사기꾼 놈들이랑 소녀들은 눈에 손수건을 갖다 대고는 고개를 숙인 채 흐느끼고 있었지. 마룻바닥에 발 끄는 소리와 코 푸는 소리만 들릴 뿐이었어. 사람들은 교회 말고는 다른 어떤 곳에서보다 장례식장에서 유달리 코를 더 풀어 대거든.

방이 사람들로 가득 차자 장의사는 사람들을 부드럽게 위로라도 하듯이 검은 장갑을 끼고는 가만가만 걸어 다니면서 막바지 준비 작업을 했어. 마치 고양이처럼 아무 소리도 내지 않고 이것저것 정돈했지. 그는 한마디 말도 없이 사람들을 질서정연하게 안내했고, 나중에 온 사람들을 안으로 밀어 넣기도 했어. 고갯짓과 수신호만으로 길을 내기도 했고 말이야. 그러고 나서 장의사는 저쪽 벽 앞에 자리를 잡고 앉더군. 그 사람처럼 조용조용 물 흐르듯 소리 없이 움직이는 사람은 처음 봤어. 그는 마치 햄 덩어리인 양 얼굴에 웃음기라곤 전혀 없었지.

사람들이 작은 오르간을 빌려 왔는데, 상태가 좋지 않았어. 준비가 되자 한 젊은 여자가 거기 앉아서 연주를 했는데, 마치 산통을 겪는 소리처럼 몹시도 끽끽거리는 소리가 났지. 모두 오르간 소리에 맞춰 노래를 불렀어. 내 생각에 말이야, 제대로 된 건 고인이 된 피터 한 사람밖에 없는 듯 했지. 이윽고 홉슨 목사님이 천천히 엄숙하게 설교를 시작했어. 근데 바로 그때 여태 들어 본 적 없는 엄청난 소리가 지하실에서 터져 나오는 게 아니겠어. 그건 단지 개 한 마리가 벌이는 소란에 불과했지만 어찌나 시끄럽게 쉬지 않고 짖어 대는지…… 그래서 목사님은 관을 앞에 둔 채로 우두커니 서서 잠시 기다리는 수밖에 없었어. 청중들도 그저 멍하게 있었지. 아주 어색한 상황이었고, 모두 어찌해야 할 바를 몰랐어. 하지만 이내 그 다리가 긴 장의사가 '걱정 마세요. 저한테 맡겨 두세요.'하듯이 목사님한테 신호를 보내는 게 보였지. 그러고 나서 장의사는 어깨가 청중들 머리 높이에 가닿을 정도로 몸을 굽혀서는, 벽을 따라 미끄러지듯 빠져나갔어. 그가 빠져나가는 동안에도 소란은 점점 더 커져만 갔지. 마침내 그는 방의 두 면을 뺑 돌아서 지하실로 모습을 감췄어. 그 후로 2초 정도 지났을까……. "퍽" 후려치는 소리가 들리더니, 개가 내지르는 아주 요란한 비명소리를 끝으로 사방이 죽은 듯 고요해졌지. 그러자 목사님은 엄숙한 설교를 다시 이어갔어. 1~2분쯤 지나자 벽을 따라 미끄러지듯 들어오는 장의사의 등과 어깨가 보이더군. 그는 방의 세 면을 뺑 돌아 들어와서는 허리를 펴고 사람들 머리 너머로 목사님을 향해 고개를 쭉 내밀었어. 그러고는 두 손을 입에 모으고 쉰 목소리로 이렇게 속삭였지.

"개가 쥐새끼를 잡았어요!"

그러고는 또다시 몸을 숙이고는 벽을 따라 미끄러지듯 제자리로 돌아갔어. 뭔 일이 일어났는지 궁금해하던 사람들은 대단히 만족스러워 하더군. 그런 사소한 일은 돈이 드는 일도 아닌데 말이야, 사람이 존경을 받고 호감을 사게 되는 건 그런 사소한 일 때문이지. 그래서 그 장의사는 그 마을에서 인기가 꽤 있었어.

장례식의 설교는 아주 좋았지만, 너무 길고 지루한 게 흠이었어. 그 다음엔 왕이 끼어들어서는 늘상 해대는 헛소리를 늘어놓았지. 마침내 장례식이 끝나자, 장의사는 스크류드라이버를 들고 관 쪽으로 다가갔어. 나는 식은땀을 흘리면서 그를 지켜봤지. 근데 장의사가 주저 없이 유유히 관 뚜껑을 닫고는 스크류드라이버로 단단히 조여 버리는 게 아니겠어. 이를 어째! 나는 돈이 거기 그대로 있는지 없는지조차 알지 못했걸랑. 나는 내심 누가 몰래 그 돈 가방을 훔쳐가기라도 했으면 어떡하지 하고 생각했어. 메리 제인한테는 편지를 써야 하나, 안 써야 하나? 내가 그걸 어떻게 알아? 메리 제인이 관을 파냈는데 아무것도 안 나오면 날 어떻게 생각할까? 젠장! 붙잡혀 깜빵에 가는 건 아닐까? 차라리 그냥 조용히 찌그러져 모른 체하고 편지를 안 쓰는 게 낫지 않을까? 이제 일이 아주 복잡하게 꼬이고 만 거야. 잘해 보자고 한 짓인데, 오히려 일을 백배나 더 악화시키고 만 셈이지. 그냥 내버려 두면 좋았을 걸 하는 생각이 들더군. 제길! 결과가 이렇게 되다니…….

사람들이 관을 묻었고, 우린 집으로 돌아왔어. 나는 마음이 편치 않았지만 어쩔 수 없이 또 놈들의 표정을 살피기 시작했지. 하지만 아무 낌새도 없었어. 놈들의 표정엔 아무것도 드러나지 않았지.

저녁 무렵, 왕은 여기저기 돌아다니면서 사람들 비위를 맞춰 가며 아주 친근하게 굴더군. 그리고 영국에 있는 신도들이 자기를 열렬히 기다리고 있을 테니, 지금 즉시 서둘러 재산을 처분하고 고향으로 돌아가야만 한다고 했어. 왕이 이렇게 서두르게 돼서 미안하다고 하자, 모두 아쉬워하면서 좀 더 머무르시면 좋겠지만 어쩔 수 없는 일이니 충분히 이해한다고 하더군. 왕이 윌리엄과 함께 당연히 조카딸들을 데려갈 작정이라고 하자, 사람들은 세 자매가 친척들 사이에서 잘 정착할 수 있을 거라고 기뻐했지. 그 말을 듣고 세 자매 또한 기뻐했어. 그녀들은 너무도 기쁜 나머지 세상 근심조차 깡그리 잊은 거 같았지. 세 자매는 자기들은 떠날 채비를 할 테니 어서 빨리 재산을 처분해 달라고 왕한테 말했어. 그 가엾은 자매들이 기뻐하고 행복해하는 모습을 보면서, 그녀들이 그렇게 농락당하고 사기당하고 있단 걸 생각하니 가슴이 찢어질 듯했지. 하지만 거기 끼어들어 그 흐름을 바꿀 만한 안전한 방법은 떠오르지 않았어.

왕은 집이며 껌둥이 노예들이며 그 밖에 모든 재산을 경매에 내놓는다는 광고를 냈어. 장례식 이틀 뒤가 경매 날이었는데, 누구라도 원한다면 그 전에도 개인적으로 구입이 가능하다고 했지. 장례식 다음 날 정오쯤, 세 자매의 기쁨에 처음으로 찬물을 끼얹는 일이 일어났어. 두 명의 껌둥이 장사꾼이 찾아왔는데 말이야, 왕이 할부지불 어음을 받고 좋은 값에 껌둥이 노예들을 팔아 치워 버린 거지. 두 아들 노예는 강 상류 멤피스로, 엄마 노예는 강 하류 뉴올리언스로 팔려가게 됐어. 가엾은 자매들과 껌둥이들은 슬픔에 젖어 가슴이 찢어지는 게 아닌가 싶을 정도로 울어 댔지. 그들이 서로를 부둥켜안고 울고불고 하는 모습을 보고 있자니 견딜 수가 없었어. 세 자매는 그들 가족이 뿔뿔이 흩어지거나, 마을 밖으로 멀리 팔려가는 건 꿈에도 생각 못 했다고 하더군. 가엾은 자매들과 껌둥이들이 서로 목을 끌어안고 통곡하는 모습을 내 기억 속에서 여태 떨쳐버릴 수가 없어. 그 매매가 사실상 효력이 없으며, 그래서 그 껌둥이들이 한두 주일 안에 다시 돌아오리란 걸 몰랐다면 말이야, 난 도저히 못 참고 그 악당 놈들 정체를 폭로하고 말았을 거야.

그 사건 때문에 마을에서도 큰 소동이 일어났어. 꽤 많은 사람들이 몰려와서는 엄마와 자식을 그렇게 떼놓는 건 수치스러운 일이라며 단호히 따지고 들었지. 여기에 그 사기꾼 놈들도 쪼금 움찔하긴 했지만, 그 늙은 왕 놈은 공작이 아무리 뭐라 해도 막무가내로 밀고 나가지 뭐야. 공작은 엄청 불안해했어.

다음 날은 경매 날이었어. 아침 해가 환하게 떴을 때쯤, 왕과 공작이 다락방에 올라와서 날 깨우지 뭐야. 그들의 표정을 보고는 뭔 일이 터졌다는 걸 직감했지. 왕이 말했어.

"너 엊그제 밤에 내 방에 들어왔지?"

"아뇨, 폐하."

그 악당 놈들하고만 있을 땐, 나는 늘 그놈을 그렇게 불렀어.

"그럼 어제는?"

"안 들어갔어요, 폐하."

"맹세할 수 있냐? 거짓말 하믄 안 된다."

"맹세하고 말고요, 폐하. 진짜예요. 메리 제인이 폐하랑 공작님께 방 구경을 시켜 드린 뒤로 그 방 근처엔 얼씬도 안 한걸요."

그러자 이번엔 공작이 말했어.

"그럼 누가 그 방에 들어가는 걸 본 적이 있냐?"

"아뇨, 공작님. 제 기억엔 없어요."

"잘 생각해 봐."

나는 잠시 곰곰이 생각하다가 이때다 싶어 이렇게 말했어.

"아, 그러고 보니 껌둥이들이 그 방에 들락거리는 걸 몇 번 본 거 같아요."

그러자 둘 다 전혀 예상치 못했던 일이라는 듯 흠칫 놀라더니, 금세 납득이 간다는 표정을 짓더군. 공작이 말했어.

"껌둥이들 전부가 다 말이냐?"

"아뇨, 한 번에 다 들어가진 않았어요. 근데 다 함께 나오는 건 딱 한 번 봤어요."

"뭐! 그게 언제야?"

"장례식 날 아침이었어요. 제가 늦잠을 잤으니까 그리 이른 아침은 아니었는데요. 사다리를 타고 내려가는데 껌둥이들을 봤어요."

"그래서, 어서 계속해 봐! 놈들이 뭔 짓을 했냐? 어떻게들 행동하든?"

"아무 짓도 안 하던데요. 제가 보기엔 별거 없었어요. 발뒤꿈치를 들고 나가긴 했지만요. 그래서 아마 폐하가 이미 일어나신 줄 알고 방 청소든 뭐든 하러 들어갔다가, 폐하가 아직 주무시는 걸 보고는 괜시리 깨워서 혼나지 않으려고 슬쩍 나가는가 보다, 하고 생각했죠."

"환장하겠네. 이거 큰일났구먼!"

왕이 소리쳤어. 둘 다 오만상을 찌푸리더니만, 잠시 머리를 긁적이면서 생각에 잠긴 채 서 있더군. 그러다가 공작이 쉰 목소리로 키득키득 웃음을 터트리며 말했어.

“우리가 완패했네. 껌둥이 놈들이 이렇게나 일을 깔끔하게 처리하다니 말야. 놈들이 팔려가는 게 슬퍼 보여서 나두 그런 줄만 알았지 뭐야. 당신도 그리 생각했을 꺼구, 모두가 그런 줄로만 알았는데……. 껌둥이 놈들 따위한테 무슨 연극적 재능이 있겠냐는 말은 더는 하지 말아야겠어. 그놈들 연기하는 수작에 안 넘어갈 놈이 없겠는걸. 내 생각에 그놈들 돈뻘이 좀 되겠는데. 나한테 자본금이랑 극장만 있다면 이보다 더 나은 장사 꺼리가 어딨냐, 이 말야. 헌데 우린 그놈들을 헐값에 팔아 치워 버렸으니……. 게다가 그 헐값조차 아직 못 받았잖어. 어디 뭐라고 말 좀 해보쇼. 대체 그 돈은 어디 있는 거요. 그 어음 말요.”

“현금으로 바꿀라고 은행에 넣어 놨지. 어딨긴 어딨어?”

“그래, 그럼 됐소. 그나마 다행이군.”

나는 겁먹은 듯 물었어.

“뭐 잘못된 거라도 있나요?”

그 말에 왕이 내 쪽으로 홱 돌아서서 호통을 쳤어.

“신경 꺼라! 입 다물고 니 놈 일이나 신경 써. 헐 일이나 있다면 말여. 이 마을을 벗어나기 전까진 방금 내 말 명심해라, 알았냐?”

그리고 왕은 공작을 향해 말했어.

“이 일에 대해선 암말 말고 입단속 하드라고. 잠자코 우리끼리만 알자, 이 말여.”

두 사람이 사다리를 타고 막 내려가려는데, 공작이 또다시 키득키득거렸어.

"급히 처분하구 이득은 없구! 아주 장사 한번 자알 했네."

그러자 왕은 공작한테 호통을 치며 대꾸했어.

"다 잘해 보자고 얼른 팔아 치운 거 아닌가. 결국 이득도 안 남고 가져갈 것도 없다고 해서 그게 왜 내 책임이냔 말여, 물론 자네 책임도 아니지."

"글쎄, 진작에 내 충고를 받아들였담 말요, 껌둥이들은 아직이 집에 있었겠지. 우린 여기 없었을 꺼구 말요."

왕은 말다툼이 더 나빠지지 않을 정도로만 공작에게 대꾸하고는, 또다시 나한테 화살을 돌렸어. 나더러 껌둥이 놈들이 자기 방에서 그렇게 살금살금 나가는 걸 보고도 왜 와서 알리지 않았냐고 몰아세웠지. 아무리 바보라도 그걸 보면 뭔 일이 있었으리라는 것쯤은 눈치 채야 할 게 아니냐고 다그치더군. 그러고 나서는 이게 다 자기가 밤늦게까지 잠자리에 들지 않아서 아침에 말짱한 정신이 아니었기 때문이라며, 스스로 탓하면서 떠들어 대는 거였어. 자기가 또다시 이런 실수를 하면 사람도 아니라나. 그렇게 두 사람은 말다툼하다가 나가 버렸어. 나는 그 일을 모두 껌둥이들한테 뒤집어씌웠지만, 그들한테 아무런 피해가 가지 않았단 사실에 무척 기뻤지.

28장

얼마 후 잠자리에서 일어날 시간이 되었어. 나는 사다리를 타고 아래층으로 내려갔지. 자매들의 방 앞을 지나다가 문득 열려 있는 문틈으로 메리 제인이 낡은 가죽 트렁크 옆에 앉아 있는 게 보이더군. 그녀는 짐을 싸는 중이었어. 아마도 영국으로 떠날 채비를 하는 거 같았지. 근데 짐을 싸다 말고 개켜 놓은 옷을 무릎 위에다 올려둔 채 얼굴을 두 손에 파묻고 우는 거였어. 그 모습을 지켜보자니 몹시도 마음이 아팠지. 물론 누구라도 그랬을 거야. 나는 방 안으로 들어가 말을 건넸지.

"메리 제인 누나, 누난 사람들이 곤경에 빠진 걸 보면 견디기 힘들지? 나도 그런 편이야. 뭔 일인지 얘기해 봐."

그러자 메리 제인은 자기가 우는 이유를 얘기해 줬어. 그건 예상했던 대로 껌둥이 하인들 때문이었지. 메리 제인은 멋진 영국 여행도 다 망친 기분이라며, 엄마랑 애들이 다시는 만날 수 없단 걸 알고 어떻게 자기만 영국에서 행복하게 살 수 있겠냐고 했어. 그러고는 더 비통하게 흐느끼며 두 손을 내저으면서 말했지.

"아, 엄마랑 애들이 서로 다시는 못 보고 살 걸 생각하면!"

"아니, 만날 수 있을 거야. 2주 안에……. 난 알아!" 내가 말했어.

아이고야, 생각 없이 그런 말이 불쑥 튀어나오고 말았어. 그러자 메리 제인은 눈 깜짝할 사이에 두 팔로 내 목을 껴안고는, "뭐라고? 다시 말해 봐!"를 연발했지.

나는 메리 제인과 가까운 거리에서 너무 많은 말을 나불댔단 걸 뒤늦게 깨달았어. 나는 그녀에게 잠깐 생각할 시간을 달라고 부탁했지. 메리 제인은 기다리는 동안 안절부절못하며 흥분을 감추지 못한 채 앉아 있었지만, 그 모습조차 아름다웠어. 그 모습은 마치 앓던 이가 빠진 사람처럼 시원해 보이기도 하고 편안해 보이기도 했지. 나는 곰곰이 생각해 봤어. 막다른 골목에 몰려 진실을 털어놓는 건 상당한 위험이 따르는 일이란 생각이 들더군. 물론 나야 경험이 없으니까 확실히 말할 순 없지만 말이야, 어쨌든 그런 생각이 들었어. 하지만 지금은 진실을 말하는 편이 거짓말을 하는 편보다 더 낫기도 하고 안전하기도 할 거란 생각이 들었지. 나는 그 순간을 마음속에 다 저장해 놓고 언젠가 다시 곰곰이 생각해 보기로 했어. 너무도 이상하고 특별한 경우였으니 말이야. 그런 일은 난생처음이었어. 마침내 나는 기회라 생각하고 진실을 말하겠다 결심했지. 그건 마치 화약통 위에 앉아 불을 붙이고는 자기가 어디로 날아가게 될지 지켜보는 격이었지만, 결국 나는 입을 열었어.

"누나, 마을에서 쫌 떨어진 곳에 한 사나흘 지낼만한 곳이 있어?"

"응, 로스롭 아저씨 댁이 있긴 한데……. 그건 왜?"

"이유는 알 거 없고. 만약 껌둥이들이 2주일 안에 여기 이 집에서 서로 다시 만날 수 있게 된다면, 그리고 어떻게 내가 그걸 알고 있는지 증명을 한다면, 누난 로스롭 아저씨 댁에 가서 한 나흘 지낼 수 있어?"

"나흘이라고?" 메리 제인이 말했어. "일 년이라도 있어야지!"

"그럼 좋아." 내가 말했어. "누나의 그 말만으로도 충분해. 다른 사람이 성경책에 키스를 하고 맹세하는 것보다, 난 누나 말을 더 믿거든."

그 말에 메리 제인은 얼굴이 발그레해지면서 미소를 지었어.

나는 말을 이어갔어.

"괜찮으면 문을 닫고 자물쇠를 채울게."

나는 문을 잠그고는 자리로 돌아와 얘기를 계속했어.

"내 얘길 듣고 소리 지르면 안 돼. 가만히 앉아서 담담하게 들어 줘. 난 진실을 말해야 하고, 누난 마음을 단단히 먹어야 해. 메리 누나, 이건 지독한 얘기라서 받아들이기 힘들 거야. 하지만 어쩔 수 없어. 누나의 삼촌들이라고 하는 작자들은 사실 삼촌이 아냐. 그냥 한 쌍의 사기꾼일 뿐이지. 남을 등쳐먹고 사는 뜨내기들이야. 자, 이걸로 이미 최악을 얘기했으니, 나머지 얘긴 비교적 편안히 들을 수 있겠지."

그 말에 메리 제인은 물론 큰 충격을 받은 듯 했어. 이제 얕은 여울은 건넌 셈이니, 나는 본격적으로 얘기를 이어나갔지. 얘기를 듣는 동안 메리 제인의 눈은 점점 더 이글이글 불타올랐어. 나는 모든 걸 낱낱이 털어놨지. 맨 처음 증기선을 타러 가던 어수룩한 청년을 만났을 때부터, 메리 제인이 현관문 앞에서 왕의 가슴팍에 뛰어들자 놈이 그녀에게 열댓 번 입을 맞추던 때까지, 있었던 일을 낱낱이 얘기했어. 그러자 메리 제인은 얼굴색이 타들어가는 석양처럼 빨게지더니 펄펄 뛰면서 말했지.

“그 짐승 같은 놈들! 자, 일 분 일 초도 낭비할 필요가 없어. 놈들에게 타르 칠을 하고 깃털을 붙여서 강물에 던져 버려야 해!”

내가 말했어.

“당연히 그래야지. 하지만 누난 로스롭 아저씨 댁에 가기로 하지 않았어? 아니면…….”

“아,” 메리 제인이 말했어. “내가 지금 무슨 생각을 하는 거지!” 그러면서 그녀는 자리에 털썩 주저앉았지. “내가 한 말을 마음에 두지 마. 제발 부탁이야. 그렇게 해줄 거지? 응?” 메리 제인이 비단결 같은 손을 내 손에다 얹고 말하는 통에, 나는 그만 죽어도 좋은 심정이었어. “내가 이렇게 흥분하리라곤 생각도 못했어.” 그녀가 말을 이었지. “자, 계속 해 봐. 다신 그런 소리 안할 테니까. 내가 어떻게 하면 좋을지 가르쳐 줘. 네가 하라는 대로 할게.”

“알았어.” 내가 말했지. “저 두 사기꾼들은 지독한 놈들이야. 하지만 난 그놈들한테 코가 껴서 좋든 싫든 그놈들이랑 얼마간 더 같이 다녀야 돼. 이유는 얘기할 수 없지만 말이야. 그래서 만약 누나가 저놈들에 대해 다 불어버리면 나도 저놈들 손아귀에서 벗어나 안전해질 거야. 하지만 그렇게 되면…… 누나가 모르는 어떤 사람이 있는데, 그 사람이 큰 곤경에 빠지게 될 거야. 우린 그 사람을 구해내야만 한다고. 알겠지? 당연히 그래야 해. 그래서 저놈들에 대해 죄다 불어 버릴 수가 없는 거야.”

그렇게 얘기를 하다 보니 좋은 생각 하나가 떠올랐어. 어쩌면 그 사기꾼 놈들을 그 마을 깜빵에 처넣고, 놈들에게서 벗어나 짐 아저씨와 함께 그 마을을 뜰 수 있을 것 같았지. 하지만 낮에 뗏목을 띄우고 싶진 않았어. 누군가 질문을 해도 대답할 사람이라곤 뗏목에 나밖에 없을 거기 때문이야. 그래서 오늘 밤 꽤 늦은 시간이 될 때까지 계획에 착수하지 않기로 했지.

"메리 제인 누나, 우리가 앞으로 어떻게 해야 할지 얘기해 줄게. 내 말대로 하면 누나도 로스롭 아저씨 댁에 그렇게 오래 있지 않아도 돼. 아저씨 댁은 여기서 얼마나 멀어?"

"4마일이 채 안 돼. 시골에 있어."

"아, 그럼 됐네. 지금 곧장 거기로 가는 거야. 그리고 오늘 밤 아홉 시나 아홉 시 반까지 거기 숨어 있다가 그 집 사람들한테 여기로 데려다 달라고 해. 뭔가 생각난 게 있다고 하라고. 여기 열한 시 전에 도착하면 이 창에다 촛불을 놔두는 거야. 만약 내가 나타나지 않으면 열한 시까지 기다려 줘. 그래도 안 나타나면 나는 안전하게 여길 떴다는 뜻이야. 그럼 이 일에 대해 동네방네 소문을 퍼뜨려서 저 짐승 같은 놈들을 깜빵에다 처넣는 거야."

"좋아." 메리 제인이 대답했어. "그렇게 할게."

"근데 만약에 말이야, 내가 도망 못 가서 놈들이랑 함께 붙잡히게 되면, 누난 내가 미리 누나한테 모든 걸 털어놨다고 하면서 꼭 내 편을 들어줘야 해."

"당연하지. 네 머리칼 하나라도 손대지 못하게 할게!" 그 말을 하는 메리 제인의 콧구멍은 벌름거렸고, 두 눈은 반짝였어.

"내가 만약 도망을 친다면 여기 없을 거고, 저 악당들이 누나의 삼촌이 아니란 걸 증명할 수 없겠지." 내가 말했어. "물론 여기 있다 해도 쉽진 않겠지만……. 놈들이 뜨내기 사기꾼 놈들이라는 것만큼은 확실해. 그것만으로도 의미가 있지. 근데 나보다 더 그걸 잘 증명할 수 있는 사람들이 있어. 그 사람들은 나처럼 자칫 의심받을 처지도 아냐. 그 사람들 찾는 법을 가르쳐 줄게. 연필과 종일 쫌 줘 봐. 자, "왕실의 걸작, 브릭스빌." 이 메모지를 잃어버리지 말고 잘 갖고 있어. 법원에서 저 두 사기꾼 놈들에 대해 조사를 하게 하려면, 브릭스빌로 사람을 보내서 이렇게 전해. '왕실의 걸작'을 상연한 놈들을 붙잡았는데, 누구 증인 돼 줄 사람 없냐고. 그렇게만 하면, 메리 누나, 눈 깜짝할 사이에 마을 사람 전체가 여기로 몰려올 거야. 부들부들 치를 떨면서 말이지."

나는 모든 일이 정리됐다고 생각하고 이렇게 말했어.

"경매는 염려 말고 그냥 열리게 놔둬. 공시한 기간이 짧아서 물건을 산 사람도 경매 다음 날까지는 돈을 낼 필요가 없대. 그리고 사기꾼 놈들은 당연히 돈을 받을 때까진 여길 뜨지 않을 거야. 게다가 우리 계획대로라면 매매 자체가 무효가 될 테니 말이야, 놈들은 땡전 한 푼 못 받을 거고. 껌둥이 하인들도 마찬가지야. 매매가 무효가 될 테니 머지않아 집으로 돌아올 거라고. 놈들은 껌둥이들 판 돈을 못 받는 거지. 그놈들 된통 걸린 거라고, 메리 누나."

"그럼 난 어서 가서 아침 식사를 하고 곧장 로스롭 아저씨 댁으로 가야겠어." 메리 제인이 말했어.

"그게 아니라, 누나, 아침 식사고 뭐고 지금 당장 떠나야 돼."

"왜?"

"메리 누나, 내가 누나한테 왜 굳이 그 집에 가 달라고 한 줄 알아?"

"글쎄, 생각해 보지 않았는데……. 생각해 봐도 모르겠어. 왜 그런 거지?"

"왜냐고? 그건 누나가 얼굴 두꺼운 다른 사람들하곤 다르니까. 누나는 속내가 얼굴에 다 쓰여 있어. 누구라도 인쇄된 큼직큼직한 글씨마냥 누나 속내를 읽어 낼 수 있을 거야. 근데 그놈들이 누나한테 아침 인사를 하러 내려오면 놈들 낯짝을 제대로 볼 수 있을 거 같아? 절대 안 될 걸……."

"그래, 그래, 알았어! 아침 안 먹고 바로 갈게. 기꺼이 가고 말고. 근데 동생들은 그자들에게 남겨 놓고 가야 하니?"

"그래야지. 동생들에 대해선 염려 붙들어 매. 잠깐이면 되니까. 만약 자매들이 다 간다면 놈들이 뭔가 수상한 낌새를 알아챌 거야. 놈들이며, 동생들이며, 마을의 누구랑도 안 만나는 게 좋아. 이웃 사람들이 삼촌들 안녕하시냐, 하고 물으면, 보나마나 누나 얼굴에 다 티가 날 테니 말이야. 지금 이러고 있을 때가 아냐. 어서 가, 누나. 나머진 다 내가 처리할게. 삼촌들한테 안부 전해 달라고 수전한테 대신 부탁할게. 그리고 누나는 잠깐 기분 전환하러, 아님 친구 만나러 몇 시간 집을 비울 텐데 오늘 밤이나 내일 아침에는 돌아올 거라고 전해 둘게."

"친구 만나러 간다고 하는 건 좋은데, 그자들에게 안부 따위를 전하는 건 내키지 않아."

"그럼 그건 관두지 뭐."

메리 제인한테 그렇게 답하는 걸로 충분했어. 손해 보는 일도 아닌데 뭐. 별일도 아니고, 성가신 일도 아니니까. 사람 가는 길을 편안하게 해 주는 건 그런 사소한 것들이지. 그렇게 해두면 메리 제인의 마음이 편할 테고, 게다가 돈 드는 일도 아니잖아. 그리고 나는 이렇게 덧붙였어.

"또 하나 얘기할 게 있어. 그 돈 가방 말야."

"참, 그건 그자들이 갖고 있지. 그자들이 그걸 손에 넣은 걸 생각하면, 나 자신이 참 바보같이 느껴져."

"아냐, 그건 누나가 잘못 알고 있어. 그건 그자들이 안 갖고 있거든."

"뭐, 그럼 누가 가지고 있는데?"

"내가 그걸 알면 얼마나 좋을까. 몰라. 그놈들한테서 훔쳐내서 내가 가지고 있던 적도 있었지. 훔쳐서 누나한테 주려고 했거든. 그리고 내가 직접 그걸 숨겼던 장소도 알고 있지만, 안타깝게도 이젠 거기 없을 거야. 정말 미안해, 누나. 뭐라 더 할 말이 없네. 하지만 최선을 다했어. 정말이야. 하마터면 붙잡힐 뻔해서 처음 손닿는 곳에다 돈 가방을 그냥 되는대로 밀어 넣고 내빼야 했거든. 근데 거긴 그다 좋은 곳은 아니었지."

"아, 그렇게 자책하지 마. 안쓰러우니까……. 네가 자책하지 않으면 좋겠어. 너도 어쩔 수 없었잖아. 네 잘못이 아니야. 그나저나 돈 가방을 어디에 숨겼길래 그러니?"

나는 메리 제인한테 그 힘든 일을 다시 생각하게 하고 싶지 않았어. 배 위에 돈 가방을 올려놓은 채 관 속에 누워 있는 고인을 그녀한테 다시 떠올리게 하자니 입이 떨어지지 않더군. 그래서 잠깐 잠자코 있다가 이윽고 입을 뗐어.

"메리 제인 누나, 누나만 괜찮다면 내가 돈 가방을 어디에 숨겼는지 말하지 않는 편이 낫겠어. 하지만 쪽지에 써 놓을 테니 원하면 로스롭 아저씨 댁에 가는 길에 읽어 봐. 그래도 괜찮을까?"

"그럼, 괜찮고 말고."

그래서 난 쪽지에다 이렇게 썼지.

"돈 가방은 관 속에다 넣어 뒀어. 한밤중에 누나가 관 앞에서 울고 있었을 때, 돈 가방은 그 속에 있었어. 난 그때 문 뒤에 서 있었는데 말이야, 메리 누나, 누나를 보면서 너무나 가슴이 아팠어."

그 밤중에 메리 제인 혼자 방에서 울고 있던 모습이 떠오르고, 그 악마 같은 놈들이 그녀 집에서, 바로 한 지붕 아래서 메리 제인을 농락하며 돈을 빼돌리고 있단 생각을 하니 내 눈에는 눈물이 핑 돌았어. 그리고 쪽지를 접어서 메리 제인한테 건넸을 때, 그녀 눈에서도 눈물이 흘러내리는 걸 봤지. 메리 제인은 내 손을 붙잡고는 이렇게 말했어.

"잘 가. 모든 걸 다 네가 말한 대로 할게. 그리고 널 다신 못 본다고 해도 절대 잊지 못 할 거야. 두고두고 네 생각이 날 것 같아. 널 위해 기도할게!"

그리고 메리 제인은 떠났어.

날 위해 기도를 한다고? 내가 진짜 어떤 인간인지 메리 제인이 알았더라면, 그녀는 자기 품격에 좀 더 걸맞는 일을 했을 거야. 하지만 말야, 어쨌든 메리 제인은 날 위해 기도해 줬을 거야. 그녀는 그런 사람이거든. 메리 제인은 한번 마음먹으면 가롯 유다를 위해서도 기도를 해 줄 수 있는 그런 용기를 가졌어. 내가 보기에 그녀 사전에 후퇴란 없는 듯해. 남들이 뭐라 해도 내 생각에 메리 제인은 그 어떤 여자보다도 용기가 있었지. 결단력이 대단해 보였어. 아부하는 것처럼 들릴 수 있지만 말이야, 그건 절대 빈 말이 아니야. 그리고 아름다움과 고운 마음씨는 둘째가라면 서러웠지. 그날 메리 제인이 떠난 뒤로, 나는 다시는 그녀를 본 적이 없어. 그래, 한 번도 본 적이 없지. 하지만 두고두고 메리 제인 생각을 했고, 그녀가 날 위해 기도해 주겠다는 말도 기억하고 있어. 내가 메리 제인을 위해 기도하는 것이 쬐끔이라도 도움이 된다고 생각했다면 말이야, 나는 뭔 일이 있어도 기도했을 거야.

메리 제인은 뒷문으로 빠져 나갔는지 그녀가 떠나는 모습을 본 사람은 아무도 없었어. 수전과 언청이와 마주쳤을 때, 난 이렇게 물었지.

“너네들이 이따금씩 만나러 간다는 저기 저 강 건너 사람들 이름이 뭐야?”

그들이 대답하기를,

“몇 집 있는데, 주로 프록터 씨를 만나러 가지.”

“아, 바로 그 이름이었어.” 내가 말했어. “하마터면 까먹을 뻔했네. 메리 제인 누나가 그 집에 급히 가 봐야 한다며 너네들한테 전해 달라고 했어. 그 집 누가 아프다던데.”

“누가 아픈데?”

“몰라. 그만 까먹었지 뭐야. 누구랬더라…….”

“설마 해너는 아니겠지?”

“말하기 뭣하지만,” 내가 말했어. “해너가 맞아.”

“세상에……. 지난주만 해도 아주 좋아 보였는데! 많이 안 좋대?”

“안 좋은 정도가 아니래. 메리 제인 누나 말로는 집안 식구 모두가 밤새 한숨도 못 자고 곁에서 간병하고 있대. 식구들도 그리 오래 버틸 거 같지 않다고 생각하는 모양이던데."

"세상에! 대체 어디가 어떻게 아픈 거래?"

그럴 듯한 생각이 곧바로 떠오르지 않아서 나는 이렇게 둘러댔어.

"볼거리래."

"볼거리라고? 말도 안 돼! 볼거리 걸린 사람을 곁에서 간병하는 게 어딨어?"

"그야 그렇지. 근데 어쨌든 그랬대. 이번 볼거리는 완전히 다른 신종이래. 메리 제인 누나가 그러던데."

"어떻게 신종이라는 거야?"

"다른 병이랑 섞여서 온다던데."

"다른 병, 뭐?"

"그러니까 홍역, 백일해, 단독증에다, 폐결핵, 황달, 뇌막염까지……. 나머진 잘 모르겠어."

"맙소사, 그게 어떻게 볼거리야?"

"메리 제인 누나가 그랬다니까."

"그럼 대체 뭣 땜에 그걸 볼거리라고 부른대니?"

"그거야 볼거리니까 그렇지. 처음엔 볼거리로 시작하니까."

"어머나, 그런 말이 어딨어? 어떤 사람 발가락이 돌부리에 걸렸는데, 그러고는 독을 마시고, 우물에 빠져 목이 부러지고 머리통이 깨졌다 치자. 누가 와서 이 사람 왜 죽었냐고 물었더니 어떤 새대가리가 나서서 '왜냐구요? 발가락이 돌부리에 걸렸으니까요.'라고 했다고 해 봐. 그게 말이 된다고 생각해? 아니지. 말이 안 되지. 그나저나 그 병 전염되니?"

"전염되냐고? 두말하면 잔소리지. 어둠 속에서 써레질에 걸리는 거랑 같아. 써레질 한 번에 안 걸리면 다음번에 걸리기 마련이지. 그렇잖아? 써레를 완전히 치우지 않고서는 써레날에 안 걸릴 도리가 없지. 이 볼거리가 딱 그 써레질 같은 거야. 더군다나 보통 써레가 아냐. 한 번 걸리면 영원히 헤어 나올 수 없는 그런 거라고."

"아유, 끔찍해라." 언청이가 말했어. "난 하비 삼촌한테로 갈 거야. 그리고……."

"그래." 내가 말했어. "나라도 그렇게 하겠어. 그렇게 하고말고. 나라면 꾸물대지 않을 거야."

"아니, 근데 넌 왜 그렇게 안 하는데?"

"한번 생각해 보면 알 거야. 너네 삼촌들은 최대한 빨리 영국으로 돌아가야 하지 않아? 그리고 삼촌들이 너희들끼리 그 먼 영국에 오도록 놔두고 떠날 정도로 품위 없는 사람들이라고 생각해? 너흴 기다려 줄 거 아냐. 여기까진 이해 갔지? 게다가 하비 삼촌은 목사님이잖아. 그렇지? 좋아. 그렇담 말이지, 명색이 목사님이 증기선 승무원을 속이기야 하겠어? 메리 제인 누나를 배에 태우려고 목사님이 승무원을 속이겠느냐, 이 말이지. 자, 안 그러실 거 잘 알잖아. 그럼 목사님은 어떻게 하실까? 아마 이렇게 말씀하시겠지. '참 안 된 일이지만 우리 교회 문제는 알아서 잘 굴러가도록 내버려둘 수밖에 없겠어. 내 조카애가 끔찍한 복합성 볼거리 환자와 접촉을 했으니……. 그 애가 감염이 됐는지 안 됐는지 증상이 나타날 때까지 석 달 동안 여기서 죽치고 앉아 기다린 뒤 확인하는 게 내 의무겠지.'라고 말이야. 하지만 그래도 하비 삼촌한테 얘기하는 게 최선이라고 생각한다면 그렇게 해."

"뭔 헛소리야. 우리 모두 영국에서 재미난 시간을 보낼 수 있는데 메리 제인 언니가 병에 걸렸는지 안 걸렸는지 그걸 확인하려고 여기서 어물쩍거리고 있어야겠어? 넌 참 바보 같은 소릴 하는구나."

"자, 어쨌든 말야, 이웃사람 아무한테라도 얘기해 두는 게 좋을지 몰라."

"자, 잘 들어 봐. 너 같은 천상 바보는 또 없을 거야. 그럼 이웃사람들이 동네방네 돌아다니면서 그 얘길 하고 다닐 게 아냐. 그저 이 얘길 아무한테도 하지 않는 방법밖엔 없다고."

"그러네, 네 말이 맞는 거 같아. 그래, 나도 그게 맞다고 생각해."

"그래도 하비 삼촌한테 메리 제인 언니가 잠깐 외출했단 얘기는 해야 할 거 같아. 그래야 걱정을 안 하실 거 아냐?"

"그래, 메리 제인 누나도 너희들이 그렇게 해주길 바랐을 거야. 누나가 나한테 그랬거든. '하비 삼촌과 윌리엄 삼촌에게 내 안부와 키스를 전해 달라고 동생들에게 말해 줘.'라고. 그리고 누나는 강 건너 누구더라, 누굴 만나러 간다고 했는데……. 피터 삼촌이 좋게 생각하시던 부잣집네 이름이 뭐지? 왜 그 사람 있잖아……."

"아, 앱소프 씨 댁을 말하는구나. 그렇지?"

"아, 맞아. 그런 이름은 짜증나. 누구라도 그런 이름은 반도 외우기 힘들걸. 어쨌든 메리 제인 누나 말로는, 경매에 꼭 오셔서 집을 매입해 달라고 앱소프 씨 댁에 가서 부탁할 거라고 했어. 피터 삼촌이 다른 누구보다도 그분들이 집을 매입해 주길 바란다고 했대. 그리고 그분들이 경매에 오겠다고 할 때까지 졸라 보겠다고 했고, 너무 피곤하지만 않으면 집으로 곧장 돌아오겠다고 했어. 많이 피곤하더라도 어쨌든 내일 아침까진 돌아오겠다고 했어. 그리고 프록터 씨 댁에 대해선 아무 말 말고, 앱소프 씨 댁 얘기만 해 달라고 했어. 그건 진짜일 거야. 메리 제인 누나는 이 집을 매입해 달라고 부탁하러 거기 간 거니까. 누나가 직접 나한테 그렇게 말했거든."

자매들은 "그럼 됐어."하고 대답하고는, 삼촌들이 오는 걸 기다렸다가 안부와 키스를 전한 뒤 그 소식도 전하겠다며 자리를 떴어.

그걸로 모든 일이 잘 됐어. 자매들은 영국에 가고 싶은 마음에 아무 말도 안 할 거고, 왕과 공작도 메리 제인이 의사 로빈슨의 손이 미치는 곳에 있기보다는 경매 일로 바삐 나가 있는 편이 더 낫다고 생각할 거니까 말이야. 난 기분이 아주 좋았지. 일을 꽤 깔끔하게 해냈다는 생각이 들었어. 톰 소여라고 해도 그보다 더 깔끔하게 일을 해치울 순 없을 거야. 물론 톰이라면 일을 더 멋들어지게 처리할 순 있었겠지. 하지만 난 그렇게 생겨먹질 않아서 그 정도로 멋지게 일처리를 하진 못해.

경매는 오후에도 늦게까지 쭉 마을 광장에서 계속됐어. 참가자들이 끝없이 줄을 늘어섰는데, 늙은 왕 놈은 경매인 곁에 서서는 경건한 표정으로 이따금씩 짧은 성경 구절이나 착한 척할 때 쓰는 격언 같은 걸 곁들여 가며 지껄이더군. 공작 놈은 사람들의 동정심을 사려고 자기가 아는 모든 방법을 동원해서 사람들한테 자기 꼴을 보여 주면서 열심히 어버버대며 돌아다녔어.

이윽고 그럭저럭 경매도 끝이 나고, 무덤가의 쪼그맣고 오래된 땅뙈기 빼곤 다 팔렸어. 근데 놈들은 그것마저 경매에 붙이기로 했지 뭐야. 나는 그 왕 놈처럼 목을 쭉 뻗어서는 뭐든지 쪽쪽 빨아먹으려고 하는 놈은 처음 봤어. 그러던 중에 증기선 한 척이 도착했는데, 한 2분쯤 지났을까. 한 무리의 사람들이 "와"하는 함성을 지르고, 소리치고, 웃어 대고, 큰 소리로 노래를 부르며 몰려왔어.

"자, 당신들한테 이의를 제기하오. 여기 피터 윌크스 노인의 상속인 한쌍이 더 있소. 자, 돈을 걸고 맞는 쪽을 골라잡아 보시오!"

29장

그들은 아주 점잖아 보이는 노신사 한 분이랑, 오른팔에 삼각 붕대를 감은 품위 있어 보이는 젊은 신사 한 분을 데려왔더군. 어찌나 고함을 치면서 계속 웃어 대던지. 하지만 그 상황이 나한테는 전혀 장난이 아니었어. 그 의미를 쪼금이라도 깨닫는다면, 당장 왕과 공작부터 움찔했을 테니까 말이야. 아마 얼굴이 새파랗게 질렸겠지. 하지만 천만의 말씀. 공작은 새파랗게 질리기는커녕 뭔 일이 일어났는지 전혀 개의치 않고, 버터밀크가 끓어 넘치는 주전자처럼 행복하고 만족스러운 꼴로 그저 어버버대면서 돌아다닐 뿐이었어. 왕은 한술 더 떠서 '세상에 이런 사기꾼 놈들이랑 악당 놈들이 또 있을까?' 하는 표정을 지으면서, 오장육부가 뒤틀릴 지경이라는 듯 새로 온 그자들을 서글픈 표정으로 뚫어져라 쳐다보더군. 아, 정말 기가 막힌 연기였지. 지방 유지들은 자기들이 왕 편이라는 걸 보여 주고 싶었는지 왕 주위에 떼거리로 몰려들었어. 이제 막 도착한 노신사는 어찌해야 할지 모르겠다는 듯 어리둥절한 표정이었지. 노신사는 이

내 말을 꺼냈는데, 내가 봐도 영국 사람처럼 발음한다는 걸 단박에 알 수 있을 정도였어. 왕도 흉내치곤 꽤 잘하는 편이었지만 말이야, 왕의 발음이랑은 딴판이었지. 나로서는 노신사의 말을 그대로 전할 수도 없고 또 흉내 낼 수도 없지만, 노신사가 군중을 향해 한 말을 옮겨 보면 대략 이래.

"예상치 못한 일이라 놀랐습니다. 솔직히 시인하건대, 이 상황을 마주하고 보니 뭐라 말씀드려야 할지 잘 모르겠습니다. 제 동생과 저는 불운한 일을 겪었습니다. 동생은 팔이 부러졌고, 저희가 챙겨온 짐은 어젯밤 사이에 상류 마을에 실수로 잘못 내려졌습니다. 저는 피터 윌크스의 형인 하비고, 이쪽은 동생 윌리엄입니다. 윌리엄은 듣지도 말하지도 못해요. 게다가 이제 쓸 수 있는 건 한쪽 손뿐이라서 수화조차 제대로 못합니다. 방금 말씀드린 대로 우리가 바로 피터의 형제들이고, 하루나 이틀이면 우리 짐을 받아서 이 사실을 증명할 수 있습니다. 그때까지는 말을 아끼고 숙소에 가서 기다릴 겁니다."

노신사와 벙어리는 자리를 떴어. 그러자 왕이 껄껄 웃으며 지껄여 대더군.

"팔이 부러졌다고? 거참 그럴싸하네. 안 그런가? 게다가 배운 적도 없는 수화를 해야 하는 사기꾼 놈한테는 아주 편리한 수법이기도 하고 말야. 짐을 잃어버리셨다고? 아주 멋지네 그려! 이 상황에 아주 천재적인 꾀를 냈지 뭐야!"

왕은 또 껄껄 웃어 재꼈어. 서너 명, 아니 대여섯 명만 빼고는 다들 따라 웃었지. 따라 웃지 않은 사람들 중에는 그 의사도 있었어. 또 한 사람은 날카로워 보이는 신사로, 카펫 천으로 만든 구식 가방을 듣고 있었지. 막 증기선에서 내린 그는 의사랑 낮은 목소리로 얘기를 주고받으며 이따금씩 왕을 흘낏 쳐다보면서 고개를 끄덕이고 있었어. 그 신사는 루이빌에 갔다던 변호사 레비 벨이었어. 또 다른 한 사람은 몸이 커다랗고 단단한, 험상궂게 생긴 사람이었는데 말이야, 노신사가 하는 말을 다 듣더니 이젠 왕이 하는 말을 듣고 있었지. 왕이 말을 끝마치자, 그 험상궂게 생긴 사람이 나서서 말했어.

"어이, 이봐, 네 놈이 하비 윌크스라면 이 마을엔 언제 왔어?"

"*장례식 전날에 왔습죠, 선생.*" 왕이 대답했어.

"몇 시에?"

"*저녁 때였죠. 해 지기 한두 시간 전이요.*"

"어떻게 왔는데?"

"*신시내티에서 수전 파월 호를 타고 왔죠.*"

"그래, 그럼 그날 아침에 왜 카누를 타고 핀트 지역에 올라갔어?"

"*난 아침에 핀트에 간 적이 없소.*"

"거짓말."

그러자 몇 사람이 그 남자한테로 뛰어가서는 목사님께 그런 식으로 말하지 말라고 다그쳤어.

"목사는 무슨 얼어 죽을 목사야. 저놈은 거짓말쟁이에다 사기꾼이라고. 저놈은 분명 그날 아침 핀트에 있었어. 내가 거기 사는 거 알잖아? 나도 거기 있었고 저놈도 거기 있었단 말이야. 내가 거기서 저놈을 봤다니까 그러네. 저놈은 팀 콜린스랑 어떤 소년이랑 같이 카누를 타고 왔었다고."

그때 의사가 나서서 말을 받았어.

“하인즈, 자네 그 애를 다시 보면 알아볼 수 있겠나?”

“그럴 것 같은데 잘은 모르겠어. 아니, 저기 있구만. 저 애가 확실하네.”

그가 손으로 가리킨 건 바로 나였어. 의사가 말했지.

“여러분, 나로서는 새로 온 그 두 사람이 사기꾼인지 아닌지 모르겠지만 말이오, 만약 이 두 사람이 사기꾼이 아니라면 차라리 날 바보 천치라고 부르시오. 이 사건을 자세히 조사할 때까지 이 두 사람을 여기서 도망가지 못하게 하는 것이 우리의 의무란 말이오. 하인즈, 따라오게. 모두 가십시다, 여러분. 이 사람들을 여관으로 데려가서 아까 그 두 사람과 대질시킵시다. 그럼 대질이 채 끝나기도 전에 뭐든 알아낼 수 있을 테니까요.”

왕의 편에 선 사람들한테는 아닐지 몰라도, 군중들한테는 그 일이 아주 재미난 일이었지. 사람들 모두가 따라나섰어. 해가 질 무렵이었지. 의사는 내 손을 붙잡고 끌고 갔는데 말이야, 나한테 썩 친절하게 대해 주긴 했지만 내 손을 절대 놔주지 않더군.

우리는 모두 여관의 큰 방으로 들어가 양초 몇 개를 켜고는 그 새로 온 두 사람을 불러냈어. 의사가 먼저 입을 열었지.

“나는 이 두 사람을 그렇게 가혹하게 대하고 싶은 마음은 없어요. 하지만 나는 이 자들이 사기꾼이라고 생각해요. 그리고 우리가 알지 못하는 공범들이 있을지 몰라요. 만약 공범들이 있다면, 그들이 피터 윌크스가 남겨 놓은 돈 가방을 갖고 튀지 않았을까요? 충분히 있을 법한 일이죠. 만약 이 자들이 사기꾼이 아니라면, 그 돈을 내놓고 자기들이 사기꾼이 아니란 게 증명될 때까지 우리에게 맡겨 두는 데 반대하지 않을 거요. 안 그렇습니까?”

모두가 그 말에 찬성했지. 그래서 난 여기 있는 사람들이 기선을 제압해 그놈들을 꼼짝 못하게 하는구나, 하고 생각했어. 근데도 왕은 그저 서글픈 표정을 지으면서 이렇게 말할 뿐이었지.

"신사 여러분, 나도 그 돈이 그대로 거기 있었으면 합니다. 나는 이 안타까운 사건에 대한 공정하고 공개적이며 철저한 조사를 방해할 생각이 추호도 없어요. 하지만 유감스럽게도 돈은 거기 없답니다. 원한다면 사람을 보내서 확인해 보세요."

"그럼 어디 있단 거야?"

"그건 말입니다. 내 조카딸 애가 그 돈을 나더러 맡아 달라고 건네줬을 때, 난 그걸 내 침대 지푸라기 요 속에다 숨겨 뒀습니다. 여기에 고작 며칠 있을 건데 은행에 맡기기도 뭣하고, 침대면 돈 숨기기에 안전한 장소라고 생각했죠. 우린 껌둥이들에 대해 잘 몰라서 영국의 머슴들마냥 정직할 거라고 생각했는데, 아 글쎄, 껌둥이들이 바로 그다음 날 아침 내가 아래층에 내려간 새 그 돈을 훔쳐갔지 뭡니까. 내가 껌둥이들을 팔아 버렸을 때만 해도 돈이 없어진 걸 몰라서, 놈들이 돈을 갖고 감쪽같이 튀어 버린 셈이 된 거죠. 여기 있는 내 하인이 그걸 증명해 드릴 수 있을 겁니다, 신사 여러분."

의사랑 몇몇 사람들이 "집어쳐!"라고 소리쳤고, 그 자리에 모인 사람들 중 누구도 왕의 말을 믿는 사람은 없었지. 한 남자가 나한테 껌둥이들이 돈을 훔치는 걸 봤냐고 묻길래, 난 그건 아니지만 껌둥이들이 방에서 살금살금 몰래 빠져나와 허겁지겁 도망치는 걸 봤다고 대답했어. 그때 난 그걸 별로 대수롭지 않게 생각했고, 껌둥이들이 그저 내 주인님의 단잠을 깨울까 두려워 혼이 나기 전에 나가려는 줄 알았다고 말했지. 사람들이 나한테 물은 건 그뿐이었어. 근데 의사가 내 쪽으로 홱 돌아서며 묻더군.

"얘야, 너도 영국 사람이니?"

내가 그렇다고 대답하니까 의사랑 몇몇 사람들이 껄껄 웃으면서 "헛소리 하고 앉았네!"라고 말했어.

그들은 전반적인 조사 작업에 들어갔지. 몇 시간씩이나 이것저것 따져 묻더군. 저녁 식사로 뭘 먹을지 말을 꺼내는 사람은 한 사람도 없었고, 아예 생각도 없는 것 같았어. 그들은 그렇게 언제까지고 조사를 계속해 나갔는데, 여태 본 것 중에 그런 혼란은 처음이었지. 사람들은 왕한테 얘기를 해 보라고 시켰고, 다음엔 노신사한테 얘기를 시켰어. 편견에 사로잡힌 바보 멍청이를 빼고는, 누가 들어도 노신사가 사실을 말하고 있고 왕이 거짓말을 하고 있다는 거 정도는 알 거야. 이윽고 그들은 나한테 알고 있는 걸 죄다 털어놓으라고 하지 뭐야. 왕이 날 곁눈질로 쏘아보면서 눈치를 줬기에, 난 무슨 말을 해야 할지 감을 잡았지. 난 먼저 셰필드 얘기부터 시작해서, 우리가 거기서 어떻게 살았는지 얘기했고, 또 영국의 윌크스 가문에 대한 얘기며, 그 밖에 이런저런 얘기들을 지껄여 댔어. 하지만 얘기를 채 마치기도 전에 의사가 껄껄 웃어 대기 시작했고, 레비 벨 변호사는 이렇게 말했지.

"얘야, 거기 앉거라. 내가 너라면 말이다, 그렇게 무리하게 힘 빼진 않을 거야. 넌 거짓말에 익숙하지 않은 거 같구나. 거짓말이 술술 안 나오네. 연습이 더 필요할 거 같다. 거짓말이 참 어색하구나."

나는 그런 칭찬을 듣고 싶은 마음은 조금도 없었지만 말이야, 어쨌든 풀려나게 돼 기뻤어. 의사는 뭔가 말을 하려고 하다가 돌아서서 말했지.

"레비 벨, 자네가 처음부터 마을에 있었다면 말이야……."

그때 왕이 손을 뻗치며 끼어들면서 말했어.

"아하, 이분이 고인이 된 가엾은 내 동생이 편지에서 그렇게 자주 얘기하던 그 오랜 친구 분이시구만?"

왕은 변호사랑 악수를 나눴어. 미소를 띤 변호사는 즐거워 보였지. 두 사람은 잠시 얘기를 계속한 뒤 한쪽 구석으로 가서는 낮은 목소리로 뭔가를 속삭이더군. 마침내 변호사가 소리 높여 이렇게 말했어.

"이걸로 결판이 날 거 같네요. 내가 법원 명령서를 받아서 당신 동생 분 것과 함께 보내겠습니다. 그러면 사람들도 정말 문제가 없구나, 하고 알게 될 테니까요."

그래서 사람들이 종이랑 펜을 가져왔고, 왕은 앉아서 한쪽으로 머리를 틀더니만 혀를 잘근잘근 씹으면서 뭔가를 휘갈겨 쓰더군. 그런 다음, 그들은 공작한테 펜을 넘겨줬어. 그때 공작이 처음으로 불안한 표정을 지었지만, 그 역시 펜을 집어 들고 몇 자 끼적여 댔지. 그러자 변호사는 새로 온 노신사 쪽을 향해 이렇게 말했어.

"동생 분과 함께 한두 줄 쓰시고 서명해 주십쇼."

노신사는 몇 자 썼지만 아무도 읽을 수 없었어. 변호사가 엄청 놀라서 이렇게 말하더군.

"음, 이건 나도 못 읽겠는데."

그리고 주머니에서 오래된 편지를 몽땅 꺼내서 조사해 보고, 다음 노신사의 필체를 조사해 보고, 다시 편지들을 조사해 보고는 이렇게 말했어.

"이 오래된 편지는 하비 윌크스가 쓴 편지입니다. 그리고 여기 두 사람의 필체가 있는데, 이자들이 이걸 쓰지 않았다는 건 누가 봐도 뻔합니다." (왕과 공작은 변호사한테 걸려들었단 걸 깨닫고는 얼빠진 표정을 하고 있었어.) "그리고 여기 이 노신사의 필체가 있는데, 이 분 또한 이 편질 쓰지 않았다는 걸 누구나 쉽게 알 수 있습니다. 사실 이 분이 쓰신 건 글씨라고 하기도 어렵죠. 자, 여기 있는 편지 몇 장은……."

그때 노신사가 끼어들었어.

"괜찮으시다면, 제가 설명을 좀 드리겠습니다. 여기 있는 제 동생 말고는 제 필체를 알아볼 사람은 아무도 없습니다. 그래서 평소에도 동생이 제 글을 대신 쓰곤 하죠. 거기 당신이 갖고 있는 편지에 적힌 글씨는 동생의 필체이지 제 것이 아닙니다."

"흠!" 변호사가 말했어. "이거 일이 복잡하게 되었네요. 마침 윌리엄 씨가 쓴 편지도 몇 통 갖고 있으니, 동생 분께 한두 줄 써달라고 하시면 저희가 그것과 비교해서……."

"동생은 왼손으론 글을 못 씁니다." 노신사가 말했어. "오른손을 쓸 수만 있다면 동생이 자기 편지도 제 편지도 둘 다 직접 썼다는 걸 보여 드릴 수 있을 텐데요. 여기 두 편지를 봐주십시오. 둘 다 같은 사람이 쓴 겁니다."

변호사는 노신사의 말대로 두 편지를 비교해 보고 말했어.

"그런 것 같군요. 그리고 똑같지는 않다고 해도 어쨌든 전에 봤을 때보다 훨씬 더 유사점이 많아 보입니다. 자, 자, 자! 이제 거의 해결 단계에 이른 거 같은데요. 부분적으로는 좀 어긋나긴 했습니다만, 어쨌든 한 가지는 밝혀졌습니다. 그건 바로 이 두 사람 다 윌크스 가문 사람이 아니라는 겁니다." 그러면서 변호사는 왕과 공작 쪽을 향해 고개를 까딱해 보였어.

자, 상황이 이런데도 저 고집 센 늙은 바보 놈이 두 손 두 발 다 들지 않는다면 그걸 어떻게 받아들여야 할까? 실제로 왕은 여전히 포기하지 않았어. 이건 공정하지 못한 테스트라는 둥, 동생 윌리엄이 세상에서 둘째가라면 서러울 정도로 장난질을 잘해서 제대로 쓰지 않았다는 둥, 윌리엄이 펜을 종이에다 갖다 댄 순간 자기는 동생이 또 장난을 치는구나 하고 알았다는 둥, 떠벌려 대지 뭐야. 그렇게 막 열을 내며 지껄여 대다가, 자기가 지껄이는 걸 스스로도 진짜라고 믿을 정도가 된 거 같았어. 하지만 그때 노신사가 끼어들며 말했지.

"뭔가 생각난 게 하나 있습니다. 여기 혹시 내 동생, 그러니까 고인이 된 피터 윌크스를 매장할 때 도와주셨던 분이 계십니까?"

"여기 있어요." 누군가 대답했어. "저랑 앱 터너가 도왔죠. 저희 둘 다 여기 있습니다."

그러자 노신사가 왕을 가리키면서 묻더군.

"아마도 이분은 피터 윌크스의 가슴에 어떤 문신이 있는지 아시겠죠?"

왕이 재빨리 마음을 다잡았기 망정이지, 안 그랬음 강물에 깎여 나간 강둑처럼 무너져 내렸을 거야. 너무나 급작스러운 질문이었지. 누구라도 아무 예고도 없이 강펀치를 맞으면 대부분 쓰러지듯, 그 질문이 딱 그랬어. 왕이 무슨 수로 고인의 가슴에 어떤 문신이 있는지 알겠어? 그 말에 왕도 어쩔 수 없이 얼굴이 창백해지는 걸 감출 수 없었지. 갑자기 정적이 흘렀고, 모두 고개를 내밀고는 왕을 쳐다보고 있었어. 나는 왕이 두 손 두 발 다 들겠구나, 하고 생각했지.

더는 버텨 봐야 소용없으니까 말이야. 자, 왕이 백기를 들었을까? 믿을 수 없겠지만, 왕은 끝까지 포기하지 않았어. 마치 사람들이 지쳐서 나가떨어질 때까지 한번 버텨 볼 작정인 것 같았지. 그래서 사람들이 지칠 대로 지치면, 왕과 공작은 그 틈을 타서 내뺄 생각을 하는 거 같았어. 어쨌든 왕은 딱 버티고 서서는 금세 미소를 지으며 이렇게 대꾸했지.

"음, 이거 아주 어려운 질문이구만! 그래, 내 동생 가슴에 어떤 문신이 있는지 말씀해 드리리다. 그건 아주 쪼그맣고 가느다란 푸른 화살이오. 그 문신은 그리 생겼소. 근데 자세히 보지 않음 잘 안 보이죠. 자, 내 말이 틀렸소?"

정말이지, 그렇게 낯짝 두꺼운 늙은이는 본 적이 없었어. 노신사는 기세등등하게 앱 터너랑 그의 친구 쪽을 바라봤지. 이번에야말로 왕을 잡았다고 생각했는지 두 눈을 반짝이며 말했어.

"자, 저 분 말씀 들으셨죠! 피터 윌크스의 가슴에 그런 문신이 있던가요?"

두 사람 다 목소리를 높여 대답했어.

"그런 문신은 못 봤습니다."

"좋아요!" 노신사가 말했어. "자, 두 분이 피터 윌크스의 가슴에서 본 건 작고 희미한 P자와 B자일 거예요. 이 글자는 지금은 안 쓰지만 피터가 어릴 때 쓰던 이름 앞 글자입니다. 그리고 W자가 있고 글자들 사이엔 막대 선이 그어져 있죠. P-B-W, 이렇게요." 노신사는 종이 위에다 그대로 써 보였지. "자, 두 분이 본 게 이거 맞소?"

그러자 두 사람은 소리 높여 대답했어.

"아뇨, 못 봤어요. 문신이니 뭐니 전혀 못 봤다구요."

일이 그 지경이 되자 모두 흥분해서 소리를 질러 댔어.

"저것들 죄다 사기꾼 놈들이네! 강물에다 처넣어 버립시다! 빠뜨려 죽여 버려야지! 장대에다 매답시다!"

모두가 일제히 *"와!"*하고 외치는 바람에 큰 소란이 일어났지. 그때 변호사가 테이블 위에 뛰어올라서는 큰 소리로 외쳤어.

"여러분, 여러분! 제 말 한마디만 들어 주세요. 딱 한마디면 됩니다. 제발 부탁이에요! 아직 한 가지 방법이 있습니다. 가서 시신을 파내 조사해 봅시다."

모두 그 제안을 받아들였어.

모두 *"좋아!"*하고 소리치면서 곧장 그곳으로 몰려가려고 하는데, 그때 변호사랑 의사가 소리쳤어.

"잠깐, 잠깐만요! 이 네 사람과 애를 붙잡아서 데리고 갑시다."

*"그럽시다!"*하고 모두 큰 소리로 맞장구쳤지.

"그리고 만약 그 문신이 없으면 이놈들 다 깡그리 린치해 버립시다!"

나는 덜컥 겁이 났지. 하지만 달아날 구석이 없었어. 사람들은 우릴 붙잡아서 곧장 묘지 쪽으로 끌고 갔지. 묘지는 강에서 1마일 반쯤 하류에 있었어. 큰 소란이 일어난 통에, 마을 사람 전체가 나와서 우리 뒤를 따라왔지. 시간은 아직 저녁 아홉 시밖에 안 됐었어.

집 앞을 지나가면서 나는 메리 제인을 마을 밖으로 보내지 말걸, 하고 후회했어. 지금 상황에서 메리 제인한테 슬쩍 눈짓으로 신호만 주면, 그녀가 뛰어나와 날 구해 주고 그 사기꾼 놈들의 정체를 밝혀 줬을 테니 말이야.

사람들은 마치 들고양이처럼 강변길을 떼 지어 걸어갔어. 때마침 하늘이 겁이라도 주는 것처럼 어두컴컴해지더니 번갯불이 번쩍이기 시작했고, 나뭇잎이 바람에 흔들리는 소리가 들렸지. 여태 그런 지독한 곤경과 공포스러운 광경은 처음이었어. 모든 게 내가 생각했던 것과 너무도 딴판으로 흘러가니까, 나는 그만 정신이 멍해지고 말았지. 처음에 난 그저 자리 깔고 앉아서 여유 있게 그 재미난 소동을 구경이나 해야겠다 싶었어. 그리고 상황이 위급해지면 메리 제인이 든든하게 내 뒤를 받쳐 주고 날 위기에서 벗어나게 해 주겠거니 생각했지. 근데 상황이 그렇게 되고 보니, 죽느냐 사느냐 하는 문제는 오로지 그 문신에 달린 있는 상황이 돼 버린 거야. 만약 그 문신이 없으면…….

생각만 해도 끔찍해 견딜 수 없었어. 하지만 그 밖에 다른 생각은 안 났지. 하늘이 점점 어둑어둑해져 가는 판이라 사람들 틈에서 몰래 빠져나가기에 딱이었지만 말이야, 덩치 큰 하인즈가 내 손목을 꽉 붙잡고 있어서 그럴 수 없었어. 차라리 골리앗한테서 빠져나오는 게 더 낫겠다 싶을 정도였으니까. 그가 흥분한 채로 날 끌고 가는 바람에 거의 뛰다시피 따라가야 했어.

도착하자마자 사람들은 떼를 지어 묘지로 몰려갔는데 말이야, 마치 홍수가 난 듯 밀고 들어가더군. 피터의 무덤에 도착해서 보니, 사람들은 무덤 파는 데 필요한 수보다 백배는 많은 삽을 가져왔지만 랜턴을 챙겨야겠다고 생각한 사람은 아무도 없었단 걸 깨달았지. 그래서 사람들은 번갯불이 번쩍이는 틈을 타서 무덤을 파기 시작했고, 한 반마일쯤 떨어져 있는 제일 가까운 집으로 가서 랜턴을 좀 빌려오라고 사람을 보냈어.

사람들은 죽어라고 땅을 파고 또 팠어. 주위는 무서울 정도로 어두컴컴해졌고, 비까지 퍼붓기 시작하면서 바람이 요란하게 쌩쌩 휘몰아쳤지. 번갯불은 더 환하게 번쩍였고 천둥소리도 요란했어. 하지만 사람들은 아랑곳하지 않고 작업에 열중해 있었지. 순간 모든 게, 사람들 얼굴 하나하나까지 환히 보이고, 무덤에서 한 삽 수북이 퍼 담은 흙을 퍼내는 모습까지 보이는가 싶다가도, 이내 어둠이 모든 걸 집어삼켜 버리면 아무것도 보이지 않았어.

마침내 사람들은 관을 들어내서 관 뚜껑을 뜯기 시작했어. 그러자 사람들이 또다시 몰려들어 엎치락뒤치락 비집고 들어가 그 모습을 보려고 야단들이었지. 어둠 속에서 벌어지는 그 광경은 진짜 끔찍할 정도였어.

하인즈가 내 손목을 어찌나 세게 잡아당기는지 손목이 아파 죽을 것 같았어. 그는 아주 흥분해서 숨을 헐떡이고 있었기에, 나 같은 건 깨끗이 잊어버린 게 틀림없었지.

그때 별안간 새하얀 섬광과 함께 번갯불이 번쩍하자, 누군가 소리쳤어.

"세상에 만상에, 여기 피터의 가슴 위에 돈 가방이 있잖아!"

하인즈도 다른 사람들과 마찬가지로 "와!"하고 탄성을 내지르면서, 그 모습을 들여다보려고 내 손목을 놓고는 사람들을 밀치면서 뛰어들어갔어. 나는 그 길로 급히 그곳을 빠져나와서는 어둠을 뚫고 길 쪽으로 내달렸는데, 그 모습을 본 사람은 아무도 없었지.

길 위에는 나 혼자뿐이었고, 나는 날아가듯이 뛰어갔어. 길 위에는 칠흑 같은 어둠, 이따금씩 번쩍거리는 번갯불, 쫙쫙 내리치는 빗줄기, 휘몰아치는 바람, 찢어질 듯한 천둥소리 빼고는 나밖에 없었지. 나는 젖 먹던 힘까지 쥐어짜서 내달렸어.

마을에 다다르니 폭풍우가 휘몰아치는 날씨에 밖에 나와 있는 사람은 아무도 없었기에, 나는 뒷길을 찾을 것도 없이 큰길을 따라 똑바로 달렸어. 집 가까이에 갔을 때 나는 집 쪽을 유심히 살펴봤지. 불빛은 보이지 않고 집안은 어두컴컴하더군. 나는 왠지 모르게 가슴이 아프고 실망스러웠어. 근데 막 집을 지나쳐 가려던 그때, 마침 메리 제인의 창에 불이 들어오는 게 아니겠어! 순간 내 가슴이 터질 듯이 벅차올랐지. 나는 집이고 뭐고 할 거 없이 모두 어둠 속에 남겨 둔 채 내달렸어. 그 모든 게 두 번 다시 내 눈앞에 나타날 것 같지 않았어. 메리 제인은 내가 여태 본 중에서 제일로 용기 있는 최고의 소녀였어.

모래톱이 보일 정도로 마을에서 완전히 벗어나자, 나는 빌릴 만한 보트가 어디 없을까, 하고 주위를 샅샅이 살펴보기 시작했어. 그러다 번갯불이 번쩍하는 순간 사슬이 매어 있지 않은 배를 발견하고는 그 배를 재빨리 잡아타 힘껏 노를 저어 댔지. 그건 카누였는데 밧줄만 매어 있더군. 모래톱은 저 멀리 강 한복판에 놓여 있었지만 말이야, 나는 조금도 꾸물거리지 않았어. 마침내 뗏목에 다다랐을 때는 완전 녹초가 돼서, 할 수만 있다면 대자로 드러누워 숨 좀 돌리고 싶더군. 하지만 그럴 수 없었지. 나는 뗏목 위로 뛰어오르자마자 소리를 질렀어.

"짐 아저씨, 얼른 나와 봐요! 뗏목을 띄워요! 하느님, 고맙습니다. 놈들을 완전히 떼어 냈다고요!"

짐 아저씨는 급히 뛰어나오더니만 너무도 기쁜 나머지 두 팔을 활짝 벌리고는 내 쪽으로 달려왔어. 하지만 번갯불이 번쩍할 때 흘낏 비친 아저씨의 모습에 놀라서 심장이 입 밖으로 튀어나오는지 알았고, 뒷걸음질을 치다 그만 뗏목 밖으로 떨어지고 말았지. 아저씨가 늙은 리어왕 분장이랑 물에 빠져 죽은 아라비아 사람 분장을 하고 있단 걸 깜빡 잊고 있었지 뭐야. 너무 무서워서 속이 다 뒤집어지는 줄 알았지. 아저씨는 나를 강에서 건져내서는 끌어안고 좋아라 했어. 내가 돌아와서, 그리고 왕과 공작을 완전히 떼어 내 버려서 너무도 기뻤던 거지. 하지만 나는 소리쳤어.

"지금은 이럴 때가 아녜요. 축하는 나중에 해요! 빨랑 밧줄을 짤라서 뗏목을 띄워야 해요!"

그래서 우린 순식간에 강물을 따라 미끄러지듯 멀리 나아갔어. 또다시 자유의 몸이 되어 그 큰 강 위에 우리 둘만 있게 됐고, 누구 하나 우릴 괴롭힐 사람이 없다는 게 참으로 기쁜 일이었지. 나는 너무도 기쁜 나머지 뗏목 위를 펄쩍펄쩍 뛰어다니면서 발꿈치로 바닥을 때려 댔지. 근데 말이야, 바닥을 세 번 정도 때려 댈 쯤 귀에 익은 소리가 들려와서, 나는 숨을 죽이고 귀를 기울이며 기다렸어. 그러자 과연 번갯불이 물 위를 번쩍하고 비쳤을 때 그자들의 모습이 눈에 들어왔지. 쪼그만 보트를 타고 노를 미친 듯이 저어 대는 건, 다름 아닌 왕과 공작이었어.

나는 그만 뗏목 위에 털썩 주저앉고 말았지. 자포자기하는 심정이었어. 내가 할 수 있는 거라곤 그저 울음을 참는 것뿐이었지.

30장

놈들은 뗏목에 올라탔고, 왕이 나한테 달려들어 멱살을 잡고 마구 흔들어 대며 말했어.

"니 놈이 우릴 버리고 내뺄라고 했겠다. 이 개자식! 우리랑 같이 있는 게 지겨워진 게냐, 응?"

난 대답했어.

"아뇨, 폐하, 그럴 리가요. 제발 좀 놔 주세요, 폐하!"

"그럼 어떡할 작정이었는지 빨랑 얘기해 봐. 니 놈 오장육부를 다 흔들어 꺼내 놓기 전에!"

"모든 걸 있는 그대로 솔직히 다 얘기할게요, 폐하. 저를 끌고 갔던 아저씨가 저한테 참 잘해줬답니다. 저만한 나이의 아들이 있었는데 작년에 죽고 말았다는 얘길 계속 되풀이하면서요. 그래서 그런지 저 같은 어린 애가 그런 위험에 처한 걸 보니 참 딱해 보인다고 했어요. 그러더니 사람들이 모두 금화를 발견하고는 깜짝 놀라 관 쪽으로 우르르 몰려갈 때, 저를 놔주며 속삭였죠. '당장 도망쳐라. 안 그럼 분명 사람들이 널 목매달아 죽일 거야!' 그래서 도망친 것뿐이에요. 거기 있어 봤자 좋을 게 하나도 없을 것 같았죠. 제가 할 수 있는 게 하나도 없었을 뿐더러, 도망칠 수 있는데 괜히 가만히 있다가 목매달려 죽고 싶지도 않았어요. 그래서 쉬지 않고 뛰다가 이 카누를 발견한 거예요. 여기 도착하자마자 짐 아저씨한테 서둘러 떠나자고, 안 그럼 사람들한테 붙잡혀 목매달려 죽을 거라고 말했죠. 그리고 폐하랑 공작님은 지금쯤 죽었을지도 모른다며 몹시 슬퍼하던 참이었어요. 짐 아저씨도 물론 슬퍼했죠. 그래서 두 분이 오시는 걸 봤을 때 뛸 듯이 기뻤어요. 참말인지 아닌지 짐 아저씨한테 한번 물어보세요."

짐 아저씨가 내 말이 맞다고 맞장구를 치자, 왕은 닥치라고 호통을 치며 말했어.

"아, 그러셔? 퍽도 그러셨겠지!"

그러더니 왕은 또다시 내 멱살을 잡고 마구 흔들면서 강물에 처넣어 죽여 버리겠다고 협박을 하지 뭐야. 그때 공작이 말했어.

"그 애를 놔 줘, 이 늙은 바보 천치야! 너라고 다를 게 있어? 니가 풀려났을 때, 언제 이 애를 찾은 적이나 있냔 말야? 그런 기억은 없는데."

왕은 하릴없이 나를 놔주고는, 그 마을과 마을 사람 모두를 저주하며 욕설을 퍼붓기 시작했어. 그러자 공작은 이렇게 말했지.

"넌 차라리 너 자신을 욕하는 게 나을 거야. 욕먹어도 싼 놈은 바로 너니까 말야. 애당초 분별 있는 짓이라곤 하나도 한 게 없잖아. 그 엉터리 푸른색 화살 모양 문신 어쩌고 하면서 뻔뻔스럽게 잘 빠져나온 걸 빼곤 말야. 그래도 그거 하나만은 근사했어. 진정한 불한

당 같아 보였지. 그 덕분에 우리 모두 빠져나올 수 있었잖아. 안 그랬음 그 영국 놈들의 짐이 도착할 때까지 그놈들이 우릴 깜빵에 처넣었을 게 뻔하지! 니 놈의 그 속임수 덕분에 놈들이 묘지로 몰려가 금화에 혹하고 말았으니, 우린 금화한테 큰 신세를 진 셈이 됐지 뭐야. 그 흥분한 바보 놈들이 우릴 놔두고 금화 한번 보겠다고 그렇게 몰려가지 않았다면, 우린 까딱하다 오늘밤 다 같이 목매달려 죽을 뻔했다구. 쓸데없이 길기만 한 올가미를 목에 차고 뒈질 뻔했다 이 말이야."

두 사람은 잠시 골똘히 생각에 빠져 있더군. 그러더니 왕은 뭔가에 정신이 팔린 듯한 태도로 말했지.

"음…… 우린 껌둥이들이 그 금화를 훔쳐갔다고 생각했지!"

그 말에 난 움찔했어!

"그렇지." 공작이 느릿하고 신중하지만 뭔가 비꼬는 듯한 말투로 대꾸하더군. *"우린 그렇게 생각했지."*

잠시 후 왕이 느릿느릿한 말투로 말했어.

"적어도…… 난 그렇게 생각했어."

공작도 똑같은 말투로 대꾸했지.

"아니, 그 반대지……. 그렇게 생각했던 건 나라구."

그 말에 왕은 버럭 화를 내며 말했어.

"이봐, 빌지워터, 자네 대체 뭔 뜻으로 그런 소릴 하는 거여?"

공작도 꽤 뻣뻣하게 대꾸했지.

"그 문제라면 나야말로 이렇게 묻고 싶은데. 당신이야말로 대체 뭔 뜻으로 그런 소릴 하는 거야?"

"옘병헐!" 왕이 비꼬듯이 소리쳤어. *"난 몰랐다구. 아마 자네도*

자고 있었으니 잘 모르셨겠지."

그 말에 공작이 발끈하며 대꾸했지.

"아, 그런 말도 안 되는 소린 작작 좀 하란 말야. 내가 바보인 줄 알아? 그 돈을 관 속에다 감춘 사람이 누군지 내가 모를 줄 아냐구?"

"그러시겠지! 잘 아시겠지! 그게 바로 니 놈 짓이니까 말여!"

"뭔 개소리야?" 공작이 왕한테 달려들었어. 그러자 왕이 소리쳤지.

"그 손 치워! 내 목 놓지 못해! 내가 아까 헌 말 다 취소할께!"

그러자 공작이 말했어.

"자, 그럼 니 놈이 돈을 숨겼단 사실부터 인정해. 그리고 나중에 하루 날 잡아서 슬쩍 빠져나와 마을로 돌아가서는, 무덤을 파내고 돈을 몽땅 챙길 작정이었단 걸 죄다 털어놓으란 말야."

"잠깐만 기다리게, 공작. 내 질문 하나만 함세. 정직하게 대답해 줘. 만약 자네가 거기다 돈을 안 숨겼다믄 말여, 그렇다고 말을 해. 그럼 난 그 말을 믿고 내가 아까 헌 말을 전부 취소하지."

"이 늙은 악당 놈아, 내가 안 그랬다구. 내가 안 그랬단 걸 니 놈도 잘 알잖아. 자, 이제 됐냐?"

"됐어, 자넬 믿네. 근데 질문 하나만 더 할께. 대답해 주게. 화내지 말고 말여. 자넨 맘속으로 그 돈을 훔쳐다가 숨길 생각이 전혀 없었는가?"

공작은 그 말에 아무 말 없이 잠자코 있다가 이내 입을 열었어.

"이봐, 설령 내가 그리 생각했다 한들 그게 뭔 상관이야. 어쨌든 그런 짓은 안 했잖아. 하지만 니 놈은 맘속으로 그런 생각을 품었

을 뿐더러 실행에 옮기기까지 했잖아."

"내가 그걸 진짜 실행에 옮겼다면 말여, 날 죽여도 좋아. 공작, 이건 진짜여. 맘속으로 그런 꿍꿍이를 품지 않았다곤 안 할께. 왜냐면 그런 생각을 품었으니 말여. 허지만 니 놈이, 아니, 누군가 선수를 친 거라구."

"또 거짓부렁이네! 니 놈이 그랬잖아. 니 놈이 그랬다고 인정하란 말야. 안 그럼……."

왕은 숨이 막히는지 캑캑대면서 겨우 말을 토해 냈지.

"알았어. 그만둬……. 다 말할께!"

왕이 그렇게 말하는 걸 들으니, 나는 그제야 마음이 좀 놓이더군. 공작은 붙잡고 있던 왕을 놔주며 말했어.

"니 놈이 한 짓이 아니라고 또 한번만 지껄여 봐라. 그럼 니 놈을 아주 그냥 물속에다 처박아 버릴 테니까. 물속에 앉아서 애새끼마냥 훌쩍훌쩍 울어 대는 게 니 놈한테 제일로 잘 어울리거든. 니 놈이 한 짓을 생각하면 그래도 싸지. 꼭 늙다리 타조마냥 죄다 한입에 꿀꺽 집어삼키려고 덤비는 너 같은 놈은 진짜 살다 살다 처음 본다. 이런 놈을 이제까지 아버지라도 되는 것처럼 믿고 따르다니……. 불쌍한 껌둥이 놈들한테 죄를 몽땅 뒤집어씌우고는 말 한마디 없이 옆에 서서 모르는 척 가만히 듣고만 있다니……. 부끄러운 줄 알아라. 그런 쓰레기 같은 개수작을 믿을 만큼 물렁물렁한 나도 참 어리석지. 옘병할, 이제야 알겠네. 니 놈이 왜 그렇게 부족한 돈을 메워야 한다고 안달을 했는지 말야. 내가 '왕실의 걸작'으로 번 돈을 니 놈이 한입에 깡그리 잡술라고 했다 이거지!"

왕은 코맹맹이 목소리로 소심하게 말했어.

"허지만 공작, 부족한 돈 메우자고 헌 건 자네였지 내가 아니라구."

"닥쳐! 니 놈 말은 더는 듣기도 싫어! 그래서 결국 우리가 얻은 게 뭐야? 그놈들이 자기들 돈을 남김없이 되찾아 갔을뿐더러, 우리 돈까지 한두 푼만 남겨 놓고 몽땅 훑어갔잖아. 가서 잠이나 쳐 자라구. 앞으로 내 앞에서 다시는 부족한 돈이니 뭐니 그런 말 꺼내지도 마!"

그러자 왕은 천막 속으로 슬며시 기어 들어가서는 울분을 풀려고 술을 퍼마시기 시작했어. 얼마 뒤 공작도 술을 퍼마시기 시작했는데 말이야, 30분도 채 안 돼서 두 사람은 언제 그랬냐는 듯 짝짜꿍이 잘 맞는 절친 사이로 돌아가 있지 뭐야. 두 사람은 술에 얼근하게 취해 갈수록 점점 더 가까워지더니만, 이내 서로의 팔을 베고는 코를 골며 잠이 들어 버렸어. 두 사람은 마음이 많이 풀린 듯 보였지만, 왕은 자기가 돈 가방을 감추지 않았단 말을 다시는 꺼내면 안 되겠다고 명심하고 있는 거 같았지. 나는 한결 마음이 놓이더군. 두 사람이 코를 골기 시작하자, 난 짐 아저씨랑 오랫동안 수다를 떨면서 그간 있었던 일을 낱낱이 아저씨한테 얘기해 줬어.

31장

우리는 며칠 밤낮을 어느 마을에도 멈추지 않고 곧장 강을 따라 내려갔어. 이제 우린 날씨 따뜻한 남부로 내려와 있었고, 집에서도 꽤 먼 길을 떠나온 셈이었지. 스페인 이끼가 큰 나뭇가지에서부터 마치 길고 흰 턱수염처럼 축 늘어져 있는 나무도 보이기 시작하더군. 그렇게 스페인 이끼가 자라나 있는 걸 본 건 그때가 처음이었는데, 그 때문에 숲이 장엄하고 음산해 보였어. 왕과 공작은 그제야 위험에서 벗어났다고 생각했는지, 또다시 마을에서 사기 치는 일을 시작했지.

왕과 공작은 먼저 금주에 대한 강연을 했지만, 두 사람이 거나하게 취하도록 마실 만큼의 술값을 벌지는 못했어. 다른 마을에선 댄스 교습소를 열었는데 둘 다 캥거루만큼도 춤을 출 줄 몰라서 말이야, 춤을 추기 시작하자마자 마을 사람들이 달려들어 그들을 마을에서 쫓아 버렸지. 또 다른 마을에선 웅변을 가르치려고 했는데, 웅변을 채 시작하기도 전에 청중들이 일어나 쌍욕을 마구 퍼붓는 바람에 마을을 떠날 수밖에 없었어. 그들은 선교 사업, 최면술, 의술, 점성술 등 이것저것 닥치는 대로 해 봤지만, 그다지 재미를 보지 못한 듯 보였지. 그러다 마침내 두 사람은 돈을 다 말아먹고 말았어. 그들은 떠내려가는 뗏목 위에서 이리 뒹굴 저리 뒹굴 빈둥거리면서 이런저런 생각을 해 보다가, 어떤 때는 반나절씩이나 아무 말도 하지 않은 채 아주 우울해 하며 절망감에 빠지기도 했지.

그러다가 태도가 싹 돌변하여, 왕과 공작은 천막 속에서 서로 머리를 맞대고는 낮은 목소리로 은밀하게 두서너 시간씩 수군거리기 시작했어. 짐 아저씨랑 나는 불안해졌지. 어쩐지 그런 모습은 꼴도 보기 싫었거든. 왜냐면 보나마나 역대급으로 극악무도한 악마 짓을 꾸미고 있는 게 뻔했기 때문이야. 짐 아저씨랑 나는 곰곰이 생각해 본 끝에, 놈들이 어느 집이나 가게를 털려고 침입하거나, 위조지폐를 만들 작정인 거 같다고 결론지었어. 우린 덜컥 겁이 나서 그런 일에는 절대로 관여하지 말자고 약속했지. 그리고 쪼금이라도 그런 기미가 보이면 저 두 놈을 내버리고 곧장 떠나자고 약속했어. 그러던 어느 날 아침 일찍 우리는 파이크스빌이라고 하는 쪼그마한 깡촌에서 2마일쯤 떨어진 강 하류 지점에 있는 안전한 곳에다 뗏목을 감췄지. 왕은 뭍에 내려서는 자기가 마을로 올라가서 그새 누가 '왕실의 걸작'에 대한 소문을 들은 사람이 있진 않은지 탐색하고 올 테니 그동안 모두 숨어서 기다리라고 했어. '사실은 도둑질할 집을 찾으러 가는 거겠지.'라고 나는 혼자 속으로 생각했어. '도둑질을 하고 여기로 돌아오면, 짐 아저씨랑 나, 그리고 뗏목의 행방에 대해 궁금해하겠지. 궁금해하다가 그만 지쳐서 나가떨어질 거야.' 왕은 만약 자기가 정오가 돼도 돌아오지 않거든 일이 잘 풀린 거라고 생각하고 곧장 마을로 들어오라고 했지.

그래서 우린 남아서 기다렸어. 공작은 뚱한 표정으로 땀을 뻘뻘 흘리며 조바심을 냈지. 그는 짐 아저씨랑 나의 일거수일투족이 못마땅하다는 듯, 사사건건 우리를 혼내지 뭐야. 공작은 눈곱만한 일도 하나하나 흠을 잡았어. 뭔 일이 진행되고 있는 게 분명했지. 정오가 돼도 왕이 안 돌아오자 난 오히려 기뻤어. 어쨌든 변화가 생길 수 있으니 말이야. 아니, 적어도 변화가 일어날 기회가 생길지도 모르니 말이야. 나는 공작이랑 마을로 들어가서 왕을 찾아 돌아다녔는데, 얼마 뒤 어느 쪼그마하고 허름한 선술집 한구석에서 술에 쩔어 있는 왕을 발견했지. 놈팽이들이 그를 둘러싼 채 놀려 대고 있었어. 왕은 이를 악물고는 그들한테 욕설을 퍼붓고 위협을 했지만, 술에 넘 쩔어서 걷지도 못하고 어쩔 도리가 없었지. 그 꼴을 본 공작은 왕한테 "*이 늙은 바보 놈아!*"하고 욕을 퍼부어 대기 시작했고, 이에 왕도 질세라 욕으로 맞받아쳤어. 두 사람이 정신없이 서로 다투고 있는 틈을 타서, 나는 '걸음아 날 살려라'하고 줄행랑을 쳤지. 한 마리 사슴처럼 강둑길을 내달렸어. 지금이 바로 기회라고 생각했지. 그것으로 짐 아저씨랑 나는 그놈들을 다시는 만날 일이 없으리라고 생각했어. 나는 뗏목에 다다르자마자 숨이 차서 못 견딜 지경이었지만 기쁨으로 가슴이 벅차올라 큰 소리로 외쳤지.

"짐 아저씨, 뗏목을 풀어요. 이제 됐어요!"

하지만 아무 대답도 없었고, 천막에는 아무도 없지 뭐야. 짐 아저씨가 사라진 거였어! 나는 큰 소리로 짐 아저씨를 부르고, 부르고, 또 불러 봤어. 숲속을 이리저리 뛰어다니며 소리도 쳐보고 악도 질러 봤지만 아무 소용이 없었지. 아저씨가 사라진 거야. 나는 털썩 주저앉아 울음을 터트렸어. 울지 않을 수가 없었지. 하지만 언제까지고 주저앉아 있을 수만은 없었어. 이내 길로 나가서 어떻게 하면 좋을지 곰곰이 생각해 봤어. 그때 이쪽으로 걸어오는 한 남자애랑 마주쳤지. 나는 그 애한테 이러저러한 옷을 입은 낯선 껌둥이를 본 적이 있냐고 물었어. 그랬더니 그 애가 대답했지.

"응, 봤어."

"어디쯤이었어?"

"사일러스 펠프스 아저씨네 집에서 봤어. 여기서 한 2마일쯤 내려가야 돼. 그 껌둥이는 도망 노예야. 그래서 사람들한테 붙잡힌 거야. 혹시 그 노예를 찾고 있는 거야?

"찾긴 뭘 찾어? 난 한두 시간 전에 숲에서 그 사람이랑 우연히 마주쳤는데 말이야, 만약 내가 찍소리라도 내면 배때기를 짤라 창자를 꺼내 버리겠다고 겁을 주는 거야. 그리고 꼼짝 말고 엎어져 있으라고 해서 시키는 대로 했지. 넘 무서워서 그때부터 지금껏 쭉 여기 이러고 있었는걸."

"그렇구나. 하지만 이제 무서워할 거 없어. 그 노예는 붙잡혔으니까. 남부 어디선가 도망쳐 왔나 보더라고."

"붙잡혔다니 다행이네."

"그렇지! 현상금으로 200딸라가 걸려 있었대. 그야말로 길에 떨어져 있는 돈을 줍는 거나 마찬가지 아냐?"

"그렇지. 나도 어른이었다면 그 노예를 붙잡을 수 있었을 텐데. 제일 먼저 그 노예를 본 건 나였으니 말이야. 그나저나 누가 그 노예를 붙잡았지?"

"어떤 낯선 노인이었대. 근데 글쎄, 자기 권리를 40딸라에 팔아 버렸다네. 강 상류로 얼른 올라가야 해서 기다릴 수가 없었다나. 그게 말이나 되는 소리야! 나라면 기다렸을 거야. 한 7년쯤 기다려야 하는 한이 있어도 말이야."

"나도 마찬가지야. 근데 그렇게 싸게 판 걸 보면, 그 권리가 그 이상의 가치가 없었던 게 아닐까? 뭔가 수상하지 않아?" 내가 말했어.

"아냐, 그렇지 않아. 확실해. 내가 광고 전단을 직접 봤거든. 거기엔 그 노예에 대한 모든 게 낱낱이 쓰여 있었어. 그리고 그 노예의 모습이 마치 사진처럼 그려져 있던데? 그 노예가 도망쳐 나온 뉴올리언스 아래쪽 농장에 대한 내용도 쓰여 있었어. 이봐, 이건 진짜 생각해 볼 필요도 없이 끝내주게 남는 장사라구. 진짜라니까. 그나저나 씹는담배 있음 하나 줘 봐."

내가 없다고 하자, 그 애는 이내 자리를 떴어. 뗏목으로 돌아온 나는 천막 속에 들어가 앉아 곰곰이 생각해 봤지만, 딱히 좋은 생각이 떠오르지 않았지. 머리가 지끈지끈 아파 올 정도로 생각에 몰두해 봤지만 말이야, 그 곤란한 상황에서 벗어날 수 있는 해법이 전혀 떠오르지 않더군. 여기까지 기나긴 여행을 해 왔는데, 그 악당들을 위해 별짓을 다 해 왔는데, 모든 것이 허사로 돌아가고 틀어지고 엉망진창이 되고 말다니……. 그건 그놈들이 불과 더러운 40딸라 때문에 짐 아저씨를 팔아치워 평생을 낯선 사람들 사이에서 노예 생활을 하게 할 만큼 못돼먹은 놈들이기 때문이야.

나는 짐 아저씨가 어차피 노예가 돼야 한다면, 가족들이 있는 고향에서 노예 생활을 하는 편이 백배, 천배 더 나을 거라는 생각이 들었지. 그래서 톰 소여한테 편지를 써서 짐 아저씨가 있는 곳을 미스 왓슨한테 가르쳐 주라고 하는 게 좋지 않을까 생각해 봤어. 하지만 두 가지 이유에서 그 생각을 곧 단념했지. 첫 번째 이유는, 미스 왓슨이 자기 곁을 떠난 짐 아저씨를 괘씸하고 배은망덕하다고 생각하여 몹시 화가 나고 역겨워서 아저씨를 또다시 강 아래 마을로 팔아 버릴 수도 있기 때문이야. 또 다른 이유는, 미스 왓슨이 짐 아저씨를 팔아 버리지 않는다고 해도 마을 사람들이 당연히 배은망덕한 껌둥이를 멸시할 테고, 아저씨는 늘 그들의 멸시를 받으면서 수치스럽게 살아갈 거기 때문이야. 나는 또 어떻고! 헉 핀이 껌둥이를 자유의 몸으로 만들려고 도왔다는 소문이 동네방네 퍼질 테고, 그럼 나는 마을에서 누굴 만나든지 부끄러워 얼굴도 쳐들지 못하고 납짝 엎드려서 그 사람 신발이라도 핥을지 몰라. 사람이란 본래 비열한 행위를 하기 마련이지만 말이야, 그에 대한 책임을 지고 싶어 하진 않는 법이지. 숨길 수 있는 한, 그건 수치가 아니라고 생각하기 때문이야. 그때 내가 처해 있던 상황이 딱 그랬어. 그 문제를 생각하면 할수록 내 양심이 점점 나를 잘게 빻는 듯한 기분이 들었고, 나 자신이 사악하고 비열하게 느껴졌지. 그때 갑자기 어떤 생각이 떠올랐어. 그건 분명 내 얼굴을 철썩 후려친 신의 섭리의 손길이었지. 나한테 아무런 해도 끼친 적 없는 불쌍한 미스 왓슨 소유의 껌둥이를 내가 훔쳐내는 동안, 신이 저 하늘 위에서 내 악행을 계속 지켜본다는 걸 깨우쳐 주는 거 같더군. 그리고 늘 나를 감시하는 분이 계셔서, 내 못된 행동을 지금까지는 눈감아 줬지만 더는 용서하지 않겠다는 걸 깨우쳐 주는 것 같았어. 그런 생각이 들자, 나는 너무 겁이 난 나머지 그만 그 자리에 풀썩 주저앉을 뻔했지. 나는 원래 자라나길 그렇게 못되게 자라났으니 내 책임이 아니라며 쪼금이라도 마음의 위안을 삼아 보려고 노력했어. 하지만 내 마음속의 뭔가가 계속 이렇게 말하는 거였어.

"주일 학교라는 게 있었잖아! 넌 거기 다닐 수 있었어. 거기 다녔더라면 넌 껌둥이에게 그런 일을 해 주면 영영 지옥의 불구덩이 속에 떨어지게 된다는 것을 배웠을 텐데 말이야."

그런 생각이 들자, 나는 몸이 부들부들 떨렸어. 나는 기도를 해봐야겠다 결심했지. 기도를 해서 예전의 내 모습을 벗어 던지고 좀 더 나은 사람이 될 수 있을지 시험해 보고 싶었거든. 나는 무릎을 꿇었어. 하지만 아무 말도 나오지 않았지. 왜일까? 나는 하느님한테 뭔가 감추려 해도 소용없단 걸 깨달았어. 또 나 스스로한테 감추려 해도 소용없는 일이었지. 왜 아무 말도 나오지 않는지 나는 그 이유를 잘 알았어. 그건 내 마음이 올바르지 않기 때문이야. 내가 정직하지 않기 때문이지. 위선적이기 때문이야. 나는 말로는 죄 짓는 걸 관두겠습니다, 하면서도 마음속 깊은 곳에서는 제일 큰 죄에 매달리고 있었어. 말로는 옳은 일, 흠 없는 일을 하겠습니다, 그리고 그 껌둥이 주인한테 껌둥이가 어디 있는지 편지를 써서 알리겠습니다, 하면서도 마음속 깊은 곳에서는 그게 거짓말이란 걸 알고 있는 거지. 하느님도 그걸 알고 있는 거고. 그래서 거짓 기도를 할 수 없는 거야. 나는 그걸 알게 된 거지.

내 마음은 너무 괴로워서 어찌해야 할지 모를 지경이었어. 그러다가 마침내 한 가지 생각이 떠올랐지. 가서 편지를 쓰자. 그러고 나서 기도가 나올지 한번 보자. 그러자 놀랍게도 내 마음은 곧바로 깃털처럼 가벼워졌고, 근심은 온데간데없이 사라져 버렸지 뭐야. 나는 종이랑 연필을 갖다가 기쁘고 흥분된 마음으로 편지를 써 내려갔어.

미스 왓슨에게
아줌마 소유의 도망 노예 짐은 파이크스빌에서 2마일쯤 떨어진 강 하류 지점에 있어요. 펠프스 아저씨가 짐을 붙잡아 두고 있는데, 아줌마가 현상금을 보내면 되돌려 줄 거예요.
헉 핀으로부터

나는 난생처음 죄가 깨끗이 씻긴 거 같은 상쾌한 기분이 들어서, 이젠 기도할 수 있겠단 생각이 들었어. 하지만 곧장 기도하지 않고, 종이를 내려놓고는 잠시 앉아서 생각을 쫌 해봤지. '일이 이렇게 돼 얼마나 다행인지 몰라. 하마터면 방황하다 지옥에 떨어질 뻔했네.' 나는 계속 생각에 잠겼어. 그러다가 짐 아저씨랑 강을 따라 내려가며 여행하던 생각이 계속 머릿속에 떠올랐어. 낮이나 밤이나, 달빛이 비칠 때나, 폭풍우가 몰아칠 때나, 우린 늘 뗏목을 타고 강을 따라 내려가며 함께 얘기를 나누고, 노래도 하고, 웃고 떠들어 댔지. 그런 아저씨의 모습이 눈앞에 아른거리더군. 근데 어쩐지 아저씨한테 나쁜 감정을 갖게 하는 기억은 하나도 없었고, 오히려 그 반대였어. 아저씨가 불침번을 다 선 뒤에도, 내가 계속 잠을 잘 수 있게 날 깨우지 않고 내 몫까지 불침번을 서 줬던 게 생각났지. 내가 안개 속에서 돌아왔을 때, 그리고 그 두 집안 사이의 '원한'이 가득하던 늪지대에서 돌아왔을 때, 펄듯이 기뻐하던 아저씨의 모습이 떠올랐어. 나를 늘 다정하게 부르며 어루만져 주고, 나를 위한 일이라면 뭐든지 해 주던 아저씨의 모습이 떠올랐지. 나한테 늘 얼마나 잘해주던지……. 그리고 내가 뗏목에 천연두 환자가 타고 있다고 둘러대면서 짐 아저씨를 위기에서 구해 냈을 때, 아저씨가 아주 고마워하면서 나더러 '이 늙은 짐의 가장 좋은 친구이자, 둘도 없는 친구'라고 말하던 게 떠올랐어. 그리고 나서 문득 주위를 둘러보는데, 그 편지가 눈에 띄었지.

편지는 아주 가까운 곳에 있었어. 나는 편지를 집어 들어 손에 꼬옥 쥐었지. 이제 둘 중 하나를 선택해야만 하는 걸 알고 있었기에, 몸이 부들부들 떨려 왔어. 나는 숨을 죽이고 잠시 생각에 잠겼다가 혼잣말을 했어.

"그래, 좋아. 차라리 난 지옥에 갈래."

그러고는 편지를 찢어 버렸어.

그건 끔찍한 생각이고 끔찍한 말이었지만 이미 내뱉어 버린 뒤였어. 내뱉은 말은 그냥 내버려 두기로 했지. 교화에 대한 생각은 더는 하지 않기로 했어. 복잡한 생각들은 머릿속에서 모조리 몰아내 버렸지. 그러고는 혼잣말로 중얼거렸어. '계속 사악하게 살자. 생긴 대로 살자. 지금껏 못되게 자라왔으니까 말이야. 착하게 사는 건 나랑 안 맞아.' 나는 먼저 노예가 된 짐 아저씨를 다시 한번 훔쳐내기로 했어. 그보다 더 나쁜 짓을 생각해 낼 수 있다면 그것도 마다하지 않기로 했지. 이왕 이렇게 된 거, 제대로 하는 게 나으니까 말이야.

이제 나는 그 일을 어떻게 해야 할지 고민하기 시작했어. 마음속으로 꽤 여러 가지 방법을 곰곰이 생각한 끝에, 마침내 나한테 딱 맞는 계획을 세웠지. 나는 먼저 강 하류에 있는 울창한 섬을 잘 살펴본 뒤에, 날이 꽤 어둑어둑해지자마자 살며시 뗏목을 몰아 그 섬으로 갔어. 뗏목을 거기다 감춰 놓고 잠자리에 들어 밤새도록 잤지. 날이 밝기 전에 일어나 아침 식사를 하고는 가게에서 산 옷으로 갈아입고, 다른 옷가지랑 이런저런 물건들을 한 보따리에 싸 갖고는 카누를 타고 강기슭을 향해 노를 저어 갔어. 펠프스 아저씨 댁이라고 생각되는 곳에 내려서 보따리를 숲속에 감춰 놓고, 카누에 물을 채우고 돌을 실어서 물속에 가라앉혔지. 하지만 필요할 때 다시 카누를 찾아낼 수 있게끔, 둑에 있는 쪼그마한 증기 목재소로부터 4분의 1마일쯤 떨어진 하류에 가라앉혀 뒀어.

그런 다음, 나는 길을 나섰어. 목재소 옆을 지나다 보니 '펠프스네 목재소'라는 간판이 보이더군. 거기서부터 2~300야드 정도 길을 따라 걸으며 농장에 다다를 때까지 눈을 까뒤집고 살펴봤지만, 환한 대낮인데도 아무도 보이지 않았어. 하지만 누구도 만나고 싶지 않았기에, 별로 신경 쓰지 않았지. 나는 그 지역의 모양새부터 알고 싶었어. 내 계획은 말이야, 내가 하류에서 온 게 아니라 마을에서 온 것처럼 보이는 거였어. 그래서 잠깐 주위를 한번 둘러보고는 곧장 마을로 향했지. 근데 말이야…… 마을에 도착해서 제일 먼저 만난 사람은 다름 아닌 공작이었어. 그는 지난번처럼 사흘 동안 밤에 공연하는 '왕실의 걸작' 전단지를 붙이고 있는 중이었지. 진짜로 뻔뻔스러운 사기꾼 놈들이었어! 나는 피할 새도 없이 그놈이랑 딱 마주치고 말았지. 공작은 깜짝 놀란 듯한 표정으로 말했어.

"*여어, 어디서 오는 길이냐?*" 그러고는 즐거운 듯이, 뭔가 캐내려는 듯한 태도로 물었어. "*뗏목은 어딨어? 적절한 곳에 잘 대 놓은 게냐?*"

"예? 그건 제가 공작님께 여쭤보려던 건데요." 내가 대답했어.

그러자 공작은 탐탁지 않은 표정으로 말했어.

"나한테 묻다니, 그게 뭔 말이래?"

"그니까 어제 그 선술집에서 폐하를 봤을 때 저는 술 깨서 집에 데려가려면 몇 시간은 걸리겠구나, 하고 속으로 생각했죠. 그래서 저는 기다리며 시간도 때울 겸 마을 여기저기를 알짱거리며 돌아다녔어요. 근데 어떤 사람이 와서는 10센트를 줄 테니 강 저편에 쪽배를 대고 양 한 마리를 데려오는 걸 도와 달라고 했죠. 그래서 저는 좋다고 그 사람을 따라갔어요. 양을 배 있는 데까지 끌고 온 뒤에, 그 사람은 나한테 밧줄을 붙잡고 있으라고 하고 자기는 양을 배 안으로 밀쳐 넣으려고 했죠. 그놈의 양이 힘이 너무 세서, 제가 감당하긴 버겁더군요. 근데 그 양이 밧줄을 확 뿌리치고 내빼는 게 아니겠어요. 그래서 저는 그 사람이랑 양을 뒤쫓았죠. 사냥개도 없어서 양이 녹초가 될 때까지 사방팔방 쫓아다닐 수밖에 없었어요. 어둑어둑해진 뒤에야 그놈의 양을 겨우 붙잡아서 뗏목 있는 데로 데리고 돌아왔죠. 근데 뗏목이 사라졌지 뭐예요. 그래서 이런 생각이 들었죠. '왕과 공작님은 뭔가 문제가 생겨 떠난 모양이구나. 내 껌둥일 데리고 말이야. 짐 아저씬 나한테 세상에 둘도 없는 껌둥이인데……. 이런 낯선 곳에서 이제 돈이고 재산이고 뭐고 아무것도 없으니 이제 뭐 먹고 살아야 할지 막막하네.' 저는 주저앉아 울음을 터뜨렸어요. 그러다가 숲속에서 잠이 들었죠. 그나저나 뗏목은 어떻게 된 거예요? 그리고 짐 아저씨는요? 아, 불쌍한 짐 아저씨!"

"내가 그걸 어떻게 알아! 그 늙은 바보 천치가 것도 장사라고 어쨌든 40딸라를 벌었는데 말야, 우리가 선술집서 그놈을 찾았을 땐 거기 있던 놈팽이들이 그놈이랑 판돈 50센트짜리 노름을 해서리, 이미 마신 위스키 값 빼곤 한 푼도 남김없이 싸악 다 뜯어갔

지 뭐야. 지난 밤 늦게서야 겨우 그놈을 데리고 돌아와 보니 뗏목이 온데간데없는 거라. 그래서 '그 어린놈의 새끼가 우리 뗏목을 훔쳐 갖고 우릴 떨궈 버리고 강 하류로 토꼈나 보네.'하고 생각하던 참이었지."

"제가 제 소유의 껌둥일 왜 버리겠어요, 안 그래요? 저한텐 세상에서 둘도 없는 껌둥이인걸요. 하나뿐인 재산이기도 하고요."

"그 생각은 못했네. 사실 우린 그게 우리 소유의 껌둥이라고 생각했걸랑. 그래, 우린 그리 생각했어. 그놈 땜에 우리가 얼마나 고생을 했는지 모를걸? 뗏목이 사라진 걸 알았을 때 말야, 우린 완전 빈털터리 신세였기에, '왕실의 걸작'을 다시 올릴 수밖에 없었지. 그래서 여태 목에 술 한번 못 축이고 화약통처럼 바싹 말라 갖고서 이리 싸돌아다니고 있는 거란다. 그나저나 10센트 있냐? 있음 좀 내놔 봐."

나는 돈을 꽤 갖고 있었기에, 공작한테 10센트를 줬어. 하지만 그게 내가 가진 돈 전부고 어제부터 아무것도 못 먹었으니 그 돈으로 먹을 걸 좀 사 갖고 나한테도 나눠 달라고 부탁했지. 공작은 아무 대꾸도 안 하더군. 그러더니 내 쪽으로 홱 돌아서며 말했어.

"넌 그 껌둥이 놈이 우리 일에 대해서 나불거리고 다닐 거라 생각하냐? 만약 그놈이 그런 짓을 하기만 하면 그놈 껍데길 벗겨 버릴 거야!"

"설마 불기야 하겠어요. 근데 짐 아저씬 내뺀 거 아니에요?"

"아냐! 그 늙은 바보 천치 놈이 그 껌둥이를 팔아 치워 버리고는 돈을 나랑 나누지도 않고 죄다 써 버렸지 뭐냐."

"팔아 버렸다고요?" 나는 그만 울음을 터뜨리고 말았어. "짐 아저씬 내 소유의 껌둥이란 말예요. 그러니 그 돈도 내 꺼고요. 짐 아저씬 어딨나요? 제 껌둥일 돌려주세요."

"흠, 넌 그 껌둥일 돌려받지 못할 게야. 달리 방법이 없을걸. 그러니 그만 징징대. 그건 그렇구, 이봐, 니 놈 설마 우리 일에 대해서 나불거리고 다닐 생각은 아니지? 내가 니 놈을 믿을 거 같냐? 함부로 입을 놀리는 날엔 두고 봐라."

공작은 잠시 말을 멈췄는데 말이야, 그가 그렇게 험상궂어 보이는 건 처음이었지. 나는 계속 훌쩍거리며 말했어.

"저는 누구의 일에 대해서도 일러바칠 생각이 없어요. 그럴 시간도 전혀 없고요. 얼른 나가서 내 소유의 껌둥일 찾으러 다녀야 하거든요."

공작은 바람에 펄럭이는 전단지를 팔뚝에다 걸친 채, 인상을 찌푸리고 성가신 듯한 표정을 지으며 뭔가 생각에 젖어 있다가 한참 만에 입을 열었지.

"내 말 잘 들어. 우린 이 마을에 사흘 동안 있을 꺼야. 만약 니가 우리 일에 대해서 나불거리지 않는다고 약속하면 말이다, 그리고 그 껌둥이도 나불거리지 못하게 한다고 약속하면 말이다, 그 껌둥이 있는 곳을 알려 주지."

내가 그러겠다고 약속하자 공작이 말했어.

"농부야. 이름은 사일러스 페……."

공작은 여기서 말을 하다 말고 멈추지 뭐야. 처음에는 나한테 얘기를 해 줄 작정이었던 모양인데, 그렇게 말을 하다 말고 또다시 곰곰이 생각에 젖어 있는 걸 보니 생각을 바꾼 것 같았어. 그랬지. 공작은 날 믿으려 하지 않았고, 그 마을에 머무는 사흘 내내 날 멀리 하려던 속셈이었던 거야. 이내 그는 말을 이었어.

"그 껌둥일 산 사람은 에이브럼 포스터, 에이브럼 G. 포스터야. 이 마을서 40마일 떨어진 곳에 살고 있어. 라피엣으로 가는 길가에 살고 있지."

"알겠어요. 사흘이면 걸어갈 수 있는 거리네요. 오늘 오후에 출발할래요."

"아냐, 안 돼. 지금 바로 떠나거라. 조금도 지체해선 안 돼. 가는 길에 나불거리지 말고 입도 뻥긋하지 말고 그저 가던 길만 가는 거야. 그럼 우리랑은 아무 문제 생길 일 없을 게야. 알아들었어?"

그거야말로 내가 바라던 것이자 계획한 거였지. 나는 자유의 몸이 돼서 내 계획대로 하고 싶었거든.

공작이 말했어.

"자, 이제 얼른 떠나거라. 포스터한테는 뭐든 너 내키는 대로 지껄여도 좋아. 잘하면 짐이 니 놈 소유의 껌둥이라고 믿게 할 수도 있을 게다. 어떤 바보 놈들은 증서를 요구 안 하기도 하거든. 적어도 여기 남부에선 그런 놈들이 있단 얘길 들었어. 포스터한테 그 전단지랑 현상금이 가짜라고 말하고 왜 그런 짓을 했는지 잘 설명하면 널 믿어 줄지도 몰라. 자, 얼른 떠나라니까. 포스터한테 뭐든 너 내키는 대로 지껄여도 좋다고 얘기했다. 하지만 명심해. 거기까지 가는 길에는 주둥이를 함부로 놀리지 않는 거다."

그래서 나는 그 시골 마을을 향해 길을 떠났어. 주위를 둘러본 건 아니지만, 웬일인지 공작한테 감시당하는 듯한 기분이 들더군. 하지만 그렇게 감시하다간 언젠가 지쳐서 나가떨어지리란 걸 알았어. 난 시골 마을 쪽으로 곧장 1마일쯤 걸어간 다음 멈춰 섰지. 그러고는 다시 숲을 지나 펠프스 씨 댁을 향해 달렸어. 꾸물거리지 않고 곧장 계획에 착수하는 게 좋겠다고 생각했지. 왜냐면 그놈들이 떠날 때까진 짐 아저씨가 그놈들에 대해 아무 말 하지 못하게 해 두고 싶었기 때문이야. 그런 놈들이랑 성가신 일로 얽히고 싶지 않았거든. 그놈들이 하는 짓을 신물이 날 정도로 많이 봐 온 탓에, 놈들이랑 완전히 인연을 끊고 싶었어.

32장

펠프스 씨 댁에 도착하니 마치 일요일처럼 고요했고, 무더운 날씨에 해가 쨍쨍 내리쬐고 있었어. 일꾼들은 모두 들일을 하러 나가고 없었지. 공중에는 벌레들이랑 파리들이 웅웅거리며 날아다니는 소리만 희미하게 들렸는데, 마치 모두 죽어 없어진 듯한 외로운 기분을 자아냈어. 한줄기 산들바람이 불어와 나뭇잎을 흔들면, 오래 전에 죽은 사람들의 영혼이 속삭이는 듯한 기분이 들어 서글퍼졌지. 그럴 때면 그 영혼들이 마치 우리를 두고 수군대고 있는 것 같았어. 보통 그런 소릴 들으면, 우리도 모든 걸 다 정리하고 따라 죽고 싶은 마음이 들기 마련이지.

펠프스 씨 댁은 작고 고만고만한 목화 농장들 가운데 하나였는데, 농장들은 모두 비슷비슷해 보였어. 2에이커 정도 되는 마당 주위로는 울타리가 둘러쳐져 있었고, 그 울타리를 오르내리기 위해 톱으로 켠 통나무들이 줄줄이 계단식으로 거꾸로 늘어져 있었지. 그건 마치 높이가 다른 통들을 세워 놓은 모양새였어. 그 통나무들은 여자들이 말에 올라탈 때에 받침대 역할을 하기도 했지. 넓은 마당에는 빛바랜 잔디가 자라 있었는데, 그건 마치 보풀이 다 빠진 헌 모자처럼 드문드문 흉하게 나 있었어. 커다란 통나무집 두 채를 이어 붙인 집엔 백인들이 살고 있었는데, 통나무를 짤라 붙인 틈새에 진흙이랑 모르타르를 틀어막아 놓은 집이었지. 그 줄무늬처럼 보이는 진흙엔 언제인지 모르지만 백색 도료를 칠해 놓은 것 같았어. 둥근 통나무로 만든 부엌엔 지붕만 있고 벽은 없는, 폭이 넓고 탁 트인 통로가 딸려 있었는데, 그 통로는 집으로 이어져 있었지. 부엌 뒤편엔 통나무로 지은 훈제장이 있었고, 그 맞은편엔 통나무로 지은 쪼그마한 오두막집 세 채가 한 줄로 쭉 늘어서 있었는데 그곳엔 껌둥이들이 살고 있었어. 담 너머 저 멀리 쪼그마한 오두막집 한 채가 외따로 떨어져 있었고, 그 맞은편엔 별채가 몇 채 더 있었지. 그 쪼그마한 오두막집 옆엔 잿물통이랑 비누를 끓이는 큰 솥이 놓여 있었고, 부엌문 옆엔 물이 든 양동이랑 바가지를 올려놓은 벤치가 있었어. 그리고 사냥개 몇 마리가 빙 둘러앉아서는 햇볕을 쬐며 낮잠을 자고 있었지. 저 멀리 구석에는 햇빛을 가려 주는 나무가 세 그루 서 있었고, 울타리 옆엔 까치밥나무 덤불이랑 구스베리 덤불이 우거져 있었어. 울타리 밖엔 채소밭이랑 수박밭이 있었고, 그 옆으론 목화밭이 이어졌지. 목화밭이 끝나는 곳에서 숲이 시작되더군.

나는 잿물통 옆 발판을 딛고 울타리를 넘어 부엌 쪽으로 향했어. 쪼금 더 걸어가니, 물레방아가 위아래로 돌면서 내는 울부짖는 소리가 희미하게 들려왔지. 그 소리를 듣고 있자니 진짜 죽고 싶은 심정이었어. 그보다 더 쓸쓸한 소리는 이 세상에 없을 것만 같았기 때문이지.

나는 어떤 특별한 계획 없이 그냥 앞으로 나아갔어. 때가 되면 신의 섭리가 내 입에서 적절한 말을 끌어내 주리라 믿고 있었지. 되는 대로 내맡겨 두면 늘 신의 섭리가 내 입에서 적절한 말을 끌어내 줬단 걸 알고 있었거든.

절반쯤 갔을까, 사냥개 한 마리가 일어나 내 쪽으로 다가오더니, 이내 다른 개들도 다가오는 거였어. 나는 걸음을 멈추고 그놈들이랑 얼굴을 마주한 채 꼼짝도 않고 서 있었지. 그놈들이 왈왈대며 짖어 대는 꼴이라니! 불과 10여 초 만에 나는 바퀴살에 둘러싸인 중심축처럼 개들한테 둘러싸이고 말았어. 열다섯 마리나 되는 사냥개들이 내 주위를 에워싼 채 내 쪽으로 코를 들이밀면서 으르렁거리고 짖어 대지 뭐야. 사냥개 수는 점점 늘어만 갔어. 울타리를 뛰어넘고 모퉁이를 돌아 사방에서 몰려들더군.

그때 부엌에서 한 껌둥이 여자가 손에 밀방망이를 들고는 급히 뛰어나와 소리를 질렀어.

"절루 가, 티지! 점박이 너두 그만 해, 이눔아!"

그 여자는 먼저 티지를 후려갈긴 다음, 다른 개들도 후려갈겼어. 개들은 차례차례 깨갱거리며 내빼기 바빴지. 그러다가 이내 7~8마리 정도가 다시 돌아와 내 주위에서 꼬리를 흔들어 대며 나랑 친해지려고 하는 게 아니겠어. 개란 놈은 그렇게 악의라고는 없는 짐승이라니까.

그 껌둥이 여자 뒤로 쪼그마한 껌둥이 여자애 하나랑 남자애 둘이 따라 나오더군. 그 애들은 거친 아마포 셔츠 하나만 걸친 채로 보통 애들이 다 그렇듯이 엄마 옷자락을 붙잡고는 엄마 뒤에서 수줍은 듯 흘끔거리며 날 쳐다보고 있었지. 그러자 이번엔 한 백인 여자가 집에서 뛰쳐나왔어. 그녀는 마흔다섯이나 쉰 살쯤 돼 보였는데 말이야, 모자도 안 쓴 채 손에는 물레 막대를 들고 있었지. 그 백인 여자 뒤로 그녀의 아이들이 따라 나왔는데, 하는 짓이 아까 그 껌둥이 애들하고 똑같았어. 그녀는 마치 도저히 가만히 서 있기 힘들다는 듯이 만면에 미소를 지으며 말했지.

"너로구나. 드디어 네가 왔구나! 그렇지?"

내 입에서 무심코 "예, 부인."이라는 말이 튀어나오고 말았지. 그 아줌마는 날 붙잡고 꽉 껴안더니만, 내 두 손을 힘껏 쥐고 마구마구 흔들어 댔어. 두 눈에는 눈물이 그렁그렁 고여서 뚝뚝 떨어졌지. 아줌마는 껴안고 악수를 해도 성에 안 찬다는 듯 계속 수다를 떨었어.

"넌 생각보다 네 어머닐 별로 안 닮았구나. 하지만 아무렴 어때. 만나서 너무나 반갑다! 얘야, 정말이지 널 깨물어 주고 싶구나! 얘들아, 여기 너희 사촌 톰이 왔다. 인사하렴."

하지만 애들은 고개를 숙인 채 손을 빨면서 여전히 엄마 뒤에 숨어 있었어. 아줌마는 계속 말을 이어 갔지.

"리즈, 어서 서둘러라. 톰에게 따듯한 아침 식사를 대접하자꾸나. 근데 혹시 오는 길에 배에서 아침을 먹었니?"

내가 배에서 아침을 먹었다고 하자, 아줌마는 내 손을 잡고 집 쪽으로 이끌었고, 아이들은 엄마를 졸졸 따라왔지. 집 안으로 들어와서 아줌마는 나를 의자에 앉히고는, 자기는 내 앞에 놓인 낮은 의자에 걸터앉아 내 두 손을 꼬옥 붙잡으며 말했어.

"자, 이제 네 얼굴이 잘 보이는구나. 지난 몇 년 간 얼마나 보고 싶었는지 아니? 이제 드디어 널 보게 되었구나! 2~3일 전부터 기다리고 있었단다. 근데 왜 늦었니? 배가 좌초라도 된 거야?"

"예, 아주머니. 배가……."

"'예, 아주머니'라니……? 그렇게 부르지 말고 그냥 샐리 이모라고 불러. 그나저나 배가 어디서 좌초되었니?"

뭐라고 대답을 해야 할지 잘 모르겠더군. 왜냐면 배가 강을 거슬러 올라오는지 아님 강을 따라 내려오는지조차 몰랐기 때문이지. 그럴 때 나는 보통 직감에 의지하는 편인데 말이야, 직감에 따라 배가 하류인 뉴올리언스 쪽에서 강을 거슬러 올라왔다고 대답했어. 하지만 직감이 그닥 도움이 되지 않았지. 그쪽 모래톱 이름을 전혀 몰랐기 때문이야. 그래서 모래톱 이름을 즉석으로 만들어 내거나, 아님 좌초당한 모래톱 이름을 까먹은 척해야 했지. 아니면……. 근데 그때 마침 좋은 생각이 떠올라서 이렇게 내뱉었어.

"사실 좌초 때문에 늦은 건 아니었어요. 좌초 때문에 늦어진 건 아주 잠시였으니까요. 실린더 대가리가 터져 버리는 바람에 늦은 거죠."

"아이고야! 누구 다친 사람은 없었니?"

"없었어요, 이모. 껌둥이 하나가 죽었을 뿐이죠."

"거참 다행이구나. 어떨 땐 사람이 다치기도 하니까 말이야. 2년 전 크리스마스 때 네 이모부 되는 사일러스가 뉴올리언스에서 오래된 배 '랠리 룩' 호를 타고 강을 거슬러 올라오던 중에 말이야, 배 실린더 대가리가 터지는 바람에 한 사람이 불구가 되었다는구나. 내 생각에 그 사람은 결국 죽었을 거야. 그 사람은 침례교 신자였어. 사일러스는 배턴루지에 사는 그 사람의 가족을 잘 알고 있었단다. 그래, 이제 기억난다. 그 사람은 죽은 게 맞아. 괴사가 일어나서 절단 수술을 받아야 했는데 말이야, 소용이 없었지. 그래, 괴사였어. 온몸이 시퍼렇게 변했는데, 영광스러운 부활을 기대하면서 죽었지. 사람들이 그러던데 정말 볼만한 광경이었대. 네 이모부는 널 마중하러 매일같이 시내에 나갔단다. 오늘도 한 시간쯤 전에 나갔으니 이제 곧 돌아올 거야. 오는 길에 마주쳤는지도 모르겠는데, 혹시 못 봤니? 꽤 나이가 든 사람인데 말이야……."

"아뇨, 샐리 이모. 아무도 못 봤는데요. 배가 동틀 무렵에 도착했거든요. 그래서 부둣가에 있는 배에다 짐을 놔두고 시내를 여기저기 둘러보기도 하고, 변두리 쪽으로 가 보기도 했죠. 여기 너무 일찍 도착할까 봐 시간 좀 때운 거예요. 그러고는 뒷길로 해서 왔어요."

"짐은 누구한테 맡겼니?"

"아무한테도 안 맡겼는데요."

"어머, 얘야, 그럼 도둑맞는다!"

"제가 감춰 둔 곳이라면 도둑맞지 않을 거예요." 내가 대답했어.

"그나저나 어떻게 그렇게 이른 시간에 배에서 아침을 먹었대?"

마치 살얼음판 위를 걷는 기분이었지만, 나는 이렇게 대답했어.

"선장님이 제가 서성대는 걸 보고는 물가에 닿기 전에 뭐라도 좀 먹는 게 좋지 않겠냐고 했어요. 그러고는 갑판에 있는 선원 식당으로 데리고 가서, 제가 원하는 걸 뭐든지 먹게 해줬어요."

나는 마음이 너무 불안해져서, 잘 들리지도 않을 지경이었지. 아까부터 내 마음은 온통 애들한테 쏠려 있었어. 애들을 한쪽 구석으로 데려가 살살 꾀어서 도대체 내가 누군지 알아내고 싶었거든. 하지만 그럴 기회를 못 잡았는데, 펠프스 부인이 나한테 쉴 새 없이 떠들어 댔기 때문이야. 그러다가 펠프스 부인이 내 등골이 오싹해질 만한 말을 꺼냈지.

"근데 우리가 계속 수다 떠는 동안에도 너한테서 언니랑 다른 사람들 안부를 전혀 듣지 못했구나. 자, 이제 내 얘긴 그만 할 테니, 네 얘기를 좀 해 보렴. 모든 걸 다 얘기해 줘. 하나도 빠짐없이 말이다. 한 사람 한 사람 얘기를 자세히 좀 해 줘. 잘들 지내고 있는지, 뭐 하고들 사는지, 그리고 내게 전하라고 한 말은 없는지 말이야. 하여간 생각나는 건 하나도 빠짐없이 다 얘기해 줘."

나는 그야말로 제대로 걸렸단 생각이 들었어. 진짜 난처하더군. 그때까진 신의 섭리가 내 편에 서 있었지만 말이야, 그때야말로 옴짝달싹 못하게 좌초된 기분이 들었어. 앞으로 나아가려고 아무리 애를 써도 전혀 소용없단 걸 알게 됐지. 나는 두 손 두 발 다 들고 항복하는 수밖에 없었어. 진실을 말해야 할 때가 왔다고 생각했지. 근데 내가 말을 꺼내려고 했을 때, 펠프스 부인이 나를 붙잡고는 급히 침대 뒤로 떠밀어 숨게 하지 뭐야.

"이모부 오시나 보다! 머릴 좀 더 숙이고 있거라. 그래, 됐어. 이제 안 보인다. 여기 있는 기척을 하면 안 돼. 네 이모부를 좀 골려 주려고 그런다. 얘들아, 너희들 아무 말도 하면 안 된다."

진짜 빼도 박도 못하게 됐지만 말이야, 걱정해 봤자 아무 소용이 없었어. 그저 조용히 앉아 있다가 벼락이 떨어지면 벌떡 일어나 뛰쳐나갈 수 있도록 준비를 하는 수밖에 없었지.

펠프스 씨가 들어왔을 때 나는 그를 흘낏 한번 쳐다봤을 뿐,

침대에 가려 제대로 보이지 않았어. 펠프스 부인은 그에게 달려가 묻더군.

"그 애 왔어요?"

"아니." 펠프스 씨가 대답했어.

"어쩜 좋아! 혹시 그 애한테 무슨 일 있는 게 아닐까요?" 펠프스 부인이 말했어.

"알 도리가 있나? 솔직히 마음이 너무 불안해." 펠프스 씨가 말했어.

"불안하다고요? 난 딱 미칠 것 같은데요! 그 앤 분명히 왔을 거예요. 근데 당신이 그 앨 못 보고 지나친 거라고요. 그래요. 왠지 예감이 그래요." 펠프스 부인이 말했어.

"샐리, 내가 설마 그 앨 못 보고 지나칠 리 있나? 당신도 알잖아."

"아, 어쩜 좋아. 언니가 뭐라고 할까? 그 앤 틀림없이 왔다고요! 당신이 그 앨 놓친 거라니까요. 그 앤……."

"아, 그렇잖아도 마음 졸이고 있는데 더는 날 괴롭게 하지 말구려. 나도 대체 이게 무슨 일인지 모르겠어. 어떻게 해야 좋을지 전혀 모르겠단 말이야. 솔직히 말하면 나도 너무 겁이 나네 그려. 그 애가 올 기미가 안 보여. 그 애가 이미 도착했다면 내가 못 보고 지나쳤을 리 없고 말이야. 샐리, 참 끔찍한 생각이지만 말이야, 정말 끔찍한 생각이지만 말이야, 틀림없이 배에서 무슨 일이 일어난 게 분명해!"

"사일러스, 저기를 좀 봐요! 저기 저 길 쪽이요! 누가 오고 있지 않아요?"

펠프스 씨는 침대 머리맡 창문 쪽으로 뛰어 갔어. 펠프스 부인은 그 틈을 놓치지 않고 서둘러 침대 다리 쪽으로 몸을 굽혀 날 잡아 끌어냈지. 그래서 난 침대 밖으로 빠져나왔어. 펠프스 씨가 창문에서 돌아섰을 때, 펠프스 부인은 마치 불이 붙은 집처럼 환하게 미소 지으며 서 있었고, 그 옆에는 내가 식은땀을 삐질삐질 흘리며 얌전하게 서 있었지. 펠프스 씨는 나를 빤히 쳐다보며 말했어.

"아니, 그 앤 누구야?"

"누구인 거 같아요?"

"전혀 모르겠는데……. 대체 누구야?"

"톰 소여잖아요!"

맙소사! 하마터면 바닥에 풀썩 주저앉을 뻔했지 뭐야. 하지만 나한텐 그럴 여유조차 없었어. 펠프스 씨가 내 손을 덥석 붙잡아 흔들고 또 흔들었기 때문이야. 그동안 펠프스 부인은 소리를 질러 대며 웃으면서 춤을 추고 돌아다녔지. 그러고 나서 펠프스 씨 부부는 시드랑 메리 등 집안 식구들에 대한 질문을 속사포처럼 퍼부어 댔어.

하지만 두 분이 기뻐한 건 내가 느낀 기쁨에 비하면 아무것도 아니었지. 나는 마치 다시 태어난 거 같은 기분이 들었어. 나는 내가 누구라는 걸 알게 돼서 넘 기뻤지. 두 분이 무려 두 시간 동안이나 나한테 바짝 달라붙어 앉아서 식구들에 대해 캐묻는 바람에, 나는 대답을 하느라 그만 턱이 너무 아파서 더는 말도 못할 지경이었어. 나는 집안 식구들 안부를, 그니까 톰 소여네 식구들 말이야, 톰 소여네 식구 여섯 사람 안부를 두 분께 아주 상세히 말씀드렸지. 그리고 화이트 강어귀에서 실린더 대가리가 터진 상황에 대해서도, 그게 어떻게 폭발했으며 고치는 데 사흘이 걸렸다는 둥, 주저리주저리 설명 드렸어. 그 설명은 완벽했고, 제대로 먹혀들었지. 두 분 다 실린더 대가리를 고치는 데 왜 사흘이나 걸리는지 알 턱이 없었기에, 실린더 대가리가 아니라 볼트 대가리라고 했어도 통했을 거야.

그때 나는 한편으론 마음이 아주 편안했지만, 다른 한편으론 아주 불안한 기분이 들기도 했어. 톰 소여인 척하는 건 쉽고 마음 편한 일이었지. 그 쉽고 편한 기분은 얼마 후 증기선이 기적을 울리며 강을 따라 내려오는 소리를 들을 때까지 계속됐어. 하지만 그 소리를 듣자 이런 생각이 들더군. '톰 소여가 저 배를 타고 오면 어떡하지? 그리고 곧장 이 집에 들어와서 내가 조용히 하라는 눈짓을 보낼 새도 없이 내 이름을 큰 소리로 불러 버리면 어떡하지?' 그런 일이 일어나면 절대 안 되지. 절대 안 되고말고. 내가 길에 나가서 톰을 기다렸다가 도중에 그를 불러 세우는 수밖에 없었어. 그래서 나는 마을에 가서 짐을 챙겨오겠다고 펠프스 부부한테 말했지. 그랬더니 펠프스 씨가 함께 가자고 하지 뭐야. 그 말에 나는 아니라고 대답하고, 나 혼자서도 말을 몰고 갈 수 있다, 이모부께 더는 불편을 드리고 싶지 않다고 말했어.

33장

나는 짐마차를 몰고 시내로 향했어. 절반쯤 갔을 때 저쪽에서 짐마차 한 대가 오고 있었는데, 그건 틀림없이 톰 소여였지. 나는 마차를 세우고 톰이 가까이 오기를 기다리고 있었어. 내가 "멈춰!"라고 외치자, 톰의 마차가 내 마차 옆에 나란히 섰지. 톰은 마치 여행 가방이 벌어진 듯 입을 크게 '헤' 벌리고 있었어. 그러더니 목이 몹시 마른 사람처럼 두서너 번 침을 꿀꺽 삼키더니 입을 열었지.

"난 너한테 나쁜 짓 한 기억이 전혀 없어. 너도 알지? 근데 뭣 땜에 귀신이 돼서 나한테 다시 돌아왔어?"

"귀신이 돼서 돌아온 거 아냐. 죽은 적도 없다고."

내 목소릴 듣고 톰은 얼마간 제정신이 든 거 같았는데 말이야, 그렇다고 완전히 납득이 된 거 같진 않더군.

"날 갖고 장난치면 안 돼. 난 널 갖고 장난치지 않을 테니까. 너 진짜 유령 아니지?"

"진짜 아니라니까." 내가 대답했어.

"응, 알았어……. 난…… 난 말야…… 그럼 된 거지 뭐. 하지만 도저히 이해가 안 돼. 이봐, 그럼 너 진짜 살해됐던 게 아니란 말이지?"

"아냐. 전혀 아니라고. 내가 사람들을 속인 거야. 내 말이 안 믿기면 이리 와서 날 만져 봐."

톰은 날 만져 보더니 그걸로 납득이 된 눈치였어. 나를 다시 만나 기뻐서 어쩔 줄 몰라 했지. 톰은 곧장 나한테 그간의 얘기를 자세히 해 달라고 하더군. 내가 겪었을 위대하고 신비한 모험이 녀석의 구미를 당긴 거지. 하지만 난 그 일은 잠시 제쳐두자고 톰한테 말했고, 톰의 마부한테는 잠시 기다려 달라고 말했어. 우리는 거기서 쪼금 떨어진 곳으로 갔고, 나는 그때 겪고 있던 난처한 상황에 대해 톰한테 말하고 어떡하면 좋겠냐고 물었지. 톰은 잠깐 방해 말고 자길 내버려두라고 하고는 생각에 생각을 거듭하더니, 이내 입을 열었어.

"좋아. 이렇게 하면 되겠다. 내 여행 가방을 니 가방인 것처럼 니 마차에다 실어. 그리고 왔던 길 쪽으로 방향을 돌려서 천천히 어슬렁거리며 시간을 좀 보내다가, 적당히 시간 맞춰 집에 들어가란 말이야. 난 시내에 잠깐 들렀다가 집으로 출발해서 너보다 15~30분 정도 늦게 도착할게. 넌 처음에는 날 아는 척 할 필요 없어."

내가 말했어.

"알았어. 근데 잠깐만 기다려 봐. 할 얘기가 하나 더 있어. 나 빼곤 아무도 모르는 얘기야. 있잖아, 노예로 있는 껌둥이 하나를 훔쳐내려고 하거든. 그건 바로 짐 아저씨야. 미스 왓슨네 짐 아저씨 말이야."

그러자 톰이 소리쳤어.

"뭐라고? 왜 짐 아저씰……."

톰은 말을 하다 말고 잠시 생각에 빠졌어. 내가 말을 이어갔지.

"니가 무슨 말 하려는지 알아. 그건 더럽고 비열한 짓이라고 할 테지. 하지만 그럼 좀 어때? 내가 비열한 인간인데 뭘. 그니까 난 짐 아저씨를 훔쳐낼 거야. 니가 그걸 눈감아 주면 좋겠어. 그래 줄 수 있어?"

그 말에 톰은 눈을 빤짝이며 말했어.

"니가 짐 아저씰 훔쳐내는 걸 도와줄게!"

그 말에 총 맞은 것처럼 정신이 아찔했어. 그건 내가 여태 들었던 말 중에 가장 놀라운 말이었지. 톰 소여에 대한 내 평가가 뚝 떨어졌다고나 할까. 정말이지, 믿을 수가 없었어. '껌둥이 도둑놈' 톰 소여라니 말이야!

"아이 씨! 농담하지 마." 내가 말했어.

"농담하는 거 아닌데."

"어쨌든 알았어. 농담이든 아니든 간에 어디에서건 도망 노예 얘기가 나오면, 넌 그에 대해 아무것도 모르는 거야. 나도 마찬가지고. 꼭 잊지 말고 기억해."

우린 톰의 여행 가방을 꺼내서 내 짐마차에다 싣고는, 각자의 갈 길로 마차를 몰고 떠났어. 근데 난 넘 홀가분하기도 하고 생각할 거리도 많은 나머지, 천천히 마차를 몰아야 한다는 톰의 말을 그만 깜빡 잊어버리고 말았지. 그래서 결국 거리에 비해 넘 일찍 집에 도착하고 말았어. 문 앞에 나와 있던 펠프스 씨가 나한테 말했지.

"와, 정말 대단하구나! 그 암말을 타고 이렇게 빨리 다녀오리라고 누가 생각이나 했겠어! 시간이라도 재 뒀음 좋았을 텐데. 게다가

땀 한 방울 안 흘리다니. 단 한 방울도 말이야. 정말 대단하네. 이젠 누가 100달러를 주겠다고 해도 저 말을 안 팔 거야. 예전에 저 말을 15달러에 팔려고 했거든. 그 정도 가치밖에는 없는 줄 알았거든."

펠프스 씨가 한 말은 그뿐이었어. 그렇게 순수하고 착한 영혼을 지닌 할아버지는 난생처음이었지. 하지만 그건 그리 놀랄 일은 아니었어. 펠프스 씨는 농부일 뿐만 아니라 목사이기도 했기 때문이야. 그는 목화 농장 뒤편에 통나무로 지은 쪼그마한 교회를 갖고 있었는데 말이야, 그건 자기 돈으로 직접 지은 거였어. 그건 교회이면서 학교 역할을 하기도 했지. 펠프스 씨는 가치 있는 설교를 했지만, 그 대가로 아무것도 안 받았어. 남부에는 펠프스 씨처럼 농부 겸 목사가 꽤 많았는데, 대개 그렇게 생활했지.

30분쯤 지난 뒤, 톰이 탄 짐마차가 현관 층계 앞에 와 닿았는데 말이야, 불과 50야드 밖에 안 떨어진 창문 너머로 그걸 지켜보고 있던 샐리 아줌마가 외쳤어.

"저기 좀 봐! 누가 왔나 봐! 대체 누구지? 낯선 사람 같은데. 지미, 얼른 리즈한테 가서 식사 접시 하나 더 내놓으라고 해라." 지미는 펠프스 씨네 애들 가운데 하나였지.

집안 식구들은 모두 현관 쪽으로 급히 뛰어갔어. 왜냐면 낯선 사람이 방문하는 경우는 드물었기 때문이지. 그래서 그런지 낯선 사람이 방문하기만 해도 마치 황열병이라도 퍼진 것처럼 소동이 일어났어. 톰은 현관 앞 계단을 오르고 있었고, 톰을 태우고 온 짐마차는 벌써 방향을 틀어 마을 쪽을 향해 달려가고 있었지. 우린 모두 현관에 모여들었어. 톰은 옷을 멋지게 차려 입고 사람들과 마주했는데, 그건 늘 톰 소여가 제일로 좋아하는 거였지. 그런 상황에서 적절한 행동을 연출하는 게 톰한테는 조금도 어렵지 않은 일이었어. 톰은 양처럼 유순하게 걸어 들어올 애는 아니었지. 톰은 숫양처럼 침착하면서도 권위 있는 모습으로 들어왔어. 톰은 우리 앞에 서더니 아주 조심스럽고 우아한 태도로 모자를 벗고 인사를 했는데, 그 모자를 벗는 폼이 마치 상자 안에 있는 나비들의 잠을 깨우지 않고 상자 뚜껑을 열기라도 하는 듯 보였지. 톰은 인사를 하며 물었어.

"여기가 아치볼드 니콜스 씨 댁인가요?"

"아니다, 얘야. 유감스럽지만, 넌 마부에게 속은 것 같구나. 니콜스 씨네 집은 여기서 3마일쯤 아래 있단다. 어쨌든 일단 들어오너라. 어서 들어와." 펠프스 씨가 대답했어.

톰은 뒤를 돌아보며 말했어.

"너무 늦었네요. 마부는 벌써 안 보이고요."

"그렇다니까. 벌써 가 버렸어. 얘야, 그러니 들어와서 우리랑 식사나 하자꾸나. 그러고 나서 우리가 마차를 준비해서 널 니콜스 씨네 집까지 데려다 줄게."

"아, 어르신께 그런 폐를 끼치고 싶진 않네요. 그럴 순 없죠. 전 걸어가겠습니다. 멀어도 상관없어요."

"우린 널 걷게 하지 않을 거야. 그건 남부식 손님 접대 법에 어긋나거든. 자, 어서 들어와."

"그래, 어서 들어오렴. 폐가 될 건 조금도 없다. 여기 있다 가렴. 3마일이나 되는 먼지 나는 먼 길을 걸어가라고 보낼 순 없지. 게다가 네가 오는 걸 보고는 이미 접시를 하나 더 놓으라고 했어. 그러니 우릴 섭섭하게 하지 마렴. 어서 들어와서 편히 좀 쉬어."

그래서 톰은 아주 다정하고 깍듯하게 펠프스 씨 부부에게 감사의 마음을 표하고는 못 이기는 척 안으로 들어왔어. 톰은 오하이오 주 힉스빌에서 온 윌리엄 톰슨이라고 자기를 소개하며 다시 한 번 고개 숙여 인사를 하더군. 그러더니 힉스빌과 그곳에 사는 사람들에 대해 꾸며낸 얘기를 마구 떠들어 대는 거였어. 그 바람에 난 점점 걱정이 됐지. 톰의 거짓말이 지금 내가 처해 있는 난처한 상황에서 벗어나는 데 과연 도움이 될지 의문이었어. 근데 말이야, 한참을 얘기하다가 톰은 갑자기 샐리 아줌마한테 가까이 가더니만, 아줌마 입술에 입을 맞추는 게 아니겠어. 그러고는 태연히 다시 자리에 앉아 얘기를 계속했지. 하지만 아줌마는 펄쩍 뛰며 손등으로 입을 닦으면서 소리쳤어.

"이런 뻔뻔스러운 자식!"

그 말에 톰은 상처받은 듯한 표정으로 말했어.

"놀랐잖아요, 부인."

"네 놈이 놀라긴 뭘 놀라? 이놈아, 대체 날 뭘로 보고 이러는 거냐? 이놈을 혼쭐을 내줘야지. 말해 봐라. 나한테 키스를 하다니 대체 뭔 생각으로 그런 거냐?"

톰은 겸손한 태도로 대답했어.

"무슨 생각이 있어서 그런 게 아닙니다, 부인. 나쁜 의도를 가지고 한 건 더더욱 아니고요. 전……전…… 그저 부인께서 좋아하실 줄 알고 그런 건데요."

"뭐라고, 이 바보 천치 같은 놈이!"

샐리 아줌마는 밀방망이를 집어 들었는데, 마치 그걸 톰한테 휘두르고 싶은 걸 가까스로 참고 있는 듯 보였어.

"뭣 땜에 내가 좋아할 거라고 생각한 거냐?"

"저, 전 잘 모르겠는데요. 그저 사람들이…… 사람들이 제게 그러더군요. 부인께서 좋아하실 거라고요."

"사람들이 그랬다고? 누가 그런 말을 했든 죄다 미친놈들이야. 그런 말은 정말이지 처음 듣는구나. 그런 말 한 사람들이 대체 누구냐?"

"누구라뇨? 다들 그러던데요. 모두 그렇게 말했어요, 부인."

샐리 아줌마는 감정을 최대한 억누르고 있었어. 두 눈은 활활 타오르고 있었고, 손가락은 당장이라도 톰을 할퀼 것 같았지.

"그러니까 그 '모두'란 게 누구냔 말이야? 어서 그 이름을 대 보거라. 그렇지 않음 바보 천치 같은 네 놈을 끝장내 줄 테니까."

톰은 괴로운 표정으로 일어나 모자를 만지작거리며 말했어.

"죄송합니다. 일이 이렇게 될 줄 몰랐어요. 사람들이 저에게 그렇게 하라고 했을 뿐이에요. 모두 그렇게 하라고 했어요. 부인께 키스하라고 했다니까요. 부인께서 좋아할 거라고 하면서요. 모두 그랬어요. 한 명도 빠짐없이요. 하지만 죄송합니다, 부인. 이젠 다신 안 그럴게요. 정말이에요."

"다신 안 그런다고? 좋아, 그럼 다신 안 그러는 거다!"

"안 그럴게요, 부인. 정말이에요. 다신 안 그럴게요. 부인께서 해 달라고 하기 전까지는요."

"뭐라고? 정말 살다 보니 별꼴을 다 보는구나. 네 놈이 창세기에 나오는 므두셀라만큼 오래 살아도, 내가 너 같은 놈한테 키스 해 달라는 일은 없을 거다."

"정말 놀랍군요. 전 아직도 뭐가 뭔지 모르겠어요. 모두 부인께서 좋아하실 거라 했는데……. 그래서 저도 그렇게 생각한 건데……. 하지만…….”

톰은 잠시 말을 멈추고는 천천히 주위를 둘러봤어. 마치 자기한테 동조해 줄 사람이 어디 없나 찾기라도 하듯이 말이야. 그때 펠프스 씨와 시선이 마주치자 이렇게 물었어.

“제가 부인께 키스하는 걸 부인도 좋아하실 거라 생각하지 않으셨어요?”

“음…… 아니야. 난…… 난 말이다…… 그러니까…… 아니야, 난 그렇게 생각하지 않았어.”

톰은 아까처럼 또 주위를 둘러보더니, 이번엔 나와 시선이 마주치자 이렇게 묻더군.

“톰, 넌 샐리 이모가 두 팔을 벌려 ‘시드 소여야!’라고 부를 거라 생각하지 않았니?”

“아니, 뭐라고! 이 짓궂은 악동 같은 녀석! 어떻게 사람을 이렇게 속일 수가 있니?”

샐리 아줌마가 갑자기 톰한테 달려들면서 소리쳤어. 그러면서 톰을 꽉 껴안으려고 했지만, 그는 그걸 막으면서 말했어.

“안 돼요. 저를 안으시려거든 먼저 저한테 안고 싶다고 말씀하세요.”

샐리 아줌마는 조금도 시간을 지체하지 않았어. 그녀는 곧바로 톰한테 한번 안아 보자고 하더니, 그를 껴안고 몇 번이고 키스를 퍼부어 댔지. 그러고는 톰을 펠프스 씨한테 넘기자, 펠프스 씨도 톰을 껴안고는 몇 번이고 키스를 했어. 흥분이 조금 가라앉자, 샐리 아줌마가 말했지.

“세상에! 정말 이렇게 놀라보긴 처음이구나. 우린 톰만 올 줄 알았지 너까지 오리라곤 꿈에도 생각 못했구나. 언니가 보낸 편지에도 톰 말고 다른 누가 올 거라고 쓰여 있지 않았거든."

"원래 톰만 오기로 돼 있었거든요. 하지만 제가 보내 달라고 계속 졸라 댔더니 마지막 순간에 허락해 주셨어요. 강을 따라 내려오다가 톰이랑 저는 생각했어요. 톰이 먼저 이 집으로 오고, 저는 곧장 뒤따라 와서 낯선 사람인 것처럼 행동하면 사람들을 깜짝 놀라게 해 줄 수 있을 거라고요. 하지만 그건 실수였어요, 이모. 여긴 외지 사람들이 올 만한 곳이 못 되는 거 같아요."

"맞아, 시드야. 특히 너 같은 짓궂은 녀석이 올 만한 곳은 못 되지. 너 정말 이모한테 턱쭈가리 한 방 얻어맞을 뻔했다. 이렇게 화 나보긴 정말 처음이었어. 하지만 뭐든 상관없어. 너희들이 여기 와 주기만 한다면야, 이런 장난은 천 번이라도 기꺼이 참겠다. 하지만 아무리 그래도 그렇지 아까 그 장난을 생각하면 정말……. 네가 아까 나한테 그렇게 "쪽" 소리 나게 키스했을 땐, 정말이지 너무 황당해서 속이 썩어나는 줄 알았다."

우린 집과 부엌 사이에 있는, 폭이 넓고 탁 트인 통로에서 식사를 했어. 테이블 위에는 일곱 식구가 먹기에 충분한 따끈따끈한 음식이 듬뿍 놓여 있었지. 특히 고기는 말이야, 밤새도록 축축한 지하실 찬장 속에 넣어 둬서 아침이 되면 다 식어빠진 고깃덩어리 맛이 나는, 그런 축 늘어진 질긴 고기가 아니었어. 사일러스 아저씨는 식사 기도를 꽤 오랫동안 했는데, 그만한 가치가 있는 기도였지. 그동안 식사 기도를 너무 오래하는 바람에 음식이 다 식어 버리는 경우를 자주 봤는데 말이야, 아저씨의 기도는 음식을 조금도 식히는 일 없이 적절했어.

오후 내내 우린 여러 얘길 나눴어. 톰이랑 나는 짐 아저씨에 대한 소식을 들을 수 있지 않을까 계속 신경을 쓰고 있었지만, 아무 소득이 없었지. 펠프스 씨 부부는 도망친 껌둥이에 대한 얘기는 한 마디도 하지 않았거든. 그렇다고 우리가 먼저 그 얘길 꺼내긴 겁이 났지. 근데 그날 저녁 식사 시간에 펠프스 씨네 애들 중 한 명이 이렇게 말했어.

"아빠, 톰이랑 시드랑 연극 보러 가도 돼요?"

"아니, 안 돼." 사일러스 아저씨가 대답했어. "공연 같은 건 없을 거다. 있다 해도 가면 안 돼. 왜냐면 그 도망친 껌둥이가 버튼이랑 나에게 그 엉터리 공연에 대해 죄다 얘기해 줬거든. 버튼이 사람들에게 다 얘기한다고 했으니, 지금쯤이면 사람들이 벌써 그 뻔뻔스러운 부랑자 놈들을 마을에서 쫓아 버렸을 게다."

드디어 올 것이 왔구나! 하지만 내가 할 수 있는 일이 없었어. 톰이랑 나는 같은 방, 같은 침대를 쓰기로 했지. 우린 피곤해서 저녁 식사를 마치자마자 펠프스 씨 부부한테 안녕히 주무시라고 인사를 하고는 침실로 들어왔어. 그러고는 창문으로 기어 나와서는 피뢰침을 타고 쭉 미끄러져 내려와 마을을 향해 걸음을 재촉했어. 왕과 공작한테 앞으로 닥칠 위험을 귀띔해 줄 사람이라곤 아무도 없으니, 내가 급히 가서 알려 주지 않으면 그들이 틀림없이 곤경에 처할 거라고 생각했기 때문이야. 시내를 향해 가던 길에, 톰은 내가 살해 당했다고 알려진 얘기며, 곧바로 우리 아빠가 자취를 감추고 다시는 돌아오지 않았다는 얘기며, 짐 아저씨가 도망을 쳐서 큰 소동이 일어났던 얘기를 자세히 해 주더군. 나는 '왕실의 걸작'을 공연했던 악한들의 얘기며, 뗏목을 타고 강을 내려가던 여정의 얘기를 시간이 허락하는 한 최대한 많이 톰한테 들려줬어. 우리가 시내에 들어서 한복판까지 다다르니, 여덟 시 반 정도였지. 바로 그때 한 무리의 성난 군중들이 횃불을 든 채 "*와!*"하는 무시무시한 함성을 지르고, 양철 냄비를 마구 두드리며, 호각을 불면서 돌진해 오는 거였어. 우리는 그 군중들을 지나가게 해 주려고 얼른 길 한쪽으로 비켜섰지. 근데 군중들이 지나갈 때 보니, 왕과 공작이 장대 위에 묶인 채 끌려가고 있는 게 아니겠어. 두 사람 모두 온몸에 타르 칠과 깃털이 덮여 있어서, 도저히 사람처럼 보이지 않았지. 왕과 공작은 마치 무시무시하게 큰 군인 모자에 꽂힌 한쌍의 깃털 장식 같아 보였는데 말이야, 나는 그들을 한눈에 알아봤어. 정말이지, 그 광경은 너무나 역겨웠지. 그 악당들조차 불쌍하고 가련하고 애처롭게 느껴질 정도였으니까……. 더는 그들에 대해 냉정한 감정을 느낄 수 없었지. 그건 정말 끔찍한 광경이었어. 인간이란 그렇게 서로한테 지독하리만치 잔인한 짓을 저지를 수 있는 거야.

우린 때가 너무 늦었다는 걸 깨달았어. 어쩔 도리가 없었지. 뒤늦게 따라가던 몇 사람한테 물어봤더니, 그 사람들이 자초지종을 얘기해 주더군. 마을 사람들이 모르는 척하고 연극을 보러 가서는, 왕이 무대 위에서 신나게 뛰어다닐 때까지 시치미를 뚝 떼고 있다가, 누군가 신호를 보내자 관객 모두가 분연히 일어나 왕과 공작한테 달려가 덮쳤다는 거야.

결국 톰이랑 나는 하릴없이 집으로 돌아왔어. 이전의 자신만만했던 태도는 온데간데없이 사라지고, 웬일인지 나 자신이 고약하고 초라하고 욕먹어 싸다는 생각이 들더군. 나쁜 짓 한 건 하나도 없는데 말이야. 늘 그런 식이지. 옳은 일을 하건 그른 일을 하건 상관없어. 인간의 양심이라는 건 분별력이 없어서 어찌 됐든 그저 인간을 짓누를 뿐이지. 만약 인간의 양심만큼도 분별력이 없는 똥개가 있다면 말이야, 난 그놈을 독살시키고 말 거야. 양심은 인간의 오장육부보다 더 큰 공간을 차지하고 있는데도 아무런 쓸모가 없지. 그 생각에 대해선 톰 소여도 나랑 같은 생각이라고 하더군.

34장

톰이랑 나는 얘기를 멈추고 생각에 빠졌어. 이윽고 톰이 말했지.

"이봐, 헉, 여태 이 생각을 못 했다니 우린 진짜 바보인가 봐! 짐 아저씨가 어디 있는지 알 거 같아."

"진짜? 그게 어딘데?"

"잿물 통 옆 오두막집일 거야. 이봐, 우리가 식사하고 있을 때, 껌둥이 하나가 먹을 걸 들고 그리 들어가는 거 못 봤어?"

"봤지."

"그 음식을 누구한테 줄 거라고 생각해?"

"개한테 주겠지."

"나도 처음엔 그렇게 생각했거든. 하지만 그건 개한테 줄 음식이 아냐."

"왜 그렇게 생각해?"

"왜냐면 거기 수박도 있었거든."

"맞아, 그랬어. 나도 봤어. 그럼 확실하네. 개가 수박을 안 먹는단 걸 생각 못 하다니……. 눈으로 빤히 보면서도 제대로 못 본단 말야."

"근데 그 껌둥인 오두막집에 들어갈 때 자물쇠를 열고, 나와서는 또 잠그더라. 우리가 식사를 마치고 일어날 때, 그 껌둥이가 이모부한테 그 열쇠를 갖다 줬어. 분명히 그 열쇠일 거야. 수박이 있다는 건 오두막집 안에 사람이 있단 뜻이고, 자물쇠가 있다는 건 그 사람이 죄수란 뜻이지. 이렇게 작은 농장에, 게다가 친절하고 좋은 사람들만 있는 이 농장에 설마 죄수가 둘씩이나 있을 리는 없고……. 죄수는 짐 아저씨가 확실해. 좋아. 탐정들이 하는 방식으로 이걸 알아내서 진짜 뿌듯하네. 다른 방식은 별 관심 없거든. 자, 너도 머릴 좀 굴려서 아저씰 훔쳐낼 궁리를 해 봐. 나도 생각해 볼게. 그리고 그중에서 제일로 마음에 드는 방법을 선택하자고."

어떻게 어린 나이에 그렇게 똑똑할 수 있을까! 만약 내가 톰 소여처럼 똑똑한 머리를 갖고 있다면 말이야, 공작 작위든, 증기선 선원 자리든, 서커스의 광대 역이든, 뭘 준다 해도 바꾸지 않을 거야. 나는 계획을 생각해 내 보려고 애썼지만, 실은 그냥 생각해 보는 척만 했을 뿐이야. 훌륭한 계획이 결국 누구 머리에서 나오게 될지 너무 잘 알고 있었기 때문이지. 얼마 뒤 톰이 물었어.

"생각 좀 해 봤어?"

"응." 내가 대답했어.

"좋아, 그럼 얘기해 봐."

"내 계획은 이거야. 저기 저 오두막집에 있는 게 짐 아저씨인지 아닌지는 쉽게 확인할 수 있어. 그럼 내일 밤 카누를 꺼내 타고 섬까지 가서 뗏목을 가져오는 거야. 그리고 날이 어둑어둑해지면 사일러스 아저씨가 잠든 사이에 바지 주머니에서 열쇠를 훔쳐다가 짐 아저씨를 꺼내 주고 함께 뗏목을 타고 강을 따라 내려가는 거지. 예전에 짐 아저씨랑 내가 했던 방식으로, 낮에는 숨고 밤에는 노를 저어 가는 거야. 이 정도 계획이면 잘 되지 않을까?"

"잘 되겠냐고? 물론 잘 되기야 하겠지. 쥐새끼들 쌈 붙이는 것처럼 잘 될 거야. 하지만 그건 넘 간단해서 우리가 특별히 할 일이 없잖아. 복잡한 게 없는 계획이 다 뭔 소용이야? 그건 거위 젖처럼 넘 싱겁단 말야. 이봐, 헉, 그런 건 비누 공장에 몰래 침입한 정도의 화젯거리밖에 안 된다고."

나는 아무 대꾸도 하지 않았어. 톰의 반응이 그러할지 이미 잘 알고 있었기 때문이지. 그리고 톰은 늘 자기 계획을 일단 준비하고 나면 그 어떤 반대 의견도 받아들이지 않는다는 것도 잘 알고 있었지.

이번에도 역시 마찬가지였어. 톰은 자기 계획을 나한테 들려줬는데 말이야, 그 방식부터가 벌써 내 계획을 열다섯 개 모은 것만큼의 가치가 있단 걸 금방 알 수 있었지. 톰의 계획은 짐 아저씨를 자유인으로 만든다는 점에서 내 계획과 같았지만, 그 때문에 우리 모두가 죽게 될지도 모른다는 점에서 달랐어. 나는 그 계획에 만족한다며 함께하자고 말했지. 다만, 여기서 그게 어떤 계획이었는지는 굳이 밝힐 필요가 없을 거 같아. 왜냐면 그건 결코 계획대로 실행될 리가 없거든. 톰이 그 계획을 실행하는 내내 여기저기 계획을 바꿔 댈 거고, 기회가 있을 때마다 새롭게 짓궂은 장난질을 집어넣을 것이기 때문이지. 그게 바로 톰이 해 온 방식이거든.

근데 한 가지 분명한 건 말이지, 톰 소여가 껌둥이를 노예제로부터 훔쳐내는 걸 돕는 데 진지하게 임했단 사실이야. 그것만 해도 나한텐 큰 의미로 다가왔어. 톰은 가정 교육을 잘 받은 훌륭한 애거든. 인격이라는 게 있는 애고, 집에도 역시 점잖은 식구들이 있었지. 톰은 똑똑하고 바보가 아니며, 아는 게 많고 무식하지 않으며, 친절하고 비열하지 않아. 근데도 톰은 자부심이나, 정의감, 그 밖에 어떤 감정도 다 버리고 그런 일에 손을 대서는, 모든 사람들 앞에서 자기뿐만 아니라 식구들 얼굴에다 먹칠을 하려는 거였어. 도저히 이해할 수 없었지. 그건 너무 충격적인 일이라서, 내가 꼭 나서서 톰한테 한마디 해 줘야 한다고 생각했어. 톰의 진정한 친구 역할을 해야 한다고, 톰이 그 일에서 손을 떼게 해서 그를 지켜 내야 한다고 생각했지. 그래서 톰한테 한마디 하려고 하자, 톰이 내 말문을 막으면서 말했어.

"내가 지금 뭘 하려는지 모르고 이러는 줄 알아? 내가 뭘 하려는지 정도는 늘 나 스스로가 제일로 잘 알고 있다고."

"그렇겠지."

"내가 껌둥일 훔쳐내는 걸 돕겠다고 하지 않았어?"

"그랬지."

"그럼 됐어."

그게 톰이 한 말의 전부였고, 또 내가 한 말의 전부였어. 그 이상 말하는 건 소용이 없었지. 왜냐면 톰은 뭔 일을 하겠다고 말하면 늘 해내고야 말기 때문이야. 하지만 톰이 왜 그렇게까지 그 일을 하려고 하는지 여전히 이해할 수 없었지. 나는 그냥 그런 생각은 그쯤 해 두고 더는 마음 쓰지 않기로 했어. 어쨌든 톰이 하겠다고 하면 나로선 어쩔 수 없기 때문이야.

집에 다다랐을 때, 집 안은 깜깜하고 고요했어. 우린 잿물 통 옆 오두막집을 살펴보러 갔지. 개들이 어떻게 나오는지 보려고 마당을 지나왔는데, 개들은 우리를 알아봤는지 시골 개가 밤중에 누군가 지나갈 때 흔히 내는 소리 이상으로 크게 짖어 대진 않았어. 오두막집에 다다르자, 우린 정면이랑 양쪽을 다 살펴봤어. 내가 미처 살펴본 적이 없는 북쪽 측면에는 네모진 창문이 꽤 높은 곳에 나 있었고, 거기엔 튼튼한 판자가 창문을 가로질러 못 박혀 있었지. 내가 말했어.

"여기 통로가 있네. 우리가 저 판자를 비틀어 떼어 버리면, 짐 아저씨가 나올 수 있을 만한 크기의 구멍이 생길 거야."

그러자 톰이 말했어.

"그런 건 오목 두는 것만큼이나 단순하고, 땡땡이치는 것만큼이나 쉽잖아. 그것보단 쫌 더 복잡한 방법을 찾았음 좋겠단 말이야, 헉 핀."

"그럼 예전에 내가 살해 당한 것처럼 꾸미기 전에 했던 방식으로 말이야, 톱으로 통나무를 짤라서 짐 아저씰 꺼내는 건 어떨까?"

"그게 더 그럴싸한데. 그럼 진짜 신비하고 어렵고 좋아 보일 테니 말이야. 하지만 그보다 두 배나 더 시간이 오래 걸리는 방법을 틀림없이 찾을 수 있을 거야. 급할 거 없으니까 일단 주위를 계속 쫌 둘러보자고." 톰이 대답했어.

뒤꼍에는 오두막집과 울타리 사이에 별채가 있었는데, 널빤지로 만들어진 그 별채는 오두막집 처마로 이어져 있었어. 길이는 오두막집만 했지만, 폭은 6피트 정도로 좁았지. 남쪽 끝에 붙어 있는 문

짝엔 자물쇠가 채워져 있었어. 톰은 비누를 끓이는 큰 솥 쪽으로 가서 그 근처를 뒤졌지. 그러더니 솥뚜껑을 여는 데 쓰는 쇠막대를 찾아 들고 와서는, 자물쇠에 달린 못 하나를 힘들여 뽑아냈어. 자물쇠가 바닥에 떨어지자, 우린 문을 열고 안으로 들어갔지. 들어가서 문을 닫고 성냥을 그어 불을 켜 보니, 그 별채는 오두막집 벽에 기댄 채로 지어져 있을 뿐 연결되어 있진 않다는 걸 알게 됐어. 바닥에는 마루조차 없었는데, 거기엔 낡고 녹이 슬어 못 쓰게 된 괭이며, 삽이며, 곡괭이며, 망가진 쟁기 따위만 놓여 있을 뿐이었지. 성냥불이 꺼지자 우린 밖으로 나와 자물쇠에 못을 박아서, 아까처럼 문에 자물쇠를 채워 놨어. 톰은 아주 즐거운 표정으로 말했지.

"좋아. 땅굴을 파서 짐 아저씨를 꺼내기로 하자. 한 일주일쯤 걸릴 거야!"

그러고 나서 우린 집으로 향했어. 나는 뒷문으로 들어갔지. 문이 잠겨 있지 않았기에, 사슴 가죽으로 된, 빗장을 벗기는 끈을 잡아당기기만 하면 됐어. 하지만 톰 소여는 뭔 일이 있어도 피뢰침을 기어 올라가 집 안으로 들어가겠다고 고집을 부리는 거였어. 그냥 뒷문으로 걸어 들어가는 건 모험적이지 않다나. 하지만 톰은 절반쯤 기어오르다가 떨어지기를 세 번이나 반복했어. 특히 세 번째 시도 때는 하마터면 대가리가 깨질 뻔해서, 톰은 그제야 포기해야겠다고 생각했지. 하지만 잠시 쉬고 난 뒤 톰은 마지막으로 한번만 더 운에 맡겨 보겠다며 시도한 끝에 결국 성공했어.

아침이 되자 우린 동이 틀 무렵에 일어나서, 개들이랑도 친해지고 또 짐 아저씨한테 음식을 갖다 주는 껌둥이랑도 친해지려고, 껌둥이들이 사는 오두막집으로 향했어. 물론 그 음식을 받아먹는 사람이 짐 아저씨가 맞다면 말이지. 껌둥이들은 막 아침 식사를 마치고는 밭일을 나가는 길이었어. 짐 아저씨한테 음식을 갖다 주는 껌둥이는 양철 냄비에다 빵이랑 고기랑 그 밖에 음식들을 담고 있었지. 다른 껌둥이들이 막 오두막집을 나설 때쯤에, 집에서 보내 온 열쇠가 도착했어.

짐 아저씨한테 음식을 갖다 주는 껌둥이는 사람이 좋아 보였지만, 바보 같아 보이는 얼굴을 하고 있었어. 양털 같은 머리는 실로 묶어서 작은 다발을 지어 땋고 있었는데, 그건 마녀를 물리치기 위한 거라고 하더군. 그 껌둥이는 요즘 밤마다 마녀가 어찌나 자기를 괴롭히는지, 온갖 괴상한 환영과 환청에 시달린다고 했어. 여태 그렇게 오랫동안 마녀한테 홀려 본 건 처음이라고 하더군. 그 껌둥이는 넘 흥분한 나머지 자기 괴로운 얘기만 계속 지껄여 대다가, 정작 자기가 뭘 해야 하는지는 완전 까먹고 있었지. 그때 톰이 물었어.

"그 음식은 어따 쓰는 거예요? 개 주는 거예요?"

그러자 그 껌둥이 얼굴엔 마치 진창 웅덩이에다 벽돌 조각을 던졌을 때 파문이 퍼지는 것처럼 점점 미소가 번지더군. 그는 이렇게 대답했어.

"그럼요, 시드 도련님. 개 줄 꺼애요. 아주 별난 개애요. 가서 보실라우?"

"예, 가 보자고요."

난 톰을 쿡 찌르면서 속삭였어.

"이렇게 이른 아침에 가겠다고? 계획이랑 다르잖아."

"그래, 계획이랑 다르지. 방금 계획이 바뀌었어."

이런 젠장……. 그래서 우린 그 껌둥이를 따라갔는데 말이야,

나는 썩 마음이 내키지 않았어. 오두막집 안으로 들어가자 넘 어두워서 잘 안 보이더군. 하지만 이윽고 짐 아저씨를 발견했지. 아저씨도 우리를 알아보고는 큰 소리로 외쳤어.

"아니, 헉! 그리구 거긴 톰 도련님 아니신감?

나는 일이 어떻게 흘러갈지 알고 있었어. 예상하고 있었던 거지. 그럼에도 어찌할 바를 모르겠더군. 아니, 알았다 하더라도 별 수 없었을 거야. 그때 짐 아저씨한테 음식을 갖다 주는 껌둥이가 불쑥 끼어들며 말했어.

"아니, 새상애나! 이 아저씨가 도련님들을 아는가 바요?

이제 어둠에 눈이 익어서 어둠 속에서도 꽤나 잘 보였어. 톰은 의아한 표정을 지으며 그 껌둥이를 물끄러미 바라보다가 물었지.

"누가 우릴 안다고요?"

"누구긴 누구애요? 여기 인는 이 도망친 껌둥이죠."

"난 이 껌둥이가 우릴 안다고 생각하지 않는데요. 뭣 땜에 그렇게 생각한 거예요?"

"멋 땜애 그리 생각허냐구요? 아, 글쌔, 이 껌둥이가 쫌 전애 마치 도련님을 아는 것 마냥 소릴 질러짠아요."

톰은 어리둥절한 표정으로 대꾸했어.

"허, 거참 이상한 노릇이네. 누가 소릴 질렀다고요? 이 껌둥이가 언제 소릴 질렀다는 거예요? 뭐라고 소릴 질렀는데요?" 그러더니 톰은 아주 침착한 표정으로 나를 보며 물었어. "형도 누가 소리 지르는 거 들었어?"

물론 내 대답은 정해져 있었지. 난 이렇게 대답했어.

"아니, 난 아무 소리도 못 들었는데."

그러자 톰은 마치 짐 아저씨를 한 번도 본 적 없다는 표정으로 쳐다보며 물었어.

"아저씨가 소리 질렀어요?"

"아뇨, 도련님. 암 말도 안해씀다, 도련님."

"한마디도요?"

"예, 도련님. 한마디두 안 해꾸먼요."

"아저씬 전에 우릴 본 적 있어요?"

"아뇨, 도련님. 재 기억앤 업꾸먼요."

그러자 톰은 혼란스러워 어쩔 줄 모르겠다는 표정을 짓고 있는 껌둥이를 쳐다보며 엄한 말투로 말했어.

"대체 뭔 문제가 있는 거예요? 뭣 땜에 누가 소릴 질렀다고 생각한 거죠?"

"아, 이개 다 그 망할 놈의 마녀 짓이 분명허구먼요. 도련님, 진짜로 죽고 시퍼요. 진짜애요. 도련님, 놈들은 늘 이런 식이죠. 날 놀라개 해서 죽일 작쩡인가 바요. 도련님, 재발 이 얘길 아무헌태두 허지 말아주새요. 사일러스의 나리깨서 아시믄 대차개 혼쭐이 날 꺼구먼요. 나리깨서는 새상애 먼 마녀가 인냐고 그러시거든요. 나리깨서 지금 여기 개셔서 이걸 직접 들어 보셔야 하는대. 그럼 나리깨선 머라고 허셔쓸라나! 나리깨서도 이번만큼은 달리 허실 말씀이 업쓸꺼구먼요. 허지만 새상 일은 늘 이런 식이라니까요. 사람들이 한번 주정뱅이라고 찍으믄, 그놈은 뒤질 때까지 주정뱅이가 돼 버리는 거죠. 사람들은 스스로 먼가를 알아보고 찾아낼 생각을 안 해요. 더더군다나 남들이 찾아서 사람들헌태 말을 해 줘도 당최 믿질 안는다구요."

톰은 그 껌둥이한테 우리는 아무한테도 이 얘길 하지 않겠다고 하고는, 10센트짜리 동전 한 닢을 주면서 이 돈으로 머리칼을 묶을 실이나 사라고 했어. 그러고 나서 톰은 짐 아저씨 쪽을 쳐다보며 말했지.

"사일러스 아저씨는 이 껌둥이의 목을 매달아 죽일지도 몰라. 나라도 배은망덕한 도망친 껌둥이를 붙잡는 날엔 그놈을 용서하지 않고 목매달아 죽이고 말 거니까."

그러고는 짐 아저씨한테 음식을 갖다 주는 껌둥이가 문 쪽으로 가서 동전을 들여다보며 진짜인지 아닌지 확인해 보려고 깨물어 보고 있는 사이, 톰은 짐 아저씨한테 속삭였어.

"우릴 안다고 말하면 절대 안 돼요. 그리고 밤에 땅 파는 소리가 들리면, 그건 우리일 거예요. 우리가 아저씰 자유의 몸이 되게 해 줄게요."

짐 아저씨는 짧은 틈을 타서 우리 손을 꽉 붙잡았지. 그러고 나서 그 껌둥이가 돌아오자, 우린 그 껌둥이한테 원한다면 언제든 다시 와주겠다고 했어. 그러자 그 껌둥이는 우리한테 특히 어둑어둑할 때 다시 와 달라고 했지. 마녀는 대개 깜깜할 때 나오니까, 그때 누군가 자기랑 함께 있어 주면 좋겠다는 거였어.

35장

아침 식사 시간까지는 한 시간쯤 더 있어야 했기에, 우린 오두막집을 떠나 숲속으로 향했어. 왜냐면 땅을 파면서 진행 상황을 보려면 불을 지필 것이 필요하다고 톰이 말했기 때문이지. 톰이 말하길, 랜턴은 넘 밝아서 문제가 생길 것이니, 도깨비불이라고 불리는 썩은 나무 덩어리를 많이 구해야 한다고 했어. 그건 어두운 곳에 놔두면 은은한 빛이 난다고 하더군. 우린 그걸 한아름 들어다가 풀 속에 감춰 놓고는 잠깐 앉아서 쉬었어. 톰은 뭔가 못마땅한 표정을 지으며 말했지.

"제길, 일들이 죄다 넘 쉬워서 뻘쭘할 정도네. 어려운 계획을 세우는 건 넘 어렵단 말야. 감시자라도 한 명 있어 줘야 마취제를 써서 곯아떨어지게 만들 텐데……. 어떻게 된 게 감시자 한 명이 없네. 하다못해 개라도 한 마리 있어 줘야 수면제를 먹여 곯아떨어지게 만들 텐데, 개 한 마리 안 보이잖아. 짐 아저씨는 10피트 길이 쇠사슬로 침대 다리에 한쪽 다리가 결박돼 있을 뿐이니까, 그저 침대 틀을 쳐들어서 쇠사슬만 벗겨 내면 땡이라고. 사일러스 이모부는 사람을 넘 쉽게 믿는 편이라서, 열쇠를 그 멍텅구리 껌둥이한테 맡겨 놓고는 그 껌둥이를 감시할 사람을 아무도 붙이지 않았잖아. 짐 아저씨는 진즉에 그 창문 구멍으로 탈출하고도 남았을 거라고. 10피트 길이 쇠사슬을 다리에다 달고 도망을 쳐봤자 아무 소용없긴 하지만 말이야. 정말이지 지겨워, 헉. 이건 내가 여태 본 일들 중에서 제일로 싱거운 바보짓이란 말이야. 그니까 우리가 모든 난관들을 스스로 만들어 내야 한다고. 어쩔 수 없어. 지금 갖고 있는 물건들로 최선을 다하는 수밖에. 어쨌든 이거 하나만은 확실해. 여러 난관과 위험을 뚫고 짐 아저씨를 탈출시키는 게 더 명예롭단 거야. 그니까 난관과 위험을 제공해야 할 의무를 가진 자들이 그런 걸 하나도 제공해 주지 않을 땐 말이야, 우리 머리를 쥐어짜서라도 스스로 그 모든 걸 만들어야 한다고. 예를 들어, 저 랜턴 문제 하나만 갖고 얘기해 보자고. 엄밀하게 말해서, 우린 저 랜턴을 쓰는 게 위험하다고 해야 해. 마음만 내키면, 횃불만 갖고도 일 처리를 할 수 있거든. 그나저나 생각해 보니 말이야, 할 수 있을 때 어서 톱을 만들 수 있는 물건부터 찾아놔야겠어."

"톱을 어따 쓰게?"

"톱을 어따 쓰냐고? 쇠사슬을 풀 때 짐 아저씨의 침대 다리를 톱질해서 짤라야 하잖아?"

"아니, 너 아까는 침대 틀을 쳐들어서 쇠사슬만 벗겨 내면 땡이라고 했잖아."

"정말 너답다, 헉 핀. 물론 유치원생들이 하는 식으로 일을 처리할 수 있지. 근데 넌 책이란 걸 전혀 안 읽어 봤어? 트렌트 남작이며, 카사노바며, 벤베누토 첼리니며, 앙리 4세며, 영웅들의 얘기를 안 읽어 봤냐고? 나는 그런 할망구 같은 방법으로 죄수를 탈출시켰단 얘긴 들어본 적이 없어. 그건 안 될 말이지. 최고 권위자들이 하는 방법은 말이야, 톱으로 침대 다리를 둘로 썰어 놓고도 감쪽같이 그대로 두는 거야. 톱밥은 눈에 띄지 않게 삼켜 버리고, 톱으로 짜른 자리에는 흙이랑 기름을 발라 두는 거지. 제아무리 예리한 눈을 가진 집사라도 톱질을 한 흔적을 발견할 수 없을 거고, 침대 다리가 완전 멀쩡하다고 느낄 거야. 모든 준비가 끝나는 날 밤, 그 침대 다리를 걷어차면 침대는 쓰러지고 쇠사슬은 풀리게 되지. 그러고 나서 줄사다리를 흉벽에다 걸치고 재빨리 그걸 타고 내려가다가 해자에서 니 다리가 부러지게 될 거야. 왜냐면 줄사다리는 19피트 정도 길이가 모자라거든. 그 아래서는 니 신하들이랑 말들이 대기하고 있다가 널 재빨리 들어올려서 안장 위에다 내던질 거고. 그럼 넌 말을 몰아서 저 멀리 네 고향인 랑그독이 됐든 나바르가 됐든 어디든 가면 된단 말야. 진짜 죽여주지 않니, 헉. 이 오두막집에 해자가 하나 있음 좋겠어. 짐 아저씨를 탈출시키는 날 밤에 시간이 되면 우리가 해자를 하나 파자."

"오두막집 밑으로 땅을 파서 짐 아저씨를 몰래 빼내기로 해놓고 해자가 뭔 필요야?" 내가 말했어.

하지만 톰은 내 말을 듣는 시늉도 하지 않았지. 톰은 나에 대해서도, 그리고 그 밖에 다른 일들에 대해서도 깡그리 잊어버린 듯 보였어. 그저 손에 턱을 괴고는 생각에 젖어 있었지. 이윽고 톰은 한숨을 내쉬더니 머리를 절레절레 흔들었어. 그러더니 다시 한숨을 내쉬며 말했지.

"아냐, 그건 안 되겠어. 그렇게 할 필요는 없을 거 같아."

"뭐가 말이야?" 내가 물었어.

"짐 아저씨 다리를 톱으로 잘라 버리는 거 말이야." 톰이 말했어.

"뭐라고! 왜? 그렇게까지 할 필요가 뭐 있어? 아저씨 다리를 뭣 땜에 자르겠다는 거야?" 내가 소리쳤어.

"그건 말이야, 최고의 권위자들 중 몇몇이 그렇게 했기 때문이야. 그들은 아무리 해도 쇠사슬이 안 풀어져서 자기 손을 자르고 탈출했지. 근데 손보다는 다리를 자르는 게 훨씬 더 멋질 거야. 하지만 이건 그냥 관두기로 하자. 이번 경우엔 그닥 필요하지 않을 거 같거든. 게다가 짐 아저씬 껌둥이라서 그래야 할 이유는 물론, 유럽에선 그게 관습이라는 것도 이해하지 못할 거야. 그니까 관두자. 하지만 이거 하나만큼은 할 수 있겠다. 짐 아저씨한테 줄사다리를 갖고 있게 하는 거야. 우리가 이불을 찢어다가 줄사다리를 만들어 주는 건 식은 죽 먹기일 거야. 그걸 파이 속에다 집어넣어서 아저씨한테 들여보내는 거지. 보통은 그렇게들 하거든. 난 그보다 더 지독한 파이도 먹어 봤는데 뭐."

"이봐, 톰 소여, 그게 뭔 소리야? 뭣 땜에 아저씨한테 줄사다리가 필요하다는 거야?" 내가 대꾸했어.

"아저씨한테 줄사다리는 꼭 필요해. 너야말로 뭔 소리야. 아무것도 모르면 그냥 모른다고 해. 아저씨는 줄사다리를 꼭 갖고 있어야 한다니까. 다들 그렇게 한단 말야."

"그니까 아저씨가 대체 그걸 어따 쓰냐 이 말이야?"

"그걸 어따 쓰냐고? 아저씨는 줄사다리를 침대 안에 숨겨 둘 수 있을 거야. 안 그래? 다들 그렇게 하거든. 그니까 아저씨도 그렇게 해야 해. 헉, 넌 어떤 일도 정해진 대로 하고 싶지 않은 모양이구나. 늘 새로운 일만 하고 싶어 하는 거 같아. 그래, 아저씨가 줄사다리를 쓸 일이 없다고 치자. 그래도 줄사다리는 아저씨가 탈출한 뒤에도 침대 속에 그대로 남아서 단서가 될 거 아냐? 넌 사람들이 단서를 원한다는 걸 모르니? 당연히 원할 게 뻔하지. 근데도 단서를 남겨 놓지 않겠단 거야? 그딴 게 어딨어? 난 그런 건 들어본 적이 없거든."

"좋아. 그게 정해진 일이라면야, 그래서 아저씨가 줄사다리를 꼭 갖고 있어야 한다면야, 그렇게 해야지. 좋아. 나도 정해진 방식에 어긋나는 일은 하고 싶지 않아. 하지만 문제가 하나 있어. 톰 소여, 우리가 만약 아저씨의 줄사다리를 만들려고 이불을 찢었다가는, 샐리 아줌마한테 혼쭐이 날 게 불 보듯 뻔하다는 거지. 그래서 말인데 내 생각엔 말이야, 사다리를 히커리 나무껍질로 만들면 돈도 안 들뿐더러, 뭘 낭비할 필요도 없잖아. 또 그거야말로 네가 만들려고 했던 줄사다리보다 파이에 채워 넣기에도 좋고, 지푸라기 요 속에 숨기기에도 딱이고 말이야. 게다가 아저씨의 경우에는 경험이 없으니까 사다리 종류는 딱히 가리지도 않을 거고……."

"아, 헉 핀…… 너도 참……. 내가 너처럼 무식하다면 말이야, 그냥 입 다물고 가만히 찌그러져 있을 거야. 진짜야. 그런 대역죄인을 히커리 나무껍질 따위로 만든 사다리로 탈옥시켰단 말은 여태 들어본 적이 없다고. 이봐, 그건 진짜 말도 안 되는 소리야."

"좋아, 알았어. 톰, 니 방식대로 해. 근데 말이야, 이거 하나는 내가 하자는 대로 하자. 뭐냐면, 내가 빨랫줄에 널려 있는 이불 하나만 슬쩍 빌려 올게."

톰은 나더러 그렇게 하라고 하더군. 그러다가 또 다른 생각이 떠올랐는지 이렇게 말했어.

"셔츠도 한 장 빌려 와."

"셔츠는 어따 쓰게, 톰?"

"짐 아저씨한테 거기다 일기를 쓰게 하려고 그래."

"일기는 무슨 얼어 죽을 일기야. 아저씨는 글을 쓸 줄도 모른다고!"

"글을 쓸 줄 몰라도 납땜한 낡은 숟가락이나 쇠 통 테두리로 아저씨한테 펜을 만들어 주면, 셔츠에다 무슨 표시 정도는 할 수 있을 거 아냐?"

"이봐, 톰, 거위 깃털 하나만 뽑아도 그보다 더 좋은 펜을 만들 수 있잖아. 더 빨리 만들 수도 있고 말이야."

"이 바보야, 지하 감옥 안에 무슨 거위가 돌아다닌다고 죄수한테 거위 깃털을 뽑아다가 펜을 만들래? 죄수들은 늘 손이 닿는 곳에 아주 단단하고 거칠고 다루기 힘든 낡은 놋쇠 촛대가 있어서 그걸로 펜을 만든다구. 그걸 뾰족하게 버리는 데 몇 주일씩 혹은 몇 달씩 걸리는데 말이야, 벽에다 갈아야 하기 때문이지. 죄수들은 거위 깃털을 갖고 있다 해도 그걸 쓰지는 않을 거야. 그건 정해진 방식이 아니거든."

"그럼 잉크는 뭘로 만들어 주지?"

"보통은 쇳녹이랑 눈물로 잉크를 만들지만 말이야, 그건 평범한 사람들이나 여자들이 하는 방식이야. 최고의 권위자들은 자기 피로 잉크를 만들어. 짐 아저씨도 그렇게 하면 돼. 자기가 어디에 갇혀 있는지를 세상에 알리는, 짧고 일상적이며 흔해 빠졌지만 신비한 메시지를 보내고 싶다면 말이야, 양철 접시 바닥에다 포크로 긁어 써서 창밖으로 내던지기만 하면 된다고. 철가면[13]은 늘 그렇게 했는걸. 진짜 멋진 방법이지."

"아저씨한테는 양철 접시가 없을 거야. 먹을 걸 냄비에다 갖다 주잖아."

"그런 건 일도 아냐. 우리가 아저씨한테 양철 접시를 몇 개 넣어 주면 되지."

"아저씨가 접시에다 쓴 글씨를 읽을 수 있는 사람은 아무도 없을걸."

"헉 핀, 그런 건 아무 문제가 안 된다니까. 아저씨가 해야 할 거라곤 그저 접시에다 글씨를 써서 밖으로 내던지는 것뿐이야. 그걸 읽을 필요는 없다고. 이봐, 죄수가 양철 접시든 다른 어디에든 써 놓은 글씨를 읽어 낼 수 있는 사람은 반도 안 될걸."

"이봐, 그럼 접시를 낭비할 이유가 뭐 있어?"

"아이 씨, 그게 짐 아저씨 접시도 아니잖아."

"하지만 어쨌든 누군가의 접시잖아, 안 그래?"

"그야 그렇지. 근데 아저씨가 그 접시가 누구 건지 신경이나 쓰겠어?"

그때 톰은 말을 멈췄어. 아침 식사 시간을 알리는 뿔피리 소리가 들렸기 때문이야. 그래서 우린 급히 집으로 향했어.

아침에 나는 빨랫줄에서 이불이랑 흰 셔츠를 하나씩 빌려서

13 알렉상드르 뒤마(Alexandre Dumas)의 소설 『브라젤론의 자작』(*Le Vicomte de Bragelonne*)에 나오는 등장인물을 말한다.

낡은 자루를 찾아 거기에 담았어. 그러고 나서 우린 숲으로 들어가서 도깨비불을 주워다가 그것도 자루에 담았지. 나는 아빠가 늘 그랬듯이 '빌린다'는 말을 썼는데, 톰은 그게 빌리는 게 아니라 훔치는 거라고 했어. 톰은 우리가 지금 죄수를 대신해 일하고 있는 거라고 했지. 또 죄수들은 뭔가를 손에 넣기만 하면 그만이지 어떻게 손에 넣을지에 대해서는 신경도 안 쓴다고 했는데, 뭔가를 훔치는 일에 대해서 죄수들을 욕할 사람은 없다고 했어. 이어서 톰은 죄수가 탈옥을 하려고 필요한 물건을 훔치는 건 죄가 아니라 오히려 권리라고 하더군. 그러니까 우리가 죄수를 대신해 일하고 있는 한, 뭐든지 조금이라도 탈옥에 필요한 물건은 훔칠 권리가 있다는 거였지. 하지만 만약 우리가 죄수를 대신하는 게 아니라면, 상황은 아주 다르다고 톰이 말했어. 죄수도 아닌데 뭔가를 훔치는 건 비열하고 천한 인간들이나 하는 짓거리라는 거야. 어쨌든 우리는 손에 잡히는 건 뭐든지 훔쳐내기로 했지. 근데 그 후 어느 날 내가 껌둥이들 밭뙈기에서 수박을 훔쳐다 먹으니까, 톰이 길길이 날뛰며 화를 내지 뭐야. 그러고는 나더러 껌둥이들한테 가서 이유도 말하지 말고 그냥 10센트를 주고 오라고 했어. 톰이 말하길, 자기 말은 '필요한' 물건은 뭐든 훔쳐도 좋다는 뜻이었대. 그래서 내가 수박이 필요해서 훔쳤다고 했더니, 톰은 탈옥하는 데 수박이 왜 필요하냐고 하면서 그건 다른 문제라고 했어. 톰이 말하길, 만약 내가 집사를 죽일 목적으로 수박 안에다 칼을 숨겨서 짐 아저씨한테 몰래 전달하려고 수박을 훔쳤다면, 그건 전혀 문제없다는 거야.

나는 톰한테 더는 대꾸하지 않았어. 하지만 매번 수박 서리를 할 때마다 그렇게나 많은 뺀드르르한 원칙들을 세워 놓고 계속 궁리

해야 한다면 말이야, 죄수를 대신해 일을 하는 게 뭔 이익이 있는 건지 당최 알 수가 없었지.

어쨌든 우리는 아침에 모두 일하러 나가서 마당에 아무도 보이지 않을 때까지 기다렸어. 그런 다음, 톰은 낡은 자루를 별채로 옮겼고, 그동안 나는 좀 떨어진 곳에 서서 망을 봤지. 이윽고 톰이 별채 밖으로 나왔고, 우린 장작더미가 놓여 있는 곳으로 가서 그 위에 올라앉아 얘기를 나눴어.

"연장들 빼곤 모든 게 다 잘 준비됐어. 하지만 연장 문제도 쉽게 해결될 거야." 톰이 말했어.

"연장이라고?" 내가 물었어.

"그래."

"뭐에 쓰는 연장 말이야?"

"땅을 팔 때 쓰는 연장이지. 우리가 이빨로 땅을 파서 짐 아저씰 빼낼 건 아니잖아, 그치?"

"저기 있는 낡아 빠져 못 쓰게 된 곡괭이로도 아저씰 빼내는 건 충분하지 않아?" 내가 말했어.

그러자 톰은 마치 금방 눈물이라도 터뜨릴 것처럼 가엾다는 듯 나를 쳐다보며 말했어.

"헉 핀, 너 말이야, 죄수가 땅을 파서 탈옥하려고 옷장에 곡괭이며 삽이며 그 밖에 온갖 편리한 최신 연장들을 갖고 있단 얘길 들어 본 적 있어? 자, 내가 너한테 질문 하나 할게. 정신이 제대로 박혀 있다면 어디 한번 대답해 봐. 그런 연장들이 있다면 말이야, 짐 아저씨가 과연 영웅이 될 수 있겠어? 그렇담 차라리 아저씨한테 열쇠를 빌려줘서 당장에 끝내 버리는 게 낫지 않겠어? 뭐? 곡괭이랑 삽? 설령 왕이라고 해도 그런 건 갖고 있지 않을 거라고."

"좋아, 그럼 곡괭이랑 삽이 아니면 뭐가 필요한데?"

"식탁용 칼 두 자루면 충분해."

"그걸로 저 오두막집 바닥을 파낸다고?"

"그럼."

"세상에, 진짜 어리석구나, 톰."

"어리석은지 아닌지는 별 상관없어. 정식으로 하는 게 중요해. 정해진 방식으로 하는 게 중요하다고. 내가 여태 들어본 것 중에 다른 방식이라곤 없어. 나는 이런 종류의 정보를 담고 있는 책이라면 별별 책을 다 읽어 봤걸랑. 책에서는 늘 칼로 땅을 파더군. 그것도 흙을 파는 게 아니라, 보통은 단단한 바위를 파는 거야. 몇 주일씩 걸리는 건 기본이고, 어떨 땐 끝도 없이 파내야 돼. 이봐, 마르세이유 항구의 디프 성 지하 감옥에 갇혀 있던 죄수[14]를 생각해 보란 말야. 그 사람도 칼로 땅에 구멍을 파고 탈옥했다고. 그 사람이 그렇게 탈옥하는 데 얼마나 걸렸을 거 같아?"

"나야 모르지."

"어디 한번 찍어 봐."

"모른다니까. 한 달 반 정도 걸렸으려나?"

"무려 37년이야. 그렇게 나와 보니 글쎄, 거기는 중국이었다지 뭐야. 그런 식이라니까. 저 요새 바닥도 단단한 바위라면 좋겠어."

"중국엔 짐 아저씨가 아는 사람이 아무도 없을 텐데."

14 알렉상드르 뒤마의 소설 『몽테 크리스토 백작』(*Le Comte de Monte-Cristo*)의 주인공 에드몽 당테스(Edmond Dantès)를 말한다.

"그게 뭔 상관이야? 그자도 아는 사람이 없긴 마찬가지였다고. 넌 항상 샛길로 빠지는 게 문제야. 요점에 집중을 좀 하란 말이야."

"좋아, 난 짐 아저씨가 어디로 나오게 되든 상관 안 해. 나오기만 하면 되지 뭐. 내 생각에 아저씨도 상관 안 할 거야. 하지만 한 가지 문제가 있어. 아저씬 칼로 땅을 파서 빼내기엔 나이가 너무 많다고. 그때까지 살아 있지 못할걸."

"아냐. 아저씬 살아남을 거야. 설마 흙바닥을 파는 데 37년이나 걸릴 거라고 생각하는 건 아니지?"

"그럼 얼마나 걸릴까, 톰?"

"글쎄, 시간을 끌 여유는 없어. 사일러스 이모부가 머지않아 뉴올리언스에서 소식을 듣고 상황을 파악할 수도 있거든. 이모부는 짐 아저씨가 뉴올리언스에서 도망쳐 온 게 아니란 걸 알게 될 거야. 그럼 이모부는 짐 아저씨를 공고문에 내거나, 그런 비슷한 일을 하겠지. 그니까 땅을 파서 짐 아저씨를 빼내는 데 '세월아~ 네월아~'할 수는 없다고. 사실 일을 제대로 하려면 2년은 족히 걸리겠지만 말이야, 그럴 시간이 없어. 상황이 너무 불확실하니까……. 내 생각은 이거야. 우리가 최대한 빨리 여기 땅을 파내는 거야. 그리고 우리끼리는 37년이 걸린 걸로 치면 되잖아. 그러고는 경고 신호가 들리자마자 짐 아저씨를 구출해서 데리고 멀리 도망치는 거야. 그래, 내 생각엔 이게 최선의 방법이 될 거야."

"이제야 좀 합당한 방법이 나온 거 같네. 우리끼리 37년 걸렸다고 입을 맞춘다고 해서 땡전 한 푼 드는 일도 아니고, 성가신 일이 생기는 것도 아니니까. 필요하다면 150년이 걸린 걸로 해도 난 신경 안 써. 익숙해지면 그렇게 힘들지도 않을 거 같아. 자, 그럼 난 이제

나가서 칼을 두 자루 훔쳐 올게." 내가 말했어.

"세 자루 훔쳐 와. 톱을 만드는 데 한 자루 더 필요하니 말이야." 톰이 말했어.

"톰, 이런 말을 하는 게 정해진 방식에서 벗어나는 게 아니라면 말이야, 그리고 신념에서 벗어나는 게 아니라면 말이지, 한마디만 할게. 훈제장 뒤쪽 비 막이 판자 밑에 낡고 녹슨 톱날 하나가 꽂혀 있던데." 내가 말했어.

그 말에 톰은 지겹고 맥 빠진 듯한 표정을 지으며 대꾸했어.

"너한테 뭘 가르치려고 해 봤자 전혀 소용이 없구나, 헉. 어서 튀어 가서 칼이나 훔쳐 와. 세 자루다."

그래서 나는 톰이 시키는 대로 했어.

36장

그날 밤 모두 잠자리에 들자마자, 우린 피뢰침을 타고 내려와 별채로 들어가서 문을 꽉 닫았어. 도깨비불을 한 줌 꺼내 놓고 작업을 시작했지. 밑바닥 통나무 한복판을 따라 약 4~5피트 가량 손에 잡히는 것들을 죄다 깨끗이 치워 버렸어. 톰은 지금 우리가 짐 아저씨 침대 바로 뒤편에 있으니까, 그 아래부터 끝까지 파 내려가면 누가 오두막집에 들어오더라도 아무도 거기에 구멍이 뚫려 있단 걸 모를 거라고 했지. 왜냐면 짐 아저씨의 이불이 땅에 닿을 정도로 늘어져 있기에, 그 구멍을 보려면 이불을 쳐들고 아래를 살펴봐야 하기 때문이라고 했어. 우린 자정이 될 때까지 칼로 땅을 파고 또 팠지. 그랬더니 그만 지쳐서 녹초가 돼 버렸고 손에는 물집이 잡혔는데도, 땅을 판 티도 안 났지 뭐야. 마침내 내가 입을 열었어.

"이건 37년짜리 일이 아니라 38년짜리 일인데, 톰 소여."

톰은 아무 대꾸도 안 하더군. 톰은 한숨을 푹 내쉬고는 이내 땅 파는 걸 관두고 한참 동안 생각에 잠겨 있다가 입을 열었어.

"이건 아무리 해도 소용이 없어, 헉. 이건 효과가 없을 거 같다고. 만약 우리가 죄수라면 이걸로도 효과가 있을 거야. 왜냐면 몇 년이 걸려도 상관없고, 서두를 필요도 없으니 말이야. 게다가 매일 간수가 근무 교대하는 사이에 몇 분씩만 땅을 파면 되니까, 손에 물집 잡힐 일도 없잖아. 그럼 몇 년 동안 계속 땅을 파면서도, 정식으로, 정해진 방식대로 할 수 있을 거라고. 하지만 지금 우린 한가로이 어물쩍댈 수 없어. 서둘러야 해. 낭비할 시간이 없다고. 만약 이딴 식으로 하룻밤 더 작업했다가는, 손이 다 나을 때까지 일주일은 쉬어야 할 거야. 당분간 칼에는 손도 못 댈걸."

"자, 그럼 이제 우린 어떡해야 하지, 톰?"

"이렇게 하자. 이건 옳은 방식도 아니고 도덕적인 방식도 아니라서 이런 방법을 쓰고 싶진 않지만 말이야, 남은 방법이라곤 이거 하나밖에 없어. 곡괭이로 땅을 파서 짐 아저씨를 빼내고, 우리끼리는 칼로 팠다고 치는 거야."

"바로 그거야! 니 머리가 점점 정상으로 돌아오는 거 같은데, 톰 소여. 도덕적인 방식이든 아니든 간에 땅 파는 데는 곡괭이가 최고라고. 난 말이야, 도덕성 따윈 조금도 신경 안 써. 껌둥이든, 수박이든, 주일 학교 책이든, 일단 훔쳐야겠다 마음먹으면 어떻게 할 건지 방법 따윈 생각도 안 한다고. 그냥 하는 거지 뭐. 내가 원하는 건 내 껌둥이거나, 내 수박이거나, 내 주일 학교 책일 뿐야. 그래서 만약 곡괭이가 제일 편리한 연장이라면 말이야, 난 그저 곡괭이로 땅을 파서 내 껌둥이든, 내 수박이든, 내 주일 학교 책을 꺼내기만 하면 된다, 이 말씀이야. 권위자들이 이거에 대해 어떻게 생각하든 난 상관 안 해." 내가 말했어.

"어쨌든 이번에는 곡괭이를 써 놓고 칼을 썼다고 쳐도 변명의 여지가 있단 말야. 안 그럼 난 이 일을 인정도 안 했을 테고, 하릴없이 서서 규칙이 깨지는 걸 바라보고만 있지도 않았겠지. 옳은 건 옳은 거고 틀린 건 틀린 거니까 말이야. 무식하지 않고 일에 대해 잘 알고 있는 사람이라면 절대로 일을 허투루 하면 안 돼. 니가 잘 몰라서 절차도 없이 곡괭이로 땅을 파서 짐 아저씨를 빼내는 건 괜찮아. 하지만 일에 대해 잘 아는 내가 그렇게 하면 안 된다고. 그러니 식탁용 칼이나 이리 줘 봐." 톰이 말했어.

톰은 자기 칼을 바로 옆에 두고 있었지만, 나는 내 것을 톰한테 건넸어. 그러자 톰은 그걸 내팽개치면서 말했지.

"식탁용 칼을 달란 말이야."

나는 도대체 어찌해야 할지 몰랐지만, 곧 톰의 의중을 파악했어. 나는 낡은 도구들을 이리저리 헤집어 곡괭이를 찾아내서 톰한테 건넸지. 톰은 그걸 받아들더니 한마디 말도 없이 땅을 파기 시작하더군.

톰은 늘 그렇게 유별난 원칙주의자였어.

삽을 집어 든 나는 톰이랑 교대로 삽질과 곡괭이질을 해대며 야단법석을 떨었어. 최대한 버티면서 약 30분 정도 꼬박 작업을 했지. 그 덕에 구멍이 제법 뚫렸어. 그러고 나서 나는 계단을 통해 이층으로 올라갔어. 창밖을 내다봤더니, 톰이 피뢰침을 기어오르려고 용쓰고 있는 게 보이더군. 하지만 톰은 손이 너무 아파서 결국 올라오지 못하고 나한테 이렇게 물었어.

"아무리 해도 소용이 없네. 안 되겠어. 어떻게 하면 좋을까? 뭐 좋은 생각 없어?"

"있어. 하지만 그건 정해진 방식은 아냐. 계단을 통해 올라오는 거지. 그리고 우리끼리는 피뢰침을 기어올라 왔다고 치면 되잖아."

그래서 톰은 내 말대로 했어.

다음 날 톰은 짐 아저씨한테 펜을 몇 개 만들어 주려고, 납땜한 숟가락이랑 놋쇠 촛대, 그리고 수지 양초 여섯 개를 집에서 훔쳐냈어. 나는 껌둥이들이 사는 오두막집 주변을 얼쩡거리다가, 기회를 틈타 양철 접시 세 개를 훔쳐냈지. 톰은 그걸로는 부족하다고 했어. 나는 짐 아저씨가 접시를 밖으로 내던지면 창문 아래 피어 있는 개꽃이랑 흰독말풀 속으로 떨어질 테니 사람들 눈에 띄지 않을 거고, 그럼 우리가 그걸 가져다가 다시 아저씨한테 쓰게 할 수 있지 않겠냐고 말했지. 내 말에 톰은 흡족한 표정을 지으며 말했어.

"이제 고민해서 해결해야 할 문제가 뭐냐면, 어떻게 그 물건들을 짐 아저씨한테 전달하느냐, 이거야."

"바닥을 다 파내기만 하면, 그 구멍을 통해 전달하면 되잖아." 내가 말했어.

내 대답에 톰은 경멸이 가득한 표정을 지으며, 그런 바보 같은 생각은 여태 들어 본 적이 없다고 했어. 그러고 나서 톰은 이런저런 궁리를 하며 머리를 굴리는 거 같았지. 이윽고 톰은 두세 가지 방법을 생각해 냈다고 하면서, 하지만 아직 어느 방법을 택할지 결정할 필요는 없고, 그 일을 우선 짐 아저씨한테 알려야 한다고 하더군.

그날 밤, 열 시 이후에 우린 피뢰침을 타고 아래로 내려갔어. 양초 하나를 들고는 창 아래에 서서 귀를 기울였지. 안에선 짐 아저씨가 코 고는 소리가 들리더군. 그래서 안으로 양초를 내던졌지만, 아저씬 잠에서 깨지 않았어. 우린 곡괭이랑 삽을 들고 작업을 시작했고, 약 두 시간 반쯤 후에 일을 끝마쳤지. 우린 짐 아저씨의 침대 밑을 통해 오두막집 안으로 기어들어 갔어. 손으로 주변을 더듬어 양초를 찾아 불을 붙이고는, 아저씨 곁에 서서 그를 한참 동안 바라봤지. 아저씨는 안색이 좋고 건강해 보였어. 우린 아저씨를 천천히 부드럽게 깨웠지. 아저씨는 우리를 보고 얼마나 기뻤는지 울음을 터뜨리며, 우리를 온갖 다정다감한 애칭으로 불러 대더군. 그러고는 다리에 묶여 있는 쇠사슬을 끊어버리고 당장 내뺄 수 있게, 우리한테 금속으로 된 정을 찾아서 가져다 달라고 했어. 하지만 톰은 그게 정해진 방식이 아니라며 아저씨한테 그 이유를 설명한 다음, 자리에 앉아서 우리의 계획을 자세히 알려줬지. 그리고 어느 때고 경고 신호가 들리면 계획을 즉시 바꿀 수 있지만, 뭔 일이 생겨도 꼭 도망가게 해줄 테니 조금도 걱정할 거 없다고도 했어. 그랬더니 아저씨도 알았다고 하더군. 우리는 앉아서 그간 뭔 일이 있었는지에 대해 잠깐 얘기를 나눴는데 말이야, 톰은 이것저것 질문을 많이도 하더군. 짐 아저씨는 사일러스 아저씨가 매일 아니면 이틀에 한 번씩은 꼭 와서 기도를 해 줬고, 샐리 아줌마는 잘 지내는지, 먹을 것은 충분한지 살피러 와 줬다며, 두 분 다 더할 나위 없이 친절하다고 했어. 그러자 톰이 말했지.

"이제 어떻게 해야 할지 알겠다. 사람들을 시켜서 짐 아저씨한테 물건들을 전달하면 되겠네."

그 말에 내가 끼어들었어. "제발 그런 짓은 하지 마. 그건 내가 여태 들어 본 것 중에 제일로 멍청한 생각이라고."

하지만 톰은 내 말에는 전혀 관심을 기울이지 않고 자기 말만 계속 해 댔어. 일단 계획을 세우면 톰은 늘 그런 식이었지.

우리는 먹을 걸 갖다 주는 껌둥이 냇을 통해서 줄사다리를 넣은 파이랑 그 밖에 다른 큰 물건들을 몰래 넣어 주겠다고 짐 아저씨한테 말했어. 그러니 정신 바짝 차리고 놀라면 안 된다고 말했지. 그리고 냇이 있는 데서는 우리가 넣어 준 물건들을 열어 보면 안 된다고 신신당부했어. 또 작은 물건들은 사일러스 아저씨의 코트 주머니 속에다 넣어서 들여보낼 테니 알아서 잘 훔쳐내라고 했고, 기회가 되면 샐리 아줌마의 앞치마 끈에다 묶거나 앞치마 주머니에다 넣어서 들여보낼 거라고 했지. 그리고 어떤 물건들을 들여보낼 거며, 그게 무엇에 쓰는 물건인지도 설명해 줬어. 그다음, 셔츠에 혈서로 일기 쓰는 방법 등을 설명해 주기도 했지. 톰은 짐 아저씨한테 모든 걸 얘기해 줬어. 그러자 아저씨는 그 얘기의 대부분이 이치에 어긋나지만, 우리가 백인이고 자기보다 더 아는 게 많을 것이기에, 자기는 수긍하고 톰이 얘기한 대로 전부 따르겠다고 하더군.

짐 아저씨는 옥수숫대로 만든 파이프랑 담배를 잔뜩 갖고 있었어. 그래서 우린 완전 좋은 시간을 함께 보냈지. 그러고 나서 파 놓은 구멍을 통해 기어 나와, 잠을 자러 집으로 향했어. 구멍을 팠던 우리 두 손은 마치 개한테 물린 것처럼 엉망이었지. 톰은 꽤 신나 보였어. 자기 인생에서 여태 겪은 일 중에서 최고로 재미나고 지적인 일이라나. 그러면서 할 수만 있으면 남은 일생동안 우리가 그 일을 계속하고, 우리 자식들한테도 그 일을 맡겨서 짐 아저씨를 구출하게 하자고 했어. 아저씨도 익숙해질수록 그 일을 점점 더 좋아하게 될 거라고 톰은 말했지. 그런 식으로 한 80년 정도 시간을 질질 끌면 최고 기록을 세울 거고, 그 일에 참여한 모두가 유명해질 거란 말도 했어.

아침이 되자, 우리는 장작더미가 쌓여 있는 곳으로 가서 놋쇠 촛대를 손에 잡히는 크기로 잘게 짤랐어. 톰은 그걸 납땜한 숟가락이랑 같이 주머니 속에다 넣었지. 그러고 나서 우린 껌둥이 오두막집으로 갔어. 내가 냇의 주의를 끄는 동안, 톰은 짐 아저씨의 냄비 속에 있는 옥수수 빵 한가운데에 촛대 조각을 찔러 넣었지. 그러고 나서 우리는 일이 어떻게 진행되는지 보려고 냇을 따라갔는데 말이야, 결과는 진짜 끝내줬어. 짐 아저씨가 옥수수 빵을 덥석 베어 무는 순간, 이빨이 몽땅 으깨지는 줄 알았다니까. 일이 이보다 더 잘 진행될 수는 없겠다고 톰이 혼잣말을 하더군. 아저씨는 일체 아무 말도 하지 않고, 그저 빵 속에 흔히 섞여 들어갈 수 있는 돌멩이 같은 걸 씹은 척했어. 하지만 그 후로 아저씨는 포크로 먼저 서너 번 정도 찔러 보지 않고는 절대로 아무것도 안 먹었지.

날이 점점 어둑어둑해져 가는 동안, 우린 그곳에 계속 서 있었어. 근데 갑자기 사냥개 두 마리가 짐 아저씨 침대 밑에서 불쑥 튀어나오는 게 아니겠어. 그러더니 사냥개는 순식간에 열한 마리로 불어나서, 오두막집 안은 발 디딜 틈조차 없는 듯했지. 우리가 별채의 문을 잠그는 걸 깜빡한 거야. 껌둥이 냇은 “마녀다!”하고 꽥 비명을 지르더니, 그만 개들 사이로 바닥에 나자빠져 죽을 듯이 신음 소리를 내기 시작했어. 그러자 톰이 잽싸게 문을 열어젖히고는 짐 아저씨의 식사용 고깃덩이 한 점을 밖으로 내던졌더니, 개들이 그걸 먹으러 몰려 나갔지. 톰은 그 즉시 나가서 문을 닫고 돌아왔어. 톰은 그새 다른 문도 잠가 두고 온 거 같았지. 그러고 나서 톰은 껌둥이 냇한테 가서는 그를 어르고 달래며 혹시 또 뭔가를 봤냐고 물으며 작업을 치더군. 냇은 일어나 눈을 이리저리 껌뻑거리면서 말했어.

"시드 도련님, 절더러 바보라고 허시개찌만요, 재가 만약 백만 마리의 개 때인지, 아님 마귀 때인지를 본 개 진짜가 아니라믄, 전 그냥 이 자리서 당장에 확 뒤저 버려씀 조캐써요. 시드 도련님, 전 느껴써요. 확씨리 느껴꾸먼요, 도련님. 그놈들이 막 내 위를 넘어다녀따니깐요. 재길, 그 마녀 놈들 중 꼭 한 놈만이라도 쫌 부짭아바씀 조캐써요. 단 한 번이라도요. 그개 재 소원이구먼요. 허지만 젤로 바라는 건 그 마녀 놈들이 재발 저를 쫌 내버려 두는 거애요, 진짜루요."

그 말에 톰이 대꾸했어.

"자, 내 생각을 얘기해 볼게요. 마녀들은 왜 하필 이 도망 노예의 아침 식사 시간에만 나올까요? 그건 놈들이 배가 고파서 그래요. 그게 이유란 말이에요. 그러니 놈들한테 마녀 파이를 만들어 줘요. 그게 바로 아저씨가 할 일이에요."

"허지만 시드 도련님, 재가 워떡캐 놈들헌태 마녀 파이를 만들어 준답니까? 만들 줄도 모르는대여. 그런 건 여태 듣도 보도 모태꾸먼요."

"좋아요. 그럼 내가 손수 만들죠 뭐."

"그래 주실람니까, 도련님? 진짜루요? 그럼 재가 도련님 발바닥이라도 할틀 꺼구먼요. 진짜루요!"

"좋아요. 까짓것 아저씰 위해 만들어 줄게요. 아저씬 우리한테 잘해줬고, 또 도망 노예도 보여 줬잖아요. 하지만 진짜 조심해야 해요. 우리가 돌아올 때 등을 돌리고 있다가, 우리가 냄비 안에다 뭘 넣든지 간에 절대로 본 척도 하면 안 된다고요. 또 짐 아저씨가 냄비에서 뭘 꺼낼 때도 보면 안 되고요. 그럼 뭔지는 모르지만 뭔 일이 생긴다니까요. 그리고 무엇보다 마녀들 물건에는 절대 손대면 안 돼요."

"손을 대다뇨, 시드 도련님? 대체 그게 먼 말이래요? 억만금을 준대도 그런 건 손끝 하나 안 건드릴 꺼구먼요. 절때루요."

37장

그걸로 그 일은 다 해결됐어. 우린 오두막집을 빠져나와서 뒷마당에 있는 쓰레기 더미로 갔지. 거기엔 낡은 부츠랑 넝마, 병 조각들, 낡아빠진 양철 제품 등 온갖 잡동사니들이 쌓여 있었어. 톰이랑 나는 그곳을 뒤져서 낡은 양철 빨래 대야 하나를 찾아냈지. 우린 대야에다 파이를 굽기 위해서 거기 난 구멍을 최대한 잘 틀어막아 지하실로 갖고 가서 훔친 밀가루를 가득 담은 뒤, 아침밥을 먹으러 집으로 향했어. 지붕널에 쓰는 못도 두 개 발견했는데, 톰은 이거야말로 죄수가 지하 감옥 담벼락에다 자기 이름이랑 애달픈 감정을 끄적거리기 딱 좋은 거라고 하더군. 우린 그중 하나를 의자에 걸려 있는 샐리 아줌마의 앞치마 주머니에다 집어넣었고, 다른 하나는 책상 위에 놓여 있는 사일러스 아저씨의 모자 끈에다 끼워 놨지. 왜냐면 사일러스 아저씨랑 샐리 아줌마 둘 다 오늘 아침 도망 노예의 오두막집에 들른 뒤에 아침 식사를 할 거라는 말을 아이들한테서 들었기 때문이야. 그런 다음, 톰은 납땜한 숟가락을 사일러스 아저씨의 코트 주머니에다 넣어 놨어. 근데 아직 샐리 아줌마가 안 와서, 우린 잠깐 아줌마를 기다려야 했지.

근데 샐리 아줌마가 화가 잔뜩 났는지 얼굴이 시뻘게져서 돌아왔어. 식사 기도 때도 화가 나서 어쩔 줄 몰라 하더니만, 기도가 끝나자 한 손으로는 커피를 따르고, 골무를 낀 다른 손으로는 제일 가까이 있는 애의 머리를 쥐어박으면서 말했지.

"집 안을 구석구석 다 뒤져봤는데, 당신 셔츠가 당최 보이질 않네요."

그 말에 내 심장이 허파랑 간땡이 있는 데까지 철렁 내려앉았어. 게다가 단단한 옥수수빵 한 조각을 목구멍으로 넘기려다가 순간 기침이 나오는 바람에, 빵 조각이 테이블을 가로질러 저만치까지 날아가서 하필 한 아이의 눈통이에 명중하고 말았지. 그 애는 마치 낚시용 지렁이처럼 몸을 비비 꼬더니만, 인디언들이 내는 어마어마한 함성 소리를 내지 뭐야. 톰도 새파랗게 질린 얼굴을 하고 있었지. 약 십여 초 만에 상황이 심각한 지경에 이르렀어. 혹시라도 사겠단 사람만 있으면 말이야, 나는 나 자신을 반값에 팔아넘겨 버리고 싶은 심정이었지. 하지만 잠시 후 우린 다시 평온을 되찾았어. 갑작스러운 놀라움에 얼이 빠진 나머지 분위기가 착 가라앉긴 했지만 말이야. 사일러스 아저씨가 입을 열었어.

"귀신이 곡할 노릇이네. 이해가 안 돼. 내가 분명히 벗어 둔 건 기억이 나거든. 왜냐면……."

"왜긴요. 당신이 셔츠 한 벌만 줄창 입어 대니 당연히 기억이 나겠죠. 그걸 말이라고 해요! 당신이 셔츠를 벗어 뒀단 건 나도 안다고요. 당신의 그 흐리멍텅한 기억보다는 내가 더 잘 기억하고 있단 말이에요. 그 셔츠는 어저께 빨랫줄에 걸려 있었으니까요. 내가 두 눈으로 똑똑히 봤다고요. 헌데 그게 없어졌단 말이죠. 요점은 이거에요. 어쨌거나 당신은 내가 새 셔츠를 만들 짬이 날 때까지는 빨간색 프란넬 셔츠를 입어야 해요. 지난 2년 동안 벌써 세 번째 만드는 셔츠네요. 당신한테 셔츠 만들어 입히느라 정말 쉴 틈이 없다고요. 암만 생각해도 당신이 도대체 그 셔츠들을 다 어떻게 했는지 모르겠어요. 당신 나이쯤 되면 셔츠를 어떻게 관리해야 하는지 정도는 알아야 하지 않아요?"

"알겠어, 샐리. 나도 최선을 다하고 있다고. 하지만 이게 전부 다 내 탓은 아니잖아. 내가 벗어 둔 뒤로는 셔츠를 보지도 못했고, 내 소관도 아니니까 말이야. 난 여태 내 셔츠를 잃어버린 적이 한번도 없다고."

"그래요, 사일러스. 셔츠를 잃어버린 적이 없다면 그건 당신 탓은 아니겠지만요, 내 생각에 당신은 충분히 뭔가를 잃어버릴 수 있는 사람이라고요. 없어진 게 셔츠뿐이 아니에요. 숟가락도 한 개 없어졌다고요. 개수가 안 맞아요. 열 개 있던 게 아홉 개밖에 없어요. 셔츠는 송아지가 물어 갔다고 쳐도, 설마 숟가락을 송아지가 물어갔겠어요?"

"또 뭐가 없어졌어, 샐리?"

"초도 여섯 개 없어졌어요. 확실해요. 쥐새끼들이 물어갔을지 몰라요. 그런 거 같다니까요. 당신이 늘 말로만 쥐구멍을 틀어막겠다고 하면서 안 막으니까 그러잖아요. 쥐새끼들이 왜 집을 통째로 안 물어가나 몰라. 사일러스, 그 영리한 쥐새끼들이 당신 머리 꼭대기에서 잠을 자도 당신은 모를 사람이에요. 그렇다고 숟가락 없어진 걸 쥐새끼 탓으로 돌릴 순 없잖아요."

"알았어, 샐리. 다 내 잘못이야. 인정할게. 내가 게을렀어. 내일 안으로 무슨 일이 있어도 쥐구멍을 모조리 틀어막아 놓을게."

"아니, 그렇게 서두를 게 뭐 있어요. 내년에 하시지 그래요. 어머, 얘, 마틸다 안젤리나 아라민타 펠프스!"

그러면서 샐리 아줌마가 골무 낀 손으로 애를 후려치자, 그 애는 즉시 설탕 단지에서 손을 빼내더군. 그때 마침 껌둥이 하녀가 복도로 들어와서 말했어.

"마님, 이불이 하나 업써저꾸먼요."

"이불이 없어졌다고? 아니, 대체 이게 뭔 일이람!"

"내가 오늘 꼭 쥐구멍을 틀어막을게." 사일러스 아저씨가 미안한 표정으로 말했어.

"아니, 조용히 좀 해 봐요! 정말 쥐새끼들이 이불을 물어갔다고 생각하는 건 아니죠? 대체 이불이 어디 갔을까, 리즈?"

"당최 알 수가 업내요, 샐리 마님. 어저깨는 분명 빨래쭐애 걸려 이떠니만, 오늘은 어디로 사라전는지 도통 안 뵈내요."

"이제 종말이 오려나 보다. 내 평생 이런 일은 처음이야. 셔츠에다, 이불에다, 숟가락에다, 양초까지 여섯 개나……."

그때 한 젊은 혼혈 여자애가 들어오며 소리쳤어.

"마님! 놋쐬 촛때가 업써저써요."

"썩 꺼져, 이 년아. 안 꺼지면 프라이팬을 던져 버릴까 보다!"

샐리 아줌마는 화가 머리끝까지 나서 펄펄 뛰었어. 그래서 난 기회를 틈타 몰래 빠져나가서 분위기가 누그러질 때까지 숲속에 가 있어야겠다고 생각했지. 샐리 아줌마는 계속 화를 내며 길길이 날

뛰고 있었고, 다른 사람들은 모두 찍소리도 못한 채 얌전히 앉아 있었지. 그러던 중 마침내 사일러스 아저씨가 멋쩍은 듯이 주머니에서 그 숟가락을 끄집어내는 거였어. 그걸 본 샐리 아줌마는 화내는 것도 멈추고, 손을 쳐든 채로 벌린 입을 다물 줄 몰랐지. 나는 어디 저 먼 나라로 도망치고 싶은 기분이었어. 하지만 그런 기분은 오래 가지 않았는데, 그건 샐리 아줌마의 말 때문이었지.

"내가 예상했던 대로네. 그니까 숟가락은 줄곧 당신 주머니에 있었던 거네요. 그렇담 다른 것들도 마찬가지로 당신 주머니 속에 있겠죠. 어떡해서 숟가락이 거기 들어가 있었을까요?"

"난 정말 모르겠어, 샐리. 알고 있었다면 당신한테 벌써 말했겠지. 난 아침 식사 전에 사도행전 17장 말씀을 묵상 중이었어. 내 생각에, 주머니에 성경을 넣는다는 게 그만 나도 모르게 숟가락을 잘못 넣은 거 같아. 틀림없어. 성경이 없는 걸 보니 그런 거 같아. 가서 한번 확인해 볼게. 만약 성경이 그 자리에 있다면, 내가 주머니에 성경을 안 넣고 대신 숟가락을 집어넣었던 게 확실한 게지. 그리고……." 사일러스 아저씨는 사과하는 투로 말했어.

"아, 제발요! 나도 좀 쉽시다! 너희도 다 저리 가. 내 마음이 진정될 때까지 내 근처에 얼씬도 하지 마라."

샐리 아줌마가 큰 소리를 지르지 않고 설령 혼잣말처럼 중얼거렸다 해도, 난 아줌마 말을 다 알아들었을 거야. 만약 내가 죽은 몸이었다고 해도, 벌떡 일어나서 아줌마 말에 복종했을 거라고. 근데 우리가 막 거실을 빠져나가려고 할 때 말이야, 사일러스 아저씨가 모자를 집어 들었지. 모자에서 지붕널에 쓰는 못이 마루로 떨어졌는데, 아저씨는 그냥 그걸 주워서 벽난로 선반에다 놓고는 아무 말 없이 나가 버리는 거였어. 그걸 본 톰은 숟가락을 숨겨 놨던 일이 생각났는지 이렇게 말했지.

"이모부를 통해 물건을 전달하는 건 안 될 거 같아. 이모부는 믿음이 안 가." 톰은 말을 계속 이어 갔어. "하지만 이모부는 어쨌든 자기도 모르는 새 그 숟가락으로 우리한테 도움 되는 일을 해줬으니깐, 우리도 이모부 모르게 도움 되는 일을 하나 해 주자. 가서 쥐구멍을 틀어막아 주자고."

지하실에 내려가 보니 쥐구멍이 엄청 많아서 그것들을 틀어막는 데 꼬박 한 시간이 걸렸지만, 우린 일을 아주 깔끔하게 잘 해냈어. 그때 계단을 내려오는 발소리가 들려서, 얼른 불을 끄고 숨었지. 사일러스 아저씨가 멍한 표정으로 한 손에는 양초를 들고 다른 한 손에는 물건 한 꾸러미를 든 채 내려오고 있었어. 아저씨는 멍하니 서성거리면서 쥐구멍들을 죄다 차례차례 들여다보더군. 그러고 나서 한 5분 정도 뭔가 생각에 잠긴 듯한 표정으로, 흘러내리는 촛농을 양초에서 뜯어내며 서 있었어. 이윽고 아저씨는 꿈이라도 꾸는 듯 느릿느릿 계단 쪽으로 발걸음을 옮기면서 중얼거렸지.

"보자, 내가 언제 이 쥐구멍들을 다 틀어막았는지 당최 기억이 안 나네. 어쨌든 이걸로 쥐새끼들 문제에 난 책임이 없다고 마누라한테 말할 수 있게 됐네. 에이, 아냐, 그냥 넘어가자. 그래 봤자 뭔 소용이 있겠어."

사일러스 아저씨가 중얼거리며 계단을 올라가자, 우리도 지하실 밖으로 나왔어. 아저씬 참 좋은 사람이었지. 언제나처럼 말이야.

톰은 여전히 숟가락 문제를 어떻게 처리해야 할지 몰라 골머리를 앓다가, 우리가 다시 그걸 손에 넣어야 한다고 결론지었어. 그러더니 곰곰이 생각에 잠겼다가 불현듯 좋은 생각이 떠올랐는지, 앞으로 우리가 어떻게 해야 할지 나한테 설명해 줬지. 우린 스푼 통 옆으로 가서 샐리 아줌마가 오기를 기다렸어. 아줌마가 오자 톰은 스푼을 세어서 한쪽으로 밀어 놓았지. 나는 그 틈에 스푼 한 개를 슬며시 내 소매에다 넣어서 숨겼어. 톰이 말했지.

"샐리 이모, 숟가락이 여전히 아홉 개밖에 없는데요."

샐리 아줌마가 대꾸했어.

"귀찮게 하지 말고 나가 놀아라. 그거야 내가 더 잘 알지. 내가 직접 세어 봤는걸."

"저는 두 번 세어 봤는데요, 이모. 암만 세어 봐도 아홉 개라고요."

아줌마는 인내심이 바닥난 듯 보였지만, 그래도 숟가락 개수를 다시 세어 보더군. 누구라도 아마 그렇게 했겠지.

"어머나 세상에, 진짜 아홉 개밖에 없네! 아니, 어떻게 이런 일이……. 이런 염병할, 다시 세어 봐야겠어." 샐리 아줌마가 말했어.

그때 나는 슬쩍 했던 숟가락을 슬그머니 제자리에 놓아뒀지. 그랬더니 숟가락 개수를 다시 세어 본 샐리 아줌마가 말했어.

"아이, 짜증 나. 진짜 말도 안 돼. 이번엔 열 개잖아." 아줌마는 성가시다는 듯 발끈 화를 내더군.

그러자 톰이 대꾸했어.

"이모, 열 개 아니라니까요."

"이 멍청아, 내가 방금 숟가락 세는 거 안 봤어?"

"봤어요. 하지만……."

"좋아. 그럼 다시 세어 볼게."

그때 나는 다시 숟가락 한 개를 슬쩍 훔쳐냈어. 숟가락은 아까처럼 다시 아홉 개가 됐지. 그러자 샐리 아줌마는 화가 머리끝까지 나서 온몸을 부들부들 떨며 길길이 날뛰더군. 아줌마는 숟가락을 세고 또 세어 보다가, 나중에는 혼란스러운지 그만 이따금씩 숟가락 통까지 숟가락으로 세지 뭐야. 숟가락 세는 건 세 번은 숫자가 맞게 나왔다가, 또 세 번은 틀리게 나왔어. 그러자 아줌마는 숟가락 통을 집어다가 집 건너편으로 냅다 던져 버렸는데 말이야, 그 바람에 고양이가 정통으로 맞고 말았지. 아줌마는 "제발 좀 나가라. 날 좀 가만 내버려 두라고. 저녁 식사 전에 또 와서 귀찮게 굴면 그땐 니들 껍질을 벗겨 버리겠어."라고 말했어. 아줌마가 우리한테 나가라고 호통을 치는 동안, 우리는 갖고 있던 숟가락을 아줌마 앞치마 주머니에다 슬쩍 떨궈 놨어. 그렇게 짐 아저씨는 정오가 되기 전에 지붕널에 쓰는 못이랑 숟가락을 무사히 손에 넣을 수 있었지. 우리는 대만족이었어. 톰은 우리가 그동안 고생한 것보다 두 배나 가치 있는 일이라고 했지. 왜냐면 샐리 이모가 다시는 숟가락을 세어 보려고 하지 않을 게 뻔하고, 설령 세어 본다고 해도 자기가 정확하게 세었다고 생각하지 않을 것이기 때문이라고 했어. 그리고 이모는 머리가 어지러울 정도로 숟가락을 세었기 때문에 앞으로 사흘 정도는 세어 보는 걸 포기할 거고, 만약 다시 한번 세어 보라는 사람이 있으면 그게 누구든 죽여 버릴 거라고 톰이 장담했지.

우린 그날 밤 이불을 도로 빨랫줄에다 걸어 놓고는, 샐리 아줌마 벽장에서 다시 하나를 훔쳐냈어. 그러고는 이틀 간 이불을 제자리에 갖다 놨다가 다시 훔치기를 반복했지. 그래서 샐리 아줌마는 이불이 몇 개 있었는지도 모르게 됐고, 심지어 이불 개수 따윈 이제 신경도 안 쓴다고 말할 정도였어. 아줌마는 더는 그 일 때문에 골머리 앓고 싶지 않으니 다시는 세어 보지 않겠다고 말했고, 세어 보느니 차라리 죽는 게 낫겠다는 말도 했지. 결과적으로 송아지랑 쥐들 덕분에, 그리고 아줌마의 셈이 뒤죽박죽돼 버린 덕분에, 셔츠랑 이불이랑 숟가락이랑 양초들 문제가 잘 해결된 셈이야. 게다가 촛대 문제는 별로 중요한 게 아니라서, 별 탈 없이 그냥저냥 지나갈 거고 말이야.

하지만 파이 문제는 여전히 골칫거리였어. 그놈의 파이 땜에 고민이 끝이 없었지. 우린 숲속 깊숙이 들어가서 파이를 만들었어. 마침내 요리를 끝마쳤을 땐 아주 만족스러웠지. 그 모든 작업이 하루 만에 이뤄진 건 아니었어. 파이를 만들어 내려고 빨래 대야 세 개 분량의 밀가루를 사용해야만 했지. 게다가 여기저기 화상을 입었고, 연기 땜에 눈도 뜨기 힘들 지경이었어. 우리한테 필요한 건 파이 껍질이었는데, 제대로 부풀어 오르질 않아서 늘 푹 꺼지고 말았지. 하지만 마침내 좋은 방법을 생각해 냈어. 그건 바로 줄사다리를 파이 속에다 넣고 함께 굽는 방법이었지. 그래서 우린 다음날 밤에 짐 아저씨랑 오두막집에 틀어박혀, 이불을 갈갈이 가늘게 찢은 뒤 그것들을 한 데 꼬아서, 날이 새기도 전에 사람을 매달기에 충분한 근사한 줄사다리를 만들었어. 우리끼리는 그걸 만드는 데 아홉 달이 걸린 걸로 했지.

우린 오전에 그 줄사다리를 갖고 숲속으로 갔는데 말이야, 파이 속에 안 들어가더군. 이불 하나를 통째로 찢어 만든 밧줄이라서, 40인분짜리 파이에 담아야 할 정도의 부피였지. 만약 40인분짜리 파이를 만든다면 말이야, 줄사다리를 담고 남는 공간에는 수프며,

소시지며, 그 밖에 원하는 걸 뭐든 넣을 수 있을 거 같았어. 저녁 식사 한 끼를 통째로 담을 수도 있을 거 같았지.

하지만 그런 건 우리한테 필요가 없었어. 필요한 건 오로지 파이 하나면 충분했지. 그래서 파이 말고 다른 것들은 죄다 내다 버렸어. 우린 땜납이 녹을까 봐 파이를 빨래 대야에 굽지 않았어. 그나저나 사일러스 아저씨한테는 침대보를 따뜻하게 데우는, 프라이팬 모양으로 생긴 근사한 놋쇠 다리미가 있었는데 말이야, 아저씨가 꽤나 소중하게 여기는 거였지. 그건 아저씨 조상들 중 한 사람이 영국에서 정복왕 윌리엄과 함께 메이플라워호인지, 아니면 다른 초창기 배들 중 하나에 싣고 온 거라고 했는데, 나무로 된 긴 손잡이가 달린 물건이었어. 그건 오래된 그릇이나 다른 가치 있는 물건들과 함께 다락방에 고이 보관돼 있었는데, 그것들은 실제로 가치가 있어서 가치 있는 게 아니라, 유물이기에 가치가 있었지. 우린 다락방에 몰래 숨어들어서 그 다리미를 숲속으로 갖고 왔어. 그걸로 파이를 구워 봤는데, 사용법을 몰라서 첫 시도는 실패였지만, 결국엔 성공해 냈지. 밀가루 반죽을 갖다가 다리미 위에 얹고 숯불로 구웠어. 그런 다음, 줄사다리를 반죽 위에 얹고 반죽 지붕을 만들어 덮은 뒤에, 타다 남은 뜨거운 숯불을 그 위에 올려놨지. 다리미의 긴 손잡이 덕분에 우린 5피트쯤 떨어진 곳에 서서 뜨겁지 않게 편히 파이를 구울 수 있었어. 15분쯤 지나자, 보기에도 먹음직한 파이가 완성됐지. 하지만 그 파이를 먹은 사람은 아마 이쑤시개 두 통 정도는 필요할 거 같았어. 그리고 줄사다리를 먹은 사람은 위경련을 일으킬 게 뻔하고, 그럼 복통 때문에 한참을 누워 있다가 또 복통을 일으킬 테지.

우린 냇이 보지 않는 틈을 타서, 짐 아저씨의 냄비 속에다 마녀의 파이를 슬쩍 집어넣었어. 그리고 냄비 밑바닥에다가는 양철 접시 세 개를 집어넣었지. 그렇게 짐 아저씨는 필요한 모든 걸 손에 넣게 됐어. 아저씨는 혼자 남게 되자마자 파이를 갈라 줄사다리를 꺼내서 지푸라기 요 속에다 감췄지. 그러고는 양철 접시를 못으로 긁어서 무슨 표시를 남긴 다음, 창문 밖으로 내던졌어.

38장

펜 만드는 일은 괴롭고 힘든 일이었어. 톱 만드는 일도 마찬가지였지. 짐 아저씨는 무엇보다 글을 새겨 넣는 일이 제일 힘들 거 같다고 했어. 그건 죄수들이 담벼락에다 뭔가 낙서를 끄적거리는 걸 말하지. 하지만 아무리 힘들어도 우리한텐 그 글이 필요했어. 톰은 그게 꼭 필요하다고 하면서, 중죄인이 자기 글이나 가문의 문장을 남기지 않는 경우는 없다고 하더군.

"제인 그레이 부인을 봐. 길포드 더들리를 보라구. 노섬벌랜드는 또 어떻구! 이봐, 헉, 그게 그렇게 힘든 일이라 생각해? 너라면 어떻게 할래? 이 문제를 어떻게 해결할 거냐고? 짐 아저씨는 반드시 글이나 가문의 문장 같은 걸 남겨야 돼. 중죄인들은 하나같이 다 그렇게 했다니깐." 톰이 말했어.

그러자 짐 아저씨가 말했어.

"톰 도련님, 근대 말여, 저한텐 가문의 문장 가튼 건 업꾸먼요. 가진 거라곤 이 날가빠진 셔츠 하나뿐인대요. 도련님이 여기앤 일기

를 꼭 써야한담서요."

"아, 짐 아저씨, 내 말을 잘 이해 못 한 거 같네요. 가문의 문장은 그런 게 아니에요."

"어쨌든 짐 아저씨 말이 맞잖아. 아저씨한테는 가문의 문장이 없다고. 사실 그렇잖아." 내가 말했어.

"그건 나도 알아. 하지만 여기서 탈출하기 전까지는 하나쯤 갖고 있어야 한다고. 왜냐면 짐 아저씨는 제대로 탈출해야 하거든. 역사에 오점을 남기면 안 되잖아." 톰이 대꾸했어.

그래서 결국 짐 아저씨는 놋쇠 촛대를, 나는 숟가락을 벽돌에다 갈아서 펜을 만드는 동안, 톰은 가문의 문장을 구상하기 시작했어. 이윽고 톰은 어떤 걸 골라야 할지 어려울 정도로 멋진 문장들이 많이 떠올랐지만, 그래도 그중 하나를 선택했다고 하더군.

"문장은 방패 모양으로, 오른쪽 맨 아랫부분부터 띠를 두를 건데, 방패를 가로지르는 그 굵은 띠에는 스코틀랜드 국기를 암자색으로 넣을 거야. 문양으로는 머리를 쳐든 채로 웅크린 자세를 취하고 있는 개를 넣을 거고. 개의 발에는 노예제를 상징하는 족쇄를 채우는 거야. 맨 윗부분은 톱니무늬 장식을 할 건데, 하늘색 바탕에 나선형 선 세 개를 넣을 거야. 그리고 그 위엔 녹색의 V형 무늬를 얹을 거야. 톱니무늬 장식 윗부분엔 점들을 사정없이 찍을 거고. 심벌로는 검은색으로 도망 노예를 그려 넣을 건데, 어깨의 벤드 시니스터 위에 보따리를 매고 있는 모습을 그려 넣을 거야. 그리고 지지대 역할을 하는 붉은 색 기둥을 한쌍 넣을 건데, 그건 너랑 나를 의미해. 표어는 '마키오레 프레타, 미노레 아토'로 할 건데, 그건 어떤 책에서 따온 거야. '급할수록 돌아가라'는 뜻이지."

"맙소사! 근데 다른 것들은 다 뭔 뜻이래?" 내가 물었어.

"지금 그런 걸 일일이 따질 시간 여유가 없다고. 열씨미 파기나 해." 톰이 대꾸했어.

"그치만 말이야, 쬐끔은 알아야 하지 않겠어? '방패를 가로지르는 굵은 띠'가 대체 뭐야?"

"'방패를 가로지르는 굵은 띠'…… '방패를 가로지르는 굵은 띠'라……. 글쎄, 넌 그게 뭔지 알 필요가 없다니깐. 짐 아저씨가 그걸 만들 때 내가 아저씨한테 만드는 방법을 가르쳐 줄 거라고."

"아이 씨, 톰, 쫌 가르쳐 줘도 되잖아. 벤드 시니스터는 뭔데?" 내가 물었어.

"아, 나도 몰라. 어쨌든 짐 아저씨한테는 그게 있어야 돼. 귀족들은 모두 갖고 있걸랑."

톰은 늘 그런 식이었지. 설명하는 게 적절치 않다는 생각이 들면, 설명하려 들지 않았어. 설명해 달라고 일주일간 졸라도 소용이 없었지.

톰은 문장에 관한 일을 모두 결정짓고는, 남은 일을 끝마치려 했어. 그건 담벼락에다 새겨 넣을 애절한 문구를 지어내는 거였지. 모두 그랬던 것처럼, 짐 아저씨도 문구 하나 정도는 지어내야 한다고 톰이 말했어. 톰은 여러 문구를 지어내서 종이 위에다 쭉 써 놓고는 우리한테 읽어 줬지.

1. 여기 가슴이 미어터지는 죄수 한 사람 있도다.

2. 세상과 벗들에게 버림받은 가련한 죄수, 자신의 서글픈 삶에 마음 졸였나니.

3. 37년간의 고독한 감금 생활 끝에, 여기서 외로운 가슴은 미어터지고, 지친 영혼은 안식을 찾았도다.

4. 37년간의 모진 감금 생활 끝에, 집도 없고 친구도 없는 고귀한 이방인이 된, 루이 14세의 사생아인 나는 여기서 세상을 떴노라.

톰은 그 문구를 읽어 내려가며 감정이 복받쳐 올랐는지 목소리가 떨렸어. 톰은 짐 아저씨한테 어떤 문구를 벽에 새겨 넣으라고 해야 할지 결정을 하지 못했지. 모두 다 꽤 그럴듯해서 고르기가 쉽지 않았던 모양이야. 그래서 톰은 결국 아저씨한테 모든 문구를 다 새기게 하자고 했어. 아저씨는 그렇게 많은 문구를 못으로 통나무에 다 새기려면 꼬박 일 년은 걸릴 뿐만 아니라, 무엇보다 자기는 글을 쓸 줄도 모른다고 했지. 그러자 톰은 자기가 글자를 스케치해 줄 테니, 그 위에 그대로 선을 따라 쓰기만 하면 된다고 아저씨한테 말했어. 그러더니 톰은 이내 이렇게 말했지.

"생각해 보니 통나무론 안 되겠어. 지하 감옥에 통나무 벽 따위는 없걸랑. 그 문구들을 바위에다 새겨야겠어. 바위를 가져오자."

짐 아저씨는 통나무에다 글자 새기는 것도 힘든데, 바위에다 새기는 건 훨씬 더 힘들지 않겠냐고 말했어. 그러면서 그 문구들을 바위에다 새기다가는 시간이 무지막지 오래 걸려서 영영 탈출하지 못할 거라고도 했지. 하지만 톰은 내가 그 일을 도울 거라고 대꾸했어. 그러고는 아저씨와 내가 함께 펜을 가는 작업이 얼마나 진행됐는지 살펴봤지. 그건 정말이지 너무나 성가시고 지루하며 고되고 더딘 일인 데다가, 손에서는 상처가 나을 새가 없었어. 도무지 작업에 진척이 없어 보였지. 그러자 톰이 말했어.

"좋은 수가 있어. 문장이랑 애절한 문구를 새기려면 바위가 필요하잖아. 이렇게 하면 일석이조란 말씀이지. 저기 방앗간에 엄청 큰 숫돌이 있으니까 그걸 훔쳐 오는 거야. 그래서 거기다가 이것저것 새겨 넣기도 하고, 거기다가 문질러서 펜이랑 톱도 갈면 되지."

그 생각 자체도 별로였지만, 숫돌은 더 별로였어. 하지만 우린 어쨌든 한번 부딪쳐 보기로 했지. 아직 한밤중은 아니었지만 짐 아저씨는 남아서 계속 작업을 하게 둔 채로, 우린 방앗간으로 향했어. 숫돌을 훔쳐내서 집까지 데굴데굴 굴려 오려고 했는데, 그건 정말이지 너무 어려운 일이었지. 최선을 다했지만 이따금씩 숫돌이 옆으로 쓰러지는 걸 막아낼 도리가 없었고, 그럴 때마다 하마터면 그 밑에 깔려 죽을 것만 같았어. 이러다가는 집에 도착하기도 전에 둘 중 한 명은 깔려 죽을 게 뻔하다고 톰이 말했지. 숫돌을 반쯤 끌고 갔을 때, 우린 완전 녹초가 돼 버렸고 땀으로 목욕을 하고 말았어. 도저히 더는 안 되겠단 걸 깨닫고, 우린 짐 아저씨를 불러오기로 했지. 아저씨는 침대를 들어 침대 다리에서 쇠사슬을 빼내서 목 주위에다 둘둘 감더군. 그러고 나서 우리는 파 놓은 구멍을 통해 기어 나와 숫돌이 있는 곳에 다다랐지. 톰의 감독 아래, 나는 짐 아저씨랑 숫돌을 굴려서 어렵지 않게 옮길 수 있었어. 톰은 내가 아는 어떤 소년들보다도 감독을 잘했지. 톰은 무슨 일이든 어떻게 해야 할지 잘 알고 있었거든.

우리가 파 놓은 구멍은 꽤 크긴 했지만 말이야, 숫돌을 들이기엔 좁았어. 하지만 짐 아저씨가 곡괭이를 집어 들고는 금세 구멍을 넓혀서 숫돌을 안으로 들였지. 톰은 숫돌 위에 문구를 못으로 스케치했고, 아저씨한테 그걸 파서 새기게 했어. 못을 끌로 삼고, 별채 쓰레기 더미에서 찾아낸 쇠 볼트를 망치로 삼게 해서, 촛불이 다 탈 때까지 아저씨한테 작업을 시켰지. 그런 다음, 아저씨더러 잠자리에 들 때 지푸라기 요 밑에다 숫돌을 감추고 그 위에서 잠을 자라고 했어. 아저씨가 쇠사슬을 다시 침대 다리에다 끼는 걸 도와준 뒤, 우리도 잠자리에 들 준비를 했지. 근데 그때 뭔가 생각이 났는지, 톰이 이렇게 묻는 거였어.

"짐 아저씨, 여기 거미는 없어요?"

"업써요, 도련님. 참말로 다행이죠, 톰 도련님."

"알겠어요. 그럼 몇 마리 잡아다 줄게요."

"아니, 그개 먼 말씀이래요, 도련님? 전 그런 거 필요 업써요. 딱 질색이구먼요. 그놈들이랑 인느니 차라리 방울뱀이랑 인는 개 낫조."

톰은 잠시 생각에 잠겼다가 말을 이었어.

"좋은 생각인데요. 전에도 그런 일이 있었을 거예요. 틀림없어요. 있을 법한 일이라고요. 그래요. 거참 진짜 좋은 생각인데요. 그나저나 아저씨는 그놈을 어디다 갖다 놓을 작정이에요?"

"가따노타니 멀요, 톰 도련님?"

"뭐긴요, 방울뱀이죠."

"새상애나, 그건 또 먼 말씀이래요, 톰 도련님! 만약 여기 방울뱀이 들어오기라도 할라치면요, 전 대가리로 쩌어기 저 통나무 담빼락을 뺑 들이받고 때려 뿌숴서라도 여기서 내뺄 꺼구먼요."

"짐 아저씨, 쫌만 지나면 그렇게 무섭지 않을 거예요. 아저씨가 길들일 수 있을 거라고요."

"길들인다구요?"

"그래요, 어렵지 않을 거예요. 동물들이란 친절하게 대해 주고 쓰다듬어 주기만 하면 좋아하기 마련이거든요. 자길 쓰다듬어 주는 사람한테 해코지하는 법은 없다고요. 어느 책에든 다 그렇게 쓰여 있다니까요. 한번 해 보세요. 그거면 충분해요. 딱 2~3일만 시험 삼아 해보시라고요. 쫌만 있음 아저씨가 방울뱀을 길들일 수 있을 거고, 뱀이 아저씨를 좋아하게 될 거예요. 그럼 뱀이 아저씨랑 잠시도 떨어지지 않으려 할 거고, 잠도 같이 자려고 할 걸요. 뱀을 아저씨 목에다 휘감거나, 뱀 대가릴 아저씨 입속에다 처넣을 수도 있을 거예요."

"재발, 톰 도련님, 그런 말씀 좀 그만 해요! 더는 못 참개꾸먼요. 머요? 재가 뱀 대가릴 재 입속애다 처넌는다구요? 것도 조아서요? 설령 뱀이란 놈이 암만 기달린다고 해도, 그럴 일은 업쓸 꺼구만요. 더군다나 뱀이랑 가치 자는 건 딱 질색이라구요."

"짐 아저씨, 그렇게 바보 같이 좀 굴지 마요. 죄수라면 뭐가 됐든 말 못하는 애완동물 하나쯤은 길러야 한다니깐요. 게다가 만약 여태 아무도 방울뱀을 애완동물로 길러 본 사람이 없다면, 그걸 맨 처음 길러 본 사람으로서 큰 명예를 얻을 거라고요. 그건 아저씨가 목숨을 구하려고 시도한 다른 어떤 방법들보다 더 명예로운 거예요."

"저기, 톰 도련님, 전 그딴 명애는 바라지도 안쿠먼요. 뱀헌태 재 턱쭈가리를 '칵'허고 물리고 나믄 명애구 나발이구가 먼 소용이 이따고 그러셔요? 시러요, 도련님. 그딴 짓은 절때루 안 헐 거구먼요."

"아이 씨, 시험 삼아 한번 길러 보는 것도 안 돼요? 전 그저 아저씨가 시도나 한번 해 보길 바랐을 뿐이에요. 잘 안 되면 그때 관둬도 되잖아요."

"시험 삼아 뱀을 길러 보다가 그놈헌테 물리기라도 허는 날앤 그냥 끝짱 나는 거잔아요. 톰 도련님, 전 지나친 일만 아니믄 그게 머든 기꺼이 댐벼 보는 성격이지만요, 도련님이랑 헉이 절더러 길들여 보라고 방울뱀을 여기다 대려온다믄, 전 진짜루 손 뗄 꺼구먼요."

"알겠어요, 그럼 관둬요. 아저씨가 그렇게 고집을 부리니 관두자고요. 대신 독이 없는 줄무늬뱀이나 몇 마리 잡아다 줄테니깐, 아저씨가 꼬리에다 단추를 달고 그놈들을 방울뱀이라고 치면 되잖아요. 그 정도는 할 수 있죠?"

"그 정돈 견딜 수 이꾸먼요, 톰 도련님. 허지만 저는 그딴 거 업씨도 진짜루 잘 해낼 수 이따니깐요. 말해짜나요. 솔직허니 말해서, 전 죄수가 된다는 개 이러캐 까다롭고 골 아픈 일인지 몰란내요."

"그렇죠. 일을 정식으로 하자면 늘 그런 거예요. 근데 여기 쥐들도 있나요?"

"아뇨, 도련님. 한 마리도 못 바써요."

"그럼 쥐도 몇 마리 갖다 줄게요."

"아이구야, 톰 도련님! 쥐는 딱 질색이구먼요. 빌어먹을 놈의 쥐새끼들. 잠 쫌 잘라구 하믄 바스락거림서 몸 위로 뛰댕기질 안나, 발을 깨물질 안나, 방해질을 헌다니까요. 쥐는 안 대요, 도련님. 꼭 길러야 한다믄 차라리 줄무니뱀을 가따 주새요. 쥐새끼 말구요. 쥐새끼 따윈 아무 쓸모 업꾸먼요."

"하지만 짐 아저씨, 쥐는 꼭 있어야 돼요. 다들 데리고 있거든요. 그니까 그 문제에 대해선 더이상 이러쿵저러쿵 하지 마세요. 쥐들을 안 데리고 있는 죄수는 없어요. 그런 사례는 없다고요. 죄수들은 쥐들을 훈련시키고, 쓰다듬어 주고, 재주 부리는 걸 가르치죠. 그럼 쥐들은 꼭 파리 떼처럼 사람한테 들러붙어요. 그러려면 아저씬 쥐들한테 음악을 들려 줘야 해요. 악기는 갖고 있나요?"

"가진 거라곤 딸랑 엉성한 빗이랑 종이 한 장이랑 하프 바깨는 업꾸먼요. 그치만 쥐새끼들이 하프 따위앤 전혀 관심 업쓸 거 가튼대요."

"아녜요. 관심 있을 거예요. 쥐들은 어떤 음악이든 상관 안 하거든요. 쥐들한테 하프 정도면 훌륭하죠. 짐승치고 음악 싫어하는 놈은 없다고요. 짐승들은 감옥에서 음악에 더 열중하죠. 특히 애달픈 음악이요. 하프에서 애달픈 음악 말곤 달리 나올 소리가 없잖아요. 쥐들은 늘 그런 소리에 마음을 빼앗기기 마련이죠. 쥐들은 아저씨한테 뭔 일이 있는지 보러 올 거라고요. 좋아요. 아저씨는 준비가 다 됐네요. 아저씨는 밤마다 잠들기 전에, 그리고 아침 일찍 침대 위에 걸터앉아서 하프를 연주하기만 하면 돼요. '마지막 고리가 끊어지고 말았네'를 연주하세요. 그 노래를 연주하면 다른 어떤 노래보다 더 빨리 쥐들을 모을 수 있다고요. 한 2분 정도만 연주해도, 쥐들이며, 뱀들이며, 거미들이 죄다 아저씨 걱정을 하며 우르르 모여들걸요. 그러고는 아저씨 주위에서 무리를 지어 멋진 시간을 보내겠죠."

"예, 그놈들이야 그러캐쪼, 톰 도련님. 허지만 저는 워떠캐 돼는 거죠? 당최 알 수가 업꾸먼요. 꼭 해야 된담 허개써요. 그놈의 짐승들을 즐겁개 해 주고 집구석애 성가신 일 안 생기는 개 조으니까요."

톰은 그 밖에 또 필요한 게 없을까, 하고 잠깐 궁리를 하더니 이내 입을 열었어.

"아차, 하나 까먹은 게 있다. 여기서 꽃을 기를 수 있을까요?"

"거야 잘 모르개찌만 기를 수 이찌 안을까요, 톰 도련님. 허지만 여긴 지독히 어두운 대다가, 전 꽂 가튼 건 전혀 필요업꾸먼요. 오히려 무지허개 성가시기만 헐 거 가튼대요."

"자, 어쨌든 한번 해 보자고요. 다른 죄수들도 그렇게 한 적이 있으니깐요."

"쩌어기 저 커다란 고양이 꼬리 비스무리하개 생긴 베르바스쿰이라믄 여기서도 자랄 수 이쓸 거 가꾸먼요, 톰 도련님. 허지만 성가시개 공들여 기른 수고의 반 푼어치 가치도 업쓸 거 가튼대요."

"그렇게 생각하면 안 돼요. 쪼그만 걸 하나 갖다 줄 테니깐, 저쪽 구석에다 심고 한번 길러 보세요. 그리고 그건 베르바스쿰이라고 부르면 안 되고, 피치올라라고 불러야 돼요. 그게 올바른 이름이걸랑요. 감옥에선 그렇게들 불러요. 그리고 아저씨가 흘린 눈물로 물을 줘야 해요."

"허지만 여기 샘물이 만은대요, 톰 도련님."

"샘물을 주면 안 돼요. 아저씨가 흘린 눈물로 물을 줘야 한다니깐요. 죄수들은 늘 그렇게 해 왔다고요."

"저기, 톰 도련님, 전 다른 사람이 베르바스쿰을 눈물로 키워 내는 동안 말이죠, 샘물로 두 배나 더 빨리 키워 낼 수 이따니깐요."

"그런 말이 아니라니깐요. 아저씨는 꼭 눈물로 키워 내야 한다고요."

"그럼 그 꽂츤 말라죽고 말 꺼구먼요, 톰 도련님. 금새 죽고 말

꺼라구요. 왜냐면 전 우는 일이 별로 업쓰니깐요.”

그 말에 톰은 당황한 듯 보였어. 하지만 곰곰이 생각해 보더니, 양파를 이용하면 짐 아저씨의 눈물을 쏙 뺄 수 있을 거라고 하더군. 톰은 아침에 껌둥이 오두막집으로 가서 아저씨의 커피 주전자 속에다 몰래 양파 하나를 넣어 두겠다고 약속했어. 그러자 아저씨는 그럴 거면 차라리 커피에 담배를 넣어주는 게 좋겠다며 불평하더군. 그리고 베르바스쿰도 키워야지, 쥐새끼들한테 하프도 연주해 줘야지, 뱀이며 거미들도 길들여야지, 손이 너무 많이 간다고 투덜댔어. 무엇보다 펜을 갈아 만들고, 글자를 새겨 넣고, 일기를 쓰는 일이 너무 귀찮은 일이라고 했지. 그 때문에 아저씨는 여태 해 온 어떤 일보다도 죄수가 되는 게 더 귀찮고 괴롭고 책임이 무거운 일이라고 하더군. 그러자 톰은 인내심이 바닥이 났는지 노발대발하며 아저씨를 몰아세웠어. 아저씨더러 이 세상 어떤 죄수도 가져 본 적 없는, 이름을 떨칠 끝내주는 기회가 얻어걸린 셈인데 감사할 줄도 모른다고, 모처럼의 기회를 헛되이 놓치려 하고 있다면서 말이야. 그러자 아저씨는 미안해하면서, 더는 불평하지 않겠다고 하더군. 톰이랑 나는 그제야 잠자리에 들었어.

39장

아침이 되자 우리는 마을로 가서 철사로 만든 쥐덫을 사 갖고 와서 지하실에 설치하고는, 쥐들이 가장 많이 드나드는 쥐구멍을 열어 놨어. 그러자 불과 한 시간 만에 제일로 기운이 팔팔한 쥐들이 열다섯 마리나 잡혔지. 우리는 그 쥐덫을 갖다가 샐리 아줌마 침대 밑에 안전하게 놔뒀어. 근데 우리가 거미를 잡으러 간 사이에, 꼬맹이 녀석인 토머스 프랭클린 벤저민 제퍼슨 알렉산더 펠프스가 침대 밑에서 그 쥐덫을 발견하고는, 쥐들이 튀어나오는지 본답시고 쥐덫 뚜껑을 열어 버렸지 뭐야. 그러자 쥐들이 뛰쳐나왔는데 말이야, 그때 마침 샐리 아줌마가 방으로 들어왔어. 우리가 돌아왔을 때, 아줌마는 침대 위에 서서 난리법석을 피우고 있었지. 쥐들은 아줌마한테 지루할 틈을 주지 않으려는 듯 온 힘을 다하고 있었어. 결국 우리는 아줌마한테 붙잡혀서 히코리 나무 회초리로 먼지 나게 맞았지. 오지랖 넓은 그 괘씸한 꼬맹이 녀석 때문에, 쥐새끼 열댓 마리를 다시 잡느라고 두 시간이나 걸렸어. 근데 그때 잡은 놈들은 먼저 잡았던 놈들만 못하더군. 처음에 잡았던 놈들이 진짜 튼실한 놈들이었거든. 여태 그런 놈들은 본 적이 없다니까.

우리는 거미들이며, 벌레들이며, 개구리들이며, 송충이들을 꽤 쓸 만한 놈들로 구했어. 말벌의 벌집도 하나 가져오고 싶었지만 말이야, 그러지 않기로 했지. 벌집 안에 말벌들이 있었거든. 하지만 우리는 곧바로 포기하지 않고, 할 수 있는 만큼 기다려 봤어. 벌들이 지쳐 나가떨어지거나, 우리가 지쳐 나가떨어지거나, 둘 중 하나라고 생각했기 때문이야. 하지만 결국 벌들이 이겼지. 목향을 따다가 벌에 쏘인 곳에 발랐더니 많이 낫기는 했지만, 여전히 편히 앉을 수는 없었어. 그런 다음, 우리는 뱀을 잡으러 가서 줄무늬뱀이랑 구렁이 스물네댓 마리를 잡아다가 자루에 넣어 갖고 와서는 우리 방에 뒀지. 그러고 나니 벌써 저녁 식사 시간이 됐더군. 하루 동안 해낸 작업치고는 아주 훌륭한 성과였지. 배가 고팠냐고? 천만에. 배가 고프진 않았어! 근데 돌아와 보니 그 망할 놈의 뱀들이 한 마리도 보이지 않는 거였어. 우리가 자루를 제대로 묶어 두지 않는 바람에, 뱀들이 틈을 비집고 빠져 나와 도망쳐 버린 거였지. 하지만 뱀들은 아직 집 안 어딘가에 있을 테니까, 그리 큰 문제가 되는 건 아니었어. 그중 몇 마리는 다시 잡을 수 있겠거니 생각했지. 아니나 다를까, 한동안 집 안에는 뱀들이 득시글득시글했어. 뱀들이 종종 서까래 같은 곳에 늘어져 있다가, 접시나 목 뒤 같이 특히 떨어지지 않았으면 하는 곳에 뚝뚝 떨어졌어. 그놈들은 참말로 잘 생긴 데다가 줄무늬까지 있었고, 백만 마리가 있어도 해 될 게 없었지만 말이야, 샐리 아줌마는 그딴 건 전혀 신경도 안 썼지. 아줌마는 뱀이라면 그 종류를 막론하고 싫어했어. 누가 뭐라 해도 뱀만큼은 견딜 수 없다는 거였어. 그래서 매번 뱀이 아줌마한테 떨어질 때마다, 아줌마는 뭔 일을 하고 있든지 간에 그 일을 때려치우고 밖으로 뛰쳐나갔지. 나는 아줌마 같은 사람은 처음 봤어. 아줌마는 여리고성[15]이라도 무너뜨릴 기세로 고래고래 소리를 질러 댔지. 그래서 아줌마한테 부젓가락으로 뱀 한 마리 좀 잡고 있어 달라고 부탁도 못 했어. 자다가 돌아누웠을 때 침대 속에서 뱀이라도 한 마리 발견하면, 아줌마는 기겁하며 침대 밖으로 뛰쳐나가서는 집에 불이라도 난 것처럼 야단법석을 떨며 울부짖는 거였어. 아줌마가 뱀 문제로 사일러스 아저씨를 너무나 들들 볶아 대는 바람에, 아저씨는 뱀만큼은 창조되지 말았어야 했다고 말할 정도였지. 일주일 동안 뱀들을 모조리 집 밖으로 내쫓은 뒤에도, 아줌마는 여전히 뱀에 대한 공포에서 벗어나지 못했어. 전혀 벗어나지 못했지. 아줌마가 앉아서 뭔가 생각에 잠겨 있을 때 깃털로 목덜미를 살짝 간질이기라도 할라치면, 기겁을 하면서 펄쩍 뛸 정도였으니까. 그 모습이 아주 신기하기도 했는데, 톰은 여자들은 원래 다 그렇다고 하더군.

뱀 한 마리가 샐리 아줌마 앞에 나타날 때마다, 우리는 아줌마한테 회초리로 얻어맞았어. 아줌마는 우리한테 다시 한번 뱀을 집안에 들이는 날엔, 지금 당한 회초리질과는 비교할 수 없는 가혹한 회초리질을 당하게 될 거라고 경고했지. 나는 회초리질 좀 당하는 거 따위는 신경 쓰지 않았어. 그런 건 아무것도 아니었지. 내가 염려했던 건 수고스럽게도 또다시 많은 뱀들을 잡아와야 한다는 거였어. 하지만 우린 결국 뱀들뿐만 아니라 그 밖에 다른 것들까지 모조

15 성경에 나오는 성(城) 이름으로, 나팔과 함성 소리에 무너졌다.

리 다시 잡아왔지. 그놈들이 음악 소리를 듣고 무리 지어 짐 아저씨 쪽으로 꾸물꾸물 기어갈 때, 짐 아저씨의 오두막집만큼 활기 넘치는 곳은 찾기 힘들 정도였어. 아저씨는 거미를 싫어했는데, 거미도 아저씨를 싫어했는지 숨어 있다가 갑자기 나타나서는 아저씨를 격하게 놀라게 해 줬지. 아저씨는 쥐새끼들이랑 뱀들이 기어 다니는 데다 숫돌까지 들어차서 잠 잘 공간도 없다고 하더군. 설령 잠 잘 공간이 있다고 해도, 그놈들이 늘 너무나 활발해서 당최 잠을 잘 수가 없다는 거였지. 아저씨 말로는, 그놈들은 결코 한꺼번에 잠이 드는 법이 없고 번갈아가며 잠이 들기 때문에, 뱀들이 잠들었을 때는 쥐들이 돌아다니고, 쥐들이 잠들었을 때는 뱀들이 망을 보러 나온대. 또 늘 한 무리는 짐 아저씨 침대 밑을 돌아다녔고, 다른 무리는 천장에서 곡예를 하며 아저씨의 잠을 방해했다는 거야. 그래서 아저씨가 일어나 잠을 잘 만한 다른 장소를 물색하면, 마치 기다렸다는 듯이 거미들이 아저씨를 따라와 덤벼들었다는군. 아저씨는 탈옥하게 되면 월급을 준다고 해도 절대 죄수는 되지 않겠다고 했지.

그러는 동안 3주일이 지날 무렵, 모든 준비가 제법 모양새를 갖추게 됐어. 셔츠는 일찍이 파이 속에 숨겨서 들여보냈지. 그리고 짐 아저씨는 쥐한테 물릴 때마다 벌떡 일어나서는, 상처에서 흐르는 피가 마르기 전에 그걸로 일기를 조금씩 써 내려갔어. 펜도 완성돼서, 그걸로 이런저런 문구를 숫돌 위에다 새겼지. 침대 다리는 톱으로 두 동강 냈고, 떨어진 톱밥은 우리가 먹어 치웠지. 그 때문에 어마무시한 복통으로 고생했어. 이러다 죽는 게 아닌가 싶을 정도였는데, 다행히 죽지는 않았지. 세상에 그렇게 소화가 안 되는 톱밥은 처음이었는데, 톰도 그렇다고 했어. 하지만 어쨌든 우린 드디어 모든 준비를 끝마쳤지. 모두 녹초가 되고 말았는데, 특히 짐 아저씨는 완전 기진맥진 상태였어. 사일러스 아저씨는 뉴올리언스 남쪽에 있는 농장으로 두어 번 편지를 써서 도망친 껌둥이를 와서 데려가라고 했지만, 그런 농장이 있을 리 없기에 아무런 답장도 받지 못했지. 그러자 사일러스 아저씨는 세인트루이스와 뉴올리언스 신문에다 짐 아저씨에 대한 공고문을 내겠다고 했어. 사일러스 아저씨 입에서 세인트루이스라는 말이 나왔을 때, 나는 등골이 오싹했지. 더는 꾸물거리고 있을 시간이 없다는 생각이 들었어. 그러자 톰은 이제 익명의 편지를 쓸 때가 됐다고 하더군.

"그게 뭔데?" 내가 물었어.

"뭔 일이 벌어질 거라고 사람들한테 알리는 일종의 경고장이야. 그 방법은 그때그때 다르지만 말이야, 염탐을 해서 성주한테 보고할 사람은 늘 있기 마련이야. 루이 16세가 튈르리 궁전에서 탈출할 때는 하녀가 그 역할을 했지. 그건 아주 좋은 방법인데 말이야, 익명의 편지도 좋은 방법이야. 그러니 우린 두 가질 다 해보자고. 그리구 죄수의 엄마가 아들이랑 옷을 바꿔 입고 감옥에 남으면, 아들은 엄마 옷을 입고 탈옥을 하는 것도 흔히들 하는 방법이지. 우리 이 방법도 써 보자."

"근데 말이야, 톰, 뭔 일이 벌어질 거라고 왜 경고를 해야 하지? 그 사람들 스스로 알아내라고 하면 되잖아. 그건 그 사람들이 알아서 할 문제 아냐?"

"그야 그렇지. 나도 알아. 하지만 그 사람들을 믿고 가만있음 안 돼. 어차피 그 사람들은 처음부터 그런 식이었잖아. 할 일을 우리한테 모조리 맡겨 두는 거 말야. 그 사람들은 우리를 너무 잘 믿는 경향이 있는 데다가 얼간이들이라서 아무것도 눈치 못 챌걸. 그러니까 우리가 일러주지 않으면 아무도 우리 일을 방해하지 않을 거란 말이지. 그렇게 되면 결국 우리가 애써 힘들게 준비한 이 탈옥 작전이 그만 완전 싱겁게 끝나고 말 거야. 죽도 밥도 아닌 게 되고 말 거라고."

"저기, 난 말이지, 톰, 차라리 그렇게 되면 좋겠어."

"뭐라고?" 톰이 넌더리가 난다는 듯한 표정으로 말했어. 그래서 난 얼른 이렇게 덧붙였지.

"불평을 하려던 건 아냐. 뭐든 너한테 맞는 방법이라면 나한테도 맞으니까. 그나저나 하녀 역할은 어떻게 할 건데?"

"그건 니가 하면 되지. 니가 한밤중에 몰래 숨어 들어가서 그 혼혈 여자애 옷을 슬쩍해 오는 거야."

"뭐라고, 톰? 그럼 내일 아침에 한바탕 난리가 날 텐데. 보나마나 그 여자앤 옷이라곤 그거 한 벌 밖에 없을 테니까 말이야."

"나도 알아. 하지만 15분이면 충분하다구. 넌 익명의 편질 가지고 가서 현관 문 밑에다 밀어넣고 오기만 하면 돼."

"좋아, 그럼 내가 할게. 하지만 나는 내 옷을 입고도 손쉽게 해낼 수 있다구."

"그럼 넌 하녀처럼 보이진 않을 거야, 안 그래?"

"그러겠지. 하지만 내가 어떻게 보일지 지켜보고 앉았을 사람은 한 명도 없을걸."

"그런 것 따윈 상관없어. 우리가 할 일이라곤 그저 우리 의무를 다하는 것뿐이니까. 남들이 보든 말든 신경 안 쓰고 말이야. 너한텐 아직도 원칙이라는 게 없어?"

"알았어. 더는 토 달지 않을게. 내가 하녀 역할을 하지 뭐. 근데 짐 아저씨의 엄마 역할은 누가 하지?"

"내가 할 거야. 샐리 이모 까운을 슬쩍해서 말이야."

"그럼 아저씨가 나랑 탈출할 때 넌 오두막집 안에 남아 있어야 하는데?"

"꼭 그래야 하는 건 아냐. 난 짐 아저씨 옷에다 짚을 잔뜩 틀어넣어서, 마치 짐 아저씨 엄마처럼 보이게 침대 위에다 눕혀 놓을 거야. 아저씨한테는 내가 입고 있는 샐리 이모의 까운을 입힐 거고 말이야. 그리구 우리 모두 함께 '도피'하는 거지. 지체 높은 죄수가 탈출할 땐 '도피'라고 부르는 거야. 예를 들어, 왕이 탈출을 할 땐 늘 그렇게 부르곤 하지. 왕의 아들일 경우도 마찬가지고 말이야. 그 아들이 적자든 서자든 상관없어."

그러고 나서 톰은 익명의 편지를 썼고, 난 톰이 시킨 대로 그날 밤 혼혈 여자애의 프록코트를 훔쳐 입고 그 편지를 갖고 가서 현관 문 밑에다 밀어넣었어. 편지에는 이렇게 쓰여 있었지.

> 조심하세요. 곧 소동이 일어날 겁니다. 엄중한 경계 태세를 계속 유지하세요.
>
> 익명의 친구가

다음날 밤, 우리는 톰이 피로 그린 그림을 현관문에다 붙였는데, 그 그림은 보통 해적선 깃발에서 볼 수 있는 해골 그림이었어. 그리고 그다음날 밤에는 관이 그려진 그림을 뒷문에다 붙였지. 난 그렇게 겁을 집어먹은 가족은 본 적이 없었어. 집 안 침대 밑이며, 구석구석 모든 물건들 뒤에 숨어 흐느적거리면서 식구들을 기다리는 유령들이 온통 우글거리고 있다 해도, 그보다 더 겁을 집어먹진 않았을 거야. 샐리 아줌마는 문이 "꽝"하고 닫히는 소리가 나거나 뭐가 떨어지는 소리만 나도 펄쩍 뛰어오르면서, "아이고야!"하고 소리를 질러댔지. 아줌마가 무심코 있을 때 누군가 툭 건드리기만 해도 마찬가지였어. 아줌마는 늘 자기 뒤에 뭔가 있는 것만 같은 기분이 드는지, 어느 쪽을 향해도 마음이 놓이지 않는 모양이었지. 그래서 아줌마는 매번 "으악!"하고 소리를 지르며 갑자기 뒤를 홱 돌아봤고, 또다시 뒤를 채 돌아보기도 전에 "으악!"하고 소리를 질러 댔어. 아줌마는 무서워서 잠자리에 들지도 못했고, 그렇다고 깨어 있지도 못했지. 그걸 본 톰은 일이 참 잘 돼 간다, 일이 이렇게 만족스럽게 진행된 적은 없었다고 말하더군. 그게 일이 잘 되고 있는 증거라나.

톰은 이제 큰일에 착수해 보자고 했어. 우린 다음날 아침 동이 틀 무렵 또 다른 편지를 쓴 뒤, 그 편지를 어떻게 처리하면 좋을지 고민했지. 왜냐면 저녁 식사 시간에 집안 식구들이 밤새도록 양쪽 문에 껌둥이를 보초 세워 놓자고 하는 걸 들었기 때문이야. 톰은 상황을 염탐하려고 피뢰침을 타고 내려갔어. 마침 뒷문에서 보초를 서던 껌둥이가 잠에 빠져 있어서, 톰은 그놈 목덜미에다 편질 꽂아 놓고 돌아왔지. 편지 내용은 이랬어.

> 나를 배신하지 마세요. 나는 당신의 친구가 되고픈 사람입니다. 인디언 구역에서 건너 온 극악무도한 패거리가 오늘 밤 당신의 도망 노예를 훔쳐내려 하고 있어요. 그들은 당신에게 겁을 줘서 집 안에 있게 한 다음, 아무런 방해 없이 그 껌둥이를 훔쳐내려 할 거예요. 나도 그

패거리의 일원입니다. 하지만 신앙을 가진 뒤, 이제 그 패거리를 떠나 다시 정직한 삶을 살아가려 합니다. 그래서 이 끔찍한 계획을 폭로하는 거예요. 그들은 정확히 자정이 되었을 때 울타리를 따라 북쪽으로 침입해서, 복제한 열쇠로 껌둥이 오두막집 문을 따고 들어가 그를 훔쳐낼 겁니다. 나는 좀 떨어진 곳에 서서 위험한 기미가 보이면 양철 호각을 불기로 되어 있는데, 호각을 불지 않을 거예요. 대신 그들이 들어가기를 기다렸다가 "메~"하고 양 울음소리를 낼게요. 그럼 그들이 그 껌둥이의 쇠사슬을 푸는 동안, 당신은 몰래 오두막집에 침입해서 그들을 안에 가둔 채 마음껏 죽여도 됩니다. 내가 시키는 것 외엔 절대 아무것도 하지 마세요. 그렇지 않으면 그들이 뭔가 수상하다 생각하고 소동을 일으킬 겁니다. 나는 내가 옳은 일을 하고 있다는 것을 알고 싶을 뿐, 어떤 보상도 바라지 않습니다.

익명의 친구가

40장

우린 아주 기분이 좋아서, 아침 식사를 마친 뒤 점심 도시락을 싸 들고는 카누를 타고 강으로 나가서 낚시질을 즐겼어. 그러고 나서 뗏목을 살펴보러 갔는데 아무 문제도 없더군. 저녁 식사를 하러 늦은 시간에 집으로 돌아왔는데, 집안 식구들이 똑바로 서 있는지 거꾸로 서 있는지조차 분간할 수 없을 정도로 안절부절못하고 있었어. 저녁 식사를 마치자마자 식구들은 우릴 침실로 몰아넣고는, 뭔 일이 있었는지 말하려 하지 않았지. 새로운 편지에 대해선 입도 뻥긋하지 않더군. 하지만 우린 새로운 편지에 대해 그 누구보다도 잘 알고 있었기에, 굳이 들을 필요가 없었지. 우린 계단을 반쯤 올라가다가 아줌마가 돌아서는 걸 확인하자마자 슬며시 지하실 찬장으로 갔어. 그리고 근사한 점심 도시락을 싸서 방에 갖다 놓고는 잠자리에 들었지. 열한 시 반쯤 일어난 톰은 훔쳐다 놓은 샐리 아줌마의 옷을 챙겨 입고는 점심 도시락을 들고 나가려다 말고 물었지.

"버터는 어따 뒀어?"

"옥수수빵 조각 위에다 큰 덩어릴 얹어 놨는데." 내가 대답했어.

"그럼 넌 얹어 놓은 채 그대로 두고 왔나 보구나. 여긴 없는데?"

"버터 없어도 문제없잖아." 내가 말했어.

"있어서 나쁠 것도 없지." 톰이 말했어. "지하실로 내려가서 버터 좀 갖다 줘. 그리고 곧장 피뢰침을 타고 내려와. 난 가서 짐 아저씨 옷에다 짚을 틀어넣어 아저씨 엄마로 변장시켜 놓을 거야. 그리고 네가 오자마자 '메~'하고 양 울음소리를 내고는 냅다 튈 수 있도록 준비를 해 둘 거라고."

톰은 밖으로 나갔고, 난 지하실로 내려갔어. 사람 주먹만 한 크기의 버터 덩어리가 내가 놔둔 자리에 그대로 있더군. 그래서 버터가 얹혀 있는 옥수수빵 조각을 집어 들고는 촛불을 불어 끈 다음 가만가만 발소리를 죽여 가며 계단을 오르기 시작했어. 일층까지는 무사히 올라왔는데 말이야, 그때 촛불을 든 샐리 아줌마가 이쪽으로 오고 있지 뭐야. 나는 버터가 얹혀 있는 옥수수빵 조각을 얼른 모자 속에다 쑤셔 넣고는, 모자를 머리 위에 뒤집어썼지. 아줌마가 날 발견하고는 말을 건넸어.

"너 지하실에 다녀왔니?"

"예, 아줌마."

"거기서 뭐 했니?"

"아무것도 안 했는데요."

"아무것도 안 했다고?"

"아무것도 안 했다니까요."

"그럼 이 밤중에 대체 뭐에 홀려서 거기까지 내려갔다 왔을

까나?"

"몰라요, 아줌마."

"모른다고? 그런 식으로 대답하면 못쓴다, 톰. 아래서 뭔 짓을 하고 왔는지 얼른 대답 안 해?"

"진짜 아무것도 안 했다니깐요, 샐리 이모. 뭔가를 했다면 당연히 말씀드리죠."

나는 그만 날 보내 주겠거니 생각했어. 보통은 늘 그랬거든. 하지만 이상한 일이 넘 많이 일어나서 그런지, 아줌마는 아무리 사소한 일이라도 뭔가 확실치 않다 싶으면 아주 불안한 모양이었어. 아줌마는 단호하게 말했지.

"거실로 들어가서 내가 돌아올 때까지 꼼짝 말고 있거라. 넌 너와는 아무 관련도 없는 일에 연루가 된 거 같구나. 그게 뭔지 알아낼 때까지 널 가만 내버려 두지 않을 거야."

아줌마는 어디론가 가 버렸고, 나는 문을 열고 거실로 들어갔어. 근데 말이야, 맙소사, 거기 웬 사람들이 그리도 많던지! 농부가 열다섯 명이나 있었는데, 저마다 총을 들고 있었어. 나는 덜컥 겁이 나서 슬그머니 의자로 다가가서 걸터앉았지. 농부들은 여기저기 모여서 몇몇은 낮은 목소리로 얘기를 나누고 있었는데, 대체로 모두 초조하고 불안해 보였지만 안 그런 척하려고 몹시 애를 쓰고 있었어. 난 다 알 수 있었지. 왜냐면 그들은 자꾸만 모자를 썼다 벗었다 하면서, 머리를 긁적거리기도 하고, 자리를 고쳐 앉기도 하고, 단추를 만지작거리기도 했기 때문이야. 나도 마음이 영 불편했지만, 그래도 모자를 안 벗고 줄곧 쓰고 있었어.

나는 샐리 아줌마가 어서 돌아와 차라리 나랑 끝장을 보고,

원한다면 나를 흠씬 두들겨 패 주길 바랐어. 그리고 아줌마가 나를 놔주면 얼른 톰한테 달려가서 우리가 일을 넘 크게 벌였다, 천둥소리처럼 웅웅거리는 말벌 벌집 속으로 제 발로 들어간 꼴이다, 라고 말하고 싶었지. 이것저것 생각할 거 없이 당장에 이런 장난질을 관두고, 그 거친 무리가 참다못해 우리한테 달려들기 전에 짐 아저씨를 데리고 급히 떠나고 싶은 마음뿐이었어.

마침내 샐리 아줌마가 돌아와서 나한테 이런저런 질문들을 해 댔는데, 나는 똑바로 서 있는지 거꾸로 서 있는지조차 분간할 수 없을 정도로 안절부절못해서 곧장 대답을 할 수 없었어. 왜냐면 모여 있는 사람들이 더욱 초조한 모습을 보이면서, 몇몇은 자정까지 몇 분 안 남았으니 지금 당장 가서 매복했다가 악당들을 해치우자고 떠들어 댔고, 또 다른 몇몇은 그 사람들을 말리면서 '메~'하는 양 울음소리가 들릴 때까지 기다려 보자고 떠들어 댔기 때문이야. 그 와중에 샐리 아줌마는 나한테 집요하게 계속 질문을 해 대며 쪼아 대는 바람에, 나는 겁이 나서 온몸을 부들부들 떨며 그 자리에 풀썩 주저앉을 지경이었지. 거실 안은 갈수록 열기가 더해지면서, 모자 속 버터가 녹아내려 내 목과 귀 뒤쪽으로 줄줄 흘러내리기 시작했어. 그들 중 한 사람이 "내가 지금 당장 오두막집으로 쳐들어가서 그놈들이 오면 붙잡아 버릴 거야."라고 소리쳤을 때, 나는 그만 놀라 나자빠질 뻔했지. 그때 녹아내린 버터 한 줄기가 내 이마를 타고 천천히 흘러내렸는데, 그걸 본 샐리 아줌마는 얼굴빛이 백지장처럼 새하얗게 질린 채로 이렇게 말했어.

"맙소사, 대체 저 애한테 뭔 일이 생긴 거야? 뇌척수염에 걸린 게 틀림없어. 뇌가 밖으로 줄줄 새어 나오고 있잖아!"

그러자 모두 뭔 일인가 싶어 달려왔고, 샐리 아줌마는 내 모자를 홱하고 낚아채 벗겼어. 거기서 빵이랑 남은 버터가 나오자, 그걸 본 아줌마는 날 꽉 붙들어 끌어안고 말했지.

"아, 너 땜에 내가 얼마나 놀랐는지 아니? 그래도 나쁜 일이 아니라서 천만다행이구나. 운이 나쁠 땐 말이다, 내렸다 하면 소나기여서, 네 머리에서 뭔가 흘러나오는 걸 봤을 때 나는 널 잃는 줄 알았구나. 색깔이랑 모양을 보고 영락없이 너의 뇌라고 생각했거든. 얘야, 버터를 가지러 거기 내려갔다고 진즉에 솔직히 털어놓지 그랬니. 나는 그딴 건 신경 안 썼을 텐데 말이야. 자, 이제 얼른 가서 자렴. 아침이 될 때까진 절대 나와서 돌아다니지 말고!"

나는 단숨에 이층으로 올라갔다가, 곧바로 피뢰침을 타고 다시 아래로 내려와서는, 별채를 향해 어둠을 뚫고 쏜살같이 내달렸어. 너무 걱정된 나머지 입이 떨어지지 않아 말을 할 수 없을 정도였지만, 최대한 빠르게 톰한테 말했어. 우린 빨리 이곳을 떠야 한다, 꾸물댈 시간이 일 분도 없다, 저기 저 집 거실에 총을 든 사람들이 온통 득시글거리고 있다고 말했지.

그 말에 톰은 눈을 번뜩이며 말했어.

"아, 그래? 거 멋지지 않아? 이봐, 헉, 다시 해 보면 이번엔 분명 200명쯤 불러모을 수 있을 거 같은데! 우리가 일정을 좀 미룰 수만 있다면 말이야……."

"서둘러! 서둘러야 해!" 내가 말했어. "짐 아저씬 어딨어?"

"바로 근처에 있어. 엎어지면 코 닿는 곳에 말이지. 이미 옷도 다 입었고, 준비 완료야. 자, 이제 몰래 빠져나가서 양 울음소리를 내자고."

근데 그때 몇 사람이 문 쪽으로 다가오는 발소리가 들리더니, 이윽고 자물쇠 만지작거리는 소리가 들렸어. 그중 한 사람이 이렇게 말하더군.

"거봐, 내가 너무 일찍 왔다고 했잖아. 그놈들은 아직 안 온 모양이야. 문이 잠겨 있잖아. 자, 자네들 중 몇 명이 안으로 들어가서 매복하고 있다가 놈들이 오면 다 죽여 버리라고. 나머지는 주변에 흩어져 있다가 놈들이 오는 걸 지켜보잔 말이야."

사람들이 안으로 들어왔어. 하지만 어두워서 우릴 보진 못했지. 우린 서둘러 침대 밑으로 기어들어 가다가 하마터면 그 사람들한테 밟힐 뻔했어. 어찌어찌 무사히 침대 밑으로 기어들어 가서는, 톰의 지시에 따라 짐 아저씨, 나, 톰 순서로 구멍을 통해 재빨리 밖으로 빠져나왔지. 그러고는 별채에서 벽에 바짝 붙어 그들의 발소리를 엿들었어. 우린 문 쪽으로 기어갔는데, 거기서 톰은 우리한테 멈추라는 신호를 보내고 벽에 나 있는 틈에다 눈을 갖다 대고는 동정을 살폈지만 어두워서 아무것도 볼 수 없었지. 톰은 발소리가 멀어질 때까지 자기가 듣고 있다가 팔꿈치로 쿡 찌를 테니, 그럼 먼저 짐 아저씨가 빠져나가고 자기는 맨 마지막에 빠져나갈 거라고 속삭였어. 톰은 틈에다 귀를 갖다 대고 열심히 귀를 기울이고 또 기울였지만, 발소리가 끊이지 않는 듯했지. 마침내 톰이 팔꿈치로 쿡 찌르며 신호를 보내자, 우린 살금살금 밖으로 빠져나와 인디언 대열로 모여서 몸을 웅크린 채 숨소리 하나 내지 않고 울타리를 향해 걸어갔어. 무사히 울타리에 이르러서 아저씨랑 나는 울타리를 잘 넘었는데 말이야, 톰이 울타리를 넘을 때 그만 바짓가랑이가 울타리 맨 윗단 나뭇조각에 걸리고 말았지. 그때 톰은 누군가 다가오는 발소리를 들었기에 바지를 억지로 잡아 뺄 수밖에 없었고, 그 바람에 나뭇조각이 "딱"하고 부러지는 소리가 나고 말았어. 톰은 우릴 향해 내달렸고, 누군가가 소리쳤지.

"거기 누구야? 대답해! 안 그럼 쏜다!"

우린 대답하지 않고 냅다 뛰었어. 그러자 그들은 거세게 우릴 뒤쫓아 왔지. "탕, 탕, 탕"하는 총소리와 함께 총알이 우리 옆을 쌩하고 지나쳐 갔지. 그들이 외치는 소리가 들려 왔어.

"놈들이 여깄다! 강 쪽으로 갔어. 자, 얼른 쫓아가자고! 개들을 풀어!"

그들은 전속력으로 우릴 쫓아왔어. 그들은 장화를 신고 고함을 치며 쫓아왔기에, 우린 그들의 소릴 들을 수 있었지. 반면 우리는 장화도 안 신고 고함도 안 쳤어. 방앗간으로 가는 길에 접어들었을 때 그들이 우리 뒤를 바짝 따라붙자, 우린 재빨리 숲으로 몸을 피했지. 그들이 우리를 지나쳐 가자, 오히려 우리가 그들 뒤를 따라갔어. 그나저나 보통은 개들을 모두 가둬 놓고 키우는 통에, 도둑들이 개들한테 겁먹고 도망가는 경우가 없었지. 근데 그땐 누군가 개들을 풀어놨는지 개들이 사납게 왈왈 짖어 대며 쫓아왔는데 말이야, 소리만 들어서는 한 백만 마리쯤 되는 거 같았어. 하지만 다행히도 그 개들은 펠프스 씨네 개들이었기에, 개들이 가까이 올 때까지 우린 그 자리에 가만히 서서 기다렸지. 개들은 다가와서 우릴 보고 낯선 사람이 아니란 걸 알게 되자, 별 반응 없이 우리한테 그저 꼬리를 치며 인사를 할 뿐이었어. 그러더니 곧장 고함소리가 나는 곳을 향해 뛰어가더군. 우리도 그 뒤를 쫓아 쏜살같이 내달리기 시작했어. 방앗간 근처에 이르렀을 무렵, 숲으로 방향을 틀어서 숲을 헤치고 카누가 묶여 있는 곳으로 향했지. 카누에 뛰어올라 강 한복판을 향해 죽어라 노를 저었어. 어쩔 수 없이 나는 소리 말고는 일체 소리도 내지 않았지. 우린 한결 편안해진 마음으로 기분 좋게 노를 저어서, 뗏목을 숨겨 놓은 섬을 향해 나아갔어. 강둑 여기저기서 사람들이 고함치는 소리며, 개들이 짖어 대는 소리가 들려왔지. 우리가 그로부터 멀어져 갈수록, 그 소리는 점점 희미해져 가다가 이내 사그라들었어. 드디어 뗏목으로 갈아탔을 때 내가 말했지.

"짐 아저씨, 아저씬 또다시 자유의 몸이 됐네요. 이제 다신 평생 노예가 될 일은 없을 거예요."

"진짜루 멋지개 해내꾸먼, 헉. 개획도 대단해꼬, 실행도 대단해써. 이보다 더 복잡허고 근사허개 개획을 짤 수 인는 사람은 업쓸꺼여."

우린 더할 나위 없이 기뻤어. 우리 중 제일 기뻐했던 건 톰인데, 왜냐면 장딴지에 총을 한 방 맞았기 때문이라는 거였어.

짐 아저씨랑 나는 그 얘길 듣고, 좋아서 야단법석 떨던 걸 관뒀어. 상처에서는 피가 나고 있었는데 꽤 심각해 보였지. 그래서 우린 톰을 인디언 천막에다 눕히고는, 상처에 붕대를 감으려고 공작의 셔츠를 가져와서 찢었어. 하지만 톰은 이렇게 말했지.

"그 옷 쪼가릴 이리 줘. 내가 혼자 할 수 있어. 여기서 멈추지 마. 우물쭈물하면 안 돼. '도피'는 아주 굉장하고 근사했잖아. 제군들, 어서 뗏목을 띄워 노를 저으라고! 제군들, 우린 정말 품격 있게 일을 해냈잖아! 진짜야. 루이 16세의 '도피'를 우리가 맡았더라면 얼마나 좋았을까. 그랬다면 그의 전기에 "성 루이의 후예여, 천국으로 올라가시오!"[16]라는 문구는 안 쓰였을 테지. 그렇고 말고. 우린 그를 국경 밖으로 피신시켰을 거라고. 틀림없이 그렇게 했을 거야. 그것도 무리 없이 아주 매끄럽게 일을 처리했을 거라고. 제군들, 노를 저어. 어서 노를 저으라고!"

짐 아저씨랑 나는 그 상황에 대해 서로 상의도 하고 궁리도 해 봤지. 잠깐 궁리를 한 끝에, 내가 입을 열었어.

"짐 아저씨, 아저씨 의견을 말해 보세요."

그러자 짐 아저씨가 대답했어.

"자아, 흠…… 내가 보기앤 말여, 헉, 만약 톰이 자유의 몸이 돼고, 우리 중 한 사람이 총애 맞아따 치자, 이 말여. 그럼 톰이 '그냥 가자. 나부터 쫌 살자구. 쩌어 놈 살릴 의사 따윈 신경 쓰지 말자.' 고 해쓸까? 톰 소여 도련님이 그런 사람이냐구? 과연 그러캐 말해쓸까? 그럴 리 업찌! 자아, 그럼 나, 짐은 그러캐 말헐까? 아녀. 난 의사를 부르지 안코는 이 자리서 한 발짝도 안 움직일 꺼구먼. 40년이 걸린다구 해도 말여."

난 짐 아저씨의 마음이 하얗다는 걸 알고 있었어. 그래서 아저씨가 그렇게 말하리라는 것도 알고 있었지. 의견이 정리됐기에, 나는 의사를 부르러 다녀오겠다고 톰한테 말했어. 톰이 길길이 날뛰며 반대했지만 말이야, 짐 아저씨랑 나는 조금도 물러서지 않았지. 톰은 끝내 인디언 천막에서 기어나와 자기 손으로 뗏목을 띄울 거라고 고집을 부렸어. 하지만 우린 톰을 가만 내버려두지 않았지. 그러자 톰이 우리한테 버럭 화를 냈지만, 아무 소용도 없었어.

16 프랑스 혁명 당시 루이 16세가 처형당할 때, 곁에 있던 성직자가 그에게 마지막으로 한 말이다.

내가 카누를 준비하는 모습을 보더니 결국 톰은 이렇게 말하더군.

"좋아. 니가 진짜 꼭 가겠다면 말이야, 마을에 도착해서 어떻게 해야 하는지 말해 줄게. 의사를 찾아가서 문을 닫고 빠른 속도로 의사 눈을 가리개로 단단히 묶으란 말이야. 그러고는 그 의사한테서 무덤까지 비밀을 가져가겠다는 맹세를 받아야 해. 의사 손에다 금화가 잔뜩 든 돈주머니를 쥐어 주고 뒷골목 구석구석을 데리고 다니다가, 어둑어둑해졌을 때 카누에다 태워서 이리로 데려오는 거지. 섬들 사이를 뻥뻥 돌고 돌아서 데려와. 몸을 뒤져서 분필은 꼭 빼앗도록 해. 그리고 의사를 마을로 돌려보낼 때까지 분필을 돌려주지 마. 안 그럼 의사가 이 뗏목에 분필로 표시를 해 놓고선 다시 찾아올 거라고. 보통 그렇게들 하거든."

난 그렇게 하겠다고 말하고는 그곳을 떠났어. 그리고 짐 아저씬 의사가 오는 게 보이면 숲속에 숨었다가, 의사가 떠날 때까지 모습을 드러내지 않기로 했지.

41장

의사는 나이 지긋한 할아버지였는데, 아주 마음씨 좋고 친절해 보였어. 나는 의사를 깨워서 이렇게 얘기를 늘어놨지. 어제 오후에 동생이랑 사냥을 하러 스페인 섬으로 건너가 거기서 발견한 뗏목 위에서 야영을 했는데, 한밤중에 동생이 꿈을 꾸면서 그만 자기 총을 발로 걷어차는 바람에 총이 발사돼 동생 다리에 총알이 박혔다고 말이야. 그러니 선생님이 섬으로 좀 와서 동생을 치료해 달라, 그리고 이 일에 대해서는 묻지도 따지지도 말고 꼭 비밀로 해 달라고 부탁했어. 왜냐면 우린 오늘 저녁에 집으로 돌아가서 집안 식구들을 깜짝 놀라게 해 줄 계획이기 때문이라고 설명했지.

"집안 식구들이라니 누굴 말하는 게냐?" 의사가 물었어.

"저 아래 펠프스네요."

"아, 그렇구나." 의사가 잠깐 뜸을 들이더니 물었어. "근데 동생이 어쩌다가 총알에 맞았다고?"

"꿈을 꾸다가요. 꿈꾸다가 총에 맞았어요."

"거참 특이한 꿈도 다 있구나." 의사가 말했어.

의사는 랜턴에 불을 켜고는 안장주머니를 챙겨서 출발했어. 하지만 내 카누를 보고는 별로 마음에 들어 하지 않았지. 혼자 타기엔 충분히 크지만, 둘이 타기엔 안전해 뵈지 않는다는 거였어. 그래서 내가 이렇게 말했지.

"아, 염려 마세요, 선생님. 우리 셋이서도 거뜬히 탔던 배거든요."

"우리 셋이라니 누구 말이냐?"

"아, 저랑 시드랑 그리고…… 그리고…… 그리고 총이요. 이렇게 셋 말이에요."

"아, 그렇구나." 의사가 말했어.

의사는 뱃전에 발을 걸치고는 카누를 흔들어 보더니만, 고개를 가로저으면서 좀 더 큰 배를 찾아보는 게 좋겠다고 하더군. 하지만 나머지 배들이 다 쇠사슬에 묶여 자물쇠가 채워져 있었기에, 의사는 결국 내 카누에 올라탔어. 그러고는 나더러 자기가 돌아올 때까지 기다리든지, 주변에서 사냥이나 좀 하고 있든지, 혹시 원한다면 집에 가서 집안 식구들 놀라게 해 줄 준비나 하라고 하더군. 난 그러고 싶지 않다고 했어. 그러고는 의사한테 뗏목이 있는 장소를 알려 주자, 그는 곧 출발했지.

이내 머릿속에 어떤 생각이 떠올라, 나는 혼잣말로 중얼거렸어. 속담에서 말하듯, 만약 양이 꼬랑지를 세 번 흔드는 동안에 선생님이 톰의 다리를 치료하지 못하면 어떡하지? 치료하는 데 사나흘이나 걸리면 어떡하냐고? 그럼 우린 어떡해야 하지? 의사한테 비밀이 뽀록날 때까지 여기 죽치고 앉아서 손가락만 빨고 있어야 하나?

그건 안 될 말이지. 이렇게 하면 어떨까. 의사가 돌아오길 기다렸다가 만약 그 양반이 다시 가서 좀 더 치료를 해야 한다고 하면, 나도 헤엄을 쳐서라도 뗏목 있는 곳까지 가는 거지. 그리고 의사를 밧줄로 묶고는 노를 저어 강을 따라 내려가는 거야. 톰의 치료가 끝나면, 그때 의사한테 치료비를 주거나 우리가 가진 걸 다 주는 거지. 그 다음에 강가에 내려놓는 거야.

나는 한숨 자려고 장작더미 안으로 기어들어 갔어. 근데 깨어 보니, 해가 이미 저만치 높이 떠 있는 게 아니겠어! 나는 쏜살같이 의사네 집으로 튀어 갔지. 의사네 집 식구들이 하는 말이, 선생님은 어제 밤중에 나가서 아직 들어오지 않았다는 거야. 나는 톰의 상태가 꽤나 심각할지 모른다는 생각이 들어서, 곧바로 섬으로 가야겠다고 생각했어. 그래서 냅다 뛰어 모퉁이를 도는데 그만 머리를 사일러스 아저씨의 배때기에 들이받을 뻔했지.

"여어, 톰! 여태 어디 있었던 게냐, 이 장난꾸러기 녀석아!"

"어디 있긴요." 내가 말했어. "도망 노예를 잡으러 돌아다녔죠. 시드랑 같이요."

"그래? 어딜 돌아다녔는데?" 아저씨가 물었어. "네 이모가 무지 걱정하고 있단다."

"걱정할 거 없어요." 내가 말했어. "우린 모두 잘 있는걸요. 우린 사람들이랑 개들을 뒤쫓아 갔는데요, 그들이 너무 빨라서 그만 놓치고 말았죠. 강 쪽에서 소리가 들리길래 카누를 타고 쫓아가서 강을 건넜는데, 아무도 없지 뭐예요. 그래서 강가를 따라 꾸준히 노를 저어 갔는데요, 완전 녹초가 되고 말았어요. 카누를 강둑에다 매어 놓고 잠이 들어 버렸는데요, 한 시간쯤 전까지 깨지 않고 계속

잤어요. 잠에서 깬 뒤, 일이 어떻게 됐나 알아보러 다시 여기까지 노를 저어 온 거죠. 시드는 새로운 소식이 있는지 알아보러 우체국에 갔고요, 전 먹을 걸 구하러 시드랑 헤어졌어요. 이제 우린 막 집에 가려던 참이었죠."

우린 '시드'를 찾으러 우체국에 갔는데 말이야, 그 애는 당연히 거기 있을 리 없었지. 사일러스 아저씨는 우체국에서 편지를 한 통 받아들고는 한참을 더 기다렸지만, 시드는 나타나지 않았어. 그래서 아저씬 "가자꾸나. 시드 그 녀석은 싸질러다니다가 싫증이 나면 걸어오거나, 카누를 타고 오겠지. 우린 마차를 타고 먼저 가자."고 하셨지. 난 우체국에 남아서 시드가 오기를 기다리겠다고 했지만, 아저씨는 허락하지 않았어. 기다려 봤자 아무 소용없을 거라고 말이야. 그리고 무엇보다 내가 어서 가서 샐리 이모한테 무사한 모습을 보여 줘야 한다고 했어.

집에 도착하자, 샐리 아줌마는 날 보더니 꽉 껴안고는 기뻐서 어쩔 줄 몰라 하며 울다가 웃다가 야단이었어. 그러고는 나를 찰싹하고 장난 아니게 때렸지만, 그닥 아프진 않았지. 아줌마는 시드가 돌아오면 똑같이 때려 주겠다고 했어.

집 안은 식사를 하러 온 농부들이랑 그 부인들로 가득 차 있었는데, 그런 왁자지껄한 소리는 들어 본 적이 없을 정도였어. 그중 호치키스 할머니가 최악이었지. 할머니는 쉴 새 없이 혓바닥을 놀리고 있었거든.

"이바요, 펠프스 자매님, 난 그 오두막집 안을 샅샅치 뒤저밧따우. 헌대 그 껌둥인 미친 개 확실햐. 담렐 자매님헌태도 내 말햇찌만 말여……. 담렐 자매님, 내가 말 안 햇쑤? 햇찌? 그놈은 미칫따니

까. 내 말햇짠어. 다들 내 애기 좀 들어보쓔. 그놈은 미칫따구. 증거가 한둘이 아니여. 쩌어기 저 잇는 숫돌을 쫌 보라구. 재 정신 박힌 놈이 그 온갖 미친 소릴 숫돌애다 끼적거려 노캣쑤? 여기 어떤 놈 가슴이 미어터지고 말앗따는 둥, 어떤 놈이 37년간 갇처 잇썻따는 둥, 루이 아무개의 사생아 운운하면서 그딴 썩어 빠진 쓰래기 갇튼 소릴 깔겨 써 놧떠라니까. 보통 미친놈이 아니라니까. 내가 첨부터, 중간애도, 그리고 지금도 항시 그리 말하지 안쑤……. 그 껌둥이 놈은 미칫따구……. 느부갓네살 왕마냥 미처버렷따니까."

"천으로 만든 사다리 보셧쑤, 호치키스 자매님?" 담렐 할머니가 말했어. "대채 그딴 건 어따 쓸라고 만들엇땀……."

"그러치 안아도 쫌 전애 그 얘길 어터백 자매님헌태도 허던 참이엇따우. 어터백 자매님도 똑갇치 얘기햇쑤. 어터백 자…… 자매님이 쩌어기 저 천으로 만든 사다리 쫌 보라고 하더구만. 자…… 자매님이…… 쩌것 좀 바요, 그랫따구. 대채 저딴 건 어따 쓸라고 만들엇쓸까 물엇쑤. 어터슨 자…… 자매님이 말여…… 호치키스 자매님, 그니까 어터슨 자…… 자매님이……."

"그나저나 대채 그놈의 숫돌은 워떡캐 집안애 들여놧쓸까? 그리고 그놈의 구멍은 누가 파구? 누가……."

"내 말이 그 말이우, 펜로드 형제님! 나도 그 말을 허던 참이엇따우. 쩌어기 저 당밀 접시 좀 주시구려. 나도 막 던랩 자매님헌태 그 말을 허던 참이엇찌. 대체 그놈의 숫돌을 워떡캐 집안애 들여놧쓸까, 허고 말이우. 것도 도움도 업씨 혼자서 말여. 이 점을 잘 생각해 보라구. 도움도 업씨 혼자서! 요점은 이거라구. 혼자서 햇쓸 거란 말은 마쓔. 틀림업씨 도움을 받앗쓸 개야. 것도 꽤 만은 사람의 도움을

받은 게 분명해. 그 껌둥이 놈을 도운 건 열두 명은 족히 될 꺼라구. 이 자리서 껌둥이들을 하나하나 족처서리, 껍질을 벗겨서라도 누가 도왓는지 알아내고 말갯써. 그리구 말여……."

"열 두 명은 무슨! 마흔 명이 잇써두 그만한 일은 다 못허지. 그 칼집애 든 톱을 쫌 보구려. 걸 만드는 대 시간이 깨나 오래 걸렷쓸 꺼란 말이지. 그 톱으로 짤라 낸 침대 다리는 또 어떠코? 여섯 명이 한다고 해도 일주일 치 일감은 족히 된단 말여. 그리고 침대 위애 잇는 지푸라기로 만든 껌둥이 인형을 쫌 바요. 그리고 또……."

"말씀 잘 허셧쑤, 하이타워 형제님. 나도 막 펠프스 형제님헌태 그 말을 허던 참이엇찌. 호치키스 자매님, 워떡캐 생각허쓔? 머라구요, 펠프스 형제님? 방금 멀 워떡캐 생각허냐고 허셧쑤? 톱으로 짤라 낸 침대 다리를 워떡캐 생각허느냐, 이 말이우? 생각해 보셔. 그 침대 다리가 절로 짤라젓갯쑤? 누군가 짤라냇쓸 거 아녀. 믿거나 말거나, 중요하든 말든, 어쨋뜬 이개 내 생각이우. 내 생각이라구. 누구라도 이보다 더 나은 생각이 잇씀 말해 보쓔. 내 얘긴 여까지요. 내가 던랩 자매님헌태 헌 말도 이 말이여……."

"이바요, 펠프스 자매님, 이런 옘병할, 그만한 일을 다 할라믄 4주간 매일 밤 방안이 껌둥이들로 북쩍거렷쓸 꺼요. 그 샤쓰 좀 보라구……. 피로 쓴, 도무지 알 수 없는 아프리카 글자가 샤쓰 구석구석애 빽빽이 쓰여 잇짠쑤! 틀림업씨 여러 놈이 때거리로 몰려들어서 한참을 낑낑대며 썻쓸 꺼여. 자, 이걸 나헌태 일거 줄 수 잇는 사람헌태 내 2딸라를 주지. 그리구 그걸 쓴 껌둥이 놈은 말여, 내 그놈을 붇잡기만 하믄 채찍으로다가 아주 그냥……."

"분명 그 껌둥일 도와 준 놈들이 있을 거예요, 마플스 형제님!

이 집에서 잠깐이라도 머물게 되면 당신도 알게 될걸요. 아, 글쎄, 그놈들은 닥치는 대로 아무거나 막 훔쳐갑디다. 그래서 우린 그놈들을 계속 감시했다고요, 아시겠어요? 그놈들이 그 셔츠를 빨랫줄에서 훔쳐갔어요! 그리고 그 줄사다릴 만든 침대보는 몇 번을 훔쳐갔는지 모를 정도라고요. 그놈들은 밀가루며, 양초며, 촛대며, 숟가락이며, 놋쇠 다리미며, 일일이 다 기억할 수 없을 정도로 많은 물건들을 훔쳐갔어요. 옥양목으로 된 내 새 옷까지 말이죠. 아까 말했듯이, 나랑 사일러스랑 톰이랑 시드랑 밤낮으로 계속 눈에 불을 켜고 감시를 했는데도, 그놈들이 숨어 있는 곳을 발견하지 못했어요. 그놈들은 우리 눈에 띄거나 소리를 내기는커녕, 머리털 한 올 안 보이더라고요. 그러더니 막판에 와서는 보시다시피 우리 턱밑까지 밀고 들어와서 우릴 실컷 농락하더니만, 인디언 구역에서 온 도둑놈 패거리까지 농락하고 그 껌둥일 데리고 감쪽같이 튀어 버렸지 뭐예요. 그때 남자 열여섯 명, 개 스물두 마리가 그놈들 뒤를 바짝 쫓고 있었는데도 말이죠! 말했잖아요. 내가 여태 들어 본 얘기 중 최고로 충격적인 얘기라니까요. 글쎄, 귀신도 그보다 더 잘 해내진 못할걸요. 귀신도 그보다 더 똑똑하진 못할 거라고요. 아니지, 틀림없이 그놈들은 귀신이었네. 보세요, 우리 집 개들 있잖아요. 그만한 개들이 어디 있습디까? 근데, 아니 글쎄, 우리 집 개들도 그놈들 흔적조차 못 찾았다니까요. 누가 할 수 있음 설명 좀 해 봐요! 누구라도 좋으니까요!"

"와, 진짜 대단한 걸……."

"헐, 난 진짜 모르갯내……."

"맙쏘사, 나도 모르갯써……."

"단순한 집 도둑이 아니구만……."

"아이구, 새상애, 무서버서 원, 어디 이런 집서 살갰나……."

"무서워서 못 살겠다고요……? 너무 무서워서 잠도 못 자는걸요. 앉으나 서나 누우나 무서워 죽겠다고요, 리지웨이 자매님. 글쎄, 내가 지난밤 자정쯤에 얼마나 후덜덜했는지 모르죠? 저놈들이 혹시 우리 식구라도 납치해 가면 어떡하나 무서워서 말이죠! 어찌 어찌 고비는 넘겼지만요, 정신을 못 차릴 정도였다고요. 지금이야 훤한 대낮이라 우습게 들리겠지만……. 저는 혼잣말로 중얼거렸다고요. 저기 저 위층 쓸쓸한 방에서 내 불쌍한 어린 조카 둘이 잠들어 있는데……. 하도 불안해서 위층에 올라가서는 문을 잠가 버렸다니까요! 진짜예요. 누구라도 그랬을걸요. 아시다시피 왜 사람이 그런 식으로 겁을 잔뜩 집어먹고, 무서운 마음이 자꾸만 계속되고 점점 더 심해지면 말이죠, 마음이 뒤죽박죽이 되서 그만 온갖 미친 짓을 하게 된다고요. 이런 생각이 드는 거죠. 내가 저기 저 위층에 있는 애라면, 문도 안 잠겨 있으면 얼마나 무서울까, 하고 말이죠."

그때 샐리 아줌마는 잠깐 말을 멈추고는 뭔가 이상하다는 듯한 표정으로 천천히 고개를 돌려 주위를 살피다가 나랑 눈이 마주쳤어. 나는 얼른 일어나 밖으로 나갔지.

밖으로 나가 구석에 가서 곰곰이 생각해 보면, 우리가 오늘 아침 왜 침실에 없었는지 적당히 둘러댈 수 있을 것 같았어. 하지만 그리 멀리 가진 않았지. 아줌마가 날 부를 거 같았기 때문이야. 저녁 늦게 사람들이 모두 떠나자, 집으로 들어가 아줌마한테 이렇게 변명을 늘어놨어. 밖에서 총소리랑 시끌시끌한 소리가 들려서 잠에서 깬 시드랑 나는 그 재미난 소동을 구경하고 싶었다, 근데 문이 잠겨 있어서 피뢰침을 타고 내려간 거다, 그러다 그만 우리 둘 다 쪼금 다치고 말았다고 말이야. 그리고 다신 그런 짓은 하지 않겠다고 아줌마한테 다짐도 했지. 그러고 나서 쫌 전에 사일러스 아저씨한테 했던 얘기도 전부 아줌마한테 해 줬어. 그랬더니 아줌마는 너희들을 용서해 주마, 어쨌든 일이 이렇게 다 잘 해결됐지 않았냐, 그리고 사내자식들한테 뭘 더 기대하겠냐고 하더군. 그러고는 자기가 그동안 겪어 본 바에 따르면, 사내자식들은 다들 아주 덤벙대기 때문에 지난 일을 갖고 짜증내기보다는, 어디 다치지만 않고 몸 성히 살아 돌아와 준 것만으로도 감사히 여겨야 한다고 했어. 그러면서 아줌마는 나한테 입을 맞추고 내 머릴 부드럽게 쓰다듬다가, 갑자기 골똘히 생각에 빠져 있는 듯하더니만, 이내 벌떡 일어나서 이렇게 말했지.

"아니, 어쩜 좋아. 벌써 어둑어둑해지는데, 시드는 아직도 감감무소식이구나. 그 애한테 뭔 일이 생긴 건 아니겠지?"

나는 이때다 싶어서 벌떡 일어나 아줌마한테 말했어.

"제가 당장 마을로 뛰어가서 데려올게요."

"아냐, 넌 안 돼." 아줌마가 말했어. "넌 여기서 꼼짝 말고 있거라. 벌써 한 녀석 잃어버린 걸로 족하구나. 시드가 저녁 식사 전까지 안 돌아오면 아저씰 보내마."

저녁 식사 시간이 돼도 톰이 돌아오지 않자, 결국 사일러스 아저씨가 식사를 마치자마자 길을 나섰지.

사일러스 아저씨는 밤 열 시쯤에 돌아왔는데 말이야, 톰의 흔적조차 발견하지 못했다고 불안한 표정으로 말하더군. 그 말을 들은 샐리 아줌마는 더 불안해했지. 하지만 사일러스 아저씨는 걱정할 필요 없다, 사내자식들이 다 그렇지 뭐, 시드는 내일 아침이면 건강한 모습으로 멀쩡하게 돌아와 있을 거라고 했어. 샐리 아줌마는 그 말을 받아들일 수밖에 없었지. 하지만 아줌마는 어쨌든 시드가 볼 수 있도록 불을 켠 채로 좀 더 앉아서 기다리겠노라고 했어.

내가 침실로 올라가자, 샐리 아줌마는 초를 들고 따라와서 이불을 덮어 주더군. 나한테 마치 엄마처럼 잘해 줘서, 나는 스스로 못된 애라는 생각이 들어 아줌마 얼굴을 차마 제대로 바라볼 수 없을 지경이었지. 아줌마는 침대 한켠에 걸터앉아서, 나랑 한참 동안 시드에 대한 얘기를 주고받았어. 시드는 정말 훌륭한 아이라는 둥, 그 애에 대한 얘기를 결코 멈추고 싶어 하지 않는 거 같았지. 아줌마는 시드가 길을 잃은 건 아닐까, 다친 건 아닐까, 물에 빠진 건 아닐까, 아니면 어디 길가에 쓰러져 고통스러워하고 있는 건 아닐까, 그것도 아니면 죽은 건 아닐까, 하고 나한테 끊임없이 물었어. 그러면서 자기가 시드 곁에서 돕지도 못하고 있다면서 하염없이 눈물을 흘렸지. 그래서 난 아줌마한테 시드는 괜찮을 거예요, 내일 아침이면 분명 집에 돌아와 있을 거예요, 했더니, 아줌마는 내 손을 꽉 쥐고는 나한테 입을 맞추면서 어서 그 말을 다시 한번 해 보라고 계속 재촉했지. 걱정이 돼서 죽을 지경인데 그런 말을 들으면 마음이 놓인다나. 그리고 아줌마는 방을 나가면서 내 눈을 아주 부드러운 시선으로 내려다보면서 이렇게 말하더군.

"문에는 열쇠를 안 채울게, 톰. 창문도, 피뢰침도 그대로 둘 거야. 넌 착하게 굴 거지, 응? 아무 데도 안 갈 거지? 제발 부탁하마."

사실 난 톰의 소식이 궁금해서 뭔 일이 있어도 꼭 나가 봐야겠다 싶었지만, 그런 말을 듣고 보니 차마 갈 수가 없었어.

아줌마도 마음에 걸리고 톰도 마음에 걸려서, 밤새 뒤척이며 제대로 잠을 이룰 수 없었지. 그래서 한밤중에 두 번이나 피뢰침을 타고 내려가서 몰래 집 앞쪽으로 갔어. 아줌마가 창가에다 촛불을 켜 놓고 그 옆에 앉아서 길 쪽을 하염없이 내다보고 있었는데 말이야, 두 눈엔 눈물이 그렁그렁 고여 있었지. 난 아줌마를 위해 뭔가를 할 수 있으면 좋겠다는 생각이 들었지만, 막상 할 수 있는 게 없더군. 내가 할 수 있는 거라곤, 아줌마를 더는 슬프게 하지 않으리라는 다짐뿐이었지. 동이 틀 때쯤에 잠이 깨어 세 번째로 피뢰침을 타고 내려가 보니, 아줌마는 그때까지도 그 자리에 있더군. 촛불은 거의 꺼져 가고 있었고, 아줌마는 백발이 성성한 머리를 손에 괸 채 잠들어 있었지.

42장

사일러스 아저씨는 아침 식사 전에 다시 시내에 다녀왔지만, 톰의 행방은 여전히 찾을 수 없었어. 아저씨랑 아줌마는 아무 말도 하지 않고 생각에 잠긴 채 슬픈 표정으로 테이블에 앉아 있었지. 커피가 식어 갔지만 손도 안 대더군. 이내 아저씨가 입을 열었어.

"내가 당신한테 그 편지를 줬던가?"

"무슨 편지요?"

"내가 어제 우체국서 가져 온 편지 말이야."

"아니, 당신이 나한테 무슨 편지를 줬다고 그래요?"

"그럼 내가 깜빡한 모양이네."

아저씨는 주머니를 뒤적뒤적하다가 어딘가로 가더니, 그 편지를 갖고 와서는 아줌마한테 건넸어. 아줌마가 이렇게 말했지.

"아니, 이거 세인트피터스버그에서 온 거잖아. 언니한테서 왔네."

나는 또다시 자리를 피하는 게 상책이라고 생각했지만, 꼼짝도 할 수 없었어. 샐리 아줌마가 봉투를 채 뜯기도 전에 바닥에 편지를 떨어뜨리더니 황급히 밖으로 뛰쳐나갔기 때문이지. 아줌마는 뭔가를 본 거야. 그리고 나도 봤지. 그건 들것에 실린 톰 소여였어. 그 의사랑 짐 아저씨도 보였지. 아저씨는 옥양목 옷을 입고 양손이 뒤로 꽁꽁 묶인 채였어. 그리고 많은 사람들이 모여 있었지. 나는 얼른 가까이 손에 집히는 물건 뒤에다 편지를 숨겨 놓고 재빨리 뛰어 나갔어. 샐리 아줌마는 울부짖으면서 톰한테 몸을 내던졌지.

"아이고, 우리 시드가 죽었구나, 죽었어. 이를 어째!"

그러자 톰이 고개를 살짝 돌리더니 뭐라 뭐라 중얼거렸는데, 제정신이 아닌 거 같았어. 샐리 아줌마는 두 손을 번쩍 치켜들면서 소리를 질렀어.

"살아 있구나! 하나님, 감사합니다! 살아 있는 게 어디야!"

아줌마는 톰한테 격하게 입을 맞추더니, 톰이 누울 자리를 준비한다며 집을 향해 날아갈 듯 뛰어갔어. 아줌마는 한 걸음 떼어 놓을 때마다 혓바닥을 부지런히 놀려가면서, 양 쪽에 있는 껌둥이들이며 이 사람 저 사람 할 거 없이 닥치는 대로 지시를 내렸지.

나는 사람들이 짐 아저씨를 어떻게 하는지 보려고 그들을 뒤쫓아 갔고, 의사랑 사일러스 아저씨는 톰을 따라 집으로 들어갔어. 사람들은 화가 잔뜩 나서 씩씩거렸고, 그중 몇 사람은 짐 아저씨를 목매달아 죽여서 동네 껌둥이들한테 본보기로 삼자고 야단이었지. 그렇게 하면 껌둥이들이 감히 짐처럼 도망칠 생각도 못 할 것이고, 이런 소동도 안 일으킬 것이며, 집안 전체를 며칠 밤낮으로 죽을 만큼 벌벌 떨게 할 일도 없을 것 아니냐는 거였지. 하지만 다른 몇 사람은 그러면 안 된다고 말렸어. 왜냐면 그 껌둥이는 자기들 소유의 껌둥이가 아니기에, 틀림없이 그 주인이 나타나서 우리한테 돈을 물어내라고 할 수 있기 때문이라는 거였지. 그 말을 들은 사람들은 쪼금 냉정을 되찾았어. 왜냐면 잘못을 한 껌둥이의 목을 매달자고 열을 내는 사람들치고, 목을 매달아 만족을 얻은 뒤 그 껌둥이의 몸값을 기꺼이 물어내는 사람은 아무도 없기 때문이야.

사람들은 짐 아저씨한테 쌍욕을 퍼부어 댔고 이따금씩 귀싸대기를 때리기도 했지만, 아저씨는 결코 아무 말도 하지 않았을 뿐더러 나를 아는 내색도 전혀 하지 않았어. 사람들은 짐 아저씨를 예전의 그 오두막집으로 끌고 가서, 아저씨가 원래 입고 있던 옷을 입힌 뒤 다시 쇠사슬에 묶어 뒀지. 이번엔 침대 다리가 아니라 바닥 통나무에 박혀 있는 커다란 쇠고리에다 잡아맸어. 게다가 두 손과 두 다리도 쇠사슬로 묶어 버렸지. 사람들은 짐의 주인이 나타나거나, 혹은 주인이 일정 기간 동안 안 나타나서 그가 경매로 팔릴 때까지, 빵이랑 물 말고는 아무것도 안 주겠다고 했어. 우리가 만들었던 구멍은 흙으로 메워 버렸고, 매일 밤 총을 든 농부 두 사람씩 오두막집 주변에 보초를 세워야겠다고 했으며, 낮에는 문간에다 불독을 묶어 둬야겠다고 하더군. 어쨌든 사람들은 그럭저럭 할 일을 다 해치우고, 늘 그렇듯이 욕지거리를 섞어가며 작별 인사를 하면서 헤어지려던 참이었어. 그때 그 의사가 나타나서 상황을 한번 살펴보더니 말했지.

"필요 이상으로 그에게 심하게 굴지들 말게나. 그는 못된 껌둥이가 아니라네. 내가 저 소년이 있는 곳에 도착해서 보니까 말이야, 누군가의 도움 없인 총알을 빼낼 수 없는 상황이었어. 그렇다고 차마 저 소년을 혼자 남겨 둔 채 도움을 청하러 갈 수 있는 상황도 아니었지. 게다가 저 소년은 상태가 점점 나빠지더니, 나중에는 정신줄을 홰까닥 놓아 버렸는지 나를 근처에도 못 오게 하더군. 나더러 자기 뗏목에다 표시를 했다간 죽여 버리겠다는 둥 끊임없이 헛소리를 해 댔어. 당최 어찌해야 할 바를 모르겠더군. 그래서 나는 "누가 좀 도와주지 않으면 큰일 나겠는걸……."이라고 혼자말을 중얼거렸는데, 그 말을 하자마자 이 껌둥이가 어디선가 기어나오더니 자기가 도와주겠다고 했어. 그리고 아주 큰 도움을 줬지. 나는 그가 도망친 껌둥이구나, 하고 대번에 알아챘어. 근데 나라고 어쩌겠나! 나는 밤낮으로 계속 거기에 꼼짝없이 붙어 있어야 하는 신세니 말이야. 진짜 옴짝달싹 못하는 상황이었다니까! 그때 내겐 감기 환자가 둘이나 있어서 그 환자들을 진찰하러 달려가고픈 마음이 굴뚝같았네만, 결국 못 갔지. 그랬다간 이 껌둥이가 도망쳐 버릴지도 모르고, 그럼 내 책임이 되고 말 테니까 말이야. 헌데 손짓해서 부르면 보일 만한 가까운 거리에 보트 한 척 없더군. 하는 수 없이 아침 해가 뜰 때까지 거기 발이 묶여 있었지. 근데 말이야, 난 이토록 충실하게 간호하는 껌둥이는 본 적이 없다네. 게다가 그는 자기 자유를 내버리고 간호를 하지 않았겠는가. 기진맥진한 상태로 말이야. 간호를 하느라 무리를 한 게 확연히 드러나 보였어. 그래서 난 이 껌둥이가 마음에 들었다네. 이보게들, 이런 껌둥인 천 달러의 값어치가 있어. 그리고 친절한 대접을 받을 만하지. 내가 필요로 하는 건 뭐든 갖다 줬어. 그래서 저 소년은 마치 집에서 치료받는 것처럼 치료를 잘 받을 수 있었지. 아니, 어쩌면 집에서보다 더 치료를 잘 받을 수 있었어. 거긴 정말 고요했거든. 거기서 나는 저 둘을 데리고 있었던 거라네. 오늘 아침 동 틀 무렵까지 꼼짝도 못하고 있었는데 말이야, 그때 작은 보트를 타고 지나가던 사람들이 보이더군. 다행히도 이 껌둥인 지푸라기 요 옆에 앉아서는 머릴 무릎에다 처박고 곯아 떨어져 있었지. 내가 그 사람들에게 조용히 손짓을 했더니, 그들이 살며시 다가와서 그를 붙잡아 묶었어. 그때까지 이 껌둥인 잠결에 어리둥절하고 있어서, 아무 문제없이 수월하게 해낼 수 있었지. 그리고 저 소년이 선잠을 자고 있어서, 노 젓는 소리를 내지 않고 뗏목을 아주 살살 조용히 끌고 왔어. 저 껌둥이는 처음부터 지금까지 작은 소동 한번 부리지 않았을 뿐더러, 이런저런 말 한마디 하지 않았다고. 이보게들, 그는 결코 못된 껌둥이가 아니라니까. 내 생각은 그래."

그러자 누군가 이렇게 말했어.

"그렇군요. 거참 멋진 얘긴데요, 선생님. 인정할 수밖에 없네요."

그 말에 다른 사람들도 좀 마음이 누그러졌기에, 나는 그처럼 짐 아저씨한테 선심을 써준 의사가 참말로 고마웠지. 또한 내가 사람을 제대로 봤다는 사실에 기뻤어. 나는 그 의사가 착한 마음씨를 지닌 좋은 사람이란 걸 첫눈에 알아봤거든. 사람들은 짐 아저씨가 아주 훌륭하게 행동했다면서, 그걸 인정해 주고 보답해 줘야 한다고 의견을 모았어. 그들은 모두 진심 어린 마음으로 이 껌둥이한테 더는 욕설을 퍼붓지 말자고 약속도 했지.

그러고 나서 사람들은 짐 아저씨를 가둬 둔 채 방에서 나왔어. 나는 쇠사슬이 끔찍하게 무거우니까 한두 개쯤 풀어주자고 사람들이 말해 주길 기대했지. 그리고 빵이랑 물과 함께, 고기랑 야채도 좀 갖다 주자고 말해 주길 기대했어. 하지만 사람들의 생각은 채 거기까진 미치지 못했지. 그렇다고 내가 끼어들어서 그 얘길 꺼내는 건 좋은 생각이 아닌 거 같았어. 하지만 내 코앞에 닥친 문제를 해결하는 대로, 어떻게 해서든지 샐리 아줌마한테 그 의사의 얘길 전하리라 마음먹었지. 그 코앞에 닥친 문제란 다름 아닌 상황 설명이었어. 그니까 시드랑 내가 도망 노예를 찾으러 돌아다닌 그 빌어먹을 밤에 그 애가 총에 맞았단 사실을 샐리 아줌마한테 왜 얘기 안 했는지에 대한 해명 말이야.

다행히 나한테는 시간적 여유가 꽤 있었어. 샐리 아줌마가 밤낮으로 병실에 붙어 있었기 때문이야. 그리고 난 병실 근처를 서성대는 사일러스 아저씨를 볼 때마다 재빨리 몸을 피했지.

다음날 아침, 톰의 상태가 꽤 좋아져서 샐리 아줌마가 그제야 한숨 자러 갔단 얘길 들었어. 그래서 난 몰래 병실로 들어갔지. 톰이 혹시 깨어 있으면, 집안 식구들의 의심을 씻어 낼 얘기를 함께 꾸며 낼 수 있겠다 생각했거든. 하지만 톰은 아직 잠들어 있었어. 그것도 아주 편안한 모습으로 잠에 빠져 있었지. 집에 처음 실려 왔을 때와 같이 불덩이처럼 달아오른 얼굴이 아니라, 창백한 얼굴을 하고 있더군. 나는 거기 죽치고 앉아서 톰이 깨어나길 기다리고 있었어. 근데 한 30분쯤 지났을까. 샐리 아줌마가 슬며시 들어오는 게 아니겠어. 나는 또다시 적잖이 당황스러웠지 뭐야! 아줌마는 조용히 하라고 손짓을 하고는 내 옆에 앉아 낮은 목소리로 속삭였어. 모든 증상이 아주 양호해서 이젠 기뻐해도 된다, 저 애는 저리도 오래도록 잘 자고 있는데 갈수록 더 좋아 뵈고 평안해 뵌다, 이번에 깨어나면 십중팔구 제정신으로 돌아올 거라고 하더군.

우리 둘이 앉아서 톰을 지켜보는데, 이내 톰이 몸을 쪼금 뒤척이더니 아주 자연스럽게 눈을 뜨고는 주위를 둘러보며 입을 열지 뭐야.

"아니, 내가 왜 집에 있는 거지? 어떻게 된 거야? 뗏목은 어 딨어?"

"뗏목은 문제없어." 내가 대답했지.

"짐 아저씬?"

"아저씨도 별일 없어." 나는 기어 들어가는 목소리로 대답했 어. 톰은 눈치채지 못하고 말을 이어 갔지.

"잘 됐네! 훌륭해! 이제 우리 모두 안전한 거네! 이모한텐 얘기 했어?"

내가 그렇다고 말하려는 순간, 아줌마가 끼어들어 물었어.

"뭘 말이냐, 시드?"

"뭐긴 뭐예요. 이 모든 일들을 죄다 어떻게 해치웠는지에 대해 서죠."

"이 모든 일이라니 그게 무슨 말이냐?"

"말 그대로예요. 이 모든 일이요. 그게 뭐겠어요. 우리가 어떻 게 도망 노예를 자유의 몸으로 풀어 줬는지 말이에요. 저랑 톰이랑 둘이서요."

"뭐라고! 도망 노예를 풀어 줘……? 대체 뭔 소릴 하는 거냐? 얘야, 너 또다시 정신줄을 놔 버린 거니?"

"아뇨. 정신줄 놓은 게 아니라고요. 모두 제정신으로 하는 말 이에요. 우리가 그 도망 노예를 자유의 몸으로 풀어 줬다니까요. 저 랑 톰 둘이서요. 우린 계획을 세웠고, 계획대로 해냈죠. 그것도 아주 근사하게요."

톰이 입을 나불대기 시작하자, 아줌마는 그냥 앉아서 한참 톰을 빤히 쳐다보기만 할 뿐 전혀 끼어들지 않고 내버려 뒀어. 가만히 보니 내가 끼어들어도 별 소용이 없겠더군.

"이모, 얼마나 힘들었는지 아세요? 집안 식구들이 모두 잠들어 있는 동안, 매일 밤 몇 시간씩 몇 주일을 꼬박 일했다고요. 우린 양초며, 이불이며, 셔츠며, 이모 옷이며, 숟가락이며, 양철 접시며, 식칼이며, 침대 데우는 다리미며, 숫돌이며, 밀가루며, 진짜 수도 없이 훔쳐냈어요. 우리가 뭔 일을 했는지 이모는 상상도 못할걸요. 톱도 만들고, 펜도 만들고, 글자도 새기고, 이것저것 다 했다니까요. 얼마나 재밌었는지 이모는 절대 모를 거예요. 우린 관 같은 것들도 그렸고요, 익명의 편지도 썼고요, 피뢰침을 타고 오르내렸고요, 오두막집으로 통하는 구멍도 팠고요, 줄사다릴 만들어 오두막집으로 들여보내려고 그걸 파이 속에다 넣어서 구웠고요, 숟가락들이랑 작업도구들을 이모 앞치마 주머니에 넣어 들여보냈어요."

"뭐라고!"

"그리고 짐 아저씨랑 같이 지내라고 쥐들이랑 뱀들을 잔뜩 잡아서 그 오두막집 안으로 넣어 줬어요. 톰이 모자 속에다 버터를 넣어 가져오다가, 이모가 톰을 너무 오래 붙잡아 놓는 바람에 하마터면 일을 완전히 그르칠 뻔했죠. 왜냐면 우리가 오두막집에서 나오기도 전에 사람들이 몰려왔기 때문이에요. 그래서 우린 서둘러 도망쳐야 했는데, 그러다 소리를 내는 바람에 그 사람들이 우릴 향해 총을 쐈고 제가 총에 맞게 된 거죠. 우린 길을 벗어나 몸을 숨겨 그들을 먼저 보냈어요. 개들이 쫓아왔지만 우릴 알아보더니 곧바로 관심 끄고 그저 큰 소리가 나는 곳을 향해 뛰어갔죠. 우린 카누를 타고 뗏목 있는 곳에 다다랐어요. 우리 모두 무사했고, 짐 아저씨는 자유의 몸이 된 거죠. 우리 힘으로 이 모든 걸 해냈단 말예요. 멋지지 않아요, 이모?"

"어머나, 이런 얘긴 난생처음 듣는구나! 그럼 그게 다 네 놈들 짓이었단 말이냐, 이 꼬마 악당 놈의 자식 같으니. 그러니까 그 난리 법석을 떨면서 사람들 정신을 쏙 빼놓고, 겁에 질려 죽을 거 같이 만든 것도 죄다 네 놈들 짓이란 말이지. 마음 같아선 지금 당장이라도 혼쭐을 내 주고 싶은데……. 그것도 모르고 밤마다 여기서 네 놈 간호하느라 그리 궁상을 떨었던 걸 생각하면……. 너 이놈 다 낫기만 해 봐라, 이 장난꾸러기 녀석. 네 놈들 그 못된 버르장머릴 꼭 고쳐 놓고 말 거야!"

하지만 톰은 어찌나 자랑스럽고 신났던지 말을 그치지 않고 쉴 새 없이 나불거렸어. 그러자 샐리 아줌마도 끼어들어 마치 불을 내뿜듯이 한껏 화를 냈지. 두 사람은 마치 고양이들처럼 싸워 댔어. 그러다 아줌마가 쏘아붙였지.

"그래 좋아, 마음껏 즐기렴. 하지만 만약에 또다시 그놈 일에 끼어들었단 봐라. 가만 안 둘 테니 명심해."

샐리 아줌마의 말에, 톰의 얼굴에서 미소가 싹 가셨지. 톰은 놀란 얼굴로 물었어.

"그놈 일에 끼어들다뇨, 누구요?"

"누구긴 누구야. 당연히 저 도망 노예지. 저놈 말고 누가 또 있어?"

톰은 아주 심각한 표정으로 나를 쳐다보며 말했어.

"톰, 니가 나한테 아저씨 무사하다고 말하지 않았니? 도망친 거 아니었어?"

"아저씨라니?" 샐리 아줌마가 끼어들었어. "그 도망 노예 말하는 거야? 도망치긴 어딜 도망쳐. 사람들이 그놈을 무사히 잘 붙잡아 왔단다. 도로 그 오두막집에다 처넣고, 쇠사슬로 단단히 묶어 둔 채 빵이랑 물만 주고 있다고. 주인이 찾아오거나, 아님 경매로 팔아넘길 때까지 말이야."

그 말에 톰은 벌떡 몸을 일으켜 앉으며 이글거리는 눈을 하고는 마치 물고기 아가미처럼 콧구멍을 벌름대면서 나한테 소리치는 게 아니겠어.

"누구도 짐 아저씨를 가둬 놓을 권리는 없어! 어서 가! 일 분도 꾸물거려선 안 돼. 빨리 풀어 줘! 짐 아저씨는 더는 노예가 아니야. 이 세상 누구 못지않게 자유의 몸이라고!"

"아니, 얘가 대체 무슨 소릴 하는 거야?"

"제가 방금 한 말 그대로라니까요, 샐리 이모. 누가 안 간다면 제가 갈 거예요. 저는 짐 아저씨를 오랫동안 알고 지냈다고요. 저기 있는 톰도 마찬가지고요. 미스 왓슨이 두 달 전에 돌아가셨는데요, 돌아가시기 전에 미스 왓슨은 짐 아저씨를 남부로 팔아 버리려고 한 게 부끄럽다고 했어요. 그래서 유언으로 짐 아저씰 자유의 몸으로 해방시켜 줬다고요."

"그럼 대체 넌 뭣 땜에 짐을 풀어 주려고 한 거야? 이미 자유의 몸이란 걸 알면서 말이야?"

"글쎄요, 그건 너무 여자다운 질문인데요! 저는 모험을 원했던 거예요. 목까지 차오르는 깊은 피바다를 헤치며 걸어가는 그런 모험 말이죠……. 아니 세상에, 폴리 이모!"

돌아보니, 폴리 아줌마가 마치 파이를 반쯤 베어 문 천사처럼 다정하고 만족스러운 표정으로 문 안쪽에 서 있는 게 아니겠어. 나는 진짜 이게 현실이 아니길 바랐지. 샐리 아줌마는 폴리 아줌마한테로 뛰어가서 마치 머리라도 잡아뗄 듯이 꽉 껴안고는 엉엉 울었어. 내가 보기에 암만해도 상황이 우리한테 아주 불리하게 돌아갈 거 같아서, 나는 침대 밑 적당한 곳으로 몸을 숨겼지. 잠시 후 몰래 내다보니, 톰의 이모인 폴리 아줌마가 샐리 아줌마의 팔을 풀더니만 안경 너머로 톰을 노려보며 서 있더군. 그 표정은 마치 톰을 빠개서 가루로 만들어 버릴 것처럼 보였어. 이내 폴리 아줌마가 입을 열었지.

"그래, 고개를 이쪽으로 돌려 봐라. 그렇게 하는 게 좋을 거야, 톰."

"세상에나!" 샐리 아줌마가 소리쳤어. "얘 몰골이 그렇게나 많이 달라 보여? 잰 톰이 아니라 시드라고. 그러니까 톰의…… 톰의…… 아니, 근데 톰은 어딨어? 방금 전까지 여기 있었는데……."

"헉 핀이 어딨냐고 묻는 거겠지? 그놈 말하는 거 맞지? 여태 저 망나니 같은 톰 녀석을 내가 쭉 키워 왔는데, 저놈을 몰라볼 리 없지. 침대 밑에서 빨리 기어나오거라, 헉 핀."

그래서 나는 조심스레 침대 밑에서 기어나왔어.

샐리 아줌마는 너무나 혼란스럽다는 듯한 표정을 하고 있었어. 방 안에 들어와 자초지종을 들은 사일러스 아저씨도 마찬가지였지. 아저씨는 마치 술에 취한 사람처럼 종일 얼이 빠져 있었어. 그날 밤 아저씨는 기도회에서 설교를 했는데, 이는 아저씨 평판에 오점이 되고 말았어. 왜냐면 세상에서 제일로 나이 많은 사람이 와서 듣는다고 해도, 당최 뭔 말인지 알아먹을 수 없었을 테니 말이야. 폴리 아줌마는 내가 누구며, 어떤 녀석인지 낱낱이 다 얘기하더군. 그래서 나도 펠프스 부인이 나를 톰 소여로 오해하는 바람에 얼마나 난처했는지 말하지 않을 수 없었지. 그러자 샐리 아줌마가 끼어들면서, "얘야, 앞으로도 날 그냥 '샐리 이모'라고 불러라. 이미 익숙해졌는데 이제 와서 바꿀 필요가 있겠니?"라고 하더군. 나는 샐리 이모가 나를 톰 소여로 오해했을 때 잠자코 있을 수밖에 없었다며 말을 이었어. 달리 방법이 없기도 했고, 톰 소여도 개의치 않으리란 걸 알고 있었기 때문이라고 말했지. 아니, 오히려 톰은 신비한 모험에 미쳐 있던 터라, 그 상황을 이용해서 모험을 하려들 거고, 그 상황을 대단히 만족스러워 할 거기 때문이라고 말했어. 그러자 톰은 자기가 시드 행세를 하면서 나를 위해 상황을 최대한 무리 없이 이끌고 간 거라고 말했지.

폴리 아줌마는 미스 왓슨이 유언으로 짐 아저씰 자유의 몸으로 풀어 줬다는 톰의 말이 맞다고 확인해 줬어. 그렇다면 결국 톰 소여가 그 모든 난리법석을 떨었던 건, 이미 자유의 몸이 된 껌둥일 다시 풀어 주기 위한 거였어! 그때 그 말을 듣기 전까지는, 가정 교육을 잘 받은 톰이 왜 껌둥이를 자유의 몸으로 풀어 주는 일에 동참하는지 전혀 이해가 안 갔거든.

샐리 아줌마로부터 톰과 시드가 둘 다 무사히 잘 도착했다는 편지를 받았을 때, 폴리 아줌마는 이렇게 혼잣말을 했다고 하더군.

"거봐! 내가 이럴 줄 알았다니까. 그놈들을 감독할 사람을 딸려 보내지 않았더니 그 모양 그 꼴이지. 저 강 아래까지 110마일을 터벅터벅 걸어서라도 내가 지금 당장 내려가서 그놈들이 뭔 짓을 꾸미고 있는지 직접 봐야겠구만. 샐리한테서 답장이 올 것 같지도 않으니 말이야.”

“아니, 난 언니한테서 아무 편지도 못 받았는데?” 샐리 아줌마가 말했어.

“뭐라고? 그거 이상한데! 네가 시드가 와 있대서, 그게 대체 뭔 말이냐고 두 번이나 편질 보냈는데.”

“글세, 전혀 못 받았다니까, 언니.”

폴리 아줌마는 엄한 표정으로 천천히 고개를 돌리며 말했어.

“톰, 너지!”

“예, 뭐가요?” 톰은 뚱한 표정을 지으며 대답했어.

“‘뭐가요’라니, 이 뻔뻔한 놈아. 그 편지들 내놔.”

“뭔 편지 말예요?”

“그 편지들 말이야. 네 이놈을 붙잡기만 하면 그냥…….”

“트렁크 안에 있어요. 저기요. 우체국에서 찾아와서 그대로 뒀어요. 읽어 보지도 않았어요. 손도 안 댔다고요. 하지만 그 편지가 왠지 귀찮은 문제를 일으킬 거 같았어요. 그래서 급한 편지가 아니라면 제가 그냥…….”

“네 놈은 진짜 껍질을 벗겨 버려야 돼. 이번엔 틀림없이 그리하고 말 거다. 그 후에 내가 이리 올 거라고 또 편지 한 통을 써서 보냈는데, 그것도 아마 저놈이…….”

“아냐, 그건 어제 왔어. 아직 읽진 않았는데, 그건 문제없이 잘 받았어.”

나는 샐리 아줌마가 편지를 못 받았다는 데 2딸라를 걸겠다고 말하고 싶었지만 말이야, 말하지 않는 편이 안전하겠다 싶었어. 그래서 입을 꾹 다물고 있었지.

마지막 장

톰이랑 둘이서만 얘기할 기회가 생기자, 난 도피할 때 도대체 뭔 생각을 했냐고 톰한테 물어봤어. 도피가 무리 없이 잘 끝나서 이미 자유의 몸이 된 껌둥이를 다시 자유의 몸이 되게 한 다음에는 어떻게 할 작정이었냐고 물어봤지. 그러자 톰은 처음부터 자기 머릿속에 있었던 계획을 털어놓더군. 톰은 짐 아저씨를 무사히 탈출시킨 뒤, 뗏목을 타고 강을 따라 내려가서 강어귀까지 모험을 즐기려고 했대. 그러고는 짐 아저씨한테 자유의 몸이 되었단 사실을 알리고는, 그동안의 수고비를 지불하고 증기선에 태워 멋지게 아저씨 고향으로 돌려보내려고 했다는 거야. 아저씨 고향에 미리 편지를 보내서 모든 껌둥이들을 마중 나오게 하고, 횃불 행렬과 악대를 이끌고 춤을 추며 마을로 들어가게 하려고 했대. 그럼 아저씨도 우리도 영웅 대접을 받을 거라나. 하지만 나는 일이 이 정도로 끝난 것만 해도 참 다행이라고 생각했어.

우린 곧장 짐 아저씨한테 묶여 있던 쇠사슬을 풀어냈지. 폴리 아줌마랑 사일러스 아저씨, 그리고 샐리 아줌마는 짐 아저씨가 의사를 도와 톰을 돌봐 줬단 말을 듣고는, 호들갑을 떨면서 아저씨한테 멋진 옷도 입히고 먹고 싶어 하는 음식도 양껏 먹이고 아무 일도 시키지 않고 휴식 시간을 줬어. 우린 짐 아저씨를 병실로 데리고 가서 한참 수다를 떨었지. 톰은 우릴 위해 죄수 노릇을 참을성 있게 너무나 잘해 줬다며, 짐 아저씨한테 40딸라를 건넸어. 짐 아저씬 기뻐서 어쩔 줄을 몰라 하며 소리쳐 말했지.

"거바, 헉, 내가 머래써? 쩌어기 저 잭슨 섬애서 내가 헌 말 기억나? 내 가슴팍애 털이 나 이따고 해짠어. 그리구 그건 일종의 징조라고 해꾸 말여. 난 원래 부자연는대, 또다시 부자가 될 징조라구 말여. 글쎄, 그 말대로 되찌 머여. 여, 보라구! 자, 보란 말여! 앞으론 나헌태 머라 하지 말어. 징조는 역시 징조란 말여. 말해짠어. 내가 지금 이 순간 여기 서 인는 게 확씰헌 것 마냥, 내가 또다시 부자가 될 꺼란 것두 확씰허다구!"

그러자 톰은 한참을 지껄이다가, 우리 셋 다 장비를 갖추고 밤을 틈타 여기서 조용히 빠져나가자, 그리고 인디언 구역으로 넘어가서 두 주일에서 한 달쯤 인디언들이랑 빽적지근하게 한바탕 모험을 해 보자고 하더군. 나는 마음에 쏙 드는 일이지만 장비를 살 돈이 없다고 말했어. 왜냐면 보나마나 아빠가 집에 돌아와 대처 판사한테서 내 돈 전부를 찾아다가 술 마시는 데 모조리 다 써 버렸을 거라 생각했기 때문이지.

"아냐, 그렇지 않아." 톰이 말했어. "니 돈은 아직 거기 고스란히 남아 있어. 6,000딸라 이상 되는 그 돈 말야. 니 아빤 그 이후로 돌아온 적이 없어. 어쨌든 내가 떠날 때까진 돌아오지 않았단 말이야."

그때 짐 아저씨가 엄숙하게 말했어.

"그 양반은 이재 돌아오지 안을 꺼야, 헉."

"왜요, 아저씨?"

"왜고 자시고 간애, 헉, 그 양반은 이재 돌아오지 안을 꺼여."

내가 계속 물어 대자 마침내 짐 아저씨가 털어놓더군.

"강물애 떠내려 와떤 그 집 기억나? 그 안애 사람이 이써딴 말여. 뭘로 더펴저 이써찌. 내가 그 집으로 들어가서 더펴 이떤 걸 들춰 반는대 말여, 그때 널 못 들어오개 허지 안아써? 자, 그니까 넌 말여, 니가 원할 때 돈을 받을 수 이딴 말여. 왜냐면 그개 바로 니 아부지여꺼든."

톰은 거의 다 나았고, 허벅지에서 빼낸 총알을 마치 시계처럼 시곗줄에 매달아 목에 걸고 다녔지. 그리고 시간을 볼 때마다 늘 그걸 들여다보는 거였어. 난 이제 더는 쓸 것이 없어. 그래서 난 참말로 기뻐. 책을 쓴다는 게 이렇게 괴로운 일인 줄 알았다면 말이야, 난 시작도 하지 않았을 거야. 앞으로 다신 이런 일은 안 할 거야. 나는 남들보다 먼저 인디언 구역을 향해 떠나야겠다고 생각했어. 왜냐면 샐리 아줌마가 날 양자로 삼아 교화시키겠다고 야단이거든. 난 도저히 참을 수가 없어. 이미 전에도 한 번 겪어 봤거든.

해설

흐르는 강물처럼

노동욱(옮긴이)

왜 다시 『허클베리 핀의 모험』을 번역하는가?

고전古典을 번역하면서 가장 먼저 맞닥뜨리게 되는 문제는 '왜 다시 이 작품을 번역해야 하는가?'라는 질문일 것이다. 오랫동안 그 가치를 인정받아 온 고전의 특성상, 고전 작품들은 대개 시대를 거쳐 끊임없이 거듭 번역된다. 게다가 출판사마다 세계문학전집을 비롯하여 이미 여러 종의 번역본이 출간된 상황에서, '왜 다시 이 작품을 번역해야 하는가?'라는 질문은 고전을 번역하는 번역가라면 마땅히 스스로에게 한 번쯤 던져 봐야 하는 근본적인 질문이다.

마크 트웨인Mark Twain의 『허클베리 핀의 모험』*Adventures of Huckleberry Finn*[1]의 번역을 의뢰받았을 때, 나 또한 '왜 다시 이 작품을 번역해야 하는가?'라는 질문을 스스로에게 던졌다. 하지만 이 어렵고도 복잡한 근본적 질문에 대한 나의 대답은 의외로 명쾌했다.

1 이하 『헉 핀』으로 표기함.

번역 의뢰를 수락하는 데는 오랜 시간이 걸리지 않았다. 그 이유는 영문학자인 내가 가장 좋아하는 작품이 바로 『헉 핀』이기 때문만은 아니었다. 그보다는 예전부터 가지고 있었던, 흑인 노예 짐의 방언 번역에 대한 문제의식 때문이었다.

『헉 핀』은 번역의 영역에서 가장 '악명 높은' 소설 중 하나일 것이다. 그 이유는 작가 트웨인이 이 작품에서 사용한 미국 남서부의 방언들을 비롯하여, 특히 흑인 노예 짐의 방언을 번역하는 것은 '번역 불가능성'을 마주하는 작업이기 때문이다. 트웨인이 『헉 핀』에서 사용한 방언들은 읽기도 힘들 정도로 난해하다. 그렇기에 읽기도 힘든 미국 남서부의 방언을 우리말로 번역하는 작업은, 그것도 우리나라의 역사적·정치적·문화적 맥락과 전혀 다른 그 방언을 번역하는 작업은 까다롭기 그지없다. 『허클베리 핀의 모험』이 너무나도 낯설고 고된 '번역가의 모험'이 되고 마는 이유가 여기에 있다. 이러한 맥락에서, 『헉 핀』 번역은 번역계에서, 그리고 학계에서 늘 하나의 이슈이자 문제였으며, 그 중심에는 미국 남서부의 방언, 특히 흑인 노예 짐의 방언이 자리하고 있었다.

『헉 핀』이 이뤄낸 '문학적·언어적 민주주의'

사실상 '번역 불가능한' 영역으로 보이는 『헉 핀』의 남서부 방언 및 흑인 방언을 어떻게 번역할 수 있을까? 번역가의 선택은 크게 두 가지가 될 것이다. 하나는 『헉 핀』 방언의 이질성을 살리는 작업을 포기하고, 흑인 노예 짐을 비롯한 등장인물들의 방언을 평이한 언어로 번역하는 것이다. 다른 하나는 어떻게든 그 이질성을 마주하여 이를 살려 내면서도, 우리나라 독자들에게 너무 낯설지 않게 번역해 내는 것이다. 둘 중, 미국 남서부 방언 및 흑인 노예 짐의 방언을 평이한 언어로 번역하는 것은, 어렵고도 까다로운 '모험'의 길을 포기하고 쉬운 길을 택하는 것과 같다. 이러한 번역은 『헉 핀』의 진정한 문학적 가치를 사장시키는 우를 범한다.

트웨인이 작품 활동을 하던 당시 미국은 북동부 중심의 '점잖은 전통'genteel tradition이 문단의 기준이 되던 시대로서 우아하고 고상한 언어만이 문예 언어로서의 가치가 있는 것으로 간주되었고, 이와는 반대로 남서부 변경 지역의 '토속적'vernacular 문학은 예술성이 떨어지는 장르라고 여겨졌다. '점잖은 전통'은 남서부 토속어 등 미국의 여러 지역어와 다양한 인종 및 사회 계층에 속하는 사람들의 언어와 같은, 실제 삶에서 말해지는 언어들을 문학에서 제거함으로써 문학어를 사회로부터 고립시키고 작품 속에서 언어적 활력을 찾아볼 수 없게 만들었다. 트웨인은 이러한 당시 문단의 관례에 문제의식을 제기하고, 남서부 방언을 문학어로 도입하여 그 언어의 가치를 조명하고 격상시킨 것이다. 무엇보다, 천대받던 흑인 노예의 방언을 문학어로 도입한 것은 일종의 '문학적·언어적 민주주의'라 일컬을 만하다. 그런데 이처럼 의미 있는 트웨인의 시도를 번역의 과정에서 어떠한 방식으로든 살리려는 고심 없이 삭제해 버리는 것은, 『헉 핀』이 지닌 '문학적·언어적 민주주의'를 망실시키는 것이다.

이러한 맥락에서, 트웨인이 『헉 핀』의 앞부분에 적은 「일러두기」는 매우 중요하다. 트웨인은 「일러두기」에서 자신이 이 작품에서 여러 방언들을 쓰고 있음을 밝히며, 그 방언들을 "공들여" 썼다고 말한다. 그리고 이를 밝히는 이유에 대해, "만약 이러한 설명이 없다면 이 책에 나오는 모든 등장인물이 서로 비슷한 말투를 쓰려다가 그만 실패했다고 생각하는 독자가 많을 것이기 때문"이라고 말한다. 즉, 트웨인 자신이 『헉 핀』에서 사용하는 남서부 방언 및 흑인 방언이 "실패"한 언어가 아닌 독자적인 문예 언어임을 주장하고, 그들에게 독립적 가치를 부여하는 것이다.

이처럼 「일러두기」에서 트웨인이 여러 방언을 쓰고 있다고 밝혔는데, 독자들이 막상 번역서를 펼쳤을 때 모든 등장인물이 서로 비슷한 말투를 쓰고 있다면 어떨까? 트웨인이 "이 책에 나오는 모든 등장인물이 서로 비슷한 말투를 쓰려다가 그만 실패했다고 생각하는 독자가 많을까" 봐 「일러두기」를 붙였다고 말했는데, 독자들이 번역서를 펼쳤을 때 모든 등장인물이 서로 비슷한 말투를 쓰고 있다면 당황스럽지 않을까? 트웨인이 여러 방언을 "공들여" 썼다고 말했는데, 번역가도 이들을 (온전히 옮기지는 못하더라도) 최소한 "공들여" 번역해야 하지 않을까?

흑인 방언 번역, 그 대안을 찾아서

그렇다면 『헉 핀』 번역가에게는 미국 남서부 방언 및 흑인 방언을 '어떻게' 번역해야 할 것인지가 과업으로 남는다. 우리나라의 어느 번역가는 흑인 노예 짐의 방언을 우리나라 남부 방언으로 번역한 바 있다. 그 번역은 흑인 방언을 우리나라 남부 방언으로 번역했다는 사실 자체만으로도 큰 화제가 되었지만, 동시에 비판을 받기도 했다. 그 비판의 핵심은, 미국 남서부 방언 및 흑인 방언이 우리나라 남부 방언과 역사적·정치적·문화적 맥락이 확연히 다름에도 불구하고, 이를 너무 단순하게 '미국 남서부 방언→한국 남부 방언' 식으로 일대일 환원을 해 버렸다는 것이다. 이러한 환원적 번역의 결과, 미국 남서부에서 '했어유', '했당께'라고 말하는 '흑인 노예 짐'이라는 매우 기이한 캐릭터가 탄생하고 말았다. 그 번역가의 「작품 해설」을 읽어 보면 흑인 방언 번역에 대해 "충청도 사투리나 호남 사투리 따위를 적당히 사용해 보았다."고 언급하고 있는데, 여기에는 안타깝게도 『허 핀』의 방언 번역에 대한 문제의식이 엿보이지 않는다.

요컨대, 흑인 노예 짐의 방언을 우리나라 남부 방언으로 치환하여 번역한 것이 '큰 스캔들'이었다면, 짐의 언어를 평이한 언어로 번역한 것은 겉으로 드러나는 논란은 두드러지지 않지만 『허 핀』의 문학적 가치를 제거해 버렸다는 점에서 '스캔들 없는 스캔들'이라 할 수 있다. 이처럼 어떤 쪽을 택하든 논란이 되고 마는 딜레마적인 상황에서, 번역가들 혹은 출판사들은 가급적 '스캔들 없는 스캔들'을 택하려 할 것이다. 그렇기에 그동안 『허 핀』 번역에 대해서는 늘 비판만 있었지 이렇다 할 대안은 없었다.

살펴본 바와 같이, 『허 핀』 번역에서 흑인 방언 번역은 중요한 관건이라 할 수 있다. 나는 이번 아르테 클래식 라이브러리 『허 핀』 번역서에서 흑인 노예 짐의 방언을 비철자(오탈자)로 옮기는 것을 시도하였다. 흑인 노예 짐의 언어를 비철자로 번역하여 얻을 수 있는 효과는, 무엇보다 노예제 시절 흑인 교육의 억압이라는 당대의 역사적 맥락을 고스란히 드러낼 수 있다는 것이다. 주지하다시피, 미국 흑인의 인종사人種史는 노예제, 그리고 노예 해방 이후에도 짐 크로우Jim Crow로 불리는 흑백 분리 정책으로 점철된 지난한 억압과 차별의 역사였다. 노예제의 역사에서 채찍질로 대표되는 물리적 억압이 두드러졌지만, 사실 그보다 훨씬 더 큰 의미에서의 진정한 억압은 교육의 억압에 있었다. 채찍질은 잠시나마 흑인 노예들을 굴복시킬 수 있을지언정, 항구히 굴복시킬 수는 없었다. 그러나 교육의 억압은 백인 노예주들이 원했던 '순종적'인 노예를 길러 낼 수 있었다. 그래서 노예제 시스템을 공고히 하고자 했던 백인 노예주들은 무엇보다 흑인 노예들의 교육을 억압하는 데 큰 노력을 기울였다. 퓰리처상 수상자인 미국의 소설가 콜슨 화이트헤드Colson Whitehead는 『언더그라운드 레일로드』*The Underground Railroad*에서 총을 든 흑인보다 책을 든 흑인이 더 위험하다고 하지 않았던가?[2] 백인 노예주의 입장에서 책을 든 흑인은 정신이 깨어 있기에 언제라도 억압과 차별에 의문을 제기하고 저항할 수 있는 '위험한' 존재이기 때문이다.

『헉 핀』에 나오는 방언들을 비철자로 번역하여 얻을 수 있는 효과는 비단 흑인 노예 짐의 경우에만 해당하는 것이 아니다. 이 작품의 중요한 주제 중 하나인 '문명화'에 대한 거부 또한 비철자 번역으로 표현할 수 있다. 『헉 핀』의 서두에서 더글러스 과부 아줌마는 헉을 양자로 삼고 "문명인"을 만들려고 한다(1장). 이러한 노력의 일환으로, 더글러스 과부 아줌마의 동생인 미스 왓슨은 헉에게 "철자책"을 가르친다며 그를 옭아맨다(1장). 헉은 자신을 문명화시키려는 것에 답답함을 느낀 나머지, 이로부터 탈출하여 뗏목을 타고 자연으로 향한다.

여기서 문명이란, 우리가 흔히 말하는 물질적·기술적·사회 구조적인 발전을 의미하는, 즉 자연 그대로의 원시적 생활에 상대되는

2 콜슨 화이트헤드, 『언더그라운드 레일로드』, 황근하 옮김, 은행나무, 2018, 306쪽.

발전되고 세련된 삶의 양태를 뜻하는 것이 아니다. 여기서 문명화는 사회생활의 관습을 몸에 익히도록 하고, 사회적 기준에 따라 몸가짐을 바르게 하도록 하는 '교화' 혹은 '순치'의 의미로 사용되고 있다. 트웨인이 볼 때 이러한 문명화의 문제는 교화와 순치의 기준이 문명이 정해 놓은 매우 일방적이고 자의적인 기준에 따라 결정된다는 점이며, 이러한 기준 아래 야생과 자연의 자유로운 사고방식과 행동을 문명의 고정된 틀에 가둔 채 억압하고 통제하려 한다는 점이다. 이러한 맥락에서 헉이 특히 미스 왓슨을 질색하는 이유도, 그녀가 일방적으로 정해 놓은 기준에 따라 헉을 평가하고, 그 고정된 틀 속에 가둔 채 독단적으로 헉에게 그 기준을 수용할 것을 강요하기 때문이다.

주목할 것은, 헉이 문명화를 거부할 때 '문명화'civilize를 'sivilize'라는 비철자로 표기한다는 점이다. 이러한 비철자는 철자법에 대한 헉의 무지를 표현하는 것이 아니라, 이 책의 중요한 주제 중 하나인 문명화에 대한 거부를 표현하는 다분히 의도적인 비철자라는 점에서 중요하다. 앞서 언급한 것처럼, 트웨인이 비판하는 문명의 속성은 일방적이고 자의적인 기준에 따라 인간을 고정된 틀에 가둬 속박하는 것인데, 트웨인은 이를 미스 왓슨이 헉에게 철자 책 교육을 강요하는 것으로 형상화하고 있다. 헉은 자연아自然兒로서 철자나 문법에 구애 받지 않고 마치 강물이 흐르듯 말한다. 미스 왓슨은 흐르는 강물처럼 흘러나오는 헉의 자유로운 구어口語를 철자 책의 규범에 어긋나는 '잘못된' 언어로 간주하고 그의 언어를 어떻게든 바로잡으려고만 한다. 이러한 맥락에서, 문명화를 'sivilize'라는 비철자로 표기한 헉(혹은 트웨인)의 시도는 철자 책으로 상징되는 문명의 속박을 정면으로 거부하는 것이라 할 수 있다.

이외에도, 비철자 번역은 헉의 아버지 팹의 언어 또한 설명할 수 있다. 팹은 당시 미국 남부의 백인 노동자 계층에 속하는 인물로, 전형적인 레드 넥redneck이나 화이트 트래쉬white trash라 할 수 있다. 즉, 가난하고 교육 수준이 낮아 소외된 계층에 속하지만, 흑인을 비롯한 소수 인종에게만큼은 인종적 우월감을 느끼는 부류에 속한다. 그렇기에 팹이 6장에서 교육받은 대학 교수인 흑인에게 투표권을 부여한 정부에 대해 긴 비판과 논설을 쏟아 내는 유명한 장면("*이것도 정부라구!*"로 시작되는)은 비철자로 번역되어야 제대로 설명될 수 있다. 그뿐만 아니라, 팹은 교육받은 흑인은 물론 교육받은 자신의 아들 헉에게까지 일종의 콤플렉스를 느낀다.

> "*어따 대고 말대꾸여!*" 아빠가 말했어. "*나 업는 동안애 목애다 깨나 힘주고 다녓나 보내. 니 놈을 아주 끋짱내 버리기 전애 콧때부터 꺽어 주마. 듣자 허니 교육도 받앗따던대. 재법 일꼬 쓸 수 잇따지? 그래서 니가 이재 이 애비보다 더 잘낫따고 생각허는 개냐? 응? 이 애빈 일찌도 쓰지도 못허니까? 아주 정신이 확 들개 해 주마. 누가 니 놈헌태 그런 꼴사나운 허새를 부리라고 가르치더냐? 응? 누가 그런 거여?*"
> (5장)

팹은 교육을 받아 제법 교양 있는 말투를 쓰는 헉을 이렇게 윽박지른다. "*일찌도 쓰지도 못허*"면서 교육받은 아들에게 콤플렉스를 느끼는 팹의 말투는 비철자로 번역되어야 그 맥락을 제대로 살릴 수 있다.

왜 『헉 핀』의 'n-word'는 대한민국에서 그토록 쉽게 번역되는가?

지금까지 『헉 핀』의 번역론에 대해 다소 길게 이야기했다. 이제는 『헉 핀』에서 빼놓을 수 없는 인종 문제 이야기를 해 보고자 한다. 『헉 핀』을 둘러싼 많은 논란들 중, 아직도 끊임없이 논란이 되는 주제를 하나 꼽으라면 역시 흑인 노예 짐을 지칭하는 '니거'nigger라는 단어다. 이 단어는 흑인을 경멸하는 매우 모욕적인 단어로, 오늘날 특히 미국에서는 입에 담아서도 안 되는 인종 차별적 용어이며, 불가피하게 언급해야만 할 때는 보통 'n-word'(n으로 시작되는 단어)라고 순화해서 사용한다.

『헉 핀』을 비판하는 입장의 선두에 선 흑인 교육자 존 H. 월러스John H. Wallace는 『헉 핀』에 사용된 '니거'라는 단어가 당시 미국의 흑인 학생들에게 모욕감을 주었다는 이유로 "마크 트웨인의 『허클베리 핀』은 지금까지 쓰인 인종 차별적 쓰레기 중 가장 그로테스크한 예"라고 비난한 바 있다.[3] 그러나 이러한 이유로 『헉 핀』을 "인종 차별적 쓰레기"라는 표현으로 평가 절하하는 것은 감정에 치우친 비평이자 매우 피상적인 비평으로서 작품에 대한 합당한 평가는 아니다. 반면, 저명한 '마크 트웨인 학자' 중 한 명인 데이비드 L. 스미스David L. Smith는 "트웨인이 『헉 핀』에서 당대의 인종 담론을 비판하는 데에 그 핵심 용어인 '니거'를 어떻게 사용하지 않을 수 있었겠는가?"라고 반문하는데,[4] 이는 작품 속 '니거'라는 단어를 둘러싼 논란을 이해하는 데 중요한 단서를 제공한다.

3 John H. Wallace, "The Case Against *Huck Finn*", *Satire or Evasion?: Black Perspectives on Huckleberry Finn*, Eds. James S. Leonard, et al., Duke University Press, 1992, p. 16.

한편, 2010년에는 마크 트웨인 사망 100주기를 맞아 트웨인이 활발하게 재조명되었다. 100주기를 기념하여 이듬해 2011년 앨라배마주Alabama 오번대학교Auburn University 영문과 교수인 앨런 그리븐 Alan Gribben은 『헉 핀』을 새롭게 편집한 개정판을 출간했는데, 원작의 'n-word'를 'slave'(노예)로 바꾸어 출간해 논란이 되었다. 이에 대해 한 교사는 "이 단어를 없애면 이 책이 나온 시기 미국에 있었던 인종차별의 깊이를 독자들이 정확히 모를 수 있다."라고 우려를 표했으며, 『필라델피아 인콰이어러』*The Philadelphia Inquirer*는 사설에서 "작품의 언어는 그 시절의 산물이다. 검열을 하면 안 된다."라고 지적했다.[5] 결론적으로, 굳이 '마크 트웨인 학자'인 스미스의 말을 거론하지 않더라도, 트웨인이 『헉 핀』에서 '니거'라는 말을 사용하지 않고 '니거'라는 말이 만연해 있던 당시 미국 사회를 풍자 및 비판하는 것은 불가능해 보인다.

미국에서 벌어진 이러한 일련의 논란들은 문제의식에 대한 치열한 고민이라는 점에서 차라리 건강하다. 그렇다면 인종 문제에 대한 우리나라의 인식은 어떠한가? 우리나라를 방문하는 흑인들, 혹은 우리나라에서 거주하는 흑인들은 직간접적으로 인종 차별을 경험해 보지 않은 경우가 드물 정도인데, 우리나라에서는 '인종 문제' 하면 우리 일과는 관계없는 먼 나라 일로 치부하는 경향이 있다. 흑

4 David L. Smith, "Huck, Jim, and American Racial Discourse", *Adventures of Huckleberry Finn: An Authoritative Text, Context and Sources, Criticism*, 3rd ed., Ed. Thomas Cooley, New York: W. W. Norton & Company, 1999, p. 367.

5 금동근, 「nigger→slave, 美 '허클베리…' 개정판 논란」, 『동아일보』, 2011년 1월 13일자.

인에 대한 우리나라의 인식은, 인종 차별을 당했던 혹은 지금도 당하는 불쌍한 존재라고 막연히 동정적으로 바라보는 시각도 있고, 반대로 1992년 LA폭동 때 한국 사람들을 공격했던 '괴물적' 주체로 보는 시각도 있다. 또한 곱슬머리를 가진 사람, 힘이 센 사람, 운동을 잘하는 사람, 성적 에너지가 넘치는 사람 등의 피상적 시각이나, '할렘가'나 '하층민', '범죄자' 등의 이미지를 떠올리는 왜곡된 시각도 만연해 있다. 이처럼 실질적인 차별은 물론 여러 인식적 차별이 존재하지만, 인종 문제에 대한 우리나라의 관심은 매우 미비한 실정이다.

상황이 이렇다 보니, 흑인을 비하하는 혐오 표현들도 쉽게 '농담' 삼아 사용되는 경향이 있다. 나는 이번에 『헉 핀』을 번역하면서, 논란의 중심에 있는 'nigger'를 어떻게 번역해야 할지 많은 고심을 했다. 그런데 놀랍게도 우리나라에서 흑인을 얕잡아 부르는 명칭들이 너무나도 쉽게 머릿속에 떠올랐다. 검둥이, 껌둥이, 깜둥이, 깜씨, 깜상, 시커먼스, 흑형 등등……. 왜 『헉 핀』의 n-word는 대한민국에서 이토록 쉽게 번역되는가? 이것은 우리나라가 인종 문제로부터 결코 자유로운 나라가 아님을 예증하는 것이다.

1987년 '쇼 비디오 자키'에서 '시커먼스'로 시작된 흑인 희화화 개그의 계보는 1997년 '개그콘서트'(개콘)의 '사바나의 아침'을 경유하여 별다른 문제의식 없이 계속 이어져 내려오다가, 결국 2012년 '세바퀴'와 2017년 '웃음을 찾는 사람들'(웃찾사)의 흑인 분장 악극 minstrel show[6]에 이르게 된다. 특히 세바퀴와 웃찾사에서 코미디언

6 미국의 노예제 시절, 백인 배우들이 흑인 분장을 하고 무대에 올라 흑인의 말투 등을 흉내 내고 희화화하여 큰 흥행을 했던 쇼다.

들이 흑인 분장을 하고 나와 흑인을 희화화했던 사건은 유튜브 등을 통해 해외에 유포되면서, 해외 네티즌들과 외신들이 21세기 대한민국에서 '흑인 분장 악극'이 부활했다며 경악을 금치 못했다. '흑인'은 우리나라에서 관객들을 웃길 수 있는 소재 중 하나였다. 해외의 한 네티즌은 "가장 놀라운 것은 출연자들의 노래와 춤이 아니라, 이를 보고 웃으며 손뼉을 치는 관객들의 행동"이라고 비판했는데, 이는 우리가 뼈아프게 받아들여야 할 지점이다. 이는 21세기 한국판 흑인 분장 악극이 단순히 몇몇 코미디언들의 '일탈'이 아님을 보여주기 때문이다. 이러한 사건들을 그저 '해프닝'으로 생각하고 넘어가서는 안 되고, 우리 마음속에 자리한 인종 차별 의식을 적극적으로 점검하고 검토하고 성찰해야 할 것이다.

세바퀴와 웃찾사 제작진과 코미디언들은 "그럴 의도가 없었다"라고 해명했다. 물론 그것은 미국 흑인 분장 악극의 역사적·정치적·문화적 맥락에 대한 무지에서 기인했을 것이다. 그러나 알고 하는 인종 차별은 물론, 모르고 하는 무지한 인종 차별도 문제다. 의식적 인종 차별은 물론, 무의식적 인종 차별도 문제다. 악의적인 인종 차별은 물론, 선량한 인종 차별도 문제다. 언행에서 드러나는 인종 차별은 물론, 보이지 않는 마음속 인종 차별도 문제다. 명백한 인종 차별은 물론, 음험하고 교묘한 인종 차별도 문제다. 이러한 차별들을 덮고 넘어가는 것이 아니라, 오히려 적극적으로 발견하고 성찰하는 것이 우리의 과제일 것이다. 이러한 맥락에서 『헉 핀』은 오늘날 우리가 그 과제를 수행하도록 도울 수 있는 필수적인 고전이 될 것이다.

인종 차별의 주제와 관련하여 『헉 핀』에서 가장 소름 돋는 장면을 하나 꼽으라면 바로 이 장면일 것이다.

> "사실 좌초 때문에 늦은 건 아니었어요. 좌초 때문에 늦어진 건 아주 잠시였으니까요. 실린더 대가리가 터져 버리는 바람에 늦은 거죠."
> "아이구야! 누구 다친 사람은 없었니?"
> "없었어요, 이모. 껌둥이 하나가 죽었을 뿐이죠."
> "거참 다행이구나. 어떨 땐 사람이 다치기도 하니까 말이야." (32장)

펠프스 씨 댁으로 오는 길에 배가 파손되었다고 이야기하는 헉에게, 샐리 아줌마는 다친 사람은 없었느냐고 걱정스럽게 묻는다. 다친 사람은 없었으며 단지 "껌둥이" 한 명이 죽었을 뿐이라는 헉의 말에, 샐리 아줌마는 안도하며 다행이라고 말한다. 이처럼 승객들의 안녕에 대해 염려하는 모습에서도 알 수 있듯이, 샐리 아줌마는 분명 인간의 생명을 존중하며 사람이 다치지 않기를 바라는 선량한 마음을 지닌 인물임을 알 수 있다. 그러나 샐리 아줌마는 유독 "껌둥이" 한 명이 죽었다는 소식에는 안타까워하지 않는데, 그 소식은 그녀의 관심사나 걱정거리가 전혀 아니라는 사실을 알 수 있다. 이는 샐리 아줌마가 그 선량한 마음에도 불구하고 흑인 노예를 인간 이하로 여기는 노예 제도에 익숙해져 그에 대한 문제의식이 없기 때문이다. 위 대화는 트웨인이 노예제도의 해악에 대해 지니고 있었던 생각, 즉 노예 제도가 야기한 인간성의 마비 상황에 대한 비판을 잘 보여주는 것이라 할 수 있다.

『헉 핀』에서 그동안 논란이 되어 왔던 '니거'라는 혐오 표현보다 우리의 주목을 요하는 것은 사실 이 장면이다. "거참 다행이구나.

어떨 땐 사람이 다치기도 하니까 말이야."라는 샐리 아줌마의 말은, '니거'라는 자극적인 단어보다 훨씬 더 심각한 차원의 인종 차별 문제를 직시하게 하기 때문이다. 샐리 아줌마의 말이 심각한 이유는 첫째, 흑인을 인간의 범주에서 완전히 삭제해 버리기 때문이고, 둘째, 이에 대한 문제의식이 전혀 없기 때문이다.

이는 비단 인종 문제에만 국한되지 않는다. 우리 사회에서도 어떤 존재를 '우리'의 범주, '인간'의 범주에서 아예 삭제해 버리는 일들이 만연해 있지 않은가? 그러면서도 그 어떤 문제의식도 갖지 않는 경우가 비일비재하지 않은가? 소위 말하는 타자의 문제, 소수자의 문제는 대부분 이러한 인식에서 기인한다. 우리는 어떤 이를 열등한 존재로 호명하고 낙인찍는 행위는 물론, 아예 '우리'의 범주, '인간'의 범주에서 배제하는 인식적 차별에 대한 문제의식을 가져야 할 것이다. 트웨인이 『헉 핀』에서 지적하고 있는 인간성의 마비 상황은, '인간'의 범주에서 어떤 이를 제외시키는 데 습관화·관습화가 되어 버려 이제는 그 문제가 문제인지조차 모르는 오늘날 우리에게 여전히 공명하며 중요한 메시지를 던지고 있다. 인종은 물론이요, 성별, 계급, 국적, 지역, 학력, 세대 등이 다른 타자를, 심지어 의견이 다른 사람들까지도 나와는 다른 열등한 '인종'으로 간주하는 오늘날 우리 사회에서, 『헉 핀』이 여전히 살아 숨 쉬는 고전 텍스트로 존재하는 이유가 여기에 있다.

"그래, 좋아. 차라리 난 지옥에 갈래."

샐리 아줌마와 같은 '괴물 아닌 괴물'은 어떻게 탄생하였는가? 19세기 미국 사회의 인종 문제는 백인 권력층이나 지도층의 지식

인들이 담론 행위를 통해 미국인들의 사고체계를 지배하며 흑인들을 제도적으로 억압하는 상황에서 비롯되었다. 트웨인은 이러한 당시 미국 사회의 상황을 잘 통찰하고, 『자서전』*The Autobiography of Mark Twain*에서 노예 제도에 관한 자신의 입장을 다음과 같이 밝힌 바 있다.

> 사람들은 노예 제도가 미친 절대적인 영향은 사람들을 냉혹한 마음으로 살아가게 만든 것이라고 일반적으로 믿고 있다. 그러나 나는 일반적으로 말해지는 그러한 영향에 대해 동의하지 않는다. 나는 노예 제도가 미친 절대적 영향은 바로 그것이 노예를 대하는 사람들의 인간성을 마비시킨 상태에서 그대로 고착시켜 버리는 것이라고 생각한다. 내가 살던 마을에는 냉혹한 마음가짐을 가진 사람이라고는 없었다. 다른 나라에 있는 같은 크기의 마을과 비교해 봤을 때 말이다. 또한 내 경험상 어느 곳에서나 냉혹한 사람은 많지 않다.[7]

트웨인은 노예 제도와 같은 악습에 대해 그것의 가장 큰 문제점을 인간의 잔악하고 냉혹한 본성의 문제에서 찾기보다는, 노예 제도가 이어져 내려오면서 그 '훈육적 힘'이 노예를 대하는 사람들의 인간성을 마비시켜 선량한 사람들조차도 그 부조리한 악습이 지닌 냉혹함을 인식하지 못한 채 그것을 당연시하게 된다는 점에서 찾고 있다.

7 Mark Twain, *The Autobiography of Mark Twain*, Ed. Charles Neider, New York: HarperCollins Publishers, 2000, p. 40.

트웨인은 자신 또한 "학교를 다닐 때는 노예제에 대한 반감이 없었다. 잘못된 제도라는 점을 인식하지 못했던 것이다. 누구에게서도 노예제를 비판하는 말을 들어본 적이 없었다."라고 회고한다.[8] 그는 유년 시절에 지역 신문 및 성직자들의 설교를 비롯한 어떠한 매체를 통해서도 노예제를 비판하는 말을 들어본 적이 없으며, 오히려 이를 신성한 제도라고 옹호하는 담론들만을 들으며 자랐기 때문에 노예제가 잘못된 것이라는 점을 인식하지 못했다고 회고한다. 이를 통해 당시 남부 사회에서 부조리한 노예제가 견고히 유지되는 원인에 대해 인간성의 문제보다 당시 사회의 제도적 문제에 무게를 두고 있었던 트웨인의 생각을 엿볼 수 있다. 노예제에 대한 이와 같은 트웨인의 입장은 『헉 핀』에서 잘 형상화되고 있는데, 그는 작품 속에 남부의 선량한 백인 인물들을 등장시켜 당시 남부 사회의 인종 담론이 인간의 사고체계를 지배하여 그들의 인간성을 마비시키는 상황을 묘사한다. 샐리 아줌마의 '괴물성'은 바로 이러한 맥락에서 탄생한 것이다.

그렇기에 『헉 핀』의 절정이라고 할 수 있는 "그래 좋아, 차라리 난 지옥에 갈래."라는 헉의 결단은 주목을 요한다. 31장에서 헉은 미스 왓슨에게 짐을 밀고할 목적으로 썼던 편지를 찢어버리며, 차라리 '지옥'에 가겠노라고 결심한다. 헉이 여전히 도망 노예의 도주를 돕는 것이 지옥에 갈 만큼 큰 죄를 저지르는 것이라고 생각한다는 점에서, 이러한 그의 결심이 당대의 지배 담론에서 벗어난 자유로운 사유라고 볼 수는 없다. 그러나 헉이 자신을 둘러싼 모든 불

8 위의 책, 8쪽.

리한 주변 환경과 악조건 속에서 자신의 안위를 고려하지 않은 채, 지배 이데올로기의 엄중한 경고를 거부하고 내면의 자연스러운 명령을 따른다는 것은 중요한 의미가 있다. 다시 말해, 헉은 짐을 위해 위험을 감수하고 사회적 도덕률이 부과한 고정되고 경직된 강요의 틀을 거부하기로 결심한다는 점에서, 19세기 미국 문명사회의 지배 이데올로기에 대항하는 도덕적 성숙을 보여준다고 할 수 있다. 이러한 맥락에서, 리오 막스Leo Marx는 유명한 저서 『정원 속의 기계』*The Machine in the Garden*에서 헉의 결심을 일컬어 "미국인의 의식의 기록 중 고귀한 한순간"[9]이라 부른다.

노벨문학상 수상 작가이자, 우리에게 『황무지』*The Waste Land*라는 작품으로 잘 알려진 T. S. 엘리엇T. S. Eliot은 미시시피 강을 일컬어 "허클베리 핀처럼 강에는 그 시작도 끝도 없다"[10]고 말한 바 있다. 엘리엇이 미시시피 강을 헉에 비유한 이유는 둘 다 시작도 끝도 없는 '경계 없음'이라는 공통점을 지녔기 때문일 것이다. 유유히 흐르는 미시시피 강은 자유롭고 유동적인 사고를 하는 헉을 닮았고, 헉은 '강의 정신'을 구현하고 있다. 일반화가 허용된다면, 트웨인은 문명을 '확정적' 사고로 보았고, 강을 위시한 자연을 '확장적' 사고로 보았다. 흑인 노예 짐과 함께 뗏목을 타고 미시시피 강을 유유히 흘러가는 헉은 우리에게 '확장적 사고'를 촉구한다. 『헉 핀』이라는 고전

9 Leo Marx, *The Machine in the Garden: Technology and the Pastoral Ideal in America*, New York: Oxford University Press, 2000, p. 338.

10 T. S. Eliot, "Mark Twain's Masterpiece", *Huck Finn Among the Critics: A Centennial Selection*, Ed. M. Thomas Inge, Washington, D.C.: United States Information Agency, 1984, p. 111.

은 지금 이 순간에도 마음속에 온갖 경계와 담을 만들어 대는 우리에게 여전히 손짓하며 이야기를 건네고 있다. 유유히 흐르는 강의 정신을 가지라고 말이다.

작가 연보

1835 미국 미주리주Missouri에서 태어남. 본명은 새뮤얼 랭혼 클레멘스Samuel Langhorne Clemens.

1839 미시시피 강the Mississippi이 흐르는 미주리 주 한니발Hannibal로 이사하여 소년 시절을 보냄.

1847 아버지가 세상을 떠남. 가정 형편이 악화되어 학업을 중단하고 인쇄소에서 수습 식자공으로 일함.

1851 형 오라이언Orion이 『한니발 저널』*Hannibal Journal*을 창간하자, 이 신문사의 식자공으로 일하면서 신문에 익살스러운 풍자 글들을 기고.

1853 신문사 일을 그만두고 동부로 건너가 세인트루이스St. Louis, 뉴욕New York, 필라델피아Philadelphia, 신시내티Cincinnati 등에서 신문사 수습기자로 일함.

1857 미시시피 강을 따라 뱃길을 안내하는 수로 안내인 생활을 시작. 이는 이후 『미시시피 강에서의 삶』*Life on the Mississippi*의 소재가 됨.

1861 남북전쟁 발발로 뱃길이 끊기자 수로 안내인을 그만두고 한니발로 돌아와 민병대에 입대하여 잠시 활동. 네바다주Nevada 서기관으로 임명된 형 오라이언을 따라, 일확천금의 꿈을 꾸며 금광을 찾으러 네바다주로 건너감. 광

산에 투자하기도 하고 금 채굴 사업에도 관여했지만 실패. 이는 이후 『러핑 잇』*Roughing It*의 소재가 됨.

1863 신문 기사를 쓰며 '마크 트웨인'Mark Twain이라는 필명을 사용하기 시작.

1865 단편 소설 「캘러베라스 카운티의 명물, 뛰뛰는 개구리」"The Celebrated Jumping Frog of Calaveras County"를 발표. 이를 통해 일약 미국 문단의 스타 작가로 발돋움.

1869 유럽 여행을 한 뒤 이를 소재로 쓴 원고를 정리하여 출간한 『순진한 사람의 해외 여행기』*The Innocents Abroad*가 대성공을 거둠. 랭던 집안의 반대를 무릅쓰고 올리비아 랭던Olivia Langdon과 약혼. 보스턴Boston에서 강연을 하던 중 소설가 윌리엄 딘 하우얼스William Dean Howells를 만나 교류를 시작. 이후 두 사람은 평생의 절친한 친구이자 문학적 동반자가 됨.

1870 올리비아 랭던과 결혼하여 뉴욕주 버팔로Buffalo에 정착. 아들 랭던Langdon이 태어남.

1871 코네티컷주Connecticut 하트포드Hartford로 이사하여, 이후 이곳에 살면서 많은 걸작들을 완성.

1872 서부 견문 및 비판서 『러핑 잇』을 출간. 생후 19개월이었던 아들 랭던이 세상을 떠남. 딸 올리비아 수전Olivia Susan이 태어남.

1873 찰스 더들리 워너Charles Dudley Warner와 함께 쓴 『도금 시대』*The Gilded Age*를 출간.

1874 딸 클라라Clara가 태어남. 『도금 시대』를 극화하여 뉴욕에서 상연하였으나 흥행에 실패.

1876 소설 『톰 소여의 모험』*The Adventures of Tom Sawyer*을 출간.

1880 딸 진Jean이 태어남.

1882 소설 『왕자와 거지』*The Prince and the Pauper*를 출간.

1883 『미시시피 강에서의 삶』을 출간.

1884 영국과 캐나다에서 『허클베리 핀의 모험』*Adventures of Huckleberry Finn*을 출간.

1885 미국에서 『허클베리 핀의 모험』을 출간.

1889 소설 『아서 왕궁의 코네티컷 양키』*A Connecticut Yankee in King Arthur's Court*를 출간.

1891 자동 식자기 사업의 실패로 경제적 어려움을 겪다가, 하트포드의 집을 처분하고 유럽으로 건너감.

1894 친척 찰스 L. 웹스터Charles L. Webster와 함께 경영하던 출판사의 파산으로 10만 달러의 부채를 안게 됨. 소설 『얼간이 윌슨』*Pudd'nhead Wilson*을 출간.

1895 부채 상환을 위해 세계 일주 강연 여행을 떠남. 미국, 호주, 뉴질랜드, 인도, 남미, 영국 등에서의 강연이 대성공을 거둠.

1896 딸 올리비아 수전이 세상을 떠남.

1897 세계 일주 여행에 대해 기록한 여행기 『적도를 따라서』*Following the Equator*를 출간.

1899 소설 『해들리버그를 타락시킨 자』*The Man that Corrupted Hadleyburg*를 출간.

1900 미국 국민들의 열렬한 환영을 받으며 귀국하여 뉴욕에 정착.

1901 예일대학교Yale University에서 명예 문학박사 학위를 받음.

1904 배우자 올리비아 랭던이 세상을 떠남.

1906 소설 『인간이란 무엇인가?』*What Is Man?*를 출간.

1907 옥스퍼드대학교Oxford University에서 명예 문학박사 학위를 받음.

1909 딸 진이 세상을 떠남.

1910 코네티컷주에서 세상을 떠남.

1916 소설 『정체불명의 나그네』*The Mysterious Stranger*가 사후에 출간.

1959 『자서전』*The Autobiography of Mark Twain*이 사후에 출간.

허클베리 핀의 모험

클래식 라이브러리 015

1판 1쇄 인쇄 2024년 11월 21일
1판 1쇄 발행 2024년 11월 28일

지은이 마크 트웨인
옮긴이 노동욱
펴낸이 김영곤
펴낸곳 아르테

편집팀 정지은 박지석 김지혜 이영애 김경애 양수안
출판마케팅팀 한충희 남정한 나은경 최명열 한경화
영업팀 변유경 김영남 강경남 최유성 전연우 황성진 권채영 김도연
제작팀 이영민 권경민
디자인 다함미디어 유예지

출판등록 2000년 5월 6일 제406-2003-061호
주소 (우 10881) 경기도 파주시 회동길 201(문발동)
대표전화 031-955-2100
팩스 031-955-2151

ISBN 979-11-7117-363-1 04800
ISBN 978-89-509-7667-5 (세트)

아르테는 (주)북이십일의 문학·교양 브랜드입니다.

『슬픔이여 안녕』『평온한 삶』『자기만의 방』『워더링 하이츠』『변신』『1984』『인간 실격』『도리언 그레이의 초상』『월든』『코·초상화』『수레바퀴 아래서』『데미안』『비겟덩어리』『사랑에 관하여』『허클베리 핀의 모험』『작은 아씨들 2』『라쇼몬』『이방인』『노인과 바다』『위대한 개츠비』

클래식 라이브러리 시리즈는 계속 출간됩니다.